FUN學中級英文文法

Dennis Le Boeuf / 景黎明 著

English Grammar & Practice

FUN

Contents

Unit	Chapter		Page
1 名詞	1	名詞的種類：(1) 普通名詞和專有名詞	8
	2	名詞的種類：(2) 物質名詞、具體名詞、抽象名詞和複合名詞	10
	3	名詞的種類：(3) 集合名詞	14
	4	可數名詞與不可數名詞：(1) 可數名詞	16
	5	可數名詞與不可數名詞：(2) 不可數名詞	18
	6	複數名詞的形成	22
	7	永遠以複數形出現的名詞	26
	8	名詞的所有格：(1)「's」（'s/s'/'）所有格的基本規則	30
	9	名詞的所有格：(2)「's」所有格以及 of 所有格	34
2 代名詞	10	指示代名詞 this、that、these、those	38
	11	人稱代名詞：(1) 人稱代名詞的主格、受格和所有格，及人稱代名詞的排列順序	42
	12	人稱代名詞：(2) 主格代名詞和受格代名詞的用法	46
	13	人稱代名詞：(3) it 的用法	48
	14	人稱代名詞：(4) 所有格形容詞和所有格代名詞的用法	50
	15	反身代名詞	54
	16	代名詞 one 及相互代名詞 each other 和 one another	56
	17	疑問代名詞：(1) who、whom 和 whose 的用法	58
	18	疑問代名詞：(2) what 和 which 的用法	60
	19	不定代名詞：(1) 與不定代名詞搭配的人稱代名詞及動詞的單複數	62
	20	不定代名詞：(2) any、some 和 one 的用法	66
	21	不定代名詞：(3) 以 -body、-one、-thing 結尾的複合不定代名詞	70

3 冠詞

22 不定冠詞：(1) a 或 an 的用法 74
23 不定冠詞：(2) a 和 an 的基本原則 76
24 定冠詞：(1) 要加 the 的基本原則 78
25 定冠詞：(2) 要加 the 的情況 82
26 零冠詞 (1) 86
27 零冠詞 (2) 90

4 形容詞

28 形容詞在句中的位置 (1) 94
29 形容詞在句中的位置：(2) 後置形容詞 98
30 形容詞的排列順序 100
31 形容詞的種類 (1) 104
32 形容詞的種類：(2) 分詞形容詞 108
33 形容詞的比較級和最高級：(1) 形容詞「級」的規則與不規則變化 110
34 形容詞的比較級和最高級：(2) 個別形容詞「級」的用法比較 114
35 形容詞的比較級和最高級：(3) 錯誤的比較級和最高級形式 116
36 形容詞的比較級和最高級：(4) 比較級的用法 1 118
37 形容詞的比較級和最高級：(5) 比較級的用法 2 122
38 形容詞的比較級和最高級：(6) 形容詞最高級的用法 126

5 副詞

39 副詞的用法 130
40 副詞的種類：(1) 時間副詞、頻率副詞、持續時間副詞、地方副詞、目的副詞、疑問副詞 134
41 副詞的種類：(2) 情狀副詞、程度副詞、句子副詞 136
42 同形的副詞和介系詞；同形的副詞和形容詞 138
43 有兩種形式的副詞（-ly 及非 -ly） 140
44 副詞在句中的位置 144
45 各種副詞的排列順序 148
46 副詞的比較級與最高級 150

6 介系詞

47 介系詞的定義與用法 154
48 介系詞的種類：(1) 表時間的介系詞 in、on、at 158
49 介系詞的種類：(2) 表時間的介系詞 after、before、during、for、since 等 160
50 介系詞的種類：(3) 表地點的介系詞 at、on、in 164
51 介系詞的種類：(4) 表位置的介系詞——縱向關係 168
52 介系詞的種類：(5) 表位置的介系詞——橫向關係 172
53 介系詞的種類：(6) 表位置的介系詞——面對關係 174
54 介系詞的種類：(7) 表移動的介系詞 176
55 介系詞的種類：(8) 表原因的介系詞、表目的的介系詞 180
56 個別介系詞的固定搭配：(1) at, in, between, among 182
57 個別介系詞的固定搭配：(2) by, on 186

7 動詞

58 連綴動詞：(1) be 動詞 188
59 連綴動詞：(2) 表示感官或狀態的連綴動詞 190
60 助動詞（do, have, be, will） 192
61 及物動詞與不及物動詞 194
62 使役動詞（make, let, have, get, help） 196
63 片語動詞 200

8 情態助動詞

64 can, could (1) 204
65 can, could (2) 208
66 could 210
67 may, might 212
68 shall, will 216
69 should, had better 218
70 would 220
71 must, ought to 224
72 have to, must, need, dare 226

9 時態

73 現在式：(1) 現在簡單式 230
74 現在式：(2) 現在進行式 234
75 現在式：(3) 非進行式動詞 238
76 未來式：(1) 未來簡單式 240
77 未來式：(2) 未來進行式 244
78 過去式：(1) 過去簡單式 246
79 過去式：(2) 過去進行式和過去未來式 250
80 完成式：(1) 現在完成式 1 254
81 完成式：(2) 現在完成式 2 258
82 完成式：(3) 現在完成進行式 262
83 完成式：(4) 過去完成式 264
84 完成式：(5) 過去完成進行式、未來完成式、未來完成進行式、過去未來完成式 266

10 語氣

85 陳述語氣：(1) 陳述句（肯定句和否定句） 268
86 陳述語氣：(2) 感嘆句 270
87 陳述語氣：(3) 疑問句—— 一般問句、wh- 問句、選擇問句、間接問句、否定問句 272
88 陳述語氣：(4) 疑問句—— 附加問句 276
89 祈使語氣：(1) 祈使句的主詞和祈使句的種類 280
90 祈使語氣：(2) let 引導的祈使句 282
91 假設語氣：(1) wish 和 if only 284
92 假設語氣：(2) if 和 as if / as though（與事實相反的假設） 288
93 假設語氣：(3) if it were not for / but for（要不是……）、suppose/supposing（假如）、what if（假使……呢？） 292
94 假設語氣：(4) it is (about/high) time that（是……的時候了）、would rather（寧願）、慣用原形動詞的受詞子句 294

11 主動與被動

95 被動語態的動詞形式以及各種時態 298
96 被動語態的用法 (1) 302
97 被動語態的用法 (2) 306
98 主動語態與被動語態的區別 308

12 倒裝句

99 需要倒裝的句型 310
100 為了強調而倒裝 314

13 主詞與動詞一致

101 主詞和動詞一致的基本原則；複合主詞的動詞搭配 318
102 主詞與修飾語；形容詞子句的動詞與先行詞 320
103 肯定主詞和否定主詞；片語、子句作主詞 322
104 字尾 -s 的名詞、字尾 -ics 的名詞 324
105 倒裝句的動詞要與其後的主詞一致 326
106 表示分數的片語、表「時間、錢、數量」的片語、集合名詞、地理名稱、出版物名稱 328
107 算術的運算、外來語複數名詞、不定代名詞 330

14 關係詞與形容詞子句和名詞子句

108 關係代名詞引導形容詞子句：(1) 關係代名詞的定義和使用規則 332
109 關係代名詞引導形容詞子句：(2) which/that, who/that 334
110 關係代名詞引導形容詞子句：(3) as, than 338
111 關係形容詞引導形容詞子句、名詞子句 340
112 關係副詞引導形容詞子句 342
113 不定關係代名詞引導名詞子句：(1) what 346
114 不定關係代名詞引導名詞子句：(2) whoever, whomever, whatever, whichever 348
115 關係詞在限定性與非限定性子句中的用法 350

15 連接詞、複合句、副詞子句和名詞子句

116 對等連接詞（兼論複合句）：(1) and, but 352
117 對等連接詞（兼論複合句）：(2) or, nor 354
118 對等連接詞（兼論複合句）：(3) for, so, yet 356
119 相關連接詞：(1) both . . . and, as well as, not . . . but 358
120 相關連接詞：(2) not only . . . but also, either . . . or, neither . . . nor, whether . . . or 360
121 從屬連接詞引導副詞子句：(1) 時間、地方、原因副詞子句 362
122 從屬連接詞引導副詞子句：(2) 條件副詞子句 366
123 從屬連接詞引導副詞子句：(3) 讓步副詞子句 370

124 從屬連接詞引導副詞子句：(4) 目的、結果副詞子句 374
125 從屬連接詞引導副詞子句：(5) 情狀、比較副詞子句 376
126 從屬連接詞和關係詞引導名詞子句：(1) 受詞子句 378
127 從屬連接詞和關係詞引導名詞子句：(2) 主詞子句、主詞補語子句、同位語子句 382

16 直接引述與間接引述

128 直接引述與間接引述的句法 (1) 386
129 直接引述與間接引述的句法 (2) 390
130 間接直述句和間接命令句 392
131 間接問句 394

17 分詞、不定詞與動名詞

132 分詞：(1) 分詞的形式及用法 396
133 分詞：(2) 分詞片語（分詞子句） 400
134 不定詞：(1) 不定詞的形式、時態和語態 404
135 不定詞：(2) 不定詞表目的或結果、不定詞作形容詞補語 408
136 動名詞 412
137 不定詞和動名詞的名詞用法：(1) 不定詞或動名詞作主詞或主詞補語 416
138 不定詞和動名詞的名詞用法：(2) 不定詞作名詞補語或同位語 418
139 不定詞和動名詞的名詞用法：(3) 動名詞作介系詞的受詞、動名詞和不定詞作動詞的直接受詞 420
140 不定詞和動名詞的名詞用法：(4) 動詞接不定詞或動名詞 1 422
141 不定詞和動名詞的名詞用法：(5) 動詞接不定詞或動名詞 2 426
142 不定詞和動名詞的名詞用法：(6) 動詞接不定詞或動名詞 3 430

附錄 不規則動詞表 434
解答 441

Chapter 1 名詞的種類：(1) 普通名詞和專有名詞

❶ **名詞**是用來表示人、事物、地點、行為、感情等的單字或片語。名詞在句中可作**主詞**、**受詞**、**主詞補語**、**受詞補語**、**同位語**或作為**修飾語**之用。

❷ 名詞可以分為**普通名詞**和**專有名詞**。

❸ 普通名詞分為**物質名詞**、**具體名詞**、**抽象名詞**、**集合名詞**和**複合名詞**。 ➡ 參見 Chapters 2 and 3

1 普通名詞（Common Nouns）

❶ **普通名詞**是一個**非特定**（泛指）的人、動物、事物或地點的普通名稱。

mom 媽媽	dog 狗	car 汽車	house 房子
wood 木頭	anger 憤怒	peace 和平	family 家庭

❷ **普通名詞**有**可數名詞**和**不可數名詞**。可數名詞可以是單數，也可以是複數。**單數可數名詞**前面需要加**冠詞**（a/an/the）或其他**限定詞**（如：this、her、Mary's），**複數可數名詞**前不加冠詞，但**特指**時要加**定冠詞 the** 或其他**限定詞**（如：these、her、Mary's）。

➡ 參見 Chapter 4 & Unit 3

✗ Annie is smoker, and she smokes like chimney.

✓ Annie is a smoker, and she smokes like a chimney. 安妮抽菸，而且她是個老菸槍。

└ smoker、chimney 為單數普通名詞，第一次提及時須與不定冠詞 a 連用。

❸ **普通名詞**還包括**不可數名詞**。不可數名詞只有**單數**形式，前面不加冠詞 a/an。

➡ 參見 Chapter 5

✗ Times fly when I play basketball with some friendly guys.

✓ Time flies when I play basketball with some friendly guys.

└ time 在這裡指「時間」，是不可數名詞，沒有複數形式，作主詞時，要接單數動詞。

每當我跟一些友好的夥伴們打籃球時，時間就會過得很快。

2 專有名詞（Proper Nouns）

❶ **專有名詞**是一個特定的人、事物或地點的名稱，其**首字母必須大寫**。

- Lisa 麗莎 ← 人名
- Disney World 迪士尼世界 ← 地名
- September 九月 ← 月分名
- Time《時代》雜誌 ← 報刊名
- the United Nations 聯合國 ← 組織名
- Yale University 耶魯大學 ← 大學名
- Sweet Valley High《甜蜜山谷高中》 ← 書名

• Kay loved that romantic novel *Love Will Stay*. 凱喜歡《愛情長流》那本愛情小說。

（Kay → 特定人物的名稱；*Love Will Stay* → 特定小說的名稱（書名、戲劇名在句中通常用斜體））

特定節日的名稱 / 特定月分的名稱

- **Halloween falls on the 31st of October.** 十月三十一號是萬聖節。

按照嚴格的文法規則，美國總統 President 要大寫，無論用在人名前（如：President Trump），還是不用在人名前（如：the President、the Vice President）。

- **The President of the United States of America is going to visit Spain and Bahrain.**

注意：句首 the 要大寫。

專有名詞中的冠詞 the 和部分較短的介系詞（如：of、in 等）不需要大寫。

美國總統要拜訪西班牙和巴林。

❷ **專有名詞**指一個特定的人、地點、事物的名稱時，通常**不加冠詞**。

✗ Was Lily born in the Italy?　✓ Was Lily born in Italy? 莉莉出生於義大利嗎？

Mt. Fuji 和 Japan 為特定地名，都不與冠詞運用。

- **Is Mt. Fuji the highest mountain in Japan?** 富士山是日本最高的山嗎？

❸ 有些專有名詞要加**定冠詞 the**，比如某些含有普通名詞的地名、組織名、國家名。

➡ 參見 Chapters 24 and 25

the **Atlantic Ocean** 大西洋 ← 大洋名　　the **United Nations** 聯合國 ← 組織名

the **United States** 美國 ← 國家名

PRACTICE

1 **訂正錯誤。**

1. His home is in rome.

____

2. Jean, is tonight the Halloween?

____

3. Andy loved the movie called *chocolate candy*.

____

4. Buckingham palace in London was where I met Claire.

____

2 **從右欄選出與題目同類的名詞，填入空格中。**

____	1 student, pilot	Ⓐ Paris, Chicago
____	2 giraffe, kangaroo	Ⓑ computer, washing machine
____	3 New Delhi, Taipei	Ⓒ Australia, the United Kingdom
____	4 cellphone, camera	Ⓓ March, Sunday
____	5 Japan, Germany	Ⓔ tiger, zebra
____	6 Monday, February	Ⓕ doctor, police officer

Chapter 2 名詞的種類：(2) 物質名詞、具體名詞、抽象名詞和複合名詞

1 物質名詞（Mass Nouns）

物質名詞是材料、食品、飲料以及固體、液體和氣體的名稱。物質名詞是**不可數名詞**。

air 空氣	dust 灰塵	money 錢	spaghetti 義大利麵
coffee 咖啡	gold 金子	rice 米	water 水

spaghetti

→ milk 是物質名詞，是不可數名詞，作主詞時，動詞要用單數形式（does）。

- Does the milk taste sour after being in the sun for more than an hour?
如果把這牛奶放在太陽下超過一小時，牛奶會變酸嗎？

2 具體名詞（Concrete Nouns）

代表能觸摸、嘗、聞、看見、聽到的東西（能用**五官感覺到**的東西）的字彙，為**具體名詞**。具體名詞可以是**可數名詞**，也可以是**不可數名詞**（物質名詞）。

perfume

dog 狗　　salt 鹽　　perfume 香水　　music 音樂

- Please pass me the salt. 麻煩你把鹽遞給我。

3 抽象名詞（Abstract Nouns）

❶ 代表品質、觀念、感情和無法觸摸的東西的字彙，為**抽象名詞**。

ambition 抱負　　anger 憤怒　　democracy 民主　　progress 進步

❷ 許多抽象名詞是**不可數名詞**，沒有複數形式，通常**不加冠詞**（a/an/the）。

→ liberty、death 是一種無形的概念，屬於抽象名詞，不與冠詞連用，也沒有複數形式。

- Beth cried, "Give me liberty or give me death!" 貝絲大喊：「不自由，毋寧死！」

比較

如果抽象名詞後面有 **of 片語**或**形容詞子句**修飾，**就需要加冠詞 the**。比如：

- the honesty of
- the honesty + 形容詞子句

- The man who is swimming against the stream knows the strength of it.
逆流而上的游泳者方知水流的力量。
——President Thomas Woodrow Wilson 美國總統湯瑪斯・伍德羅・威爾遜

→ 抽象名詞 strength 因後面有 of 片語修飾，需要加冠詞 the。

❸ 少數抽象名詞是**可數名詞**（如：decision 決定、feeling 感覺、lie 謊言），有**複數形式**。這類可數的抽象名詞用作**單數**時，就**要加冠詞**（a/an/the）。

feeling 是可數的抽象名詞，有複數形式 feelings。
- **What you just said has hurt my feelings.** 你剛才說的話傷了我的感情。

lie 是可數的抽象名詞，用作單數時要加冠詞 a。
- **Why did she tell me a lie?** 為什麼她要對我說謊？

4 複合名詞（Compound Nouns）

❶ 名詞還可以根據形式分為**簡單名詞**（如：society 社會、idea 主意）和**複合名詞**（如：airplane 飛機、apple juice 蘋果汁）。**複合名詞**是由兩個或兩個以上的名詞組成的一個或一組名詞。

❷ **複合名詞**的三種形式：

1 **沒有連字號**　airline 航線　dressmaker 裁縫師　earthquake 地震

2 **帶有連字號**　daughter-in-law 媳婦　grown-up 成人　runner-up 亞軍

3 由兩個或三個名詞構成的**一組名詞**（在意義上是一個名詞）

fashion magazine 時尚雜誌　table tennis tournament 桌球錦標賽
picture book 繪本　vacuum cleaner 吸塵器

❸ **複合名詞**的構成：

1 名詞 + 名詞　hair dryer 吹風機　snowball 雪球　toenail 腳趾甲

提示

① 「**名詞 + 名詞**」是最常見的一種複合名詞形式。這種複合名詞的**複數形**，**第一個名詞**（被視為修飾語）通常是**單數**，**第二個名詞**用**複數**。若複合名詞是由三個名詞構成，複數形式是把**最後一個名詞**加上**複數字尾**。

第一個名詞用單數　第二個名詞用複數
- **one hotel receptionist**　**two hotel receptionists** 酒店接待員

三個名詞構成的複合名詞，最後一個名詞用複數。
- **one basketball team**　**two basketball teams** 籃球隊

countrymen 是 countryman 的複數形。第一個名詞 country 視為修飾語，只用單數形，把第二個名詞 man 變為複數形 men。
- **If we love our country, we should also love our countrymen.**
如果我們愛國，就也應該熱愛我們的同胞。
—— President Ronald Wilson Reagan 美國總統羅納德・威爾遜・雷根

② 有些名詞因為本來就**慣用複數形**，因此作**複合名詞裡的修飾語**（即第一個名詞）時，也要**保留複數形**。

- **a sports team** 一支體育隊伍　**two sports teams** 兩支體育隊伍
- **a clothes closet** 一個衣櫥　**three clothes closets** 三個衣櫥

讀音規則
複合名詞重音通常在第一音節。

2 名詞＋動詞	haircut 理髮 sunrise 日出	sunset 日落 waterfall 瀑布
3 名詞＋副詞	hanger-on 隨從 passerby 行人	time-out/timeout 暫停
4 動詞＋副詞	hangover 宿醉 makeup/make-up 化妝	takeoff 起飛 tryout 試驗
5 形容詞＋名詞	middle class 中產階級 full moon 滿月	whiteboard 白板 half sister 同父異母或同母異父的姐妹
6 副詞＋動詞	downpour 豪雨 income 收入	outlet 出口；折扣店 upturn 向上；好轉
7 副詞＋名詞	bystander 旁觀者 onlooker 旁觀者	underground 地道；地面下層 upstairs 樓上
8 形容詞＋動名詞	dry-cleaning 乾洗	public speaking 演說
9 動詞／動名詞＋名詞	breakwater 防波堤 scarecrow 稻草人	chewing gum 口香糖 rocking chair 搖椅

提示

注意 **複合名詞** 和 **形容詞＋名詞** 片語的區別。

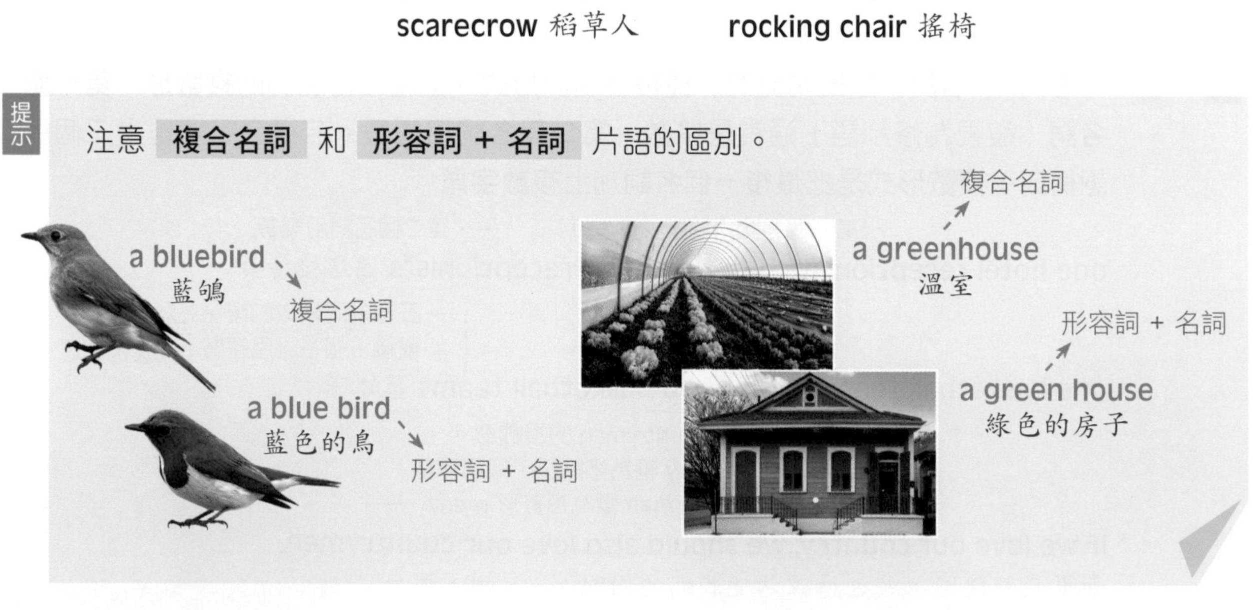

PRACTICE

1 判斷下列句子裡的劃線部分是否正確。正確打 ✓，不正確打 ×，並訂正錯誤。

1 [ ] Are May Dove and Ray Glove in a love?

____

2 [ ] To everyone's joy, May married Ray today.

____

3 [ ] Coco and Joe are both bus drivers in Chicago.

____

4 [ ] The honesty is the first chapter in the book of the wisdom.

____

5 [ ] Amy and Lily are businesses students at Saint Leo University.

____

2 從右欄選出與左欄同類的名詞，填入空格中。並寫出名詞的類型：表人物的可數名詞、表地點的可數名詞、可數的抽象名詞、物質名詞（不可數名詞）、不可數的抽象名詞。

______________	1 writer, nurse	Ⓐ idea, lie
______________	2 thought, feeling	Ⓑ hatred, love
______________	3 bedroom, kitchen	Ⓒ pilot, student
______________	4 freedom, democracy	Ⓓ milk chocolate（牛奶巧克力）
______________	5 chocolate milk（巧克力牛奶）	Ⓔ school, library

3 根據括弧裡提供的文字，完成下面的句子。

1 ______________ are shirts made of cotton.（棉襯衫）

2 ______________ are blouses made of silk.（絲質上衣）

3 ______________ are jackets made of leather.（皮夾克）

4 ______________ is a fork made of silver.（銀製餐叉）

5 Mr. Rush needs a ______________.（牙刷）

Chapter 3 名詞的種類：(3) 集合名詞

1 集合名詞的定義（Collective Nouns）

❶ **集合名詞**是指**團體**或**集體**的名稱。

army 軍隊　audience 觀眾　class 班級　family 家庭

❷ **數目的一部分**和**錢的總和**也被視為**集合名詞**。

one-fourth 四分之一　two thousand dollars 兩千美元

❸ **集合名詞**是**可數名詞**，有複數形式，作單數時，可以用冠詞 **a/an** 修飾。

one team → two teams 隊伍　one family → two families 家庭

集合名詞（army）是可數名詞，單數 army 前可以加不定冠詞 an。
- Discipline is the soul of an army. 紀律是軍隊的靈魂。
  ——President George Washington 美國總統喬治．華盛頓

2 集合名詞接複數動詞或單數動詞？

❶ **集合名詞**作主詞時，如果將集合名詞看成是構成集體的**數個個體**，比如多個家庭成員，就用**複數動詞**。如果將集合名詞視為**一個整體**，而不是一群人，就用**單數動詞**。不過，在**美式英語**裡，集合名詞後面通常用**單數動詞**。

family 指一個整體單位，動詞用單數 is。
- My family is gathering in Taipei for the Chinese New Year celebration.
  = My family members are all gathering in Taipei for the Chinese New Year celebration.
  我的家人聚在臺北歡慶春節。
  如果要強調數個個體，美式通常用「members + 複數動詞」，英式可以用「集合名詞（family）+ 複數動詞（are）」。

❷ 如果**集合名詞**前面用了 **a/an**，後面接 **of 片語**，動詞用**單複數形都可以**，較常使用**單數形**；如果用「**this/that/the + 集合名詞 + of 片語**」作主詞，則要用**單數動詞**。

較常用單數動詞。
- A team of scientists is/are studying the geology of Mars. 一組科學家正在研究火星的地質。

要用單數動詞。
- That group of people is praying for sunny days. 那群人正在祈禱風和日麗的晴天來臨。

❸ 以下三個集合名詞要用**複數動詞**：police（警方）、people（人們）、cattle（牛群；牲畜）。

- The cattle are happily grazing in the fields. 牛群正在田裡快樂地吃草。
- The police are investigating Mr. Carr. 警方正在調查卡爾先生。

❹ 表達**數字**的片語通常被看作**整體**，所以是**單數**；但如果看作是**一組個體單位**，那就是**複數**。

指一個總數，接單數動詞。
- Four years is a long time to be in the Army. 四年對從軍來說是一段漫長的時間。

指一些個體單位（一年、兩年、三年、四年），接複數動詞。
- Four years have passed since I left New York. 自從我離開紐約已經過四年了。

PRACTICE

1 根據美式英語的習慣用法，用 be 動詞的正確形式填空，完成下面的句子。

1. In Greece, the police ________ looking for this car.
2. ________ twenty dollars enough to pay for the lunch?
3. The jury ________ in no hurry to reach a decision about Mary Missouri.
4. In the last year, about eight thousand dollars ________ spent on the tutors for Kate.
5. Nine tenths of wisdom ________ being wise in time. —President Theodore Roosevelt

2 根據括弧裡的文字提示，完成下面的句子。

1. ________________ a discussion about her college plans.
（Ann 一家正在討論；強調整體；用現在進行式）
2. ________________ a discussion about her college plans.
（Ann 的家人正在討論；強調家庭成員；用現在進行式）
3. ________________ full of enthusiasm.
（我們的足球隊；強調整體；用現在簡單式）
4. ________________ full of enthusiasm.
（我們的足球隊員們；強調若干個體；用現在簡單式）
5. Honey exclaimed, "A million dollars ________________!"（是很多錢）
6. Ann | Why are you grinning?
Dan | I am grinning because ________________
________________.（我們的女子籃球隊要贏了）
7. One-fifth of the faculty at Villa High School ________________.
（屬於太空俱樂部〔Space Club〕；指一個整體單位；用現在簡單式）
8. ________________ since I last saw Kate.
（已經過去八年了；用「八年」作主詞）
9. Ten years ________________ to live on the Moon.
（是很長時間；用簡單現在式）
10. The electricity company ________________ its rates in New York City.
（正在降低；用動詞 lower 的現在進行式）

Chapter 4 可數名詞與不可數名詞：(1) 可數名詞

1 可數名詞的定義（Countable Nouns）

❶ 名詞可以根據其「可數性」，分為**可數名詞**和**不可數名詞**。

❷ 大多數名詞都是**可數名詞**，之所以稱為可數名詞，是因為這些名詞所指的人、動物或事物可以計算（如：one rocket 一枚火箭、 two rockets 兩枚火箭）。

❸ **可數名詞**又分為**單數名詞**和**複數名詞**，具有複數形式。

2 單數可數名詞的定義（Singular Countable Nouns）

❶ **單數可數名詞**是用來指**一個**人、動物、地點或事物的名詞。

❷ **單數可數名詞**不能單獨使用，需要加**冠詞**（a/an/the）、相應的**限定詞**（如：this、another、every、each）、**所有格**（如：my、Mary's）或**數詞**（基數詞或序數詞）。

another soldier 另一個士兵　every student 每一個學生　one tiger 一隻老虎
each police officer 每個警察　his doctor 他的醫生　the first chapter 第一章

✗ Is Kate really great scientist?
✓ Is Kate really a great scientist? 凱特真的是一名偉大的科學家嗎？
└→ 單數可數名詞 scientist 前面要加不定冠詞 a。

❸ **單數可數名詞**作主詞時，動詞用**單數形式**。

✗ Where are my black backpack?
✓ Where is my black backpack? 我的黑色背包在哪裡？

3 複數名詞的定義（Plural Nouns）

❶ **複數名詞**則指**多於一個**人、動物、地點或事物的名詞，字尾要用名詞的**複數形式**。

可數名詞的單數	可數名詞的複數	可數名詞的單數	可數名詞的複數
a car 汽車	→ two cars	a doctor 醫生	→ two doctors
a computer 電腦	→ two computers	a pilot 飛行員	→ two pilots
a dog 狗	→ two dogs	a teacher 老師	→ two teachers

❷ **複數名詞**不與 a/an 連用。

❸ **複數名詞**作主詞時，動詞要用**複數形式**。

✗ Both sisters runs faster than their three brothers.
✓ Both sisters run faster than their three brothers. 這兩姐妹比她們的三個兄弟都跑得快。

4 一些複數名詞的慣用語：「**all + 複數名詞**」表示「具有……特色的情境」。

all ears 仔細聆聽　all nerves 神經緊繃　all tears 淚流滿面
all eyes 全神貫注　all smiles 滿臉笑容　all thumbs 笨手笨腳

提示

「**the + 形容詞／分詞**」= **複數名詞**，表示「具有……特質者」，是**集合名詞**，指某一大類的人，作主詞時，動詞要用**複數**。

the rich 富人　the living 活著的人　the handicapped 殘障者
the poor 窮人　the many 多數人　the injured 傷患

• If a free society cannot help the many who are poor, it cannot save the few who are rich.

many 和 few 在這裡是限定詞，相當於形容詞。the many 意思是「多數人；大眾」，the few 意思是「少數人」，都是**複數**，形容詞子句的動詞要用**複數** are。

如果一個自由社會不能幫助眾多的窮人，它就不能維護少數的富人。
—President John Fitzgerald Kennedy 美國總統約翰．菲茨傑拉德．甘迺迪

PRACTICE

1 判斷下列句子裡的劃線部分是否正確。正確打 ✓，不正確打 ×，並訂正錯誤。

1 [ ] A smoker often don't smell good or feel healthy.

______

2 [ ] It was a bad mistake not to listen to my dad's advice about Jake.

______

3 [ ] Yesterday she gave long talk about not driving a motorcycle on a sidewalk.

______

4 [ ] Snow White, with her dwarf friends, were at the dance last night.

______

5 [ ] The middle-aged are often busy taking care of their children and grandchildren.

______

2 將正確答案劃上底線。

1 A bluebird is | are singing happily in the woods.
2 On your way home, please buy a | two loaf of bread.
3 There's a talk show | talk show at seven tonight.
4 In the zoo, animals like lions, tigers, and pandas often attracts | attract attention.
5 Please give me two | the box of chocolate candy by the window.

Chapter 5 可數名詞與不可數名詞：(2) 不可數名詞

1 不可數名詞的定義（Uncountable Nouns）

1. **不可數名詞**不可計數，前面**不加數詞**（如：one、ten）以及**修飾可數名詞的不定限定詞** another、every、each、many 等，也**不能加不定冠詞 a/an**，字尾**不可加 -s**（即無複數形）。
2. **不可數名詞**在句中作主詞時，動詞要用**單數**。
3. 表示**物質**（如：bread 麵包）、**動作**（如：drinking 喝）和**抽象概念**（如：democracy 民主）的名詞大多是**不可數名詞**。其他例子如下：

homework 家庭作業	**money** 錢	**water** 水
knowledge 知識	**steel** 鋼鐵	**weather** 天氣

不可數名詞 advice 可以用不定限定詞 some、any 等修飾。
➡ 參見本章 p. 20〈4 可數與不可數名詞常用的限定詞：some/any〉

- **Ms. Rice will give him some good advice.**
  萊斯小姐會給他一些好的忠告。

不可數名詞 knowledge、love 作主詞時，要用動詞的單數形式（is, goes）。

- **Knowledge is power, and love goes with a flower.**
  知識就是力量，而愛情伴隨鮮花。

2 如何表達不可數名詞的數量？

有些不可數名詞可用 **a piece of**、**two pieces of** 等**單位詞**（partitive）片語表達數量概念。

➡ 參見 p. 74〈2 a/an 不修飾不可數名詞〉

a piece of **advice** 一則忠告	two pieces of **cloth** 兩塊布
two cups of **tea** 兩杯茶	a fit of **anger** 一陣憤怒
a piece of **paper** 一張紙	two glasses of **water** 兩杯水

不可數名詞 chocolate milk 可以和片語 two/three bottles of 連用，表達數量概念。

- **Mr. Silk bought two bottles of chocolate milk.**
  西爾克先生買了兩瓶巧克力牛奶。

two bottles of chocolate milk

3 可數和不可數的意義

❶ 有些名詞既可以作**可數名詞**，也可以作**不可數名詞**，但**意義不同**。

名詞	可數含義	不可數含義
coffee	• Two coffees, please. 兩杯咖啡（物質名詞表示份數時，變成可數名詞） 請給我兩杯咖啡。	• Do you drink coffee? 咖啡（飲料） 你喝咖啡嗎？
chicken	• Sharon bought a chicken. 一隻雞 雪倫買了一隻雞。	• Mack had some chicken for a snack. 雞肉 麥克吃了一些雞肉當點心。
drawing	• It is a lovely drawing of Liz. 一幅畫 莉茲的這張肖像畫非常漂亮。	• Bing is fond of drawing. 畫畫（行為動作） 賓喜歡畫畫。
time	• I've been to Paris many times. 次數 我去過巴黎很多次。	• How time flies! 時間 光陰似箭！

❷ 有些**抽象名詞**在一定的語境下會**具體化**，當作**可數名詞**使用。

不可數	可數
with pleasure 欣然	a pleasure 令人高興的事
in surprise 驚訝地	a surprise 令人驚訝的事
the key to success 成功的關鍵	a success 成功的人／事
beauty 美麗	a beauty 美人

❸ 還有些名詞表示**整體物質**時，是**不可數名詞**；表示**某物質的一例**時，是**可數名詞**。

4 可數與不可數名詞常用的限定詞：some/any

❶ **some** 和 **any** 既可以修飾**可數名詞**，也可以修飾**不可數名詞**。

❷ **some** 通常用於**肯定句**。
（但在**期待肯定回答**的**疑問句**中，也可以用 some。）

❸ **any** 通常用於**疑問句**和**否定句**。
（在**肯定句**中，表示「任何一個」可用「**any + 單數可數名詞**」。）

➡ 參見 Chapter 20

some + 不可數名詞
- **I will give some ice cream to Jill.**
我會給吉兒一些冰淇淋。

> 提示 ice cream 與 coffee 一樣，在有些情況下也可以是**可數名詞**，表示「**份數**」。
> - **Two ice creams, please.** 請給我兩支冰淇淋。

some + 複數可數名詞
- **Kay gave her mom some flowers on Mother's Day.**
母親節那天，凱送給她媽媽一些鮮花。

any + 不可數名詞
- **Kim never gets any help from him.**
金姆從未從他身上得到任何幫助。

any + 複數可數名詞
- **"There aren't any oranges in the fridge," complained Midge.**
米姬抱怨說：「冰箱裡沒有柳丁了。」

PRACTICE

1 判斷下面名詞：可數名詞寫 C，不可數名詞寫 U。

______	1 air	______	5 cellphone	______	9 textbook
______	2 lion	______	6 courage	______	10 pork
______	3 blood	______	7 computer	______	11 ice
______	4 bread	______	8 dust	______	12 news

2 訂正劃線部分的錯誤。

1 Liz Potter often says, "A blood is thicker than water."

→ ____________

2 Heather makes beautiful jewelry out of glasses and leathers.

→ ____________

3 I didn't get some money from Penny.

→ ____________

4 Let me give you an advice about Amy.

→ ____________

5 Pam's parents will soon know that she only received C's on her final exams. Bad news travel fast.

→ ____________

3 請寫出下列可數與不可數名詞的中文。

可數		不可數	
1 a lemonade	____________	6 lemonade	____________
2 a duck	____________	7 duck	____________
3 a painting	____________	8 painting	____________
4 a paper	____________	9 paper	____________
5 an orange	____________	10 orange	____________

Chapter 6 複數名詞的形成

1 規則名詞的複數形（Plural Forms of Regular Nouns）

❶ 大部分名詞 + -s

bag → bags 袋子
road → roads 道路

❷ 字尾 -s、-x、-z、-sh、-ch 的名詞 + -es

boss → bosses 老闆
wish → wishes 希望
box → boxes 盒子
church → churches 教堂
waltz → waltzes 華爾滋

例外

1 「母音字母 + -z」的複數形式，**重複字尾 z，再加 -es**：

quiz → quizzes 小考

2 ch 的發音為 [k] 時，**只加 -s**：

stomach → stomachs 胃
monarch → monarchs 君主

❸ 字尾子音字母 + -y 的名詞 去 y，+ -ies

baby → babies 嬰兒
family → families 家庭

例外

專有名詞即使以「子音字母 + -y」結尾，複數形也**只加 -s**：

two Larrys 兩個賴瑞

❹ 字尾母音字母 + -y 的名詞（如：-ay、-ey、-oy、-uy） + -s

highway → highways 公路
guy → guys 傢伙

例外

以 **-quy** 結尾的名詞，仍需要**去 y，再加 -ies**：

soliloquy → soliloquies 獨白

❺ 字尾 -f/-fe 的名詞 去 f/fe，+ -ves

knife → knives 刀子　thief → thieves 小偷

例外

1 有些以 -f 或 -fe 結尾的名詞，**只加 -s** 構成複數：

roof → roofs 屋頂
proof → proofs 證據

2 有些以 -f 結尾的名詞，**可加 -s，也可去 f 加 -ves**：

scarf → scarfs/scarves 圍巾

3 以 **-ff** 結尾的名詞，**通常加 -s** 構成複數：

cliff → cliffs 懸崖

❻ 字尾子音字母 + -o 的名詞 + -es

potato → potatoes 馬鈴薯
hero → heroes 英雄

例外

1 有些字雖然以「子音字母 + -o」結尾，複數形卻**只加 -s**：

piano → pianos 鋼琴
photo → photos 照片

2 還有一些以「子音字母 + -o」結尾的名詞，**既可以加 -es，也可以加 -s** 構成複數：

buffalo → buffalos/buffaloes 水牛

buffalo 有三個複數形式：
- buffalos（加 -s）
- buffaloes（加 -es）
- buffalo（單複數同形）

mosquito → mosquitos/mosquitoes 蚊子
volcano → volcanos/volcanoes 火山
zero → zeros/zeroes 零

❼ 字尾母音字母 + -o 的名詞 + -s

radio → radios 收音機　zoo → zoos 動物園

2 不規則名詞的複數形（Plural Forms of Irregular Nouns）

❶ 單複數不同形	1 字尾 + (r)en	child → children 孩童　　ox → oxen 公牛
	2 改變母音字母	man → men 男人　　foot → feet 腳 louse → lice 蝨子　　goose → geese 鵝 mouse → mice 老鼠　　tooth → teeth 牙齒 louse、mouse 除了要改母音字母 ou 為 i，還需要把 se 改成 ce。
❷ 單複數同形		one aircraft → two aircraft 飛機 one sheep → two sheep 綿羊 one deer → two deer 鹿 one species → two species 物種

提示 1

❶ **單複數同形的名詞**還包括一些表示**民族**的名詞，如：

a Chinese 一名中國人 → two Chinese 兩名中國人
a Vietnamese 一名越南人 → two Vietnamese 兩名越南人

❷ 有一些**數量**名稱也是**單複數同形**，如：

a dozen eggs 一打雞蛋 → two dozen eggs 兩打雞蛋
a thousand people 一千個人 → two thousand people 兩千個人

注意 用以形容**大量的**，而非指「確切數量」時，要**加 -s** 構成複數，再與 **of** 構成固定片語。

dozens of times 許多次　　thousands of people 數千人

提示 2

❶ **fish** 的複數形有兩種：**fish** 和 **fishes**。指**同種類的魚或泛指「魚」**，或指**魚的數量**時，無論單數還是複數都用 **fish**。但指**多種不同種類的魚**時，可以用 **fish** 或 **fishes**，但複數形式 **fish** 仍然較為常見。

同種類魚、泛指魚類、魚的數量	數種不同種類的魚
one fish　two fish　three fish 泛指「魚」，一條、二條、三條。	several kinds of fish 更常用 several kinds of fishes

❷ **fish** 指魚肉時，是**不可數名詞**，沒有複數形式。

- We had a lovely lunch of smoked fish (魚肉), cheese, tomatoes, and potatoes.
  我們吃了一頓非常美味的午餐，有燻魚、乳酪、番茄和馬鈴薯。

❸ 外來詞	1 -is → -es	crisis	→ crises 危機
	2 -on → -a	phenomenon	→ phenomena 現象
	3 -x → -ces	index	→ indices/indexes 索引
	4 -um → -a	referendum	→ referenda/referendums 公民投票
	5 -us → -i	syllabus	→ syllabi/syllabuses 教學大綱

3 複合名詞的複數形（Plural Forms of Compound Nouns）

❶ **複合名詞**的複數形是把複合名詞中的**基本名詞**（即此名詞中的主要成分）變成**複數**。

attorney general → attorneys general 首席檢察官；（美國）司法部長
bookstore → bookstores 書店
boyfriend → boyfriends 男朋友
editor-in-chief → editors-in-chief 總編輯
man-of-war → men-of-war 軍艦
mother-in-law → mothers-in-law 婆婆；岳母
notary public → notaries public 公證人
passerby → passersby 路人
runner-up → runners-up 亞軍
sandbox → sandboxes 沙箱；沙坑
sergeant major → sergeants major 士官長
son-in-law → sons-in-law 女婿
steamboat → steamboats 汽船
storyteller → storytellers 說書人
tennis shoe → tennis shoes 網球鞋
school bus driver → school bus drivers 校車司機

a man-of-war

The Cannon Shot, painting by Willem van de Velde the Younger

❷ 一些非「名詞 + 名詞」的複合名詞沒有明顯的基本名詞，通常在**最後一個字**加上**複數字尾**。

good-for-nothing → good-for-nothings 無用之人
grown-up → grown-ups 成年人

❸ 有些複合名詞，**前後兩個字**都用**複數形**。

woman doctor → women doctors 女醫生　　man servant → men servants 男僕

❹ 有些以 **man** 和 **woman** 結尾的複合名詞，變成複數時與 man 和 woman 的變化形式相同。

policewoman → policewomen 女警　　gentleman → gentlemen 紳士

4 姓和名的複數形（Plural Forms of Names）

無論是名字還是姓氏，人名的複數形都是加 **-s**，只有字尾是 -s、-sh、-ch、-x 或 -z 時，才加 **-es**。即使人名是以 -y 結尾，也只加 **-s** 構成複數。總之，**不要改變名字的原拼寫**。

Annie → Annies　　Amos → Amoses　　Cherry → Cherrys

PRACTICE

1 寫出下列單數名詞的複數形。

1 donkey → ______
2 city → ______
3 wish → ______
4 birthday → ______
5 leaf → ______
6 door → ______
7 class → ______
8 roof → ______
9 echo → ______
10 basis → ______
11 kilo → ______
12 hero → ______
13 goose → ______
14 housewife → ______
15 analysis → ______
16 guy → ______
17 tooth → ______
18 looker-on/onlooker → ______
19 dress → ______
20 lunch → ______
21 woman → ______
22 library → ______
23 display → ______
24 gallery → ______
25 wolf → ______
26 hello → ______
27 mosquito → ______
28 cargo → ______
29 video → ______
30 mouse → ______
31 deer → ______
32 species → ______

2 訂正下列劃線處複數名詞的錯誤。

1 I love to eat potatos and tomatos. → ______
2 Uncle Tom told me lots of funny storys about Mom. → ______
3 We could save lifes by teaching children not to play with guns and knifes.
→ ______ ______
4 Sharon rode on a cart pulled by two oxes. → ______
5 I saw three sheeps leap over a toy jeep. → ______
6 Scot ate the three fishes that were in the pot. → ______
7 In my class, there are two Maries and three Charles'. → ______ ______
8 My baby brother, Keith, has only three tooths. → ______
9 Mom gives baby Fay many kisss on her rosy cheeks every day. → ______
10 During the shootout yesterday, the two banks robbers were killed, but the four passerbys and the two deputy sheriffs were not wounded.
→ ______ ______

Chapter

7 永遠以複數形出現的名詞

1 形式為複數、意義為單數的不可數名詞

❶ **學科、活動類：**一些以 **-s** 結尾的名詞形式上看起來是複數，實際上卻是**不可數名詞**，作主詞時，後面接**單數動詞**。這些名詞通常是表示**學科**、**遊戲**、**運動**或**疾病**的名詞。

aerobics 有氧體操

measles 麻疹

athletics 體育運動
billiards 撞球
economics 經濟學
ethics 倫理學
mathematics 數學
news 新聞
politics 政治學
physics 物理學

- The news about that terrible flood in Chad makes me feel sad.
  查德發生大洪水的新聞讓我很難過。

❷ **國名、書名、報刊名**：以**複數形式**出現的**國名**、**書名**、**報刊名**等，視為**單數**，作主詞時，後面接**單數動詞**。

the United States 美國

The Arabian Nights 《一千零一夜》

- The United States is going to host the G20 summit.
  美國將主辦二十國集團高峰會。

❸ **-ics 結尾的名詞：economics**、**statistics** 和 **politics** 可作單數，也可作複數。如果把這些名詞看成是**一般**、**泛指**的詞，如「一門學科」，那就是**單數**。如果把這些名詞看成是**特定**、**限定**的詞，如「某人的信仰」，那就是**複數**，作主詞時，要用**複數動詞**。

(指一門學科，用單數動詞（is）。)
- Statistics is a difficult subject for Liz.
  對莉茲來說，統計學是一門困難的學科。

(指一組數據，用複數動詞（show）。)
- Statistics show that the price of a cup of coffee has been going up.
  統計數字顯示咖啡的價格節節上升。

2 形式為複數、意義為單數的複數名詞

❶ 工具類、設備類、服裝類：

1 一些名詞（物品）在**意義上是單數**，卻具有**複數形式**，而且總是與**複數動詞**連用。這類名詞多半具有「**一雙；一對**」的意味（如剪刀是由兩個刀片組成）。

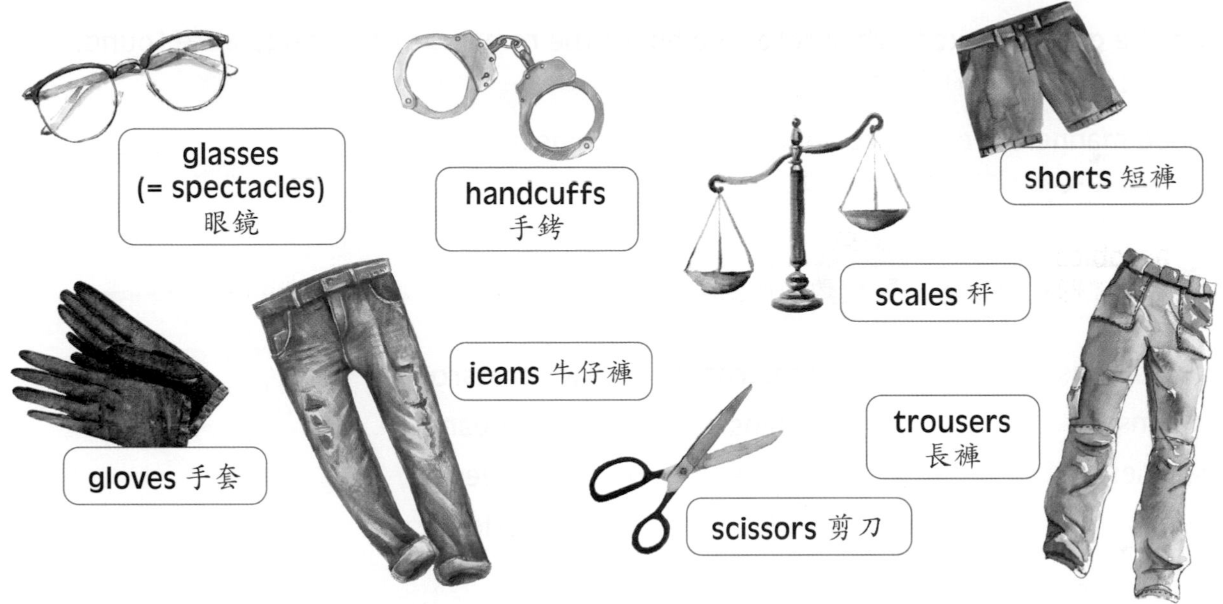

• Are my new blue jeans still in the car?
我的新藍色牛仔褲還在車子裡嗎？

2 要表達這類名詞的**數量**時，要用 **a pair of**（單數）、**two/three pairs of**（複數）等片語來修飾這些名詞。當 **a pair**、**this pair** 作主詞時，要用**單數動詞**。

不能直接用數詞（two、three 等）修飾 pants。
✗ Lulu left her two new pants at the zoo.
✓ Lulu left her two pairs of new pants at the zoo. 露露把她的兩條新褲子丟在動物園了。

a pair of gloves 要用單數動詞（is）。
• There is a pair of gloves near that teddy bear. 那隻泰迪熊的旁邊有一副手套。

❷ 其他**形式為複數**、**意義為單數**（表示單一物品）的**複數名詞**：這類名詞作主詞時，動詞常用**複數**。

assets 資產
belongings 攜帶物品；財物
customs 關稅 (= tariffs)
earnings 收入
funds 專款；基金
goods 商品

greens 綠色蔬菜
headquarters 總部
lodgings 寄宿房間
looks 相貌
manners 禮貌
oats 燕麥

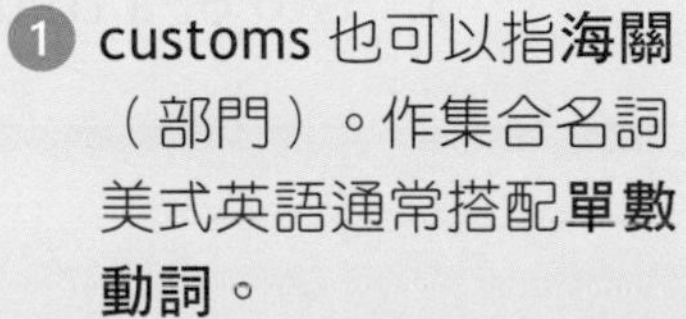

提示
① customs 也可以指**海關**（部門）。作集合名詞，美式英語通常搭配**單數動詞**。
② custom 指**風俗**、**習慣**，複數名詞是 customs。

odds 機會；賠率
outskirts 郊區
quarters 住處；軍營
regards 問候
remains 遺跡；殘骸
riches 財富
savings 存款
stairs 樓梯
thanks 感謝
whereabouts 行蹤

- On the ground next to that collapsed house the remains of two dogs were found.
  在那間倒塌房子旁的地上發現兩隻狗的屍體。

- Good manners are vital to your success in business.
  商場上要成功，有禮貌至關重要。

3 形式為複數、單複數同形的名詞

crossroads 十字路口
means 手段；方法
species 物種
series 系列

a crossroads → two crossroads
a means → by all means
a species → many species
a series → two series

series 單複數同形，但通常用作**單數**。

- A series of tests is needed before the doctor can operate on Ms. Love.
  拉夫女士需要做一系列的檢查，
  醫生才能給她動手術。

英文諺語 Fun 輕鬆 **單複數名詞**

1. Actions speak louder than words. 事實勝於雄辯。
2. Art is long, but life is short. 生也有涯，知也無涯。
3. Beauty is only skin deep. 美貌是膚淺的。
4. Don't judge a person by his or her looks. 勿以貌取人。
5. Two of a trade seldom agree. 同行是冤家。

PRACTICE

1 填入正確的 be 動詞形式。

1. Joe's new glasses ____________ broken accidentally.
2. Physics ____________ Peter's favorite subject.
3. Her politics ____________ the opposite of Rick's.
4. My new scissors ____________ very sharp.
5. "Checkers ____________ a great game," declared Liz.
6. Her assets ____________ wiped out in 2020.
7. No news ____________ good news.
8. Honesty ____________ the best policy.
9. There ____________ many species of monkeys.
10. Politics ____________ not a bad profession. If you succeed there ____________ many rewards; if you disgrace yourself you can always write a book.

—President Ronald Wilson Reagan

2 根據括弧裡提供的文字，完成下面的句子。

1. My aunt's new purple pants ______________________________.
（是法國製造的）
2. Good manners ____.
（對世界上的每一個人來說都很重要）
3. ______________________________ quite attractive, her personality is like a cold and stormy night.
（雖然她的相貌；用 looks）
4. That Internet advertisement is ______________________________ for finding potential buyers of our new jet.
（有效的方法；用 means）
5. What ____________________________ for the last five years?
（你的收入是；用 earnings）

Chapter 8 名詞的所有格：(1)「's」（'s/s'/'）所有格的基本規則

❶ **所有格**（possessive form）是一個字（如：his）或一種字的形式（如：Dad's），用以表示某人或某物的**所屬關係**。

❷ 名詞的**所有格**有三種表現方式：

1 以所有格符號（'）加 s 來表示，即加「**'s**」（例如：lady**'s** 女士的、men**'s** 男人的）。

2 只加所有格符號「**'**」（例如：boys**'** 男孩們的、conscience**'** 良心的）。

3 用 **of 結構**（例如：the top **of** the page 頁頂）。

1 單數名詞的所有格構成

❶ **字尾非 -s 的單數名詞**（包括人名）→ + 's

my son's car 我兒子的汽車　　Jane's cats 珍的貓　　Roy's toys 羅伊的玩具

- That woman's shirt matches her blue skirt. 那女子的襯衫與她的藍色裙子很相配。

❷ **字尾 -s 的單數名詞**（包括人名）→ + 's

the witness's reply 證人的答覆　　Dr. Seuss's books 蘇斯博士的書

the bus's tires 公車的輪胎　　Dennis's robot 丹尼斯的機器人

Ms. Jones's house (= Ms. Jones' house) 瓊斯女士的房子

Mr. James's car (= Mr. James' car) 詹姆斯先生的汽車

└→ 以上兩個人名的所有格，可加「's」，也可只加「'」。

提示

字尾 -s（或字尾 -s 發音）的**單數人名**或**單數名詞**，如果在後面加上「's」後，會造成發音困難（三個一連串的 s 或 z 音），就只加「**'**」，尤其是**外來人名**或**古人名**。

若加「's」會難以發音	字尾為 -s 發音的慣用語，只加「'」
Socrates' life 蘇格拉底的生活	for goodness' sake 看在老天爺的分上
Jesus' stories 耶穌的故事	for conscience' sake 為了良心過得去
Los Angeles' freeways 洛杉磯的高速公路	比較 for heaven's sake 看在老天的分上 └→ 字尾不以 s 發音的慣用語，要加「's」。

2 複數名詞的所有格構成

❶ **不規則複數名詞**（不以 -s 結尾）→ + 's

children's storybooks 兒童的故事書　　men's room 男廁

women's issues 婦女的議題　　mice's tails 老鼠的尾巴

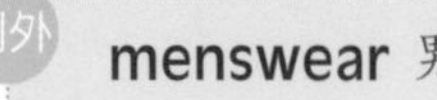
例外 menswear 男裝

❷ **規則複數名詞**（以 -s 或 -es 結尾）→ + '

單數		複數		複數所有格	
boy	→	boys	→	boys' toys	男孩們的玩具
boss	→	bosses	→	bosses' problems	老闆們的問題
girl	→	girls	→	a girls' basketball team	一支女籃球隊
Mrs. and Mr. Fox	→	the Foxes	→	the Foxes' house	法克斯家的房子

提示

在**字母**和**年代**後面加「**'s**」，就構成了字母或年代的複數形。

- Mind your p's and q's. 謹言慎行。
- Tom lived in New York City during the 1990's.
  = Tom lived in New York City during the 1990s.
  九〇年代期間，湯姆住在紐約市。
  └→ 年代的複數形式也可以只加「-s」。

3 複合名詞的所有格構成

複合名詞的所有格 → **最後一個字的字尾** + 's 或 + '

單數複合名詞	複數複合名詞
her father-in-law's anger 她公公的憤怒	my daughters-in-law's opinions → 不以「-s」結尾的複數 我媳婦們的意見
my stockbroker's advice 我的股票經紀人的建議	our stockbrokers' advice → 以「-s」結尾的複數 我們的股票經紀人的建議
the vice-president's speech 副總統的演講	the vice-presidents' interest in NASA → 以「-s」結尾的複數 副總統們對美國太空總署的興趣

- Are you and Kay coming to my sister-in-law's party on Sunday?
  你和凱星期天要來參加我嫂子辦的派對嗎？

4 「's」所有格的特殊用法

❶ 兩個「's」所有格可以連用。

- I don't like my neighbor's tenant's loud music.
  = I don't like the loud music of my neighbor's tenant.
  └→ 用「of 所有格 + 's 所有格」結構更自然、流暢。
  ➡ 參見 p. 35〈4 雙重所有格〉
  我不喜歡從鄰居的房客那裡傳來的喧鬧音樂聲。

❷ 如果上下文意思清楚，「's」所有格之後可以省略名詞。

- This isn't Jerry's cellphone; it's Mary's.
  這不是傑瑞的手機，是瑪麗的。

❸ 如果兩人**共同擁有**某物，則「's」或「'」只加在**最後一個名詞**之上；如果是兩人**各自擁有**，**兩個名詞**都要加「's」或「'」。

→ 兩人共同的家
- **I love Jerry and Mary's new home in Rome.** 我喜歡傑瑞和瑪麗在羅馬的新家。

→ 對同一個事件各自不同的看法（= Jerry's idea and Mary's idea）
- **Jerry's and Mary's ideas about creating a new computer game are not the same.**
 傑瑞和瑪麗對於創造新電腦遊戲的想法不同。

5 「's」所有格與冠詞 the 的用法

❶ **專有名詞**的所有格前面**不能加冠詞** the 或 a/an。

✗ the Taiwan's economy	✓ Taiwan's economy 臺灣的經濟
✗ the Mike's cellphone	✓ Mike's cellphone 邁克的手機

→ 帶有「's」或「'」字尾的專有名詞所有格可以取代定冠詞 the，即專有名詞的所有格**不能與 the 連用**（如：**Wes's** new car = **the** new car that belongs to **Wes**）。
- **Wes's new car was stolen yesterday.** 韋斯的新車昨天被偷了。

❷ **the + 姓氏複數 + 所有格**：姓氏複數無論是普通格還是所有格，都要加 the。

the Wangs' house = the Wang family's house 王家的房子

→ the Smiths 中的冠詞 the 與 Smiths 無關，而是與 family 相關（the Smiths = the Smith family）。
- **Luckily for me, the Smiths' friends were all friendly.**
 = Luckily for me, the Smith family's friends were all friendly.
 我很幸運，史密斯家的朋友都很友善。

❸ **普通名詞**的所有格要加 the。

→ **the** girl's room = **the** room that belongs to **the** girl
- **Is the girl's room full of pearls?** 那女孩的房間裡到處都是珍珠嗎？

英文慣用語 Fun 輕鬆 **名詞的所有格**

1. a hair's breadth	毫釐之差
2. a stone's throw	一石之遙（極短的距離）
3. at one's wits' end	計窮智短
4. keep someone/something at arm's length	保持距離
5. to one's heart's content	盡情地……

- **Mary played to her heart's content in Disneyland.**
 瑪麗在迪士尼樂園玩得十分盡興。
- **The police station is located within a stone's throw of Mary's house.**
 警察局就在瑪麗家附近。

PRACTICE

1 寫出下列單數名詞的所有格形式。

單數名詞	單數所有格	單數名詞	單數所有格
1 neighbor	________	6 Ulysses	________
2 Dan	________	7 princess	________
3 bus	________	8 Mary	________
4 Dickens	________	9 Congress	________
5 chicken	________	10 witness	________

2 寫出下列名詞的複數形和複數形的所有格形式。

單數名詞	複數名詞	複數所有格
1 bird	________	________
2 hero	________	________
3 heroine	________	________
4 parent	________	________
5 child	________	________
6 woman	________	________
7 boss	________	________
8 wheeler-dealer	________	________
9 Mr. and Mrs. Fox	________	________
10 salesclerk	________	________

3 訂正劃線處的錯誤。

1 Those are <u>the Roy's</u> magazines. ➡ ________

2 <u>Nat's and Pat's</u> cat is big and fat. ➡ ________

3 Sharon stole <u>Joy children's</u> toys. ➡ ________

4 The <u>nurses's</u> faces are red because of what the doctor said. ➡ ________

5 The <u>Masons's</u> house has a large balcony that has a great view of Lake Annie.

➡ ________

Chapter 9 名詞的所有格：(2)「's」所有格以及 of 所有格

1 's 所有格

❶ 指**人或動物**：表示**所屬關係**、**個人或職業關係**、**人的特質**。

John's foolishness 約翰的愚蠢（人的特質）　my dog Snap's new collar 我的狗狗史奈普的新項圈（所屬關係）

❷ 指某物的**來源**：表示出自何地或由誰製作。

- Saudi Arabia's biggest export is oil. 沙烏地阿拉伯最大的出口產品是石油。

❸ 指**時間**、**數量**或**度量衡**：許多涉及**時間**、**距離**、**價值**、**公司**、**政府**、**國家**的片語，以及**擬人化**的片語，常用「's」所有格。

New Year's resolutions 新年新希望
an hour's work 一小時的工作
at arm's length 一臂可及之處；疏遠
at death's door 生命危在旦夕
the government's new policy 政府的新政策
today's newspaper 今天的報紙
the company's crisis 公司的危機
the Moon's orbit 月球的運行軌道

a fifteen minutes' walk = a fifteen-minute walk 十五分鐘的步行路程（如果用連字號形式，構成複合形容詞，minute 必須用單數。）

one of Taiwan's biggest growth markets 臺灣最大的成長市場之一

❹ 用於**商店**、**公司名稱**：用來指**工作地點或某人的家**；常省略所有格後面的名詞。

at Macy's 在梅西百貨　at the dentist's 在牙科診所　at the Browns' (home) 在布朗家

- We went to McDonald's for breakfast. 我們去了麥當勞吃早餐。（公司名）
- I spent last weekend at Jane's. 上個週末我是在珍的家裡度過的。（某人的家）

❺ 用於許多**節日名稱**。

單數	複數
Mother's Day 母親節	April Fools' Day 愚人節
New Year's Day 元旦	Presidents' Day 總統日
Valentine's Day 情人節	Women's Day 婦女節

提示

1. 有些節日名稱不用「's」所有格。
   Memorial Day 陣亡將士紀念日
   Thanksgiving Day 感恩節
2. 有些節日名稱只用名詞的**複數形式**，而不用「's」或「'」複數所有格形式。
   Veterans Day（美）退伍軍人節
   United Nations Day 聯合國日

2 of 所有格

❶ 用於**無生命的事物**或**抽象名詞**。

at the bottom of the stairs 在樓梯底下

the philosophy of science 科學原理

❷ 用於某些**固定表達**和**稱號**。

the Prince of Wales
威爾斯王子（英國王儲之稱號）

比較

apple juice 蘋果汁 ← 複合名詞，不強調所有權。apple 修飾 juice。

Mary's apple juice 瑪麗的蘋果汁 ← 指人，用「's」所有格。

the juice of those apples 那些蘋果的汁 ← 指物，用 of 所有格。

❸ 用於**長而複雜的片語**，該名詞可以是**物**，也可以是**人**。

名詞片語 a university student 後面由過去分詞片語 named Chou Mei 限定。

the murder of a university student named Chou Mei 一個名叫周梅的大學生的謀殺案

the terrible earthquake of May 12, 2008 2008 年 5 月 12 日的那場大地震

3 of 所有格及 's 所有格可以互換的情況

❶ 指**物體**的性質
→ 指人的特質通常用「's」所有格

the size of the ship
= the ship's size 輪船的大小

❷ 指**主題**、**主旨**或**話題**

the speech of the CEO
= the CEO's speech 執行長的演說

❸ 用於**國家**、**組織**、**城市**、**機構**、**機器**、**車輛**、**建築**等人類創造物

on the streets of London
= on London's streets
= on London streets 在倫敦街道上

❹ 指**自然現象**

the atmosphere of the Earth
= the Earth's atmosphere 地球的大氣層

❺ **複合名詞**
→ 用 of 所有格更自然

the mothers of my two sons-in-law
= my two sons-in-law's mothers
我兩位女婿的母親們

the opinion of the editor-in-chief
= the editor-in-chief's opinion 總編輯的意見

4 雙重所有格

❶ **of 所有格 + 's 所有格**：這種結構叫**雙重所有格**（double possessive）。

用「of 所有格 + 's 所有格」更自然。

the beautiful fur of Jane's puppy = Jane's puppy's beautiful fur 珍的小狗一身漂亮的毛

❷ 當 any、some、several、this、that、these、those 等字與名詞所有格同時修飾一個名詞時，要用「**of 所有格 + 's 所有格**」。

any novels of Dickens's = any of Dickens's novels 狄更斯的任何小說

this lovely son of Sue's 蘇的這個可愛的兒子

❸ of 所有格與雙重所有格的區別

1 當所修飾的名詞是 picture、painting、photograph、statue 等時：

A 使用 **of 所有格**：指某人的肖像畫、玉照或雕像等。

B 使用**雙重所有格**：指創作者或某人的收藏物。

- This is a picture of Mary. 這是一幅瑪麗的畫像。
- This is a picture of Mary's. 這是瑪麗畫的一幅畫。／這是瑪麗收藏的一幅畫。

2 當所修飾的名詞是 friend、cousin、uncle 等時，使用 **of 所有格**與**雙重所有格**，**英式英語**強調的重點不同。

A 強調「**不止一個**」：英式和美式都用**雙重所有格**，表示部分概念（……之一）。

美式 英式 Jane is a friend of my wife's. ▸ 雙重所有格
= Jane is one of my wife's friends.
珍是我妻子的一個朋友。—• 強調我妻子的朋友不止一個。

B 強調人與人之間的**朋友或親戚關係**：英式可用 **of 所有格**；美式只用 **'s 所有格**。

英式 Jane is a friend of my wife. ▸ of 所有格

美式 英式 Jane is my wife's friend.
珍是我妻子的朋友。—• 強調我妻子與 Jane 之間的朋友關係。

5 's 所有格 + of 所有格

描述同一片語中不同名詞之間的多種關係時，通常用 **'s 所有格**來表示**來源**、**所有者**或**製造者**，用 **of 所有格**來表示**主題**或**話題**。

Jane Smith's portrait of President Washington
- Jane Smith's ▸ 製造者；of President Washington ▸ 主題 ▸ 由珍．史密斯所畫的華盛頓總統的畫像
- Jane Smith's ▸ 所屬關係；of President Washington ▸ 主題 ▸ 珍．史密斯所擁有的華盛頓總統的畫像

President Washington 為畫像的主題。
Jane Smith 為畫像的創作者或擁有者。

---

the National Gallery's portrait of King Charles
- the National Gallery's ▸ 所屬關係；of King Charles ▸ 主題 ▸ 國家美術館所擁有的查爾斯國王的畫像

the National Gallery 擁有這幅畫。 King Charles 是畫像的主題。

文法句型 Fun 輕鬆 **所有格的慣用語**

句型 to + 名詞／代名詞所有格 + 表示情緒的名詞 , S + V 令某人……的是，……

表示情緒的名詞

delight 欣喜	disappointment 失望
surprise 驚訝	relief 安心
sorrow 哀傷	satisfaction 滿意
regret 遺憾	

- To Mary's surprise, Jack showed up. (Mary's ▸ 名詞所有格)
令瑪麗驚訝的是，傑克出現了。
- To her surprise, she won first prize. (her ▸ 代名詞所有格)
她贏得了頭獎，令她大吃一驚。

PRACTICE

1 根據括弧裡提供的文字，完成下面的句子。

1. Lynn opened ________________ and went in.（Paul 的門）
2. ________________________________ seemed fair to Mr. Bear.（這個國家的稅收制度）
3. There are two toy rockets in ________________.（Ann 的口袋裡）
4. I looked out of ________________ and saw the beautiful blue sky.（Amy 的窗戶）
5. The ancient temple was destroyed during the horrible ________________ ________________.（2008 年 5 月 12 號的地震）
6. ________________________________ is going to visit India.（美國總統）
7. ________________________________ sent her a Christmas email.（蘇的一位老友；強調「不止一個」）
8. Please go to ________________ and get some bread.（麵包店；指工作地點）
9. The picture of a woman full of rage is on ________________.（頁面的最上方）
10. ________________, all of her family members came to her birthday party.（令蘇高興的是；用 delight）

2 改寫下列不正確、不自然流暢的句子。

1. The monkey is climbing to the tree's top.
____
2. Nancy set up a summer camp at Mount Amy's bottom.
____
3. Are there any toy rockets in the Jean's jeans' pockets?
____
4. She said the story was in *New York Times* of yesterday.
____
5. Gary opened the door of the city's library.
____

Chapter 10 指示代名詞 this、that、these、those

1 指示代名詞的用法（Demonstrative Pronouns）

❶ 指示代名詞 **this/that**（**單數**）和 **these/those**（**複數**）用來確認或指定名詞，在句中可以作主詞、受詞和主詞補語。兩者有**空間**上的差異。

空間：this/that 指人（sister, brother）。
sister 就你在旁邊，用 this；brother 離你比較遠，用 that。
→ this 和 that 在這句裡作**主詞**。

- **This is my sister Kris, and that is my brother Mat.**
  這是我妹妹克麗絲，那是我弟弟麥特。

空間：these/those 指動物（puppies, cats）。
puppies 就在你身邊，用 these；cats 離你比較遠，用 those。
→ these 和 those 在這句裡作**主詞**。

- **These are my puppies, and those are Mat's cats.**
  這些是我的小狗，那些是麥特的貓咪。

❷ **this/that**（單數）和 **these/those**（複數）也可以用來表示**時間**上的差異。

- **Kris and I will never forget this.**
  我和克麗絲將永遠不會忘記這件事。

時間：this/these 指「近」的事物（如：剛發生、正在發生或將發生的事）。
→ this 在這句裡作**受詞**。

- **Matt asked, "Who told you that?"**
  麥特問：「那件事是誰告訴你的？」

時間：that/those 指「遠離」的事物（如：過去發生的事或已被提及的事物或人）。
→ that 在這句裡作**受詞**。

❸ **this/that**（單數）和 **these/those**（複數）也可以用來表示「**以下所述**」或「**以上所述**」。

this 指「以下所述」，這種情境只能用 this，不用 that。

- **This is what bothers me: I miss Alice.**
  這就是困擾我的事：我想念愛麗絲。

that/this 都可以指「以上所述」，但用 that 更好。

- **That/This is how I ended up working in Vancouver.**
  就這樣，我最後在溫哥華工作了。

Ann Tom and I are going to get married next week. 湯姆和我下週要結婚了。

Dan Oh, that's great! 啊，太好了！

that 指「某人剛說過的話的內容」。

- How far you go in life depends on your being tender with the young, compassionate with the aged, sympathetic with the striving and tolerant of the weak and strong, because someday in your life you will have been all of these.
  └→ these 在這裡指「以上所述」。
  你一生的成功取決於你是否對年幼者呵護，對年長者體恤，對奮鬥者同情，對弱者和強者包容。因為有朝一日，你必將經歷所有角色。
  —— George Washington Carver 美國農業科學家喬治・華盛頓・卡弗

❹ **that** 可用在一些**慣用片語**中。

that is (to say) (= in other words; to put it another way) 換句話說
with that (= with no further discussion; following that) 接著就；隨即

- That will do. 那就可以了。
- That's all. 就這些了。
- That's all right. 不用謝。
- That's that! (= That is settled. / That's finished.)
  就這樣吧。／就這樣定了。／這事就這樣了。／沒什麼好說的。

2 指示形容詞的用法（Demonstrative Adjectives）

this、**that**、**these**、**those** 可作**限定詞**（即**指示形容詞**），修飾其後的名詞，用法與指示代名詞一樣。

❶ **this**、**that** 修飾**單數**名詞；**these**、**those** 修飾**複數**名詞。

- ┌→ this 後面接單數名詞。
  Should I save this piece of apple pie for Elwood?
  我該把這片蘋果派留給艾爾伍德嗎？
- ┌→ these 後面接複數名詞。
  When will you taste some of these pieces of cheese?
  你什麼時候要嘗嘗這幾片乳酪？

❷ **空間**上的「遠近」差異。

- ┌→ these green peppers 指近在眼前的青椒，也許就在講話者面前的盤子裡。
  Will these green peppers make me sneeze? 這些青椒會使我打噴嚏嗎？
- ┌→ those flowers 指離說話者比較遠的花朵。
  Margo picked those flowers a week ago. 那些花是瑪歌一週前摘的。

❸ **時間**上的「遠近」差異。

this morning 今天早上　　that morning 那天早上

- ┌→ **時間**：these days 是慣用法，指「現在、目前、如今、最近」，表示時間近。
  These days I like to eat cheese. 我最近喜歡吃乳酪。
  └→ 時態要用**現在式**。
- ┌→ **時間**：in those days 是慣用法，指「當時、那時候」，表示時間遠。
  In those days I was just a kid and had not yet met Rose.
  └→ 時態要用**過去式**。
  那時候，我只是一個小孩，還沒有遇見蘿絲。

提示

在某些表達用語中，**this** 指「這麼；這樣地」，**that** 指「那麼；那樣地；非常」，作副詞用。**this/that** 還可用來替代**副詞 so**，強化其後的形容詞或副詞。

修飾副詞 far。
go just this far (to this extent) 只走這麼遠

修飾形容詞 big。
that big (to that extent) 那麼大

- **Kate never stayed out that late.** 凱特從未那麼晚還不回家。
- **Ruth never stays out this late.** 露絲從未這麼晚還不回家。

that 或 this 可替代副詞 so（that late / this late = so late），用來**強調**。
涉及「時間」時，若句子是**過去式**，用 **that**，句子是**現在式**，用 **this**。

PRACTICE

1 根據括弧裡提供的文字，用 this 或 that 完成下面小對話。

1 Ann　Who is this?
Dan　________________________________
（這是她的小寶寶 Alice）

2 Ann　Look, someone is climbing the tree! ________________（那是誰）
Dan　That's Louise, and she's good at climbing trees.

3 Ann　________________________________
（這個星期六你和 Kay 打算做什麼）
Dan　We haven't decided yet.

4 Ann　Do you miss your high school days?
Dan　Yes, because in ______________ I was in lots of plays.（那些日子）

5 Ann　When did Eve Ring leave for Tel Aviv?
Dan　________________________________
（她和 June 在今天下午大約三點時一起離開的）

2 判斷下列句子裡的劃線部分是否正確。正確打 ✓，不正確打 ×，並訂正錯誤。

1 [ ] Now watch that!

____

2 [ ] She needs to paint this windows.

3 [ ] We're going to eat first and then go to the concert. Are you OK with that?

4 [ ] This vacation with Kate was great!

5 [ ] Ms. Green noted, "This is the worst recession I have ever seen."

6 [ ] There is so much terrorism those days that many people don't feel safe anywhere.

7 [ ] Louise, could you please bring me this plate of cheese?

8 [ ] Scot always sells a lot of ice cream when the weather is this hot.

9 [ ] Andrew is going to quit school and get married to Sue. I think that's not wise.

10 [ ] Ann: I can't believe what I heard about mayor Eve Player.
Dan: Really? Well, you may want to watch this. It's a podcast from the Bright Knight News Website.

Chapter 11 人稱代名詞：(1) 人稱代名詞的主格、受格和所有格，及人稱代名詞的排列順序

1 人稱代名詞的形式：主格、受格、所有格

❶ **人稱代名詞**（personal pronoun）有三種格的變化：**主格**（subjective）、**受格**（objective）、**所有格**（possessive）。

❷ 人稱代名詞的**所有格**又分為兩類：「**所有格限定詞／所有格形容詞／人稱代名詞所有格**」和「**所有格代名詞／獨立所有格代名詞**」。 ➡ 參見 Chapter 14

		主格	受格	所有格限定詞（所有格形容詞／人稱代名詞所有格）	所有格代名詞（獨立所有格代名詞）
第一人稱	單數	I	me	my	mine
	複數	we	us	our	ours
第二人稱	單複數	you	you	your	yours
第三人稱	單數	he	him	his	his
		she	her	her	hers
		it	it	its	—
	複數	they	them	their	theirs

➡ 從上表可以看出，人稱代名詞有三個人稱，每個人稱又分為**單數**和**複數**（其中第二人稱單複數同形），第三人稱單數還有**陽性**、**陰性**和**中性**之分。

2 人稱代名詞的用法

❶ **人稱代名詞**是為了**避免重複**而替代名詞的詞類。**人稱代名詞**可以指**人**或**物**。

❷ 人或物被提及一次之後又接著**再次被提及**，或**可從當時情境推測**所指人／物為何時，通常用**人稱代名詞**來指代。

she 代替前面獨立子句中的 Mary（指人），以避免重複。

• **Mary is a big reader, and she likes to go to the library.** 瑪麗酷愛閱讀，她喜歡去圖書館。

Ann Are those Jake's plastic snakes? 那些是傑克的塑膠蛇嗎？

they 代替前面疑問句中的 plastic snakes（指物），以避免重複。

Dan No, they are not. They belong to Scot. 不是，它們是史考特的。

• **She's a very fast sailboat.** 它是一艘速度很快的帆船。

└→ she 除了用來指人（她），也可用來指「國家、船隻、愛車、大地、月亮、寵物（雌性）」等。

3 人稱代名詞的句法功能

❶ **主格代名詞**在句中作**主詞**。

┌→ he 是句子的主詞，不可用受格代名詞 him 作主詞。

• **He loved that fairy story.** 他喜歡那個童話故事。

人稱代名詞 I 在句中與名詞 Kay 一起作複合主詞。

- **Kay and I received lots of praise, but our boss received a pay raise.**
凱和我獲得了很多讚揚，不過我們的上司卻得到了加薪。

she 代替前一句的 Kay。 she 在句中作主詞。

- **Kay had a bad fall yesterday. She hurt her right knee.**
凱昨天重重地摔了一跤，摔傷了右膝蓋。

❷ **受格代名詞**在句中作動詞或介系詞的**受詞**。

her 是動詞 miss 的直接受詞，代替前面的 Kris Fur。

- **Tell Kris Fur I miss her.** 告訴克麗絲．弗爾，我想念她。

me 是動詞 handed 的間接受詞。

- **Andy handed me the candy.** 安迪把糖果遞給了我。

me 是介系詞 for 的受詞。

- **Aunt Amy is going to make some tea for me.** 艾咪姨媽要為我沏茶。

❸ **所有格限定詞**（又稱為**所有格形容詞**或**人稱代名詞所有格**）用在名詞前面表示「擁有」。

- **Those are their teddy bears.** 那些是他們的泰迪熊。

❹ **所有格代名詞**（又稱為**獨立所有格代名詞**）用來代替「所有格限定詞 + 名詞」，要單獨使用，後面不需要接名詞。

Ann **Who put this umbrella here?** 是誰把這把雨傘放在這裡的？

Dan **I thought it was yours.** 我以為那是你的雨傘。

yours = your umbrella；yours 在句中作主詞補語。

- **Those teddy bears are theirs.** 那些泰迪熊是他們的。

theirs = their teddy bears；theirs 在句中作主詞補語。

4 人稱代名詞的擺放順序（you and I）

❶ 名詞和代名詞或兩個代名詞連用時，出於禮貌，指**說話人自己**的單數代名詞（**I**、**me**）通常置於**後面**，例如：Mary and I（瑪麗與我）、you and me（你與我）。

代名詞 I 在名詞 Kay 之後。

- **Kay and I are moving to Taipei.**
凱和我要搬去臺北。

my brother and me 是 two members of my family 的同位語，因此是介系詞 by 的受詞，要用受格 me。順序應該是 my brother and me，而不是 me and my brother。

- **She is a robot that was built by two members of my family, my brother and me.**
她是我家兩個人一起建造的機器人，是我哥哥和我建造的。

❷ 如果名詞和**非說話人**的代名詞連用，**代名詞**通常**在前**，如：he and Mary（他與瑪麗）。

代名詞 him 在名詞之前。

- **You should let him and his wife decide what they want to do.**
你應該讓他和他的妻子自己決定他們想做什麼。

❸ **常成對使用的代名詞：**

主格	受格	主格	受格	主格	受格
he and she	him and her	she and I	her and me	we and they	us and them
he and we	him and us	she and they	her and them	they and I	them and me

we/us 與 they/them 連用時要置於前面。

複數代名詞置於單數代名詞後面。

第一人稱單數 I/me 置於後面。

PRACTICE

1 訂正錯誤。

1. Me need some help from Eli.

   ____

2. Will Kim support he?

   ____

3. I and Sue work in Zurich.

   ____

4. Her and me both cheated on the math exam.

   ____

5. Kay's mom asked Kay to remind Kay's mom to cook some vegetarian food for Tom.

   ____

   ____

2 選出正確答案。

_____ 1 Amy cried, "Please help ____________."

Ⓐ mine Ⓑ my Ⓒ I Ⓓ me

_____ 2 ____________ saw ____________ this morning.

Ⓐ I; she Ⓑ I; her Ⓒ Me; her Ⓓ Me; she

_____ 3 Tom says that ____________ knows my mom.

Ⓐ him Ⓑ Tom Ⓒ his Ⓓ he

_____ 4 ____________ parents took ____________ to the circus yesterday.

Ⓐ Our; we Ⓑ Ours; our Ⓒ Our; us Ⓓ Ours; us

_____ 5 Roy is a playboy. Kim should not go out with ____________.

Ⓐ he Ⓑ him Ⓒ her Ⓓ she

_____ 6 Ms. Broom, may I use ____________ bathroom?

Ⓐ my Ⓑ your Ⓒ you Ⓓ me

_____ **7** She invited __________ to __________ birthday party.

Ⓐ me; her　　Ⓑ I; her　　Ⓒ me; my　　Ⓓ my; her

_____ **8** This is Ann, and that is Dan. __________ are __________ children, and this is their dog Megan.

Ⓐ They; our　　Ⓑ You; our　　Ⓒ We; your　　Ⓓ They; we

_____ **9** __________ should attend the summer camp, improve our English, and have some fun in the sun.

Ⓐ You and I　　Ⓑ You and me　　Ⓒ I and you　　Ⓓ Your and my

_____ **10** I ask __________ to judge __________ by the enemies I have made.

—President Franklin Delano Roosevelt

Ⓐ you; I　　Ⓑ you; me　　Ⓒ your; I　　Ⓓ your; me

3 用人稱代名詞（包括所有格形容詞）填空，完成下面詩歌。

【提示】 1 Bo-Peep 是女孩名。
2 詩歌中的 sheep 指複數。

Little Bo-Peep has lost **1** __________ sheep
And can't tell where **2** __________ did leap.

If Bo-Peep lets **3** __________ roam,
Soon fast **4** __________ will run home.

5 __________ cute tails will wag to condemn
All the hungry wolves chasing after **6** __________.

Chapter 12 人稱代名詞：(2) 主格代名詞和受格代名詞的用法

1 be 動詞後面要用主格代名詞，還是受格代名詞？

❶ 一般來說，be 動詞的後面通常接**主格代名詞**（I、he、she、we、they 等）作**主詞補語**。

1 **電話用語**：當拿起電話，對方說要找你，正確的回答是：「This is **he/she** (speaking).」。

Ann Hello! May I speak to Dan, please? 你好，請找丹。／你好，麻煩請丹聽電話。

Dan This is he. 我就是。

└→ 也可以說出名字：This is **Dan** (speaking).

2 **強調句型**：「**it is/was (not) + 主詞 + who/that 子句**」是強調句型；**強調主詞**，要用**主格代名詞**。

┌→ 強調主詞，應該用主格代名詞 I。

• It wasn't I who turned on the TV.
開電視的人不是我。

比較 但如果強調的是**受詞**，則用**受格代名詞**。

• It was him that I was thinking of.
我想到的人是他。

❷ **簡答**時，即使是在 be 動詞的後面，習慣上會用**受格代名詞**。

Dan Who's there? 是誰在那裡？

Amy It's me, Amy. 是我，艾咪。

└→ 如果說「It's I.」，雖然文法正確，但很不自然。

Ann Who said that? 誰說的？

Dan 口語 Me. 正式 I did. (= I said that.) 我說的。

└→ 簡答時，人稱代名詞如果單獨使用，習慣上用受格代名詞。

┌→ 主格代名詞不能單獨使用，必須與助動詞或情態助動詞連用（如：I did）。

2 介系詞後面要用主格代名詞，還是受格代名詞？

介系詞後面要用人稱代名詞的**受格**。

⊗ I will tell you a story about Amy, but let's keep it just between you and I.

✓ I will tell you a story about Amy, but let's keep it just between you and me.

我要告訴你一件關於艾咪的事，不過，
就你我知道就行了，不能告訴別人。

└→ between 是介系詞，後面要用受格代名詞。

3 than 和 as 後面要用主格代名詞，還是受格代名詞？

比較句型中的 **than** 和 **as** 後面通常用**受格代名詞**（如：as fluently **as me**），只有在**非常正式**的文體中才使用「**主格代名詞 +（情態）助動詞／連綴動詞 be**」（如：as fluently **as I can**）。

常用 Amy and Sue run faster than me.

正式 Amy and Sue run faster than I do. 艾咪和蘇都跑得比我快。

4 受格代名詞的省略

如果**受詞**在同一個句子裡已經出現，則受格代名詞**不能**用於**不定詞片語**或**形容詞子句**。

不定詞動詞 eat 的受詞是 those strawberries，不能在不定詞後面用 them 去重複受詞。

✕ Those strawberries look ripe enough to eat them.

✓ Those strawberries look ripe enough to eat. 那些草莓看起來已經成熟得可以吃了。

介系詞 about 的受詞是關係代名詞 whom（whom 指先行詞 the new ballet dancer），不能在形容詞子句中用 her 去重複受詞。

✕ She is the new ballet dancer whom I told you about her yesterday.

正式用語要用關係代名詞 whom 引導形容詞子句。

✓ 正式 She is the new ballet dancer whom I told you about yesterday.

口語 She is the new ballet dancer I told you about yesterday.

她就是我昨天告訴你的那位新來的芭蕾舞者。

口語常省略關係代名詞 whom。

PRACTICE

1 選出正確答案。

____ 1 This is ____________. 〔電話用語：我就是。〕
Ⓐ he speaking Ⓑ him speaking Ⓒ his speaking Ⓓ he speaks

____ 2 That's Dr. June Wu whom ____________ yesterday afternoon.
Ⓐ I talked to her Ⓑ I talked to hers Ⓒ I talked to she Ⓓ I talked to

____ 3 Dan: Is there anyone who wants to play tennis with Liz?
Ann: Definitely not ____________.
Ⓐ me Ⓑ I Ⓒ mine Ⓓ my

____ 4 It wasn't ____________ who hid your shoe and broke your robot kangaroo.
Ⓐ me Ⓑ I Ⓒ my Ⓓ mine

____ 5 Amy is older than ____________.
Ⓐ me Ⓑ I Ⓒ me is Ⓓ I was

2 判斷下列句子裡的劃線部分是否正確。正確打 ✓，不正確打 ×，並訂正錯誤。

1 [ ] These cheese sandwiches are <u>for Amy and I</u>.

____

2 [ ] Ann Ham is younger but <u>taller than me</u>.

____

3 [ ] <u>Was it her</u> who helped Kirk to do his English homework?

____

4 [ ] Tell your brother Jim I really <u>miss he</u>.

____

5 [ ] <u>It's me</u> that Dan loves.

____

Chapter 13 人稱代名詞：(3) it 的用法

1 it 可作**主詞**，常用在表示**時間**、**天氣**、**氣溫**、**距離**及**當時情況**的句子中。

- What time is **it**? 幾點了？（指時間。）
- Isn't **it** a beautiful day! 今天天氣真好！（指天氣。）
- **It**'s ten degrees Fahrenheit, and I am shivering with cold.（指氣溫。）
  今天溫度是華氏 10 度，我冷得發抖。
- **It**'s about four blocks from here to the train station.（指距離。）
  從這裡到火車站大約有四個街區那麼遠。
- **It** was horrible. Our building collapsed during the first few seconds of the earthquake.（指當時情況。）
  好恐怖啊，我們的大樓在地震發生後的前幾秒就倒塌了。

> 提示：**it's** 是 **it is** 的縮寫，不要與 **it** 的所有格形式 **its** 混淆。

2 it 可用來指「人」，**確認人的身分**（用於**打電話**或**敲門**時身分不明的人）。

- [On the phone] Hello, Joe. **It**'s Ann, and I'm calling from Japan.（也可以說：This is Ann, and I'm calling from Japan.）
  【電話用語】喂，喬。我是安，我從日本打來的電話。

Dan Who's that at the door? 是誰在門口？

Ann Let me look. Oh, **it**'s Mr. Swiss. 我看看。哦，是史威斯先生。
（it 用於「詢問或告知身分」時，可以指「人」。）

3 如果一件**東西**、一個**地方**、一隻**動物**、一個**嬰兒**（不知性別）等已經在上文中被提及，或者所談論的對象很明確，可以用 **it** 來指稱。

- I can't find my purse. Did you see **it**? 我找不到我的手提包。你有看到嗎？（指物（purse）；作受詞。）
- Come to Taiwan for the sailboat race—**it**'s a beautiful place.（指地方（Taiwan）；作主詞。）
  來臺灣參加划船比賽吧，它是個美麗的地方。
- "Is **it** a girl or boy?" asked Joy. 喬伊問：「是女孩還是男孩？」（指不知性別的嬰兒；作主詞。）

4 it 也可以用來指 **nothing**、**everything** 和 **all**。

- **Everything** is all right with you and Bridget, isn't **it**? 你和布麗姬一切都還好嗎？

5 it 作**虛主詞**（即**形式主詞**），用於強調句型中。句型為「**it is/was + 名詞／代名詞 + that/who 子句**」。

- **It**'s her word that counts. 她的話才重要。（it 在這裡是虛主詞，用於強調句型中，強調實際上的主詞 her word。）

❻ **it** 作**虛主詞**，實際主詞是句尾的不定詞片語、動名詞片語（如：talking to you 與你聊天）或名詞子句（如：It was reported that . . . 據報導）。

it 是虛主詞，實際主詞是不定詞片語 to be a good listener。

- **It takes a great man** to be a good listener. 善於傾聽別人意見的人才能當偉人。

——President John Calvin Coolidge 美國總統約翰．卡爾文．柯立芝

❼ **it** 作**虛受詞**（又稱**形式受詞**），實際受詞是句尾的不定詞片語或名詞子句。

it 是虛受詞，實際受詞是句尾的 that 子句。

- **Mr. Bay made it clear** that the students had to read for two hours every day.
貝老師說得很清楚，學生們必須每天閱讀兩小時。

> 提示
> **it** 作**虛受詞**常用在下列句型中：
> **believe/discover/feel/find/make/think + it + 形容詞**

PRACTICE

1 選出正確答案。

____ **1** Ann: Who's that at the door?
Dan: Oh, ________ Joe.
Ⓐ that Ⓑ its Ⓒ it Ⓓ it's

____ **2** Alaska is lovely, but ________ awfully cold and snowy.
Ⓐ its Ⓑ hers Ⓒ it's Ⓓ it has

____ **3** Dr. Knot and her medical team did all they could, but ________ was not enough to save Scott.
Ⓐ all Ⓑ it's Ⓒ it Ⓓ its

____ **4** "What day is ________?" asked Kay. "________ Friday again," answered Ben.
Ⓐ it; It's Ⓑ it; Its Ⓒ it; Hers Ⓓ that, It's

____ **5** Don't go outside now. ________ raining hail!
Ⓐ It is Ⓑ It was Ⓒ Its Ⓓ It be

2 根據括弧裡的提示，用 **it** 完成下列句子。

1 ____________ who really understands Tom.（是媽媽；用強調句型）

2 ____________ talking to you.（很愉快；用 nice 表示「愉快」；用過去簡單式）

3 It's hard to fail, ____________ never to have tried to succeed.（但更糟的是）
—President Theodore Roosevelt

4 Would ____________ for you to send your robot to the Moon next June?（有可能嗎）

5 ____________ since the singer Anna White was last seen in the spotlight.（已經過了兩年了；用現在完成式）

Chapter 14 人稱代名詞：(4) 所有格形容詞和所有格代名詞的用法

所有格形容詞和**所有格代名詞**用來表示**所屬關係**（這兩類所有格形式有時也被稱為「**所有格限定詞／人稱代名詞所有格**」和「**獨立所有格代名詞**」）。

1 所有格形容詞（Possessive Adjectives）

	單數	複數
第一人稱	my 我的	our 我們的
第二人稱	your 你的	your 你們的
第三人稱	his 他的 her 她的 its 它的	their 他們的

❶ **所有格形容詞**用來限定名詞，所以又稱為**所有格限定詞**（possessive determiner）或**人稱代名詞所有格**。

❷ **所有格形容詞**不會因所接的名詞是單數或複數而改變形式，例如：

my computer → my computers 我的電腦
our friend → our friends 我們的朋友

名詞前要用所有格形容詞（your）。

- **Joan, may I use your cellphone?** 瓊恩，我可以用一下你的手機嗎？

所有格形容詞 my 修飾名詞 cellphone。

- **My cellphone helps me to get almost everything from the Internet.**
  我的手機讓我可以從網路上買到幾乎所有的東西。

在動名詞（jogging, swimming）前要用所有格形容詞（his）。

- **He has become strong and healthy because of his daily jogging and swimming.**
  由於每天慢跑和游泳，他變得身強力壯。

提示 1

非正式用語中，在一些片語動詞（如：insist on）後面，可以在**動名詞**（-ing 形式）前用**受格代名詞**。

非正式 I insisted on him taking today off.
正　式 I insisted on his taking today off.
我堅持要他今天休假。

提示 2

代表人體某個部位的名詞出現在 **beat**、**take**、**bite**、**pat**、**pain**、**wound** 等字後面時，常用 **the**，不能用所有格形容詞。

pat somebody on the shoulder 拍某人的肩
beat her on the head 打她的頭
a sharp pain in the chest 胸部劇烈疼痛
bite him on the leg 咬他的腿

2 所有格代名詞（Possessive Pronouns）

	單數		複數	
第一人稱	mine	我的	ours	我們的
第二人稱	yours	你的	yours	你們的
第三人稱	his	他的	theirs	他們的
	hers	她的		

▸ 所有格代名詞 his 與所有格形容詞 his 同形。

▸ its 通常只作限定詞使用，後面接名詞（如：its tail 牠的尾巴）。

❶ **所有格代名詞**相當於名詞，用來替代「**所有格形容詞＋名詞**」，也稱為**獨立所有格代名詞**（independent possessive pronoun）。因此，所有格代名詞只能單獨使用，後面不接名詞。

- **The Vine family's house was destroyed during the earthquake, so I let them stay in mine.** 維恩家的房子在地震中被摧毀，所以我讓他們暫住在我家。
  - mine（＝ my house）在這裡作介系詞 in 的受詞。

❷ **所有格代名詞**可以作**主詞**、**受詞**或**主詞補語**。所有格代名詞的**主格和受格同形**。

- **This is your new cellphone. Mine is old and scratched.**
  這是你的新手機。我的已經舊了，上面還有刮痕。
  - mine（＝ my cellphone）在這裡作主詞。
- **It's my fault, not yours.**
  是我的錯，不是你的。
  - yours（＝ your fault）在這裡作主詞補語。
- **Luckily, Mr. Bur's hands were able to grab hers.**
  很幸運，伯爾先生的手抓住了她的手。
  - hers（＝ her hand or her hands）在這裡作動詞的受詞。

❸ 與所有格形容詞一樣，**所有格代名詞**不會因所替代的名詞是單數或複數而改變形式。

- **This fine sports car is mine.**
  這部漂亮的跑車是我的。
  - mine ＝ my fine sports car（單數）
- **These nine little robots are mine.**
  這九個小機器人是我的。
  - mine ＝ my nine little robots（複數）

❹ **所有格代名詞**還可用於「**of ＋ 所有格代名詞**」的結構中，構成**雙重所有格**，可以表示**部分**概念，也可以用來**加強語氣**。

- **Erica often mails books to a friend of hers in South Africa.**
  艾芮卡常寄書給她在南非的一個朋友。
  - a friend of hers ＝ one of her friends
  - 「of ＋ 所有格代名詞」的結構在此處表示**部分**概念（朋友之一）。
- **Look at that big dog of hers.**
  瞧瞧她的那條大狗。
  - 「of ＋ 所有格代名詞」的結構在此處是加強語氣。

PRACTICE

1 選出正確答案。

____ **1** ____________ gave us a lovely glass flower.

Ⓐ Ours friends Ⓑ Our friends

Ⓒ Ours friend Ⓓ Ours

____ **2** I have the right to know where ____________ daughter was last night.

Ⓐ me Ⓑ mine

Ⓒ I Ⓓ my

____ **3** He opened the door, and there stood Liz, who was wearing the same type of Halloween costume as ____________.

Ⓐ her Ⓑ his

Ⓒ he Ⓓ him

____ **4** I insisted on ____________ taking a month off and going to Hawaii with his daughters, Sue and Lulu.

Ⓐ he Ⓑ his

Ⓒ hers Ⓓ yours

____ **5** Did you see my parents in ____________ new RV? ____________ shines like gold, but ____________ looks rusty and old.

Ⓐ their; Their; mine

Ⓑ their; Their; my

Ⓒ theirs; Their; mine

Ⓓ their; Theirs; mine

____ **6** No country, however rich, can afford the waste of ____________ human resources.

—President Franklin Delano Roosevelt

Ⓐ their Ⓑ hers

Ⓒ its Ⓓ ours

2 中譯英。

1 那輛跑車（sports car）是他的嗎？

2 是你的錯（fault），不是她的。

3 那些梨子是他們的嗎？

4 那座鐵礦井（iron mine）真的是她的嗎？

5 這些泰迪熊是我的，不是他們的。

6 瞧瞧我們那隻可愛的小貓！

7 我的一個朋友要從夏威夷來看望我。

8 那不是他們的扶手椅，是我們的。

9 蒂（Dee）喜歡喝茶，她的姐妹們喜歡喝咖啡。

10 那隻叫做 Einstein 的小狗是我的。

Chapter 15 反身代名詞

1 反身代名詞的形式（Reflexive Pronouns）

	單數	複數
第一人稱	myself	ourselves
第二人稱	yourself	yourselves
第三人稱	himself herself itself	themselves

2 反身代名詞的用法

❶ **加強語氣**：反身代名詞可用於表示**強調**。

- Jake and Sue themselves taught at the summer camp for the local students who had survived the earthquake.
  這個夏令營是為那些在地震中倖存的當地學生舉辦的，傑克和蘇親自在這裡授課。

❷ **指代主詞（反身）**：反身代名詞可用來指代主詞，這時主詞和受詞指**同一個人或物**，表示自己承受自己所做的動作。

- Never trouble another for what you can do for yourself.
  （介系詞 for 的受詞 yourself 與 what 子句的主詞 you 一致。）
  自己能做的事，絕不要麻煩別人。 ——President Thomas Jefferson 美國總統湯瑪斯・傑弗遜
- Don't get yourself hurt by telling the truth to Ruth.
  （這是一個祈使句，主詞 you 被省略；受詞 yourself 與被省略的主詞 you 一致。）
  不要因為把真相告訴露絲而導致自己受到傷害。

❸ **指句中的其他成分**：反身代名詞除了指句子的主詞外，也可以指其他成分。

- Annie says that she loves me for myself, not for my money.
  （that 子句裡已提及了講話者（me），然後用反身代名詞 myself 來作介系詞 for 的受詞，指講話者（me），而不是指 that 子句裡的主詞 she。）
  安妮說，她愛的是我這個人，而不是我的錢。

❹ 在 **as**、**than**、**but** 後面可以用**反身代名詞**代替**人稱代名詞受格**。

writers as famous as yourselves = writers as famous as you 像你們一樣有名氣的作家

a girl no older than myself = a girl no older than me 一個並不比我大的女孩

anyone else but yourself = anyone else but you 除了你自己

❺ **含人稱代名詞的複合主詞**與**反身代名詞**的搭配：主詞是含人稱代名詞的**複合主詞**（如：Mom, Dad, and I）時，複合主詞裡只要有**第一人稱**（I 或 we），就要搭配 **ourselves**；如果複合主詞裡有**第二人稱**（you）而沒有第一人稱，就要搭配 **yourselves**。

- You, Brad, and I always get ourselves into trouble by not listening to Mom and Dad.
  你、布萊德和我總是因不聽爸媽的話而惹上麻煩。
- You, Brad, and Sue need to clean the shelves all by yourselves.
  你、布萊德和蘇需要靠自己清理這些架子。

❻ 在一些**表位置的介系詞**（around、behind、over、with 等）後面常用**人稱代名詞**，不用反身代名詞。

- **Jim came out of the train station and saw garbage all around him.** (him 指代主詞 Jim。)
  吉姆走出火車站，看見周圍到處都是垃圾。
- **I quickly drew the blanket over me.** (me 指代主詞 I。) 我迅速把毯子拉上來蓋住我的頭。

3 反身代名詞的慣用語

- **by himself/myself, etc.** 單獨地；獨立地
- **enjoy myself/yourself, etc.**
  盡情地玩；好好享受
- **Help yourself.** 自行取用。
- **Make yourself at home.** 把這裡當自己家。
- **Please keep it to yourself.** 請不要讓別人知道。
- **Kay is not quite herself today.** 今天凱不太正常。
  (這是慣用語（be oneself），表示「正常的健康狀況／情緒」。)

PRACTICE

1 判斷下列句子裡的劃線部分是否正確。正確打 ✓，不正確打 ×，並訂正錯誤。

1. [ ] Jim closed the door behind himself.
   ____
2. [ ] I dried me with my big pink towel after I came out of Lake Owl.
   ____
3. [ ] As for me, I just want to be myself, and I'll not marry someone for his money.
   ____
4. [ ] You, Sue, and Andrew have deceived not only the teacher but also themselves.
   ____
5. [ ] A nation that destroys their soils destroys themselves. Forests are the lungs of our land, purifying the air and giving fresh strength to our people.
   ____

2 根據括弧裡的提示，完成下面的句子。

1. This room is ______________________. (給 Amy 和我的)
2. I want to speak to ______________________, not to you or Sue. (董事長本人；為女性)
3. Sue is happy to help people ______________________. (像你這樣的人)
4. Why is she always ______________________? (自言自語)
5. You, Dan, and I always ______________________ by listening to Ann. (給自己惹上麻煩：get oneself into trouble)

Chapter 16 代名詞 one 及 相互代名詞 each other 和 one another

1 代名詞 one（指「事物」，代替上下文的可數名詞）

❶ **one**（單數）或 **ones**（複數）用來替代前面提及的**可數名詞**。

- Mike and I have been looking at houses, but we have not found one we like.
  邁克和我在找房子，但還未找到一個我們喜歡的房子。
  → one 替代 a house，是**泛指**（= we have not found a house we like）。

- That black sports car is very fast, but I think the blue one will win.
  那輛黑色的跑車速度非常快，但我認為這輛藍色的會贏得比賽。
  → one 替代 car，這裡是**特指**（the blue one = the blue car）。

❷ **one** 不可替代不可數名詞。

✗ Would you prefer black tea or green one?

✓ Would you prefer black tea or green tea? 你想要紅茶還是綠茶？
→ 不可數名詞 tea 不能用 one/ones 來替代，需要重複名詞。

❸ **特指**時，**one/ones** 前面要加 **the**（the one, the ones）。**泛指**時，**one/ones** 常用在**形容詞**之後（a blue one, big ones），one 不能直接用在 a/an 之後。

- I want to buy a yellow silk dress like the one on display in the window.
  → the + one（特指）
  我想買一件黃色絲質洋裝，就像櫥窗裡展示的那件一樣。

- I would like to have a double cheese pizza, a large one, please.
  → a + 形容詞 + one（泛指）
  我想要一個雙層乳酪披薩，請給我一個大的。

- Mr. Sun's goal is to make sure that the vacation days he has with his three daughters are happy ones. 孫先生的目標是確保他與三個女兒的假期每一天都是快樂的。
  → 形容詞 + ones（happy ones = happy days）

2 相互代名詞 each other 和 one another

❶ **each other** 和 **one another** 是**相互代名詞**（reciprocal pronoun），意思是「彼此；相互」。相互代名詞在句中只作**受詞**。

❷ 指**兩個人**或事物，只能用 **each other**；指**三個以上**的人或事物，用 **one another**，在口語中也可以用 **each other**。

- It was so dark in the room that Sue and I could not see each other.
  → 兩人
  房間裡一片漆黑，蘇和我彼此看不見對方。

- All those gangsters were fighting one another in order to get the stolen money.
  → 三人以上
  為了把偷來的金錢搶到手，那些歹徒打成一團。

比較

- They are still deeply in love with each other. 他們仍然深愛著彼此。
- They are still deeply in love with themselves. 他們仍然深愛著自己。

不要混淆相互代名詞 each other 和反身代名詞。each other 意思是「兩個人彼此、互相」，themselves 意思是「他們自己」。

❸ **相互代名詞**也可以有**所有格**形式，用作**形容詞**。

- The twins often wear each other's (兩人) clothes. 那對雙胞胎常交換衣服穿。
- Susan, Amy, and Sally often help to look after one another's (三人) children.
蘇珊、艾咪和莎莉經常互相照顧彼此的孩子。

PRACTICE

1 選出正確答案。

____ 1 ________ vacation is the best ________ I have ever had.
Ⓐ These; ones Ⓑ This; one Ⓒ It; ones Ⓓ That; one

____ 2 We are planning to sell our house in order to move to ________.
Ⓐ a bigger one Ⓑ a one Ⓒ bigger one Ⓓ one

____ 3 Why don't Emma and Sally trust ________?
Ⓐ one another Ⓑ each another Ⓒ each other Ⓓ one other

____ 4 Do you prefer the blue shirt or ________?
Ⓐ red one Ⓑ one Ⓒ the red one Ⓓ a one

____ 5 I would prefer an apartment in Tampa to ________ in Rome, because I would like to live close to my mom's home.
Ⓐ the one Ⓑ one Ⓒ it Ⓓ ones

2 訂正劃線部分的錯誤。

1 I want to put this cheese on a bun. Please pass me a one.

____

2 Would you prefer plain tea or one with milk and honey?

____

3 The two vans bumped into one another on the icy road.

____

4 I want to keep these two small trees. Ones I am giving to Clair are over there, next to that lawn chair.

____

Chapter 17 疑問代名詞：(1) who、whom 和 whose 的用法

疑問代名詞（interrogative pronoun）是用來提問的代名詞，一般置於疑問句的**句首**。

1 who 和 whom 的正式用法

who 和 **whom** 指「人」。一般而言，**who** 作**主詞或主詞補語**，**whom** 作**受詞**。**who** 和 **whom** 只能作**代名詞**，不能作**限定詞**。

❶ who（主詞）＋ 動詞

→ who 是句中的主詞，要置於疑問句的句首，動詞 said 之前，不需要助動詞 did。
- Who said those bad words about Sue? 那些關於蘇的壞話是誰說的？

→ who's = who is，who 是句中的主詞，置於動詞 is carrying 之前。
- Who's carrying Sue's shoes? 是誰拿著蘇的鞋子？

❷ who（主詞補語）＋ be 動詞（連綴動詞）＋ 主詞

→ who 作句中的主詞補語，放在 are 之前，主詞是 you。
- Who are you? 你是誰啊？

→ who 作句中的主詞補語，放在 is 之前，主詞是 the most avid reader。
- Who is the most avid reader in our class? 誰是我們班上最酷愛閱讀的人？

❸ whom（受詞）＋ 助動詞 ＋ 主詞 ＋ 主要動詞（分詞或原形動詞）

→ whom 是介系詞 about 的受詞，放在句首，助動詞 are 放在主詞 you 之前，構成疑問句句型。
- Whom are you talking about? 你在談論誰？

→ whom 作動詞 arrest 的受詞，放在句首，要用助動詞 did 構成疑問句，助動詞 did 放在主詞 the police 之前。
- Whom did the police arrest? 警方逮捕了誰？

2 who 的口語用法與 whom 的書面用法對比

who 作**主詞**，但在口語中也可以作**受詞**，而 **whom** 只能作**受詞**。

→ who 是句子的主詞，不能用 whom 作主詞。
- Who is talking? 是誰在說話？

口 語 Who are they talking about? 他們在談論誰？

→ 當介系詞 about 位於動詞之後，可以用 who（口語）或 whom（書面語）當受詞。

書面語 Whom are they talking about?

→ 當介系詞 about 位於動詞之前，介系詞後面只能接 whom 作受詞，不能接 who。

非常正式 About whom are they talking?

3 whose 的用法

whose 是**疑問所有格代名詞**，是 **who** 的所有格形式，可以作**代名詞**或**限定詞**，用來指「人」。

→ 代名詞（名詞性質）　→ 限定詞（形容詞性質）⋯▸ whose 更常用作限定詞。
- Whose is this sports car? = Whose sports car is this? 這輛跑車是誰的？

4 whose 和 who's 的區別

who 的所有格是 **whose**。**who's** 是 who is 或 who has 的縮寫。

who's operating = who is operating
- **Who's operating on John?** 是誰在替約翰動手術？

whose 為疑問所有格代名詞，作限定詞，修飾名詞 room。
- **In whose room did you find my shoes?** 你是在誰的房間裡找到了我的鞋？

PRACTICE

1 用 who、whom、whose、who's 填空。注意句首字母要大寫。一個空格只能填寫一個字，有時需要用縮寫詞。

1. With ________ did Kay go downtown today?
2. ________ knows what happened to Sue?
3. ________ did you talk to just now about that purple cow?
4. The gray shoes wouldn't fit Sue's feet, so ________ are they?
5. ________ wearing the shoes with the rainbow hues, Fanny or Annie?
6. ________ soccer team is front-page news?

2 訂正劃線部分的錯誤。

1. Will who help Dee and me?

   ____

2. Who did tell you that story about Andrew?

   ____

3. Whom saw Sue and Andrew at the zoo?

   ____

4. For who did Mr. Powers buy those flowers?

   ____

5. Who's pieces of cheese are these?

   ____

6. Whom/Who you see riding in Lulu's car?

   ____

7. Whose going to lose the sailboat race, Dee or Lee?

   ____

8. Dan: Who's blue canoe is it, and whose going to show Oliver how to paddle it across the river?

   Ann: That's my blue canoe, and I'm going to show Oliver how to paddle it across the river.

   ____

Chapter 18 疑問代名詞：(2) what 和 which 的用法

1 what（什麼）

what 指事物或動物，可作代名詞（作主詞、受詞或主詞補語）或限定詞。

❶ what（主詞）＋ 動詞

what 在這裡指事物，作主詞，置於動詞 happened 之前，句子不需要搭配助動詞。

- What happened to your sister Kay yesterday? 昨天你妹妹凱發生了什麼事？

❷ what（受詞）＋ 助動詞 ＋ 主詞 ＋ 主要動詞（分詞或原形動詞）

what 是動詞片語 like to do 的受詞，位於句首，置於助動詞 does 之前。

- What does Sue like to do? 蘇喜歡做什麼？

❸ what（主詞補語）＋ be 動詞（連綴動詞）＋ 主詞

✗ Besides becoming a good wife, are what your other goals in life?

✓ Besides becoming a good wife, what are your other goals in life?

疑問代名詞要放在 be 動詞（are）前面。

除了當一名好妻子，你的人生目標還有什麼？

what 在這裡指事物，作主詞補語。

❹ what 也可以是限定詞，修飾名詞，可以修飾人或物。

what 是限定詞，具有形容詞性質，修飾名詞 day。

- What day is today? 今天是星期幾？

2 which（哪一個；哪一些）

❶ 代名詞 which 與 of 引導的片語連用，指人或事物。

疑問代名詞 which 指人，在句中作主詞。

- Which of you broke my window? 你們之中哪一個打破了我的窗戶？

疑問代名詞 which 指物，在句中作主詞。

- Which of these newspapers has the article about Mitch and Rich?
  這些報紙之中哪一份刊載了有關於米契和瑞奇的文章？

> **注意**
> which 必須和 of 連用，才能指人。如：
> - which of them
> - which of us

❷ which 可作代名詞或限定詞（即具有名詞或形容詞的性質）。

- Which is her seat? = Which seat is hers? = Which one is her seat? 哪一個座位是她的？

代名詞 which 作主詞補語（這種用法不常見）。

which 作限定詞。

which 作限定詞。

> **提示**
> whatever、whoever、whichever 是 what、who、which 的強調形式。
> - Whoever told you such a big lie? 究竟是誰告訴你這樣一個大謊言？

3 what 和 which 的區別

❶ **what** 指事物或動物；**which** 指事物、動物或人。

❷ **which** 可以與 of 連用，**what** 卻不能與 of 連用。

what 不能與 of 連用。

⊗ What of these 3D computer programs was created by Rich?

✓ Which of these 3D computer programs was created by Rich?

這些 3D 電腦程式之中，哪一個是瑞奇編寫的？

❸ 作疑問限定詞時，如果供選擇的事物比較**具體且數量較少**，就用 **which**；如果供選擇的事物**數量不確定**，就用 **what**。

限制在一定範圍（兩所大學），用疑問限定詞 which。

- Which university do you want to go to, the University of Michigan or Northern Michigan University? 你想上哪一所大學，密西根大學還是北密西根大學？

沒有限制範圍，用疑問限定詞 what。

- What university does Sue want to go to? 蘇想念什麼大學？

PRACTICE

1 用 what、which、who 填空。

1. ________ do you want to be when you grow up?
2. Dan | ________ is that man next to Sue?
   Ann | That is Matt.
3. ________ of you lied to Rich?
4. ________ color are Lulu's new shoes?
5. ________ day of the week did Kay go sailing with Rich?
6. ________ asked the question: "________ of you has a house in Honolulu?"

2 訂正錯誤。

1. Which are these objects?
   ____
2. At which station she should change trains?
   ____
3. Are what the duties of a teacher?
   ____
4. What color do you prefer—red, pink, green, or blue?
   ____
   ____
5. Which else does Lulu like to do?
   ____

Chapter 19 不定代名詞：(1) 與不定代名詞搭配的人稱代名詞及動詞的單複數

不定代名詞（indefinite pronoun）泛指（不具體的）人、地點、事物。不定代名詞又分為單數不定代名詞和複數不定代名詞。

1 單數不定代名詞（與單數人稱代名詞及單數動詞連用）

下列單數不定代名詞要搭配單數動詞、單數人稱代名詞（he, she, it）或單數人稱代名詞所有格（his, her, its）。（人稱代名詞所有格也稱作所有格限定詞或所有格形容詞。）

人	物	人／物（也可作不定限定詞）
anybody/anyone 任何人	anything 任何事；任何東西	another 另一個；又一個
everybody/everyone 每個人	everything 每件事；每樣東西	each 每個
somebody/someone 某個人	something 某件事；某樣東西	either（兩者之中）任一個
nobody / no one 沒有人	nothing 沒有事情；沒有東西	neither 兩者都不

nobody + 單數動詞（loves）

• Jim said, "Because of her dishonesty, nobody loves Kim."
吉姆說：「因為金姆不誠實，沒有人喜歡她。」

everyone + 單數動詞（wants）+ 單數人稱代名詞所有格（his or her）

• Everyone in my acting class wants to get his or her name and picture in the magazine *Fame*.
我表演班上的每一個人都希望自己的名字和照片能出現在《名望》雜誌上。

neither + of + 複數名詞（aunts）+ 單數動詞（owns）+ 單數人稱代名詞所有格（her）

• Neither of my aunts owns her house.
我兩個姨媽的房子都不是她們自己的。

提示：little（很少）和 a little（有一點）也是單數不定代名詞。

2 複數不定代名詞或複數不定限定詞（與複數人稱代名詞及複數動詞連用）

下列不定代名詞或不定限定詞永遠指複數意義的人或物，因此要與複數人稱代名詞（they, them）、複數人稱代名詞所有格（their）和複數動詞搭配。

both 兩者　many 很多（的）；許多人　few 很少（的）　a few 有些　several 幾個（的）

「several + of + 複數名詞」的句型中，several 為不定代名詞（即具有名詞性質）。

• Several of the new buildings on Lake Avenue were destroyed during the earthquake.

「several + 複數名詞」的句型中，several 為不定限定詞（即具有形容詞性質）。

= Several new buildings on Lake Avenue were destroyed during the earthquake.
湖畔大街有好幾棟新大樓在地震中被摧毀。

several (of) + 複數名詞 + 複數動詞（were destroyed）

比較 **both, either, neither**

both 用於肯定句，表示「兩者都」。
- Both of the dresses fit my small doll. 這兩件洋裝都適合我的小洋娃娃。

「both of + 複數名詞／複數代名詞」作主詞時，要搭配複數動詞。

either 表肯定（兩者之中任何一個）；neither 表否定（兩者之中無一個；兩者都不）。
- Either of / Neither of the dresses fits my small doll.

「either of / neither of + 複數名詞／複數代名詞」作主詞時，正式用語中要用單數動詞。

這兩件洋裝哪一件都適合／不適合我的小洋娃娃。

提示
1. all 和 both 不用於否定句：
   ✕ both . . . don't fit . . . ✕ all . . . did not go . . .
2. 要表示部分否定，not 要放在 all/both 之前（如：not all/both . . .），不過，both 罕見用於部分否定。

比較 **many 和 much（常用於疑問句和否定句）**

不定限定詞 **many** 修飾**複數名詞**（many hours 許多小時），作主詞時，要搭配**複數動詞**；**much** 修飾**不可數名詞**（much time 許多時間），作主詞時，要搭配**單數動詞**。**many/much** 也可以作**不定代名詞**。

trips 是複數名詞，要用複數不定代名詞 many 來指代，動詞要用複數動詞（were）。
- Many of my trips abroad were with Jenny and Penny.
  我的許多海外旅程都是與珍妮和潘妮在一起。

money 是不可數名詞，要用單數不定代名詞 much 來指代，動詞要用單數動詞（was）。
- Was much of the bank's money stolen by people that never repaid what they had borrowed? 銀行有很多錢是被那些借款後從未還款的人盜走了嗎？

3 可以是單數也可以是複數的不定代名詞或不定限定詞

下列**不定代名詞**或**不定限定詞**既可以是**單數**也可以是**複數**，與**複數名詞**（如：dogs、windows）搭配時，就是**複數**，與**不可數名詞**（如：water、anger）搭配時，就是**單數**。

all 全部（的）	most 大多數（的）；大部分（的）	some 一些；若干
any 任何（的）	none 沒有一點；沒有一個；全無（三個或三個以上的人、事物）	

「all + of + 複數名詞 + 複數動詞」的句型中，all 為**不定代名詞**（即具有名詞性質）。
- All of the windows are kept closed when it's cold.

「all + 複數名詞 + 複數動詞」的句型中，all 為**不定限定詞**（即具有形容詞性質）。
= All the windows are kept closed when it's cold. 天氣寒冷時，所有的窗戶都一直關著。

all 用在 the、my、this 等字前面時，可以加 of，也可以不加。
注意：all the windows 是特指，all windows 是泛指。

all 在這裡是**單數**不定代名詞，指 everything，接**單數動詞** is。
- "Not all is lost!" Liz declared to Paul. 莉茲對保羅說：「還沒有失去一切！」

表示「不是所有」，not 要置於 all 之前（not all + 動詞）。

• Paul wanted a toy rocket, but there were none at the mall. 保羅想要買一個玩具火箭，但購物中心裡一個也沒有了。

（指物（三個或三個以上的物）。none 指**可數名詞**時，意思為「一個也沒有；全無」（= there weren't any toy rockets），用**複數動詞**。）

（注意：當 none 指 not any persons or things 時，要用**複數動詞**。）

（當「none of + 不可數名詞／單數代名詞（it）」作主詞時，要用單數動詞。）

• Brad hopes none of the milk has gone bad. 布萊德希望牛奶都沒有酸掉。

（「none of + 複數名詞／複數代名詞」作主詞時，正式用語用單數動詞，口語可以用複數動詞。）

• None of them speaks/speak English. 他們之中沒有一個會說英語。

（考試遇見這種情況，選擇單數動詞一定不會扣分。）

比較

none 與 no one

❶ **none** 可指人或物，常與 **of** 連用，**none of** 的意思是 **not any of**（指不可數名詞）或 **not one of**（指可數名詞）。

（none 指代不可數名詞，動詞用單數（is）。）

• None of the old cheese is going to please Ms. Glenda Gold.
= Not any of the old cheese is going to please Ms. Glenda Gold.
這些陳年乳酪都不能令葛蘭達．哥爾德女士滿意。

（none 可以與 of 搭配。none of + 複數詞（them），動詞可用複數也可用單數。）

• None of them are/is innocent.
= Not one of them is innocent. 他們之中沒有一個是清白的。

❷ **no one** 等於 **nobody**，只指人，後面**不能接 of**。**no one** 作主詞只能接**單數動詞**。

（no one（= nobody）不可以與 of 搭配。）

⊗ No one of them is innocent.

✓ No one is innocent. = Nobody is innocent. 沒有一個人是清白的。

PRACTICE

1 判斷下列句子裡的劃線部分是否正確。正確打 ✓，不正確打 ×，並訂正錯誤。

1 [ ] Is everything going well with Mel?

____

2 [ ] I hope all are well with Del.

____

3 [ ] Few of my friends has ever asked me to cut his or her hair.

____

4 [ ] Everyone is looking forward to having lots of fun during their vacation in the sun.

____

5 [ ] Each of the girls have done their best in answering the questions asked by Ms. Pearls and Mr. Earls.

____

6 [ ] Both Margo and Joe know why some businesses fail and others manage to prosper and grow.

____

7 [ ] Some of the differences between us are that I like to sit and read and you like to walk and talk.

____

2 將正確答案劃上底線。

1 All of the milk Dad has in his fridge has gone | have gone bad.

2 Dan: How many | much money did we save in the bank last month?
Ann: None | No one.

3 Several of Bob's colleagues have quit their jobs | has quit his jobs.

4 Many soldiers did his or her best | Many of the soldiers did their best to rescue the people that were buried during the earthquake.

5 Most American companies place | places high value on short term profits.

6 Most of the money I have saved this year is going | are going to be spent on my trip to Greece.

7 No one, not even the president of our company, know | knows what to buy for Jenny and Penny.

3 選出正確答案。

____ 1 The two detectives studied the note, but ____________ understood the clue.
Ⓐ both Ⓑ neither Ⓒ none Ⓓ neither of

____ 2 ____________ a stale bun.
Ⓐ No one steals Ⓑ No one steal
Ⓒ No one of them steals Ⓓ None of steals

____ 3 I left ten packages of Fun and Sun raisins in the fridge, but now ____________.
Ⓐ there are none Ⓑ there were none
Ⓒ there is none Ⓓ there was none

____ 4 ____________ Jane's competitors congratulated her after she had won.
Ⓐ No one of Ⓑ No one Ⓒ None of Ⓓ None

____ 5 Two people were injured in today's bus accident. ____________ are now in the hospital.
Ⓐ All Ⓑ Both Ⓒ Either Ⓓ Neither

____ 6 None of the selfish children on the bus ____________ willing to give up ____________ for old Uncle Gus.
Ⓐ was; their seats Ⓑ were; his or her seat
Ⓒ was; his or her seat Ⓓ was; their seat

____ 7 ________________________ me to go to Bangkok.
Ⓐ Both of my parents did not want Ⓑ Neither of my parents wanted
Ⓒ All of my parents wanted Ⓓ None of my parents wanted

Chapter 20 不定代名詞：(2) any、some 和 one 的用法

1 any 和 some（代名詞兼限定詞）

❶ any 和 some 修飾不可數名詞和複數名詞。

➡ 參見 p. 20〈4 可數與不可數名詞常用的限定詞：some/any〉

修飾不可數名詞

- any/some help 任何／一些幫助
- any/some orange juice 任何／一些柳橙汁
- any/some air 任何／一些空氣

修飾複數名詞

- any/some helpers 任何／一些助手
- any/some oranges 任何／一些柳丁
- any/some air shows 任何／一些飛行表演

❷ 一般來說，any（一點；一些；絲毫）用在疑問句和否定句中，some 用在肯定句中。

- She has left me some food in the fridge.（限定詞 some 用於肯定句。）
  她在冰箱裡留了一些食物給我。
- Midge, are there any apples in the fridge?（限定詞 any 用於疑問句。）
  米姬，冰箱裡有蘋果嗎？

I need some packets of chocolate cocoa for tomorrow. Do you have any I could borrow?（肯定句，這裡的 some 是限定詞。）

我明天需要幾包巧克力可可粉，你可以借給我一些嗎？

疑問句和否定句中的 any 是代名詞。（= any packets of chocolate cocoa）

Sorry, I don't have any, but try asking Jenny.

對不起，我一點也沒有。你去問珍妮看看吧。

❸ 限定詞 **any** 在**疑問句**和**否定句**中，修飾**不可數名詞**（如：any money、any help）或**複數名詞**（如：any cookies、any tickets），不與單數可數名詞（如：cookie）連用。

這句雖不是否定句，但 any 與具有否定含意的 without 連用。 any + 不可數名詞

- **Ann finished the writing assignment without any help from Dan.**
  在沒有丹的任何幫助之下，安獨自完成了寫作作業。

疑問句：any + 複數名詞

- **Do you have any cookies, Jenny?**
  珍妮，你有沒有餅乾？

比較
要強調「一個」，應該用冠詞 **a** 或 **an**。
- **Do you have a cookie, Jenny?**
  珍妮，你有一塊餅乾嗎？

❹ **any** 還可表示「任何一個，究竟哪一個不重要」，此時，**any** 可用在**肯定句**中，後面接**單數可數名詞**或**不可數名詞**。

在肯定句中，any 與單數可數名詞連用（any doctor）。

- **Any doctor will tell you that smoking harms your health and takes away your wealth.**
  任何一個醫生都會告訴你，吸菸有害你的健康、帶走你的財富。

❺ **any** 也可以用於 **if 條件句**。

這句中的 any 修飾不可數名詞 news。

- **Let me know if you hear any news about Lily.**
  如果聽到莉莉的任何消息，請告訴我。

❻ 在表示**請求**或**邀請**的**疑問句**中也可以用 **some**。

- **Could I have some bubble gum?** ➠ 請求
  可以給我一些泡泡糖嗎？

- **Bruce, would you like some apple juice?** ➠ 邀請；提供
  布魯斯，你想不想喝點蘋果汁？

❼ **some of / any of**：在 **the**、**this**、**that**、**these**、**those** 或人稱代名詞**所有格**（my、his 等）或人稱代名詞**受格**（us、them、you）的前面，不能用限定詞 some 或 any，只能用 **some of** 或 **any of**，作主詞時，動詞的單複數由 **of 後面的名詞**決定。

句型

some of / any of	the/this/my/us . . .	➠ **特指**

some of / any of your **ideas** + 複數動詞
some of / any of the **books** + 複數動詞
some of / any of the **food** + 單數動詞

some of / any of us + 複數動詞
some of / any of those **people** + 複數動詞
some of / any of the **money** + 單數動詞

2 one（任何人）

❶ **one** 可以作**代名詞**，指「事物」，代替上下文的可數名詞。

➡ 參見 p. 56〈1 代名詞 one（指「事物」，代替上下文的可數名詞）〉

❷ **one** 也可以作**不定代名詞**，泛指「任何人、人們」（anyone）。

單數不定代名詞 one 要接單數動詞（is, reads）。

英式 **One is not likely to become a first-class user of English unless one reads extensively.**

在 unless 的副詞子句中，英式英語重複不定代名詞 one，而美式用 he or she 代替 one。

美式 **One is not likely to become a first-class user of English unless he or she reads extensively.**

現代英語更常用 you 或 we 來指「任何人」。

美式 英式 **You are not likely to become a first-class user of English unless you read extensively.**

唯有博覽群書，才可能成為第一流的英語使用者。

❸ **不定代名詞 one** 也可表示「其中一個」，指「人」或「物」。

[1] **one ＋ in / out of / of ＋ 複數名詞／複數代名詞 ＋ 單數動詞**

主詞不是複數名詞 cellphones，而是不定代名詞 **one**（一組人或物當中的一個），所以動詞用單數（was）。

- **During Christmas, one out of every four of our company's cellphones was found to have a virus.**
  one out of every four = one in every four，不過美式英語很少用 one in。
  耶誕節期間，我們公司的手機平均每四支就有一支中了病毒。

- **One of our company's mining robots has just landed on the Moon.**
  我們公司的其中一個採礦機器人剛登陸月球。

比較

one of those (people) who/that . . . 句型

- **Annie is one of those people who just want to make money.**
  安妮是那種只想賺錢的人。
  在「one of those (people) who/that . . .」句型中，子句動詞要用複數（want），因為關係代名詞 who 指 those people。

[2] **one or more / one or two ＋ 複數名詞 ＋ 複數動詞**

one or more 或 one or two 的句型習慣上要接**複數動詞**。

- **One or two students in our school are from Japan.** 我們學校有少數幾個學生是從日本來的。

提示

one 也可以作**限定詞／形容詞**。

PRACTICE

1 用 one、any、some 填空。

1. Mike: What is the best time of the year to visit you?
   Sue: It doesn't matter, Mike; come ________ time you like.
2. ________ could build a bridge over this river in two ways, but either method would take too many days.
3. I am very cautious when collecting mushrooms because ________ are poisonous.
4. "Are there ________ grapes left?" asked Claire.
5. ________ of you has to tell Sue.
6. Would you like ________ milk?
7. Jake's mother often says, "________ can learn from one's mistakes."
8. Let every nation know, whether it wishes us well or ill, that we shall pay ________ price, bear ________ burden, meet ________ hardship, support ________ friend, oppose ________ foe to assure the survival and the success of liberty.
   —President John Fitzgerald Kennedy

2 訂正劃線部分的錯誤。

1. Can one read this story without having <u>their</u> emotions stirred?
   ____
2. Bing said softly, "One of my friends <u>are dying</u>."
   ____
3. Brook will read almost <u>any English storybooks</u>.
   ____
4. Sue made hardly <u>some errors</u> in her long text message to Andrew.
   ____
5. Come to visit me <u>some day</u> you like.
   ____

Chapter 21 不定代名詞：(3) 以 -body、-one、-thing 結尾的複合不定代名詞

	-one 指人 有 's 所有格形式	-body 指人 有 's 所有格形式	-thing 指物 沒有 's 所有格形式
some-	someone	somebody	something
any-	anyone	anybody	anything
every-	everyone	everybody	everything
no-	no one（兩個字）	nobody	nothing

1 以 -one 和 -body 結尾的複合不定代名詞

❶ **everybody**（= everyone）、**somebody**（= someone）、**anybody**（= anyone）、**nobody**（= no one）只用於指「**人**」。

- Nobody in my class likes me. = No one in my class likes me. 我班上沒有人喜歡我。

❷ 上述這些指「**人**」的複合代名詞可以有「**'s**」所有格形式。

- Who's my valentine is nobody's business but mine.（nobody's business = no one's business）
  誰是我心愛的人，是我自己的事，和別人不相干。

❸ 不要混淆 **anybody** 和 **any body**，**somebody** 和 **some body**，**everybody** 和 **every body**，**nobody** 和 **no body**。兩個字的 any body、no body 等，當中的 body 指「group」（團體、組織），後面常接 **of 片語**。

any body of students = any group of students 任何一組學生

✗ "Is any body going to Taipei next week?" asked Kay.

✓ "Is anybody going to Taipei next week?" asked Kay.（anybody 指人。）
凱問：「下週有沒有人要去臺北？」

❹ **anyone**、**everyone**、**no one** 只能指人，不能和 of 連用。**any one**、**every one**、**none** 既可指人，也可指物，後面常接 **of 片語**。

every one of the rooms 這些房間的每一間（指物）

any one of the cellphones 這些手機的任何一支（指物）

every one of us 我們每一個人（指人）

any one of us 我們之中的任何一個人（指人）

- Why is Lorelei Sun ignored by everyone? 為什麼大家都不理睬蘿芮萊．孫？（everyone（= everybody 大家；人人）後面不接 of 片語。）
- Every one of us gave Ms. Tower a flower. 我們每一個人都給了陶爾女士一朵花。（every one（= each one = each single one 每一個），後面常接 of 片語。）

2 以 -thing 結尾的複合不定代名詞

以 -thing 結尾的複合代名詞只用於指「物」，沒有所有格形式。

• Bing left without saying anything. 賓一句話也沒有說就離開了。

3 複合代名詞的共同之處

❶ everybody、everything、anybody、nobody 等複合代名詞後面要接**單數動詞**。

• Nothing is more beautiful than the loveliness of the woods before sunrise.
日出前的森林之美無與倫比。 ——President George Washington 美國總統喬治・華盛頓

❷ **形容詞**要放在所修飾的複合代名詞的**後面**（**複合代名詞 + 形容詞**）。

形容詞 reliable, capable, and agreeable 置於複合代名詞 someone 之後。
• We need to hire someone reliable, capable, and agreeable.

也可以用關係子句／形容詞子句來修飾 someone。
= We need to hire someone who is reliable, capable, and agreeable.
我們需要招聘一個可靠、有能力、親切和善的人。

4 some- 與 any- 之間的區別

somebody/something/somewhere 與 anybody/anything/anywhere 之間的區別和 **some** 與 **any** 之間的區別是一樣的。（somewhere、anywhere 是副詞。）

➡ 參見 p. 66〈1 any 和 some（代名詞兼限定詞）〉

❶ **somebody/someone**、**something**、**somewhere** 通常用於**肯定句**。

• Don't go away. I have something to give you. 不要離開，我有東西要給你。

❷ **anybody/anyone**、**anything**、**anywhere** 通常用於**疑問句**或**否定句**。

• Kurt asked, "Is anybody hurt?" 克特問：「有人受傷嗎？」

❸ 在**肯定句**中，用 **anybody/anyone**、**anything**、**anywhere** 表示「**無論任何人**、事、地點都無所謂」。

• Anybody can learn English well if he or she reads extensively for fun.
只要大量進行趣味閱讀，任何人都能學好英語。

❹ 在**疑問句**中，用 **somebody/someone**、**something**、**somewhere** 表示**請求**、**建議**。

• Shall we go out somewhere tonight? 我們今晚去什麼地方玩，好嗎？

5 避免雙重否定

anyone、**anybody**、**anything** 常與否定詞 **never**、**not** 連用；而 **nobody**、**no one**、**nothing**、**nowhere** 等字本身就具有否定意味，**句中只能有一個否定詞**，因此不與 **never**、**not** 連用。

✗ Coco never said nothing about that broken window.
✓ Coco never said anything about that broken window.
✓ Coco said nothing about that broken window. 關於那扇破掉的窗戶，可可隻字未提。

PRACTICE

1 判斷下列句子裡的劃線部分是否正確。正確打 ✓，不正確打 ×，並訂正錯誤。

1 [ ] Are everything OK with Kay?

____

2 [ ] He will do anything for me.

____

3 [ ] Did Kay have interesting anything to say?

____

4 [ ] There is anything wrong with Kay today.

____

5 [ ] If Claire continues to be irresponsible, she will never get somewhere.

____

6 [ ] "I don't want to play the piano for nobody right now," explained Kay.

____

2 選出正確答案。

_____ 1 Bing is so hungry that he could eat almost __________.

Ⓐ something Ⓑ nothing
Ⓒ anything Ⓓ anywhere

_____ 2 __________ shot at my apple tree with a dart gun.

Ⓐ Something Ⓑ Someone
Ⓒ Anybody Ⓓ Anything

_____ 3 Does __________ know where Liz is?

Ⓐ anywhere Ⓑ nothing
Ⓒ anything Ⓓ anybody

_____ 4 Jean is __________ to be seen.

Ⓐ nowhere Ⓑ anyone
Ⓒ anything Ⓓ nobody

_____ **5** Have you seen Claire __________?

Ⓐ nowhere Ⓑ anywhere

Ⓒ anybody Ⓓ anything

_____ **6** __________ knows Roy is a playboy.

Ⓐ Everything Ⓑ Something

Ⓒ Everywhere Ⓓ Everybody

_____ **7** Thomas, __________ must have sent your cellphone a virus.

Ⓐ anybody Ⓑ some body

Ⓒ somebody Ⓓ any body

_____ **8** Do not worry, because __________ on my list needs to be done in a hurry.

Ⓐ something Ⓑ nothing

Ⓒ anything Ⓓ anybody

_____ **9** __________ of the girls could make this bookshelf by herself.

Ⓐ Anyone Ⓑ Any one

Ⓒ Someone Ⓓ Some body

_____ **10** It's __________ guess why she quit talking to Lee.

Ⓐ anybody's Ⓑ any body's

Ⓒ some body's Ⓓ anything's

_____ **11** My country owes me __________. It gave me, as it gives every boy and girl, a chance. It gave me schooling, independence of action, opportunity for service and honor. —President Herbert Clark Hoover

Ⓐ anything Ⓑ someone

Ⓒ anyone Ⓓ nothing

Chapter 22 不定冠詞：(1) a 或 an 的用法

不定冠詞（indefinite article）有 **a** 和 **an** 兩種：**a** 用於**子音發音**開頭的單字前，**an** 用於**母音發音**開頭的單字前。

➡ 參見 Chapter 23

1 a/an 修飾單數可數名詞

❶ 不定冠詞 **a/an** 用來修飾一個**非特指**的**單數可數名詞**，表示「一個」。

a **garage** 一個車庫　a **family** 一個家庭　an **opinion** 一個意見　an **ant** 一隻螞蟻

an **African elephant** 一頭非洲象
└→ 指一個類別或物種中的其中一個

→ 可數名詞用作單數時，不能單獨使用，應有限定詞來修飾（a、an、the、my、his、that 等）。

✗ **President John Fitzgerald Kennedy noted, "Child miseducated is child lost."**

→ 這句是泛指 child，要用不定冠詞 a。

✓ **President John Fitzgerald Kennedy noted, "A child miseducated is a child lost."**
約翰・菲茨傑拉德・甘迺迪總統指出：「教壞一個孩子就是失去一個孩子。」

❷ 一系列單數可數名詞構成平行結構時，可以只在第一個名詞前加上冠詞，也可以在每個名詞前重複使用冠詞。

- **Yesterday Amy bought a computer, cellphone, and TV.**
  = Yesterday Amy bought a computer, a cellphone, and a TV.
  昨天艾咪買了一臺電腦、一支手機和一臺電視機。

❸ 如果有的單數可數名詞要用 a，有的要用 an，要重複不定冠詞。

- **I saw an enormous frog and a big snake on the road.** 我在路上看見一隻大青蛙和一條巨蛇。

2 a/an 不修飾不可數名詞

❶ **不可數名詞**（bread、water、money、honey 等）只能是**單數**，不能和不定冠詞 a/an 連用，也不能與基數詞（one、two 等）連用。

✗ **Aunt Sue says that a steamed bread is good for you.**

✓ **Aunt Sue says that steamed bread is good for you.** 蘇姨媽說，吃蒸饅頭對你有好處。

❷ 一些不可數名詞與 **a piece of**（一張）、**an item of**（一件）、**a drop of**（一滴）等片語連用，就具有可數性質。

單數	複數	
a bar of soap	two bars of soap	一／兩塊肥皂
a drop of blood	two drops of blood	一／兩滴血
a grain of rice	two grains of rice	一／兩粒米

3 a/an 不用來指同一類的全體

指**同一類的全體**（即泛指）通常用**複數名詞**。複數名詞不要加冠詞 a/an。

✗ **I don't like an apple.**

✓ **I don't like apples.**
我不喜歡吃蘋果。

4 a/an 和 one 的區別

❶ 如果要**強調數量**，就用 **one**；如果**數量不重要**，就用 **a/an**。

- Only one passenger was injured when the truck hit the bus. 卡車撞到公車之後，只有一個乘客受了傷。（one：強調數量。）
- I'd like a cup of coffee. 我想要喝一杯咖啡。（a：某一類物品中的任意一個。）

❷ **a/an** 表示「每一；每」，相當於 per。這種情況不用 one。

✗ three times one week　✓ three times a week (per week) 每週三次

5 a/an 用於固定片語

all of a sudden 突如其來地
at a loss 不知所措
at an all-time high 以歷史新高
at an early age 在幼年
in a hurry 迅速地
in an emergency 在緊急時刻
make a fuss 大驚小怪
make an all-out effort 竭盡全力

PRACTICE

1 判斷下列句子是否正確。正確打 ✓，不正確打 ×，並訂正錯誤。

1 [ ] "That is a wonderful news!" exclaimed Pat.

______

2 [ ] Bud saw a truck, jeep, and car stuck in the deep mud.

______

3 [ ] A knowledge is happiness.

______

4 [ ] My friend Sue Nation works at gas station.

______

5 [ ] Does an African elephant have larger ears than an Indian elephant?

______

2 根據括弧內提供的文字，完成下面的句子。

1 I like to eat ______. （肉）
2 "It's ______!" cried Heather. （天氣真好）
3 After Ann and Dan heard a songbird, they sat there without saying ______. （一句話／一個字）
4 President Herbert Hoover noted, " ______ our most valuable natural resource." （兒童是）
5 This is ______ about Penny and her Dragon Game Company. （一條重要的資訊）

Chapter 23 不定冠詞：(2) a 和 an 的基本原則

1 使用不定冠詞 a 的基本原則

❶ 在以**子音發音**開始的單字、數字、字母或縮寫詞前面應該用 **a**。

1 **單字**：

a crab 一隻螃蟹　a dancer 一個舞者　a pig 一頭豬　a valley 一座山谷

2 **數字**：**a** + 1, 2, 3, 4, 5, 6, 7, 9, 10, 12（注意：8 和 11 要用 an）

3 **字母**：**a** + b, c, d, g, j, k, p, q, t, u, v, w, y, z

4 **縮寫詞**：

a BS degree 理學士學位　a CBS news broadcast 哥倫比亞廣播公司的新聞廣播節目

❷ 在**長音 u**（即發音是子音）前面要用 **a**。

a union 一個聯盟　a unique example 一個獨特的例子　a university 一所大學

2 使用不定冠詞 an 的基本原則

❶ 在以**母音發音**開始的單字、數字、字母或縮寫詞前面應該用 **an**。**a**、**e**、**i**、**o**、**u** 這五個字母通常代表母音發音。

1 **單字**：

an academy 一所學院　an interview 一次採訪　an unusual woman 一個與眾不同的女子

an eagle 一隻老鷹　an operation 一次手術

提示

❶ 某些字的首字母是**母音字母** u 或 eu，發音卻以**子音發音** [ju] 開始，這個字前面就要用 **a**。比如：

a useful grammar book 一本實用文法書 [ˋjusfəl]

a European 一個歐洲人 [jʊrəˋpiən]

❷ 如果一個字的首字母是**母音字母 o**，發音卻以**子音發音 [w]** 開始，這個字前面要用 **a**。 比如：

a one-way street 一條單行道 [wʌn]

a one-day trip 一趟一日遊 [wʌn]

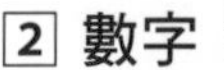

2 **數字**：

an 8-hour train trip 一趟八小時的火車旅程　an 11 a.m. meeting 一個上午 11 點的會議

3 **縮寫詞**：**縮寫詞**若是以字母 **F**、**H**、**L**、**M**、**N**、**R**、**S**、**X** 開頭，前面要用 **an**。這八個子音字母是以**母音發音**開始。

an MBA degree 一個工商管理學碩士學位　an NFL team 一支國家美式足球聯盟的球隊

an X-ray machine 一臺 X 光機

• Ivy Pickle lives in an RV. = Ivy Pickle lives in a recreational vehicle.
愛葳・皮寇住在一輛休旅車裡。

❷ 以**不發音的 h** 開始的單字前面應該用 **an**。只有幾個單字是以不發音的 h 開始，常見的有：

heir 繼承人	honest 誠實的	honor 榮譽；尊敬	hour 小時
heirloom 祖傳遺物	honesty 誠實	honorable 榮譽的；可敬的	hourly 每小時的

不發音的 h	發音的 h
an honorable woman 一個可敬的女子	**a househusband** 一個家庭主夫
an hour 一小時	**a horse** 一匹馬
an honest woman 一個誠實的女子	**a historic event** 一個著名的歷史事件

提示 一個字前面該用 a 還是用 an，取決於這個字的**發音**，而不是取決於**拼寫**，關鍵在於這個字的第一個**音**是母音發音還是子音發音，而不是在於第一個**字母**是母音字母還是子音字母。正因如此，正確發音是正確使用英語的關鍵之一。

PRACTICE

1 用 a 或 an 填空。

1. I'm ______ solar energy engineer, and my sister is ______ FBI agent.
2. Is Pearl ______ honest girl?
3. Gus waited ______ hour for his bus.
4. My aunt owns ______ hotel in Shanghai.
5. Look! Pete is driving the wrong way on ______ one-way street!
6. Ella asked me to bring her ______ umbrella.
7. Does Joan Beam own ______ NFL team?
8. Does Lee have ______ university degree?

2 在空格內填上 a 或 an。

1. ______ hammer
2. ______ hungry bear
3. ______ honorable man
4. ______ unusually hot day
5. ______ uniform
6. ______ earache
7. ______ European
8. ______ Egyptian
9. ______ expected result
10. ______ MD degree
11. ______ outcome
12. ______ oil leak
13. ______ once-in-a-lifetime experience
14. ______ outdoor party
15. ______ honest smile
16. ______ one-horned bull
17. ______ eighty-nine-year-old man
18. ______ union meeting
19. ______ UFO
20. ______ RV

Chapter 24 定冠詞：(1) 要加 the 的基本原則

定冠詞可以用在**可數名詞**（單數名詞或複數名詞）及**不可數名詞**前，表示**特指**（specific reference）。

1 the + 隨後再次提及的名詞

❶ **可數名詞**：在談話或書寫中**首次提及**的人或物，**單數可數名詞**之前要加**不定冠詞 a/an**，**複數名詞**之前用**零冠詞**（即不加冠詞）；隨後**再次提及**這個或這些**特定**的人或物時，要用**定冠詞 the**。

單數可數名詞初次提及。

Mary That is a fat rat.
那是一隻肥老鼠。

單數可數名詞再次提及。

Larry Look, your cat is chasing the fat rat.
瞧，你的貓正在追趕那隻肥老鼠。

Mary What are those? 那些是什麼？

複數可數名詞初次提及。

Larry Those are bamboo shoots. 那些是竹筍。

複數可數名詞再次提及。

Mary Will the bamboo shoots grow fast? 那些竹筍會長得很快嗎？

Larry Yes, they will. 會長得很快。

❷ **不可數名詞**：**不可數名詞**初次提及時，不用冠詞修飾（可用 some、any 等修飾）；**隨後提及**時，就要加**定冠詞 the**。

- Gail brought me some bread, but the bread was stale.
蓋兒帶了一些麵包給我，不過那些麵包已經不新鮮了。

2 the + 已知／特指的事物或周圍情況

下列情況的人或事物被視為**已知的**或**特指的**，要加 the。

❶ 獨一無二的人或物

the earth 地球	the president 總統；總裁	the weather 天氣；氣象
the king 國王	the sky 天空	the world 世界
the moon 月亮	the stars 星星	
the planets 行星	the sun 太陽	

- How bright the moon is! 月亮好明亮啊！

提示

① 獨一無二的事物前面如果有**形容詞**，也可以用不定冠詞。

a **brilliant moon** 一輪明月

a **clear blue sky** 一片晴朗的藍天

② **earth** 也有不加冠詞的用法，特別是片語 **on earth / on Earth**。
另外，**earth** 指「泥土；陸地；人間」時，**不加冠詞**。

當從天文的角度談及 moon、earth 和 sun 時，這幾個字常大寫。

- **June lives on Earth, but her husband and daughter live on the Moon.**
茱恩住在地球上，但她的先生和女兒卻住在月球上。

❷ **上下文**或**周圍環境**使人或物成為已知。

- **Louise, pass me the bread and butter, please.**
（聽者知道麵包和奶油在哪裡。bread 和 butter 可共用一個 the。）
露易絲，請把麵包和奶油遞給我。

❸ **形容詞最高級**與**序數詞**使人或物成為已知：在**形容詞的最高級**（most、best 等）、**序數詞**（first、second 等）以及 **only**、**sole**、**same**、**last**、**next** 和 **following** 等字的前面，必須加 **the**。

the oldest **teacher in our school**
我們學校年紀最大的教師

the best **student in our class**
我們班上最優秀的學生

the third **floor** 三樓

the only **child** 唯一的孩子；獨生子／女

the following **message** 下一條訊息

the next **day** 第二天

提示

① the next day 指「第二天；翌日」時，要加定冠詞。但表示**未來**的時間片語 next Friday/week/month/year 等，next 前面不加定冠詞，意思是「下星期五／下週／下個月／明年」，與 last Friday/week/month/year（上星期五／上週／上個月／去年）意思相反。

- **Next year I am going to work in Taipei.**
明年我要去臺北工作。

② 「**first**、**second**、**third** 等 + **名詞**」的結構，通常前面要加 **the**。但 **second** 前面也可以用不定冠詞 **a**，表示「又一」。

a 用於序數詞 second 前，表示「又一；再一」。

- **Can I have a second chance?**
可以再給我一次機會嗎？

❹ **介系詞片語**或**分詞片語**使人或物成為已知（尤其是「**名詞 + of**」 的介系詞片語）。

the top of the page 頁面的最上方

the death of the mayor 市長之死

介系詞片語 next to the gas station 修飾 the cafe。

- **Please meet me in the cafe next to the gas station near my house.**
  請在我家附近的加油站旁邊的咖啡店跟我見面。

near my house 修飾 the gas station。

分詞片語 sitting over there 修飾 the woman。

- **Do you know the woman sitting over there?**
  你認識坐在那邊的那位女士嗎？

> 提示　分詞片語或介系詞片語作修飾語時，要置於所修飾名詞的**後面**。

❺ **限定性形容詞子句**使人或物成為已知。

句中的that引導一個限定性形容詞子句，修飾名詞 house。 ➡ 參見 Chapter 109

- **Last week Margo bought the house (that) Joan used to own ten years ago.**
  上週瑪歌買下了瓊恩十年前擁有的那幢房子。

❻ **the + 複數名詞**（**特指**）：複數名詞**泛指**人或物時，**不要加冠詞**；複數名詞指**特定**的人或物時，要加 **the**。

泛指 tourists。

- **We expect that as more tourists go to visit the International Space Station, it will become a familiar place to the citizens of every nation.**
  我們期望隨著更多觀光客到國際太空站參觀，它會成為全世界公民熟悉的地方。

特指廟裡的那些 tourists。

- **Do you know what the tourists in the temple are talking about?**
  你知道廟裡的那些遊客在談論什麼事嗎？

PRACTICE

1　根據括弧裡提供的文字，完成下面小對話。

1 Ann　Where is Clair?

Dan　She's gone to ______________________ her friend Mort.
（去機場接，用 pick up）

2 Ann　Look, the tree in front of Eve's house has ______________________!
（很多紅葉）

Dan　Yes, aren't ______________________ beautiful!
（那些紅葉）

3 Ann Look! There is a dead mouse by ______________________________ ______________________________.（在我們房子的前門）

Dan ______________________________ is actually just a rubber toy left there by Roy.（那隻死老鼠）

4 Mabel Mom, I'd like ______________________________, please.（一杯牛奶；用 glass）

Mom I already put ______________________________ for you on the kitchen table.（一大杯牛奶）

5 Do you believe ______________________________ about Lori?（Andrew 告訴我們的那個〔關於 Lori〕的故事）

2 將正確答案劃上底線。

1 Every year Aunt Jeannie gives me a | the new blue bikini.

2 Ann Did Jerry use to have a small dog and a big hog?

Dan Yes, but a | the hog ran away, and so did a | the dog.

3 Gail saw only a | the big tail of a whale.

4 Moon | The Moon circles the Earth.

5 I will try to finish writing this grammar book by end of | by the end of July.

6 I like to meet people | the people from different countries.

7 "Remember to lock a gate | the gate," said Brock.

8 Yvette is the cutest puppy | cutest puppy I've ever met.

9 It is reported that U.S. President | the U.S. President is going to visit Japan in July.

10 Who are the people | people outside the classroom?

11 "Let's enjoy beauty | the beauty of the river," I said to Oliver.

12 You are only person | the only person on earth I've told this secret to.

Chapter 25 定冠詞：(2) 要加 the 的情況

1 類指（generic reference）的用法要加 the

❶ the + 單數可數名詞（類指）

可用來指整個**類別**或**物種**。動物、花卉、植物名稱經常以這種形式出現。

the elephant 指大象這種動物（**類指**）。

• The elephant is admired for its power and intelligence.

an elephant 指「一頭大象」。
「**a/an + 單數可數名詞**」常用來**泛指**（general reference）「某一類的任何一個」。

= An elephant is admired for its power and intelligence.

複數名詞泛指所有的大象（同一類的全體）。

= Elephants are admired for their power and intelligence.

大象因牠們的力量和智慧而受到欽佩。

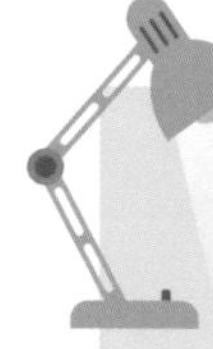

表示同種類的總稱、代表全體的**句型**

a/an/the + 單數可數名詞 + 單數 be 動詞 = 複數可數名詞 + 複數 be 動詞

• A/The computer is (= Computers are) indispensable in our daily lives.
電腦在我們日常生活中是不可或缺的。

▸ 表示同一類的全體時，通常用複數名詞（如：elephants、computers），也可以用定冠詞「the + 單數可數名詞」表類指。在 be 動詞前，也可以用「a/an + 單數可數名詞」表示某一類的任何一個。

❷ the + 形容詞

the + 形容詞 = 複數名詞，指某一類別的人或某一民族，作主詞時，要用**複數動詞**。

the Spanish = the Spanish people 全體西班牙人

the homeless = the homeless people 無家可歸的人

2 其他要加 the 的情況

❶ 樂器

• Clo can play the piano. 克蘿會彈鋼琴。

❷ 特定的一段時期

the twenty-first century 二十一世紀

the Tang dynasty 唐朝

❸ the + 比較級 , the + 比較級（愈……，就愈……）

- The faster I run, the sooner I will see John Sun. 我跑得愈快，就能愈早見到約翰・孫。
  faster 和 sooner 分別是副詞 fast 和 soon 的比較級形式。

➡ 參見 p. 122〈2 聯合比較（愈……，愈……）〉

❹ by + the + 計量單位（按照……計算）

by the pound 按磅計算　　by the yard 按碼計算
by the hour 按小時計算　　by the week 按週計算

- Do you pay your rent by the month? = Do you pay your rent monthly?
  你是按月付房租嗎？

❺ the + 人體部位

1 表**人體部位**的名詞（如：eye、face、shoulder 等）出現在 **beat**、**bite**、**hit**、**look**、**pat**、**take**、**pain**、**wound** 後面時，常加 **the**，而不用人稱代名詞所有格。這類表示人體部位的名詞要用**單數**。

2「**the + 人體部位**」置於介系詞**後面**，作**介系詞的受詞**。

the head 作介系詞 on 的受詞。

beat somebody on the head 打某人的頭
bite somebody on the leg 咬某人的大腿
hit me in the face 打我的臉
look him in the eye 直視他的眼睛
pat somebody on the shoulder 拍某人的肩
a sharp pain in the chest 胸口劇烈的疼痛

比較

談及某人的身體部位時，通常用**人稱代名詞所有格**（即所有格形容詞）修飾，而不用 the。「**所有格形容詞 + 人體部位**」在句中作**動詞的受詞**。

his head 作動詞 turned 的受詞。

- Jim turned his head to look at Kim.
  吉姆轉過頭去看金姆。

her leg 作動詞 broke的受詞。

- Yesterday Meg broke her leg.
  昨天梅格把腿摔斷了。

❻ 與 the 連用的慣用語

at/in the beginning 起初
at/in the end 最後
in the middle of 在……中間
go to the theater 去看戲
go to the movies 去看電影
in the country/countryside 在鄉村
in the distance 在遠處
in the morning/afternoon/evening
在上午／下午／晚上
in the day/daytime 在白天

on the Internet 上網；在網路上
on the one hand 一方面
on the other hand 另一方面
on the left 在左邊
on the right 在右邊
on the whole 總的來看；大體上
by the way 順便一提
in the way 妨礙；擋道
the other day 前幾天
to tell the truth 說實話

3 要加 the 的專有名詞

❶ 一些地理名稱

1 流域／盆地 the Amazon Basin 亞馬遜河流域

2 運河 the Suez Canal 蘇伊士運河

3 海峽 the Taiwan Strait 臺灣海峽

4 沙漠 the Sahara (Desert) 撒哈拉沙漠

5 海灣 the Persian Gulf 波斯灣

6 群島 the Hawaiian Islands 夏威夷群島

7 山脈 the Rocky Mountains 洛磯山脈

8 大洋 the Pacific Ocean 太平洋

9 河川 the Hudson River 哈德遜河

10 大海 the Sea of Japan 日本海

11 半島 the Iberian Peninsula 伊比利半島

如果不是群島，就不加 the，如：
- Staten Island 史坦頓島
- Key West 西礁島

❷ 複數形式的名稱（姓氏、隊名、國名）

the Browns 布朗家

the Miami Dolphins 邁阿密海豚隊（美式足球隊）

the Philippines 菲律賓

the United Arab Emirates 阿拉伯聯合酋長國

國家名的前面通常**不加 the**。	如果國家名是**複數形式**或是含有 **Republic**、**Kingdom** 等字，就**要加 the**。 ➡ 參見 Chapter 26
• Holland 荷蘭	• the Netherlands 荷蘭
• America 美國	• the United States 美國
• China 中國	• the People's Republic of China 中華人民共和國

❸ 大型建築物名稱

飯店、博物館、紀念館／碑、劇院、畫廊、橋樑、塔、金字塔、雕像等大型建築物的名稱前要加 the。

the Holiday Inn 假日酒店

the Golden Gate Bridge 金門大橋

the Great Wall 長城

the Eiffel Tower 艾菲爾鐵塔

❹ 報紙名稱

The New York Times 紐約時報

The China Post 中國郵報

The Washington Post 華盛頓郵報

the Hartford Courant 哈特福德新聞報

the 如果屬於報紙名稱的一部分，要大寫，如：
- The Times 泰晤士報

the 如果不是報紙名稱的一部分，就不用大寫，如：
- the Morning Post 晨報

報紙名稱在句子中要用斜體，手寫時可以劃底線。

❺ 世界大區域名稱

the West 西方　the Middle East 中東　the East 東方　the Far East 遠東

❻ 政府部門、政治機構或著名組織（包括縮寫名稱）

the CIA 中央情報局

the White House 白宮

the Library of Congress 國會圖書館

the VOA (the Voice of America) 美國之音

the Supreme Court 最高法院

the Red Cross 紅十字會

PRACTICE

1 用 a、an、the 填空。注意：句首的第一個字母要大寫。

1 ______ man walked up to a policewoman standing in front of a hotel. 2 ______ man took out a map and asked 3 ______ policewoman, "Could you show me where 4 ______ Great Wall Hotel is located?" 5 ______ policewoman smiled and pointed at 6 ______ hotel behind her. "There it is!" she said.

2 根據括弧裡提供的文字，完成下面的句子。

1 Where is ____________________ located?
（荷蘭）

2 I started to ____________________ when I was only six years old.
（彈吉他）

3 When I lived in London, I often took a long walk ____________________.
（早上）

4 Little Rick cried as ____________________ our clinic.
（傷患〔the wounded〕被抬進；用被動過去進行式「be + being + 過去分詞」）

5 ____________________ from Hong Kong can sing that old English song.
（那兩個新學生）

6 After our vacation, my wife will start working for ____________________.（教育部）

7 Kay's brother Dwight has been camping with ____________________ for eight days.
（Brown 一家）

8 Mary was born in 2010, and she hopes to live into ____________________.（二十二世紀）

9 My father reads ____________________ every day.
（泰晤士報）

10 On Sunday Coco, Sue, and I are going to ____________________.
（芝加哥動物園）

Chapter

26 零冠詞 (1)

1 一些專有地理名詞不加冠詞（零冠詞 Zero Article）

❶ 機場
地名／人名 + Airport

Oxford Airport 牛津機場

❷ 教堂
地名 + Cathedral/Monastery/Abbey

Stavanger Cathedral 斯塔萬格大教堂

Zen Mountain Monastery 禪山寺
└→ 宗教名 + Monastery

Westminster Abbey 西敏寺

例外 以 **of** 連接的教堂名，要加 the：
- **the** Abbey of Cluny 克呂尼修道院

比較 church 如果指**教會**，教會名稱前面常加 the（the + 地名〔形容詞〕+ Church）：
- **the** Roman Catholic Church 羅馬天主教會
- **the** Eastern Orthodox Church 東正教會

❸ 湖泊
地名（或其他字）+ Lake
Lake + 地名（或其他字）

Martin Lake 馬丁湖

Bear Lake 熊湖

Lake Victoria 維多利亞湖

Lake Michigan 密西根湖

例外 湖泊名如果用的是**複數 Lakes**，或是由**好幾個字**構成的，就要加 the：
- **the** Great Lakes 北美五大湖
- **the** Great Salt Lake 大鹽湖

比較 河流名稱前要加 the：
- **the** Yellow River 黃河
- **the** Mississippi 密西西比河

❹ 海灣
地名（或其他字）+ Bay/Harbor

San Francisco Bay 舊金山灣

Pearl Harbor 珍珠港

例外 海灣名如果以 **of** 連接地名，就要加 the：
- **the** Bay of Bengal 孟加拉灣

❺ 大洲

Africa 非洲

Asia 亞洲

North America 北美洲

例外 大洲名如果含 **Continent** 這個字，就要加 the（the + 地名〔形容詞〕+ Continent）：
- **the** North American Continent 北美洲

❻ 山峰
Mount + 地名／人名（或其他字）

Mount Everest 聖母峰（珠穆朗瑪峰）

Mount Washington 華盛頓山

Mount Fuji 富士山

Mount Rushmore 拉什莫爾山

❼ 國家／州／省／都市／城鎮（Countries/States/Provinces/Cities/Towns）

Japan 日本

Jiangxi Province 江西省

Michigan 密西根

Bangkok 曼谷

例外 國名如果是**複數形**或由**幾個字**（含有 **Republic**、**Kingdom** 等）構成，要加 the：

- **the** Philippines 菲律賓
- **the** Republic of Ireland 愛爾蘭共和國

比較 國名為兩個字但不含 Republic 或 Kingdom，則不要加 the：

- Great Britain 大不列顛／英國
- New Zealand 紐西蘭
- South Africa 南非

❽ 公園
地名／人名 + Park

Yellowstone National Park 黃石國家公園

Yellowstone National Park

❾ 大學院校
地名 + University/College/Institute

Harvard University 哈佛大學

例外 University 後面接「**of + 地名**」，則要加 the：

- **the** University of Cambridge 劍橋大學
- **the** University of London 倫敦大學

❿ 街道／路／廣場
地名／序數詞／人名（或其他字）+ Street/Avenue/Road/Square

Washington Street 華盛頓街

Fifth Avenue 第五大道

County Road 510 縣道 510 號

Times Square 時代廣場

⓫ 火車站
地名 + Station

Saigon Railway Station 西貢火車站

Broadway Station 百老匯車站

提示 有些美國人會在「地名 + Station」前面加 the：

- **the** Taipei Main Station 臺北車站

⓬ 以人名所有格呈現的建築物、飯店名稱

Ann's Hotel 安旅舍

St. Paul's Cathedral 聖保羅大教堂

2 （專有名詞）人名、語言、節日、月分、星期不加冠詞

❶ **人名** **James** 詹姆斯

❷ **語言** **Spanish** 西班牙文

❸ **節日** **New Year's Day** 元旦
Thanksgiving Day 感恩節

❹ **月分** **April** 四月

❺ **星期** **Sunday** 星期天

例外 少數節日名稱要加 the，例如**中國的傳統節日**：

- **the** Spring Festival 春節
- **the** Moon Festival 中秋節

美國國慶日也要加 the。

- **the** Fourth of July 美國國慶日

例外 **月分名稱**和**星期名稱**前若有**形容詞**修飾，談論**特定**的某一天或某個月，就可加不定冠詞：

- **a** wet Saturday 一個下雨的星期六
- in **a** very hot July 在一個炎熱的七月

3 複數名詞和不可數名詞是否要加冠詞？

❶ **「泛指」不加冠詞**：複數名詞或不可數名詞（包括許多抽象名詞，如：love、attention）通常不加冠詞。

❷ **「特指」要加 the**：如果複數名詞或不可數名詞**具體化**了，比如有 of 等介系詞片語、分詞片語或形容詞子句修飾，就要加 **the**。

- Rick loves music.（泛指）瑞克喜歡音樂。
- The music played by Rick last night made me sick.（特指：有過去分詞片語修飾。）瑞克昨晚演奏的音樂讓我覺得噁心。

- Every night she watches TV.（泛指）她每天晚上都看電視。
- Don't put the cup on the TV.（特指：特定的實物（電視機））不要把杯子放在電視上面。

- Here is a list of the top 10 rock songs that people love.（泛指）
這份清單是人們最喜歡的十首搖滾歌曲。
- The people working at the Bunny Inn all love honey.（特指；有現在分詞片語修飾。）
在邦尼客棧工作的人都喜歡蜂蜜。

> **提示**
> **people** 泛指「人們」；
> **the people** 特指「那些人」；
> **a people** 指「民族」，如：
> - The Jews are a people known for their diligence and intelligence.
> 猶太人是一個以勤奮和聰穎而聞名的民族。

❸ 不可數名詞或抽象名詞前面如果有**形容詞**，可以加不定冠詞 **a/an**。

a passionate love 一份強烈的愛

> **提示**
> 當 **nature**（自然；自然界）、**society**（社會）、**space**（太空；宇宙；空間）具有**泛指**的意義時，**不要加冠詞**。當這些字具有**特指**的、**具體**的意義時，就**要加冠詞**。
>
> the destructive nature of an earthquake 地震的毀滅特性
> a multicultural society 一個多元文化的社會
> the film society 電影界
> in the confined space 在狹窄的空間

4 名詞前面有其他限定詞修飾時，不加冠詞

名詞前面如果有作限定詞的**代名詞**（如：my、his、this、these、both、some、any、all），或有**數詞**（如：two、three）、**名詞所有格**等限定詞修飾時，不要再加 the、a、an，因為冠詞也屬於限定詞，如果與別的限定詞連用，就是多餘的。

this man 這名男子
my favorite movie 我最喜歡的影片
Mike's bike 邁克的自行車
three trucks 三輛卡車
today's newspaper 今天的報紙

PRACTICE

1 用 a、an、the 或 /（表示零冠詞）填空。

1. Jerome lives in ______ Rome.
2. China has taken its first steps into ______ space.
3. Levi and I first met on ______ wet Sunday in July.
4. Megan often swims in ______ Lake Michigan.
5. Is Eloise learning ______ Chinese?
6. The school installed two supercomputers in the Learning Center this fall. However, ______ computers don't work.
7. President Franklin Delano Roosevelt said, " ① ______ Growth and ② ______ change are ③ ______ law of all life. ④ ______ Yesterday's answers are inadequate for ⑤ ______ today's problems, just as ⑥ ______ solutions of today will not fill ⑦ ______ needs of tomorrow."
8. President Franklin Delano Roosevelt declared, "Happiness lies not in ______ mere possession of money; it lies in ______ joy of achievement, in ______ thrill of creative effort."

2 根據括弧裡提供的文字，完成下面的句子。

1. Do you like ____________________?（柳橙汁）
2. Can Louise ______________________________?（用中文讀和寫）
3. ____________________ you made yesterday tasted delicious to Kay.（蘋果汁）
4. Eve and Steve are having a party on ____________________.（聖誕夜）
5. Did Pam eat ____________________?（所有的火腿）
6. Did Dwight watch ______________________________ last night?（一齣 Shakespeare 的戲劇）
7. Alice could remember ______________________________ in *Pride and Prejudice*.（主要人物）
8. ______________________________（那些新加坡遊客）enjoyed walking with their guide Saul on the top of ____________________（長城）.
9. During ______________________________（一月的第一週）I'll go to see Mary, and during ______________________________（二月的第三週）I'll go to visit Harry.

Chapter 27 零冠詞 (2)

1 體育運動、學科、疾病及三餐名稱不加冠詞

❶ 體育運動	basketball 籃球	• This afternoon Paul is going to play basketball. 保羅今天下午要打籃球。
❷ 學科	math 數學	• I don't like philosophy, biology, and psychology. 我不喜歡哲學、生物學和心理學。
❸ 疾病	cancer 癌症	• Pneumonia nearly killed her. 她差點就死於肺炎。
❹ 三餐	lunch 午餐	• Breakfast is ready! 早餐準備好了！

提示

① 如果三餐名稱前面有**形容詞**修飾，說明是「怎麼樣的一餐」時，**可以加不定冠詞 a**，比如：

a relaxed breakfast 一頓輕鬆的早餐

② 當特指某人提供的**具體的一頓飯**時，**要加 the**，比如：

• Thank you very much for the lunch, Frank. 法蘭克，非常感謝你的午餐。

2 季節名稱不加冠詞

❶ **季節名稱**前通常**不加冠詞**。

• Winter is coming! 冬天來臨了！

• It will soon be spring again! 春天很快就會來臨！

❷ **in + 季節**：季節（spring、summer、autumn〔英式英語〕、winter）與介系詞 **in** 連用時，如果是**泛指**，可以加 the，也可以不加 the。如果是**特指**某一個 spring、summer、autumn、winter，就要加 the；唯獨 **fall**（美式英語）與 in 連用時，無論是泛指還是特指的秋天，一律都要加 the（**in the fall**）。

in (the) spring 在春天　　in (the) summer 在夏天　　in (the) winter 在冬天

in (the) autumn = in the fall 在秋天
（autumn → 英式英語；fall → 美式英語）

• My baby will be born in the winter. 我的寶寶將在今年冬天出生。
（the → 特指）

3 獨一無二的職位不加冠詞

表示**獨一無二職位**的名詞若用於 **become**、**appoint**、**select**、**make** 等動詞後面，**不加冠詞**。

• Brenda Beam was selected to be captain of the women's basketball team.
布蘭達·比姆被選為女子籃球隊的隊長。

4 不加冠詞的慣用語

❶ 與 go 連用的慣用語（機構、交通）

go to church 上教堂（做禮拜）
go to college 上大學
go on foot 走路　by + 交通工具
go by bus 搭公車

bus 還可以替換成：

air 航空　airplane 飛機　balloon 氣球
bike 自行車　car 汽車　horse 馬　land 陸路
sea 海路　taxi 計程車　train 火車　water 水路

go to jail 進監獄；坐牢
go to work 去工作；上班
go to school 上學

- Jane and I will go by train.
  珍和我要坐火車去。

比較 Jane and I will take the train.

❷ 與 be 動詞連用的慣用語

be in bed 在床上（睡覺）
be in class 在課堂上（上課）
be in/at church 在教堂（做禮拜）
be in college 在大學裡（讀書）
be in/at school 在學校（讀書）
be in jail 在牢裡（坐牢）
be at home 在家　be at work 在工作

❸ 一些表時間的慣用語及其他慣用語

at night 在夜裡　at midnight 在半夜
around/about midnight 在午夜時分
by day 在白天　by night 在夜晚
by mistake 錯誤地　by accident 偶然地
out of work 失業

❹ 成對的片語

arm in arm 手挽著手
day after day 日復一日
face to face 面對面
from head to toe 從頭到腳
from top to bottom 從上到下
hand in hand 手牽手
inch by inch 逐漸地
on land and sea 在陸地和海上
see eye to eye with 與……意見一致
shoulder to shoulder 肩並肩
side by side 並排；並肩；一起
year after year 年復一年

5 有無冠詞意義不同的情況

一些單數名詞若具有**抽象**意義，表示**功能**、**目的**，則**不加 the**。若指**具體**的事物，單純表示「**地點**、**建築物**」等，則**要加 the**。

零冠詞（具有抽象意義）	定冠詞 the（具體家具、場所）
go to bed 就寢	go to the bed 走向床鋪（不一定是去睡覺）
in office 在執政	in the office 在辦公室
beyond/without question 毫無疑問 → 慣用語	out of the question 不可能的 → 慣用語
go to sea 出海（是船員）	go to the sea 走向大海
by day 白天 → 慣用語	by the day 按日計算 → 慣用語
take place 發生 → 片語動詞	take the place of 代替 → 片語動詞

church 指「功能」（做禮拜）。
- Mom and Dad should be out of church in a few minutes. 再過幾分鐘爸媽就應該做完禮拜了。

the church 指「這棟建築物」。
- When I arrived at the church, Ivy had already left. 我到達教堂時，愛葳已經離開了。

PRACTICE

1 用 a、an、the 或 /（表示零冠詞）填空。

1. Mary Bell plays _______ volleyball very well.
2. Rick's major in college is _______ physics.
3. Is Ted still in _______ bed?
4. In _______ winter Margo King loves to go skiing.
5. We had _______ wonderful dinner tonight.
6. She's dying of _______ lung cancer, and it was caused by her habit of smoking.
7. At what age do _______ children start to go to _______ school in your _______ country?
8. There is _______ school in our village, so _______ children do not have to go to _______ city.

2 根據括弧裡提供的文字，完成下面的句子。

1. June plays ____________________ almost every Saturday afternoon.
（足球）
2. Does Ann often walk ____________________ with her husband, Dan?
（手牽手）
3. Dwight will arrive home ____________________.
（午夜時分）
4. ____________________ we usually go to visit Aunt Ann in Japan.
（在秋天）
5. In politics, nothing happens ____________________.（偶然；用 accident）
If it happens, you can bet it was planned that way.
—President Franklin Delano Roosevelt
6. Once ____________________, Governor Sue Lime started to fight against corruption and crime.（執政；用 office）

3 選出正確答案。

_____ 1 Every night Lily goes __________ early.

Ⓐ bed Ⓑ to a bed Ⓒ to bed Ⓓ the bed

_____ 2 Grandma sometimes likes __________ with __________.

Ⓐ a wine; a dinner Ⓑ a glass of wine; dinner

Ⓒ some wine; the dinner Ⓓ the wine; the dinner

_____ 3 Rae goes to __________.

Ⓐ church every Sunday

Ⓑ a church on a Sunday

Ⓒ the church on the Sunday

Ⓓ a church on every Sunday

_____ 4 Mike doesn't go to __________, because he likes to ride his bike.

Ⓐ the school by a bus Ⓑ school by bus

Ⓒ a school by the bus Ⓓ school by a bus

_____ 5 "I just want __________," Ed told Eloise.

Ⓐ some bread and cheese for lunch

Ⓑ a bread and a cheese for lunch

Ⓒ some bread and cheese for a lunch

Ⓓ the bread and the cheese for a lunch

_____ 6 Last Saturday Kevin and Dwight worked on their homework from seven __________ to eleven __________.

Ⓐ in a morning; at a night

Ⓑ in the morning; at the night

Ⓒ in a morning; at a night

Ⓓ in the morning; at night

Chapter

28 形容詞在句中的位置 (1)

形容詞用來補充說明**名詞**或**代名詞**，具有描繪、修飾、限定的作用。

1 大多數形容詞可置於名詞之前，或連綴動詞之後

大多數形容詞可以放在它們所描述的**名詞前面**作修飾語，或放在**連綴動詞**（如：be 動詞、look、become）**後面**作主詞補語。

- Pearl is a rich and spoiled girl. 珀兒是一個被寵壞了的富家女。
  └→ 形容詞（rich、spoiled 作修飾語）+ 名詞（girl）
- Since Mitch married Amy, he has become rich.
  自從米契娶了艾咪之後，他就變得富有了。 └→ 連綴動詞（has become）+ 形容詞（rich 作主詞補語）

- Jake is like a hungry mouse whenever he sees some cheesecake. 傑克只要一看到乳酪蛋糕，就表現得像隻饑餓的老鼠。
  └→ 形容詞（hungry 作修飾語）+ 名詞（mouse）
- She is hungry for power and money. 她渴望權力和金錢。
  └→ 連綴動詞（is）+ 形容詞（hungry 作主詞補語）

- That's an old-fashioned idea. 那是一個過時的觀點。
  └→ 形容詞 old-fashioned 放在名詞前，要加連字號；置於連綴動詞後，不需要連字號。
- Ms. Bridge is old fashioned about marriage.
  布里奇小姐對婚姻的看法很傳統。

➡ 參見 p. 105〈7 複合形容詞〉

2 一些形容詞只能置於名詞之前，不能置於連綴動詞之後

❶ **類別形容詞**（闡明人或事物所屬的特定類別，這類形容詞沒有比較級和最高級）

1	chemical 化學的	electric 電的	industrial 工業的	medical 醫學的	nuclear 原子核的	physical 物理的	agricultural 農業的
2	chief 主要的	entire 全部的	main 主要的	maximum 最大值的	only/sole 唯一的	principal 最重要的	whole 全部的
3	British 英國的	indoor 室內的	local 當地的	national 國家的	northern 北方的	outdoor 戶外的	social 社會的
4	elder 年長的	eventual 最終的	female 女性的	former 前任的	live 活著的；直播的	lone 孤單的	male 男性的

chemical research 化學研究
an indoor swimming pool 室內游泳池
a live television show 現場直播的電視節目
local anesthesia 局部麻醉

• She was the sole heir of the large estate.
她是那座大莊園的唯一繼承人。

✗ Obviously, the research that might help your company find an answer is nuclear.

nuclear 是類別形容詞，只能置於名詞前（如：a nuclear power plant 核電廠、nuclear physics 核子物理），不能置於連綴動詞後。

✓ Obviously, nuclear research might help your company find an answer.
顯然，核子研究也許可以幫助你們公司找到一個答案。

❷ **強調形容詞**：mere（僅僅的；只不過的）、sheer（全然的）、utter（絕對的；十足的）

sheer nonsense 胡說八道

an utter refusal 斷然拒絕

• It is sheer foolishness to get upset at the mere thought of leaving here.
只不過一想到要離開這裡就感到不安，是十分愚蠢的。

3 一些形容詞通常用於連綴動詞之後，不用在名詞之前

❶ **以 a- 開頭的形容詞**

afloat 漂流的	alert 警覺的	alone 單獨的	asleep 睡著的
afraid 害怕的	alike 相似的	aloof 冷淡的	awake 醒著的
aghast 驚恐的	alive 活著的	ashamed 慚愧的	aware 意識到的

• My sheep is asleep in my electric jeep. 我的羊兒在我的電動吉普車裡睡著了。

• Ms. Smith and her daughter Lily look very much alike.
史密斯女士和她女兒莉莉長得非常相像。

❷ **表健康、情感的形容詞**

content 滿足的	ill 生病的	sorry 感到難過的	unwell 不舒服的
fine 健康的	pleased 滿意的	sure 確信的	uneasy 心神不寧的
glad 高興的	ready 樂意的；準備好的	upset 苦惱的	well 健康的

• Is Joe ready to go? 喬準備好要出發了嗎？

• I am sure that sooner or later Gail will end up in jail. 我敢肯定蓋兒遲早會入獄。

❸ 上表中，一些表「健康、情感」的形容詞如果置於**名詞之前**，具有**不同的含意**，如：

glad tidings 喜訊；福音

an ill wind 倒楣；並非完全的不幸

a ready tongue 伶牙俐齒

a sorry state 可悲的處境

an upset stomach 胃不舒服

an uneasy situation 不穩定的情勢

• Ms. Wood often says that it's an ill wind that blows nobody any good.
伍德女士常說，凡事有弊也有利。

❹ 有些只能用於連綴動詞後面的形容詞，具有可用於名詞前面的對等形容詞。

只用於連綴動詞之後	可用於名詞之前	
alive	live/living	活著的
afraid	frightened	害怕的
alike	similar	相似的
asleep	sleeping	睡著的
ill	sick	生病的

表健康（ill, well）的形容詞要置於連綴動詞後，不置於名詞前（~~ill Jill~~, ~~well student~~）。

- Jill is ill. = Jill is sick. 吉兒生病了。

sick 既可放在連綴動詞後（Jill is sick.），也可以放在名詞前（sick children）。美式英語常用 sick。

4 一些形容詞可置於名詞前面或後面，但意義不同

名詞 + 形容詞	形容詞 + 名詞
the students concerned 參與（相關）的學生	a concerned look 擔憂的表情
all those people involved 所有參與的人	an involved reply 複雜的回答
the students present 在場的學生	the present principal 現任的校長
the person responsible 應（對某事）負責的人	a responsible teacher 有責任心的老師

提示

concerned 置於名詞後，表示「有關的；參與的」；美式英語常用 involved 來表示這個意思（involved in something），比如：

美式 英式 He was one of the gangsters involved in the kidnapping.
英式 He was one of the gangsters concerned in the kidnapping.
他是參與那起綁架案的歹徒之一。

PRACTICE

1 判斷下列句子裡的劃線部分是否正確。正確打 ✓，不正確打 ×，並訂正錯誤。

1 [ ] Mom is <u>asleep</u> in my jeep.

______

2 [ ] Trish has five <u>alive fish</u>.

______

3 [ ] She is three years <u>elder</u> than me.

______

4 [ ] Don't you <u>feel ashamed</u> about always lying to Sue?

______

5 [ ] Whenever Lee heard fireworks, he became very uneasy.

____

6 [ ] Rick: Let's go to see the play *The King and I* this evening.
Joy: I would love to, Rick, but I need to stay at home to take care of my ill cat.

____

7 [ ] Claire was one of the concerned people in that corrupt affair.

____

8 [ ] Bing stared at me with a look concerned, as if I were an involved terrorist in drug smuggling and gunrunning.

____

2 根據括弧裡提供的文字，完成下面的句子。

1 After Gem and Dean were divorced, a rather ______________ existed between them.（不穩定〔uneasy〕的和睦）

2 I was blamed for the fight, and I felt ______________.（非常羞愧）

3 I've been assigned to do some experiments about dieting and need two ______________ and ten kilograms of rice.（活老鼠）

4 Mike and Jerry are fraternal twins, but they ______________.（長得非常相像）

5 ______________ says education is important for every person and nation.（我的哥哥）

6 Seeing ______________ on the third floor, Kim rushed back into the burning building to save him.（一個受到驚嚇的小男孩）

7 Tess loved her ______________.（過時的洋裝）

8 Maybe you should let ______________ continue to sleep.（一條熟睡的狗）

9 Erika is worried about ______________ in Africa.（當前〔present〕經濟形勢）

10 Tomorrow Vincent will talk to ______________ in the cheating incident.（那些參與〔作弊〕的學生）

Chapter 29 形容詞在句中的位置：(2) 後置形容詞

1 形容詞放在不定代名詞之後

不定代名詞之後	名詞之前
anything **exciting** 任何令人激動的事	**exciting** news 令人激動的消息
nothing **frightening** 沒有任何令人恐懼的事	a **frightening** sight 一個令人恐懼的場面
somewhere **interesting** 某個有趣的地方	an **interesting** place 一個有趣的地方
somebody **reliable** 某個可靠的人	a **reliable** employee 一位可靠的員工
something **old** 某個舊東西	an **old** story 一個古老的故事
anyone **capable** 任何有能力的人	a **capable** boss 一位有能力的老闆

- I know you said something horrible to Sue. 我知道你對蘇說過一些很可惡的話。
- I wish Lori hadn't told me that horrible story. 我真希望蘿莉沒有跟我說那個恐怖的故事。

2 形容詞通常放在測量名詞之後

seven feet **tall** 7 英尺高　three feet **deep** 3 英尺深　three kilometers **long** 3 公里長
eighteen years **old** 18 歲　twenty-one meters **high** 21 公尺高　six miles **wide** 6 英里寬

- Paul is only twelve years old but almost six feet tall.
保羅才 12 歲，但身高大約有 6 英尺了。

3 the + 形容詞最高級 /first/last/next/only + 名詞 + 形容詞

alive、possible、available 等形容詞通常用於連綴動詞之後，作主詞補語，但在這個句型中不作主詞補語，而是作名詞的**修飾語**。

- Mr. Brown bought the last piece of land available in our town.
（available 置於名詞片語 piece of land 後面，作修飾語。）
= Mr. Brown bought the last piece of land which was available in our town.
（available 置於形容詞子句的連綴動詞 was 後面，作主詞補語。）
布朗先生買下了我們鎮上的最後一塊土地。

4 形容詞片語（包括分詞片語）一般需要後置，相當於形容詞子句

- Maybe this movie will appeal to students interested in psychology.
= Maybe this movie will appeal to students who are interested in psychology.
也許這部電影會吸引那些對心理學感興趣的學生。

5 一些形容詞置於名詞後面構成複合名詞

Attorney General 檢察長；（美國）司法部長
court martial 軍事法庭
Secretary General 祕書長
Poet Laureate 桂冠詩人

6 一些使役動詞 + 受詞 + 形容詞

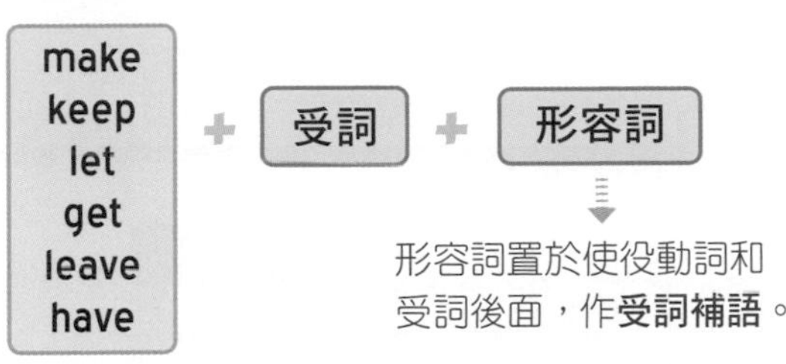

make Dad sad 使爸爸傷心
get us tired 使我們疲倦
leave/let me alone 不要打擾我
keep her warm 讓她保持溫暖
• Please leave the door open. 請把門開著。

PRACTICE

1 判斷下列句子裡的劃線部分是否正確。正確打 ✓，不正確打 ×，並訂正錯誤。

1 [ ] That crazy message made Maggie angry.

____

2 [ ] My mom is 192 centimeters tall, and so is my sister Sue.

____

3 [ ] Let's go for a walk and look for quiet somewhere, where we can sit and talk.

____

4 [ ] Oliver needs to get everything ready for his trip up the Amazon River.

____

5 [ ] We would have more fun if we had bought a swimming pool three times bigger than this one.

____

6 [ ] Margo thought of the well-hidden UFO and considered doing forbidden something. She asked Amos, "Why shouldn't we do a little different something or even a little bit dangerous something?"

____

____

2 根據括弧裡提供的文字，完成下面的句子。

1 Sue worked hard as an FBI agent, but tonight she wanted to relax and wear ______________. （一件雅緻的〔elegant〕服裝；用不定代名詞 something）

2 Eddie, please get ______________.
（把那輛豪華大轎車〔limousine〕準備好）

3 "Did ______________ happen?" asked Mr. King. （什麼有趣的事）

4 "Did you hear any ______________?" asked Sue. （有趣的消息）

5 Liz Song has a driveway that is ______________. （三百公尺長）

6 Does Jill know ______________ up Snow Hill?
（唯一可能的小路〔path〕）

Chapter 30 形容詞的排列順序

1 形容詞的優先排列順序（以 1–8 標示順序）

① 限定詞
冠詞
所有格
指示代名詞
不定代名詞
……等
a this my

② 數詞
A 序數詞：
- first
- second

B 基數詞：
- one
- two

③ 評價（描述性）
表示主觀判斷的形容詞：
- cheap
- beautiful
- interesting

④ 特徵
表示客觀基準的形容詞：
大小／長度／高度／形狀／性質／新舊／年齡

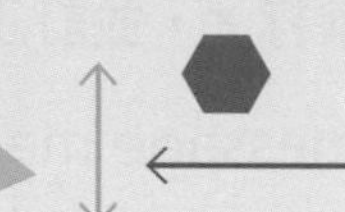

⑤ 顏色
- brown
- red
- white

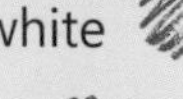

⑥ 分詞形容詞
- broken
- retired
- recently-built

⑦ 類別
A 表來源的專有形容詞：
- Greek
- French

B 表材質的名詞或形容詞：
- leather
- wooden

⑧ 用途
名詞性形容詞或動名詞：
- a **carriage** clock
- a **rocking** chair

carriage clock

順序：
an（限定詞）+ expensive（評價）
+ big（大小）+ soft（性質）

- **I'd like an expensive big soft chair like that one over there.**
我想要一把豪華、柔軟的大椅子，就像那邊那把椅子一樣。

2 一系列形容詞使用逗號和 and 的基本原則

❶ **連綴動詞後面**的一系列形容詞，要用**逗號**和 **and** 連接，and 置於最後一個形容詞之前。在美式英語中，and 前面通常要加**逗號**。一系列形容詞置於連綴動詞之後，通常短的字放在前面，多音節、長的字放在後面。

- **My friend Mabel is sweet, quiet, and incomprehensible.**
我的朋友美博溫柔文靜，而且高深莫測。

❷ **複合名詞**（如：carriage clock 旅行鐘、rocking chair 搖椅）與修飾複合名詞的**形容詞**之間，不需要加 and 或逗號。

- ✗ a big, rocking chair
- ✗ a big and rocking chair
- ✓ a big rocking chair
一把大搖椅

➡ rocking chair 是複合名詞，與形容詞 big 之間不能用逗號分開，也不能用 and 連接，因為 big 修飾整個複合名詞。

❸ 一系列**同類**的形容詞置於**名詞前面**，各形容詞之間要用**逗號**隔開，最後一個形容詞前面常加 **and**。（同類形容詞如果都是多音節或都是單音節，則沒有特定的順序。）

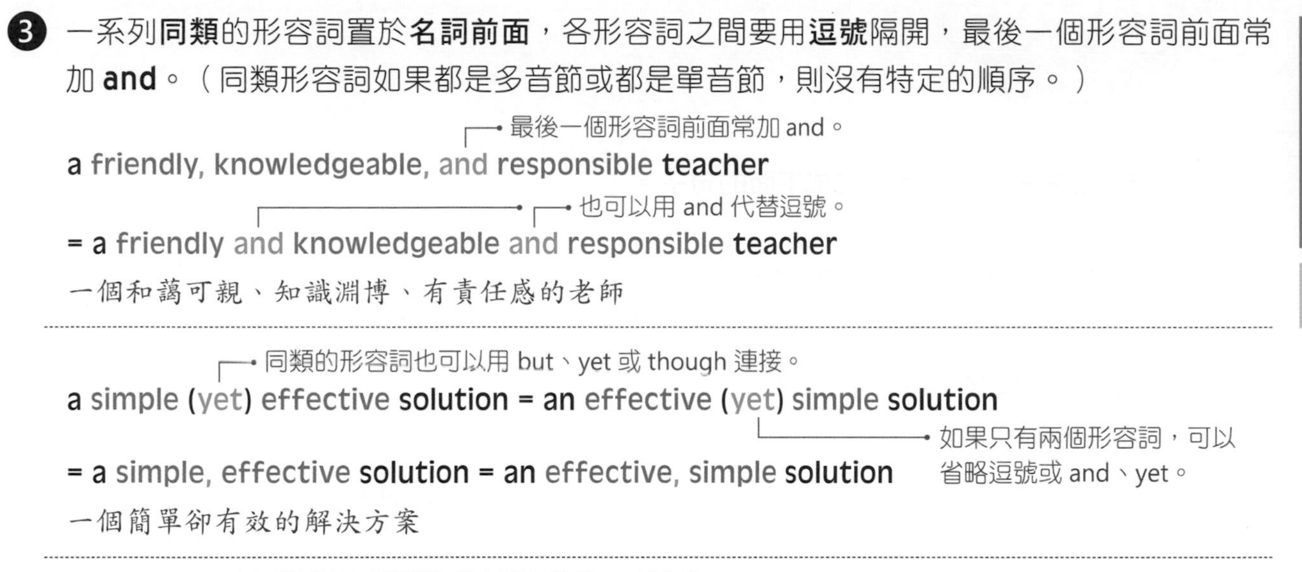

表示顏色的兩個形容詞之間必須用 and 連接。

a blue and red shirt = a red and blue shirt 一件藍紅色的襯衫

❹ 一系列**不同類**的形容詞置於**名詞前面**，如果第一個形容詞修飾「第二個形容詞 + 名詞」（後者看成一個整體概念），就不用逗號分開，也不用 and 連接。**不同類**的形容詞之間是否要用逗號分開，取決於這些字之間是否可以用 and。

✗ the dear and little and old lady = the dear, little, old lady

第一個形容詞 dear 修飾「第二個形容詞（little）+ 片語（old lady）」，後者（little old lady）視為一個整體，與形容詞 dear 之間不用 and 連接。凡是不能用 and 連接的形容詞，也不能插入逗號。

✓ the dear little old lady 可愛的小老太太

old lady 是片語，意思是「老婦人；母親」。

✗ a soft, black, and leather seat　✓ a soft black leather seat 一個柔軟的黑色皮椅

第一個形容詞 soft 修飾「第二個形容詞（black）+ 複合名詞（leather seat）」，後者（black leather seat）視為一個整體，soft 修飾整個片語 black leather seat。這三個不同類的形容詞（soft, black, leather）之間不用 and 連接，也不能插入逗號。

3 數量的順序

數詞也可以看成是一種形容詞，包括**基數詞**和**序數詞**兩類。**基數詞**（one、two、three 等）表示有多少人、物或動物等。**序數詞**（first、second、third 等）表示人或物一個接一個的順序。

❶ **基數詞**（one、two、three 等）+ **形容詞**（smart、lazy 等）+ **名詞**

three smart girls 三個聰明的女孩　four tall basketball players 四個高大的籃球員

❷ **序數詞**（first、second、next、last 等）+ **基數詞**（one、two、three 等）+ **名詞**

my first two jobs 我最初的兩份工作

the last three days of his grandpa's life 他爺爺一生中最後的三天

❸ **名詞** + **基數詞**（皆要大寫）= **the** + **序數詞** + **名詞**（不大寫）

Act Three = the third act 第三幕

基數詞（one、two、three 等）可置於**單數可數名詞後面**，代表排列順序。這時**不用加定冠詞 the**，**名詞**和**基數詞**的首字母都要**大寫**。

PRACTICE

1 根據括弧裡提供的文字，完成下面的句子。

1. In Chicago's new zoo, there are ______________________________ ______________________.（兩匹肥胖的河馬和一頭瘦瘦的袋鼠）

2. Mr. Day wants to hire ______________________________ that we interviewed today.（最後兩個應徵者）

3. She is reading ______________________________ of *A Goose Meets a Moose.*（第二冊；用 volume）

4. She is a creative writer and an ______________________________.（傑出〔excellent〕的中文譯者）

5. Joan jumped off that ______________________ and broke her right thigh bone.（舊石牆）

2 判斷下列句子是否正確。正確打 ✓，不正確打 ×，並訂正錯誤。

1. [ ] The brave and young woman crawled into the small dark cave.

____

2. [ ] Pete sat down on the soft, brown, and leather seat.

____

3. [ ] The handsome young man wearing the dark red pants is Mark.

____

4. [ ] Pearl is the name of that cute, young American girl.

____

3 選出正確答案。

_____ 1. Sue Parr has ____________.

Ⓐ a blue big house trailer and an American green sports car
Ⓑ a big blue house trailer and a green American sports car
Ⓒ a big blue house trailer and a green sports American car
Ⓓ a big, blue, and house trailer and a green, American, and sports car

____ **2** Grace bought ____________.

Ⓐ a huge French glass flower vase Ⓑ a French huge glass flower vase

Ⓒ a huge glass French flower vase Ⓓ a huge French glass, and flower vase

____ **3** My friend Dee has ____________.

Ⓐ a redwood, ancient, tall tree Ⓑ an ancient, tall, redwood tree

Ⓒ a tall ancient redwood tree Ⓓ a tall, ancient, and redwood tree

____ **4** Grandma Lock has ____________.

Ⓐ an old, small, German carriage clock

Ⓑ a small, old, German, and carriage clock

Ⓒ a small, old, German, carriage clock

Ⓓ a small, old German carriage clock

____ **5** Ms. Olive, our new dance teacher, is ____________.

Ⓐ tall, dark, attractive Ⓑ dark, tall, attractive

Ⓒ tall, dark, and attractive Ⓓ attractive, tall, dark

4 中譯英。

1 一件色彩鮮豔、時髦的（stylish）棉襯衫

____

2 黑色的蘇格蘭皮靴（boots）

____

3 一家熱鬧的（busy）服裝店

____

4 一個留著長黑髮美麗的女子（用介系詞 with）

____

5 Alice 有一條貴重、漂亮的項鍊。

____

6 Marilyn 住在那棟可愛的（lovely）白色獵屋（小屋用 cabin）裡。

____

Chapter 31 形容詞的種類 (1)

1 描述性形容詞

描述性形容詞描述它所修飾的名詞或代名詞的**性質**或**狀態**。

a smart and hardworking student 一個聰明、用功的學生

（smart、hardworking：描述性形容詞，描述名詞 student。）

2 專有形容詞

如果一個形容詞是從**專有名詞**衍生出來，就稱為**專有形容詞**，首字母要**大寫**。

a Danish singer 一名丹麥歌手

an Italian restaurant 一家義大利餐館

（Danish、Italian：分別從專有名詞 Dane 和 Italy 衍生出來的專有形容詞。）

3 所有格形容詞（即所有格限定詞／人稱代名詞所有格）和名詞所有格

❶ **所有格形容詞**具有形容詞的作用，放在名詞前面修飾或限定名詞，包括 **my**、**his**、**her**、**its**、**our**、**their**、**your**、**whose**。這些所有格形容詞屬於限定詞，亦稱為**所有格限定詞**，因與人稱代名詞有關，因此也稱為**人稱代名詞所有格**。

❷ 「**名詞 + 's**」：名詞後面加上所有格符號（'）和字母 s（即 's），置於另一個名詞前面修飾或限定那個名詞，稱為**名詞所有格**。

my rocket 我的火箭　　Jane's two new airplanes 珍的兩架新飛機

4 指示形容詞／指示限定詞

指示形容詞包括 **this**、**that**、**these**、**those**。這些字用在名詞前面，具有形容詞的作用。**指示形容詞**用來表示所指的是**哪一個**（**哪一些**）東西或人物，因此也稱為**指示限定詞**。

• This miniskirt is a little cheaper than that pink skirt. 這條迷你裙比那條粉紅色裙子便宜一些。

5 數量形容詞（基數詞與序數詞）

❶ **數詞**置於名詞前面，叫做**數量形容詞**，數量形容詞包括**基數詞**（cardinal number）和**序數詞**（ordinal number）。

❷ **基數詞**（one、two 等）表示人、物、動物的**數量**。**序數詞**（first、second 等）表示人、物、動物一個接一個的**順序**。

three fluffy kittens 三隻毛茸茸的小貓　　the fourth week of November 十一月的第四週

提示　表示不定數量的代名詞 some、any、many、much、a few、a little 等也可作形容詞，修飾名詞（如：some people）。 ➡ 參見 Chapter 20

6 名詞性形容詞（作形容詞用的名詞，構成複合名詞）

❶ 有時候名詞可以用來修飾其他名詞，當作形容詞用（即**名詞性形容詞**），構成**複合名詞**（名詞 + 名詞）。

a race track 一條跑道　　a war movie 一部戰爭片

❷ 在「**名詞 + 名詞**」的結構中，即使後面的名詞是複數形，**第一個名詞也要用單數**，而且不能用所有格形式，因為第一個名詞是作形容詞用，而形容詞沒有單複數形式的變化，也沒有所有格形式。

a shoe store → two shoe stores 一間鞋店　兩間鞋店	a race track → two race tracks 一條跑道　兩條跑道

❸ 如果 woman 或 man 是複合名詞的一部分，而它們所修飾的名詞是**複數**，則要用複數 **women** 或 **men** 作形容詞。

two women doctors = two female doctors 兩位女醫師

比較少用 men 作形容詞，常用 male。

two men nurses = two male nurses 兩名男護理師

7 複合形容詞

❶ 由兩個或兩個以上的字構成的**複合形容詞**，字與字之間通常要有**連字號**，以避免造成混淆。

an old-fashioned hat 一頂舊式帽子
形容詞 + 分詞

a three-year-old girl 一個三歲大的女孩
數詞 + 名詞 + 形容詞

a five-story building 一幢五層樓高的大樓
數詞 + 名詞

a ten-day trip 一趟十天的旅程
數詞 + 名詞

❷ **複合形容詞**置於名詞前面要有連字號，而同樣的修飾語如果作**副詞**或**主詞補語**（置於連綴動詞後），就不要連字號。

複合形容詞，修飾名詞 teachers。
part-time teachers 兼任老師
= teachers who work part time
副詞片語，修飾動詞 work。

複合形容詞，修飾名詞 curtains。
fire-resistant curtains 防火窗簾
= curtains that are fire resistant
置於連綴動詞 are 之後，作主詞補語。

❸ 複合形容詞中的名詞不用複數形式。

three two-door cars 三輛雙門汽車　　ten three-year-old girls 十個三歲大的女孩

8 疑問形容詞／疑問限定詞

whose、**what**、**which** 這三個字放在名詞前面就是**疑問形容詞**（interrogative adjective），或稱**疑問限定詞**（interrogative determiner）。

當可供選擇的數量未知時，用 what 比用 which 更自然。
- What color is Claire going to dye her hair? 克萊兒打算把她的頭髮染成什麼顏色？

當可供選擇的數量有限、已知時，要用 which。
- Which color is Claire going to dye her hair, red or brown?
  克萊兒打算把她的頭髮染成哪一種顏色，紅色還是咖啡色？

PRACTICE

1 根據括弧裡提供的文字，完成下列句子，並標示出形容詞的種類。

Ⓐ 描述性形容詞　Ⓓ 指示形容詞
Ⓑ 專有形容詞　Ⓔ 數量形容詞
Ⓒ 所有格形容詞　Ⓕ 表材料的名詞（即名詞性形容詞）或表材料的形容詞

1 Grace bought a B Chinese F glass vase.（中國的玻璃花瓶）

2 In next week's parade, there will be ten movie stars and ______________________________.（兩百多輛有價值的古董車；古董用 antique）

3 This ______________ is Kate, our new classmate.（漂亮的德國小女孩）

4 Last week Mabel bought a ______________.（圓木桌）

5 Amy King played a tough widow ______________.（在那部電影裡）

2 中譯英。

1 十名外語教師 ______________

2 三名女將軍 ______________

3 一家漂亮的商店 ______________

4 一家美容院 ______________

5 一道防火門 ______________

3 將正確答案劃上底線。

1 I wrote my telephone's number | telephone number on a piece of lumber.

2 Last Saturday night, that third-rate | third rate ballet company gave a performance that was first-rate | first rate.

3 Mr. Door's son often buys books at those three bookstores | booksstores.

4 The sailor put on his life's jacket | life jacket and jumped into the sea to rescue the the captain's wife.

5 Which language | What language do I need to know if I go to Guyana, Spanish or English?

4 閱讀下面段落並回答問題。

The First Day of Summer Vacation at Peach Island Beach

"The beach is what I live for," Sally said as she wiggled out of her pink jeans, adjusted the bottom of her bikini, and glanced up and down Peach Island Beach. Then, after a serene glance at the ocean and her girlfriends Ann and Sue, she smoothed out her 1 ________ and began to apply some suntan lotion. An odd notion came to her mind while she was covering her long arms and legs with the lotion. Perhaps part of her was an Amazon warrior applying war paint under 2 ________, which, along with the beach, was slowly turning to greet the sun that was leaking some reddish rays above the 3 ________ horizon. Quickly, the source of the stray rays became visible as the red sun encouraged a joyful giggle or smile from each happy child along the 4 ________. Some children were flying kites while others were building 5 ________ castles, and all of this activity was under the 6 ________ eyes of their contented mothers, fathers, grandfathers, and grandmothers.

1 選出正確答案。

____ 1 Ⓐ purple bright beach towel Ⓑ bright purple beach towel Ⓒ bright, purple, and beach towel

____ 2 Ⓐ a flawless pale blue sky Ⓑ a flawless blue pale sky Ⓒ a pale blue flawless sky

____ 3 Ⓐ distance Ⓑ distantly Ⓒ distant

____ 4 Ⓐ sandy wide beach Ⓑ wide and sand beach Ⓒ wide sandy beach

____ 5 Ⓐ sand Ⓑ sandy Ⓒ sands

____ 6 Ⓐ watch Ⓑ watching Ⓒ watchful

2 從段落中找出「名詞性形容詞 + 名詞」片語。

1 ____________________

2 ____________________

3 ____________________

4 ____________________

5 ____________________

6 ____________________

7 ____________________

Chapter

32 形容詞的種類：(2) 分詞形容詞

1 分詞形容詞的位置

❶ **分詞形容詞**指動詞的「**-ing**」和「**-ed**」形式，它們在句中的位置與其他形容詞相同，可以在名詞前面作修飾語，也可以在連綴動詞後面作補語。

↗ 名詞前

- Listen carefully to every complaint from disappointed customers.
  仔細傾聽來自失望的顧客的每一條抱怨。

↗ 連綴動詞後

- Sam was disappointed at his final exam results. 山姆對他的期末考成績感到失望。

❷ 一些分詞形容詞只能用於**名詞之後**，相當於**形容詞子句**。

people applying for US citizenship
= people who are/were applying for US citizenship 申請加入美國國籍的人
the issue discussed yesterday
= the issue that was discussed yesterday 昨天討論過的議題

2 分詞形容詞的用法

❶ **-ing 分詞**（現在分詞）有**主動意義**，而 **-ed 分詞**（過去分詞）有**被動意義**。

↗ 現在分詞 the losing team 比輸的隊伍

↗ 過去分詞 the lost wedding ring 被弄丟的結婚戒指

❷ 一般說來，以 **-ed** 結尾的形容詞描述**人的情感**；以 **-ing** 結尾的形容詞描述**引起這些情感的人或事物**。

-ed	-ing
a frightened child 受驚的孩子	a frightening movie 令人驚恐的電影
a confused professor 感到困惑的教授	a confusing professor 令人困惑的教授
a tired student 疲倦的學生	a tiring trip 令人疲倦的旅途

- "Please don't go there!" Joan shouted in a worried tone.
  瓊恩憂慮地叫喊：「請不要去那裡！」 └→ Joan 感到憂慮。

3 分詞構成的複合形容詞

分詞與其他字組合，構成**複合形容詞**，分詞通常放在複合詞的**字尾**。**複合形容詞**用在名詞之前時，要用**連字號**連接。

English-speaking countries 英語系國家
a fast-growing industry 一個發展迅速的產業
a rarely-performed opera 一齣很少演出的歌劇
a short-lived television series 一齣曇花一現的電視連續劇

PRACTICE

1 將正確答案劃上底線。

1. The news about global warming is rather worried | worrying.
2. Jean felt boring | bored during her ride in the glass submarine.
3. The Lord prefers common-looking | common looking people. That is why he makes so many of them. —President Abraham Lincoln
4. The questioned mayor | The mayor questioned in a bribery case in Norway applied for an American visa yesterday.
5. June made a death-defying | death-defied dive from the big basket underneath the huge balloon.
6. Lily enjoyed all the romantic-looking | romantic-looked scenery during her tour around Italy.
7. The confused | confusing magic tricks of the short clown were very amused | amusing.
8. The living | lived conditions in that ancient city have become quite modern since the wind farm began to provide it with electricity.

2 根據括弧裡提供的文字，用分詞形容詞完成下面的句子。

1. "Very good!" Joyce said in a ________________ voice.
   （滿意的；用 satisfy 的分詞形式）
2. We were ________________ by the way Jan juggled tennis balls with Stan.
   （逗樂的；用 amuse 的分詞形式）
3. Anna is ________________ in your book *Tour Around Haifa*.（感興趣的）
4. Amy Ring played a very ________________ role in that movie.（有趣的）
5. Being too good is apt to be ________________. —President Harry S. Truman
   （索然無味的；用 interest 的反義形容詞）
6. Bret was ________________ from his motorcycle trip across Nepal and Tibet.
   （疲憊的；用 tire 的分詞形式）
7. Ann Ride is a friendly, competent, and ________________ tourist guide.
   （有奉獻精神的；用 dedicate 的分詞形式）
8. I was almost out of money and knew I would have to choose between the ________________ roller coaster ride and the wild water slide.（令人興奮的）

Chapter 33 形容詞的比較級和最高級：(1) 形容詞「級」的規則與不規則變化

規則變化的形容詞

比較**兩人**、**兩物**在某方面是不相等的，要用**形容詞比較級**。比較**三個以上**（包含三個）人、物或地方等，表示「最……」，要用**最高級**。

1 單音節形容詞

❶ 多數單音節形容詞
↗ + -er → 比較級
↘ + -est → 最高級

原級	比較級	最高級
bright 明亮的	brighter	brightest
cool 涼爽的	cooler	coolest
slow 緩慢的	slower	slowest

例外　以**子音字母加 -y** 結尾的單音節形容詞，要**去 y 加 -ier 或 -iest**，形成比較級或最高級：
dry 乾燥的 → drier, driest

❷ 單母音＋單子音字母結尾
→ 重複字尾子音字母
↗ + -er → 比較級
↘ + -est → 最高級

原級	比較級	最高級
big 大的	bigger	biggest
hot 熱的	hotter	hottest
sad 傷心的	sadder	saddest

例外　子音字母 w 不適用此規則，不可重複字尾子音字母：low 低的 → lower, lowest

❸ 字尾 -e
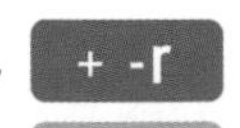
↗ + -r → 比較級
↘ + -st → 最高級

原級	比較級	最高級
large 大的	larger	largest
nice 好的	nicer	nicest
safe 安全的	safer	safest

提示

❶ 以 **-ed** 結尾的**單音節**形容詞，比較級和最高級要用 **more/less**、**most/least**。

tired 疲倦的 → more/less tired
most/least tired

❷ 形容詞 **like** 雖是單音節，但其比較級和最高級則要用 **more** 和 **most**。

• What they are doing is more like wrestling than dancing.
他們正在做的動作比較像摔跤而不像跳舞。

2 雙音節形容詞

❶ 字尾 -y → 去 y，加 -ier → 比較級
　　　　 → 去 y，加 -iest → 最高級

chilly 寒冷的	chillier	chilliest
lovely 可愛的	lovelier	loveliest

❷ more/less + 字尾非 -y 的雙音節形容詞 → 比較級
most/least + 字尾非 -y 的雙音節形容詞 → 最高級

brutal 殘忍的	more/less brutal	most/least brutal
charming 迷人的	more/less charming	most/least charming
harmful 有害的	more/less harmful	most/least harmful

❸ 少數雙音節形容詞可用 **more/less**、**most/least**，也可以在字尾加上 **-er/-est**，構成比較級或最高級。

clever 聰明的	cleverer	cleverest
	more/less clever	most/least clever
quiet 安靜的	quieter	quietest
	more/less quiet	most/least quiet
simple 簡單的	simpler	simplest
	more/less simple	most/least simple

這些形容詞加 -er 和 -est 的形式是正規用法。

3 多音節形容詞

❶ more/less + 多音節形容詞 → 比較級
most/least + 多音節形容詞 → 最高級

confident 有信心的	more/less confident	most/least confident
delicious 美味的	more/less delicious	most/least delicious
embarrassing 令人尷尬的	more/less embarrassing	most/least embarrassing

❷ 以 **-y** 結尾的雙音節形容詞（happy），加上字首 **un-** 構成的反義詞（unhappy）雖然是多音節，但其比較級和最高級仍然要**去 y 加 -ier 和 -iest**。

unhappy 不快樂的
→ unhappier　unhappiest

提示

以 -y 結尾的形容詞，無論是**單音節**、**雙音節或多音節**，都是去 y 加 -ier/-iest。

單	dry 乾燥的	drier	driest
雙	noisy 嘈雜的	noisier	noisiest
多	untidy 不整潔的	untidier	untidiest

不規則變化的形容詞

有一些形容詞和副詞的比較級和最高級，既不是加字尾 -er 或 -est，也不是加 more/less 或 most/least，而是**不規則變化**。

原級	比較級	最高級
bad 壞的	worse	worst
good 好的	better	best
well 健康的；良好的	better	best
ill 有病的	worse	worst
far 遠的 指可以測量的距離	farther	farthest
far 遠的 指抽象距離 英式也指可以測量的距離	further	furthest

further 還可以指**程度**，表示「進一步的；更多的；另外的」，這時，further 沒有原級 far。

few 和 old（舊的；老的）屬於**規則**形容詞，此處列舉是為了方便對照。

原級	比較級	最高級
few 少的 修飾可數名詞	fewer	fewest
little 少的 修飾不可數名詞	less	least
many 多的 修飾可數名詞	more	most
much 多的 修飾不可數名詞	more	most
old 古老的；舊的	older	oldest
old 年長的 指年齡	older elder	oldest eldest

PRACTICE

1 寫出下列形容詞的比較級和最高級。

	比較級	最高級
1 cheap	________	________
2 funny	________	________
3 slim	________	________
4 rude	________	________
5 foolish	________	________
6 comfortable	________	________
7 fat	________	________
8 dim	________	________
9 busy	________	________
10 thin	________	________

2 將正確答案劃上底線。

1. Tom is liker | more like his dad than his mom.
2. Her puppy is unhappy | unhappier.
3. New York City is obviously biger | bigger than she expected.
4. I am more interested | interesteder in meeting Pam than meeting Sam.
5. The movie Ivy showed us yesterday was quite funnier | funny.
6. I am more tired | tireder now than I was after that flight to Mumbai.
7. June said that the rocket's flame was brighter | more bright than the thin crescent moon.
8. Sue is a bit more sensible and responsible | sensibler and responsibler than her friend Lulu.

3 根據句子的含意，把括弧裡提供的原級形容詞改成比較級或最高級，或保留原級形容詞，填入空格中。

1. Only if you have been in the ________ (deep) valley, can you ever know how ________ (magnificent) it is to be on the ________ (high) mountain. —President Richard Nixon
2. Walking is the ________ (good) possible exercise. Habituate yourself to walk very far. —President Thomas Jefferson
3. Is walking confidently forward to greet the fast approaching future much ________ (good) than desperately clinging to the slowly dying past?
4. Peace and friendship with all mankind is our ________ (wise) policy, and I wish we may be permitted to pursue it. —President Thomas Jefferson
5. I am not afraid to be ________（最窮）, but I want to be ________________.（最博學，用 knowledgeable）
6. Your education is not a luxury that may give you an advantage over another individual, but it is a ________ (basic) necessity without which you will be hungry and ________ (defenseless) in our world's ________ (complex) and industrialized civilization.

Chapter 34 形容詞的比較級和最高級：(2) 個別形容詞「級」的用法比較

1 far 的兩種比較級和最高級

❶ 指可以測量的距離（physical distance）用 **farther** 和 **farthest**；這兩個字都包含了 far，所以很好記憶，指實際距離「更遠的；最遠的」。**英式英語**也常用 **further** 和 **furthest** 來指可測量的距離。

→ 指實際距離更遙遠，英式英語也可以用 further。
- **That is a lot farther than I want to carry Liz!** 這可比我想抱著莉茲走的路程要遠得多啊！

❷ 指**不可測量的**或**抽象的**距離（non-physical or abstract distance）用 **further** 和 **furthest**，意指「（空間或時間）更／最遙遠的」，不用 farther 和 farthest。

> 提示 **further** 還可以指「另外的；此外；進一步的」（additional, additionally; moreover），表達此義時，further 不是 far 的比較級。

→ 即在生活中成功
go far in life 在生活中走得很遠

→ 即在生活中更成功
go further in life 在生活中走得更遠
→ 指抽象的距離，far 的比較級和最高級是 further 和 furthest。

further doubts 更多的懷疑
→ 指「進一步的」只能用 further，這裡的 further 不是 far 的比較級。

- **If Joe has any further questions, please let me know.** → 指「另外的」，只能用 further，不是 far 的比較級。
如果喬還有問題要問，請告知我。

2 old 的兩種比較級與最高級

❶ **old**（舊的；年齡大的）的比較級和最高級通常用 **older** 和 **oldest**（注意：英美都只用 older、oldest 來表示「更舊、更古老；最舊、最古老」）。

the oldest house in our village 我們村裡最古老的房子
the oldest teacher in our village school 我們村莊學校年齡最大的老師

❷ **英式英語**用 **elder** 和 **eldest** 來表示年齡較大的和最年長的（尤其是同一個家庭裡的成員），不用來表示「舊的」。**elder** 和 **eldest 只能用在名詞前**（elder brother / eldest brother），**不能置於連綴動詞後**；**elder 不能和 than 連用**。

❸ **美式英語**則用 **older** 和 **oldest** 來比較人的年齡。**older** 和 **oldest 可以用在名詞前**（older brother / oldest brother），**也可以置於連綴動詞後**；**older 可以和 than 連用**。

美式 **My older brother Perry is married to my old friend Rosemary.**
英式 **My elder brother Perry is married to my old friend Rosemary.**
我的哥哥派瑞娶了我的老朋友蘿絲瑪麗。

→ 在連綴動詞後面，英美都用 older、oldest；elder 和 eldest 不能用在連綴動詞後面作補語。
- **Ann is two years older than her brother Dan.** 安比她弟弟丹大兩歲。
→ 比較級用 than 時，英美都用 older；elder 不能和 than 連用。

3 less 與 fewer 的區別

less 與 **fewer** 都指「較少的」，**less** 通常修飾**不可數名詞**，**fewer** 修飾**可數名詞**。

little/less/least + 不可數名詞	few/fewer/fewest + 複數名詞
less **bad weather** 較少壞天氣	fewer **snowstorms** 較少暴風雪
less **energy** 較少精力	fewer **chores** 較少家事
less **knowledge** 較少知識	fewer **books** 較少的書

(less + 不可數名詞)
- **Tess has less confidence than Bess.** 黛絲沒有貝絲那麼有自信。

(fewer + 複數名詞)
- **Kent knows far fewer girls than Brent.** 肯特認識的女生遠不如布蘭特認識的女生多。

➡「less + 複數名詞」的用法，參見 p. 116〈1 描述「how much / how many」的形容詞〉

PRACTICE

1 將正確答案劃上底線。

1. This is the oldest | eldest house in our town.
2. I will text message you farther | further instructions after you arrive in Mumbai.
3. I've got fewer | less energy than Scot.
4. Do you have any farther | further plans for remodeling this building?

2 選出正確答案。

_____ 1. My husband has __________ chores but __________ energy than I do.
Ⓐ less; less Ⓑ fewer; fewer Ⓒ less; most Ⓓ fewer; more

_____ 2. Let's talk about this problem __________.
Ⓐ farther Ⓑ farthest Ⓒ further Ⓓ furthest

_____ 3. My electric car is much __________ than Mary's.
Ⓐ elder Ⓑ old Ⓒ older Ⓓ oldest

_____ 4. Let's have __________ words but __________ action.
Ⓐ less; more Ⓑ fewer; more Ⓒ fewer; fewer Ⓓ less; less

Chapter 35 形容詞的比較級和最高級：(3) 錯誤的比較級和最高級形式

1 描述「how much / how many」的形容詞

❶ 描述「how much / how many」的形容詞常被錯誤使用。如果能**一個個數**的東西，就要用 **few**、**fewer**、**many**。如果談論的是整體的「量」（quantity），不能**一個個數**的東西，就要用 **little**、**less**、**much**。不要混淆比較級 **less**（a smaller degree or amount）和 **fewer**（a smaller number）。

less **money** 更少的錢　　fewer **days** 更少的日子

✗ Sue eats fewer mashed potatoes than you do.

potato 雖然是可數名詞（one potato, two potatoes），但馬鈴薯泥（mashed potatoes）就無法數了，這裡指的是 a smaller quantity of mashed potatoes。

✓ Sue eats less mashed potatoes **than you do.** 蘇吃的馬鈴薯泥比你吃的少。

❷ 在一些與**統計**和**數字**相關的片語中，要用「**less than + 數量詞 + 複數名詞**」。

less than twenty miles **to Chicago** 離芝加哥不到 20 英里

less than five feet **tall** 不到五英尺高

spend less than two hundred dollars **on the trip** 旅途中花不到 200 美金

這些被看成是整體的「量」（quantity），要用 less than，不用 fewer than。

2 含「絕對」意義的形容詞無比較級和最高級

❶ 有些形容詞沒有比較級和最高級。以 correct 為例，一件事只有正確或不正確，沒有「更正確的」（~~more correct~~）或「最正確的」（~~most correct~~），因此，correct 的「比較級」和「最高級」毫無意義。

❷ 這類形容詞在意義上表示「**絕對的；無與倫比的**」，由它們轉換成的副詞也沒有比較級和最高級。

absolute 絕對的	**dead** 死的	**excellent** 優等的	**perfect** 完美的	**single** 單一的
alone 孤獨的	**empty** 空的	**fatal** 致命的	**pure** 純潔的	**straight** 筆直的
blind 瞎的	**essential** 必要的	**ideal** 理想的	**round** 圓的	**wrong** 錯誤的

3 避免雙重比較

不能在一個以 -er 構成的比較級形容詞前面又加上 more，或是在一個以 -est 構成的最高級形容詞前面又加上 most，造成**雙重比較**（double comparison）。

✗

比較級	最高級
more cheaper	most cheapest
more heavier	most heaviest

✓

比較級	最高級
cheaper	cheapest
heavier	heaviest

PRACTICE

1 選出正確答案。

_____ 1 She ate ____________ French fries than me.
Ⓐ few Ⓑ less Ⓒ fewer Ⓓ little

_____ 2 Rob is ____________ candidate for this job.
Ⓐ the most ideal Ⓑ an ideal Ⓒ a more ideal Ⓓ ideal

_____ 3 Ted is ____________ than Ed.
Ⓐ more shorter Ⓑ more short
Ⓒ shorter Ⓓ less shorter

_____ 4 She wished her interpreter had been ____________.
Ⓐ more quieter Ⓑ quieter Ⓒ the more quiet Ⓓ most quietest

_____ 5 Pam is ____________ than I am.
Ⓐ taller Ⓑ more taller Ⓒ tall Ⓓ tallest

_____ 6 Joyce made ____________ choice.
Ⓐ the correct Ⓑ the most correct Ⓒ the correcter Ⓓ correcter

_____ 7 Bess declared, "Hard work is ____________ source of success."
Ⓐ the ultimate Ⓑ the most ultimate
Ⓒ a more ultimate Ⓓ the fewer ultimate

_____ 8 Ms. Letter asked, "Is your earache getting better?"
"No, it's getting ____________," replied Joe.
Ⓐ bad Ⓑ worse Ⓒ more worse Ⓓ better

_____ 9 With a smile, Kay said, "There's ____________ highway traffic today than there was yesterday."
Ⓐ fewer Ⓑ more less Ⓒ less Ⓓ less fewer

_____ 10 Ann Brown is ____________ from our town.
Ⓐ the most excellent swimmer Ⓑ an excellent swimmer
Ⓒ a more excellent swimmer Ⓓ the least excellent swimmer

2 中譯英。

1 較少的知識 ______________________________
2 不到二十五歲 ______________________________
3 較少火箭 ______________________________
4 技能較差的工人（用 skilled） ______________________________
5 較少的技工（用 skilled） ______________________________
6 參加 Sue 舉辦的聖誕派對的人不到 20 人。（「參加」用 attend 的過去式）
____

Chapter 36 形容詞的比較級和最高級：(4) 比較級的用法 1

1 表示相等（equality）

1 (not) as ＋ 形容詞原級 ＋ as 描述兩人、兩物等在某方面是相等或不相等的。

可以在「as + 原級 + as」前面加上 just about、about、almost、not quite 等副詞。

- Is Kay just about as busy as she was yesterday?
  凱今天跟昨天差不多一樣忙碌嗎？

- Is Ted really as rude as you said?
  = Is Ted really so rude as you said?
  泰德真的像你說的那樣粗魯嗎？

在否定句、疑問句和一些 if 引導的子句中，可以用「(not) so + 原級 + as」的句型，當然也可以用「(not) as + 原級 + as」的句型，如：
• not so bad as = not as bad as

not as/so . . . as 與 less . . . than 表示的意義相似。

- You are not as hardworking as your sister Sue.
  = You are not so hardworking as your sister Sue.
  = You are less hardworking than your sister Sue.
  你沒有你妹妹蘇那麼勤奮。

提示

「as + 形容詞原級／副詞原級 + as」還常與 possible 連用（as . . . as possible），表示「盡可能……」。

as soon as possible 盡快
as easy as possible 盡可能不費力

2 (not) the same as 跟……（不）一樣

- My mother says I do not look the same as my identical twin brother.
  我媽說，我和我的同卵雙胞胎弟弟長得不像。

the same + 名詞（height）+ as

- She is the same height as me.
  她和我一樣高。

2 表示不相等（inequality）

1 比較兩人、兩物在某方面是不相等的，要用形容詞**比較級**。**than** 這個字常伴隨比較級使用。

正式用語	比較級	than	I/she + 動詞（用主格形式）
口　語	比較級	than	me/her（用受格形式）

還可以用數量詞（an inch、a foot、a head 等）修飾比較級。

- Amy and Sam are both 2 inches taller than I am.
  = Amy and Sam are both 2 inches taller than me.
  艾咪和山姆都比我高兩英寸。

❷ 比較級不能用 very 修飾，要用以下的字來修飾：

a bit 有點〔口語〕	any 絲毫；略微	much ……得多	very much 非常
a little 稍微；少許	even 甚至	no 一點也不	
a lot ……得多〔口語〕	far ……得多	rather 相當	

- Gary's piloting skills are a little better than Mary's. 蓋瑞駕駛飛機的技術要比瑪麗好一點。
- His stories are much better than Lori's. 他的故事比蘿莉的故事好聽得多。

❸ 被比較的人或物如果被看成是**兩組**進行比較，一組是單一的項目（如：Sue Wood），另一組是一系列的項目或複數項目（如：many of her pals），要用**比較級**。

- Sue Wood（→單一項目） is nicer than many of her pals（→複數項目） in the neighborhood.
  蘇・伍德比她在街坊的很多朋友都友善。

❹ 使用**倍數詞**（three times、four times 等）修飾**比較級**。

1 常見句型：

倍數詞（three/four times）	**比較級**（more beautiful, smaller）		
倍數詞（three/four times）	as	**原級**（beautiful, small）	as

- Dawn's house is almost four times bigger than Ron's.
  = Dawn's house is almost four times as big as Ron's.
  朵安的房子幾乎是榮恩的房子的四倍大。

2 注意：**twice** 和 **half** 雖然也是倍數詞，卻不能用在「**倍數詞 + 比較級**」的句型中，只能用在「**倍數詞 + as + 原級 + as**」的句型中。

twice / half	as	原級（beautiful, small）	as

twice / half + 比較級 ✕

✕ Dan is half taller than his sister Ann.
✓ Dan is half as tall as his sister Ann. 丹的個子只有他姐姐安的一半高。

- Ann is twice as lively as her brother Dan. 安比他弟弟丹活潑兩倍。

3 注意：**倍數詞**（twice、three times 等）後面不能用 more than（即 more 後面沒有形容詞的情況），也不能用 so much as。如果要表示「是……的幾倍之多」，只能用「**倍數詞（three/four times）+ as much as / as many as**」的句型。

倍數詞（three/four times）	as much as / as many as

✕ My swimsuit costs three times more than yours.
✕ My swimsuit costs three times so much as yours.
✓ My swimsuit costs three times as much as yours.
我的泳衣價格是你的泳衣的三倍。

→ more 雖然是 much/many（多的）的比較級，表示「更多」，但 more 後面若沒有形容詞，就不適用於「倍數詞 + 比較級」的句型，即倍數詞不能和「more than + 名詞」連用。（比較：more beautiful、more hardworking 等就可以和倍數詞連用）

→ 要表示「是……的幾倍之多」，必須用 as much as 或 as many as 的句型。

PRACTICE

1 選出正確答案。

____ 1 Is Chinese __________ than Japanese?

Ⓐ far more difficult Ⓑ very more difficult

Ⓒ far difficulter Ⓓ very difficult

____ 2 Ann is __________ her brother Dan.

Ⓐ twice more hardworking than Ⓑ twice hardworking than

Ⓒ twice as hardworking as Ⓓ hardworking than

____ 3 Al is __________ his brother Hal.

Ⓐ not as eloquent than Ⓑ not as eloquent like

Ⓒ not so eloquent as Ⓓ not so eloquent than

____ 4 My new job at the New York Hotel pays __________ I made working for Aunt Sue.

Ⓐ twice so much as Ⓑ twice as much as

Ⓒ twice more than Ⓓ twice than

____ 5 I am __________ Jenny, Maggie, and Peggy.

Ⓐ taller than Ⓑ the tallest of

Ⓒ as taller as Ⓓ the same tall as

____ 6 This Fun in the Sun sweater is prettier, but it costs __________ the other one.

Ⓐ as much three times as Ⓑ three times more than

Ⓒ much three times more Ⓓ three times as much as

____ 7 May, when you make the lemonade, could you please add __________ you did yesterday?

Ⓐ much sugar as Ⓑ more sugar than

Ⓒ more sugar as Ⓓ the same sugar than

_____ **8** My identical twin sister, Kay, and I look a lot alike, but inside we are _____________ night and day. We almost never play the same computer game, enjoy the same movie, or act ____________ way.

Ⓐ as different as; the same　　Ⓑ as different as; the same as

Ⓒ as different than; the same　　Ⓓ so different as; same

2 根據括弧裡提供的文字，完成下面的句子。

1 This miniskirt is ____________________________ than that pink shirt.
（便宜一點點）

2 Is your English ____?
（比你的西班牙文好）

3 Dawn's dog is __________________________________ Uncle John's.
（兩倍大）

4 Erica is _______________________ now than she was when she first came to America.
（更快樂；用形容詞 happy）

5 Swimming across the English Channel is ____ running a marathon.
（艱苦得多；用形容詞 difficult）

6 Coco looks no ____.
（不比她的女兒 Yoko 老）

7 Am I really ____?
（比 Pam 高一英尺）

8 Let's not quibble about this, because in two minutes we'll be performing on this stage and we need to be ____.
（盡可能興高采烈的；用形容詞 cheerful）

Chapter 37 形容詞的比較級和最高級：(5) 比較級的用法 2

1 漸進比較（愈來愈……）

右方兩種成雙的比較級形式用來表達某件事**漸增**或**漸減**的過程，意思是「愈來愈……」。

① -er and -er

② more and more 原級

- Our noisy neighbors are getting noisier and noisier. 我們喧鬧的鄰居變得愈來愈吵鬧。
- I don't have time to play, because my math homework is getting more and more difficult every day. 我沒有時間玩耍，因為我的數學作業一天比一天難了。

2 聯合比較（愈……，愈……）

比較級可用「the . . ., the . . .」的句型，表示某一事物的變化引起另一事物變化的過程。第一個比較級表**原因**，第二個表**結果**。

① the （形容詞或副詞）比較級 主詞 動詞 , . . .

後面子句重複同樣的句型，用逗號分開。

② the （形容詞或副詞）比較級 the better

「the . . . the . . .」的簡短句型通常以 the better 結尾，省略逗號。

- The older Liz gets, the smarter she is. 莉茲愈大愈聰明。
- The older I get, the more wisdom I find in the ancient rule of taking first things first. 我年紀愈大，就愈能在急事先辦的古訓中發現更多的智慧。
——President Dwight David Eisenhower 美國總統德懷特・大衛・艾森豪
- The stronger the better. 愈強壯愈好。
（這種簡短句型常省略逗號。）

3 兩個相關屬性的比較（與其說……，倒不如說……）

對比**兩個相關屬性**時，要用 **more**，不用 -er。也可以用 **not so/as much . . . as** 或 **rather than**（與其說……，倒不如說……）。

① more 原級 than 原級

② not so much / not as much 原級 as 原級

③ 原級 rather than 原級

比較的兩個成分（sadder, angry）無論在形態上還是在句法上都不是平行的。

✗ Mary is sadder than angry.

sad 和 angry 是兩個相關的屬性，都指情緒，要用 more，不用 -er。

✓ Mary is more sad than angry.

= Mary is not so/as much angry as sad.

= Mary is not so/as much angry as she is sad.

= Mary is sad rather than angry. 與其說瑪麗在生氣，倒不如說她在傷心。

4 合理的比較（人與人比較，物與物比較）

❶ 為了使兩樣東西之間的比較合乎邏輯，同時避免重複，常用 **that** 來代替單數名詞，**those** 代替複數名詞。

apples 和 in my hometown 不能比較。

✗ Apples are more delicious here than in my hometown.

those 相當於 apples。

✓ Apples are more delicious here than those in my hometown.

這裡的蘋果比我家鄉的蘋果更香甜。

❷ 有時也用**省略了名詞**的**所有格**來取代名詞。

Dr. Town's geography class 和 Dr. Down 不能比較（一個是課程，一個是人）。

✗ Dr. Town's geography class was more interesting than Dr. Down.

類似的事物才能比較（Dr. Town's geography class 和 Dr. Down's）。

✓ Dr. Town's geography class was more interesting than Dr. Down's.

陶恩博士的地理課比道恩博士的有趣多了。

所有格形式 Dr. Down's 後面省略了 geography class。

5 than 和 as 後面省略的詞彙

在比較級的子句中，有時 **than** 和 **as** 就如同**關係代名詞**，常代替主格代名詞或受格代名詞，這些被替代的字在 than 或 as 之後**必須省略**。這種用法主要用於**正式文體**。

❶ 形容詞比較級 ＋ 名詞 ＋ than ＋ 動詞

❷ as ＋ 形容詞原級 ＋ as ＋ 動詞

- Collecting more taxes than is absolutely necessary is legalized robbery.
  ✗ than it is absolutely necessary
  than 代替主格代名詞 it，作子句的主詞。
  徵收比實際需要更多的稅是合法化的搶劫。
  ——President John Calvin Coolidge 美國總統約翰・卡爾文・柯立芝
- Sid claims his electric car is as economical as was expected.
  as 代替主格代名詞 it，作子句的主詞。
  席德聲稱他的電動汽車正如之前預料的那樣省錢。

6 同類事物比較時，比較對象不能互相包含

❶ than ＋ anybody else / anything else

少了 else，就是把 you 也包括在 anybody 裡面了。

✗ He likes you more than he likes anybody.

✓ He likes you more than he likes anybody else. 他喜歡你勝過喜歡其他任何人。

❷ than ＋ any other ＋ 單數名詞

- The diamond necklace that Mr. Door wants to buy is more expensive than any other piece of jewelry in this store.
  多爾先生想買的那條鑽石項鍊比這家店裡其他任何一件珠寶首飾都要貴。

這個比較級句子必須要有 other，如果少了 other，就把 Mr. Door 想買的那條鑽石項鍊包含在比較對象 any piece of jewelry 裡面了。

PRACTICE

1 選出正確答案。

____ **1** Rosemary spent ________.

Ⓐ much more money than it was necessary

Ⓑ much more money than was necessary

Ⓒ very more money than was necessary

Ⓓ much money than it was necessary

____ **2** ________ Amy complained, ________ she impressed me.

Ⓐ The louder; less　　Ⓑ The louder; the least

Ⓒ The louder; the less　　Ⓓ Louder; less

____ **3** Sue says my eyes are ________ than blue.

Ⓐ more green　Ⓑ green　Ⓒ greener　Ⓓ greenest

____ **4** Ann enjoys swimming ________.

Ⓐ more than anything　　Ⓑ more than anything else

Ⓒ more than anybody　　Ⓓ much more than anything

____ **5** Her visits to see Mr. Long became ________ after she moved to Hong Kong.

Ⓐ more rare and more rare　　Ⓑ rare and rare

Ⓒ the rarer and the rarer　　Ⓓ rarer and rarer

____ **6** There were more people affected by the flood ________.

Ⓐ than Mayor Mud had expected them

Ⓑ than them had been expected by Mayor Mud

Ⓒ than had been expected by Mayor Mud

Ⓓ than had been expected with Mayor Mud

____ **7** Are the ________ people getting ________?

Ⓐ bad; worser and worser　　Ⓑ worse; worse and worse

Ⓒ bad; worse and worse　　Ⓓ worse; bader and bader

_____ 8 Is our city getting __________?

Ⓐ more polluted and more polluted

Ⓑ very and very polluted

Ⓒ very polluted and more polluted

Ⓓ more and more polluted

_____ 9 Liz confirmed my fears when she said, "This year's production cost is ________."

Ⓐ twice higher than last year's

Ⓑ twice as high as last year

Ⓒ twice higher as last year's

Ⓓ twice as high as last year's

_____ 10 The prices in our store are lower __________ called Cheap Devices.

Ⓐ than those in that shop

Ⓑ than in that shop

Ⓒ as those in that shop

Ⓓ as in that shop

2 根據括弧裡提供的文字，完成下面的句子。

1 Your English is getting ____________________. (愈來愈好)

2 You reading level is getting ____________________. (愈來愈高)

3 You sound ____________________ a native speaker. (愈來愈像)

4 ______________ she gets, ____________________ she becomes.
(年紀愈大；愈少以自我為中心：用 self-centered)

5 Ann | When will Ms. Long teach us another Hong Kong song?
Dan | ____________________. (愈快愈好。)

6 Liz Pool is more serious about studying English ____________________
in our school. (比其他任何一位學生)

Chapter 38 形容詞的比較級和最高級：(6) 形容詞最高級的用法

1 使用最高級的原則

❶ 比較**三個以上**（包含三個）人、物或地方等，要用**最高級**。

當被比較的人或物數量為三個或三個以上時，要用最高級（the best）。

- **Whose karate kicks are the best, yours or Sue's or Lulu's?**
  誰的空手道踢技最厲害，你的、蘇的還是露露的？

比較
如果被比較的人或物數量是**兩個**，要用**比較級**（better）。

- **Whose karate kicks are better, yours or Lulu's?**
  誰的空手道踢技比較厲害，你的還是露露的？

❷ 若要將一個人、事物、動物與其**所屬的整個團體**進行比較，表示「是……中**最**……的」，要用**最高級**。

the	最高級	單數名詞	
the	最高級	of	複數名詞

最高級：Mel 與其**所屬的整個團體**進行比較。

- **Mel is the most competent employee at the Bell Hotel.**
  = Mel is the most competent of all the employees at the Bell Hotel.
  梅爾是貝兒酒店最能幹的員工。
  注意 of 後面要接複數名詞。

比較級：Mel 與 any other employee 比較（兩組進行比較），句型為：**than + any other + 單數可數名詞**。

= Mel is more competent than any other employee at the Bell Hotel.
梅爾比貝兒酒店其他任何一個員工都能幹。

比較
當整個團隊只有**兩名**成員時，用**比較級**，意思是兩者之間「**較**……的一個」。

older 後面有介系詞片語（of the two）限定，要加定冠詞 the。

- **I have two daughters, Lulu and Sue. Lulu is the older of the two.**
  我有兩個女兒，露露和蘇。她們兩個裡面，露露是姐姐。

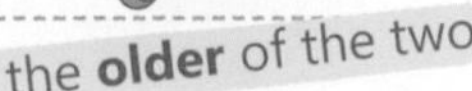

the **oldest** of them all

2 最高級常與 the 連用

❶ 名詞被形容詞**最高級**修飾時，要加定冠詞 **the**。

the strongest will 最堅強的意志　　the best student 最優秀的學生

❷ **be 動詞**後面的**最高級形容詞**也常加 **the**，不過口語中**可省略 the**。

正式　Among all of my English language students, Liz West has read the most novels, and that's why she is the best.

非正式　Among all of my English language students, Liz West has read the most novels, and that's why she is best.

在我所有學英語的學生中，莉茲．韋斯特閱讀的小說最多，這就是為什麼她是最優秀的。

❸ 當 **be 動詞**後面的**最高級**與**限定性片語**（形容詞子句或介系詞片語）連用時，就**不能省略定冠詞 the**。

最高級 smartest 後面有介系詞 of 引導的限定性片語，這裡的 the 不能省略。

- Wade claims to be the smartest of all the car thieves in Canada, **but he's been in prison for a decade.** 韋德自稱是加拿大所有偷車賊中最聰明的，但他已經在監獄裡關十年了。

3 最高級後面的介系詞

❶ **最高級**後面若是接**地名**（如：world、Taiwan）或**單數團體名稱**（如：our company、his class），通常用介系詞 **in**；但是在 **team**、**farm**、**island**、**earth**、**staff** 等字前面，則要用 **on**。

in + 地名

the best dancer in France 法國最佳舞者

in + 單數團體名稱

the most hardworking student in our class 我們班上最用功的學生

on + team

the fastest runner on our track team 我們田徑隊中跑得最快的運動員

❷ 在**複數名詞**或**複數代名詞**以及 **year**（年）、**lot**（一批人）、**bunch**（一幫人）等**單數量詞**前面，應該用 **of**。

of + 複數代名詞

- Paul is the best basketball player of them all. 在他們所有人當中，保羅是最出色的籃球員。

of + the year

- Is today the longest day of the year? 今天是一年之中最長的一天嗎？

4 最高級或比較級用 much 等程度副詞修飾

最高級或**比較級**可以用**程度副詞**修飾，例如：

almost 幾乎	a little 一點點	much 非常；很	quite 相當；很
by far ……得多；顯然	a lot ……得多	so much 非常；很	
easily 無疑；確實	nearly 幾乎	practically 差不多；幾乎	

practically the funniest guy I've ever met 簡直是我見過最滑稽的人

by far the fastest runner 顯然是跑得最快的跑者

5 very 強調最高級，需要與限定詞連用

very 可以用來強調**最高級**以及 **first**、**next**、**last** 等字；在 **very** 前面要加一個**限定詞**（the、my、her 等）。

限定詞（the、my、her 等）	very	first/next/last/ 最高級

her very **best skirt** 她最好的裙子
the very **first spacecraft to orbit Pluto** 繞冥王星運行的第一艘太空船

PRACTICE

1 按照範例，改寫句子。

Example:
Mirth is the best medicine on the Moon and Earth.
Mirth is the best of all the medicines on the Moon and Earth.

1. Kitty is the prettiest girl in her city.

2. Is Ray Majors the tallest basketball player in the NBA?

3. Liz Glass is the smartest student in my class.

4. Lynn Brown is the best singer in our town.

5. Midge Mayors is the fastest female basketball player in our college.

2 選出正確答案。

_____ 1 Is Mount Everest the highest mountain __________?

Ⓐ of the world Ⓑ on the world
Ⓒ in the world Ⓓ over the world

_____ 2 Don Beam is the fastest swimmer __________ our swimming team.

Ⓐ on Ⓑ with Ⓒ of Ⓓ by

_____ 3 "Honolulu is __________ I've ever visited," declared Sue.

Ⓐ one of the safer cities Ⓑ one of safest cities
Ⓒ one in the safest cities Ⓓ one of the safest cities

_____ 4 Of all the job candidates, Paul Ride is probably __________.

Ⓐ more qualified Ⓑ the qualifiedest
Ⓒ the more qualified Ⓓ the most qualified

_____ 5 You are even __________ your friends—Mary, Gary, and Jerry.

Ⓐ messier than Ⓑ messier as
Ⓒ the messiest of Ⓓ the messy

3 判斷下列句子裡的劃線部分是否正確。正確打 ✓，不正確打 ×，並訂正錯誤。

1 [ ] That was the more horrible movie Jean had ever seen.

____

2 [ ] Mrs. Brown thinks she is the happiest wife of our town.

____

3 [ ] Could this be my very last chance to do research on these ants?

____

4 [ ] This computer for the blind is best I could find.

____

5 [ ] Sally Crunch is the worst of the bunch.

____

6 [ ] John Beam is the shorter football player on our team.

____

Chapter 39 副詞的用法

1 副詞的用途

❶ 動詞 + 副詞　副詞修飾動詞

副詞 well 修飾動詞 did，說明 Lori 如何做簡報（How did Lori do with her PowerPoint presentation?）。

- **Lori did well with her PowerPoint presentation about Taiwan's history.**
  蘿莉用投影片介紹臺灣歷史，做得非常好。

❷ 副詞 + 形容詞　副詞修飾形容詞

副詞 often 修飾形容詞 tired，說明疲倦的頻率（How frequently is Dwight tired?）。

- **Dwight is often tired when he works at night.**
  杜威特夜晚工作時，常感覺疲勞。

often tired
Z z z

❸ 副詞 + 副詞　副詞修飾副詞

有些副詞，如：really（真地）、almost（幾乎）、quite（相當）、pretty（相當）、very（非常）等，可修飾其他副詞。

副詞 very 修飾另一個副詞 well，說明 Amy 考得有多好（How well did Amy do on the test?）。

- **Amy did very well on the test she took to get into the Army.**
  艾咪在那場從軍考試中考得非常好。

army 指一個國家的「軍隊」時，需要大寫。這裡指 the United States Army。

❹ 副詞 + 片語／數詞　副詞修飾片語、數詞

有些副詞，如：quite（相當）、roughly（大體上）、about（大約）、approximately（大約），也可修飾其後的名詞片語、介系詞片語和數詞。

副詞 quite 修飾名詞片語 a shock，說明震驚的程度。

- **It was quite a shock when Dr. Fly told me that I had cancer and could die.**
  當弗萊醫生告訴我，我患了癌症，有可能會死，真讓我驚愕不已。

副詞 madly 修飾介系詞片語 in love with Lily。

- **Lee is madly in love with Lily.** 李瘋狂地愛上了莉莉。

副詞 roughly 修飾數詞 99.9。

- **At Ocean View College, roughly 99.9 percent of the students have cellphones with an Internet connection.**
  在海景大學中，大約 99.9% 的學生都有可上網的手機。

❺ 副詞片語

on Monday morning/mornings 和 at her office 是介系詞片語作副詞用，稱為**副詞片語**，修飾動詞 works，用來說明什麼時候（星期一上午）和在哪裡（在辦公室）。

- **On Monday morning/mornings, Alice usually works at her office.**
  星期一上午，愛麗絲通常在她的辦公室工作。

副詞 usually 修飾動詞片語 works at her office，說明 Alice 在辦公室工作的頻率（How often does Alice work at her office?）。

比較

連綴動詞＋形容詞 vs. 行為動詞＋副詞

感官動詞 look（看起來；好像）是連綴動詞，後面接**形容詞**（mean）。

- Why does Dean often look mean? 為什麼狄恩看起來總是很刻薄？

looked（看）是行為動詞，要用**副詞**（suspiciously）修飾。

- Dee looked suspiciously at me. 蒂滿腹狐疑地看著我。

感官動詞（felt）＋形容詞（sad） 連綴動詞（had become）＋形容詞（mad）

- Dad felt very sad that his dog had become mad.
  爸爸感到很傷心，因為他的狗瘋了。

felt（摸；觸；試探）是行為動詞，要用副詞（carefully）修飾。

- Dee felt the cloth carefully to check its quality.
  蒂仔細摸那塊布，檢查它的品質。

比較

連綴動詞＋形容詞

連綴動詞、一些**感官動詞**（作連綴動詞）以及一些**表狀態或狀態變化**的**行為動詞**（也稱**狀態動詞**，作連綴動詞），後面必須接**形容詞**，而不用副詞修飾。以下是常見的連綴動詞：

➡ 參見 Chapter 59

感官動詞（作連綴動詞）	連綴動詞	行為動詞：表狀態或狀態變化（作連綴動詞）
feel 覺得	be 是	appear 似乎；看起來
look 看起來	become 變成	get 變得；成為
smell 聞起來	seem 似乎	go 變得；成為
sound 聽起來		grow 漸漸變得；成長
taste 嘗起來		keep 保持
		prove 證明是
		remain 保持；仍是
		turn 變得；成為

2 副詞的句法功能

❶ **副詞**主要的功能是用來修飾**動詞**、**形容詞**、**另一個副詞**、**片語**或**整個句子**。

- Trish is a good reader, and she is doing very well with both English and Spanish.
  副詞 well 修飾動詞 is doing。
  形容詞 good 修飾名詞 reader。
  副詞 very 修飾副詞 well。
  翠西酷愛閱讀，她的英文和西班牙文都很好。

❷ **作主詞補語**：一般來說，連綴動詞後面接名詞、形容詞、介系詞片語等作主詞補語，而不接副詞，但**少數副詞**（如：on、off、here、there 等）可以作**主詞補語**，置於連綴動詞後，表示主詞的**方位**、**方向**或**狀態**。

- Make sure the TV is off. 確定一下電視已經關了。
- We are almost there. 我們快到那裡了。

❸ **作受詞補語**：有些副詞可以置於受詞後面作**受詞補語**。

- I've got two days off next week. 下週我有兩天假。
- Please keep the outside lights on all night. 請讓戶外的燈整夜都亮著。

❹ **作修飾語**：

[1] 有些副詞可以作修飾語，通常置於**名詞之後**。

- That short woman over there is Jim's girlfriend. 那邊那位矮矮的女子就是吉姆的女朋友。
- I met Sue on my way home. 我在回家的路上碰見蘇了。

[2] 一些副詞可以放在**「不定冠詞＋名詞」之前**，作修飾語。

quite a boy 一個不尋常的男孩
rather a mess 相當混亂

PRACTICE

1 **判斷下列句子是否正確。正確打 ✓，不正確打 ×，並訂正錯誤。**

1 [ ] Lily danced beautiful with Lee.

____

2 [ ] Rick felt sick terribly.

____

3 [ ] Do you know Mel very good?

____

4 [ ] This time Bret kicked the ball hard, and it flew into the net.

____

5 [ ] Yesterday after school, Jerome and I did not go to home.

____

6 [ ] Thirty minutes later, she came running in, out of breath and full of worry.

____

2 根據括弧裡提供的文字，完成下面的句子。

1 Clive ______________ （輕鬆地）learned how to pilot an airplane during the summer of 2005.

2 Sam doesn't want ______________ （壞成績）, and because he loves to read, he will never do ______________ （考不好）on any exams.

3 Kay is ______________ （學東西〔at learning〕很快；用 quick 表示「快」）, and she has ______________ （很快就已經學會了）50 words today.

4 Ann Belfast is a ______________ （速度快的）swimmer, and she can also run ______________ （非常快）.

5 Mary Bar bought a ______________ ______ （非常昂貴的）sports car.

6 Kay's dad works every day, even ______________ .（星期天）

3 選出正確答案。

____ 1 He seemed very __________ to see me.

Ⓐ happy Ⓑ happiness Ⓒ happily

____ 2 Fixing this computer proved __________ because I didn't get any help from Penny.

Ⓐ difficultly Ⓑ difficulty Ⓒ difficult

____ 3 Scot knew the weather next week would turn __________.

Ⓐ hot Ⓑ hotly Ⓒ hotness

____ 4 I saw Ann's head turn __________ as she watched the cloud go drifting by.

Ⓐ slow Ⓑ slowly Ⓒ slowness

____ 5 Please keep __________ while I am teaching the elephant.

Ⓐ silently Ⓑ silence Ⓒ silent

____ 6 Kay appeared __________ in the doorway.

Ⓐ quietly Ⓑ quiet Ⓒ quietness

Chapter 40 副詞的種類：(1) 時間副詞、頻率副詞、持續時間副詞、地方副詞、目的副詞、疑問副詞

1 時間副詞／時間副詞片語（Adverbs of Time / Adverbial Phrases of Time）

時間副詞／時間副詞片語用來表示某件事發生的**時間**（**when**）。

already 已經	last night 昨晚	recently 最近	this morning 今天早上
early 早	last week 上週	second 第二；其次	this year 今年

- Annie has finally returned to Hawaii. 安妮終於回到了夏威夷。

2 頻率副詞／頻率副詞片語（Adverbs of Frequency / Adverbial Phrases of Frequency）

❶ **頻率副詞／頻率副詞片語**用來表示某件事或某個動作發生的**頻率**或**次數**（**how often**）。

always 總是	frequently 頻繁地	never 從不	seldom 很少
daily / every day 每天	ever 從來；曾經	once 一次	usually 通常

- Though Kyle often has to work late, he always has a smile.
  儘管凱爾時常得工作到很晚，但他總是面帶微笑。

❷ 頻率副詞如果表示**確定**的次數，則稱為**確定頻率副詞**（adverb of definite frequency），如：daily、every day、monthly、once a week 等。

❸ 頻率副詞如果表示**不確定**的次數，則稱為**不確定頻率副詞**（adverb of indefinite frequency），如：always、often、rarely、seldom、sometimes、never 等。

3 持續時間副詞／持續時間副詞片語（Adverbs of Duration / Adverbial Phrases of Duration）

持續時間副詞／持續時間副詞片語說明某件事**持續多長時間**（**how long**）。

a long time 很長一段時間	for a while = awhile 一會兒
all day 整天	forever 永遠
briefly 短暫地	long 長時間

- June rode her horse all afternoon.
  茱恩整個下午都在騎馬。

4 地方副詞／地方副詞片語（Adverbs of Place / Adverbial Phrases of Place）

地方副詞／地方副詞片語說明事情發生的**地點**，或是某人或某物要去**哪裡**（**where**）。

down 在下面；向下	up 在上面；向上	downstairs 在／往樓下	upstairs 在／往樓上
near 附近；接近	far 很遠	everywhere 到處	nowhere 任何地方都不
inside 在／往裡面	outside 在／往外面	abroad 在／往國外	at home 在家

➡ 當 up、down、upstairs、downstairs、inside、outside、far 和 near 後面沒有名詞時，就是副詞。

- When I worked as a maid, it seemed as if I kept going upstairs and downstairs.
  我當女傭時，似乎不停地樓上樓下跑。

5 目的副詞／目的副詞片語（Adverbs of Purpose / Adverbial Phrases of Purpose）

目的副詞／目的副詞片語用來回答「**為什麼**」（**why**）。**不定詞片語**常作目的副詞用。

➡ 參見 p. 408〈1 不定詞片語表目的或結果〉

- **She had to run fast to keep up with me.** 為了跟上我，她不得不跑很快。

6 疑問副詞（Interrogative Adverbs）

疑問副詞又稱為**疑問詞**（question word），引導**疑問句**。常見疑問副詞有：

when	why
where	how

其中 when、where、why 也可以作**關係副詞**，引導**形容詞子句**。➡ 參見 Chapter 112

這四個字還可以作**從屬連接詞**，引導**名詞子句**。➡ 參見 Chapters 126 and 127

- **How can Trish become a first-class user of English?** 翠西如何才能成為第一流的英文使用者？
  - how 是疑問副詞，引導疑問句。
  - 疑問句的語序：疑問副詞 + 情態助動詞（can）+ 主詞 + 主要動詞（become）

PRACTICE

1 根據括弧裡提供的文字，完成下面的句子。

1. Before buying the diamond bracelet, Janet thought about it ______________. （一分鐘）
2. It is clear that I need to have my teeth checked and cleaned at least ______________. （一年一次）
3. Santa Claus arrived on Christmas Eve ______________ to little Dawn Wu. （送一個禮物；用 deliver）
4. ______________ did hardworking Larry decide to marry that lazy Daisy? （為什麼）
5. ______________（每年冬天）she goes bungee jumping ______________. （在陽光明媚〔sunny〕的夏威夷）

2 選出正確答案。

____ 1. Midge stayed awake ______________, thinking about going to college.
Ⓐ all night Ⓑ this year Ⓒ seldom Ⓓ when

____ 2. I once made a vow never to move away from Taipei, and I still live ______ now.
Ⓐ today Ⓑ for ages Ⓒ here Ⓓ where

____ 3. Ms. Flowers talked on her cellphone ______________.
Ⓐ nowhere Ⓑ up Ⓒ for two hours Ⓓ why

____ 4. I have lived in Yellowknife ______________.
Ⓐ all my life Ⓑ abroad Ⓒ all day Ⓓ anywhere

____ 5. Sally stared at her cup of tea for a while and then looked ______________.
Ⓐ already Ⓑ every Sunday Ⓒ up Ⓓ where

Chapter 41 副詞的種類：(2) 情狀副詞、程度副詞、句子副詞

1 情狀副詞／方式副詞（Adverbs of Manner）

情狀副詞也稱作**方式副詞**，用來說明某件事的**進行方式**，回答「**how**」的問題，這類副詞通常以 **-ly** 結尾。

brightly 明亮地	clearly 明確地	loudly 高聲地	skillfully 巧妙地
carefully 仔細地	closely 接近地	peacefully 平靜地	slowly 緩慢地
carelessly 粗心大意地	correctly 正確地	playfully 詼諧地	well 很好地

- Cheerfully and playfully, my wife explained her positive attitude toward life.
我的太太愉快而詼諧地解釋她對待生活的積極態度。

提示

❶ 並非所有以 **-ly** 結尾的字都是**副詞**，有一些以 **-ly** 結尾的字是**形容詞**。

以 -ly 結尾的形容詞

- **Lovely Lily Brown lives in a friendly town.**
可愛的莉莉．布朗居住在一個友善的小鎮。

cowardly 通常作形容詞，修飾名詞，比如：
- a cowardly manner 懦弱的方式
- a cowardly act 懦弱的舉動

- **Sneaking out the back door, he left in a cowardly manner.**
他懦弱地從後門溜了出去。

❷ 有一些以 **-ly** 結尾的字既可以當**形容詞**，也可以當**副詞**。

➡ 參見 p. 138〈2 同形的副詞和形容詞〉

daily 在這裡是形容詞，修飾名詞 routine。

- **Jean regards jogging as part of her daily routine.** 琴把慢跑視為她日常生活的一部分。

daily 在這裡是副詞，修飾動詞 email。

- **"I will email you daily," promised Jill.** 吉兒允諾：「我會每天寫電子郵件給你。」

2 程度副詞／強調性副詞（Adverbs of Degree / Emphasizing Adverbs）

程度副詞又稱**強調性副詞**，表示「**到某種程度**」（**to what extent**），常用在形容詞或其他副詞之前。

absolutely 絕對地	exceedingly 極其	quite 有幾分；很	too 而且；太
almost 幾乎	extremely 非常	rather 有點；相當	truly 真正地；非常
completely 完全地	fairly 簡直	really 非常；極其	utterly 十足地
entirely 全部地	just 僅僅	simply 簡直	very 非常；很

程度副詞 absolutely 修飾形容詞 sure。

- **Are you absolutely sure that you want to marry Sue?**
你真的確定想娶蘇嗎？

3 句子副詞／分離副詞（Sentence Adverbs / Disjunct Adverbs）

❶ 有些副詞可用來表示說話人對某種行為的**態度**，這類副詞被視為是**句子副詞**或**分離副詞**，常置於**句首**，用來修飾後面的**整個句子**，並用**逗號**與句子其他部分分開。

clearly 顯然	hopefully 但願	surprisingly 出乎意料地
frankly / to be frank 坦白說	interestingly 有趣的是	to my disappointment 令我失望的是
generally 大體而言	luckily 幸運地	unbelievably 難以置信地

- **Frankly, I don't care about what she thinks of me.** 坦白說，我不在乎她對我的看法。

❷ 這些副詞中，有些既可以用來表示**態度**（**句子副詞**），也可以用來表示**方式**（**情狀副詞**）。

→ 句子副詞 clearly = obviously, decidedly（顯然）

- **Clearly, the desert is growing and our land is becoming covered by sand.**
顯然，沙漠在擴大，我們的土地正在被沙子覆蓋。

→ 情狀副詞／方式副詞 clearly = in a clear manner（清楚地）

- **It is difficult for me to explain this clearly.** 我很難把這一點解釋清楚。

PRACTICE

1 根據括弧裡提供的文字，完成下面的句子。

1. Dave ________________ told me to behave.（生氣地）
2. Mary was ________________ while sitting in the empty library.（孤獨的）
3. After becoming ____________________ successful, he finally went to visit his old grandparents.（在經濟上）
4. ________________（愉快地）and ________________（迅速地）, Uncle Arty made three dozen delicious cookies for the party.

2 選出正確答案。

____ 1. Bobby declared, "This is ___________ exciting hobby."
Ⓐ an extremely Ⓑ a freely Ⓒ when Ⓓ happily

____ 2. How ___________ will Sue learn how to milk her cow?
Ⓐ almost Ⓑ lovely Ⓒ where Ⓓ soon

____ 3. FBI agent Sue Star felt ___________ uncomfortable while sitting and waiting in the ___________ noisy bar.
Ⓐ freely; very Ⓑ quiet; happy Ⓒ quite; very Ⓓ happy; very much

____ 4. Today powerful gusts of wind are causing the trees to bend and sway. ___________, a hurricane is approaching Spain.
Ⓐ In a clear manner Ⓑ Exceedingly Ⓒ Clearly Ⓓ Differently

____ 5. Kay's mom tried ___________ for two hours to find a way ___________ out of the enormous maze.
Ⓐ hard; to get Ⓑ hard; get Ⓒ hardly; to get Ⓓ earthly; get

____ 6. ______, Kay will finish writing her report and email it to her boss by Monday.
Ⓐ In a hopeful manner Ⓑ Hopeful Ⓒ Hopefully Ⓓ Carelessly

Chapter 42 同形的副詞和介系詞；同形的副詞和形容詞

1 同形的副詞和介系詞

❶ 有些**副詞**也可作**介系詞**用，如：behind、down、in、off、on、over、out、under、up 等。如果這些字後面**有接受詞**，就是**介系詞**；如果**沒有接受詞**，就是**副詞**，尤其在**片語動詞**裡。

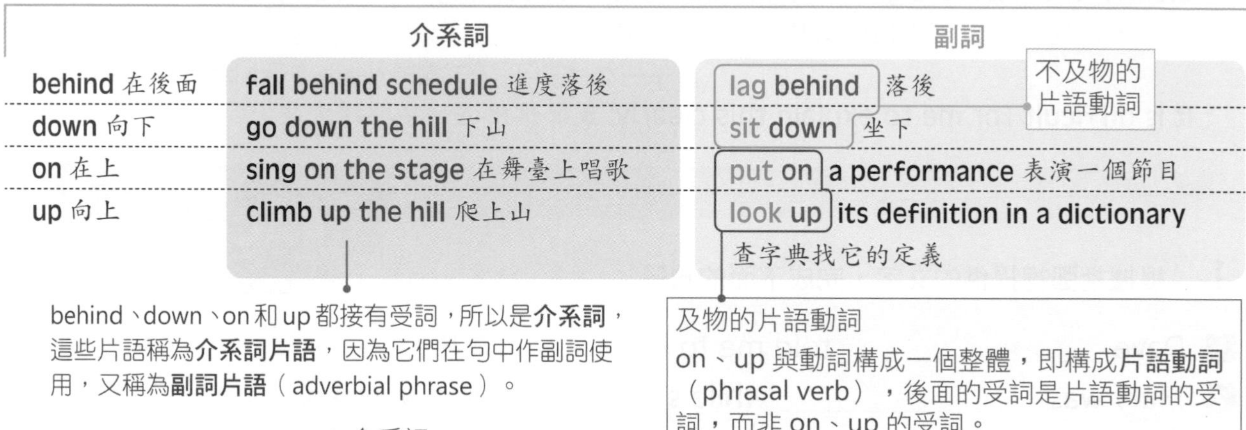

	介系詞	副詞
behind 在後面	fall behind schedule 進度落後	lag behind 落後
down 向下	go down the hill 下山	sit down 坐下
on 在上	sing on the stage 在舞臺上唱歌	put on a performance 表演一個節目
up 向上	climb up the hill 爬上山	look up its definition in a dictionary 查字典找它的定義

- Paul likes to shop in (介系詞) the old mall. 保羅喜歡在舊的那家購物中心購物。
- Please ask Lynn to come in (副詞). 請叫琳恩進來。

❷ 鑒別方法：看這個**片語動詞**（如：look up）或**動詞片語**（climb up the hill）當中的名詞是否能夠移到介系詞或副詞之前。若能，即副詞；若不能，即介系詞，因為介系詞後面必須接名詞、動名詞等作受詞，不可能把名詞放在介系詞前面。

sing on the stage 在舞臺上唱歌

✗ 名詞 the stage 不能移到 on 前面，所以 on 是介系詞（~~sing the stage on~~）。

put on a performance = put a performance on 表演一個節目

✓ 名詞 a performance 可以移到 on 前面，所以 on 是副詞。

2 同形的副詞和形容詞

❶ 下表是一些常見的**同形**副詞和形容詞（包含兼作副詞和形容詞的 **-ly** 結尾字）。

	形容詞	副詞
bright	明亮的	明亮地
close	近的	靠近地
cowardly	膽小的	膽小地
daily	每天的	每天
dead	死去的	突然地；絕對

	形容詞	副詞
dear	親愛的	疼愛地；昂貴地
easy	容易的	輕鬆地
early	早的	早地
fast	快的	快地
fine	美好的	精巧地；很好地

	形容詞	副詞
fresh	新鮮的	剛剛
hard	困難的；硬的	努力地；猛烈地
hourly	每小時的	每小時地
late	遲的	遲地
less	較少的	較少地
little	少的；小的	少地
lively	活潑的；輕快的	活潑地；輕快地
long	長的	長久地
loud	大聲的	大聲地

	形容詞	副詞
low	低的	低地；向下地
near	近的	近地；接近
only	唯一的	只；僅僅
pretty	美麗的	相當；非常
short	矮的；簡短的	突然地；簡短地
straight	直的	挺直地；立即
timely	及時的	及時地
true	真實的	真實地；準確地
wrong	錯誤的	錯誤地

❷ 如果這些同形字修飾**名詞**，就是**形容詞**；如果**修飾動詞**、**形容詞**或**其他副詞**，就是**副詞**。

形容詞		副詞	
clear water	清水	speak loud and clear	大聲而清楚地講話
give a deep sigh	深嘆一口氣	dive deep into the water	深潛水中
an early hour	一早；凌晨	began early last month	上月初開始
a hard life	艱苦的生活	work hard	辛勤地工作
in the late afternoon	下午晚些時候	work late into the night	工作至深夜

- **The identical twins look alike, and they think alike.**
  這對同卵雙胞胎長得很像，想法也略同。
  （look 是連綴動詞，後面接形容詞 alike。）
  （think 是行為動詞，後面接副詞 alike。）

PRACTICE

1 **中譯英：用同形的副詞和形容詞、同形的副詞和介系詞，翻譯下面片語。**

1. 輕快地踏起步（step） ______
2. 一支活潑的曲調（tune） ______
3. 每週報導一次時尚資訊（fashion news） ______
4. 每週新聞 ______
5. 一隻早起的鳥兒 ______
6. 經常早起床 ______
7. 一輛速度很快的車 ______
8. 開車開得很快 ______
9. 按標價減去百分之二十（take; marked price） ______
______
10. 取消籃球賽（call） ______
______

Chapter 43 有兩種形式的副詞（-ly 及非 -ly）

一些常見的副詞同時具有兩種形式，一種**以 -ly 結尾**，另一種**不以 -ly 結尾**。
有些兩種形式意義相同，有些兩種形式意義不同。

1 「-ly」與「非 -ly」結尾意義不同的副詞

在一些情況下，這兩種形式的副詞有**不同的意義**，常見的例子如下：

非 -ly	-ly
dead 直接地；完全地；突然	deadly 死了一般地；極度
deep 深入地；深遠地	deeply 強烈地；深刻地
fine 很好地（= well）	finely 優雅地；漂亮地；精巧地（= nicely; delicately）
free 免費地	freely 自由地；不受限制地
hard 努力地	hardly 幾乎不
high 高高地	highly 非常；極為（讚許）；（程度、等級）很高
late 遲到；不準時	lately 最近；近來
near 臨近；在附近	nearly 幾乎；差不多
pretty 相當	prettily 優美地
right 向右；正確地	rightly 理所當然地；公正地
short 突然；簡短地	shortly 不久；馬上

- **Turn right at the third traffic light.** 在第三個紅綠燈那裡右轉。（right → 左邊的相反（= opposite to left））
- **Jenny is rightly proud of the contributions she has made to the company.**（rightly → 有理由（= with reason; justifiably））
  珍妮為她對公司做出的貢獻感到驕傲，這是合情合理的。

- **I love to fly my rocket plane high in the sky.** 我喜歡駕駛我的火箭飛機高高飛在天空中。（high → 指高度、程度、水準、地位很高（= in, at, to, or toward a high degree, level, place, position, etc.）：在高處；高）
- **Brooke was highly critical of my cookbook.** 布露可對我的食譜非常挑剔。（highly → 指程度很高（= greatly; extremely）：高度地；非常；極）

- **The Red Hotel lies dead ahead.**（dead → 直接地（= straight））
  紅色酒店就在前面。
- **Last night Kay and I watched a deadly boring play.**（deadly → 極其（=extremely））
  凱和我昨晚看了一部極其乏味的戲劇。

比較 dead 和 deadly 的固定搭配

dead	deadly
確實地；完全地；直接地；非常；突然地（= exactly; completely; directly; very; suddenly）	死了一般地；極度（= in a way suggestive of death; extremely）
dead drunk 酩酊大醉	deadly cold 嚴寒
dead right 完全正確	deadly ill 病入膏肓
dead serious（非正式）很嚴肅	deadly pale 死白
dead slow 十分地慢	deadly serious 非常嚴重
dead tired 筋疲力盡	sit deadly bored 非常無聊地坐著
stop dead 突然停下	

2 「-ly」與「非 -ly」結尾意義相同的副詞

❶ 有的副詞 -ly 和非 -ly 的兩種形式**意義相同**，例如：

非 -ly	-ly	
bright	brightly	明亮地
close	closely	緊密地
direct	directly	直接地
fair	fairly	公平地

非 -ly	-ly	
loud	loudly	大聲地
quick	quickly	迅速地
slow	slowly	緩慢地
wide	widely	廣泛地

❷ **正式／非正式用法**：有些以 **-ly** 結尾的副詞較**正式**，**非 -ly** 結尾的副詞通常用在**非正式**的情境中。

非正式	正式	
cheap	cheaply	便宜地
loud	loudly	大聲地
quick	quickly	迅速地
real 美式	really	真地

非正式	正式	
sure 美式	surely	無疑地
tight	tightly	緊緊地
wrong	wrongly	錯誤地

非正式 Mabel, think quick; otherwise, you'll get into trouble.

正式 Mabel, think quickly; otherwise, you'll get into trouble.

美博，趕快想一想，否則你會陷入麻煩。

❸ **習慣用法**：一些動詞習慣與 **-ly 結尾**的副詞連用，一些動詞則習慣與**非 -ly 結尾**的副詞連用，應根據語言習慣去判斷。

習慣 + 非 -ly		習慣 + -ly	
come close	走近	watch him closely	嚴密地監視他；密切地注意他
dig deep	挖深	be deeply hurt	深受傷害
go slow	慢慢走	proceed slowly	緩慢地繼續行進
play fair	公平行事	be treated fairly	受到公平對待
far and wide	到處	travel widely	周遊四方

- Max, please open your mouth wide and relax.
  馬克斯，請把你的嘴巴張大，並且放鬆。
- Midge travels widely to increase her knowledge.
  為了增長知識，米姬周遊四方。

提示
❶ wide 可作形容詞，如：a wide river（一條寬闊的河）。
❷ wide 也可作副詞，常和動詞 open 連用，指「（張得／開得）很大地」，如：open the door wide（把門大開著）。
❸ 副詞 wide 指「廣泛地」時，只用於片語 far and wide（到處）。

動詞 play 常和 fair 連用（play fair）。

- Claire said, "You must play fair."
  克萊兒說：「處事必須公平。」

fair 和 fairly 都可作副詞。

動詞 treat 與 fairly 連用（treat someone fairly）。

- If you don't treat others squarely,
  why should you complain when you're not treated fairly?
  如果你對待他人不公正，當別人對你不公正時，你又憑什麼抱怨？

PRACTICE

1 選出正確答案。

_____ **1** It's __________ dark, and I can __________ see Mark.

Ⓐ prettily; hardly Ⓑ pretty; hard Ⓒ prettily; hard Ⓓ pretty; hardly

_____ **2** Mary speaks __________ of her classmate Gary.

Ⓐ high Ⓑ highly Ⓒ highty Ⓓ higher

_____ **3** __________ after Emily became queen, she became __________.

Ⓐ Shortly; courtly Ⓑ Short; courtly

Ⓒ Shortly; court Ⓓ Short; court

_____ **4** __________, Daisy seems to be very lazy.

Ⓐ Late Ⓑ Lately Ⓒ Lated Ⓓ Laterly

_____ **5** My wife often tells our daughter that working __________ is how one can succeed in life.

Ⓐ hard Ⓑ hardly Ⓒ hardness Ⓓ hardlier

_____ **6** Jill sat __________ bored for a few minutes, and then she decided to pretend to be __________ ill.

Ⓐ dead; deadly Ⓑ deadly; dead

Ⓒ dead; dead Ⓓ deadly; deadly

_____ **7** Ms. Card is a ________ professional administrator, and she works very ________.

Ⓐ conscientiously; hard Ⓑ conscientious; hard

Ⓒ conscientious; hardly Ⓓ conscientiously; hardly

_____ **8** Ted is a _________ driver, because he often drives when he's _________ drunk.

Ⓐ badly; dead Ⓑ bad; deadly

Ⓒ bad; dead Ⓓ badly; deadly

_____ **9** When Dr. Mile saw a large turtle crossing the road, he pushed __________ on the brake pedal and his car stopped __________ in front of the big reptile.

Ⓐ hardly; shortly Ⓑ hard; shortly

Ⓒ hardly; short Ⓓ hard; short

_____ **10** Because of your artistry, our wedding cake was __________ decorated and Sue and I were __________ happy with you.

Ⓐ pretty; pretty Ⓑ prettily; pretty

Ⓒ prettily; prettily Ⓓ pretty; prettily

_____ **11** "Tonight everyone can not only argue __________ about any subject but also eat for __________ at my restaurant," announced Mr. Knight.

Ⓐ freely; free Ⓑ freely; freely

Ⓒ free; freely Ⓓ free; free

_____ **12** Because I was __________ studying a book of proverbs, I came to school __________ and missed the grammar lesson about the use of adverbs.

Ⓐ seriously; lately Ⓑ serious; late

Ⓒ seriously; late Ⓓ serious; lately

_____ **13** About three thousand people were watching the __________ costumed dancers, and everything was going __________ until the power went out.

Ⓐ fine; finely Ⓑ finely; finely

Ⓒ finely; fine Ⓓ fine; fine

_____ **14** How can you expect me to talk to Jim about reading extensively and traveling __________ when I __________ know him?

Ⓐ widely; hard Ⓑ widely; hardly

Ⓒ wide; hard Ⓓ wide; hardly

2 根據括弧裡提供的文字，完成下面的句子。有些需要按照語言的習慣選擇非 -ly 結尾的副詞或 -ly 結尾的副詞。

1 Please ______ __________, Margo.（慢慢走；動詞用 go）

2 Paul proceeded ______________ down the hall.（緩慢地）

3 At the time, it seemed like harmless fun, but now I ______________________ about what I did.（深深地感到羞愧；用 ashamed）

4 Kim is going to go ______________ into the jungle and find him.（深入）

5 Ms. Knight, please try to do it ______________.（正確地）

Chapter 44 副詞在句中的位置

❶ 副詞置於所修飾的**形容詞**、**其他副詞**和**名詞片語之前**（比如：pretty good、very well、quite a shock）。

❷ 修飾**動詞**或表示**方式**、**時間**和**地點**的副詞，在句中有多個不同位置。以下依擺放的位置來介紹。

1 句首（主詞之前）

❶ **句子副詞**常置於**句首**，並用**逗號**與句子其他部分分開。

- Clearly, Sue did not know what I was trying to do.
  顯然，蘇不知道我想要做什麼。

❷ **地方副詞**後面接表示**運動**或**位置**的動詞時，**動詞**要置於**主詞之前**。

➡ 參見 p. 310〈1 何謂倒裝句？〉和 p. 315 頁底第 7 條說明

- Out of the window flew that big bat.
  那隻龐大的蝙蝠從窗戶飛了出去。
  → 倒裝句型：動詞（flew）+ 主詞（that big bat）

> 提示
> **頻率副詞**（every day、every month、sometimes 等）或**時間副詞**（last night、in the morning 等）可以置於**句首**或**句尾**。 ➡ 參見本章〈3 句尾（動詞、受詞、補語之後）〉

2 句中（靠近動詞）

❶ **程度副詞**應放在所修飾的**形容詞**、**副詞**和**名詞片語之前**（即**句中**的位置）。

extremely rich 非常富有 （→ 形容詞前）

drive really fast 開得真快 （→ 副詞前）

- Dan is quite a perfect gentleman. 丹是個十足的紳士。
  → 副詞 quite（意思是 actually、really、truly）置於 be 動詞之後、名詞片語（a perfect gentleman）之前，強調名詞片語的程度。
  → quite 如果遇到 a/an，必須放在 a/an 的前面。

❷ **不確定頻率副詞**（always、often、never 等）以及一些**時間副詞**和一些**程度副詞**要置於**句中**，這類詞彙包括：

absolutely 絕對地	definitely 明確地；肯定地	nearly 幾乎	rarely 很少
already 已經	even 甚至	never 從未	scarcely 幾乎不
always 總是	finally 終於；最後	only 只有	seldom 很少
certainly 無疑地	hardly 幾乎不	probably 大概	still 仍然
completely 完全地	just 正好；僅僅	purely 完全地	suddenly 突然

1 置於主要動詞之前或 be 動詞之後。

副詞 + 主要動詞（即述語動詞／一般動詞）

連綴動詞（如 be 動詞）+ 副詞

- Kate always takes a slow bus to ballet practice, so she is always late.
  凱特總是搭乘緩慢的公車去練習芭蕾舞，所以她老是遲到。

2 置於助動詞（be、have 等）或情態助動詞（can、may、will 等）之後，主要動詞之前。

助動詞／情態助動詞 + 副詞 + 主要動詞

- was suddenly destroyed 突然被毀滅了
- I have never been to Shanghai. 我從未去過上海。
- Clive will probably finish writing that report by five. 克萊夫很可能在五點時完成那篇報告。

提示

上頁表中，有些副詞（如：completely、suddenly）可以置於句中（主要動詞之前）或句尾（主要動詞之後）。

Ann Has Lily Bird completely recovered?
= Has Lily Bird recovered completely? 莉莉・伯德完全康復了嗎？

Dan Yes, she has completely recovered. / Yes, she has recovered completely.
是的，她完全康復了。

3 為了強調，可移到助動詞和 be 動詞之前（口語中要把重音放在副詞上表示強調）。

- I pray Grace never has been and never will go to such a dangerous place.
  我祈禱葛蕾絲未曾去過、也永遠不要去像那樣危險的地方。
- Lee Glass certainly is the best student in his class. 李・格拉斯絕對是他班上最優秀的學生。

4 still、sometimes、certainly、definitely、probably 等置於否定助動詞之前。這些副詞也可置於句首，表示強調。

否定助動詞（don't）之前
- I still don't understand why you chose to tell me that lie.

句首（強調）
= Still I don't understand why you chose to tell me that lie.
我仍然不明白你為什麼選擇跟我說那個謊。

比較
- The boss has not arrived yet.
  老闆還沒有來。

完成式的否定句要用 yet（置於句尾），不用 still。

3 句尾（動詞、受詞、補語之後）

❶ 副詞 yet、a lot、any more、any longer、too、well、as well 常置於句尾。

- I can't trust Lenore any more. 我再也無法相信蕾諾兒了。
  動詞 + 受詞 + any more

❷ 確定頻率副詞 daily、weekly、monthly、annually 等置於句尾，不置於句首。

✗ Weekly Lee gets paid.

✓ Lee gets paid weekly. 李每週領一次薪水。

❸ **頻率副詞** every day、every month、sometimes 等或**時間副詞** last night、in the morning 等，可以置於**句尾**或**句首**。

- Every weekday Kay goes to work by subway.
  = Kay goes to work by subway every weekday. 凱每個工作日都是搭地鐵去上班。
- Last night my friends Dwight and Lee snored loudly.
  = My friends Dwight and Lee snored loudly last night. 昨晚，我朋友杜威特和李鼾聲大作。

4 情狀副詞（方式副詞）在句中的位置

❶ **情狀副詞**通常要**靠近所修飾的動詞**。

情狀副詞片語 at his fastest speed 要緊靠所修飾的動詞 ran。

- Gus ran at his fastest speed to catch up with the bus.
  = To catch up with the bus, Gus ran at his fastest speed.
  為了趕上公車，加斯以最快的速度奔跑。

❷ **情狀副詞** well、very well、badly、hard 等要置於**動詞之後**，或**「動詞 + 受詞」之後**。

- Ms. Card works very hard. 卡德女士工作很勤奮。
  └→ 動詞 + hard
- Margo Bell plays the piano well. 瑪歌．貝爾鋼琴彈得很好。
  └→ 動詞 + 受詞 + well

❸ 許多**情狀副詞片語**可置於句中**不同位置**：**句首**、**句中**（**動詞之前**）或**句尾**（**動詞之後**或**「動詞 + 受詞」之後**）。

┌→ 句首（為了強調）
- Slowly and carefully, Kate opened the gate.
  ┌→ 句中（動詞前）
  = Kate slowly and carefully opened the gate.
  ┌→ 句尾（「動詞 + 受詞」之後）
  = Kate opened the gate slowly and carefully. 凱特小心翼翼地慢慢打開大門。

PRACTICE

1 訂正錯誤。

1 I don't certainly want to see Ben again.

____

2 Amy and Lily go rarely camping with me.

____

3 Bob won't probably accept your offer of a carpentry job.

____

4 I don't very well remember Del.

5 Kate eats ice cream often and doesn't care about her weight.

6 Ms. Ridge taught English by speaking to us in any other language hardly ever.

2 把下面句子裡劃線的副詞移到適當的位置，以達到強調的目的（在口語中，需要把重音放在副詞上面表示強調）。

1 Kim has never trusted Jim.

2 Harry has rarely visited his Aunt Mary.

3 The Moon Cake Cafe is always full at noon on Sunday.

4 Dan | It is a bit strange how Ed never mentions his wife Pat.
Ann | Yes, it is odd indeed, and I have often wondered about that.

5 Andy | Penny, you must have been told who'll get the marketing manager position in our company.
Penny | No, I don't really know.

3 把括弧裡的副詞插入句子裡的恰當位置。

1 You didn't have a clue what I was talking about, did you? (absolutely)

2 Does Kate work so late? (often)

3 Amy is reliable, isn't she? (really)

4 I don't think Daisy is lazy. (frankly)

5 Sue has been to Honolulu. (never)

Chapter 45 各種副詞的排列順序

1 多個副詞的排列順序

❶ 當句中有多個副詞時，這些副詞需要依照一個基本的順序規則去排列，如下所示。

Subject 主詞	Verb 動詞	Manner 情狀副詞	Place 地方副詞	Frequency 頻率副詞	Time 時間副詞	Purpose 目的副詞

- Lee swims enthusiastically in his pool every afternoon before dinner to stay healthy.
  每天下午晚飯之前，李都要在游泳池裡賣力游泳，以保持身體健康。

❷ 由於副詞的位置非常靈活，上述例句中的部分副詞修飾語（如：頻率、時間、目的）也可以移動到句首。

頻率副詞片語和時間副詞片語可置於句首。
- Every afternoon before dinner, Lee swims enthusiastically in his pool to stay healthy.

表示目的的不定詞片語可置於句首。
= To stay healthy, Lee swims enthusiastically in his pool every afternoon before dinner.

2 副詞排列的一般原則

❶ **較短的**副詞片語放在**較長的**副詞片語**之前**：
無論是哪一種類型的副詞片語，較短的副詞片語應該置於較長的副詞片語之前。

- When Ted's wife was alive, she jogged around Bluebird Park before breakfast almost every day of her life.
  泰德的夫人在世時，幾乎每一天早餐之前，她都要在藍鳥公園周圍慢跑。

雖然基本順序是「頻率副詞 + 時間副詞」，但這句的順序卻是「時間副詞 + 頻率副詞」，因為時間副詞片語 before breakfast 比片語 almost every day of her life（程度副詞 + 頻率副詞片語）短，應置於前面。

❷ **較具體的**副詞片語**在前**：在同類的副詞片語中，語意較為具體、細微的副詞片語放在前面。

✗ Lulu was born in a Nigerian village in a tiny hut on the morning of January 24, 2002.

地方副詞片語 in a tiny hut 比地方副詞片語 in a Nigerian village 更具體，因此放在前面。

✓ Lulu was born in a tiny hut in a Nigerian village on the morning of January 24, 2002.
2002 年 1 月 24 日早晨，露露於奈及利亞一個村莊的小茅屋裡出生。

❸ **情狀副詞**放在**句首**作為強調：有時為了強調某個副詞，可將之置於句首，尤其是**情狀副詞**。

情狀副詞
- Lily explained her goals to me clearly and precisely.
  = Lily clearly and precisely explained her goals to me.
  = Clearly and precisely, Lily explained her goals to me. 莉莉清楚明瞭地向我解釋她的目標。

頻率副詞
- Grace sometimes stays up late at night, reading articles on the Internet about space.
  = Sometimes Grace stays up late at night, reading articles on the Internet about space.
  葛蕾絲有時晚上會熬夜閱讀網路上關於太空的文章。

PRACTICE

1 下列是關於一些修飾語的正確位置或語序的練習，請依照題目說明，選出正確的答案。

_____ **1** 哪一句的各項副詞片語順序正確？
Ⓐ Kay's sisters rarely get up on Saturdays before nine.
Ⓑ Kay's sisters get up rarely before nine on Saturdays.
Ⓒ Kay's sisters rarely get up before nine on Saturdays.
Ⓓ Rarely Kay's sisters get up before nine on Saturdays.

_____ **2** 哪一句的修飾語排列正確？
Ⓐ He dried the owl carefully and gently with a soft white towel.
Ⓑ He dried the owl with a soft white towel carefully and gently.
Ⓒ Carefully and gently, he dried the owl with a soft white towel.
Ⓓ Either A or C is fine.

_____ **3** 哪一句的修飾語排列正確？
Ⓐ Gwen was born in Germany in a small house on January 23, 2010.
Ⓑ Gwen was born in a small house in Germany on January 23, 2010.
Ⓒ On January 23, 2010, Gwen was born in a small house in Germany.
Ⓓ Either B or C is fine.

_____ **4** 哪一句的副詞片語 **at her fastest speed** 的位置錯誤？（注意：這一題要選出錯句。）
Ⓐ At her fastest speed, Ann Reed ran to catch up with the tall man.
Ⓑ Ann Reed ran at her fastest speed to catch up with the tall man.
Ⓒ To catch up with the tall man, Ann Reed ran at her fastest speed.
Ⓓ Ann Reed ran to catch up with the tall man at her fastest speed.

2 用括弧裡提供的副詞片語改寫下面句子。

1 All of us left the huge dining hall. (silently and slowly)

____

2 Dawn Brown walks to town. (fast / after trimming her lawn / every morning)

____

3 Our winner Larry does his math homework. (every afternoon / in the Neptune Library)

____

4 Yesterday Mr. Qing, the schoolmaster, asked me not to talk about the new policy. (before the annual meeting / publicly)

____

5 Carefully taken, the effective new drug can reduce uric acid. (within days / greatly / amazingly)

____

Chapter
46 副詞的比較級與最高級

1 副詞的原級、比較級和最高級

副詞和形容詞一樣，有三個比較級形式：原級、比較級和最高級。

❶ 原級：as . . . as（同樣地）

主詞 A	動詞	as	副詞原級	as	主詞 B

- Mr. Wood began to run as fast as he could.
  伍德先生開始盡可能地快跑。

句型：倍數詞（twice）+ as + 原級 + as

- In yesterday's three-legged race, Mom and I moved almost twice as rapidly as Ann and Dan.
  在昨天的兩人三腳比賽中，媽媽和我跑得比安和丹幾乎快一倍。

❷ 比較級（兩者之間的比較）

1 單音節副詞 + -er + than（更……）
2 more + 雙音節或多音節副詞 + than（更……）
3 less + 雙音節或多音節副詞 + than（較不……）

主詞 A	動詞	副詞比較級	than	主詞 B

- In yesterday's three-legged race, Mom and I moved faster than Ann and Dan and they moved more rapidly than you and Sue.
  在昨天的兩人三腳比賽中，媽媽和我跑得比安和丹快，而他們又跑得比你和蘇快。

farther（更遠）是 far 的比較級，在這裡修飾動詞 runs。far 可以作形容詞也可以作副詞，其比較級和最高級的用法
➡ 參見 p. 114〈1 far 的兩種比較級和最高級〉

- Every day Sue runs farther than I do. 每天蘇都比我跑得遠。

提示

比較級中有動詞 like、love 等字時，要避免出現帶有雙重含義的句子。

語意不清 Clo likes me more than Joe.

此句帶有雙重含義：
1 克羅喜歡我，勝過喜歡喬。
2 克羅喜歡我，勝過喬喜歡我。

語意清楚 Clo likes me more than she likes Joe.
克羅喜歡我，勝過喜歡喬。

語意清楚 Clo likes me more than Joe does.
克羅喜歡我，勝過喬喜歡我。

❸ **最高級**(三者之間或三者以上的比較) [1] **the + 單音節副詞 + -est**(最……)
[2] **the most + 雙音節或多音節副詞**(最……)
[3] **the least + 雙音節或多音節副詞**(最不……)

① 主詞 | 動詞 | the + 副詞最高級 | of(in、on 等)片語

② of(in、on 等)片語 | 主詞 | 動詞 | the + 副詞最高級

在最高級的句子裡,地名或單數團體名稱前面會用介系詞 in、on 等(如:in the world、on the team);但複數名詞前面要用介系詞 of(如:of all the participants)。

- Of all the participants in yesterday's three-legged race, you and Sue moved the slowest.
  = Of all the participants in yesterday's three-legged race, you and Sue moved the least rapidly.
  在昨天兩人三腳比賽的所有參賽者中,你和蘇跑得最慢。

❹ 有些以 **-y 結尾的雙音節副詞**,如:early、lively 等,也可以作形容詞用,這類副詞的比較級和最高級不要用 more/less 或 most/least,而要把**字尾 y 改成 i,再加 -er 或 -est**。

原級	比較級	最高級
early 早	earlier 更早	earliest 最早
lively 輕快地	livelier 更輕快地	liveliest 最輕快地

- Today I arrived at school half an hour earlier than Kay.
  今天我比凱早半小時到學校。

2 漸進比較及聯合比較

❶ more and more | 原級 **漸進比較**(愈來愈……)

❷ -er | and | -er **漸進比較**(愈來愈……)

❸ the …, the … **聯合比較**(愈……愈……)

- Aunt Kay is walking more and more slowly every day. 凱姨媽走得一天比一天慢了。

> **提示** 在祈使句中,常用 **slow** 作副詞,與表示運動的短小動詞連用,比如:walk slow、drive slow、go slow、run slow 等。
>
> - Louise, walk slower, please. 露易絲,請走慢一點。

- The eagles are flying higher and higher, and the whales are swimming deeper and deeper.
  那些老鷹飛得愈來愈高,鯨魚游得愈來愈深。

more violently 是副詞 violently 的比較級形式，修飾動詞 crash。

- The more violently the waves crash on the beach, the happier my surfing chum Tom will become.

happier 是形容詞 happy 的比較級形式，在連綴動詞 become 後面作主詞補語。

波浪愈猛烈地打在海灘上，我的浪友湯姆就會愈高興。

3 無比較級的副詞或形容詞

某些副詞或形容詞具有「絕對」、「到達極限」的意思，不能比較，完美就是完美，完全就是完全，沒有「更完美、更完全」或「最完美、最完全」的說法，因此沒有比較級和最高級。

➡ 參見 p. 116〈2 含「絕對」意義的形容詞無比較級和最高級〉

almost 幾乎；差不多	**dead** 死的；完全地	**round** 圓的
always 經常；總是	**exact/exactly** 確切的／地	**square** 正方形的；公平的／地
back 後面的；向後	**never** 從未	**straight** 挺直的／地；正直的／地
before 以前；曾經	**no** 沒有	**unique/uniquely** 獨特的／地
complete/completely 完全的／地	**not** 不	**universal/universally** 普遍的／地；通用的／地
correct/correctly 正確的／地	**perfect/perfectly** 完美的／地	**very** 非常

✗ I look most exactly like my identical twin Lily.

✓ I look exactly like my identical twin Lily.

我跟我的同卵雙胞胎妹妹莉莉長得一模一樣。

提示

上面有些字有時可以用副詞 **almost**、**hardly**、**nearly**、**virtually** 等來修飾。

virtually **unique** 幾乎獨一無二

almost **never increase the prices** 幾乎從不漲價

PRACTICE

1 訂正錯誤。

1 Ann always arrives at work late than Dan.

____

2 Nancy and I want to see each other frequentlier but can't, because we are both very busy.

____

3 Why is Kay speaking more loud than me today?

____

4 Of all my family members, Aunt Jill talked the most and walked the slowliest up the hill.

____

5 Today I arrived in Taipei two hours more early than Kay.

____

6 Scot Brown walked the most slowly in all the hikers, because he did not want to fall down.

____

7 Lee wanted to put as more distance as possible between himself and me.

____

8 Short Nate stood straighter and asked shy, tall Amy, "Will you marry me?"

____

2 根據括弧裡提供的文字，完成下面的句子。

1 In my dream, I ran away from that horrible creature ______________________ .
（盡可能快）

2 Claire sang ______________ in the clear mountain air.
（優美動聽；用 beauty 的副詞形式）

3 Claire sang ______________________________ .
（與 Billy 唱得一樣優美動聽）

4 Claire sang ______________________________________ .
（沒有 Lily 唱得優美動聽）

5 Of all the singers in the singing contest, Lily sang ______________________ .
（最優美動聽）

6 Lenore is studying ______________________ than ever before.
（認真得多；用 seriously）

7 Coach, ______________ does Jim have to swim?
（再朝前多遠；用 how much 和 far）

Chapter 47 介系詞的定義與用法

1 介系詞的定義與作用

❶ **介系詞**通常置於名詞或代名詞之前，並把其後的名詞或代名詞與句中另一成分（動詞、名詞、形容詞）連接。

動 go 介 to 名 the store
連接動詞和名詞
去商店

(名) the sound **of** (名) loud music 響亮的音樂聲
└→ 連接名詞和名詞。

(形) bad **for** (代) you 對你不好
└→ 連接形容詞和代名詞。

- Lenore, the hem of your long dress (動) is dragging (介) along (名) the floor.
  蕾諾兒，你的長洋裝的裙襬正拖在地板上。
  along 是介系詞，連接名詞 floor 與動詞 is dragging。

❷ 注意：許多介系詞和副詞的形式相同，但用法不同，介系詞有自己的**受詞**，而副詞沒有。

➡ 參見 p. 138〈1 同形的副詞和介系詞〉

off 是介系詞。 the grass 是 off 的受詞。
- Please stay **off** the grass! 請勿踐踏草坪！

off 是副詞。 your shoes 是片語動詞 take off 的受詞。
- Please take **off** your shoes. = Please take your shoes **off**. 請脫鞋。

2 介系詞與其受詞

❶ **介系詞**後面要接**名詞**、**代名詞**、**動名詞**或 what 引導的**名詞子句**作受詞。介系詞與其受詞構成**介系詞片語**。

- Sue is anxious **about** tomorrow's job interview. 蘇對明天的工作面試感到擔憂。
  (interview → 接名詞)
- Dee, I am going to tell you a secret, but let's keep it just **between** you and me.
  蒂，我要告訴你一個祕密，但不要告訴別人。
  代名詞位於介系詞後面時，必須用**受格**，如：me、him、her、us、them。
- I am strongly **against** drinking and smoking. 我堅決反對酗酒和抽菸。
  (drinking → 接動名詞)
- Do not interfere in any way **with** what I have arranged for Sue.
  不要以任何方式干涉我已經為蘇做的安排。
  (介系詞 with 後面接 what 引導的名詞子句。)

❷ **介系詞**通常**不與副詞連用**（除了少數幾個固定片語外，比如：from above 從上面。➡ 參見下列第 3 條）。下列單字作副詞用時，不加介系詞 to 或 toward。

home 回（到）家	downtown 在／往市中心
inside 在／往裡面	outside 在／往外面
downstairs 下樓／在樓下	upstairs 上樓／在樓上

⊗ go toward downtown
✓ go downtown 去市區

✗ go to home
✓ go home
回家

✗ Sam asked, "Where's Pam at?"
✓ Sam asked, "Where's Pam?" 山姆問：「潘姆在哪裡？」
└→ where 是副詞，不與介系詞 at 連用。

❸ 在一些**固定片語**裡，**介系詞**可以接**形容詞**或**副詞**。

grabbed me from behind 從後面抓住我
come from far and wide 來自四面八方
a sound from afar 從遠方傳來的聲音
（介系詞 from 後面接副詞 behind、far and wide、afar。）

- That new bookstore gave me these three Ultra HD Blu-ray Discs for free.
  這三片超高畫質藍光光碟是那家新開的書店免費送給我的。
  └→ 介系詞 for 後面接形容詞 free。

❹ 一些**介系詞**可以接**介系詞片語**。

┌→ 介系詞 until 後面接介系詞片語 after midnight。
- Mary stayed up reading a novel until after midnight. 瑪麗熬夜讀一本小說直到過了半夜。

3 介系詞的形式

❶ 只有一個字的介系詞，稱作**簡單介系詞**。

about 關於　　beside 在……旁邊　　above 在……正上方

- Kay flew to Singapore via Taipei. 凱經臺北轉機飛往新加坡。

❷ 含兩個字以上的介系詞，稱作**複合介系詞**。

according to 根據　　in case of 萬一　　except for 除……之外　　in spite of = despite 儘管

- Kate has lost a lot of money this week because of the change in the dollar's exchange rate. 由於美元的匯率變化，凱特這週損失了一大筆錢。

❸ 以分詞形式出現的介系詞，稱為**分詞介系詞**。

concerning 關於　　excluding 除……之外　　including 包含
considering 考慮到　　following 在……之後　　regarding 關於

- She refused to give me any information regarding (= about) Mike's whereabouts.
  她拒絕給我任何關於邁克行蹤的資訊。

4 介系詞片語

❶ 介系詞不能單獨使用，必須與其他字連用，構成**介系詞片語**，依照功能可分為兩種：

[1] **介系詞片語**作**形容詞**使用。

┌→ near Little Lake 作形容詞用，置於名詞之後，在句中作修飾語。
- Jake bought a cottage near Little Lake. 傑克在小湖附近買了一棟別墅。

┌→ after power and money 作形容詞用，置於 be 動詞之後，補充說明主詞 Lily，在句中作主詞補語。
- Lily is only after power and money.
  莉莉只追求權力和金錢。

┌→ before others 作形容詞用，補充說明受詞 himself，在句中作受詞補語。
- Tom always thinks of himself before others. 湯姆總是認為自己比別人重要。

2 介系詞片語作副詞使用。

in the gym 修飾動詞 is walking，作副詞用。

• Kim is walking in the gym. 金姆正在體育館裡散步。

❷ 介系詞片語應該緊靠其修飾的字。

語意不合邏輯：沒有洗手間的 Ms. Bloom。

✕ I bought a cabin from Ms. Bloom with no bathroom.

✓ Ms. Bloom sold me a cabin with no bathroom. 布盧姆女士賣給我一棟沒有洗手間的小木屋。

PRACTICE

1 判斷下列句子的劃線部分是否正確。正確打 ✓，不正確打 ×，並訂正錯誤。

1 [ ] Arty is nervous because his mother-in-law will arrive during the party.

______

2 [ ] That neat little baby in a sweet smile is Pete.

______

3 [ ] "Where are you going to?" asked Claire.

______

4 [ ] The words on the brass sign were "Please stay off of the grass."

______

5 [ ] The dark wine was really hot from to sit in the sunshine.

______

6 [ ] Vince Dune has been shoveling snow for noon.

______

7 [ ] After to shake his sleepy head, the knight Sir Ted White continued to ride his big horse Lady Red.

______

8 [ ] We were unable to offer Margo Brown the editing position which she applied two weeks ago.

______

2 選出正確答案。

____ 1 Were all the employees ________?

Ⓐ born in May in her office in Taipei Ⓑ in May born in her office in Taipei
Ⓒ born in her office in Taipei in May Ⓓ in her office in Taipei born in May

_____ **2** Heather says the date for the beach party will __________ the weather.

Ⓐ depend of　Ⓑ depend
Ⓒ depend on　Ⓓ depend in

_____ **3** The boiling anger __________ was cooled by Father Gary.

Ⓐ between Mary and I　Ⓑ between Mary and me
Ⓒ between me and Mary　Ⓓ between Mary and myself

_____ **4** Sam finally began to work hard at his English just two days __________.

Ⓐ in the front of the exam　Ⓑ before the exam
Ⓒ before　Ⓓ in front of the exam

_____ **5** Rain dropped __________ and watered the flowers that bees love.

Ⓐ far above　Ⓑ from　Ⓒ above　Ⓓ from far above

_____ **6** I decided to buy the nice old house with a beautiful garden __________.

Ⓐ despite that it is expensive　Ⓑ despite its high price
Ⓒ despite of its high price　Ⓓ in spite its high price

_____ **7** I usually don't __________ rides from anyone __________ my mother or my brother.

Ⓐ accept; accept　Ⓑ except; accept
Ⓒ except; except　Ⓓ accept; except

_____ **8** The waves were crashing over her sailboat, and __________ it might be at the bottom of the sea.

Ⓐ Nancy knew that by tonight　Ⓑ Nancy knew by tonight that
Ⓒ by tonight Nancy knew that　Ⓓ Nancy by tonight knew that

_____ **9** __________ about why she moved to Mumbai.

Ⓐ Sue told, with a bitter smile, her story
Ⓑ Sue told her story, with a bitter smile,
Ⓒ She told her, with a bitter smile, story
Ⓓ With a bitter smile, Sue told her story

_____ **10** Last night the loud beeping noise from the upstairs apartment __________.

Ⓐ prevented me from sleeping　Ⓑ prevented me from sleep
Ⓒ prevented me sleeping　Ⓓ prevented me sleep

Chapter 48 介系詞的種類：(1) 表時間的介系詞 in、on、at

1 in, on, at

in、on、at 都可表示「在……期間／時刻／時候」。

❶ in

in 指一天的組成時段（早、中、晚）、月分、四季、年分、世紀。

in the morning/afternoon/evening 在上午／下午／晚上

in October 在十月　　in the fall 在秋天　　in 2020 在 2020 年

in the 1990s 在九〇年代　　in the twenty-first century 在二十一世紀

比較

「in + 時間段」的兩種意涵

❶ in 可用來指某件事將在**某個時間段要結束時（或剛結束時）**發生，意思是「在……以後；在……以內」（如：in a minute、in five years）。

❷ 或指某件事在**一個時間段當中**發生，意思是「在……期間」（如：in the middle of the month）。

- Monique could finish reading this book in a week.
  莫妮可在一週內／一週後可以讀完這本書。
  （in 指「在……以內」，可以表達完成某件事所花的時間。／一週要結束時或剛結束時。）
- My dear brother finally got his divorce in the middle of last year.
  我親愛的哥哥在去年中時終於離婚了。
  （in 指「在……期間」。）

❷ on

on 指具體的某一天，包括 Friday night 這類表示特定時段的片語。

on Monday 在週一　　on the morning of May 2 在 5 月 2 號的上午

on May 25 在 5 月 25 號　　on a rainy night 在一個雨夜

on New Year's Eve 在跨年夜　　on Christmas Day 在耶誕節那天

on the weekend 在週末 ➜ 英式：at the weekend

❸ at

at 指具體的時刻、特定的時期，也用於某些片語中。

at dawn 在拂曉　　at the moment 此刻

at midnight 在半夜　　at lunchtime 在午餐時間

at 9:00 在 9 點　　at sunset 日落時

at present 此時　　at sunrise 日出時

at the end of something 在某事的結尾

at the beginning/start of something 在某事之初

提示

表示**國定假日**通常用 **at**。但如果有提到 **day**、**eve** 等表示「假日當天」的用語，則必須用 **on**。

at Christmas/Christmastime 在耶誕節期間

on Christmas Day 在耶誕節那天

2 不能用時間介系詞 in、on、at 的情況

在某些字前面**不能**用時間介系詞 in、on、at。

❶ 介系詞 **about**、**around** 表示「大約」，指不確定的時間，不與時間介系詞 in、on、at 連用。

⊗ at about eight 大約八點　⊗ on around Monday 週一左右

- Kate, let's meet at the train station about eight. 凱特，我們八點左右在火車站見面吧。（about eight → 大約八點）
- Nate, let's meet at the train station at eight. 內特，我們八點在火車站見面吧。（at eight → 八點整）

❷ 帶有下列詞彙的片語前面不加時間介系詞 in、on、at。

this	that	next	last	every	today	tomorrow

⊗ Iris visits her relatives in Paris in every summer.

✓ Iris visits her relatives in Paris every summer. 艾莉絲每年夏天都會去巴黎看望親戚。

└→ 用了 every，就不能用介系詞 in、at、on。

PRACTICE

1 判斷下列句子的劃線部分是否正確。正確打 ✓，不正確打 ×，並訂正錯誤。

1 [ ] Dan: When did you meet Gwen?
Ann: I met Gwen in last year when she did surgery on my ear.

2 [ ] Jean moved to the United States in around late 2018 or early 2019.

3 [ ] Dan: When should Brook receive the checkbook?
Ann: In four days, if there aren't any delays.

4 [ ] Dean immigrated to Australia at 2016.

5 [ ] Last year Dwight had a part-time job in the night.

2 選出正確答案。

____ 1 Are you and Joe doing anything special ____________?
Ⓐ on tomorrow Ⓑ in tomorrow Ⓒ by tomorrow Ⓓ tomorrow

____ 2 Joe Bend is planning to go camping ____________.
Ⓐ on this weekend Ⓑ in this weekend Ⓒ this weekend Ⓓ until this weekend

____ 3 Kate was born ________ 8 a.m. ________ a Sunday ________ December, 2008.
Ⓐ at; in; on Ⓑ at; on; in Ⓒ in; on; at Ⓓ on; in; at

____ 4 Our breakfast will be ready ____________.
Ⓐ in half an hour Ⓑ on half an hour
Ⓒ at half an hour Ⓓ Both A and C are correct.

Chapter 49 介系詞的種類：(2) 表時間的介系詞 after、before、during、for、since 等

1 after, before, by, past（之前；之後）

常見表示**之前**或**之後**的介系詞有：

after 在……之後　by 在……之前；不遲於　before 在……之前　past 過了……之後

❶ after & past

after/past 2 p.m. 在下午兩點後

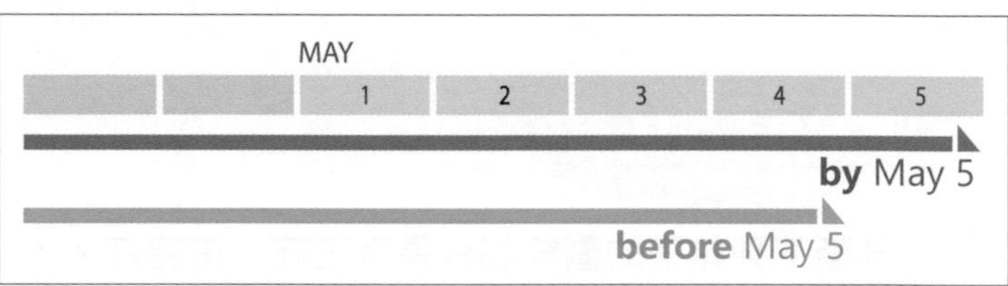

❷ by

by May 5 在 5 月 5 號或更早

❸ before

before May 5 在 5 月 5 號之前（即在 4 號或更早）

2 in time, on time（及時；準時）

❶ in time 片語 **in time**（及時）指還未到時間點。

- Everybody arrived in time, but the bride wasn't ready.
  大家都及時到達了，但新娘還沒有準備好。

❷ on time 片語 **on time**（準時）指不早不遲。

- Do you want the meeting to start exactly on time?
  你想要會議準時開始嗎？

3 during, for, since, etc.（時間段或持續時間）

常用來表示**時間段**或**持續時間**的介系詞有：

for 持續；達；計	from . . . to/till 從……到	through 從開始至結束
since 自從……以來	until/till 直到	throughout 自始至終
between . . . and 在……和……之間	during 在……期間	within 在……期間內；不超過

① for 一段時間 （有……之久）

表示某事**持續了多久**（how long）。「**for + 一段時間**」常用於**過去式**、**完成式**和**未來式**。

- On the two-week camping trip, Kay's cheerfulness lasted for only three days.（→ 過去簡單式）
  在為期兩週的野營之旅中，凱的快樂只持續了三天。
- Monique's husband has been sick for two weeks.（→ 現在完成式）
  莫妮可的先生已經病了兩週了。
- Mom will be away for three weeks.（→ 未來簡單式）
  媽媽要離開三週的時間。

② since 一個特定時間點 （自從……以來）

since 雖然也表示某事持續多久（how long），但意味著**從何時開始**（beginning when），表示某個事件從某時間點開始，一直持續到現在，後面要接一個**特定的時間點**。

- since July, 2019 自從 2019 年 7 月
- since 8 a.m. 從早上八點起
- Dee has lived in Singapore since 2003. 蒂從 2003 年起就一直住在新加坡。（→ 完成式 + since + 時間點）

➡since 也可以作連接詞，引導時間副詞子句。參見 p. 362〈2 從屬連接詞引導時間副詞子句〉

③ between ... and （在……期間）

- between 2010 and 2020 在 2010 年到 2020 年期間

Ann When is breakfast served? 早餐是什麼時候供應？

Dan Breakfast is usually served between 7 a.m. and 9 a.m. 早餐時間通常是早上七點到九點之間。

= Breakfast is usually served from 7 a.m. to 9 a.m.

→ between . . . and 和 from . . . to 是固定搭配。

④ from ... to/till/until （從……到）

英式 from Monday to Friday

美式 from Monday through Friday 從週一到週五（包括週五那天）

→ 日期：美式的 from . . . through 指 up to and including，而英式用 from . . . to 來表示同樣的意思。

- Yesterday Dwight worked from eight in the morning to/till/until midnight.
  昨天杜威特從早上 8 點一直工作到半夜。

→ 時間點：from . . . until/till 可以代替 from . . . to。

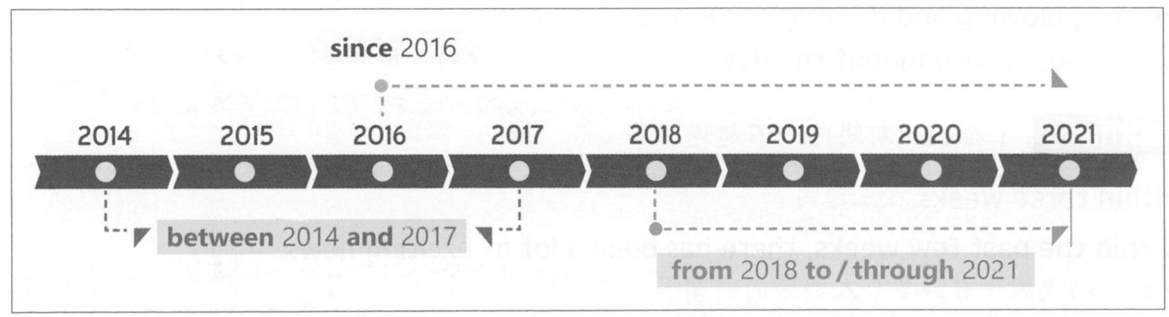

5 until/till （直到……時）

until 或 **till** 表示某個行動或狀況的**結束時間**，例如：until/till two in the morning（直到凌晨兩點）。

1 **until/till** 用於**肯定句**時，動詞要用**延續性動詞**（如：stay、work）。

- stay in bed until/till 10:30 a.m. 直到上午十點半才起床

2 **until/till** 用於**否定句**時，動詞要用**非延續性動詞**（如：start、stop），意思是「直到……才」。

- not . . . until/till midnight 直到半夜才……
- Jean did not start to learn Spanish until 2018. 直到 2018 年，琴才開始學習西班牙文。

➡until/till 也可以作連接詞，引導時間副詞子句。
請參見 p. 362〈2 從屬連接詞引導時間副詞子句〉

6 during （在……期間）

during 表示**整個期間**，或**一段時間或過程內的某一時刻**（when）。

- during the meal 在用餐期間
- During the summer Kay swims every day.
夏天的時候，凱每天都要游泳。

比較

during 和 for

during 和 **for** 雖然都指**一段時間**，但 **during** 是指「事情發生在某事件的期間」，經常接的是**一個事件**，**for** 是指「事情發生了多久」，必須接**一段時間**。

- During his visit to China, the President made a speech at Beijing University.
總統訪問中國期間，在北大演講過一次。
- The American President and his wife were in Poland for three days.
美國總統和夫人在波蘭停留了三天。

7 through/throughout （在……整個期間）

through 表示「從開始到結束」，或「一直到結束的整段時間」；**throughout** 強調「從頭到尾；貫穿整個時段」。

- through/throughout much of the sixties 幾乎貫穿了整個六〇年代

Joe	Is it going to snow tomorrow?	明天會下雪嗎？
Kay	Yes, blowing and drifting snow is expected through/throughout the day.	會的，預計整天都會飄大雪。

8 within （在……期間內；不超過）

- within three weeks 在三週內
- Within the past few weeks, there has been a lot of exciting news.
在過去的幾週，有許多令人興奮的新聞。

PRACTICE

1 選出正確答案。

____ 1 He stood up, stepped into the airplane's aisle, and stretched his arms ________ a while.

Ⓐ during Ⓑ in Ⓒ for Ⓓ since

____ 2 Kate and Gus have been waiting for the bus ________ eight.

Ⓐ for Ⓑ since Ⓒ by Ⓓ at

____ 3 Gwen did not start to study English ________ the age of ten.

Ⓐ in Ⓑ during Ⓒ by Ⓓ until

____ 4 The play *React* was so boring that I left the theater ________ the first act.

Ⓐ before Ⓑ after Ⓒ during Ⓓ Both B and C are correct.

____ 5 Mr. Flower has been waiting for a taxi in front of the Tower Hotel ________ half an hour.

Ⓐ since Ⓑ for Ⓒ in Ⓓ Both B and C are correct.

____ 6 I am usually at lunch ________ 12:10 p.m. ________ 1:10 p.m.

Ⓐ between; to Ⓑ from; and Ⓒ between; and Ⓓ Both B and C are fine.

2 根據括弧裡提供的文字，完成下面的句子。

1 Last night Dwight kept surfing the Internet ________________.（直到半夜）

2 I will move to Bird Island ________________.
（在 3 月 3 號前；指在 3 月 3 號那天或之前）

3 Jill will be in Singapore ________________.
（7 月 10 號到 8 月 3 號；8 月 3 號包括在內）

4 Kevin usually gets up at 7 a.m., but this morning he stayed in bed ________ 11:00.
（直到）

5 Dee Wright flew her helicopter on patrol ________________.
（徹夜）

6 Coco Wu is a great pilot, but she crashed two helicopters ________________ her initial flight training in Mexico.
（在……期間）

Chapter 50 介系詞的種類：(3) 表地點的介系詞 at、on、in

1 at, on, in

❶ at （在⋯⋯地點）

[1] at + 小型地點／門牌號碼 ： at 與具體的地址連用。

at 25 Toad Road 在蛤蟆路 25 號
at 29 Fleet Street 在艦隊街 29 號
at home / at Sally's 在家／在莎莉家
at Michigan State University 在密西根州立大學
at the bottom/top of the mountain 在山腳／山頂
at the corner of the street 在街角處

[2] at 表示某人正在某處做某事，或正在參加某項活動。

at a concert 在音樂會上
at the movie theater 在電影院裡
at a soccer game 在足球賽上
at a party 在參加聚會
at a conference 在會議上
at work 在工作

at a conference

❷ on （在⋯⋯上）

[1] on 表示某物在另一物的上面，並接觸到另一物，指「在⋯⋯上」。

on a train / on a bus 在火車上／在公車上
on an airplane 在飛機上
on a ship 在船上
on the table 在桌上

- a heavy load on my shoulder 我肩膀上的重擔
- Look, Paul is hanging that lovely picture on the wall.
  瞧，保羅正把那幅可愛的畫掛在牆上。

on a bus

[2] on + 街道／河川／海岸名稱

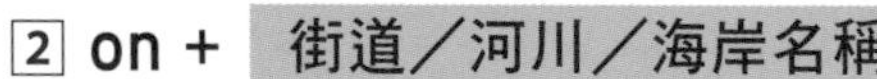

on Fifth Street 在第五街
on Park Avenue 在公園大道
on the Yellow River 在黃河上
on the West Coast 在西岸

in a car

❸ in （在⋯⋯裡）

[1] in + 大地點 ： in + 大陸／國家／州／省／郡或縣／城鎮名稱

in Europe 在歐洲
in Canada 在加拿大
in Texas 在德州
in Quebec 在魁北克省
in Dade County 在戴德縣
in Chicago 在芝加哥

[2] in + 小地點

in a boat 在船上
in a building 在樓房裡
in a car 在汽車裡
in the personnel department 在人事部
in a corner of the room 在房間的一個角落
in a house 在房子裡
in a park 在公園裡
in the living room 在客廳裡

提示

「**在船上**」也可以用 **on a boat**。用 in 還是 on，取決於人或物在船上的**位置**，比如在甲板上，就用 on；也取決於船的**大小**，如：live on a boat（能夠在船上居住，這艘船一定要比較大才行。）

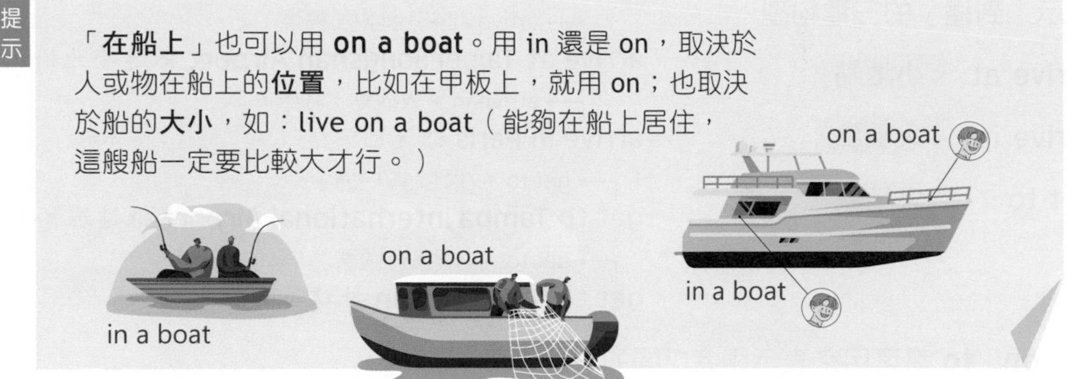

2 in、on、at 的用法比較

❶ 「**在街上**」用 **in the street** 或 **on the street**；當談到**具體的**哪一條街時，美式用 **on**，而英式可以用 **in** 也可以用 **on**。

- **Do you live on Oakwood Street?** 你住在奧克伍德街嗎？

❷ 一般而言，**at** 用於**小地點**（如：at Saint Leo University 在聖里奧大學），**in** 用於**大地點**（如：in Britain 在英國）。但有時 **in** 也用在**很小的地點**（如：in the math department 在數學系）。

- **Next month Lynn will meet her boyfriend's family in Berlin.** （in + 大地點（Berlin））
  琳恩下個月要在柏林見她男朋友的家人。

- **Kitty loved her four years of studying in the English department at Northern Michigan University.** 姬蒂很喜歡她在北密西根大學英語系學習的那四年。

❸ **at** 意思是「在……地點」，而 **in** 意思是「在……裡面」。

- **I'll see Mr. King at the gym at 8:30 tomorrow morning.** （at：在裡面或外面）
- **I'll see Mr. King in the gym at 8:30 tomorrow morning.** （in：在裡面）
  明早八點半，我要在體育館和金恩先生見面。

❹ **at school** 和 **in school**：指**具體的地理位置**（physical location），表示講話的此刻正在學校上課，用 **at** 或 **in** 都可以。表示**在校接受教育**（participation in education）要用 **in**，不用 at。

- **Ms. Sawyer was an editor for six years, but now she is in school and is studying to be a lawyer.** （Ms. Sawyer 此刻不一定在學校裡面。）
  索耶女士當了六年的編輯，現在她在學校讀書，目標是成為一名律師。

5 表示「**到達**」的三種句型：

1 arrive at	小地點	
2 arrive in	大地點	
3 get to	大地點 / 小地點	

arrive at + 小地點（機場）
- **arrive at Taipei Songshan Airport** 抵達臺北松山機場

arrive in + 大地點（城市）
- **arrive in Paris** 抵達巴黎

get to + 小地點（機場）
- **get to Tampa International Airport** 抵達坦帕國際機場

get to + 大地點（國家）
- **get to Great Britain** 抵達英國

6 **in、on、to** 都可用來表示兩者之間的**方位**關係。

in 表示「在某範圍之內」。
- **Taiwan lies in the western Pacific Ocean.** 臺灣位於太平洋的西部。

on 表示「接壤」，卻互不管轄。
- **The state of Washington is bordered on the south by the state of Oregon and on the east by the state of Idaho.** 華盛頓州南與奧勒岡州接壤，東與愛達荷州接壤。

to 表示「在某範圍之外」，互不接壤，互不管轄。
- **California is to the west of Utah.** 加州在猶他州的西邊。

in the western Pacific Ocean

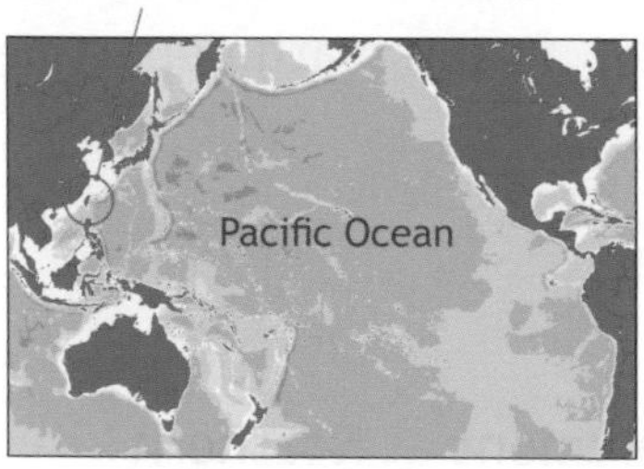

is bordered **on** the south by Oregon and **on** the east by Idaho

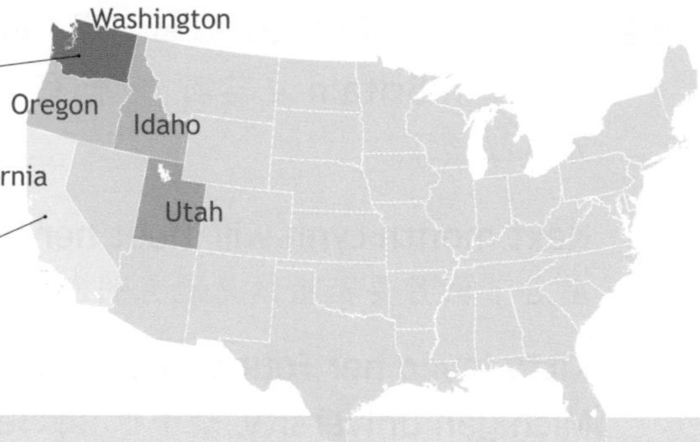

to the west of Utah

PRACTICE

1 按照美式用法，選出正確答案。

_____ **1** Kirk is ____________ work.

Ⓐ in Ⓑ at Ⓒ on Ⓓ Both A and B are correct.

_____ **2** Sue lives ____________ Tenth Avenue.

Ⓐ at Ⓑ in Ⓒ on Ⓓ Both A and B are correct.

_____ **3** Ms. Crown lives ____________.

Ⓐ in downtown Ⓑ at downtown

Ⓒ downtown Ⓓ on downtown

_____ **4** Jane wishes that she could live ____________ a train.

Ⓐ at Ⓑ in Ⓒ on Ⓓ Both A and C are correct.

_____ 5 Do you live _____ 128 West Washington Street?

Ⓐ at Ⓑ in Ⓒ on Ⓓ Both A and B are correct.

_____ 6 I'm not sure if Mort has already arrived _____ Singapore Changi Airport.

Ⓐ in Ⓑ at Ⓒ on Ⓓ Both A and B are correct.

_____ 7 Kay's parents are going to stay _____ Mexico _____ a few days.

Ⓐ in; for Ⓑ at; for Ⓒ on; in Ⓓ in; on

_____ 8 Steve was born _____ South America _____ Christmas Eve.

Ⓐ in; at Ⓑ in; on Ⓒ at; on Ⓓ in; in

_____ 9 Today there will be an earthquake drill _____ school.

Ⓐ in Ⓑ at Ⓒ on Ⓓ Both A and B are correct.

_____ 10 Erika lives _____ Tampa, which is _____ Hillsborough County, _____ the west coast of Florida.

Ⓐ in; in; in Ⓑ in; in; on Ⓒ on; in; on Ⓓ on; on; on

2 根據括弧裡提供的文字，完成下面的句子。

1 Lulu _____ East Park Avenue.（居住在；用動詞現在簡單式）

2 Adel was really tired when she _____ the Sun Island Hotel.（到達，用 arrive）

3 "Tom, be careful and don't run wildly _____," warned Mom.（在大街上）

4 Mr. King _____ Japan around two in the morning.（到達，用 arrive）

5 Are the new houses _____ more expensive than the old ones on Fifth Avenue?（在袋鼠大街〔street〕；用美式英文）

6 It took four hours for Jane King's small airplane to _____ Colorado Springs.（到達，用 get）

7 Kitty Wang _____ 88 Fifth Avenue in New York City.（居住在；用動詞現在簡單式）

8 Did Mark want to meet us _____?（在中央公園〔Central Park〕）

Chapter 51 介系詞的種類：(4) 表位置的介系詞——縱向關係

縱向關係

表示**縱向關係**的介系詞有：

above	over	up	beneath
below	under	down	underneath

1 above & below

1 **above** 指某物在另一物的**上方**（非正上方或正上方），反義詞為 **below**。

- above/below sea level 海平面之上／之下
- above/below her knees 她的膝蓋上方／下方
- The bees are flying high above those two trees.
  蜜蜂在那兩棵樹上方高高飛翔。

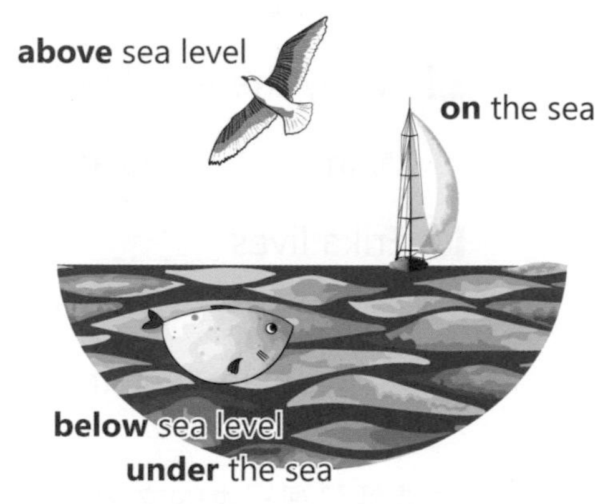

2 兩者還可以表示**水準**或**級別**。

- Is Dr. White's position above or below that of the Editorial Director?
  懷特博士的職位在編輯總監之上還是之下？
- "Is a captain above or below a lieutenant?" asked Joe.
  喬問：「上尉在中尉之上還是之下？」

3 **above** 還可以表示「優先於」（= in preference to）。

- She thinks honesty is above everything else. 她認為一切以誠實為上。

2 over & under

1 **over** 表示某物在另一物的**正上方**，反義詞為 **under**。

- over/under the table 在桌子上方／下方
- over/under a big tree 在一棵大樹上方／下面
- under the same roof 在同一個屋簷下

2 兩者也可以表示一物**覆蓋**另一物。

- a carpet over the floor 地板上鋪有一張地毯
- disappear under the water 消失在水底下
- a white sweater under her pink jacket 她的粉紅色夾克下面有一件白色毛衣

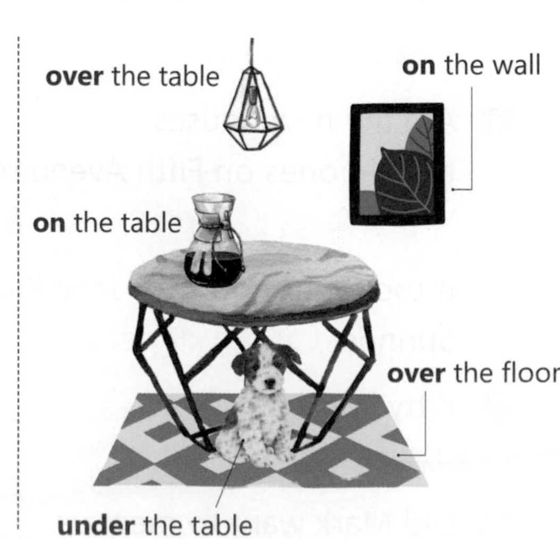

3 兩者也能表示**水準**或**階級**，用法等同 **above/below**。

- curry favor with those over her 巴結職位比她高的人
- look down upon those under her 瞧不起那些階級比她低的人
- In the Army, a captain is under/below a major. 在軍隊裡，上尉的軍階低於少校。

這裡的 under、below 還可以替換成 beneath、lower than、inferior to、subordinate to、subservient to。也可以用 come after（如：A captain **comes after** a major.）。

3 up & down

up 表示「在……之上」（at a higher place），反義詞為 **down**。

- up the stairs 在樓梯上
- down the steps 在臺階下
- Gus lives a few houses further up/down the hill from us.
  加斯住在離我們幾棟房子遠的山上／山下。

從山腳的角度往上看，要用 up，反之，就用 down。

up the stairs
down the stairs

4 beneath

beneath 的意思相當於 **below**「（地位等）**低於**」和 **under**「在……**之下**」。

- beneath (= below) a major 軍銜低於少校
- beneath (= under) the same roof 在同一個屋簷下

beneath the same roof
under the same roof

5 underneath

1 表示某物在另一物的**下面**，尤其是被另一物**覆蓋**，與 **under** 同義。

- Ted hid the teddy bear underneath/under the bed.
  泰德把泰迪熊藏在床底下。
- Matt put the key underneath/under the mat.
  麥特把鑰匙放在墊子下面。

underneath the bed
under the bed

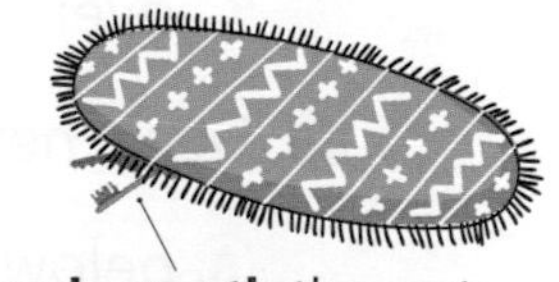
underneath the mat
under the mat

2 也可以表示「在……的**喬裝下**」，用來談論某人的真正性格和感情。

- underneath a mask of friendliness
  在友善的假面具下

3 還可以表示地位等「**低於**」（under the control of; in a lower position），與 **under** 同義。

- underneath/under the department heads
  職位低於部門主管

underneath the mask

PRACTICE

1 選出正確答案。

_____ **1** The fiber optic cable is __________ the table.

Ⓐ over Ⓑ under

Ⓒ on Ⓓ A, B, and C are all correct.

_____ **2** The sun is now __________ the horizon.

Ⓐ beneath Ⓑ over

Ⓒ above Ⓓ Both A and C are correct.

_____ **3** The dark clouds hung __________ the tall buildings near Central Park.

Ⓐ over Ⓑ on

Ⓒ up Ⓓ A, B, and C are all correct.

_____ **4** Trucks often deliver corn and wheat to the barges floating __________ the Mississippi River.

Ⓐ over Ⓑ on

Ⓒ above Ⓓ Both A and C are correct.

_____ **5** Coco began to shiver as she stood in the snow on the old wooden bridge __________ the icy river.

Ⓐ over Ⓑ on

Ⓒ under Ⓓ Both A and C are correct.

_____ **6** Jill and Mary live in a cottage halfway __________ Blueberry Hill.

Ⓐ up Ⓑ down

Ⓒ over Ⓓ Both A and B are correct.

_____ **7** Dee's new skirt ends just __________ her knees.

Ⓐ below Ⓑ above

Ⓒ on Ⓓ Both A and B are correct.

______ 8 Ann: As you move lower in the ranks, does a captain come ______ a major?
Dan: Yes, a captain is beneath a major.

Ⓐ below Ⓑ after
Ⓒ under Ⓓ A, B, and C are all correct.

2 判斷下面句子裡的劃線字是介系詞（prep.）還是副詞（adv.）。

1 From the top of the hill, Joe could see the village below.
→ ______

2 Ivy, please turn off the radio and turn on the TV.
→ ______

3 I tiredly closed the door, lay down, and soon fell asleep on the dirty floor.
→ ______

4 I was looking up at the full moon above and wondering about true love.
→ ______ → ______ → ______

3 根據括弧裡提供的文字，完成下面的句子。

1 I dreamed of a baboon swinging in a tree ______.
（在月亮上）

2 ______ collapsed during yesterday's storm.
（在河上方那座舊木橋）

3 Wear a swimming suit ______.
（在你的衣服下面）

4 A people that values its privileges ______ its principles soon loses both.
（凌駕於……之上）
—President Dwight David Eisenhower

Chapter 52 介系詞的種類：(5) 表位置的介系詞——橫向關係

橫向關係

表示**橫向關係**的介系詞有：

by	beside	alongside	close to	next to
near	on	against	around	between

1 by / beside / alongside / close to / next to / near / on（在……旁邊；在……附近）

- **a cottage near the lake = a cottage next to / close to the lake = a cottage by the lake** 湖畔的一棟別墅
- **sit on my left** 坐在我左邊（on：這是固定搭配，只能用 on。）
- **All the way home, Kim ran by the side of / beside / next to / alongside Jim.**
  在回家的一路上，金姆都與吉姆並肩跑。

camp | by / beside / next to / close to / near / on（on → 英式） | the lake

英式英文常用 **on** 表示「在……旁」（= near, by）。

- **a house on the highway** → 主要為英式用法。
  = a house near/by the highway 公路旁的一棟房子
- **Jake loves to camp on Snake Lake.** 傑克喜歡在蛇湖畔露營。
  （on Snake Lake = by / beside / next to / close to / near Snake Lake）

比較 beside 和 besides

beside：在旁邊
besides：除……之外（其他的也）

- **Does Joe want to sit beside Coco or Margo?**
  喬想坐在可可旁邊還是瑪歌旁邊？
- **Besides geography, she studies biology and psychology.**
  除了地理學外，她還學習生物學和心理學。

2 against（靠著；對著）

- **with her back against the wall**
  她背靠著牆

提示 **against** 也可以表示**方向或移動**，意思是「碰著；撞著」（toward so as to press on or strike）。

- throw the tennis ball **against** the wall 用網球擊牆
- push **against** the gate 推大門

3 around （環繞；在附近）

- sit **around** the table 圍著桌子坐
- stay **around** the house 在房子周圍逗留

4 between （在……之間）

between 和 and 搭配。

- somewhere **between** Phoenix **and** Flagstaff
在鳳凰城和弗拉格斯塔夫之間的某處

PRACTICE

1 選出正確答案。

_____ 1 Does Jim want to sit ____________ Sue or Kim?
Ⓐ by Ⓑ beside Ⓒ next to Ⓓ A, B, and C are all correct.

_____ 2 Who is that man jogging ____________ Dee and Lee?
Ⓐ between Ⓑ near Ⓒ under Ⓓ Both A and B are correct.

_____ 3 Mr. White, please come and sit ____________ my right.
Ⓐ on Ⓑ over Ⓒ above Ⓓ A, B, and C are all correct.

_____ 4 A free man obtains knowledge from many sources ____________ books.
—President Thomas Jefferson
Ⓐ by Ⓑ beside Ⓒ besides Ⓓ Both A and B are correct.

2 根據括弧裡提供的文字，完成下面的句子。

1 Paul left his motor scooter leaning ________________________________.（靠著牆壁）

2 They sat ________________________________, singing "Happy Birthday!"（圍著桌子）

3 Clare Tree said there was healthy competition ________________________________ ____________________.（在 Elaine 和我之間）

4 ________________________________, the dog chased the cat.（圍著房子轉啊轉）

5 ________________________________, the three children ate a pizza.（除了吃整個蛋糕；用 eat 的動名詞形式）

Chapter 53 介系詞的種類：(6) 表位置的介系詞——面對關係

面對關係 ⇨⇦

表「**面對關係**」的介系詞有：

behind	opposite	in the front of	before
in front of	across	at the back of	

① behind & in front of

behind 指「在某物**外部的後面**或某人的**後面**」，反義詞是 **in front of**，指「在某物**外部的前面**或某人的**前面**」。

- Jane stood behind Elaine. 珍站在伊蓮的後面。
  = Elaine stood in front of Jane. 伊蓮站在珍的前面。

walk **behind** the boy

② before

在**古英語**或**文學用語**中，**before** 也可以指**位置**，意思相當於 **in front of**。

- Dean knelt before the Queen.
  = Dean knelt in front of the Queen. 狄恩跪在皇后面前。

sleep **in front of** the fan

③ across (from) & opposite （都有「對面」之意）

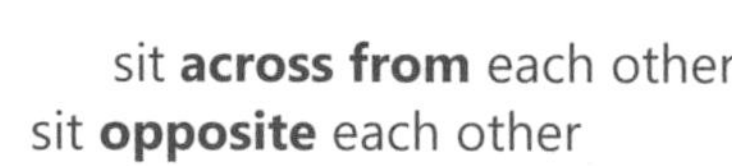
sit **across from** each other
sit **opposite** each other

1 **across** 意思是「在對面」（= on the opposite side of），常與 **street**、**road** 等連用。

- the cafe across the road 馬路對面的咖啡店
- live across the street (from us) 住在（我們的）對街

✗ live opposite the street (from us)
└→ opposite 不能替換 across。

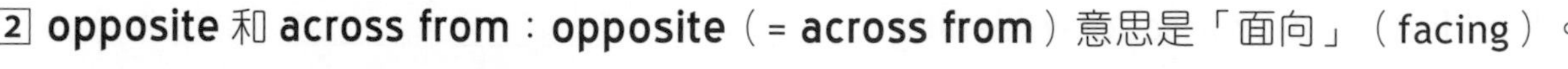

2 **opposite** 和 **across from**：**opposite**（= **across from**）意思是「面向」（facing）。

- parked the car opposite（主英）the bank = parked the car across from（主美）the bank
  = parked the car across（主美）the street from the bank 把車停在銀行對面

✗ parked the car across the bank

- sit opposite（主英）each other = sit across from（主美）each other
  坐在彼此的對面
  └→ sit across from 是美式固定搭配的片語。

4 **in the front of** & **in front of**

in the front of 表示「在……的前部」，指在某物**內部**的前面，反義詞是 **at the back of**；**in front of** 指在某物**外部**的前面。

- **the bumper** in the front of **the car** 在汽車前面的保險桿
- in front of **the tree** 在樹的前方
- **Dianna Bloom often sits** in the front of **the classroom.**
  黛安娜・布盧姆常坐在教室前面。
- **Please put your bags and umbrellas** at the back of **the classroom.**
  請把你們的包包和雨傘放在教室的後面。

PRACTICE

1 選出正確答案。

_____ 1 Is he hiding ____________ that tree?

Ⓐ behind Ⓑ over Ⓒ above Ⓓ Both B and C are correct.

_____ 2 ____________ the old gate stands a statue of a large dinosaur.

Ⓐ Before Ⓑ In front of Ⓒ Near Ⓓ A, B, and C are all correct.

_____ 3 ____________ was the strong bumper with which our driver had destroyed the huge robotic dinosaur ____________.

Ⓐ In the front of the bus; in front of us
Ⓑ In the front of the bus; in the front of us
Ⓒ In front of the bus; in front of us
Ⓓ Both A and C are correct.

_____ 4 I stared at Mabel, who sat ____________ from me at the table.

Ⓐ opposite Ⓑ across Ⓒ before Ⓓ behind

2 根據括弧裡提供的文字，完成下面的句子。

1 Pete is standing over there ______________________________.（街對面；用美式英文）

2 The big tree fell down about 200 meters ______________________________.
（在我們前面）

3 My dog ran ______________________________ all the way to the village.
（在我的自行車後面）

4 Jack is sweeping with a large broom ______________________________.
（在餐廳〔dining room〕後面）

Chapter 54 介系詞的種類：(7) 表移動的介系詞

1 垂直運動（down, up, on, off, onto）

① down & up （往……下方／上方）

- go down/up the stairs 下／上樓梯

② on & off on 和 off 的慣用語：

- get on a bus / a train / an airplane / a ship 上公車／上火車／上飛機／上船
- get off a bus / a train / an airplane / a ship 下公車／下火車／下飛機／下船
- fall off the bike / tree branch / wall 從自行車上／從樹枝上／從牆上摔下來

比較 get into a car 上車　　get out of a car 下車

car 要用表示單向運動的介系詞 into 和 out of。（也可以用 get in a car 表示「上車」。）

③ onto （到……之上）

- climb onto the roof 爬上屋頂
- jump onto the dresser 跳到梳妝檯上

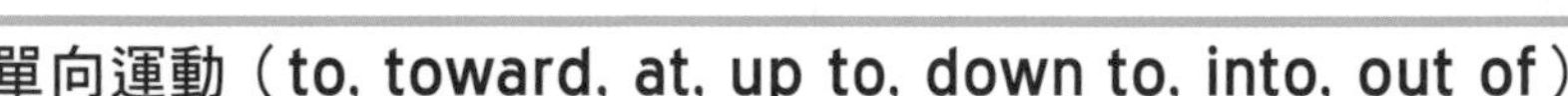

2 單向運動（to, toward, at, up to, down to, into, out of）

① to & toward/towards

to 和 **toward**（美式）／**towards**（英式）表示朝著某方向移動。**to** 和 **toward/towards** 都可以表示「往；向」，但兩者有時可以互換，有時不可以互換，需要根據語言習慣而選擇。

- drive to/toward/towards the beach 駕車朝海濱駛去
- jog to work 慢跑上班（在 work 前面不用 toward/towards，要用 to。）

比較 **lead to 和 lead toward**

❶ 表示「道路或門通往」要用 **lead to**（to show the way to）。

- a highway that leads to Taipei 一條通往臺北的高速公路
- the door that leads to the garden 通向花園的門

❷ **lead to / lead toward** 可具抽象含義，指「導致；招致；致使；引向」，但更常用 **lead to**。

- lead to / lead toward a peaceful settlement 導向和平解決

2 to & at

在某些動詞（如：shout、throw）之後，
既可以用 **to**（動作的接受者主觀願意接受動作），
也可用 **at**（動作的接受者不願接受動作）。

- Sue quickly threw the baseball to Lulu.
  蘇迅速地把棒球傳給露露。
- Don't ever throw stones at a cat. 千萬不要朝貓咪扔石頭。

3 up (to) & down (to)

up (to) 和 **down (to)** 表示北上或南下的運動。
up 指「北」；**down** 指「南」。

- go up north 朝北走
- go down south 朝南走
- drive up/down the street 沿著大街朝北／南開車

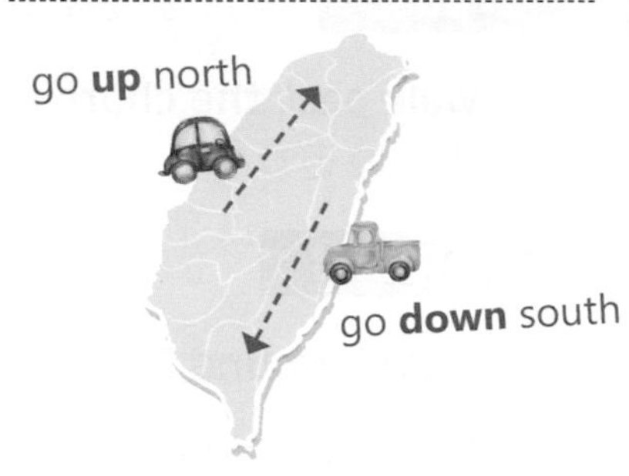

4 into & out of （到……裡／從……離開）

- go into the house 到房子裡去
- get out of the house 從房子裡出來

3 經過運動（along, up, down, across, through, over, past, around）

1 along （沿著）

- walk along a muddy path 沿著一條泥濘小路走

2 up & down 表示「沿著」，常與**河流**和**道路**連用。

- swim up the river = swim against the current 逆水而游
- swim down the river = swim with the current 順水而游
- walk up and down the lane
  = walk up the lane and down the lane 在小巷裡來回走

3 across & through （穿過）

across 指「從一邊到另一邊的運動」；
through 指「穿越物體內部的運動」。

- walk across the field 穿過田野
  （地面是平的，表示「穿過」，要用 across。）
- A river runs through our village.
  一條河流經我們的村莊。
  （村莊周圍有房子等，意即從村莊內穿過，要用 through。）

4 over 指「越過」；也可以表示「**先上後下**越過障礙物的運動」。

- fly over the Pacific Ocean
  飛越太平洋
- leap over the fence
  跳躍過柵欄

（從旁邊經過）

- walk past the church
  走路經過教堂

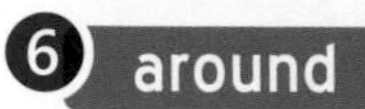

（環繞；在……四處）

- travel around Europe
  周遊歐洲

PRACTICE

1 選出正確答案。

____ **1** Kay drives __________ work every weekday.

Ⓐ to　　Ⓑ toward

Ⓒ up　　Ⓓ Both A and B are correct.

____ **2** She went __________ the tent.

Ⓐ to inside　　Ⓑ to

Ⓒ inside　　Ⓓ Both B and C are correct.

____ **3** Claire walked slowly __________ the square.

Ⓐ toward　　Ⓑ around

Ⓒ across　　Ⓓ A, B, and C are all correct.

____ **4** They just came __________ Florida from Michigan.
（提示：Florida 在南部，Michigan 在北部）

Ⓐ down to　　Ⓑ up to

Ⓒ toward to　　Ⓓ Both A and B are correct.

_____ 5 Bess explained how setting priorities and modest goals could __________ success.

Ⓐ lead us　Ⓑ lead us to
Ⓒ lead us toward　Ⓓ Both B and C are correct.

_____ 6 Yesterday evening I saw the thief leap __________ the garden fence and run away.

Ⓐ onto　Ⓑ over
Ⓒ across　Ⓓ A, B, and C are all correct.

_____ 7 After taking a hot bath, Ann __________ quietly so as not to wake up Dan.

Ⓐ went to upstairs　Ⓑ went upstairs
Ⓒ went downstairs　Ⓓ Both B and C are correct.

_____ 8 Each day we can spend a pleasant hour strolling __________ Peach Beach.

Ⓐ up and down　Ⓑ across
Ⓒ along　Ⓓ Both A and C are correct.

_____ 9 Jake and I walked __________ the freshly plowed field to Forestland Park, and then we went __________ the park until we arrived __________ beautiful Blackberry Lake.

Ⓐ through; across; at　Ⓑ through; across; in
Ⓒ across; through; at　Ⓓ across; across; on

_____ 10 He walked __________ the ice cream shop and went __________ the library.

Ⓐ past; out　Ⓑ across; through
Ⓒ past; into　Ⓓ over; into

2 根據括弧裡提供的文字，完成下面的句子。

1 Does this highway ______________ Key West?
（通往；用動詞 lead）

2 Pete went outside with his cellphone and began to talk while ______________ ______________.（沿著街朝南走去；用 walk 的 V-ing 形式）

3 He ______________ the robotic horse.（跳到……上）

4 She ______________ the small pond.（圍繞著……跑）

Chapter 55 介系詞的種類：(8) 表原因的介系詞、表目的的介系詞

1 表原因的介系詞

from 和 **for** 意為「由於；出於；因為」，都表示**原因**，但不能互換，需要根據習慣用語而選擇。

1 from

- suffer from too much stress 飽受壓力之苦
- faint from hunger 因饑餓而暈倒
- Sue Gold began to tremble from fear and the cold.
  由於恐懼和寒冷，蘇．哥爾德開始發抖。

2 for

- sorry for what I did to you
  為我對你做過的事感到抱歉
- jump for joy 雀躍
- Paris is famous for its beauty.
  巴黎以美聞名於世。

2 表原因的複合介系詞

due to　as a result of　because of　on account of　owing to

1 due to

due to 引導的介系詞片語通常用在**連綴動詞**（be 動詞）後面，作**主詞補語**。

→ due to bad weather 用在連綴動詞後面，作子句主詞（the accident）的補語。

- Heather said the accident was due to bad weather.
  海瑟說那場事故是由於天候惡劣而造成的。

2 owing to / because of / as a result of / on account of

1 **due to** 通常不置於句首。句首要用 **owing to**、**because of**、**as a result of**、**on account of**。（近年來，在非正式語中也有把 due to 置於句首的趨勢，但不符合傳統文法規則）。

→ owing to = because of / as a result of / on account of

- Owing to her habit of always playing computer games, Pam failed yesterday's English exam.
  由於潘姆有一直玩電腦遊戲的習慣，昨天的英語考試她沒有及格。

2 **owing to**、**because of**、**as a result of**、**on account of** 可以置於**句首**，也可以置於**動詞後面**。

→ 在非正式用語中，due to 也可以置於行為動詞後面，引導的介系詞片語修飾該動詞。

非正式 He bought the car due to its high quality.

→ owing to 引導的介系詞片語修飾動詞 bought。

正　式 He bought the car owing to its high quality.
他買這輛車是因為它的品質優良。

3 表目的的介系詞 for

for 可以用來表示「某行動的**目的**或物體的**用途**」。

- carry a gun for protection 為防衛而持槍
- flee for his life 為活命而逃跑（逃命）
- run for exercise 為運動而跑步
- a closet for clothes 衣用櫃子（衣櫃）
- equipment for the army 軍用設備
- a room for sleeping in 就寢用的房間（寢室）

→ for + 動名詞（for controlling）：用於說明一個儀器的特定使用方式。

- Hope uses her new computer for controlling her big telescope.

→ 表達「目的」最常用的是不定詞（to control）。

= Hope uses her new computer to control her big telescope.
荷普用她的新電腦來控制她的大型望遠鏡。

PRACTICE

1 選出正確答案。

____ 1 What political right is Lenore fighting ____________?
Ⓐ from Ⓑ for Ⓒ up Ⓓ across

____ 2 Michael's brothers built a shed ____________ their electric motorcycles.
Ⓐ for storing Ⓑ for store
Ⓒ to store Ⓓ Both A and C are correct.

____ 3 Jane got drenched ____________ her walk in the rain.
Ⓐ for Ⓑ from
Ⓒ off Ⓓ Both A and B are correct.

____ 4 ____________ tonight's birthday party for Jake, I am busy making a big cake.
Ⓐ Owing to Ⓑ Because
Ⓒ Because of Ⓓ Both A and C are correct.

2 根據括弧裡提供的文字，完成下面的句子。

1 Amy ____________ ____________ what she had done to me.
（為……感到抱歉；用動詞 feel 的過去簡單式）

2 Dee said this grammar book was too difficult ________________.（對我來說）

3 Kay got sunburned ________________________ in the sun all day.（由於坐在）

4 She's worried that her dad might be ______________________________ Alzheimer's disease（阿茲海默症）.（受……之苦；用動詞 suffer 的現在分詞）

5 Joan's mother is ______________________ designing cellphones.（因……而著名）

Chapter 56 個別介系詞的固定搭配：(1) at, in, between, among

1 at

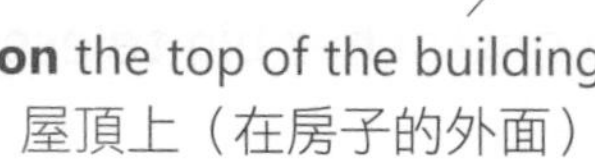

on the top of the building
屋頂上（在房子的外面）

at the top of the building
頂樓（在房子的裡面）

1 從事於；忙於

at a concert 在演唱會上
work hard at your English
努力學英語
at the doctor's
在診所／在看門診

2 在某個教育機構學習

at school 在學校
at Yale 在耶魯大學

3 所在地點

at the bus stop 在公車站

4 在某人家中

at Sally's 在 Sally 家
at the Smiths' 在 Smith 家
└→ 複數形式的姓氏前面要加 the，表示一家人。

5 正在用餐

at breakfast 吃早餐
at lunch 吃午餐

6 所處狀態

at rest 在休息　　**at war** 交戰中

7 價格；溫度；速度

at $15 apiece 每個 15 美元
at high temperatures 高溫
at high speeds 高速

8 特定時刻或時期

at noon 在中午　**at night** 在夜晚
at Easter 在復活節期間

比較 **on Easter Sunday** 在復活節日

9 固定搭配

at arm's length 保持一定的距離
at home 在家裡　　**at present** 目前
at the moment = now 此刻
└→ 比較：in a moment = in a short period of time 一會兒；馬上
at the time 在那時；當時
at the age of ……歲時
at the top of the stairs 在樓梯頂
at the beginning of the 21st century 在 21 世紀初
at somebody's best/worst 處於最佳／最差狀態
at the weekend 在週末

比較

美式英語更常用 **on the weekend**。
注意：在非正式語中，也有人用 **at the end of the week** 表示「**在週末**」。the end of the week 相當於 the last day of the week，可以指 Friday（五天工作日的最後一天），也可以指 Saturday（在美國、加拿大、澳洲等國，週六是一週最後的一天），還可以指 Sunday（按國際標準，星期天是一週最後的一天）。

由於各地對於 the end of the week 的標準不一樣，最好用 on the weekend 或 at the weekend 來表示「在週末」。

- **Dr. Bend thinks my book is especially good at the end.** 本德博士認為我的書在結尾處寫得特別好。
  └→ 表示事物的「盡頭；末端；最後部分」。
  └→ at 與 the beginning、the bottom、the end、the moment、present、the time、the top 連用。

2 in

1 在一個地區、城市、國家範圍內

in Chicago 在芝加哥　in Britain 在英國

強調場所。

- have dinner in the Sweet Cafe
在甜蜜咖啡店吃晚餐

強調活動。

比較 have dinner at the Sweet Cafe
在甜蜜咖啡店吃晚餐

2 特定的一段時期（年、月、季節）或一天內的一部分

in 2045 在 2045 年
in May 在五月
in (the) winter 在冬天
in the evening 在晚上

in a blue scarf

3 穿著

in a hat 戴著一頂帽子
in a purple miniskirt
穿著一件紫色的迷你裙

人穿戴服飾要用「人 + in + 服飾」。

- Did Tess look fantastic in her new purple dress?
黛絲穿著她那件新的紫色洋裝很好看嗎？

比較 Did that new purple dress look fantastic on Tess?

服飾穿戴在人身上則用「服飾 + on + 人」。

那件新的紫色洋裝穿在黛絲身上是不是很好看？

in watercolors

4 使用某種語言

in English 用英語
in Russian 用俄語

5 書寫或作畫的工具

in ink 用墨水　in oils 用油墨
in watercolors 用水彩
in pen (= with a pen) 用筆

in 表示書寫或作畫的工具，後面接**不可數名詞**（ink）、**複數名詞**（oils, watercolors），以及**不加冠詞的單數可數名詞**（pen）。

6 天氣／自然界

in the air 在空中
in the breeze 在微風中
in the rain 在雨中
in the sky 在天空中

- Look, her balloon is high in the air.
瞧，她的氣球在高空中。

提示 in the air 也可以指「懸而未決；在傳播中；即將發生」。

- It's still in the air whether we'll go to the mall or the county fair.
我們究竟要去購物中心還是去縣市集，還沒有確定下來。

7 在圖文中

in a picture
在照片裡
in the newspaper
在報紙上

in the newspaper

8 乘坐汽車、計程車

in a car 在汽車裡
in a taxi 在計程車裡

9 慣用語

in business 經營；做生意
in the end 終於；最終
in progress 進行中
in the direction of 朝……方向
in cash 用現金
in one's opinion 依某人的意見

in the end 意為「終於；最終」，而 at the end 則表示事物的「盡頭；末端；最後部分」（比如：at the end of the street 街道盡頭）。

- Dwight assured me, "In the end, everything will be all right."
杜威特向我保證：「最終，一切都會好起來的。」

3 between, among

❶ 剛好**兩個實體**，只用 **between**（在……之間）。

between the trees

- **sit between the two huge rocks** 坐在兩塊巨石之間
- **the gap between the rich and poor** 貧富之間的差距

❷ 三個及三個以上實體，用 **among** 或 **between**。

among the trees

1 **among** 指在**特定的一整群人或物**之中（在……之中）。

- **sit among the huge rocks** 坐在那些巨石中間
- **her position among the elite** 她在精英中的地位
- **Dee's house is hidden among the trees.**
  蒂的房子被周圍的樹遮住了。

2 **between** 也可用於「三者或三者以上」，這時將這些實體看作獨立的個體，而不是總體，強調**每個個體之間的關係**。**between** 可以指先後或前後的兩者之間，也可以指多者的彼此之間。

between stops

上一站與下一站之間
- **between stops** 站間
- **a treaty between four powers** 四大強國相互之間的條約

多者的彼此之間（between = involving）
- **war between the/those/these nations**
  在那些國家之間的戰爭

between doing something
- **Between teaching, writing, and taking care of three kids, I have little free time.**
  忙於教學、寫作和照顧三個孩子，我幾乎沒有空暇時間。

PRACTICE

1 選出正確答案。

_____ **1** Marty sat __________ his parents at his birthday party.
Ⓐ among Ⓑ between Ⓒ in Ⓓ at

_____ **2** The police are searching the area __________ the highway, river, and lake.
Ⓐ among Ⓑ between Ⓒ in Ⓓ at

_____ **3** Did Kitty fill out the forms __________ at New York University?
Ⓐ with ink or with pencil Ⓑ in ink or with pencil
Ⓒ in ink or in pencil Ⓓ in ink or in a pencil

_____ **4** You may divide the candy __________ you, Sue, and Lulu.
Ⓐ among Ⓑ between Ⓒ in Ⓓ at

_____ 5 Did Bess look beautiful __________ ?
Ⓐ in her new pink dress Ⓑ on her new pink dress
Ⓒ between her new pink dress Ⓓ Both A and B are correct.

_____ 6 Can you explain this Japanese grammar rule __________ Chinese?
Ⓐ on Ⓑ at Ⓒ in Ⓓ between

_____ 7 He lives in a tiny house __________ the bottom of Mount Lily.
Ⓐ at Ⓑ in Ⓒ on Ⓓ between

_____ 8 Dan | Is Dwight __________ with Liz?
Ann | No, Dwight is __________ , and he will be home __________ .
Ⓐ in home; at work; at midnight Ⓑ at home; at work; in midnight
Ⓒ in home; in work; in midnight Ⓓ at home; at work; at midnight

2 根據括弧裡提供的文字，完成下面的句子。

1 They had planned to have dinner together ______________________ .
（在遊戲咖啡店〔Play Cafe〕；強調活動）

2 It was too noisy and crowded for them to stay ______________________ .
（在遊戲咖啡店〔Play Cafe〕；強調場所本身）

3 Lynn drew a picture of a tiger ______________ on the sidewalk.（用粉筆）

4 There goes Maxie ______________________ .（在一輛黃色的計程車裡）

5 Are Lori and Joe ______________________ ?
（在那個不明飛行物〔UFO〕的故事裡）

6 Ann often flies with Singapore Airlines ______________________ .
（來往於伊朗〔Iran〕、巴基斯坦〔Pakistan〕、阿富汗〔Afghanistan〕之間）

3 用 in、at、between 或 among 把下列片語翻譯成英文。

1 以時速 100 公里 ______________________
2 處於和平狀態 ______________________
3 在去年拍的這張照片裡 ______________________
4 善惡之間的選擇（惡：evil） ______________________
5 在我的朋友之中 ______________________
6 輕聲細語 ______________________
7 在陰涼處（陰涼處：shade） ______________________
8 在看牙醫 ______________________

Chapter 57 個別介系詞的固定搭配：(2) by, on

1 by

1 寫書、作曲、作畫的人

a story (written) by Mary
瑪麗寫的故事

2 表示某事完成的方式，意為「靠；用；透過」。

by email 用電子郵件
by using the Internet 用網路

3 交通工具或交通方式（不要冠詞）

by air 搭飛機；空運
└→ 交通工具用 by（by train, by bus, by taxi, by plane）。

> 提示 表示被身體部位支撐，要用 on，如：
> • She is lying on her back. 她正仰躺著。
> 因此，通常用 on foot 表示「走路」。
> 但現代英語的口語中也可以用 by foot
> （注意：在考試中要用 on foot）。

4 某事發生的原因或肇事者，有「被；由」的意思，常用於被動語態。

an accident caused by a drunk driver
由酒駕者造成的事故

5 在某個特定時間或日期之前（before 或 until），意為「不遲於；在⋯⋯之前」。

arrive there by midnight 半夜前到達那裡

6 靠近某人或某物（beside 或 close to），意為「在⋯⋯旁邊」。

by the door 在門邊　by the sea 在海邊

7 以⋯⋯計算；按

be paid by the hour 按小時支付工資；以時薪計

8 慣用語

1	逐一地	step by step 逐步地 day by day 逐日地
2	靠運氣；失誤	by luck 靠運氣 by mistake 錯誤地
3	順便一提	by the way 順便地；附帶一提
4	依照某種標準	by today's standards 依現今的標準
5	靠自己；獨自地	by myself (himself, themselves, etc.) 獨自地

2 on

1 某事發生的日子

on a cold night 在一個寒冷的夜晚

2 頁數

on page 188 在第 188 頁

3 位置（在⋯⋯上；靠近）

stand on my left 站在我的左邊
stand on your hands 倒立

4 是⋯⋯的成員；屬於

on the basketball team
在籃球隊裡

5 關於（= about）

write an article on/about . . .
寫一篇關於⋯⋯的文章
make some comments on her new book
對她的新書做一些評論　└→ comment 後面只用 on，不用 about。

6 慣用語

1	度假	go on (a) vacation 去度假
2	電子媒介	on the Internet 上網 on the phone 打電話
3	著火	on fire 著火
4	準時	on time 準時

PRACTICE

1 選出正確答案。

_____ 1 Did Bing lose weight ____________?
Ⓐ by jog and swim Ⓑ by jogging and swimming
Ⓒ on jogging and swimming Ⓓ by jogging and swim

_____ 2 Is Kay improving her English ____________?
Ⓐ day and day Ⓑ day in day Ⓒ day on day Ⓓ day by day

_____ 3 That shop sent the cake to you ____________ mistake.
Ⓐ in Ⓑ on Ⓒ by Ⓓ at

_____ 4 Kirk likes to listen to the news ____________ the radio while he's driving home from work.
Ⓐ in Ⓑ on Ⓒ at Ⓓ by

_____ 5 My boss usually comes to work ____________, because he needs to get some exercise.
Ⓐ on foot Ⓑ over foot Ⓒ in foot Ⓓ due to foot

_____ 6 Speeches that are measured ____________ the hour will die with the hour.
—President Thomas Jefferson
Ⓐ by Ⓑ on Ⓒ in Ⓓ due to

_____ 7 ____________ the time Kay was twelve, she had already learned to speak four languages and was reading over 25,000 English words every day.
Ⓐ By Ⓑ At Ⓒ In Ⓓ On

_____ 8 If our house be ____________, without inquiring whether it was fired from within or without, we must try to extinguish it. —President Thomas Jefferson
Ⓐ in fire Ⓑ on fire Ⓒ by fire Ⓓ due to fire

2 用 by 和 on 把下列片語翻譯成英文。

1 經陸路 ____________
2 一家靠海的旅館 ____________
3 打電話 ____________
4 上網 ____________
5 一個一個地 ____________
6 依照現代標準 ____________
7 用網路 ____________
8 在門邊 ____________
9 在這個週末前 ____________
10 坐火車旅行 ____________
11 在十二月的一個下雪天（snowy day）
____
12 布露可（Brook）寫的烹調書
____

Chapter

58 連綴動詞：(1) be 動詞

動詞是用來描述主詞的**動作**、**行為**或**狀態**的字，在句中作**述語**，是句子不可缺少的部分。動詞根據其句法作用，主要分為**助動詞**、**情態助動詞**、**一般動詞**（包括連綴動詞、感官動詞、狀態動詞、行為動詞〔包括及物動詞和不及物動詞〕、使役動詞）。**一般動詞**也稱為**主要動詞**或**述語動詞**。

1 be 動詞的各種形式和用法

be	am	is	are	was	were
have/has been	had been	will be	would be	shall be	

❶ am、is、are 是 be 動詞的現在式。

1 代名詞 I 用 **am**；**單數第三人稱代名詞**（he, she, it）及**單數名詞**（如：Claire、Mom）用 **is**。

- Hi, I am Sam. She is Sally, my best friend. 你好，我是山姆。她是我最好的朋友莎莉。
- Claire is not / isn't an excellent swimmer. 克萊兒游泳游得不太好。
  - be 動詞用於否定句時，not 要放在 am/are/is 的後面，或用否定的縮寫形式「**n't**」。

2 代名詞 **we**、**you**、**they** 以及**複數名詞**（如：actions、brothers）用 **are**。

- Are they happy? 他們快樂嗎？
  - 用 be 動詞提問時，am/are/is 要放在主詞前面。

肯定簡答 Yes, they are. 是的，他們很快樂。（肯定簡答不能用縮寫形式。）

否定簡答 No, they aren't. / No, they're not. 不，他們不快樂。（否定簡答可以用縮寫形式。）

- Actions, not words, are the true criterion of the attachment of friends.
  朋友情深的真正標準是行動，而不是言辭。 ——President George Washington 美國總統喬治・華盛頓

3 由 **and** 連接兩個或兩個以上的名詞或代名詞是**複合主詞**，要用 **are**。

- Mike and his sister Lily are both diligent and intelligent. 邁克和他妹妹莉莉既聰明又勤奮。

❷ was 和 were 是 be 動詞的過去式。was 是 is 和 am 的過去簡單式，were 是 are 的過去簡單式。are、were 是複數動詞。

1 代名詞 I、**單數第三人稱代名詞**（he, she, it）及**單數名詞**（如：this book、his sister）用 **was**。

2 代名詞 **we**、**you**、**they** 及**複數名詞**（如：my parents）用 **were**。

- 疑問句的句型為：（疑問詞）+ be 動詞 + 主詞。（要把 were 或 was 放在主詞前面。）

Dan Where were you last night? 昨晚你在哪裡？

- 第二人稱代名詞 you 無論是複數還是單數，都用複數動詞（are, were）。

Ann I was with Jim last night, and we were at the gym. 昨晚我跟吉姆在一起，我們在體育館裡。

→ 單數名詞（this grammar book）要用 was。

- **Dee said this grammar book was not too difficult for her.** 蒂說這本文法書對她來說並不太難。 → 在否定句中，not 要放在 was/were 的後面。

3 **複合主詞**（如：Mom and I）要用 **were**。

- **Mom and I were at home last night.** 昨晚我和媽媽在家裡。

❸ **will be** 是 be 動詞的**未來簡單式**。**would be** 是 be 動詞的**過去未來式**。

→ 未來簡單式

- **It will be warm and clear tomorrow.** 明天的天氣暖和晴朗。

→ 過去未來式

- **Jill thought everybody would be here on time.** 吉兒以為大家都會準時到達。

❹ **has been** 和 **have been** 是 be 動詞的**現在完成式**。**單數第三人稱代名詞**（he, she, it）和**單數名詞**（如：Sue、my best friend）用 **has been**，其餘的用 **have been**。

- **Sue has been to New York lots of times but has never been to Paris.** 蘇去過紐約許多次，但從未去過巴黎。
- **I'm in love with the music of Paul Grimes, and I have been to his concerts four times.** 我深愛保羅·格萊姆斯的音樂，我去過他的音樂會四次。

be 動詞也可以作**助動詞**用。

→ is 為連綴動詞。

- **Jan is cute in her pink swimsuit.** 簡穿上粉紅色的泳衣很可愛。

→ is 為助動詞，協助主要動詞（即一般動詞）leaving，構成進行式。

- **Joe is leaving Chicago tomorrow.** 喬明天要離開芝加哥。

PRACTICE

1 在第一個空格內填上 Is 或 Are，並在第二個空格內填入正確的回答。

1. ______ Nelly Answer a belly dancer? No, she ______________.
2. ______ Lily a big gorilla? Yes, she ______________.
3. ______ Ann's mom and dad soccer fans? Yes, they ______________.
4. ______ Saul and his brothers tall? No, they ______________.

2 選出正確答案。

____ 1 "__________ your baggage?" "Yes, __________."
Ⓐ This is; it is Ⓑ This are; is it Ⓒ Is this; is it Ⓓ Is this; it is

____ 2 Yesterday at noon I ________ with Kay, and we ________ at the Sunshine Cafe.
Ⓐ was; was Ⓑ were; are Ⓒ was; were Ⓓ am; are

____ 3 Power and money __________ the only two things that matter to Annie.
Ⓐ are Ⓑ is Ⓒ was Ⓓ were

____ 4 Jerry __________ to Canterbury many times.
Ⓐ have been Ⓑ has be Ⓒ have be Ⓓ has been

____ 5 The trees ______ tall, the walls ______ high, and eagles can fly above them all.
Ⓐ is; is Ⓑ are; is Ⓒ are; are Ⓓ have been; are

Chapter 59 連綴動詞：(2) 表示感官或狀態的連綴動詞

1 表示感官的連綴動詞

taste 嘗起來	look 看起來	feel 感覺
sound 聽起來	smell 聞起來	

這類動詞沒有被動語態，要接**形容詞**作**主詞補語**。

felt（feel 的過去式）是感官動詞作連綴動詞。

- Dad felt sad. 爸爸感到悲傷。

形容詞 sad 作主詞補語。

tastes 是感官動詞作連綴動詞。表示感官的連綴動詞一般不用於進行式。

- The milk tastes sour. 這牛奶嘗起來已經酸了。

形容詞 sour 作主詞補語。

2 表示狀態的表象、變化、持續或終止的連綴動詞

這類動詞接**形容詞**或**名詞**作**主詞補語**。

表象	變化		持續	終止
appear 看起來好像	become 開始變得；成為	grow 漸漸變得	remain 保持某一狀態	prove 證明是
	come 變成	run 變得	stay 保持某一狀態	
seem 似乎	get 變成	turn 變得	lie 呈……狀態	turn out 結果是；證明是
	go 變成		keep 保持某一狀態	

1 連綴動詞 **appear**（看起來好像）和 **seem**（似乎；好像）表**狀態的表象**。

連綴動詞（appears/seems）+（to be）+ 形容詞（exhausted）

- Mom appears/seems (to be) very exhausted. 媽媽好像很疲倦。

在形容詞前面可以用 appear to be 或 seem to be，也可以只用 appear 或 seem。

連綴動詞（appears/seems）+ to be + 名詞（employee）

- He appears/seems to be a responsible and hardworking employee. 他好像是位有責任感且工作努力的員工。

在名詞前面要用 appear to be 或 seem to be。

- Her cold appears/seems to be growing worse. 她的感冒好像變得更嚴重了。

在 V-ing 前面要用 appear to be 或 seem to be。

2 連綴動詞 **become**、**come**、**get**、**go**、**grow**、**run**、**turn** 等表**狀態的變化**，意為「變得」。

連綴動詞（got, became）+ 形容詞（mad, sad）

- Dad first got mad and then later became sad. 爸爸先是很生氣，後來變得很傷心。

助動詞（is）+ 連綴動詞（going）+ 形容詞（bald）

- My husband is going bald. 我先生開始禿頭了。

go 用來表示某種令人不愉快的變化，例如某人變聾、啞、瞎、禿頭等。

3 連綴動詞 **keep**、**remain**、**stay** 表**狀態的持續**，意為「保持；仍是」。
lie 表示「處於……狀態」。

連綴動詞（remained）+ 名詞（friends）

- Despite the troubles that came their way, they remained friends anyway.
他們之間雖有過麻煩，但他們始終是朋友。

連綴動詞（lay）+ 形容詞（unnoticed）

- The picture of Wade's wife lay unnoticed in his attic for over two decades.
韋德夫人的照片在他閣樓裡擱了二十多年，一直沒人發現。

❹ 連綴動詞 **turn out** 和 **prove** 表狀態的終止，意為「結果是；證明是」，後面常接 **to be**。

- **Lily turned out to be a highly capable and reliable employee.**
  └ 連綴動詞（turned out / proved）+ to be + 名詞（employee）

  = Lily proved to be a highly capable and reliable employee.

  結果證明莉莉是一個非常能幹又可信賴的員工。

3 是連綴動詞還是行為動詞？

有些動詞既可以作連綴動詞，又可以作行為動詞，該如何區分呢？

連綴動詞（linking verb） ⋯➔ 可以用 be 動詞取代	行為動詞（action verb） ⋯➔ 不能用 be 動詞取代
Lee looked angry with me. ≈ **Lee was angry with me.** └ 用 was 取代 looked，語句通順，語意大致不變，因此這裡的 looked 是連綴動詞。 李看起來在生我的氣。	**Eli looked at the blue sky.** ≠ ⊗ **Eli was at the blue sky.** └ 用 was 取代 looked 後，語意改變，不合邏輯，因此這裡的 looked 是行為動詞。 伊萊望著藍色的天空。
feel soft 摸起來很柔軟	**feel a great pain** 感到劇烈疼痛
taste fine 嘗起來味道不錯	**taste the fine wine** 品嘗那美味葡萄酒
smell delicious 聞起來很香	**smell these roses** 聞聞這些玫瑰花
go mad 發瘋	**go to school** 去上學

PRACTICE

1 將正確答案劃上底線。

1. Brad says his room smells badly | bad.
2. The wine tasted fine | finely.
3. Everything went | turned into wrong.
4. I will turn | turn into eighteen next week.
5. Why do people turn | go deaf?
6. The cotton blanket feels | is feeling soft.

2 選出正確答案。

_____ 1. Her face __________ when she heard the very high price.
Ⓐ turned black Ⓑ turned out red Ⓒ turned red Ⓓ turned out green

_____ 2. Mitch __________ along the wall for the light switch.
Ⓐ was Ⓑ feel Ⓒ felt Ⓓ Both A and C are correct.

_____ 3. This meat __________ good, and so __________ this beet.
Ⓐ is; is Ⓑ smells; does Ⓒ smells; is Ⓓ Both A and B are correct.

_____ 4. She eventually __________ my work and personality.
Ⓐ came to appreciate Ⓑ grew to appreciate
Ⓒ came appreciating Ⓓ Both A and B are correct.

Chapter 60 助動詞（do, have, be, will）

助動詞本身無意義，必須與**一般動詞**（即**主要動詞**）連用，構成動詞的時態、疑問句、否定句、被動語態或簡答。

1 助動詞 do

助動詞 **do**（do, does, did）有幾個作用：

1. 與**原形動詞**一起構成**否定句**和**疑問句**。
2. 用於**簡答**。
3. 代替**主要動詞**。
4. 用於**現在簡單式**和**過去簡單式**的**肯定句**，加在原形動詞前，**加強語氣**。

- I did not know anything about it. 對此我之前一無所知。（did：構成否定句（過去簡單式）。）

Ann Does Kay play basketball every day? 凱每天都打籃球嗎？（Does：構成疑問句（現在簡單式）。）

Dan Yes, she does. 是的，她每天都打。（does：做簡答。）

- Sue likes you as much as I do. 蘇喜歡你就像我喜歡你一樣。（do：代替主要動詞（like）。）
- I do like your new house. 我真的很喜歡你的新房子。（do：加在原形動詞 like 前，加強語氣（現在簡單式）。）
- The wind did blow, and the rain did fall. 風確實在吹，雨也確實在下。（did：加在原形動詞 blow、fall 前，加強語氣（過去簡單式）。）

> **比較**
>
> **do**、**does**、**did** 除了當**助動詞**用，也可以作**一般動詞**，談論行為動作。
>
> - Do nothing until I say, "Start!"（Do：及物動詞）
>   什麼也不要做，直到我說：「開始！」
> - How are you doing with your English?（doing：不及物動詞）
>   你的英語進展如何？

2 助動詞 have

助動詞 **have**（have, has, had）與**過去分詞**一起構成各種**完成式**。

- They still haven't found out what caused the accident. 他們還沒有找出事故的原因。（haven't：構成**現在**完成式。）
- I told Kim that Jim had never learned how to swim.（had：構成**過去**完成式。）
  我告訴過金姆，吉姆從未學過游泳。
- Mark will have received a message from Princess June before it is dark.（will have：構成**未來**完成式。）
  天黑之前，馬克將已經收到茱恩公主的留言。

> **比較**
>
> **have**、**has**、**had** 也可以作**一般動詞**，談論**行為動作**，或表示「**擁有**」。
>
> have breakfast/coffee 吃早餐／喝咖啡
> have a headache 頭痛
> have a good time 玩得很愉快
> have a baby 生孩子
> have property 擁有財產
> have a meeting 開會
>
> - I'll have peas and beets instead of cheese. 我要吃豌豆和甜菜根，不要吃乳酪。（have：表示「吃」。）
> - Jake had a headache and a stomachache.（had：表示「因疾病而疼痛；受疾病折磨」。）
>   傑克頭痛，肚子也痛。
> - Have a nice trip! 祝你旅途愉快！（Have：表示「經歷」。）

3 助動詞 be

❶ 助動詞 **be**（am/is/are, was/were, being, been）和**過去分詞**一起構成**被動語態**。
❷ 助動詞 **be** 與**現在分詞**一起構成各種**進行時態**。

助動詞 are 和動詞過去分詞 paid 一起構成**被動語態**。
- **We are paid twice a month.**
我們每月領取兩次工資。

助動詞 was 與動詞現在分詞 reading 一起構成**過去進行式**。
- **Brooke was reading a book.**
布露可正在看書。

4 助動詞 will/would

助動詞 **will** 和 **would** 與**原形動詞**一起構成**未來簡單式**或**過去未來式**。

will 和原形動詞 get 一起構成**未來簡單式**。
- **Tom, you will get into trouble if you do not listen to your mom.**
湯姆，如果你不聽你媽媽的話，你會闖禍的。

would 和原形動詞 spend 一起構成**過去未來式**。
- **In 2008 I arrived in Yellowknife, Canada, where I would spend the next ten years of my life.** 我於 2008 年來到加拿大黃刀鎮，在那裡度過我生命中接下來的十年。

PRACTICE

1 根據括弧裡的提示，改正劃線部分的錯誤。

1. Soon this baby baboon will be play on the moon.（未來進行式）
____
2. She not know anything about it.（現在簡單式的否定句）
____
3. Our cooking contest winner making dinner.（現在進行式）
____
4. Where you hide my bunny bank filled with money?（過去簡單式的疑問句）
____
5. According to Mr. Blare, high quality avocado oil often used in preparing healthy food.（現在簡單式的被動語態）
____

2 判斷下列句子是否正確。正確打 ✓，不正確打 ×，並訂正錯誤。

1. [ ] I do care for you. ______________________
2. [ ] Sue runs faster than I do. ______________________
3. [ ] Dan | Do you and Ray go swimming every day?
[ ] Ann | Yes, we do.
____
4. [ ] Mike said he would retires in two years, and then he would moves to Miami.
____

Chapter

61 及物動詞與不及物動詞

一般動詞（ordinary verb）又稱為**主要動詞**（main verb）或**述語動詞**（predicate verb），在句中可單獨作**述語**。**一般動詞**包括**連綴動詞**、**感官動詞**、**狀態動詞**、**行為動詞**、**使役動詞**。

行為動詞（action verb）描述句子的主詞做什麼或想什麼（a verb that expresses physical or mental action），可分為**及物動詞**和**不及物動詞**。

1 及物動詞

及物動詞（transitive verb）把行為施加在一個人或物（受詞）身上，所以不能單獨使用，必須搭配一個名詞、代名詞或子句作為**受詞**（object）。

❶ 及物動詞 + 直接受詞（人／物）

及物動詞（want）+ 直接受詞（a pay raise）

- I want a pay raise. 我想漲工資。

及物動詞（help）+ 直接受詞（one another）

- Kay and her friends help one another every day. 凱和她的朋友們每天都互相幫助。

❷ 及物動詞 + 間接受詞（人）+ 直接受詞（物）

有些**及物動詞**可以接兩個受詞：**直接受詞**和**間接受詞**。你給某人的東西或你為某人做的事叫做**直接受詞**；接受該物品或行為的人叫做**間接受詞**。

動詞 has left 後面接一個間接受詞（me）和一個直接受詞（some food）。

- She has left me some food in the fridge. 她在冰箱裡留了一些食物給我。

通常把間接受詞（me）放在直接受詞（some food）前面。

如果間接受詞比較長（如：my little sister, Sue），要把間接受詞放在直接受詞後面，並用介系詞 to 連接。句型為：**及物動詞 + 直接受詞 + to + 間接受詞**。

- I'm reading a fairy tale to my little sister, Sue.
我正在唸一個童話故事給我小妹妹蘇聽。

2 不及物動詞

不及物動詞（intransitive verb）可以單獨使用，不用接受詞。如：come（來）、go（去）、fall（跌倒；落下）、smile（微笑）等，都是不及物動詞。

不及物動詞 is hiding 單獨使用，不接受詞。

- A giant bee is hiding behind that big oak tree.
一隻巨大的蜜蜂躲在那棵大橡樹後面。

不及物動詞 talked 單獨使用，不接受詞。

- Sue Powers talked on her cellphone for three hours!
蘇．鮑爾斯講了三個小時手機！

3 可作及物動詞，亦可作不及物動詞的動詞

有些動詞既可以當**及物動詞**，也可以當**不及物動詞**。

不及物動詞	及物動詞
study hard 努力學習	study Spanish 學西班牙文
play in the park 在公園裡玩	play basketball 打籃球
drive carefully 小心開車	drive a new sports car 開一輛新跑車

不及物動詞 do 單獨使用，表示「適合」，不接受詞。
- **"That will do," said Andrew.** 安德魯說：「那樣就可以了。」

及物動詞 do 接受詞（the crossword puzzle）。
- **I do the crossword puzzle every day with my Aunt Sue.** 我每天都跟蘇姨媽一起玩填字謎。

不及物動詞
- **Ann runs faster than her husband, Dan.** 安跑得比她先生丹快。

及物動詞
- **Anna runs a publishing house in Arizona.** 安娜在亞利桑那州經營一家出版社。

PRACTICE

1 根據括弧裡提供的文字和提示，完成下列句子。

1. He ______________, she ______________, and they both love to swim in the sea.（喜歡咖啡；喜歡茶；用動詞 love）
2. Please ______________!（把錢給我；用動詞 give）
3. I ______________ for her birthday.（買了一些玫瑰花給 Kay；用 buy 的過去簡單式）
4. Dwight ______________.（正在放風箏；用 fly 的現在進行式）
5. The huge kite ______________ in the sky.（正在高高地飛翔；用 fly 的現在進行式）
6. She ______________ happily along the beach.（正在溜達；用動詞 walk 的現在進行式）
7. She ______________ along the beach.（正在遛狗；用動詞 walk 的現在進行式）
8. Mom is reading a funny story ______________, Tom.（給我的小弟弟聽）

Chapter 62 使役動詞（make, let, have, get, help）

當某人不直接做某個動作，而是讓另一個人做動作，就要用**使役動詞**（causative verb），意思是「使／讓／要……做某事」。

1 make

❶ make + 人／物 + 原形動詞（使某人或某物做某事）

- Dark chocolate can always make me smile for a while. 黑巧克力總是能讓我高興一會兒。
- Can Kirk make his cleaning robot do some work? 柯克能讓他的掃地機器人做一些工作嗎？

❷ make + 人／物 + 過去分詞（含被動意義）

make oneself understood = express oneself clearly
- Did Page make herself understood while she was speaking on the stage?
佩吉在臺上演講時，把自己的意思表達清楚了嗎？

句型：make it known + that 子句
- Lily made it known that she came from a rich family.
莉莉讓大家都知道她來自一個富豪家庭。

❸ make + 人／物 + 形容詞（使某人或某物處於某種狀態）

- The end of Christmas vacation always made Mom, Dad, and me a little (bit) sad.
每當聖誕假期結束，媽媽、爸爸和我都會感到有點傷心。
- Can you make your room neat? 你能把你的房間弄整潔嗎？

2 let

let + 人／物 + 原形動詞（允許某事發生；允許某人做某事）

否定式用「don't let + 人／物 + 原形動詞」。
- Be smart, and don't let Andrew take advantage of you.
放聰明點，不要讓安德魯占你的便宜。

= stop talking about that subject = drop that subject
- Can we let that subject drop? 我們能停止談論那個話題嗎？

3 have

❶ have + 人 + 原形動詞（安排他人做某事）

- Our dorm adviser had everyone fill out a form.
我們的宿舍輔導員叫每個人都填了一張表。

❷ have ＋ 人 ＋ V-ing（強調正在進行；使某人按照某種方式做某事；使某人經歷了某種狀態）

→ 表示「使某人按照某種方式做某事」，強調「正在進行」，而非「安排他人做某事」。

- **Jake's mom soon had all of us sitting down at the table and eating pancakes.**
  傑克的媽媽很快就讓我們大家在桌邊坐下來，然後開始吃鬆餅。

→ 表示「使某人經歷了某種狀態；使某人按照某種方式做某事」。

- **Uncle Bing had the kids smiling all morning.** 賓叔叔讓孩子們微笑了一個上午。

❸ have ＋ 人 ＋ 過去分詞（使某人經歷了某種感覺）

→ 表示「使某人經歷了某種感覺」，而非「安排他人做某事」。

- **Last week a missing package with four diamond rings in it had me worried for a while until it was found.**
  上週有一個裝有四枚鑽石戒指的包裹不見了，讓我擔心了好一會，直到找到了那個包裹。

❹ have ＋ 物 ＋ 過去分詞（含被動意義）

had his ankle **sprained**

[1] 指「使某事得以完成」（安排他人完成某事）。

- **I had my eyes checked by Dr. Wise.** 我讓懷斯醫生檢查了我的眼睛。
- **My husband finally had the shower fixed.** 我先生終於找人把淋浴設備修好了。

[2] 也可以指「發生了意外」（招致；讓；使）。

- **Kay had both of her hands burned in a fire yesterday.** 在昨天的火災中，凱燒傷了雙手。

4 get

❶ get ＋ 人 ＋ to V（帶 to 的不定詞）（讓某人做某事）

→ **get** somebody **to do** = **make** somebody **do**

- **I'll get Sue to give you a ride to Detroit.** 我會讓蘇開車載你去底特律。

❷ get ＋ 物 ＋ 過去分詞（含被動意義）

[1] 表示「使某事得以完成」（**安排他人**或**由自己**完成某事）。

→ 安排他人完成某事。

- **Emma looks different. Did she get her hair permed?**
  艾瑪看起來好像有點不一樣，她燙頭髮了嗎？

→ 由自己完成某事。

- **We can have some fun while we get a few things done.**
  我們可以一邊玩耍，一邊把幾件工作完成。

get her hair **permed**

[2] 與 **have** 的用法一樣，**get** 也可以表示「發生了意外」，意為「讓……經歷某件意外的事」，而不是「讓某人／某物做某事」。**get** 強調動作，**have** 強調狀態，兩者區別很小。

→ 讓某人經歷了某件意外的事。

- **That new nurse had/got all her money stolen from her purse.**
  那位新來的護理師皮包裡的所有錢都被偷了。

→ 異常、意外的行為動作。

- **Paul had/got his nose broken while playing basketball.** 保羅打籃球時把鼻子弄斷了。

3 get + 人／物 + V-ing （強調「正在進行」）

get 後面可以接**動詞 -ing** 形式，強調**正在進行的事**（an event in progress）或**不間斷的行為**（an ongoing action），意思不是「用勸說或強制的方式使某人做某事」，而是表示「使某人按照某種方式做某事；使某物運行」。

（them moving → 使某人按照某種方式做某事。）

- **Bing and Kate are late, and we need to get them moving.** 賓和凱特遲到了，我們需要叫他們動作快點。

（my computer working → 使某物運行（正在進行的事）。）

- **Yesterday Ben got my computer working again.** 昨天班使我的電腦重新開始運行了。

4 get + 人／物 + 形容詞 （使處於某種狀態）

- **get yourself ready** 讓自己做好準備
- **get his suit wet** 把他的西裝弄濕了

5 help

help + 人 + 原形動詞 / to V（帶 to 的不定詞） （某人幫助另一個人做事）

help his wife **(to) wash** the dishes

- **Jerry never wishes to help his wife wash the dishes.**
  = **Jerry never wishes to help his wife to wash the dishes.** 傑瑞從來不想幫他太太洗碗。

> **提示** **get**、**have**、**make** 也可以作**一般動詞**，表行為動作。
>
> （got = caught）
> - **The sheriff declared, "We got the killer."** 警長宣布：「我們逮到兇手了。」
>
> （have = experience, undergo）
> - **Did you have fun at yesterday's beach party?** 在昨天的海灘派對上，你玩得開心嗎？
>
> （made = built）
> - **Lynn made a birdhouse, but before she could put it up in a tree, a mouse moved in.**
>   琳恩建造了一個鳥籠，但她還沒有來得及把鳥籠掛在樹上，一隻老鼠就搬進去住了。

PRACTICE

1 選出正確答案。

____ **1** Don't let big Andrew ____________ you.
Ⓐ bully Ⓑ to bully
Ⓒ bullying Ⓓ Both A and B are correct.

____ **2** Should Aunt Margo ____________ in Chicago?
Ⓐ have her sailboat built Ⓑ have her sailboat build
Ⓒ have her sailboat to build Ⓓ Both B and C are correct.

_____ **3** Did you ___________ the yard yesterday?

Ⓐ have Kay to clean Ⓑ have Kay clean
Ⓒ have Kay cleaned Ⓓ Both A and B are correct.

_____ **4** Kay, please ___________ today.

Ⓐ get my motor scooter fix Ⓑ get my motor scooter to fix
Ⓒ get my motor scooter fixing Ⓓ get my motor scooter fixed

_____ **5** Kay, please ___________ our water heater today.

Ⓐ get someone fix Ⓑ get someone to fix
Ⓒ get someone fixing Ⓓ get someone fixed

_____ **6** Dee ___________ by a falling tree.

Ⓐ had her car damaged Ⓑ had her car damage
Ⓒ got her car damaged Ⓓ Both A and C are correct.

_____ **7** Is Bret helping Annette ___________ English by using the Internet?

Ⓐ to study Ⓑ study Ⓒ studying Ⓓ Both A and B are correct.

_____ **8** Ann knew enough Japanese to ___________ while traveling across Japan.

Ⓐ make herself understand Ⓑ make herself understood
Ⓒ make herself understanding Ⓓ A, B, and C are all correct.

2 將正確答案劃上底線。

1 Can Kirk make you do | to do your homework?

2 Yesterday Claire had me to do | do her hair.

3 Kay sat alone reading a novel in a cafe and let her friends to study | study all day.

4 Joe needs to have the tires on his jeep change | changed tomorrow.

5 I can't get my motorcycle start | started. Maybe the battery is dead.

6 Pam wants to get her electric motor scooter washed and fixed | washing and fixing before she goes to visit Sam.

3 根據括弧裡提供的文字，完成下面的句子。

1 Can you ______________________ that drunk who smells like a skunk?
（幫我應付；應付 deal with）

2 Does fixing up old houses ______________________?
（使你和 Lee 很快樂；用動詞 make）

3 Lee ______________ his airplane to Italy.（讓我駕駛；用動詞 let）

4 Did Ms. Brand ______________________ animals out of sand?
（讓你們建造動物；用動詞 have）

Chapter
63 片語動詞

片語動詞由一個**動詞**接一個**介系詞**或**副詞**組成，這些組合作為一個整體使用，因此被稱為**片語動詞**（phrasal verb）。**片語動詞**可能是**不及物動詞**（如：show off 炫耀），也可能是**及物動詞**（如：call off the meeting 取消會議）。常見的片語動詞有以下構成方式：

1 動詞 + 介系詞（相當於及物動詞，後面要接受詞）

這類片語動詞的受詞只能放在**介系詞後面**，不能放在動詞和介系詞的中間。

adjust to 使自己適應於	bump into 巧遇；撞上	die of 死於（疾病）	laugh at 嘲笑；因……而發笑	stick to 堅持；信守
agree with 與……一致	call on 拜訪	feel like 想要；感到好似	live on 靠……生活	think about 考慮
apply for 申請	care for 喜歡；照料	get over 克服；熬過	look after 照顧	think of 認為；想起
ask for 請求	come across 偶然發現；偶遇	go about 著手做	look into 調查；觀察	take after （外表、性格方面）像（用於家庭成員）
believe in 信任；信仰	concentrate on 專心於	hear about 聽說；得知	rely on 依賴	
belong to 屬於	deal with 對付；處理	hear from 收到來自……的信／消息	stand for 代表	wait on 服侍

片語動詞（ran into）+ 受詞（Jim）

- **Last Sunday I ran into Jim at the gym.**
  上個星期天我在體育館碰見了吉姆。

depend on / be dependent on 依靠；取決於（不用 of）。

- **The date for the beach party will depend on the weather.**
  海灘派對的日期要隨天氣而定。

take after my dad

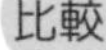
比較

be independent of 不必依賴

independent 後面則要用 of。

- **With an RV, I can be independent of public transportation and travel around the whole nation.**
  有了一輛休旅車，我就不必仰賴大眾交通工具而遊遍全國了。

2 動詞 + 副詞

❶ 及物動詞 + 副詞 （相當於及物動詞，後面要接受詞）

bring up 養育；提出	hand out 分發	mix up 拌和；混淆	put off 延後；拖延	set up 建立	try on 試穿
carry out 執行；實現	hang up 掛斷電話；懸掛	pick up 拾起；接人	set off 使爆炸；點燃	take off 脫下	turn down （將音量）調小；拒絕
figure out 理解；想出	keep off 不接近	put away 儲存；收好	put on 穿上；體重增加	tear down 拆除	turn on/off 打開／關掉
hand in 交出	make up 編造；組成	put forward 提出	put out 熄滅	throw away 扔掉	turn up （將音量）調大

片語動詞（has carried out）+ 受詞（his promise）

- He has finally carried out his promise to quit smoking and drinking.
  他終於實現了戒菸戒酒的諾言。
- Fill out this application form, and give it to Jill. 填寫這張申請表，然後交給吉兒。
- The firefighters put out the fire within half an hour. 消防人員在半小時內撲滅了火勢。

提示

❶ 在「及物動詞 + 副詞」的片語動詞結構中，代名詞作受詞時，必須放在動詞後、副詞前；當名詞作受詞時，較常放在副詞後，但也可以放在副詞前。

代名詞作受詞。

- She looked it up in her cellphone's dictionary. 她在她的手機字典裡查過這個單字。

名詞作受詞。

- Please look up the word in your cellphone's dictionary.
  = Please look the word up in your cellphone's dictionary.
  請在你的手機字典裡查這個單字。

❷ 這類片語動詞中，有些既可以作及物動詞，也可以作不及物動詞。

及物動詞	不及物動詞
blow out something 使熄滅	blow out 爆裂
calm somebody down 使鎮靜	calm down 鎮靜下來
give up something 放棄	give up 認輸；放棄
wake up somebody 喚醒	wake up 醒來
work out something 解決	work out 有好結果

❷ 不及物動詞 + 副詞 （相當於不及物動詞，後面不接受詞）

break down 故障	drop out 退出（學校等）	go on 繼續	look out 小心	show off 炫耀	throw up 嘔吐
break out 爆發	get up 起床	grow up 成長	run out 用完	show up 出現；到場	turn up 出現；來到
die away 漸漸消失	give in 讓步；屈服	hold on 緊緊抓住；堅持；等一等	set out 出發	stay up 熬夜	wake up 醒來
dress up 裝扮；打扮	go off （警報器）響起	hurry up 趕快	settle down 安頓下來	take off 起飛	watch out 小心

- I feel like throwing up. 我想吐。
- Her ex-husband turned up unexpectedly at the party. 她的前夫出乎意料地出現在派對上。

3 動詞 + 副詞 + 介系詞（相當於及物動詞，後面要接受詞）

add up to 總計達	get away from 逃離	keep up with 跟上	look up to 尊敬
break up with 與……分手	get down to 開始認真對待	live up to 不辜負；遵守	make up for 補償
catch up with 趕上	go on with 繼續	look down on/upon 瞧不起	put up with 容忍
come up with （針對問題等）提出、想出	hold on to 守住；保留； 堅持（信仰、原則）；抓住	look forward to 盼望；期待	run out of 用完
get along with 與……相處	keep away from 不接近；遠離	look out for 警惕；留意找	stand up for 捍衛

片語動詞（am looking forward to）+ 受詞（your arrival）

- I am looking forward to your arrival. 我期待你的到來。
- He is fed up with her lies. 他聽夠了她的謊言。

提示

其中有些三個字的片語動詞，其實是由兩個字的不及物片語動詞衍生而來，為了接受詞，必須加上一個介系詞，使之成為「及物」的片語動詞。

- Mary and Jerry broke up last month.
  = Mary broke up with Jerry last month. 瑪麗和傑瑞上個月分手了。

4 動詞 + 名詞 + 介系詞（相當於及物動詞，後面要接受詞）

find fault with 挑剔	make friends with 交朋友	pay attention to 注意；關心	take care of 照顧
get hold of / lose hold of 抓住／沒有抓住	make fun of 取笑	put an end to 結束	take charge of 負責
keep an eye on 注意；照看	make peace with 與……講和	set foot in 進入；踏進	take notice of 注意到
lay a foundation for 為……打基礎	make room for 讓出地方給	shake hands with 和……握手	take part in 參加
lose sight of 看不見	make sense of 理解；搞清……的意思	take account of 考慮到	take the place of 代替
make a fool of 愚弄；欺騙	make use of 利用	take advantage of 利用；占……便宜	say goodbye to 告別

片語動詞（make good use of）+ 受詞（your school days）

- Make good use of your school days. 要充分利用你的學生時代。

動名詞片語（being able to）作受詞。

- Millie takes pride in being able to ride that wild horse named Billie.
  米莉能夠騎那匹叫做比利的野馬，她以此而感到自豪。
- Ann wants to make friends with Sue and Jake. 安想與蘇和傑克交朋友。

PRACTICE

1 將正確答案劃上底線。

1. Bess dressed up | on as a princess.
2. Vincent tries to put in | away money for his retirement.
3. Dee took off | of her wet boots and went into her RV.
4. Has Nate put on | in a lot of weight?
5. Lynne's dad is always mixing up | in the twins.
6. Kate's hard work helps her to keep up | on with her classmates.
7. Dan is always finding fault of | with his lovely and hardworking wife.
8. Have you go up with | come up with a solution yet?
9. I can't put up with | of your nonsense any more.
10. Sometimes when it gets really busy, the owner Ms. Able has to wait at | on the long table.

2 選出正確答案。

_____ 1 They __________ the fireworks.
Ⓐ set on Ⓑ put up Ⓒ set off Ⓓ put off

_____ 2 How can you __________ a husband who often yells at you?
Ⓐ put up Ⓑ put with Ⓒ put on with Ⓓ put up with

_____ 3 My sister Amy __________ her four children all by herself.
Ⓐ brought about Ⓑ brought up Ⓒ brought in Ⓓ brought forward

_____ 4 Her boss __________ her proposal to open a car factory in India.
Ⓐ turned down Ⓑ turned on Ⓒ turned up Ⓓ turned forward

_____ 5 Yesterday a little girl walked up to us and asked us to __________ the grass.
Ⓐ keep of Ⓑ keep out Ⓒ keep off Ⓓ keep away

_____ 6 Don't __________! You should __________ your rights.
Ⓐ give of; stand up for Ⓑ give up; stand up
Ⓒ give in; stand up of Ⓓ give up; stand up for

_____ 7 She __________ her mother. They are both excellent basketball players.
Ⓐ looks after Ⓑ takes after Ⓒ hears from Ⓓ breaks down with

_____ 8 Because of the complaints, I'll __________ the air and water pollution produced by that factory.
Ⓐ look up Ⓑ look down Ⓒ look into Ⓓ look out

Chapter 64 can, could (1)

情態動詞（modal verb）是一種特殊的**助動詞**（auxiliary verb），因此也可稱為**情態助動詞**（modal auxiliary verb）。**情態助動詞**沒有人稱和數的變化，不能單獨使用，而是用來輔助其他動詞（一般動詞）；**情態助動詞**本身還帶有一定的含意，而**助動詞**本身是沒有含意的。
情態助動詞後面要用**原形動詞**（如：can dive、may drive）。

1 can/could 表示能力

❶ 指有**能力**或有**辦法**（ability, skill）做某件事（身體、心理或精神上的能力），此時 **could** 是 **can** 的過去式。

→ 指現在 → can 的否定形式：cannot 或 can't。
- **Jim can't swim, but Dan can.** 吉姆不會游泳，但是丹會。

→ 指過去 → could 的否定形式：could not 或 couldn't。
- **Gwen could not read until she was ten.** 葛雯直到十歲才學會識字。

→ 指現在 → 疑問句中，情態助動詞（can、could 等）置於句首。
- **Can Kate skate?** 凱特會溜冰嗎？

→ 指未來
- **I think I can finish reading this novel by next Friday.** 我想我在下週五前能夠讀完這本小說。

❷ 如果表示**令人驚奇的能力**或**克服困難才獲得的能力**，可以用 **be able to** 代替 can/could。

→ 指現在
- **Despite having lost her arms, Kim is able to dance and swim.**
  儘管失去了雙臂，金姆依然能夠跳舞和游泳。

❸ 比較 **can** 和 **will be able to**（表**未來**）。

1 **can** 沒有未來的形式。**can** 本身既可以表示**現在**，也可以表示**未來**，指「（計畫）即將要做的事」。

→ 計畫即將要做的事。
- **We can go swimming tomorrow.** 我們明天可以去游泳。

2 若要強調某人**未來才有能力**做某事，或某事在**未來發生的可能性**（尤其是要經過一段較長的時間），則可用 **will be able to**。

→ 強調某人未來才有能力做某事。
- **Will Erica be able to speak English fluently before she goes to America?**
  在艾芮卡去美國之前，她將能說一口流利的英文嗎？

→ 未來發生的可能性。
- **Maybe by 2121 tourists will be able to visit Neptune's moons.**
  也許到了 2121 年，觀光客就能去參觀海王星的衛星。

❹ 比較 **could** 和 **was/were able to**（表過去）：**could** 是 can 的過去式，指具備做某件事的能力，但不說明是否已經實施；而 **was/were able to** 則說明**經過努力成功做成某件事**的能力。

還沒有實施。
- I borrowed some money in order that I could attend Yale.
為了能進耶魯大學讀書，我借了一些錢。

已經實施。
- Finally, I was able to attend Yale in 2020. 在 2020 年，我終於能夠進耶魯大學了。

2 can/could 表示請求許可（用於疑問句，只與 I 和 we 連用）

can/could 可表示**請求許可**（ask for permission），用於**第一人稱**（I, we），用於**疑問句**。表達此意時，could 並不是 can 的過去式。

現在式／未來式
can, could, may

can/could/may I/we (please) . . . ?	請求許可做某事
can/could/may I/we (please) have . . . ?	請求許可得到某物

指現在 ⟶ 請求許可做某事。
- Mom, can/could/may I go to the movies tonight with Tom?
媽媽，今晚我可以跟湯姆一起去看電影嗎？

指現在 ⟶ 請求許可得到某物。
- Tess, can/could/may I have your telephone number and email address?
泰絲，可以給我你的電話號碼和電子郵件地址嗎？

3 can/can't/could/couldn't 表示准許與否（用於肯定句和否定句）

can/can't/could/couldn't 可表示**准許與否**（give permission / refuse permission），用於**肯定句**和**否定句**。

現在式／未來式
can
過去式
could
常用於**間接引語**

指現在 ⟶ 不准許（can't = must not）
- Mark, you can't smoke here or anywhere else in Children's Park.
馬克，你不能在這裡或兒童公園裡的任何地方吸菸。

指現在 ⟶ 准許
- Abby said, "You can read while you are taking care of the baby."
艾比說：「你在照顧嬰兒的同時可以看書。」

指過去 ⟶ 在**間接引語**中，可用 could 表示「准許與否」。
= Abby said that I could read while I was taking care of the baby.
艾比說過，我在照顧嬰兒的同時可以看書。

指現在 ⟶ 請求許可
Sue Could I have some of your ice cream, Elwood?
艾爾伍德，我可以吃一點你的冰淇淋嗎？

指現在 ⟶ 表示許可
Elwood Here it is, and you can have as much as you want, Sue.
拿去。蘇，你想吃多少就可以吃多少。

➡ **疑問句**中，客氣索取物品（請求許可），可用 **could** 指**現在**或**未來**（參見上面第 2 條）。回答「准許與否」時（無論是肯定回答或否定回答），只能用 **can** 或 **can't** 指**現在**或**未來**，不用 could 或 couldn't。**could/couldn't** 表示「准許與否」時，只能指**過去**，常用於**間接引語**。

PRACTICE

1 判斷下列句子是否正確。正確打 ✓，不正確打 ×，並訂正錯誤。

1 [ ] Jane can fly this airplane?

____

2 [ ] Trish cans help you learn English.

____

3 [ ] Lily's dog can shake hands.

____

4 [ ] Jim couldn't dive and I couldn't swim, but we both can lift weights in a gym.

____

5 [ ] Nate: Kate, could I arrive at the picnic a little late?
Kate: Nate, you're supposed to bring the cheesecake, so you can't arrive late.

____

6 [ ] Sorry, Mary, but you are not able to make a lot of noise in this library.

____

2 選出正確答案。

____ 1 Mr. Glass, __________ during class?

Ⓐ can we eat　Ⓑ could we eat
Ⓒ are we able to eat　Ⓓ Both A and B are correct.

____ 2 Dirk, you __________ play around in school; you've got to work.

Ⓐ can't　Ⓑ couldn't
Ⓒ aren't able to　Ⓓ Both A and C are correct.

____ 3 Dee __________ read when she __________ only three.

Ⓐ could; was　Ⓑ could; is
Ⓒ can; was　Ⓓ Both A and C are correct.

______ 4 Andrew | Mom, __________ I go to Clearwater Beach with Margo?
Mom | Of course, you __________, Andrew, but please remember to take your cellphone with you.

Ⓐ could; could　　Ⓑ could; can
Ⓒ can; could　　Ⓓ Both A and B are correct.

______ 5 Trish Wu __________ write in Chinese, but she can also write in English, Spanish, and Japanese.

Ⓐ can not only　　Ⓑ cannot only
Ⓒ can't only　　Ⓓ Both B and C are correct.

______ 6 Grandpa Gold __________ lots of cars, even when he was a hundred and four years old.

Ⓐ could sold　　Ⓑ can sell
Ⓒ could sell　　Ⓓ can sold

3 根據括弧裡提供的文字，完成下列句子。

1 Dan | Can Clive and Dave scuba dive?
Ann | No, Clive and Dave __________ scuba dive, but they can surf almost any wave.（不會）

2 Joe, you __________ leave for Chicago tomorrow.（可以）

3 I told Jake that he __________ take a nap while Kay was practicing ballet.（可以）

4 No one, save Robin Hood, __________ make that knave behave.（能夠）

5 Bing __________ smell something burning.（能）

Chapter 65 can, could (2)

1 can/could 表達請求（request）、邀請（invitation）、提議（offer）及建議（advice）

現在式／未來式
can, could

could 的口氣比 can 更委婉。

→ 指現在 — can/could 除了用於第一人稱，表示請求許可，還可用於其他人稱，表示各種請求。

Trish Mom, could you please help me with my English? 媽，請你指導一下我的英文，好嗎？

→ 表示「請求」可以用 can 或 could；對陌生人、長輩、老師、上司談話時，用 could 更客氣。

Mom No problem, Trish. 沒問題，翠西。

→ 指未來

- Margo, can you go out for lunch with me tomorrow? 瑪歌，你明天可以跟我出去吃午餐嗎？
  → 表示「邀請」可以用 can 或 could；和朋友談話時，常用 can。

  → 主動提出做某事（offer to help someone or to do something for others），也可以用「may I」表達同樣的意思。
- Can/Could I help you make the blueberry pie? 我可以幫你做藍莓餡餅嗎？

  → 建議（= you should . . .），意為「可以」。
- When you miss Jim, you can/could talk to him on the Internet.
  你想念吉姆時，可以跟他用網路聊天。

2 can/could 表示邏輯推論

❶ 疑問句和否定句中，通常用 can 表示對現在的邏輯推論（present logical possibility）。

現在式
can → 用於疑問句或否定句

→ 詢問現在的某件事是否是真的。

Ann Who can that be standing next to Andrew? Can that be Lulu? 站在安德魯旁邊的那個人會是誰？會是露露嗎？

→ 表示現在的某件事不可能是真的。

Dan It can't be Lulu, because she's in Honolulu. 不可能是露露，因為她此刻人在檀香山。

❷ 在肯定句中，表示對現在的邏輯推論，要用 can 還是 could？

1 在肯定句中，表特定的可能性，或憑經驗或證據進行推測，要用 could（= may, might），不用 can，意思是「或許」（perhaps, maybe）。表達此意時，could 並不是 can 的過去式。

現在式
could → 用於肯定句（表特定的可能性）

Ann Why aren't Bret and Coco here yet? 為什麼布瑞特和可可還沒有到？

→ Perhaps their train is running late. (could = may, might)

Dan I don't know; their train could be running late because of the snow. 我不知道，他們的火車可能因為下雪誤點了。

2 在肯定句中，表示**偶然發生的可能性**則用 **can**，意為「有時會……」；**can** 和 **only** 或 **hardly** 連用時，可以表示**對現在的邏輯推論**。

現在式
can
用於**肯定句**（表**偶然發生**；與 only、hardly 連用時表推論）

• You may not believe me, but it can snow here in May.（can → 偶然發生。）
你也許不相信我，但這裡五月有時也會下雪的。

Ann Who's that at the door? 誰在門口？
Dan It can only be your sister.（與 only 連用。） 一定是你妹妹，還會有誰。

3 在肯定句中，**can** 或 **could** 用來說明**理論上的可能性**。

現在式
can, could → 用於**肯定句**（表**理論上的可能性**）

• The habit of sitting for several hours at a time can/could be harmful to your health.
一次就坐好幾個小時的習慣可能會對健康有害。

❸ 在**肯定句**中，推測**未來要發生的事**，要用 **could**（= may, might），不用 can。

未來式
could
用於**肯定句**

• It could snow later this evening.
= It may/might snow later this evening. 今天傍晚可能會下雪。

Unit 8 情態助動詞
65 can, could (2)

PRACTICE

1 根據括弧裡提供的文字和提示，用 can 或 could 完成下列句子。

1 Margo, ________ you go bowling with me tomorrow?（可以；表「邀請」）

2 David Lily feels lonely. What should I do for her, Sue?
Sue You ________ have her invite some of her classmates over to your house for a sleepover.（可以；表「建議」）

3 Annie's frequent coughing ________ be a symptom of something serious, so tomorrow she'll see Dr. Wood.（或許；對現在的邏輯推論，表特定的可能性）

4 Lulu, ________ that be true?（可能；對現在的邏輯推論）

5 Sometimes it ________ be extremely busy at the Play Day Cafe.
（有時會；偶然發生的可能性）

6 Kyle, ________ you please wait here for a while?（可以；表示「請求」）

7 There ________ be life on Mars or on planets that orbit distant stars.
（也許；對現在的邏輯推論，表特定的可能性）

8 Paul ________ be an English teacher, because he ________ understand Americans or Australians at all.
（主要子句：邏輯推論；because 子句：能力）

Chapter 66 could

1 could：表示與現在或未來事實相反的假設（假設語氣）

現在式／未來式
could
用於假設語氣，表示與現在或未來事實不符

could 可用在 wish 或 if only 後面的子句中，表示與現在事實相反或不可能實現的事。

➡ 參見 p. 284〈1 與現在事實不符：wish / if only + 過去式（did/were/could）〉、〈2 希望未來情況有所改變：wish / if only + would/could + 原形動詞〉

希望自己能改變現在或未來狀況（主要子句主詞和從屬子句主詞相同時），wish 後面的子句要用 could。

- Lily wishes she could speak English and Spanish fluently. ➡ 事實：Lily cannot speak English and Spanish fluently.
  莉莉希望自己能流利地講英文和西班牙文。

2 could have + 過去分詞：對過去的邏輯推論（過去的可能性）

「could have + 過去分詞」可以表達對過去的邏輯推論（past logical possibility），表示過去可能發生或不可能發生的事。

過去式
could have + 過去分詞
用於肯定句、疑問句和否定句

肯定句：談論過去可能發生的事，但不確定到底有沒有發生。

- All of the deaths could have been caused by the jeep driver falling asleep.
  = Perhaps all of the deaths were caused by the jeep driver falling asleep.
  所有的死亡案例可能都是由於吉普車司機睡著所造成的。

疑問句：詢問過去某件事是否是真的。

- Could Jim have mistaken me for my sister Kim?
  = Could it be possible that Jim mistook me for my sister Kim?
  吉姆會不會把我誤認為我的妹妹金姆了？

否定句：表示過去某件事可能不是真的。對過去情況的否定推測，美式用「couldn't have + 過去分詞」，英式有時也用「can't have + 過去分詞」。

- Art couldn't have fixed my car, because the motor still won't start.
  = Perhaps Art did not fix my car, because the motor still won't start.
  亞特不可能修好了我的車，因為引擎仍然發動不起來。

提示 couldn't have + 過去分詞 + 比較級：強調過去的行為或情感。

- Midge and I couldn't have been more pleased when we heard that you had graduated from college.
  聽到你大學畢業了，我和米姬非常高興。

3 could have + 過去分詞：表示與過去事實相反的假設（假設語氣）

「**could have + 過去分詞**」用在**肯定句**中，表示**與過去事實相反**的假設，談論**過去**可能發生但**實際上未發生**的事。

過去式
could have + 過去分詞
└ 用於**肯定句**，表示**假設**

- He **could have been killed** when that big branch fell on his tent.
  那根大樹枝砸到他的帳篷上時，他差點就沒命了。 ▶ 事實：他還活著。
  （He **was not killed** when that big branch fell on his tent.）

┌ 可用這種句型來進行批評。
- You **could have told** me the truth about Sue.
  關於蘇的事，你本可以跟我講實話的。 ▶ 事實：你沒有跟我講實話。
  （You **did not tell** me the truth about Sue.）

PRACTICE

1 選出正確答案。

_____ **1** She wishes her interpreter ____________ nicer.
Ⓐ could be Ⓑ can be Ⓒ is Ⓓ isn't

_____ **2** Lily ____________ my cellphone; it's still not working properly.
Ⓐ couldn't have fixed Ⓑ can't fix
Ⓒ couldn't fix Ⓓ A, B, and C are all correct.

_____ **3** Lily and Millie ____________ that, because they're both so kind and friendly.
Ⓐ could do Ⓑ couldn't have done
Ⓒ couldn't done Ⓓ Both A and B are correct.

_____ **4** Candy ____________ her Ph.D. if she hadn't married Andy.
Ⓐ could receive Ⓑ can receive
Ⓒ could have received Ⓓ Both A and B are correct.

_____ **5** You and Vincent ____________ in that accident.
Ⓐ could be killed Ⓑ could have been killed
Ⓒ can be killed Ⓓ Both A and C are correct.

_____ **6** Pam Sun ________ yesterday's English exam if she had read extensively for fun.
Ⓐ could have pass Ⓑ could pass
Ⓒ can have passed Ⓓ could have passed

_____ **7** Annie, ____________ from a howler monkey?
Ⓐ could that scary noise have been Ⓑ can that scary noise be
Ⓒ could that scary noise been Ⓓ Both A and B are correct.

_____ **8** Sophia wishes that right now she ____________ to India.
Ⓐ could go Ⓑ can go Ⓒ could have gone Ⓓ cannot go

Chapter 67 may, might

1 may/might 表示可能性（用於肯定句和否定句，不用於疑問句）

❶ may 用於現在式或未來式；might 用於過去式，常用在間接引語中。

現在式／未來式 → may
過去式 → might（might 用於間接引語中）

未來的可能性。
- Kay may get a job on a British cruise ship in May.
  五月時，凱可能會得到在一艘英國遊輪上工作的機會。

過去的可能性：間接引語由過去式動詞（said、told 等）轉述，要用 may 的過去式 might。
- Kris told me that she might spend a week in Paris.
  克麗絲告訴過我，她也許會在巴黎待上一週。

❷ might 也可以用於現在式或未來式，表示微弱的可能性。

現在式／未來式 → may, might（might 表示可能性較小）

未來的可能性；might 表示的可能性比 may 要小。
- Kay announced, "It may/might rain again later today."
  凱宣布：「今天晚一點也許還會下雨。」

現在的可能性：也可以使用現在進行式，「may/might/could + be + 現在分詞」表示「現在可能正在發生的事」。
- Bob may/might/could be looking for his cow right now. 鮑勃現在可能正在找他的乳牛。

❸ may not be 與 can't be 的區別：
may not be 指也許不會（perhaps not），can't be 指肯定不會（certainly not）。

perhaps not
- Liz may not be in Moscow; please send her a text message to find out where she is.
  莉茲也許不在莫斯科。請傳個簡訊給她，問問她在哪裡。

certainly not
- It's already 1:30 a.m.; Alice can't still be at her office.
  已經凌晨一點半了；愛麗絲不可能還在她的辦公室。

❹ 在疑問句中，不用 may/might 來表示「可能性」。

✗ May Mike visit New York this summer?

在疑問句中可以用「be likely + 不定詞（帶 to）」表示可能性。
✓ Is Mike likely to visit New York this summer?
  邁克今年夏天有可能去紐約旅遊嗎？

在疑問句的受詞子句中，可以用 may/might 表示可能性。
- Do you think Mike may/might visit New York this summer?
  你認為邁克今年夏天有可能去紐約旅遊嗎？

❺「**may/might have + 過去分詞**」表示**過去的可能性**（= **could have + 過去分詞**）：談論**過去可能發生**或**可能沒有發生**的事，**不確定**是否發生，可以用「**might have + 過去分詞**」或「**may have + 過去分詞**」。

= may have changed = could have changed

- Penny might have changed her mind and decided not to go to Germany.
潘妮也許改變了主意，決定不去德國了。
→ **Perhaps** Penny **changed** her mind and **decided** not to go to Germany.

❻「**might have + 過去分詞**」表示**與過去事實相反的假設**：
談論**過去可能發生**，但**實際上未發生**的事（假設語氣），只能用「**might have + 過去分詞**」（= **could have + 過去分詞**），不用「may have + 過去分詞」。注意：**表示假設語氣，不用 may 和 can**。

= could have gone

- Ted might have gone to college after finishing high school but he chose to get a job instead.
「might/could have + 過去分詞」的句型常用來批評一件事，描述過去沒有運用的能力或沒有抓住的機會。
→ 事實：他有機會上大學，但他放棄了（Ted **didn't go** to college.）。
高中畢業後，泰德本來可以去上大學，但他選擇了找工作。

比較

還未蒐集到具體的資訊，新聞廣播初次報導一件事故（還不確定飛行員是否遇難）。

- The pilot Jane Wu may (= might) have been killed in the helicopter crash in Spain.
飛行員吳珍可能已經在這次西班牙的直升機墜機事故中喪生。

蒐集到具體的資訊後，新聞廣播再次報導墜機事故。

- Without a timely rescue, the pilot Jane Wu might have been killed in the helicopter crash in Spain.
→ 事實：她還活著。（The pilot Jane Wu **was not killed**.）
假如沒有及時救援，飛行員吳珍就有可能在這次西班牙的直升機墜機事故中喪生。

2 may/might 表示客氣的請求、提議、提供（用於疑問句，只與 I 和 we 連用）

現在式／未來式
may, might
美式更常用 **may**

客氣請求許可：英式可以用 might，但美式更常用 may 和 could。

- I asked Erika, "May/Might/Could I visit you in Africa?"
我問艾芮卡：「我可以去非洲看望你嗎？」

客氣提議：英式可以用 might，但美式更常用 may 或 could。

- Trish, may/might/could I make a suggestion to you about how to improve your Spanish?
翠西，我可以給你一個建議，告訴你如何改進你的西班牙文嗎？

客氣提供某物：常用 may 或 could。

Dee, may/could I offer you a cup of coffee?
蒂，我幫你倒一杯咖啡好嗎？

提示

can、could、may 都可以表示**請求許可**，但語氣不同，可依據具體場合使用不同的字。

Can I/we . . . ?	一般朋友間使用。
Could I/we . . . ?	跟陌生人、長輩、老師、上司談話時用。
May I/we . . . ?	非常正式的場合使用（美式用 may，英式也可以用 might）。

非正式的場合
- **Can I use your sailboat for a day, Dan?** 丹，我可以借用你的帆船一天嗎？

正式的場合
- **Mr. Wood, could Kay and I leave a little early today?**
伍德先生，凱和我今天可以早一點離開嗎？

非常正式的場合
- **Mr. and Mrs. Day, may I please have your permission to marry your daughter Kay?**
戴先生和戴夫人，請允許我娶你們的女兒凱為妻好嗎？

3 you may / you may not 表示准許與否（用於非常正式的場合）

- **You may leave after you apologize to Eve and Steve.** 你向伊芙和史蒂夫道歉後就可以離開。
- **You may not leave until the principal has finished her speech about Adam and Eve.**
= You can't/cannot leave until the principal has finished her speech about Adam and Eve.
在校長結束關於亞當和夏娃的演講之前，你們不可以離開。

4 may 表示願望、祝願（may + 主詞 + 原形動詞）

- **Lulu, may peace and happiness always be with you!** 露露，祝你永遠平安幸福！
- **May you succeed in your new business, Kay!** 凱，祝你的新事業成功！

PRACTICE

1 選出正確答案。

_____ 1 Kay said that she ____________ go and stay with her parents in Norway.
Ⓐ may Ⓑ can Ⓒ might Ⓓ Both A and C are correct.

_____ 2 You ____________ me the truth about why Sue hates Ruth.
Ⓐ might have told Ⓑ could have told
Ⓒ may told Ⓓ Both A and B are correct.

_____ 3 Police officer Louise Breeze saw the monkeys in Molly's car and asked, "____________ I see your driver's license, please?"
Ⓐ May Ⓑ Can Ⓒ Could Ⓓ A, B, and C are all correct.

_____ **4** Olive __________ it; she had the opportunity and the motive.

Ⓐ might have done Ⓑ could have done
Ⓒ may do Ⓓ Both A and B are correct.

_____ **5** Kay and I __________ to Norway on Friday.

Ⓐ might go Ⓑ might have gone
Ⓒ may go Ⓓ Both A and C are correct.

2 判斷下列句子是否正確。正確打 ✓，不正確打 ×，並訂正錯誤。

1 [ ] We'd better phone Lulu's parents; they might not hear the news.

____

2 [ ] Andrew might sing on a stage someday—who knows what the future might bring?

____

3 [ ] Lenore told me that she may stop to see me on her way to Singapore.

____

4 [ ] Might all your Christmases be joyful and white, and might all your days be cheerful and bright!

____

5 [ ] Mom, may I go to see a movie with Ivy?

____

3 根據括弧裡提供的文字，用情態助動詞 may、might、can、could 完成下列句子。

1 Kris, __________ have a nice trip and lots of fun in Paris!（祝你）

2 Ben __________ a movie star someday—but who knows when?（也許成為；可能性微弱）

3 You __________ until the meeting is over.（不可以離開）

4 That accident __________ by the bus driver falling asleep.（可能是……造成的；對過去可能性的猜測）

5 I don't think Ms. White needs any help, but she __________.（也有可能需要；可能性小）

6 It's very late, so Nate __________ in his office.（肯定不在）

7 It's Sunday, and Jerome __________ at home.（也許不在）

8 I __________ Mr. Ash with my credit card, but I preferred to use cash.（本來可以用……支付；表「假設」）

Chapter 68 shall, will

1 shall/will 為助動詞（未來簡單式）

❶ **傳統用法**要求未來簡單式的**第二、三人稱**用 **will**，**第一人稱**（I/we）用 **shall**，但**現代英語**則將 **will** 用於所有人稱。

傳統 Tomorrow I shall leave for Tokyo.

現代 Tomorrow I will leave for Tokyo. 明天我要出發去東京。

（主要子句是現在式動詞 believes，受詞子句指未來時，要用 will。）
- June believes that the American stock market will rise soon.
  茱恩相信美國股市很快就會走強。

❷ 助動詞 **shall** 和 **will** 的**過去未來式**是 **would**，不是 should。

（would 表示過去的未來將發生的事，常用於間接引語中。）
- I told Grandma Day that I would visit her again on Saturday.
  我告訴過戴奶奶，週六我還會去看望她。

2 shall 也作情態助動詞（提供物品；提議；請求建議）

❶ **疑問句**中，**shall** 依然可以和**第一人稱 I/we** 連用，表示**提供物品**（make an offer）、**提議**（make a proposal）、**請求建議**（ask for advice）。此時，**shall** 作**情態助動詞**用，意思是「……好嗎？」或「要不要……？」，而不是表示未來簡單式的助動詞。

（提供物品（make an offer），意思是「要不要……？」。）
- Shall I make some fresh tea for you and Lulu?
  要不要我給你和露露沏一些新鮮的茶？

（提議（make a proposal），意思是「……好嗎？」。）
- Shall we dance a tango? 我們跳一支探戈，好嗎？

（徵求對方意見（ask for advice）。）
- "What shall I do?" asked Sue.

（美式更常用「should I/we」。）
= "What should I do?" asked Sue. 蘇問：「我該怎麼辦？」

❷ 在**傳統用語**中，**shall** 也可以與**第三人稱**或**第二人稱**連用，常用在**正式**的場合中（法律文件、規章、條約、會議記錄等），表示**義務、規定**，意思是「應該；必須」；但**現代英語**常用 **will** 和 **should**。

傳統 She finished her speech by noting "Horse thieves shall be punished."

現代 She finished her speech by noting "Horse thieves will/should be punished."
她以指明「盜馬賊應該受到懲罰」來結束演講。

3 will 也作情態助動詞（請求；命令；意願；可能性；必然性；習慣性）

客氣的提議或請求
- "Won't you stay here a little while longer?" she asked with a smile.
  她微笑地問：「你再多待一會好嗎？」

命令
- "You will not play computer games until you finish your homework," ordered Kirk.
  柯克命令道：「做完功課你才能玩電腦遊戲。」

- Kay, will you come to my birthday party at noon on Saturday?
  凱，週六中午你會來參加我的生日派對嗎？→意願
  凱，週六中午你來參加我的生日派對好嗎？→客氣的邀請

意願：否定句表「拒絕」（will not / won't 可以表示不願意做某事）。
- No way! I won't go on a date with that jerk again. 絕不！我再也不會跟那個蠢人約會了。

可能性
- Will two hundred dollars buy enough food for your family for a week?
  兩百美金夠給你家人買一週的食物嗎？

必然性
- Someday you will regret the loss of our friendship.
  總有一天你會為失去我們的友誼而後悔的。

習慣性的行為（指現在的習慣，不指未來）。
- Whenever Jill hears a funny joke, she will wiggle and giggle.
  每當吉兒聽到好笑的笑話，她就會扭動著身子咯咯地笑。

PRACTICE

1 將正確答案劃上底線。

1. Kay wondered which baseball team will | would win on Sunday.
2. I will retire in two years, and then I shall | will move to Taipei.
3. Ben told me that Kate shall | would be late for the meeting.
4. Shall | Will you please speak a little bit louder?

2 根據括弧裡提供的文字，用 shall、will、would、should 完成下列句子。

1. I told you that Margo and I ______________________. （明天要離開）
2. __________ I make a pot of tea for Scot? （要不要⋯⋯；表示「提供」）
3. No one ______________ the exam room before 10 a.m. （允許離開；表示「規定；責任；義務」）
4. Where __________ we meet tomorrow? （應該；表示「請求建議」）

Chapter 69 should, had better

1 should 為情態助動詞（現在式或未來式）

❶ **should** 表示做某事的**合理性**（應該；必須）。**should** 不是助動詞 shall 的過去式。

徵求意見，英式常用 shall，美式常用 should。
- Kay, what should/shall I wear to the party on Friday? 凱，我該穿什麼去參加週五的聚會？

提出建議（should = had better）。
- Brook, you should read your biology textbook.
  = Brook, you'd better read your biology textbook. 布露可，你應該讀你的生物課本。

❷ **should** 表示**推測**或**期待**（強烈的可能性），**確信**某事會發生或**期待**某事發生（僅限於**未來**）。

- Don't worry about Lori. She should be here soon. 不要擔心蘿莉，她很快就會到的。

❸ **should** 表達**語氣較強的假設**（萬一；如果），描述某事發生的**可能性極小**。

should 用在 if 後面，表示可能性極小。
- He muttered, "If anything should happen to me, please contact Amy."

  should 取代 if，置於句首。
  = He muttered, "Should anything happen to me, please contact Amy."

  if 引導的條件句，if 子句裡用現在式（happens）表示未來。
  ≈ He muttered, "If anything happens to me, please contact Amy."
  他輕聲低語：「假如我發生了什麼事，請聯絡艾咪。」

2 should have + 過去分詞

「**should have + 過去分詞**」表示**過去應做而未做**的事，或**不該發生而已經發生**的事（假設語氣）；也可以指一件**很可能已經發生**的事。

過去應該做而未做的事（假設語氣）
- Midge should have studied harder during her last year in college.
  米姬在大學最後一年應該要更用功一點的。

不該發生而已經發生的事（假設語氣）
- She shouldn't have eaten so much junk food. 她不應該吃那麼多垃圾食物。

很可能已經發生的事
- Your husband should have arrived in Macao by now. 你先生現在應該已經抵達澳門了。

3 had better（現在式或未來式）

❶ 縮寫形式為「**'d better**」，要接**原形動詞**，否定形式在後面加 **not**（**had better not**）。
❷ **had better** 的形式雖然像過去式，但必須用於**現在式**或**未來式**，**不能用於過去式**。

❸ **had better** 用來**提出建議**（不表示「禮貌的請求」）。當指具體的一件事，意思是「現在最好／應該做某事」時，可以用 **had better**，也可以用 **should** 或 **ought to**。

提出建議（現在應該做某事）。
- "You'd better come to the airport to pick me up," said Amy.
  艾咪說：「你最好來機場接我。」

禮貌的請求
- "Will/Would/Could you please come to the airport to pick me up?" said Amy.
  艾咪說：「麻煩你來機場接我好嗎？」

指具體的一件事，意思是「現在最好／應該做某事」，可以用 had better，也可以用 should。
- Lee, slow down, and you had better / should drive more carefully.
  李，慢一點，你開車應該再小心一些。

這句有副詞 always 修飾動詞 drive， 表示「總是應該」；如果要表達「一般說來做某事是應該的、恰當的」，要用 should 提出建議，不用 had better。
- Lee, you should always drive carefully.
  李，你開車時時刻刻都應該小心。

PRACTICE

1 將正確答案劃上底線。

1. Russ, you shouldn't | had better smoke on the bus.（不應該吸菸）
2. Walt, you have better | will you please pass me the salt?
3. You are a hardworking student, and you would | should be able to graduate with honors.（應該會；表強烈的可能性）
4. You should take | should have taken my advice and should not have married Joyce.

2 選出正確答案。

____ 1. ____________ leave now, Joe; it's getting late and it's going to snow.
Ⓐ You'd better Ⓑ You should Ⓒ You would Ⓓ Both A and B are correct.

____ 2. If the car ____________ break down on the way, we may have to walk to Hollywood.
Ⓐ should Ⓑ will Ⓒ shall Ⓓ Both A and C are correct.

____ 3. Midge, what ____________ I do if I am not accepted by New Bridge College?
Ⓐ shall Ⓑ should Ⓒ had better Ⓓ Both A and B are correct.

____ 4. "I ____________ leave tomorrow," said Eve.
Ⓐ shall Ⓑ should Ⓒ will Ⓓ A, B, and C are all correct.

____ 5. Gus, ____________ make such a fuss about me smashing into your new bus.
Ⓐ you'd not better Ⓑ you should not
Ⓒ you will not Ⓓ Both A and B are correct.

Chapter 70 would

1 would 作助動詞（用於過去式）

would 作助動詞時是 **will** 的**過去式**，表示**過去的習慣**；也可用在**間接引語**中，表示**過去的未來將發生的事**（過去未來式）。

過去的習慣

- On a clear night, I would sit alone in my backyard for hours and watch the stars slowly drifting across the dark sky.
  在晴朗的夜晚，我會獨自坐在後院好幾個小時，看著星星慢慢地劃過黑暗的天空。

間接引語中，用 would 來指**過去未來式**。

- Lee said many times that he would never forgive Dee. 李曾經說過很多次，他絕不會原諒蒂。

would not 可表示在**過去**某一特定場合的**拒絕**。

- Jim asked them to stop arguing, but they would not listen to him.
  吉姆要他們停止爭吵，但他們不肯聽他的話。

2 would 也可作情態助動詞（意願；可能性；客氣的提議或請求）

would 作情態助動詞用時，不是過去式，而是用來表示**意願**、**可能性**、**客氣的請求或提議**等。**would** 跟 **will** 的意思一樣，但**語氣更委婉**，或**可能性較小**。

意願

- Joan would/will be pleased to answer any of your questions about how to use your new cellphone. 關於如何使用你的新手機，如果有任何問題，瓊恩都會很樂意回答。

可能性

- I think Arty would/will accept my invitation to the party.
  我認為亞提會接受我的邀請參加聚會。

客氣的請求

- Would/Will you and Kay please wait for me in the Chocolate Cafe?
  請你和凱在巧克力咖啡店等我，好嗎？

客氣的提議（would 常和 like 連用）

- Would you like a ride on the Circus Clown Boat? 你想不想搭乘馬戲小丑船去兜風？

3 would like, would prefer, would rather

❶ **would like/love/prefer something** 表示想要某樣物品，語氣比 want something 更委婉。

would like + 名詞（I'd like = I would like）

- I'd like an exit seat, please. 我想要緊急出口處的座位。

❷ **would like/love/prefer to do something** 表示想做某件事，語氣比 want to do something 更委婉。

would love + 不定詞

- "I'd love to have twin sisters," declared little Mike. 小邁克表示：「我想要一對雙胞胎妹妹。」

❸ **would rather (not) do something** 表示「喜愛；選擇」。

would rather + 原形動詞
- I would rather go to see the movie after dinner. 晚飯後我寧願去看電影。

否定式：would rather + **not** + 原形動詞
- Kay and I would rather not stay there all day. 我和凱可不想整天都待在那裡。

❹ **would prefer something** 或 **would prefer to do**（= **would rather do**）指在特定的場合「想要什麼」或「想做什麼」。

would prefer + 名詞

Ann Would you prefer tea or coffee? 你想要喝茶還是咖啡？

Dan A cup of tea, please. 請給我一杯茶吧。

---

would prefer + 不定詞（帶 to） rather than + 原形動詞（為避免重複，省略 to）
- I'd prefer to go out to a movie rather than stay at home tonight.

would rather + 原形動詞

= I'd rather go out to a movie rather than stay at home tonight.

我今晚寧可去看電影，也不要待在家裡。

4 would 用來表達感激（不用 will）

主詞	would be grateful	if you could/would . . .

- I would be grateful if you could help me baby-sit Andrew.

should 可代替 would 來表達感激之情。

= I should be grateful if you could help me baby-sit Andrew.

如果你能幫我照顧一下安德魯，我會很感激的。

5 would 用於假設語氣

❶ 表示**願望**（但願；要是⋯⋯多好）。

主詞	wish	人／物	would . . .

would 與 wish 連用，表示希望某件事發生或某種情況產生變化，希望他人改變行為，是一種假設語氣，不能用 will。
- I wish Iris would go with me to London and Paris. 但願艾莉絲能跟我一起去倫敦和巴黎。

➡ 參見 p. 284〈2 希望未來情況有所改變：wish / if only + would/could + 原形動詞〉

❷ 表示**假設**。

if 子句用過去式（be 動詞一律用 were），主要子句用 would；would 在這裡表示「意願」。
- If I were Claire, I would not go there. ➡ 與現在和未來事實相反。
  如果我是克萊兒，我不會去那裡。
  事實：I am **not** Claire, and I **won't** go there.

「would have + 過去分詞」表示與過去事實相反的假設。
- It would have been a good idea to inform Marty in advance about your Christmas Party. ➡ 與過去事實相反。
  如果提前告知馬堤你舉辦聖誕派對的事，那就好了。
  事實：You **did not** inform Marty in advance about your Christmas Party.

➡ 參見 Chapters 91 and 92 的假設語氣，以及 p. 267〈4 過去未來完成式（Past Future Perfect Tense）：would have + 過去分詞〉

PRACTICE

1 判斷下列句子是否正確。正確打 ✓，不正確打 ×，並訂正錯誤。

1. [ ] When Kay was a toddler, she will cling to her doll all day.

2. [ ] Tim asked Mike and Mark to stop fighting, but they will not listen to him.

3. [ ] I would not rather talk about my divorce from Eli.

4. [ ] I wish Lee will lend his sailboat to me.

5. [ ] Marty and I will love to come to your twentieth wedding anniversary party.

6. [ ] I should be grateful if you could help me contact Sue in Honolulu.

7. [ ] Would you and Jake like some chocolate milk with your cheesecake?

8. [ ] Claire would come to visit me at All Saints Hospital if she had known I was hospitalized there.

9. [ ] Would you give Uncle Mort a call when you get to Tampa International Airport?

10. [ ] My passport was stolen in Italy, and Nancy, our tour guide, would help me to get a new one at the American Embassy.

2 選出正確答案。

_____ 1 I can see that distant star with a good telescope, but I certainly ____________ to travel that far.

Ⓐ would want not　Ⓑ wouldn't want

Ⓒ will not want　Ⓓ Both B and C are correct.

_____ 2 ____________ you and Kay please go away?

Ⓐ Would　Ⓑ Will　Ⓒ Had better　Ⓓ Both A and B are correct.

_____ 3 June believes that the American stock market ____________ rise soon.

Ⓐ would　Ⓑ will　Ⓒ would not　Ⓓ Both A and B are correct.

_____ 4 Grace and Sid hoped that the woman from Singapore ____________ win the 1,500-meter race.

Ⓐ would　Ⓑ will　Ⓒ will not　Ⓓ Both A and C are correct.

_____ 5 If I ____________ twenty years younger, I ____________ join you in your expedition to Mount Hood.

Ⓐ am; will　Ⓑ were; will

Ⓒ am; would　Ⓓ were; would

_____ 6 Kay and I ____________ to go out to play; we hope it ____________ soon stop snowing and blowing.

Ⓐ will like; will　Ⓑ would like; would

Ⓒ will like; would　Ⓓ would like; will

_____ 7 I will give you and Honey some money. ____________ $1,000 be enough for you to buy milk and other daily necessities for your baby Dee?

Ⓐ Would　Ⓑ Will　Ⓒ Shall　Ⓓ Both A and B are correct.

_____ 8 During those cold clear nights on Wise Mountain, we ____________ gaze through our big telescopes until sunrise.

Ⓐ would　Ⓑ will　Ⓒ will like　Ⓓ Both A and B are correct.

Chapter 71 must, ought to

1 must 表示義務、必要（用於肯定句和疑問句）

❶ 在**肯定句**和**疑問句**中，**must** 用來表示「義務；責任；必要性」，談論某件**必須**做的事。
❷ **should** 也可以表示「義務；責任」，但談論某件**應該**做的事。

- You must tell Ruth the truth about Sue. 關於蘇的事，你必須對露絲說實話。
  必須 ／ 應該
- You should tell Ruth the truth about Sue. 關於蘇的事，你應該對露絲說實話。
  必要性（Is that necessary?）
- Must I tell Alice about this? 我必須把這件事告訴愛麗絲嗎？

2 must 表示對現在的合理推論（用於肯定句）

❶ 在**肯定句**中，**must** 用來表示對**現狀**的**合乎邏輯的推論**，意思是「一定是；八成是」。

對現狀的邏輯推論（I am sure Lulu is joking.）。
- Lulu, you must be joking—that can't be true! 露露，你一定是在開玩笑——那不可能是真的！

❷ 在**疑問句**和**否定句**中，要用 **can** 來表示對**現狀**的邏輯推論，談論**必然性**。

- Who can that be at the door? 在門口的會是誰呢？
- Trish has a thick Polish accent, so she can't be a native speaker of English.
  翠西有一口濃重的波蘭口音，所以她的母語不可能是英語。

3 「must have + 過去分詞」表示對過去的合理推論（用於肯定句）

❶ 在**肯定句**中，用「**must have + 過去分詞**」來談論對**過去**某件事的**確信或有力的推論**。

- Sophia is not in Taiwan now—she must have gone back to India.
  蘇菲雅現在不在臺灣——她肯定已經回印度了。 確定過去某事發生（I am sure she is back in India.）。

❷ 在**疑問句**和**否定句**中要用「**could have + 過去分詞**」來談論對**過去**某件事的推論。

美式只用「could/couldn't have + 過去分詞」來表示「對過去某件事的推論」。

美式 ｜ 英式 Where could Ann have parked the van? She couldn't have driven it back to Iran. 英式可以用「can/can't have + 過去分詞」來表示同樣的意思。

英式 Where can Ann have parked the van? She can't have driven it back to Iran.
安會把她的廂型車停在哪裡了呢？她不可能已經開回伊朗了。

4 must not 表示不准許

在**否定句**中，**must** 表示「禁止做某事」。**must not / mustn't** 表示「不可以」（It is forbidden.）。

英式英語常用 mustn't。
- Dick, you mustn't smoke in the house, because smoke will make our baby sick.

美式英語常用 don't 引導的祈使句。
= Dick, don't smoke in the house, because smoke will make our baby sick.
迪克，不要在室內吸菸，因為煙會讓我們的小寶貝生病的。

5 ought to 表示義務

❶ **ought to** 表示「義務；責任」，跟 **should** 的意義非常接近，語氣沒有 **must** 強烈。

(should / ought to 表示「什麼是**應該**做的」。)

- **You ought to / should quit smoking if you want to live a long and healthy life.**
  假若你想過一個健康長壽的生活，就應該戒菸。

❷ 「**ought to have** + 過去分詞」（= **should have** + 過去分詞），表示**過去本來該做而未做的事（假設語氣）**，或某件**可能已經發生**的事。

(過去該做而未做的事（It's a pity that Jake **did not consult** his adviser.）)

- **Jake ought to have consulted his academic adviser about which classes to take.**
  傑克應該跟他的導師商議該選修哪些課的。

(某件很可能已經發生的事)

- **Those are the movies you and Jean ought to have already seen.**
  那些電影你和琴應該已經看過了。

PRACTICE

1 判斷下列句子是否正確。正確打 ✓，不正確打 ×，並訂正錯誤。

1 [ ] Ms. Ring still has her classroom lights on, so she can still be in the building.

____

2 [ ] Mitch cannot even afford an apartment, so he mustn't be rich.

____

3 [ ] You must get your hair cut before you go for that job interview.

____

4 [ ] Omar can't find his cellphone and thinks he must leave it in my car.

____

2 選出正確答案。

____ 1 Their meeting on cow diseases ________ have started by now.
Ⓐ ought to　Ⓑ should　Ⓒ must　Ⓓ A, B, and C are all correct.

____ 2 Sue looks so young—she ________ Meg's mom.
Ⓐ mustn't be　Ⓑ can't be　Ⓒ can't have been　Ⓓ Both A and B are correct.

____ 3 My dear Grandma Wu says I ________ quit smoking because cigarettes kill millions of people every year.
Ⓐ should　Ⓑ ought to　Ⓒ must　Ⓓ A, B, and C are all correct.

____ 4 The line is busy, and someone—Joan or Dee—________ the phone.
Ⓐ must using　Ⓑ must be using
Ⓒ must use　Ⓓ Both B and C are correct.

____ 5 Lulu ________ have listened to her mom's advice about what to say during that job interview.
Ⓐ ought to　Ⓑ should　Ⓒ must　Ⓓ A, B, and C are all correct.

Chapter 72 have to, must, need, dare

1 have to / must 表示義務與必要性

❶ **have to** 不是情態助動詞，只是意義和情態助動詞 **must** 相同。**have to** 口氣更委婉。

這句用 have to work 比 must work 自然。have to 有「被迫」做某事之意，意思是「不得不」。

- **Today I have to work from two in the morning until two in the afternoon.**
  今天我必須從凌晨兩點一直工作到下午兩點。

❷ **have to** 用於**現在式**（第三人稱用 **has to**）；在談論**未來**時，如果要表示責任**現在就存在**，也可以用 **have to**。**have to** 還有一種常用的口語形式：**have got to**。

指未來，但責任現在就存在。

- **Erika has (got) to get a good score on the TOEFL in order to get into a school in America.**

must 只有一種形式，可指現在或未來；have to 則有不同的形式（如：has to、will have to、had to）。

= Erika must get a good score on the TOEFL in order to get into a school in America.
艾芮卡的托福考試必須得高分，才能進入美國學校就讀。

❸ 未來式：單純表示**未來的責任**，用 **will have to**（告訴他人未來該做什麼）。

will have to = must → 單純表示未來。

- **Will June have to be at the train station by noon?**
  茱恩必須在中午之前到達火車站嗎？

❹ **過去式**：**had to** 用來談論**過去的責任**。「**must have + 過去分詞**」用來談論**對過去某件事的推論**。

過去的責任、義務

- **Ann is not in Paris now; something urgent happened, and she had to go back to Japan.**
  安現在不在巴黎。發生了一件緊急事，她不得不回日本去。

對過去某件事的比較有把握的推論

- **Ann is not in Paris now—she must have gone back to Japan.**
  安現在不在巴黎——她一定是回日本去了。

❺ 過去式 **had to** 的**否定形式**用「**didn't have to / did not have to**」（不必），**疑問形式**用「**did . . . have to**」（真有必要嗎）。

- **I didn't have to pay for the meal because I found two dead flies in my French fries.**
  由於我在薯條裡發現了兩隻死蒼蠅，我就不用付飯錢了。
- **Did you have to tell Kim about what had happened in the gym?**
  你非得把體育館發生的事告訴金姆嗎？

2 need（需要；必要）

❶ **need** 可作**情態助動詞**（只用於**疑問句**或**否定句**），也可以用作**一般動詞**（可用在**肯定句**、**疑問句**和**否定句**中）。

情態助動詞（need not + 原形動詞）
- You need not worry about Lulu and Sue.

一般動詞（don't/doesn't need + 不定詞）
= You don't need to worry about Lulu and Sue. 你沒有必要為露露和蘇擔心。

❷ 表示**必要**或**責任**時，**need**、**have to** 和 **must** 是同義詞。用於**疑問句**時，**美式英語**常用 **have to**，**英式英語**常用 **must**。

情態助動詞（非常正式）　一般動詞（美／英）
- "Need I go there?" asked Margo. = "Do I need to go there?" asked Margo.

主美
= "Do I have to go there?" asked Margo.

主英
= "Must I go there?" asked Margo. 瑪歌問：「我必須去那裡嗎？」

❸ 表示**過去**「本來不必做，實際卻做了某件事」（**假設語氣**），要用「**needn't have + 過去分詞**」的句型（need 是**情態助動詞**的用法）；也可用「**didn't need to have + 過去分詞**」（need 是**一般動詞**的用法）。

情態助動詞
- As it turned out to be an informal party, Sid and I needn't have dressed up as formally as we did.

一般動詞
= As it turned out to be an informal party, Sid and I didn't need to have dressed up as formally as we did. 結果那次聚會是一次非正式聚會，席德和我完全沒必要穿得那麼正式。

3 否定句型：don't have to / needn't / mustn't

❶ **don't have to**（**doesn't have to** / **won't have to**）和 **needn't** 表達「**沒有必要**做某事」。

- Tom doesn't have to get permission from his mom.

情態助動詞
= Tom needn't get permission from his mom.

一般動詞
= Tom doesn't need to get permission from his mom. 湯姆不需要得到他母親的許可。

❷ **must not** / **mustn't** 表示**禁止**。

- You must not smoke anywhere on our school campus. 你不可以在校園裡任何地方吸菸。
- You mustn't tell him about Lulu. 你不可以把露露的事告訴他。

提示

在回答 **must** 的問句時，肯定回答用 **must**，但否定回答要用 **needn't** 或 **don't/doesn't have to** 表示「不必」。**must not** / **mustn't** 表示「不可以」（It is forbidden.），不表示「不必」。

Margo　Must I go there?　我一定要去那裡嗎？
Tom　肯定回答　Yes, you must.　是的，你一定要去。
　否定回答　No, you don't have to. / No, you needn't.　不，你不用去。

4 dare（敢）

dare 和 **need** 一樣，既可以當作**情態助動詞**（只用於**疑問句**和**否定句**），也可以當作**一般動詞**（可用於**肯定句**、**疑問句**和**否定句**）。

↗ 情態助動詞（dare not + 原形動詞）

- **He dare not go there.**

↗ 一般動詞（don't/doesn't dare + 不定詞）

= He doesn't dare to go there. 他不敢去那裡。

↗ 情態助動詞　↗ 一般動詞

- **Dare you tell her the truth? = Do you dare to tell her the truth?** 你敢告訴她真相嗎？

→ 在肯定句中，dare 只能作一般動詞使用，現在式第三人稱單數 dare 要加 -s。

- **Lily dares to dress differently from her female classmates.**
莉莉敢於跟其他女同學穿得不一樣。

PRACTICE

1 選出正確答案。

____ **1** ____________ her math teacher the truth.

Ⓐ Ruth dare not tell　Ⓑ Ruth dares not to tell
Ⓒ Ruth doesn't dare to tell　Ⓓ A and C are correct.

____ **2** Jerome is not working in his office now—he ____________ home.

Ⓐ must have gone　Ⓑ has to go
Ⓒ need go　Ⓓ Both A and B are correct.

____ **3** You ____________ tell Pam that I failed the math exam.

Ⓐ don't have to　Ⓑ don't need to
Ⓒ needn't　Ⓓ A, B, and C are all correct.

____ **4** Ann is not at home right now; she ____________ leave early this morning to catch her flight to Japan.

Ⓐ must　Ⓑ had to　Ⓒ need　Ⓓ has to

____ **5** ____________ with you to see Andrew?

Ⓐ Need Sue go　Ⓑ Does Sue need to go
Ⓒ Need Sue to go　Ⓓ Both A and B are correct.

______ 6 ____________ to Margo tomorrow.

Ⓐ I'll have to talk   Ⓑ I've got to talk

Ⓒ I had to talk   Ⓓ Both A and B are correct.

______ 7 You ____________ call Violet about the party, because she already knows about it.

Ⓐ needn't   Ⓑ mustn't

Ⓒ don't have to   Ⓓ Both A and C are correct.

______ 8 To pass the test, you ____________ more reading and listening.

Ⓐ need do   Ⓑ need to do

Ⓒ don't need to do   Ⓓ needn't do

2 根據括弧裡提供的文字，完成下列句子。

1 Next month Margo ________________________ go to the summer fashion show in Rio de Janeiro.（沒有必要）

2 If Mary wants to attend college, she _____________________ read a lot to improve her vocabulary.（必須）

3 Liz Knight is afraid of the dark and ___________________________ go out of her house at night.（不敢）

4 " ______________________ do it?" asked Violet.（我必須；用美式英語）

5 Andrew | Sue, do I have to wear a tie when I go for that interview?
Sue | You ___________________________, but I would if I were you.（沒有必要）

6 Coach Beam declared, "You __________________ smoke if you want to be on this basketball team."（不准許）

7 You _______________________ tell Felicity that she was not admitted to Michigan State University.（必須；單純表示未來責任）

8 You _________________ tell Amy about it, because this is just between you and me.（不准許）

9 ______________________________ tell Mel about who had cracked the school's bell?（你真有必要……嗎？）

10 Our teachers at Ridge High School often tell us that we ______________________ read a lot of books in order to get ready for college.（必須）

Chapter
73 現在式：(1) 現在簡單式

1 現在簡單式的形式和句型（Present Simple Tense / Simple Present Tense）

❶ **肯定句**：在肯定句中，如果主詞是**第三人稱單數**（如：he、she、it、Kay），動詞要用**第三人稱單數動詞**（-s/-es/-ies），**其他情況**（如：you、we、they、my parents、Mom and Tom），要用**原形動詞**（也稱「複數動詞」）。 ➡ 參見下頁〈2 第三人稱單數動詞的拼寫規則〉

單數主詞用第三人稱單數動詞 takes。
- Kay takes a walk twice a day. 凱每天散步兩次。

複合主詞用原形動詞。
- Kay and I play basketball every day. 我和凱每天都打籃球。

be 動詞的第三人稱單數用 is。

Dan What is the matter with Andrew and Lulu? 安德魯和露露怎麼了？

have 的第三人稱單數動詞是 has。

Ann Andrew has a backache, and Lulu is also not feeling well because she ate too much cake. 安德魯背痛，露露吃了太多蛋糕也不舒服。

❷ **疑問句**：在疑問句中，要使用**助動詞 does/do**，主要動詞用**原形動詞**，不能加 -s/-es/-ies。

（疑問詞）＋ **does/do（助動詞）** ＋ **主詞** ＋ **主要動詞（原形動詞）**

does + 單數主詞（Kay）+ 原形動詞（go）
- Does Kay go to work on Saturday? 凱週六要上班嗎？

疑問詞（how）+ do + 複合主詞（you and Kirk）+ 原形動詞（go）
- How do you and Kirk go to work? 你和柯克是怎麼去上班的？

❸ **否定句**：在否定句中，要使用**助動詞 does/do** 和否定詞 **not**，主要動詞用**原形**，不能加 -s/-es/-ies。

主詞 ＋ **does/do（助動詞）not** ＋ **主要動詞（原形動詞）**

單數主詞（Lee）+ does not（= doesn't）+ 原形動詞（like）
- Lee does not like to watch TV. 李不喜歡看電視。

複合主詞（Dwight and I）+ do not（= don't）+ 原形動詞（like）
- Dwight and I do not like to work at night. 我和杜威特不喜歡在晚上工作。

❹ **否定句**：如果一個句子已有否定詞 never、nobody 等，就不要再用否定詞 **not**，一個句子只能有**一個否定詞**。

✗ Kim doesn't never want to talk to him.

一個句子只能用一個否定詞，要麼用 never，要麼用 not。

✓ Kim doesn't want to talk to him. 金姆不想跟他說話。

never 放在動詞前面，不需要助動詞（does）和否定詞 not，第三人稱單數動詞要加 -s/-es/-ies（wants）。

✓ Kim never wants to talk to him. 金姆從來就不想跟他說話。

2 第三人稱單數動詞的拼寫規則

❶ **大部分原形動詞** + -s

I walk → she walks 走路

❷ **字尾 -s、-sh、-ch、-z、-x、-o 的動詞** + -es

you pass → he passes 通過
we push → Mom pushes 推動
you watch → he watches 觀看
they buzz → it buzzes 嗡嗡叫
you mix → Sam mixes 調配
they do → she does 做

❸ **字尾子音字母 + -y 的動詞（如：-dy、-fy、-ly、-py、-ry）** 去 y，+ -ies

you satisfy → Lily satisfies 滿意
we fly → he flies 搭飛機
we copy → she copies 抄寫
they carry → Jane carries 攜帶

❹ **字尾母音字母 + -y 的動詞** + -s

-y 前有母音字母 a、e、o、u（字尾為 -ay、-ey、-oy、-uy）時，保留 y，只在 y 後面加 -s。

they pay → Mom pays 支付
they prey → it preys 獵食
you enjoy → he enjoys 享受
I buy → she buys 購買

❺ **字尾 -i 的動詞** + -s

they ski → she skis 滑雪

❻ 動詞 **have** 的第三人稱單數要用 **has**。

❼ **be** 動詞的現在簡單式為：

I am
he/she/it is → 第三人稱單數用 is。
we/you/they are
→ 第二人稱 you 無論單複數都用 are。

3 現在簡單式的用法

❶ 永久成立的**事實**、**習慣**以及**反覆發生**的事、**現在的特徵或狀態**，要用**現在簡單式**。

- As the Earth rotates, the Sun appears to rise in the east and set in the west. → 永久的事實
  由於地球旋轉，太陽好像從東方升起、西方落下。
- Every summer I go to Paris to visit Aunt Iris. → 反覆發生的事、習慣
  每年夏天我都會去巴黎看望艾莉絲姑姑。
- She hates lice and mice. 她討厭蝨子和老鼠。→ 現在的特徵

❷ **請求和提供指示：**當問路或指路、請求指示或給出指示時，常用**現在簡單式**。

- You go straight to the second set of traffic lights, and then you turn right. → 給出指示
  你直走到第二個紅綠燈，然後右轉。

❸ **確定的計畫和安排：現在簡單式**常用來表示按**時間表**、**日程安排**、**日曆**、**方案**、**規定**或**計畫將要發生**的動作。常用**現在簡單式**的動詞有 be、arrive、begin、close、come、depart、end、finish、fly、go、leave、open、return、start、stay 等。

- Bus 8 to Gem Mountain departs at 9:30 a.m. 往寶石山的 8 路公車上午九點半發車。

❹ **子句中的現在簡單式用法：**當**主要子句**為**未來式**時，由 if、when、until、after 等連接詞引導的從屬子句要用**現在簡單式**來表示**未來含意**。

➡ 以上第 3、4 條請參見 p. 242〈4 現在簡單式表示未來的用法〉

- I will go to your party if you also invite Jill. 如果你也邀請吉兒，我就去參加你的派對。

5 **現在簡單式**不能用來表達某件事**持續的時間**（for fifteen years, for about a decade），要用**現在完成式**。

➡ 詳細說明請參見 Chapter 80

✗ She knows my son Wade for fifteen years, and they are business partners for about a decade.

✓ She has known my son Wade for fifteen years, and they have been business partners for about a decade.

她認識我兒子韋德已經十五年了，他們合夥做生意大概有十年了。

6 常用**現在簡單式**的副詞和副詞片語有 always、usually、never、once a day 等。

PRACTICE

1 寫出下列動詞的第三人稱單數動詞。

1 apply ________ 6 eat ________ 11 miss ________ 16 satisfy ________

2 annoy ________ 7 finish ________ 12 mix ________ 17 switch ________

3 buzz ________ 8 fix ________ 13 obey ________ 18 taxi ________

4 copy ________ 9 hurry ________ 14 pass ________ 19 win ________

5 do ________ 10 marry ________ 15 pray ________ 20 worry ________

2 選出正確答案。

____ 1 Dan: How ________ new vocabulary?
Ann: Trish spends at least two hours every day reading and listening to English.

Ⓐ does Trish Tree rapidly acquires Ⓑ does Trish Tree rapidly acquire
Ⓒ Trish Tree rapidly acquires Ⓓ do Trish Tree rapidly acquire

____ 2 Ann Pool will encourage reading and listening when she ________ her new foreign languages school.

Ⓐ starts Ⓑ will start Ⓒ is going to start Ⓓ do start

____ 3 June ________ for London at 3:20 tomorrow afternoon.

Ⓐ leaves Ⓑ leave Ⓒ is leaving Ⓓ Both A and C are correct.

_____ **4** Kay Sears ___________ Ben Gears for twenty years, and they ___________ happily married for ten years.

Ⓐ knows; have been Ⓑ has known; have been
Ⓒ knows; are Ⓓ Both A and B are correct.

_____ **5** ___________ Tom, because his temper is just like a ticking time bomb.

Ⓐ Nobody does not like Ⓑ Nobody likes
Ⓒ Nobody like Ⓓ Both A and B are correct.

_____ **6** After I ___________ my driving test, ___________ a car and drive to Los Angeles to visit Sue.

Ⓐ pass; I'll buy Ⓑ will pass; I'll buy Ⓒ pass; I buy Ⓓ will pass; I buy

3 根據括弧裡提供的文字，用現在簡單式完成下列句子。

1 In May birds ___________ (sing) and ___________ (fly) for miles, and in June summer days ___________ (bring) us smiles.

2 Bing ___________ (get) up at six almost every morning.

3 Almost every summer Kay ___________ (go) to Norway.

4 Paul ___________ not ___________ (play) basketball.

5 ___________ Claire McCool ___________ (ride) her dad's motor scooter to school?

6 Pat White always ___________ (take) her dog Peach out for a long walk at night.

4 判斷下列句子是否正確。正確打 ✓，不正確打 ×，並訂正錯誤。

1 [ ] How do I get to the closest beach on the Mediterranean Sea?

____

2 [ ] If there will be a typhoon in Taiwan on Monday, Claire and I will not fly there.

____

3 [ ] She will light two candles before he will arrive for dinner tonight.

____

4 [ ] Kay watches cartoons once a day.

____

5 [ ] Dan: What is the matter with Liz?
Ann: Liz have the flu.

____

Chapter

74 現在式：(2) 現在進行式

1 現在進行式的形式和句型（Present Progressive Tense） is/am/are + 現在分詞

現在進行式由助動詞 **be**（is, am, are）和主要動詞的**現在分詞**構成。比如：**jog/jogs** 是**現在簡單式**，而 **is/am/are jogging** 是**現在進行式**。

疑問句 Is Paul bouncing his table tennis ball off the wall? 保羅正在對著牆壁打乒乓球嗎？

肯定句 Yes, he is bouncing that small ball off the wall. 是的，保羅正在對著牆壁打那個小球。

簡答 Yes, he is. → 肯定簡答不能用縮寫（✗ Yes, he's.）。

否定句 No, he isn't bouncing his table tennis ball off the wall. 不，保羅沒有在對著牆壁打乒乓球。

簡答 No, he isn't. / No, he's not.

→ 否定簡答常用縮寫（如：isn't、aren't 等）。

2 現在分詞的拼寫規則

❶ 大部分動詞 原形動詞 + -ing

cook → cooking 做飯
draw → drawing 畫畫

❷ 字尾 -e 的動詞 去 e，+ -ing

create → creating 創造
take → taking 拿；耗費時間

❸ 字尾 -c 的動詞 + -king

mimic → mimicking 模仿
picnic → picnicking 去野餐

❹ 字尾 -ie 的動詞 變 ie 為 y，+ -ing

die → dying 死亡
lie → lying 躺
tie → tying 打結；捆綁

❺ 單音節動詞：字尾單母音 + 單子音（-w、-x、-y 除外） 重複字尾子音字母，+ -ing

run → running 跑
stop → stopping 停止
sit → sitting 坐
swim → swimming 游泳

提示

1 單音節動詞若含**兩個母音字母**，其現在分詞不重複字尾子音字母。

wait → waiting

2 單音節動詞若字尾為**兩個子音字母**，其現在分詞不重複字尾子音字母。

want → wanting

3 字尾為「**單母音 + 子音 -w、-x、-y**」的**單音節動詞**，直接加 -ing。

play → playing
show → showing

❻ 雙音節動詞／多音節動詞：字尾單母音 + 單子音（-w、-x、-y 除外），且重音在後 重複字尾子音字母，+ -ing

begin [bɪˋgɪn] → beginning 開始
control [kəˋtrol] → controlling 控制

❼ 雙音節動詞／多音節動詞：字尾單母音＋單子音，且重音在前

不重複字尾子音字母，只＋-ing

happen → happening 發生；碰巧
[ˋhæpən]

例外

1 program [ˋprogræm] 給……編寫程式
→ programming/programing
program 的重音在第一音節，第二音節是非重音。但這個字比較特殊，可以重複字尾子音字母（重複更常見），也可以不重複。

2 travel [ˋtrævḷ] 旅行
→ travelling 英式英語要重複 l，再加 -ing。
→ traveling 美式英語只需要加 -ing。

3 現在進行式的用法

❶ 談論「此刻」：現在進行式用來談論**此刻**（說話時或說話前後）或**目前正在進行**的（或不在進行的）、**暫時**的動作和狀況。

- Mom is in the warehouse now. She's making an inventory.（用現在進行式描述**此刻正在進行**的動作。）
  媽媽現在人在倉庫裡，她正在開一張存貨清單。
- We are staying with Sid to try to find out whether his house is really haunted.（用現在進行式描述**目前這段時間正在進行**的動作或狀態（不一定此時此刻正在進行）。）
  我們住在席德家，設法查出他的房子是否真的鬧鬼。

❷ 表示「正在變化的情形」：

1 **現在進行式**也可以用來談論**正在發展**、**正在變化**的情形。

- Summers here are getting hotter, and winters are getting wetter.
  這裡的夏天愈來愈熱，冬天愈來愈多雨。

2 如果句中有 every year、every month、every day 這類時間副詞，既可以用**現在簡單式**，也可以用**現在進行式**來表示**正在發展**、**正在變化**的情形。

- Kay is getting / gets older and smarter every day.
  凱一天比一天年長了，也一天比一天聰明了。

比較

① 雖然可用現在進行式來談論**正在發展**、**正在變化**的情形，但如果句中有**現在簡單式的副詞子句**修飾（如：when it rains），**主要子句**就要用**現在簡單式**（如：get cleaner）。

- Does the air get cleaner when it rains? 下雨時空氣是否會乾淨一些？

② **主要子句**是**未來式**（如：will get thicker）時，**if 副詞子句**要用**現在簡單式**（如：gets warmer），不用現在進行式（is getting warmer）或未來式（will get warmer）。

- "If the climate on Mars gets warmer, the atmosphere will get thicker," noted Jill.
  吉兒說：「如果火星上的氣候變得較暖和了，大氣會變得更稠密。」

❸ 談論「未來」：現在進行式有時可用來談論**未來將要發生**的事，指「計畫好的事」或「馬上就要發生的事」（用於表示**位移**的動詞，如：come、go、leave 等）。

- I am seeing June this afternoon. 今天下午我要去看望茱恩。（已經計畫好的、已經決定的事）

- Margo shouted, "Hurry or we'll miss the beginning of the show." "OK, I'm coming," yelled Kay.
瑪歌喊道：「快點，否則我們會錯過節目的開頭了。」
凱大喊著說：「好的，我來了。」

（馬上就要發生的行為：coming。表示位移的動詞，如：come、go、leave 等，可用進行式表示將要發生的事。）

❹ forever（不斷；老是）、always（老是；一再）、usually（通常）、continually（一再）等可以用於**進行式**，表示**反覆出現**或**習慣性**的動作，強調「重複頻率太高」，意為「老是；不斷地」，往往含有厭惡、生氣、好奇等感情色彩。

- My neighbors are forever arguing and yelling. 我的鄰居老是吵個不停、大喊大叫的。

4 現在簡單式和現在進行式的比較

現在簡單式	現在進行式
• 有時、經常（從未）發生之事 • 永恆的真理 • 長時間內的重複行為 • 持續時間較長的情境	• 此時此刻正在發生的事 • 目前一段時間正在發生的事 • 未來的安排 • 正在進行的暫時行為動作
Bret often reads news on the Internet. 布瑞特常閱讀網路上的新聞。 → 經常發生的事	Right now, Bret is reading about how to milk a cow. 此刻布瑞特正在閱讀關於如何替乳牛擠奶的文章。 → 此時此刻正在發生的事
Wade says water boils at 100° centigrade. 韋德說，水在攝氏 100 度沸騰。→ 永恆的真理	Bing, the water is boiling! 賓，水開了！ → 此時此刻正在發生的事
Kay waters her flowers every other day. 凱每隔一天會替她的花澆水。 → 長時間內的重複行為	Kay is watering my flowers this week while I am on a business trip in Norway. 這週我在挪威出差，凱替我的花澆水。 → 目前這段時間正發生的事（與說話此刻無密切聯繫）
Does it ever snow in Chicago? 芝加哥下過雪嗎？ → 有時發生、從未發生過的事	It is snowing hard today, and the wind is howling. 今天大雪紛飛，風在呼嘯。 → 此時此刻正在發生的事
What do you usually have for dinner, Sue? 蘇，你晚餐通常吃什麼？ → 經常發生的事	What are you having for lunch? 你午餐要吃什麼？ → 未來的安排和計畫
Our Catholic church stands on a hill outside the town. 我們的天主教教堂矗立在城外的小山上。 → 持續時間較長或永久的情境	"Where is Mike?" "He's standing over there by the window." 「邁克在哪裡？」「他正站在那邊的窗戶旁。」 → 正在進行的暫時行為動作

提示 **現在簡單式**和**現在進行式**不能表示事情**持續**的時間（how long），這種情況要用**完成式**。

➡ 參見 p. 255〈2 持續的狀態和行為〉

⊗ She studies astronomy for ten years.
⊗ She is studying astronomy for ten years.
✓ She has studied astronomy for ten years.（現在完成簡單式）
✓ She has been studying astronomy for ten years.（現在完成進行式）她學天文學已經有十年了。

PRACTICE

1 寫出下列動詞的現在分詞。

1 study ______
2 shake ______
3 vie ______
4 nod ______
5 sleep ______
6 help ______
7 rob ______
8 unplug ______
9 happen ______
10 arrive ______
11 cut ______
12 patrol ______
13 rise ______
14 wait ______
15 water ______
16 unpin ______

2 選出正確答案。

____ 1 "The climate of Mars ______ warmer," noted Liz.
Ⓐ gets Ⓑ is getting Ⓒ get Ⓓ Both A and B are correct.

____ 2 Kay ______ basketball every day.
Ⓐ plays Ⓑ play Ⓒ is going to play Ⓓ Both A and C are correct.

____ 3 I ______ my daughter Amy at the train station when she ______ to visit me.
Ⓐ always meet; comes Ⓑ am always meeting; comes
Ⓒ always meet; will come Ⓓ Both A and B are correct.

____ 4 Alice Sun usually ______ an art show, but right now she ______ this one.
Ⓐ enjoys; is not enjoying Ⓑ is enjoying; is not enjoying
Ⓒ enjoys; does not enjoy Ⓓ is enjoying; does not enjoy

3 判斷下列句子是否正確。正確打 ✓，不正確打 ×，並訂正錯誤。

1 [ ] "Is the air getting cleaner when it snows?" asked Claire.
______

2 [ ] What are you having for dinner, Sue?
______

3 [ ] The old temple is standing on the top of that mountain.
______

4 [ ] "For almost two years I'm waiting for you to return from the Army," complained Lulu.
______

Chapter
75 現在式：(3) 非進行式動詞

1 非進行式動詞（Non-Progressive Verbs）

❶ 有些動詞通常用於**簡單式**（**現在簡單式**或**過去簡單式**），即使是表達正在進行的動作或狀態，也不用於**進行式**。以下是常見的**非進行式動詞**。

1 連綴動詞及表「**表象**」的動詞
- appear 好像是；似乎
- resemble 與⋯⋯相像
- be 是
- seem 好像是
- look (= seem) 好像是；似乎

2 表「**存在狀態**」的動詞
- consist of 由⋯⋯組成
- remain 餘留；保持不變
- contain 包含；容納
- stay 繼續處於某種狀態
- exist 存在

3 表「**從屬；擁有**」的動詞
- belong to 屬於
- lack 缺少
- have (= own) 擁有
- own 擁有
- include 包括
- possess 擁有

4 表「**感情；意願**」的動詞
- desire 渴望
- need 需要
- trust 信任
- envy 嫉妒
- pity 憐憫
- want 想要
- like 喜歡
- prefer 更喜歡
- wish 但願

5 表「**思考；相信；認知**」的動詞
- believe 相信
- realize 意識到
- doubt 懷疑
- recognize 識別
- feel (= have an opinion) 覺得
- forget 忘記
- see (= understand) 明白
- guess 猜測
- think (= have an opinion) 認為
- know 知道
- understand 理解

6 表「**感官**」的動詞
- hear 聽見
- notice 注意到
- see 看見
- smell 聞起來
- taste 嘗起來
- sound 聽起來

7 其他動詞
- agree 同意
- owe 欠債
- concern 關心；涉及
- promise 許諾
- deny 拒絕
- satisfy 使滿意
- deserve 應得
- surprise 使驚奇
- disagree 不同意
- weigh (= have weight) 重量為
- fit (= to be the right size for) 合身

❷ **look**、**listen**、**see**、**hear** 都是感官動詞，都是「看、聽」的意思，但 look 和 listen 與 see 和 hear 不同，**look** 和 **listen** 意味著**有意識地努力**（conscious effort）去「看、聽」，強調**行為動作**；**see** 和 **hear** 則沒有「努力」的含意，而是強調**動作的完成**（complete），表示「看見、聽見」，即強調**動作的結果**。因此，作「留神看、留神聽」解釋的 **look** 和 **listen** 有**進行式**的用法，而作「看見、聽見」解釋的 **see** 和 **hear** **不用於進行式**。

→ listen 是行為動詞，可用於進行式。
- She's listening to the BBC. 她正在收聽 BBC 新聞。

→ hear（聽見）強調動作的結果，可用於過去簡單式，不能用於進行式。
- Did you hear any interesting news? 你聽到什麼有趣的新聞沒有？

2 進行式與非進行式的比較

❶ 上面列舉的動詞中，有些可兼作**行為動詞**，這時就可以用於**進行式**，與非進行式動詞的意思不一樣。

	現在簡單式 → 非進行式動詞	現在進行式 → 行為動詞
appear	→ 看起來；似乎	→ 露面；演出
feel	→ 感到；覺得；摸起來	→ 觸摸
see	→ 看見；明白；懂（understand）	→ 會見（meet）
taste	→ 嘗起來	→ 品嘗
think (of/about)	→ 覺得；認為；有⋯⋯看法（have an opinion）	→ 考慮；思考；策畫
weigh	→ 某物／人稱起來有⋯⋯重	→ 稱某物的重量

	現在簡單式 → 非進行式動詞	現在進行式 → 行為動詞
be	Daisy is lazy. 黛絲很懶惰。 → 個性	Kay is being very lazy today. 凱今天很懶惰。 → 一時的行為 → be being 後面只能接個別表示**動態**的形容詞（如：rude、lazy、naughty、funny 等）。
have	Mitch has ten homes around the world; he is pretty rich. 米契在全世界擁有十個家；他很有錢。 → 擁有	He is having a good time at the party. 他正在派對上玩得很開心。 → 體驗（正在享受）
look	Dad looks a little sad. → 看起來 爸爸看起來有點傷心。 It looks like a great job. → 看起來像 這似乎是個很好的工作。	June is looking at the full moon. → 看 茱恩正望著滿月。 Bob is looking for a job. → 尋找 鮑勃正在找工作。
smell	Michael, do you smell some kind of chemical? = Michael, can you smell some kind of chemical? 麥可，你有聞到一種化學製品的味道嗎？ → 嗅到；覺察出 → 當**不自覺地**、**非特意地**使用感官時，感官動詞用簡單式，或與 can/could 搭配使用。	Look, the cat is smelling the fish on my dish. 瞧，那隻貓正在聞我盤子裡的魚。 → 聞 → smell 作**行為動詞**時，表示「聞……」，可以用進行式。這句從上下文看，是指正在進行的動作，因此，應該用 is smelling。

❷ 一些**感覺動詞**（feel, hurt, ache, itch）涉及**身體感覺**（physical feelings）時，既可以用於**進行式**，也可以用於**簡單式**，意義相同。

- Is Kay feeling OK today? = Does Kay feel OK today? 凱今天感覺還好嗎？
- My foot is hurting again. = My foot hurts again. 我的腳又痛起來了。

PRACTICE

1 將正確答案劃上底線。

1. Lily thinks | is thinking highly of Ms. Lee.
2. Lenore tasted | is tasting the stew to see whether she needs to cook it a little bit more.
3. Nate exclaimed, "This beef tastes | is tasting great!"
4. Are you seeing | Do you see Bing tomorrow morning?
5. I don't see | I am not seeing why Bing is complaining.
6. Kay is needing | needs some help today.

2 判斷下列句子是否正確。正確打 ✓，不正確打 ×，並訂正錯誤。

1. [ ] Mr. Monk is blind, and right now he feels the elephant's trunk.
____
2. [ ] Trish seldom thinks about others; she is being selfish.
____
3. [ ] I can't understand why Pat is being so rude today; she is not usually like that.
____
4. [ ] Paul, who is blind, feels that the elephant is like a wall.
____

Chapter 76 未來式：(1) 未來簡單式

未來式是用來談論**未來**的動詞時態，有四種常見的方式可以用來表達未來：

1 助動詞 will + 原形動詞
2 be going to + 原形動詞
3 現在進行式表示未來
4 現在簡單式表示未來

1 未來簡單式（Simple Future Tense） 助動詞 will + 原形動詞

未來簡單式的基本形式是「**will/shall + 原形動詞**」。傳統英語第一人稱要用 **shall**，現代英語所有人稱都用 **will**。

1 表示**單純提供未來的資訊**或**預測未來的事件**，沒有明確的計畫或意圖。

單純的預測
- "The interest rates will drop in the next few weeks," declared Jill.
  吉兒宣稱：「過幾週利率就會降下來。」

2 常與 I think/believe/expect/wonder/suppose/hope 等或 probably、perhaps 等字搭配使用。描述我們**主觀意識所知道、認為、推測**將要發生的事情。

- I believe Lynn will win. 我相信琳恩會贏。
- Next Sunday Jerome will probably be back at his home in Rome.
  下個星期天，傑羅姆很可能會回到他在羅馬的家。

not 通常置於 believe、think 等字的前面（I don't think/believe/suppose/imagine . . . will），與中文語序不同。
- I don't think Eve will choose to date Steve. 我認為伊芙不會選擇跟史蒂夫約會。

3 用於「**祈使句 + and + 獨立子句**」的句型中。

- Listen to your teachers and study hard, and you will do well in school.
  聽你老師的話，努力學習，你的學業成績就會好。

4 也可以表示**突然做出的決定**或**突然產生的意圖**。

說話當時突然做的決定／突然產生的意圖
- "Telephone!" shouted Joan. "I'll get it," yelled Bridget.
  瓊恩喊道：「電話！」布麗姬大叫：「我來接。」

2 be going to + 原形動詞

1 **意圖**或**先前的決定**（intentions and decisions）：在做出具體的安排之前，可以用 **be going to** 來談論**計畫**、**意圖**。

事先已決定，但尚未做具體安排（還沒有確定具體的時間）。
- June declared, "I am going to get a new electric car soon."
  茱恩宣稱：「我很快就要買一輛新的電動車了。」

比較

be going to 事先決定 vs. will 突然決定

❶「**be going to + 原形動詞**」表示**計畫、意圖**。**be going to** 不能表示突如其來的決定。

❷「**will + 原形動詞**」表示**突然的決定**：當你一邊做決定一邊告知他人時，就用 **will**。

→ 已經做好的決定

- There are over 20 things Kay and I are going to deal with today.
  我和凱今天要處理二十多件事情。

→ 突然的決定

- "The doorbell is ringing," shouted Bing. "I'll get it," said Brigitte.
  賓喊道：「門鈴響了。」布麗姬說：「我去開門。」

❷ 即將發生的事：be going to 可以表示根據**外在證據**推斷**即將發生**或**正開始發生**的事。

→ 根據**當前跡象**（看見了天空中的烏雲），預測一個**即刻**就要發生的事。

- Jane, look at those dark clouds—it's going to thunder and rain.
  珍，你看那些烏雲——馬上要打雷下雨了。

→ be going to 預見的事件常與**現在**有密切關聯，因此往往表示**即將**或**正開始**發生的事。

- Look out! You're going to spill the milk on the floor.
  小心！你快要把牛奶灑到地板上了。

→ 即將或馬上就要發生的事

- Be quiet! The movie is going to start.
  = Be quiet! The movie is about to start.
  安靜！電影快開演了。

→「**be about to + 原形動詞**」的句型也可以表達即將發生的事。這個句型一般不與時間副詞連用。

比較

be going to 強調即將發生 vs. will 單純預測將來

❶「**be going to + 原形動詞**」表示**快要發生的事**：根據**當前的跡象**或**了解到的情況**（外在證據），**客觀預測**即將發生或正開始發生的行為動作或事件。

❷「**will + 原形動詞**」用來**單純預測將來的事件**，表示我們**主觀意識**認為將要發生的事。

→ 明顯快要發生的事情（根據當前的跡象，客觀預測）

- Look, the sky is turning dark. It's going to snow soon.
  瞧，天空變暗了，快要下雪了。

→ 單純提供將來的資訊或預測將來的事件（認為將要發生，主觀預測）

- I am sure Dotty will appear at the party.
  我確定達蒂會出現在派對上。

→ will 也可以表達**當前的徵兆**，但通常搭配**副詞**（probably、definitely 等）。與這些副詞連用時，仍然表達的是「我們主觀意識中所認為、推測將要發生的事情」。

- Look, the sky is turning dark. It will probably/definitely snow soon.
  瞧，天空變暗了，也許／肯定快要下雪了。

3 現在進行式表示未來的用法

現在進行式可用於描述**「個人」未來已確定的計畫和安排**。即**已經有明確的時間和地點的安排**，通常句中有明確的時間提示語。此時現在進行式並沒有「正在進行」的意義。

Coco 與室內設計師約好了明天裝潢。
- Coco is having her bedroom redecorated tomorrow. 明天可可要重新裝潢她的臥室。

比較　現在進行式、be going to 和 will 的區別

❶ **有明確的時間和地點**時，這三種形式的意義區別不大。

進行式強調**已經安排妥當**的未來事件（有明確的時間「at 9 p.m.」和地點「at the airport」）。
- I am picking up that valuable gem at the airport at 9 p.m.

be going to 強調**意圖**或**已做出的決定**；will 與現在沒有關聯，表示單純的未來事件。
≈ I'm going to pick up / I will pick up that valuable gem at the airport at 9 p.m.
晚上九點我要在機場取那個貴重的寶石。

❷ 如果時間副詞片語指的是**大概時間**，而不是**具體時間**，通常要用 **be going to** 句型強調**意圖**。

sometime next week 表示還沒有確定具體的時間，即還沒有做好具體安排，還沒有買票。不能用現在進行式。
- Sometime next week Kay is going to see a musical in Taipei.
下週的某一天，凱要去臺北看一場音樂劇。

❸ **預測氣象**與**未來的計畫和安排**的區別：

A **be going to / will** 可用來**預測氣象**或根據**外在證據**推斷**即將發生**的事。
- June, according to the weather person, it's going to rain / it will rain tomorrow afternoon. 茱恩，根據天氣預報，明天下午會下雨。

描述人類無法控制的事件（如氣象），不能用進行式，要用 be going to 或 will。

B **現在進行式**只用來表示**個人未來的計畫和安排**。

現在進行式描述「未來的計畫和安排」。
- I'm meeting Dwight at the Sweet Cafe tonight. 今晚我要在甜蜜咖啡店與杜威特見面。

4 現在簡單式表示未來的用法

❶ 時刻表上的行程和安排（日程安排、節目單、課程表、火車和航班時刻表）

- June says that show starts at 10:30 a.m. and ends at noon.
茱恩說，表演是在上午十點半開始，中午時結束。

現在簡單式談論未來事件，常用的動詞有：
- be
- arrive
- begin
- close
- come
- depart
- end
- finish
- fly
- go
- leave
- open
- return
- start
- stay

❷ 請求指示或提供指示

- Where do I pay, Claire? 克萊兒，我要在哪裡付錢？

❸ 主要子句（will）+ 從屬子句（現在簡單式）：由時間、地點、條件連接詞（如：before、as soon as、where、wherever、if、unless）引導的從屬子句（副詞子句），用**現在簡單式**表達未來含意。 ➡ 參見 Chapters 121 and 122 從屬連接詞引導副詞子句

從屬子句用現在簡單式（find）。　主要子句用 will。
- After I find out what has happened to Coco, I'll let you know.
我弄清楚可可發生了什麼事之後，就會讓你知道。

PRACTICE

1 判斷下列句子是否正確。正確打 ✓，不正確打 ×，並訂正錯誤。

1 [ ] June, look at the sky—it will to rain cats and dogs soon.

____

2 [ ] Joe, it's snowing tomorrow.

____

3 [ ] "Our London English Summer Camp begins on August 1," announced Ron.

____

4 [ ] I'm seeing May this Saturday.

____

5 [ ] Sam thinks he won't pass the math exam.

____

6 [ ] I'm taking a few days off and go to Japan as soon as I can.

____

2 選出正確答案。

_____ 1 What ____________ during your vacation in July?

Ⓐ will you and Lorelei do Ⓑ are you and Lorelei going to do
Ⓒ are you and Lorelei doing Ⓓ A, B, and C are all correct.

_____ 2 Look out, Brook! ____________ Paul.

Ⓐ You're going to fall and land on Ⓑ You are falling and landing on
Ⓒ You will fall and land on Ⓓ A, B, and C are all correct.

_____ 3 ____________ at six tonight, but I wonder whether ____________.

Ⓐ I'm seeing Dee; she'll recognize me
Ⓑ I'm going to see Dee; she'll recognize me
Ⓒ I'm seeing Dee; she is recognizing me
Ⓓ Both A and B are correct.

_____ 4 Janet ____________ it.

Ⓐ won't believe Ⓑ is not believing
Ⓒ is not going to believe Ⓓ Both A and C are correct.

_____ 5 I know Brigitte is a little terror, and if you ____________ her your pocket computer, she ____________ it.

Ⓐ lend; is probably destroying Ⓑ lend; will probably destroy
Ⓒ will lend; will probably destroy Ⓓ Both A and B are correct.

_____ 6 Mankind must put an end to war or war ____________ an end to mankind.
—President John Fitzgerald Kennedy

Ⓐ is going to put Ⓑ is putting Ⓒ will put Ⓓ Both A and B are correct.

Chapter 77 未來式：(2) 未來進行式

1 未來進行式的用法（Future Progressive Tense） will be + 現在分詞

❶ **未來某一時刻正在進行的事：未來進行式**可以指**未來某時刻正在發生**的事。

• When you come back from school, I will be listening to the VOA, so please do not disturb me then.
→ 未來某一特定的時間（when you come back from school）正在進行的短暫動作（will be listening）。
當你從學校回來時，我將正在收聽美國之音，所以請不要在那個時候打擾我。

❷ **已確定的或已安排好的未來事件：未來進行式**可以指**已經確定的**、**已經安排好的**未來事件，並沒有正在進行的含意（與**現在進行式**表示「已經安排的未來事件」的用法沒有區別）。

• A WHO doctor will be coming / is coming to Honolulu next week to attend the conference on the H1N1 Flu.
→ 這兩種進行式都可以表示已經確定的未來事件。
下週，一名世衛組織的醫生要來檀香山參加關於 H1N1 流感的會議。

未來進行式可以表示「已經安排好的未來事件」，可用來「委婉謝絕邀請」。

• I'm terribly sorry, Kay, but I can't come to your wedding as I'll be working / I'm working on that day. 凱，很抱歉，我不能去參加你的婚禮，因為那天我要工作。

❸ **按照事物的正常發展過程應該會發生的事：未來進行式**也可以表示「**猜測**」，指按照事物的**正常發展過程**應該會發生的事。在這種情況下，**未來進行式**並不表示個人意圖、事先的計畫，也沒有正在進行的含意，純粹指「到時候會發生……」。

• As soon as this war is over, I will be seeing you and Gwen again.
等這場戰爭一結束，我就會再見到你和葛雯了。

2 未來進行式與未來簡單式的比較

❶ **禮貌的疑問句：**詢問某人的**未來計畫和安排**時，用**未來進行式**比**未來簡單式**禮貌。因為用**未來簡單式**會讓人感覺是在提出要求，語氣比較生硬。

→ 禮貌地詢問對方已經做出的決定，只是想知道對方的計畫，並不想影響其意圖或決定。
• Claire, how long will you be staying there?

→ 在打聽別人的意圖、意願。
• Claire, how long will you stay there? 克萊兒，你會在那裡停留多久？

❷ **委婉的否定句：**在否定句中，用**未來簡單式**可能帶有**拒絕**的意味。若本意並非拒絕，而只是由於某種**外在環境因素**，比如事先已經有別的安排，而不能在未來時間做某事，最好用**未來進行式**。

→ 表示由於某種外在環境因素，而非個人主觀因素，Dwight 今晚不能煮飯。
• Dwight won't be cooking tonight, because he will be busy observing the stars until midnight. 杜威特今晚不做飯，因為他將忙著觀星直到半夜。

→ 可能暗示 Dwight 今晚拒絕煮飯。
• Dwight won't cook tonight. 杜威特今晚不做飯。

PRACTICE

1 根據括弧裡提供的文字，用「will + 原形動詞」或「will be + 現在分詞」完成下列句子。

1. I ______________ Ben again.（不會再見到；表示不願意再見到）
2. I am afraid I ______________ Ben again.（不會再見到；因某種外在環境因素）
3. ______________ Margo tomorrow?（你要拜訪〔visit〕；打聽意圖或意願）
4. ______________ Kay on Sunday?（你要拜訪〔visit〕；禮貌詢問對方已經做出了什麼決定）
5. Dwight, ______________ our reading competition tonight?（你來參加〔attend〕；邀請對方）
6. Kay, ______________ our meeting on Saturday?（你來參加〔attend〕；禮貌地詢問，並不想影響對方的決定）
7. Because Sue Bedding has to meet an important client, she ______________ to our wedding.（不會來參加；用動詞 come）
8. Ms. West ______________ a presentation on Greek mythology at the same time next week.（將做一次關於⋯⋯的簡報〔give a presentation〕；強調已經確定的安排）

2 選出正確答案。

____ 1. Joe, ______ our party tomorrow?
Ⓐ are you going to attend Ⓑ will you be attending
Ⓒ won't you attend Ⓓ A, B, and C are all correct.

____ 2. Margo is carrying too many books, and she ______ one of them in the snow.
Ⓐ drops Ⓑ is going to drop
Ⓒ will be dropping Ⓓ Both B and C are correct.

____ 3. Dwight, ______ your math tonight?
Ⓐ will you please study Ⓑ are you going to study
Ⓒ will you be studying Ⓓ A, B, and C are all correct.

____ 4. Lori is probably caught in a traffic jam, and I'm sure she ______ here soon, so don't worry.
Ⓐ will be Ⓑ will be being Ⓒ is going to be Ⓓ Both A and C are correct.

____ 5. This time next Sunday afternoon, I ______ next to Margo on a sunny Florida beach and dreaming of Christmas snow.
Ⓐ will be lying Ⓑ will lie Ⓒ am lying Ⓓ A, B, and C are all correct.

____ 6. I ______ lawyer Ben Brown at the courthouse tomorrow—he's always there on Mondays, so I can discuss your case with him then.
Ⓐ will be seeing Ⓑ am going to see Ⓒ see Ⓓ Both A and B are correct.

Chapter 78 過去式：(1) 過去簡單式

1 過去簡單式的形式（Past Simple Tense / Simple Past Tense）

過去簡單式的構成是使用**動詞的過去式**，除了 **be 動詞**（I/he/she/it **was**, we/you/they **were**）外，其他動詞的過去式**無人稱和數的變化**（如：play → I/he/she/it/we/you/they played）。

1 規則動詞的過去式

❶ **大多數規則動詞** + -ed

work → worked 工作
start → started 開始

❷ **字尾 -i 的動詞** + -ed

ski → skied 滑雪
taxi → taxied 乘計程車

❸ **字尾 -e 的動詞** + -d

dance → danced 跳舞
believe → believed 相信

❹ **字尾 -c 的動詞** + -ked

mimic → mimicked 模仿
picnic → picnicked 去野餐

❺ **字尾子音字母 + -y 的動詞** 去 y，+ -ied

apply → applied 申請
cry → cried 哭泣；叫喊

❻ **字尾母音字母 + -y 的動詞** + -ed

delay → delayed 延遲
enjoy → enjoyed 享受；欣賞

❼ **單音節動詞：字尾單母音 + 單子音（-w、-x、-y 除外）** 重複字尾子音字母，+ -ed

drum → drummed 擊鼓
hug → hugged 擁抱

提示

1 「**單母音 + 單子音**」的單音節動詞，若字尾為 -w、-x、-y，**不重複**字尾子音字母，只加 -ed。

bow → bowed 低頭
play → played 玩耍

2 字尾為「**雙母音 + 單子音**」字母的**單音節動詞，不重複**字尾子音字母，只加 -ed。

seem → seemed 似乎
wait → waited 等待

3 字尾為「**單母音 + 雙子音**」字母的**單音節動詞，不重複**字尾子音字母，只加 -ed。

help → helped 幫助
want → wanted 想要

❽ **雙音節動詞／多音節動詞：字尾為單母音 + 單子音（-w、-x、-y 除外），且重音在後** 重複字尾子音字母，+ -ed

prefer → preferred 寧願
[prɪˋfɝ]
regret → regretted 後悔
[rɪˋgrɛt]

例外

betray → betrayed 背叛
[bɪˋtre]
betray 是雙音節動詞，而且是重音在後、以「單母音 + 單子音」字母結尾，但因字尾是 -y，不需要重複字尾的子音字母。

❾ 雙音節動詞／多音節動詞：字尾為單母音 + 單子音，且重音在前　重複字尾子音字母　只 + -ed

thunder [ˋθʌndɚ] → thundered 打雷　　wonder [ˋwʌndɚ] → wondered 想知道

例外
travel [ˋtrævḷ] 旅行
→ travelled
英式英語要重複 l，再加 -ed。
→ traveled
美式英語只需要加 -ed。

2 不規則動詞的過去式

➡ 參見 p. 434〈附錄：不規則動詞表〉

❶ 有些動詞的過去式是**不規則變化**的，需要逐一記憶。

build → built 建造　　choose → chose 選擇

❷ 有些動詞的過去式**與原形動詞同形**，這類動詞也屬於不規則動詞。

hurt → hurt 疼痛　　bet → bet 打賭

❸ 有些動詞同時具有**規則**和**不規則**變化，但**意義不同**。

規則變化　hang → hanged 吊死；絞死（一個人）

不規則變化　hang → hung　把……掛起（一幅畫）

2 過去簡單式的句型

過去簡單式的**肯定句**中要用動詞的**過去式**，**疑問句**和**否定句**由「**助動詞 did + 原形動詞**」構成。

肯定句　Kay went to Mexico yesterday. 凱昨天去了墨西哥。（主詞 + 動詞過去式（went））

疑問句　Did Kay go to Mexico yesterday? 凱昨天去了墨西哥嗎？（did + 主詞 + 原形動詞）

否定句　Kay did not go to Mexico yesterday. 凱昨天沒有去墨西哥。（主詞 + did not + 原形動詞）

3 過去簡單式的用法

❶ **過去簡單式**用來表達**過去存在**的事或**過去發生過**的事。

1 短暫的過去動作

連續的過去動作，一個緊接一個。

- Dwight ran to his jeep, jumped in, and raced off into the night.
  杜威特跑向他的吉普車，跳了進去，疾駛消失在黑夜裡。

一個過去動作引發結果。

- Kate lost a fortune when the stock markets collapsed in 2008.
  2008 年股市崩盤，凱特虧損了很多錢。

2 持續較長的過去動作或狀態

- Kay spent much of her childhood at a boarding school in Taipei.
  凱的童年有很大一部分是在臺北的一所寄宿學校度過的。
- In the late 1990s, Margo lived in downtown Chicago.
  1990 年代末期，瑪歌住在芝加哥的市中心。

3 重複發生的過去動作

- Scot Sun applied for a British visa three times before he got one.
  史考特・孫申請了三次才拿到英國簽證。

❷ 在**時間**和**條件副詞子句**中用動詞**過去式**代替**過去未來式**。

在 that 引導的受詞子句中，when 引導的時間副詞子句動詞用**過去簡單式**（arrived）表示過去的未來，其後的主要子句動詞則用**過去未來式**（would go）。

- I already told Jane that when she arrived, we would go out for dinner.
  我已經告訴了珍，等她到達，我們就出去吃晚餐。

時態要一致。when 引導的時間副詞子句動詞用**現在簡單式**（arrives）表示未來，主要子句動詞則用**未來簡單式**（will go）。

比較 I have already told Jane that when she arrives, we will go out for dinner.

❸ 在**假設語氣**中，可以用動詞**過去式**，表示**與現在事實或未來事實相反**的主觀設想或主觀願望。

➡ 參見 Chapters 91–94 之假設語氣

與現在事實相反的主觀願望

- Bruce wishes he had more money so that he could buy a new car.
  布魯斯真希望自己有更多的錢，這樣就可以買一輛新車了。

it is (high) time + 子句（動詞過去式）

- It is time you went to bed. = It is time for you to go to bed. 你該睡覺去了。

❹ **過去簡單式**常與表示**過去**的時間副詞連用。

yesterday 昨天	last night 昨晚	a year ago 一年前	at the age of 在……歲時
last week 上週	last year 去年	a week ago 一週前	in 2019 在 2019 年

- He was trying to remember which country was occupied by the Germans in 1940.
  他在努力回想，1940 年哪一個國家被德國人占領。

PRACTICE

1 寫出下列動詞的過去式。

1 wonder ______	6 grab ______	11 buy ______	16 try ______
2 stay ______	7 refer ______	12 bake ______	17 shut ______
3 regret ______	8 include ______	13 come ______	18 sleep ______
4 bring ______	9 wait ______	14 ski ______	19 break ______
5 betray ______	10 want ______	15 swim ______	20 sit ______

2 訂正劃線部分的錯誤。

1 Where are you in 2002?

____

2 Did Pam passed yesterday's geography exam?

____

3 Kay didn't cooked dinner today.

____

4 I noticed that my nose grows longer and bigger every time I tell a lie.

____

5 Bing hanged the blue ribbon from a branch of the big tree in front of our apartment building.

____

6 Ann envyed my good luck in finding a great job in Japan.

____

7 The court hung that vile dictator at noon, and soon after that his wife began to smile.

____

8 This morning Joe was angry, and he hitted the ball so hard that it flew high in the air and through an open upstairs apartment window.

____

3 選出正確答案。

___ 1 Bing ___________ to the beach yesterday morning.

Ⓐ goes Ⓑ will go Ⓒ went Ⓓ goed

___ 2 Romeo and Juliet ___________ many years ago.

Ⓐ lives Ⓑ is living Ⓒ liveed Ⓓ lived

___ 3 While she was in school, Kay ________ lots of time with her friends every day.

Ⓐ spends Ⓑ spent Ⓒ will spend Ⓓ spended

___ 4 Lenore ___________ a movie star at the age of four.

Ⓐ becomes Ⓑ became Ⓒ is becoming Ⓓ becomed

___ 5 Every day I ___________ happily to school with Jerome, but yesterday I ___________ sick and ___________ at home.

Ⓐ walk; were; stayed Ⓑ walk; was; stayed
Ⓒ walked; were; stay Ⓓ walk; am; stay

___ 6 Lee ___________ some honey in my tea, and then we ___________ quietly and ___________ the waves dancing in the sea.

Ⓐ put; sat; watched Ⓑ putted; sitted; watched
Ⓒ will put; sat; watched Ⓓ put; sits; watches

Chapter 79 過去式：(2) 過去進行式和過去未來式

1 過去進行式（Past Progressive Tense） was/were + 現在分詞

❶ 表示**過去某一時刻正在進行**的事。

過去某個時刻（昨晚九點左右）正在進行的動作，要用過去進行式，不用過去簡單式。

Dan What was Dwight doing about nine last night? 昨晚大約九點時，杜威特在做什麼？

Ann He was putting a jigsaw puzzle together. 他正在玩拼圖。

- When Bing got up yesterday morning, the birds were chirping and the church bells were ringing. → 過去某個時刻（起床那個時刻）正在進行的動作，要用過去進行式。
  昨日晨間賓起床時，鳥兒啁啾鳴轉，教堂鐘聲正響。

❷ 強調一個行為動作在**過去的一段時間**中，**無時無刻不在進行**。

- Kim and I were walking and talking all morning today at the gym.
  今天整個上午，我和金姆都在體育館裡一邊散步一邊聊天。

❸ 表示**短暫**、**變化中**或**發展中**的**過去**動作或情況。

- During her army training, my wife was earning a lot less money than me. （短暫的情況）
  我妻子在部隊接受訓練時，收入比我少得多。

- Kay felt her health was becoming better each day. （變化中的情況） 凱感覺她的身體狀況每天都有好轉。

❹ 表示**從過去某一時刻看即將發生**的行為動作。此時常與**短暫性動詞** go、come、arrive、begin 等連用。

- I asked her whether she was coming to the school dance tonight. （原計畫要做的事）
  我問她今晚是否會來參加學校的舞會。

❺ **過去進行式**可以與 always（老是；一再）、continually（一再地）、forever（不斷地；老是）等類似的副詞連用，表示**過去重複性的習慣動作**或**意外的動作**，通常表達對某件事**感到不愉快**。

- While in college, I didn't like Amy. She was frequently borrowing things from me.
  大學的時候，我不喜歡艾咪。她老是向我借東西。

❻ **過去進行式**常和**過去簡單式**連用。**過去進行式**通常指**持續較長時間**的行為動作或情境；**過去簡單式**指較**短暫**的行為動作或事件，該短暫動作或事件通常發生在一個持續較長時間的行為動作之中，或打斷了那個較長時間的動作。

stopped by 是一個短暫動作，發生在持續較長時間的行為動作 was enjoying 之中。

- Last night Lulu stopped by while I was enjoying a candlelight dinner with Sue.
  昨晚我正在與蘇享用一頓燭光晚餐時，露露突然來訪了。

❼ when/while 用於進行式還是簡單式？一般來說，when/while 用於持續較長時間的動作（與進行式連用）；表示短暫的行為動作（與簡單式連用）只能用 when。

- Sid was sleeping when the bomb exploded.
  （短暫行為動作（exploded）用 when，不能用 while。）

= The bomb exploded while/when Sid was sleeping.
（while/when 都可以用於持續較長時間的動作（was sleeping）。）
（表達持續性動作時，when 只能用於過去進行式。while 可以用於過去簡單式（while Sid slept），但更常用於進行式。）

炸彈爆炸時，席德正在睡覺。

❽ 下列幾種情境不能用過去進行式：

1 談論過去長期的或固定的情境，要用過去簡單式。過去進行式與現在進行式相同，用來指暫時的行為動作和情境，不能與表示時間跨度的片語（如：for two months、for five years 等）連用。

(×) When I was young, I was living in Miami for ten years.
(√) When I was young, I lived in Miami for ten years. 我年輕時，在邁阿密居住了十年。

2 談論過去反覆的、習慣性的過去動作要用過去簡單式。過去進行式不用來談論過去事件完成的次數（如：twice、three times、many times 等）。

(×) Midge was traveling around Europe twice while she was in college.
(√) Midge traveled around Europe twice while she was in college.
米姬大學的時候周遊了歐洲兩次。

3 非進行式動詞（hear, taste, sound, believe）也不用於過去進行式，只能用於現在簡單式或過去簡單式。 ➡ 參見 p. 238〈1 非進行式動詞〉

(×) Lenore was hearing a knock on her door.
(√) Lenore heard a knock on her door. 蕾諾兒聽見有人敲門。

2 過去未來式（Past Future Tense）

❶ 過去未來式的構成：

未來簡單式		過去未來式
will	→	would
is/am/are going to	→	was/were going to
is/am/are doing	→	was/were doing
is/am/are about to	→	was/were about to

❷ 過去未來式的用法：談論「從過去的視角看將要發生的事情或存在的狀態」（future in the past），要用過去未來式。過去未來式常和過去簡單式連用。

1 過去未來式常由「would + 原形動詞」構成，常用於從屬子句，主要子句動詞通常是過去簡單式。

- How did you know Joe would marry Margo? 你是怎麼知道喬要娶瑪歌的？
  （受詞子句用過去未來式「would + 原形動詞」。）
  （主要子句動詞用過去簡單式（did）。）

2 「**was/were going + 不定詞**」表示「**從過去的視角描述未來的意圖**」。

過去計畫將要做的事（但事件並未發生）　過去事件

• I was going to get up early, but my alarm didn't go off; I only woke up when my sister began to cough.
我本來打算要早起，可是我的鬧鐘沒響；我妹妹開始咳嗽，我才醒過來。

3 **過去進行式**表示「**從過去的視角描述已經安排好的未來事件**」。**過去進行式**在這裡沒有進行的含意，而表示**按計畫將發生**的事。

過去還未發生但按計畫將發生的事　過去的行為動作

• Sue was taking the next flight to Japan, so she had to cut short the interview.
蘇要搭下一班飛機去日本，所以她不得不縮短面試時間。

4 「**was/were about + 不定詞**」表示「過去某時刻**剛要發生某事**時，另一事突然發生」。

be about to 可以用於**未來簡單式**或**過去未來式**。
從過去的視角描述未來，要用**過去未來式**。

• Jim was about to hit the thief again when the police arrived and stopped him.
吉姆剛要再揍小偷時，突然警察到了，制止了他。

when 子句裡是動詞過去式 arrived 和 stopped，主要子句要用 was about to。

PRACTICE

1 判斷下列句子是否正確。正確打 ✓，不正確打 ×，並訂正錯誤。

1 [ ] Last year Lulu was visiting me twice in Honolulu.

____

2 [ ] Peg Hall was playing volleyball while she hurt her leg.

____

3 [ ] The last time I saw Iris she is going to open a fashion shop in Paris.

____

4 [ ] When I was young, I was living in Chicago for five years.

____

5 [ ] Kay and her classmates were arguing about nothing important all morning today.

____

6 [ ] When my wife Grace came home last night, I read a novel by the fireplace.

____

7 [ ] Sam ate a piece of the cinnamon bread to see how it was tasting before he added some jam.

____

8 [ ] Grandpa Low died of a heart attack while he was driving a sick friend to a hospital in Chicago.

____

9 [ ] Beth is about to be put to death when the governor's pardon came.

____

10 [ ] When I got home, my dog Kay was barking and jumping up and down in the backyard and she wanted to go for a walk right away.

____

2 選出正確答案。

_____ 1 Last year Ms. Peak __________ chemotherapy twice a week.

Ⓐ received Ⓑ was receiving Ⓒ would receive Ⓓ receives

_____ 2 __________ your story about seeing a UFO?

Ⓐ Did Coco believe Ⓑ Was Coco believing
Ⓒ Is Coco believing Ⓓ Both A and B are correct.

_____ 3 While the young goat herder ______ happily to town, she ______ the murder.

Ⓐ walked; was seeing Ⓑ was walking; saw
Ⓒ is walking; saw Ⓓ Both A and B are correct.

_____ 4 The doorbell rang __________ with Mel Lang.

Ⓐ while I was eating dinner Ⓑ when I was eating dinner
Ⓒ when I ate dinner Ⓓ Both A and B are correct.

_____ 5 In 2013 Claire __________ in Yellowknife, Canada, where she __________ the next six years of her life.

Ⓐ arrived; will spend Ⓑ would arrive; would spend
Ⓒ arrived; would spend Ⓓ was going to arrive; would spend

_____ 6 Yesterday I __________ Mr. Flower at the airport, but he __________ much time to talk to me because he __________ for Australia in an hour.

Ⓐ saw; don't have; is leaving Ⓑ see; don't have; was leaving
Ⓒ saw; didn't have; is leaving Ⓓ saw; didn't have; was leaving

Chapter
80 完成式：(1) 現在完成式 1

1 現在完成式的形式和句型（Present Perfect Tense） have/has + 過去分詞

完成式表達在說話時**已經完成**的動作或狀況。**現在完成式**（全稱**現在完成簡單式**〔simple present perfect tense〕）的句型是：**助動詞 have/has + 過去分詞**。

疑問句 **Has** President Ann Door **left** for Japan? 安．多爾總統已經出發去日本了嗎？

肯定句 President Ann Door **has left** for Japan. 安．多爾總統已經出發去日本了。

否定句 President Ann Door **has not left** for Japan. 安．多爾總統還沒有出發去日本。
→ 縮寫：have/has not = haven't/hasn't

2 過去分詞的拼寫規則

❶ **規則動詞**的**過去分詞**跟其**過去式**一樣，以 **-ed** 結尾。 ➡ 參見 p. 246〈1 過去簡單式的形式〉

rain → rained → rained 下雨　　confuse → confused → confused 使困惑

❷ **不規則動詞**的**過去分詞**往往與過去式不同形。 ➡ 參見 p. 434〈附錄：不規則動詞表〉

give → gave → given 給　　swim → swam → swum 游泳

rise → rose → risen 升起　　take → took → taken 拿

3 現在完成式的用法

❶ **對現在有影響的、過去發生的行為動作**

1 **現在完成式**用來強調**與現在有關聯**、**已經完成**的行為動作或事件。如果我們說 something has happened，我們同時想到的是**過去和現在**。

→ has traveled 這一動作已經完成，且與現在有關聯，表示「Erica 對南美很熟悉」。
- Erica **has traveled** a lot in South America. 艾芮卡去過南美許多地方。
- **Has** the Lily Club **increased** its membership fees **lately**? 莉莉俱樂部最近提高了會費嗎？
→ **現在完成式**常用來講述新近發生的事。表示此意義的副詞有 **just**、**recently**、**lately**。

2 在**最高級形容詞**（the best、the greatest 等）、**序數詞**（the first、second、third 等）、**the only** 之後使用**完成式**，並常與 **ever** 連用。

✗ It is the most horrible movie Jean and I **ever saw**.

✓ It is **the most** horrible movie Jean and I **have ever seen**.
這部電影是我和琴所看過最恐怖的一部。
→ 主要子句是**現在簡單式 is**，從屬子句用**現在完成式**表示「到目前為止已發生的過去事件」。

❷ 持續的狀態和行為

現在完成式可用來描述**從過去開始持續到現在**的狀態和行為，表示此意時，常與「**since + 過去時間點／since + 子句**」或「**for + 時間段**」連用。

┌→ 現在完成式（has known）+ since + 過去時間點（2004）
- Joan has known Lenore since 2004. 瓊恩從 2004 年起就認識蕾諾兒。

┌→ 主要子句用現在完成式（have been）。
- Lenore and Kay have been friends since they were four.
蕾諾兒和凱從四歲起就一直是朋友。 └→ since 子句用過去簡單式（were）。

┌→ 現在完成式（has stood）+ for + 時間段（over one thousand years）
- This castle has stood here for over one thousand years.
這座城堡矗立在這裡已經有一千多年了。

提示

since 子句用**過去式**，**主要子句**一般用**完成式**，表示現在的情形**持續了多久**，但偶爾也用**簡單式**，強調**現狀**。

┌→ 現在簡單式（are）強調現狀，不強調現在的情形持續了多久。
- Mary and Gary are much happier since they separated.
自從瑪麗和蓋瑞分手後，他們倆都感覺更快樂。

提示

「**for + 時間段**」表示持續的時間（how long），常用於**過去簡單式**（stayed for two days）、**完成式**（have stayed for two days）和**未來簡單式**（will stay for two days），通常**不用於現在簡單式**（stay）、**現在進行式**（am staying）和**過去進行式**（was staying）。但如果要表示現在狀態或行為**延續至未來**，可以用**現在進行式**與 **for**，表示**未來的含意**，而不是表示進行的含意。比較：

┌→ stay 這一行為按計畫將延續至下週。
- Monique is staying with us for another week. 莫妮可還要在我們這裡住一個禮拜。

┌→ 已經住了一週多。
- Monique has stayed with us for more than a week.
莫妮可在我們這裡已經住了一個多禮拜。

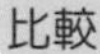
比較

for、ago、since 的時態

1. **for** 既可以用於**現在完成式**，也可以用於**過去簡單式**。
2. **ago** 只能用於**過去簡單式**。
3. **since**（指時間）無論引導一個子句還是引導一個表示過去時間點的片語，主要子句都要用**完成式**。

主要子句（完成式）	since + 子句（過去簡單式）
主要子句（完成式）	since + 過去時間點

4. 表示「**從何時開始**」要用 **since**（since Friday 從星期五起）。
5. 表示「**時間持續了多久**」要用 **for**（for three years 三年來）。

❸ 至今已完成的事物分量（多少）；事件至今發生的次數

┌→ 完成的分量
- Kitty has worked for five different companies since she graduated from Florida State University. 姬蒂從佛羅里達州立大學畢業後，已經在五家不同的公司工作過。

發生的次數

- Gwen has been to Hawaii only once, but she'd love to go there again.
  葛雯只去過夏威夷一次，不過她很想再去那裡。

❹ 談論新聞事件

- Mort announced, "A plane has crashed at the airport."
  莫特宣布：「一架飛機在機場墜毀。」

PRACTICE

1 寫出下面動詞的過去式和過去分詞。

1 give ________ ________
2 rise ________ ________
3 prefer ________ ________
4 lead ________ ________
5 mean ________ ________
6 thunder ________ ________
7 shut ________ ________
8 shake ________ ________
9 nod ________ ________
10 sing ________ ________

2 選出正確答案。

____ 1 Dean ________ Kathleen since 2018.
Ⓐ knows Ⓑ has known Ⓒ is knowing Ⓓ A, B, and C are all correct.

____ 2 "My fish ________," thought Trish.
Ⓐ has died Ⓑ is dead Ⓒ is dying Ⓓ A, B, and C are all correct.

____ 3 Dee, you ________ a lot for me.
Ⓐ already did Ⓑ have already done
Ⓒ will already do Ⓓ Both A and B are correct.

____ 4 How long ________ in Miami?
Ⓐ has Amy lived Ⓑ does Amy live
Ⓒ did Amy live Ⓓ Both A and C are correct.

____ 5 They ________ here for another day.
Ⓐ stay Ⓑ have stayed Ⓒ are staying Ⓓ Both B and C are correct.

____ 6 Kay ________ to see us so much since she ________ to Taipei.
Ⓐ doesn't come; moved Ⓑ isn't coming; moved
Ⓒ hasn't come; has moved Ⓓ Both A and C are correct.

____ 7 "Mom ________ my dog out," said Tom.
Ⓐ let Ⓑ has let Ⓒ lets Ⓓ A, B, and C are all correct.

_____ 8 Sue asked angrily, "Who ___________ the dog into my bedroom?"

Ⓐ lets Ⓑ has let Ⓒ let Ⓓ Both B and C are correct.

_____ 9 How many times ___________ Midge since she ___________ from college?

Ⓐ do you visit; graduates Ⓑ have you visited; have graduated
Ⓒ did you visit; graduated Ⓓ have you visited; graduated

_____ 10 Despite my fears about crime and earthquakes, I ___________ in Los Angeles for five years.

Ⓐ live Ⓑ have lived Ⓒ am living Ⓓ A, B, and C are all correct.

_____ 11 I am saving $100 a month. I _______ a year ago, and up to now, I _______ $1,200.

Ⓐ started; have saved Ⓑ have started; have saved
Ⓒ started; saved Ⓓ A, B, and C are all correct.

_____ 12 Sue ___________ the music of Kevin Grimes, and she ___________ to his concerts seven times.

Ⓐ loves; goes Ⓑ loves; has been
Ⓒ is loving; is going Ⓓ loves; went

3 判斷下列句子是否正確。正確打 ✓，不正確打 ×，並訂正錯誤。

1 [ ] It's been a long time since I talked to Vince.

____

2 [ ] Shakespeare has written several tragedies.

____

3 [ ] Andrew Deer has had two different jobs since Chinese New Year.

____

4 [ ] Brad Washington is the best boss I ever had.

____

5 [ ] Pat, who has given you that?

____

6 [ ] The reporter announced, "The movie star Joe Brown has died of a heart attack at the age of 82 at his home in Chicago. He moved to Chicago two years ago to be close to his daughter Margo Brown Drew."

____

____

Chapter

81 完成式：(2) 現在完成式 2

1 常與過去簡單式和現在完成式連用的時間副詞

❶ 過去簡單式與已經結束的時間副詞連用：

last week 上週	yesterday 昨天	last night 昨晚
last month 上個月	two minutes ago 兩分鐘前	in 2019 在 2019 年
at 8 a.m. 早上八點	yesterday evening 昨天傍晚	when I saw him 當我看見他時

❷ 現在完成式與尚未結束的時間副詞連用：

today 今天	this week 這週	this year 今年	during the last/past three years 在過去的三年期間
this evening 今天傍晚	tonight 今晚	this month 本月	

❸ 既指已經結束（過去式），也可以指尚未結束（現在完成式）的時間副詞：

this morning 今天上午	ever 曾經	just 剛才	seldom 很少
this afternoon 今天下午	never 從未	already 已經	yet 還

already、seldom、just、ever、never 在現在完成式中常置於助動詞 have/has 後面（比如：have/has already finished）。

yet 常置於疑問句和否定句的句尾（「動詞 + 受詞」的後面）。

- I saw Kay yesterday. 昨天我見到了凱。（yesterday 表示「已經結束」。）
- I have seen Kay twice today. 今天我見到凱兩次。（today 表示「尚未結束」。）

- Bing went to the library twice this morning. 賓今天上午去過圖書館兩次。（現在已經是下午或晚上了。）
- Bing has been to the library twice this morning. 賓今天上午已經去過圖書館兩次了。（現在還是上午。）

- Sue, Margo, and Coco were all in the Navy two years ago. 兩年前蘇、瑪歌和可可都在海軍服役。（ago 只能用於過去簡單式。過去簡單式只著重於對過去事件或狀態的描述。）
- Kathleen, Dean, and Gene have all been in the Navy since 2019. 自 2019 年起，凱思琳、狄恩和基恩就一直在海軍服役。（他們過去（2019 年）在海軍，現在仍然在海軍；用現在完成式銜接過去和現在。）

詢問過去事件。
- Did you ever ride a bicycle or a unicycle?
你以前騎過自行車或單輪車嗎？

詢問直到現在是否發生過的事。
- Have you ever ridden a bicycle or a unicycle?
你騎過自行車或單輪車嗎？

---

ever 主要用於**疑問句**，但也可以用於**否定句**，用來強調某件事情**從未發生過**，或**永遠不應該發生**。
- I don't believe Amy has ever lied to me.
我相信艾咪從來沒有騙過我。

❹ 副詞 still（還；仍舊）可以用於**現在式**、**進行式**、**未來式**、**過去式**或**完成式**。在**完成式**中，副詞 still 常用於**否定句**，置於**助動詞 have/has 之前**。

still 置於助動詞 have 之前。
- I still have not received her email.

yet 置於否定句的「動詞 + 受詞」後面。
= I have not received her email yet.

yet置於否定詞 not 之後。
= I have not yet received her email.
我還沒有收到她的電子郵件。

❺ how long 表示持續時間，常與**過去簡單式**和**完成式**連用，不與**現在簡單式**、**現在進行式**和**過去進行式**連用。

did Sue live 只問 Sue 過去在 Oklahoma City 住了多長時間，很可能現在已經不住在那裡了。
- How long did Sue live in Oklahoma City?
蘇在奧克拉荷馬市曾住過多久？

has Sue lived 表示 Sue 現在仍然居住在 Oklahoma City（過去 → 現在）。
- How long has Sue lived in Oklahoma City?
蘇在奧克拉荷馬市已經住了多久？

❻ **短暫性的行為動詞**可以用於**現在完成式**，但不能與表示一段時間的 **for 片語**、**since 片語**或 **how long** 連用；**延續性動詞**才能與之連用。

begin 是短暫性的行為動詞，不能與「for + 時間段」連用。

✗ The war between these two countries has already begun for one month.

✓ The war between these two countries has already begun.
這兩國之間的戰爭已經爆發了。

短暫性的行為動詞，可以與「時間段 + ago」連用。

✓ The war between these two countries began three months ago.
這兩國之間的戰爭是三個月前開始的。

延續性的行為動詞，可以與「for + 時間段」連用。

✓ The war between these two countries has lasted for three months.
這兩國之間的戰爭已經持續了三個月。

2 went to（去過）、have/has been to（去過）、have/has gone to（去了）的區別

went to	過去「去」的動作
have/has been to	過去曾經去過某個地方，但**現在已經不在那裡**了。
have/has gone to	**此刻不在此地**，已經出發去某個地方了，已到達某地或正在途中。

只著重於「去」的過去行為動作，對現在的狀態沒有任何暗示。

- **Did you hear that Claire went to Canada last year and decided to stay there?**
  克萊兒去年去了加拿大並決定留在那裡，你聽說這件事了嗎？

強調過去動作對現在的影響。（此時，Ann 不在日本。不過，藉由幾次旅遊，她對日本有了一定的了解。）

- **How many times has Ann been to Japan?**
  安去過日本多少次？

強調過去動作對現在的影響。（此時，Erica 不在此地，可能在 South Africa，也可能在前往或回程的途中。）

- **Erica has gone to South Africa.**
  艾芮卡已經去了南非。

PRACTICE

1 判斷下列句子是否正確。正確打 ✓，不正確打 ×，並訂正錯誤。

1 [ ] Ann: Has Annette made up her mind yet?
Dan: No, she hasn't still made up her mind about whether she wants to marry Joe.

______

2 [ ] Lenore has never experienced such racism before.

______

3 [ ] Has Bret ever watched the play *Romeo and Juliet*?

______

4 [ ] I'm sure we have met a year ago.

______

5 [ ] This small town is far more advanced than Sid expected.

______

2 根據括弧裡的提示，用 have/has been to、have/has gone to、went to 完成下列句子。

1. ________ Iris Harris, a rich heiress, ever ____________ Paris?
(Iris Harris is now not in Paris.)
2. Lenore ________________ the Super Computer Store.
(Lenore is not here right now.)
3. Coco ________________ Tokyo. (Coco is now in Tokyo.)
4. June and Joe ________________ Kumamoto this afternoon.
(It is night now.)
5. Kim and Bing ________________ Max's Gym this morning.
(It is morning. Right now Kim and Bing are not in Max's Gym.)
6. Ray ________ already ____________ the new mall twice today.

3 選出正確答案。

____ 1. I __________ Kay with Bing three times this morning.
Ⓐ saw Ⓑ have seen
Ⓒ see Ⓓ Both A and B are correct.

____ 2. Kathleen __________ in Abu Dhabi in March 2016.
Ⓐ has been born Ⓑ was born
Ⓒ is born Ⓓ Both A and C are correct.

____ 3. I asked, " __________ to work yet?" Dee answered, "Yes, he is in his office with Mr. Coffee."
Ⓐ Did Bret come Ⓑ Has Bret come
Ⓒ Does Bret come Ⓓ Both A and B are correct.

____ 4. Joy asked Roy, " __________ a UFO when you were a little boy?"
Ⓐ Do you ever see Ⓑ Have you ever seen
Ⓒ Did you ever see Ⓓ Both A and B are correct.

____ 5. How many times __________ London in her life?
Ⓐ has Jenny Fife been to Ⓑ did Jenny Fife go to
Ⓒ does Jenny Fife go to Ⓓ Both A and B are correct.

Chapter 82 完成式：(3) 現在完成進行式

1 現在完成進行式的用法（Present Perfect Progressive Tense） have/has been + 現在分詞

❶ **現在完成進行式**用來描述**從過去開始直到現在還在進行**或**剛結束並對現在產生影響**的動作，強調動作或情形本身的**持續性**（how long），常與 since、for、lately、recently 連用。

很可能還在水肺潛水。
- June has been scuba diving since noon. 從中午開始茱恩就一直在水肺潛水。

很可能剛結束工作，對現在產生的效果是「需要洗澡」。
- Kay needs a hot bath; she has been working in the field all day.
凱需要洗個熱水澡；她已經在田地裡工作了一整天。

❷ 不能用**現在進行式**的動詞，如：be、have、love、know 等，也不能用於**現在完成進行式**。

know（認識）是非進行式動詞，不能用於任何一種進行式。
✗ I have been knowing Nate since 2008.
✓ I have known Nate since 2008. 我從 2008 年就認識內特了。

2 現在完成式與現在完成進行式的比較

現在完成式	現在完成進行式
強調動作的完成和現在的結果	強調動作持續
I've done my article about the movie star Liz Taylor—here it is. 我已經完成了關於電影明星莉茲．泰勒的文章——就在這裡。	Dwight has been doing his science project all day and should have it done before midnight. 杜威特整天都在做他的科學專案，在半夜之前應該就會完成。
重複行為、完成的次數	行為的持續時間
I've talked to Bing five times this morning. 今天上午我已經跟賓談過五次話了。	I've been talking to Bing all morning. 我跟賓已經談了整個上午了。
至今已完成的事物分量	強調動作持續
June has caught eight fish since noon. 自中午起，茱恩已經釣了八條魚。	June has been catching fish since noon. 自中午起，茱恩一直在釣魚。
長久的情境	短暫、有變化的情境
This magnificent tree has stood on Mount Hood for over 200 years. 這棵壯觀的大樹聳立在胡德山上已經有兩百多年了。 ➡ 長久的情境要用**現在完成式**，不用現在完成進行式。	Ann Flower has been standing / has stood outside the principal's office for an hour. 安．弗勞爾在校長辦公室外面已經站了一個小時。 ➡「比較短暫、有變化的情境」用**現在完成進行式**，也可以用**現在完成式**。

3 四種與過去有關的時態比較

過去簡單式

強調**過去**的行為動作，與現在無關，常與**已經結束**的過去時間（two years ago）連用。

- Margo learned how to be an airplane pilot two years ago.
瑪歌在兩年前學會了駕駛飛機。

過去進行式

過去某個時刻**正在進行**的動作，與現在無關。

- Kay was learning how to drive when I came home at four yesterday.
昨天四點我回家時，凱正在學開車。

現在完成式

強調動作的**完成**（「學習」這個動作已經結束）以及效果（現在會開車）。

- Clive has learned how to drive. 克萊夫已經學會了開車。

現在完成進行式

強調動作的**持續**（不知道「學習」這個動作是否結束，很可能還在學習）。

- I have been learning how to use that computer program since July.
自七月起，我就一直在學如何使用那個電腦程式。

PRACTICE

1 根據括弧裡提供的文字和提示，用現在完成式、現在完成進行式、過去進行式、過去進行式完成下列句子。

1. ______________ the novel *The Old Man and the Sea*?
（Nancy 讀過；強調動作的完成，現在已經知道書裡的內容）
2. Ms. Plumber ______________ across India all this summer.
（旅行；強調動作的持續；我們並不知道她是否已結束旅行）
3. Sue Ridge ______________ to thirty-two countries since she graduated from college.（旅行）
4. Dwight ______________ TV at eleven last night.（在看電視）
5. Lee and Sue ______________ less chicken lately because of the bird flu.（已經在少吃雞肉了）

2 選出正確答案。

____ 1. Dwight ______ on Flight 788 to Washington DC last night.
Ⓐ has worked Ⓑ has been working Ⓒ worked Ⓓ is working

____ 2. Bing ______ many times to quit smoking.
Ⓐ tries Ⓑ has tried Ⓒ has been trying Ⓓ was trying

____ 3. Wade ______ about buying a boat for a decade.
Ⓐ has dreamed Ⓑ has been dreaming
Ⓒ was dreaming Ⓓ Both A and B are correct.

____ 4. Kate ______ in Kuwait since 2008.
Ⓐ has been being Ⓑ has been Ⓒ was being Ⓓ was

____ 5. For five centuries, this temple ______ here on this hill.
Ⓐ has been standing Ⓑ was standing
Ⓒ has stood Ⓓ Both A and C are correct.

____ 6. "I ______ another pair of sunglasses," mumbled my brother.
Ⓐ have broken Ⓑ broke
Ⓒ were breaking Ⓓ Both A and B are correct.

Chapter 83 完成式：(4) 過去完成式

1 過去完成式的用法（Past Perfect Tense） had + 過去分詞

❶ 表「過去的過去」

過去完成式的基本意義是**更早的過去**，以及**過去某個時間已經完成的行為動作**。當我們已經用**過去式**談論過去，還要繼續回溯時，就要用**過去完成式**，表示在我們談論的這個過去時間之前，某事已經發生了。因此，**過去完成式**通常和**過去簡單式**或一個特定的**過去時間**搭配使用，表達相對的時間關係。

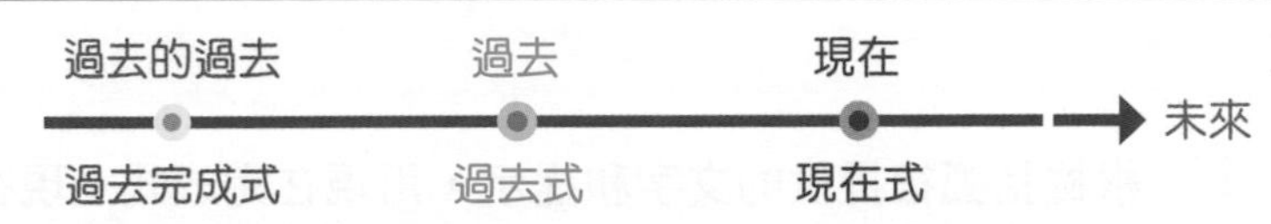

兩個過去發生的動作：先發生的動作用過去完成式（had taken），後發生的動作用過去式（came）。

- Had Kay ever taken a sauna before she came to Norway? 凱來挪威之前洗過三溫暖嗎？

過去某個時間已經完成的行為動作。

- At the time of his new trial last month, Wade had already been in prison for a decade.
  上個月法庭重新審理韋德時，他已經在監獄裡關了十年。

❷ 表達兩個接連發生的過去事件

1 主要子句和從屬子句表達兩個**接連發生的過去事件**，既可以用兩個**過去簡單式**（主美），也可以用**過去完成式**與**過去簡單式**搭配，表達兩個過去動作的時間層次，強調**一個動作在先**（**過去完成式**），**一個動作在後**（**過去式**）。

高中畢業後就開車周遊美國，兩個過去動作一個接一個地發生，可以都用過去簡單式。

主美 After I graduated from high school, I drove across America with Erica.

（從屬子句）had graduated from high school 發生在前。

主英 After I had graduated from high school, I drove across America with Erica.
高中畢業後，我跟艾芮卡一起駕車周遊了美國。

（主要子句）drove across America 發生在後。

2 如果事件發生的**先後順序**顯而易見，一個緊接一個，不需要用過去完成式。

兩個並列動詞

- I opened the door and let Lynn in. 我開門讓琳恩進來。

❸ 表達「過去一個動作（過去式）阻止另一個動作（過去完成式）的發生」

過去完成式可以表示「**一個過去動作發生，使另一個過去動作停止**」，英式英語前者在主要子句裡用**過去簡單式**，後者在 before 子句裡用**過去完成式**。美式英語兩個動作都用**過去簡單式**。

主美 Ann started to scream at me before I had a chance to explain my new plan.

一個過去動作發生了（started），阻止了其後本該發生而被阻止了的動作（had had）。

主英 Ann started to scream at me before I had had a chance to explain my new plan.
我還沒來得及解釋我的新計畫，安就開始對我大吼大叫了起來。

❹ 過去未實現的願望或未發生的事

expect、hope、intend、plan、think about、want 這類動詞的**過去完成式**以及「**wish + 過去完成式**」，用來表示**過去未能實現**的願望或意圖。這是一種**假設**用法，表示**與過去事實相反**的事。 ➡ 參見 Chapter 91

- **Pam had hoped that Mom would not find out about her cheating on the English exam.**
  潘姆曾希望媽媽不會發現她英語考試作弊一事。 ➠ **事實**：Mom **found out** about Pam's cheating.
- **I wish Ruth had told me the truth.**
  我真希望露絲對我講了實話。 ➠ **事實**：Ruth **did not tell** me the truth.

PRACTICE

1 選出正確答案。

____ **1** He __________ his leg before I __________ with Peg.
Ⓐ already broke; had arrived　Ⓑ already broke; have arrived
Ⓒ had already broken; arrived　Ⓓ Both A and B are correct.

____ **2** I __________ to bake a lime pie and write a funny rhyme for Ann, but I ran out of time.
Ⓐ intended　Ⓑ had intended　Ⓒ was intending　Ⓓ has intended

____ **3** As soon as Ben __________ the phone down, it __________ again.
Ⓐ put; rang　Ⓑ had put; rang　Ⓒ had put; rings　Ⓓ Both A and B are correct.

____ **4** He __________ out of the armchair, grabbed his umbrella, and ran out to meet Clair.
Ⓐ jumped　Ⓑ had jumped　Ⓒ has jumped　Ⓓ Both A and B are correct.

2 判斷下列句子是否正確。正確打 ✓，不正確打 ×，並訂正錯誤。

1 [ ] Sue's tears of sadness started running down her cheeks before I had time to tell her the good news.
____

2 [ ] Mary wishes I had married her instead of Sherry.
____

3 [ ] Dan didn't know Nan for very long before they got married and moved to Japan.
____

4 [ ] Figuring out where Sid hid the cookies was easier than I expected.
____

3 根據括弧裡提供的文字，完成下列句子。

1 ______________ that Sue would come to my wedding and meet my brother Andrew.（我曾希望〔hope〕；事實：Sue didn't come.）

2 ______________ Erica, because ______________ my cellphone while traveling in Africa.（我沒有打電話；我遺失了）

3 I wondered if anyone ______________ Kim about the drunken behavior of her friend Tim.（告訴過）

4 Kate ______________ to speak eight languages by the time she was twenty-eight.（學會）

Chapter 84 完成式：(5) 過去完成進行式、未來完成式、未來完成進行式、過去未來完成式

1 過去完成進行式（Past Perfect Progressive Tense） had been + 現在分詞

與過去完成式一樣，**過去完成進行式**也是指過去某一時刻之前或過去某個動作之前發生的過去動作（**過去的過去**）；同時又和別的進行式一樣，強調**動作的持續**。

❶ 過去某件事**正在持續進行**時（用**過去完成進行式**），另一件事發生了（用**過去簡單式**）。

過去某事正在持續進行（had been wondering），突然發生了另一件事（came crashing）。

- **Lenore had been wondering whether to phone for help when the huge bear came crashing through her door.**
  蕾諾兒正在考慮是否該打電話求助，突然那頭巨熊撞開了她的門。

❷ 解釋導致過去某個結果的**原因**，如處境或外貌表情的**原因**。

had been crying 解釋導致一個過去結果的原因（長時間哭泣造成眼睛又紅又腫）。

- **Her eyes were red and swollen, because she had been crying for a long time about what Ted had said.** 她的雙眼又紅又腫，因為她為泰德說過的話而哭了很久。

❸ 強調動作**在過去持續進行**。

- **Her eager fans had been waiting with armloads of flowers for over two hours.**
  她熱情的粉絲們抱著滿滿的鮮花等待了兩個多小時。

2 未來完成式（Future Prefect Tense） will have + 過去分詞

當一個開始於**過去**的行為動作，將在**未來**的某個時刻**完成**，就要用**未來完成式**。

主要子句（未來完成式）　從屬子句（現在簡單式）

- **Kay will have written at least five pages of her new novel by the time she gets off the train in Taipei.**

「寫」的動作開始於過去，一直持續到未來的某個時刻（她下火車的時刻）才完成。

當凱到了臺北下火車之時，她將至少寫完五頁她的新小說。

3 未來完成進行式（Future Perfect Progressive Tense） will have been + 現在分詞

未來完成進行式表示動作從**過去某一時間開始**一直**延續到未來某一時間**。是否繼續下去，要視具體情況而定。

未來完成進行式很少使用，通常用**未來完成式**（will have eaten）就可以表達同樣的意思。

- **By the end of her long Alaskan fishing trip, Trish will have been eating fish for so many days that she will never want to taste another fish.**
  在漫長的阿拉斯加釣魚之旅結束時，翠西將吃了許多天的魚，吃到她以後再也不想吃魚了。

4 過去未來完成式（Past Future Perfect Tense） would have + 過去分詞

過去未來完成式表示某個**過去**開始的動作將在**過去未來**的某個時刻**完成**，常與表**過去未來**的時間副詞連用。

副詞子句用**過去簡單式**表示**過去未來**的含意。

- Before she saw her publisher, Brooke would have finished writing five chapters in her new comic book.

主要子句用**過去未來完成式**表示某個過去開始的動作將在**過去未來**的某個時刻完成。

在見到出版商之前，布露可將完成她的新漫畫書的五個章節。

副詞子句用**現在簡單式**表示**未來**的含意。

比較 Before she sees her publisher, Brooke will have finished writing five chapters in her new comic book.

主要子句用**未來完成式**表示某個過去開始的動作將在**未來**的某個時刻完成。

在見到出版商之前，布露可將完成她的新漫畫書的五個章節。

PRACTICE

1 判斷下列句子是否正確。正確打 ✓，不正確打 ×，並訂正錯誤。

1 [ ] Bing found his house was almost empty; his ex-wife had been moving everything.

______

2 [ ] We had been visiting Bob in Chicago when he lost his job.

______

3 [ ] In another three months, Wade will have been attending university classes for a decade.

______

4 [ ] When Bing entered Ann's house, he could see that her eyes were red and obviously she was crying.

______

5 [ ] The doctor asked what Bing had been eating.

______

2 將正確答案劃上底線。

1 I have been waiting | had been waiting for over an hour before the interviewer turned up.
2 By the end of this year, I will have been working | had been working as a nurse in Nigeria for a year.
3 Kay was tired because she had been working | will have been working all day.
4 "I had been visiting | visited Paris twice last year," said Iris.
5 I am sure before long, she would have forgotten | will have forgotten all about me.
6 I had been watching | will have been watching the movie on my cellphone for only ten minutes when Amy phoned and interrupted me.
7 Margo would have written | will have been writing about 3,000 words of her new play by the time she got off the train in Chicago.
8 By next Christmas, Wade had been | will have been mayor of our town for a decade.

Chapter 85 陳述語氣：(1) 陳述句（肯定句和否定句）

1 **語氣**是動詞的一種形式，表示說話人對某件事的看法和態度。語氣包括**陳述語氣**、**祈使語氣**和**假設語氣**。

2 **陳述語氣**（indicative mood）又稱**直述語氣**，用以陳述事實，對事實表達**肯定**、**否定**、**感嘆**或**疑問**。

3 用以陳述事實或觀點的句子叫做**陳述句**（declarative sentence，又稱**直述句**），包括**肯定句**和**否定句**。陳述句以**句號**（.）結尾，一般用降調。

4 **陳述句**的語序一般是「主詞＋動詞（＋受詞）」或「主詞＋連綴動詞＋主詞補語」。

1 肯定句（Affirmative Sentences）

肯定句用以**陳述事實**，並對事實表達**肯定**。**肯定句**裡不含否定詞。

主詞 動詞 受詞
- Everybody likes a compliment. 人人都喜歡讚美之詞。——President Abraham Lincoln 美國總統亞伯拉罕・林肯

主詞 主詞補語
- Scot is an astronaut. 史考特是一名太空人。
連綴動詞

2 否定句（Negative Sentences）

❶ 陳述事實並含有**否定詞**（not、never 等）的**陳述句**就是**否定句**。

❷ **否定詞**置於**連綴動詞 be**、**助動詞**或**情態助動詞**後面（如：are not、have not told、should not）。如果句中的一般動詞不含助動詞，則在動詞前面加**助動詞 do**（does, did），再加 **not**。

連綴動詞（is）＋ not ＋ 主詞補語（from Japan）
- **Ann is not from Japan.** 安不是日本人。

助動詞（is）＋ not ＋ 主要動詞（crying）
- **Bing is not crying.** 賓沒有在哭泣。

助動詞（have）＋ never ＋ 主要動詞（visited）
- **I have never visited Mumbai.** 我從未去孟買旅遊過。

助動詞（does）＋ not ＋ 主要動詞（care）
- **Jim does not care about what others think of him.** 吉姆不在乎別人對他的看法。
用了「助動詞 does ＋ not」之後，動詞 care 就要用原形。

never ＋ 一般動詞（cares）

≈ **Jim never cares about what others think of him.** 吉姆從不在乎別人對他的看法。

❸ **否定句**也可以用下列**否定詞**（這類詞彙本身已有否定意味，不要再加 not、never 造成**雙重否定**）。

few/little 很少的	**rarely** 很少地	**seldom** 很少地	**nowhere** 任何地方都不
hardly 幾乎不	**scarcely** 幾乎不	**nothing** 沒有什麼	**nobody** 沒有人

- **Tonight there are not many people on New York Avenue.**
  = Tonight there are few people on New York Avenue. 今晚紐約大道上沒有幾個人。
- **Nothing is more common than unsuccessful people with talent.**
  才智過人而一事無成者比比皆是。 ——President John Calvin Coolidge 美國總統約翰·卡爾文·柯立芝

PRACTICE

1 判斷下列句子是否正確。正確打 ✓，不正確打 ×，並訂正錯誤。

1 [ ] Erica cannot move to Africa.

____

2 [ ] I have never met Jim, and I have not any desire to meet him.

____

3 [ ] Pessimism never won any battle.

____

4 [ ] There isn't nowhere for Jane to go during the hurricane.

____

5 [ ] Trish has a heavy Russian accent, and I cannot hardly understand her English.

____

6 [ ] When even one American, who has not done nothing wrong, is forced by fear to shut his mind and close his mouth, then all Americans are in peril.

____

2 選出正確答案。

_____ 1 She __________ or listens to dirty jokes.
Ⓐ smokes never Ⓑ doesn't never smoke
Ⓒ doesn't smokes Ⓓ never smokes

_____ 2 Honey sighed, "I __________ a penny with me."
Ⓐ do not have Ⓑ not have
Ⓒ do not never have Ⓓ do not hardly have

_____ 3 Pat __________ a nasty thing like that.
Ⓐ would do never Ⓑ would not never do
Ⓒ would never do Ⓓ would never does

_____ 4 Tia Corning __________ her room on Saturday morning.
Ⓐ does never clean Ⓑ never cleans
Ⓒ not cleans Ⓓ does not cleans

Chapter 86 陳述語氣：(2) 感嘆句

對事實表示感嘆的句子就是**感嘆句**（exclamatory sentence），用以表示**喜怒哀樂**等強烈感情，常以**驚嘆號**（!）結尾。**感嘆句**有以下五種：

1 what 引導的感嘆句

what（接**名詞**）：**what** 引導的感嘆句，主詞和動詞的語序**不倒裝**，有時主詞和動詞可以省略。

❶ what | a/an | （形容詞） | 單數可數名詞 | （主詞 + 動詞）

→ what 引導的感嘆句，這裡省略了主詞和動詞（it is）。
- Wow! What a website! 哇！這個網站太棒了！

→ 感嘆詞 wow 可以單獨構成感嘆句。

❷ what | （形容詞） | 不可數名詞／複數名詞 | （主詞 + 動詞）

→ what + 不可數名詞（fun）+ 主詞（my life）+ 動詞（has been）
- What fun my life has been! 我的生活多麼快樂啊！

→ what + 形容詞（big）+ 複數名詞（mistakes）+ 主詞（Jade）+ 動詞（made）
- What big mistakes Jade made! 潔德犯的錯誤太大了！

2 how 引導的感嘆句

how（接**形容詞**、**副詞**或**句子**）：**how** 引導的感嘆句，主詞和動詞的語序**不倒裝**，有時主詞和動詞可以省略。

❶ how | 形容詞／副詞 | （主詞 + 動詞）

→ how + 形容詞（hot）+ 主詞（it）+ 動詞（is）
- Sweating, Liz complained, "How hot it is!" 莉茲流著汗水抱怨道：「實在太熱了！」

→ how + 副詞（fast）+ 主詞（Jade Blues）+ 動詞（walks）
- How fast Jade Blues walks without her shoes! 潔德．布魯士光著腳走得好快啊！

❷ how | 主詞 | 動詞 （即：**how + 句子**）

- How I want to work on an international cruise ship, traveling around the world!
  我好想在一艘國際遊輪上工作，環遊世界啊！

3 帶有 so 和 such 的感嘆句

❶ so | 形容詞／副詞

→ so + 形容詞
- She is so diligent and intelligent! 她好勤奮又聰明！

→ so + 副詞
- Dee dances so gracefully! 蒂跳舞跳得好美！

❷ such | a/an | （形容詞） | 單數可數名詞

- It's such a miserable day! 今天的天氣真糟糕！

❸ such （形容詞） 不可數名詞／複數名詞

- Don't talk such rubbish! 不要說這種廢話！（such + 不可數名詞）
- You two are such hardworking students! 你們兩個真的是非常用功的學生！（such + 複數名詞）

4 否定問句形式的感嘆句

否定問句形式的感嘆句：形式是**疑問句**（主詞和動詞語序要**倒裝**），但實際上是**感嘆句**，句尾用**驚嘆號**。

isn't/wasn't/aren't/weren't 主詞

- Isn't Art Armstrong smart and strong! 亞特．阿姆斯壯真聰明、真強壯！

5 陳述句、祈使句、單字或片語形式的感嘆句

改變某些**陳述句**和**祈使句**的**語調**即可構成**感嘆句**；**單字**或**片語**也可構成**感嘆句**（刪去其他句子成分）。

- My tent is on fire! 我的帳篷起火了！ → 改變陳述句的語調。
- Get out of my house! 從我屋裡滾出去！ → 改變祈使句的語調。
- Help! 救命啊！ → 單字構成感嘆句。
- My goodness! 我的天哪！ → 片語構成感嘆句。

PRACTICE

1 判斷下列句子是否正確。正確打 ✓，不正確打 ×，並訂正錯誤。

1. [ ] What a fool is Eli if he believes a lie is his best tool!

____

2. [ ] How Bing's daughter beautifully sings!

____

3. [ ] Mel shouted, "Don't yell at Del!"

____

4. [ ] How a great day to play!

____

5. [ ] Today is such cold, wet, and miserable!

____

2 將正確答案劃上底線。

1. While stuck in a slow moving stream of cars, trucks, and buses, Rick sighed, "How heavy traffic! | What heavy traffic!"
2. Sadie is such intelligent lady | such an intelligent lady!
3. "What a pretty skirt! | How a pretty skirt!" exclaimed Kurt.
4. What a bad attitude Chad has toward | has Chad toward his dad!
5. "What a movie star I want to become! | How I want to become a movie star!" exclaimed Sue.
6. Look, how fast he is reading | how fast is he reading!

Chapter 87 陳述語氣：(3) 疑問句——一般問句、wh- 問句、選擇問句、間接問句、否定問句

疑問句（interrogative sentence）用來**提問**，以問號（?）結尾。**疑問句**主要有以下幾種：

1 一般問句	3 選擇問句	5 否定問句
2 wh- 問句	4 間接問句	6 附加問句

1 一般問句（General Questions）和 wh- 問句（Wh-Questions）

1 需要用 **yes** 和 **no** 回答的疑問句是**一般問句**，也稱**是非問句**（yes-no question），基本句型為**倒裝結構**。

2 用**疑問詞**（who、what、how 等）來提問的句子是**特殊問句**（special question），又稱 **wh- 問句**或**疑問詞問句**。

❶ （疑問詞）+ be 動詞 + 主詞 + 主詞補語

→ 一般問句
- Is Arthur an excellent drummer? 亞瑟是一名出色的鼓手嗎？

Ann Is Linda from Canada? 琳達是加拿大人嗎？

Dan Yes, she is. 是的，她是加拿大人。 ⊗ Yes, she's. → I'm、you're、she's、he's、it's、we're、they're 等縮寫形式不能用於一般問句的**肯定簡答**中，但可以用於**否定簡答**中。

No, she's not. 不是，她不是加拿大人。

→ wh- 疑問選擇句
- Which is Ted's main bread and butter, his writing or his teaching?
泰德的主業是哪一個，寫作還是教書？

❷ （疑問詞）+ 助動詞（can、is、have 等）+ 主詞 + 主要動詞（原形動詞或分詞）

→ 一般問句
- Joe, can you finish the job tomorrow? 喬，你能在明天完成這項工作嗎？
  └→ 情態助動詞（can）+ 主詞（you）+ 主要動詞（原形動詞：finish）

→ 疑問詞問句
- When is Kay going to leave for her vacation in Norway? 凱什麼時候要出發去挪威度假？
  └→ 疑問詞（when）+ 助動詞（is）+ 主詞（Kay）+ 主要動詞（現在分詞：going）

❸ （疑問詞）+ 助動詞（do/does/did）+ 主詞 + 原形動詞

→ 一般問句
- Does Mort know the way to the airport? 莫特知道去機場的路嗎？

→ 疑問詞問句
- Why does Ann want to move to Japan? 安為什麼想搬去日本？

→ 疑問詞問句
- What do you want from Sue? 你想從蘇那裡得到什麼？
  └→ what 是動詞 want 的受詞。what 作**受詞**時，要用**疑問句**的語序：
  受詞（what）+ 助動詞（do）+ 主詞（you）+ 原形動詞（want）。

❹ **疑問詞（作主詞）+ 動詞**（用陳述句的語序）

→ who、what 和 which 作主詞時，即使指的是複數（Claire and her husband），動詞仍使用單數形式（who lives）。

Ann Who lives in that beautiful cottage near the Black River Bridge? 是誰住在黑河大橋附近的那幢漂亮別墅裡？

Dan Claire and her husband live there. 克萊兒和她的丈夫住在那裡。

比較 **who 和 what 作主詞或受詞時的語序**

❶ **who** 和 **what** 用來詢問**主詞**（作主詞）時，**疑問句**的動詞和**陳述句**的動詞是相同的。**語序不需要改變**（即使用**陳述句**的語序），也不需要另外加助動詞 do、does 或 did。

- Emma likes scuba diving. 艾瑪喜歡水肺潛水。
- Who likes scuba diving? 誰喜歡水肺潛水？

❷ **who** 和 **what** 用來詢問**受詞**（作受詞）時，會**改變語序**（主詞和動詞倒裝），或者加上 do、does 或 did 來構成**疑問句**。

- Emma likes skin diving. 艾瑪喜歡潛水。
- What does Emma like? 艾瑪喜歡什麼？

❺ **疑問句**中的**從屬子句**要用**陳述句**的語序，主詞和動詞**不倒裝**。

→ 疑問詞 who 是從屬子句中動詞 marry 的受詞。

- Who do you wish you could marry? 你希望嫁給誰？

→ 從屬子句 you could marry 是陳述句的語序，主詞和動詞不倒裝。

2 選擇問句（Alternative Questions）

❶ **選擇問句**要用 **or**，是指提出兩個或兩個以上可能的答案供對方選擇的句型。選擇問句**不能**用 **yes/no** 來回答。

❷ 在**選擇問句**中，前面的選項用**升調**，最後一個選項用**降調**。

提示
由 **or** 連接以供選擇的部分，成分必須**對等**（如：名詞和名詞、形容詞和形容詞、子句和子句）。

→ 這是以疑問詞問句為基礎的選擇問句。

Dan Which skirt do you want to buy, the red one or the pink one? 你想買哪一條裙子，紅色的還是粉紅色的？

Ann The pink one. 粉紅色的。

→ 這是以一般問句為基礎的選擇問句。

- Do you want to leave now or stay and wait for Sue? 你想現在離開還是待在這裡等蘇？

→ or 後面常用簡略式（= or do you want to stay . . .）。

3 間接問句（Indirect Questions）

在**間接問句**（即：**間接引述的疑問句**）中，疑問詞後面要用**陳述句**的語序（主詞 + 動詞）。

- Please tell me when Margo is leaving Taipei for Chicago. → 句子是陳述句時用句號結尾。
請告訴我瑪歌什麼時候要離開臺北去芝加哥。
- Do you know when Margo is leaving Taipei for Chicago? → 句子是疑問句時用問號結尾。
你知道瑪歌什麼時候離開臺北去芝加哥嗎？

4 否定問句（Negative Questions）

否定問句通常用於表示**確認**、**驚奇**、**反問**、**責難**、**勸告**、**感嘆**等語氣。

非縮寫：在主詞後面加上 not。
縮寫（更常用）：在主詞前面的助動詞字尾加上 n't。

❶ 確認某事的**真實性**。

縮寫形式更常見（在助動詞 be 後加 n't）。

- **Mel, are you not feeling well? = Mel, aren't you feeling well?** 梅爾，你不舒服嗎？

❷ 表示對某事不是真的或沒發生**感到驚奇**。

- **Haven't they begun making this electric car in Norway?**
  他們還沒有開始在挪威製造這種電動車嗎？

❸ 表示**批評**或**抱怨**。

這是疑問詞否定問句。

- **Why didn't you tell us the truth about Ruth?** 關於露絲的事，你為什麼沒有對我們說實話？

❹ **勸告**或**邀請**某人做某事。

- **Won't you join us on Sunday for a community barbecue?**
  你星期天不來參加我們的社區烤肉嗎？

❺ 用作**感嘆句**。

- **Isn't it a hot day!** 今天天氣太熱了！

PRACTICE

1 判斷下列句子是否正確。正確打 ✓，不正確打 ×，並訂正錯誤。

1 [ ] What did happen to Levi?

____

2 [ ] What did you say to Lulu?

____

3 [ ] Olive, when are going you to get wise and hire a detective?

____

4 [ ] Ann wanted to know where were the president and her family staying in Japan.

____

5 [ ] How many English words do you think should Kay read in a day?

____

6 [ ] How many English words you have listened to today?

____

7 [ ] Didn't you talk to June yesterday afternoon?

____

8 [ ] How did Mr. Pitt solve that problem is his secret.

______

9 [ ] What makes the world full of fun as it orbits the sun?

______

10 [ ] Kay, whose children like to skip school and go to the park to play all day?

______

2 選出正確答案。

____ 1 How much money do you think ______?
Ⓐ should I lend to Sue Ⓑ I should lend to Sue
Ⓒ should lend I to Sue Ⓓ I should lent to Sue

____ 2 ______ of your plan to build the geothermal power plants in New Mexico?
Ⓐ Does anybody else, besides Coco, know
Ⓑ Does anybody else, besides Coco, knows
Ⓒ Knows anybody else, besides Coco,
Ⓓ Anybody else, besides Coco, does know

____ 3 ______ with Erica to Africa?
Ⓐ Did who go Ⓑ Went who Ⓒ Who did go Ⓓ Who went

____ 4 Ms. Sun often asks her students ______
Ⓐ what do they read for fun. Ⓑ what do they read for fun?
Ⓒ what they read for fun. Ⓓ what read they for fun.

____ 5 ______ his bowling ball at the wall?
Ⓐ Why is Paul throwing Ⓑ Why are Paul throwing
Ⓒ Why is throwing Paul Ⓓ Why are throwing Paul

3 根據劃線部分寫出問句。

1 Twenty-five people work for Penny.

______

2 Tonight President Wu and her family are staying in Honolulu.

______

3 Besides me, Jake also loves chocolate cake.

______

4 Next month Bob will start to look for a better paying job.

______

5 Pat and I are looking at the cloudy sky.

______

6 Besides his toy robot sitting on the shelf and himself, little Brad also talks to his mom and dad.

______

Chapter 88 陳述語氣：(4) 疑問句——附加問句

1 附加問句的定義和用法

1 **附加問句**（tag question）是附在陳述句後面的簡短問句，用來**確認某件事的真實性**或**請求贊同**，用 **yes** 或 **no** 回答。

2 **附加問句**的句型為：「**（情態）助動詞／be 動詞 + 主格代名詞**」。**主格代名詞**要與前面陳述句的主詞一致。

❶ 肯定句 → 否定附加問句

1 **否定附加問句**要用**縮寫**形式（isn't it, aren't you, doesn't he）。

證實某件事用**降調**，請求獲得資訊用**升調**。

- Dee is **intelligent and diligent, isn't she?** 蒂聰明又勤奮，不是嗎？

2 若**陳述句**的主詞是**指示代名詞 this/that**、**不定代名詞 nothing/everything/anything/something** 等、**動名詞片語**、**不定詞片語**或**主詞子句**時，**附加問句**的主詞用 **it**。

- This is **a beautiful place, isn't it?**
  這個地方很美，不是嗎？

3 **I am** 的否定附加問句是「**aren't I?**」，在非常正式的場合裡也可以用「**am I not?**」。不能用「amn't I?」或「am not I?」。這種用法主要是英式英語（美式不常用單數第一人稱的附加問句）。

- I am **a little bit overweight, aren't I?** 我的體重有點過重，是不是？

❷ 否定句 → 肯定附加問句

- You didn't **tell the truth to Sue, did you?**
  你沒有告訴蘇實話，對嗎？
- I am not **overweight, am I?** 我體重沒有過重，對嗎？

陳述句是 there be 句型時，附加問句要用「**be 動詞 + there**」。

- There was hardly **enough pizza for everyone at last night's party, was there?**

陳述句裡含有**否定副詞**（hardly、seldom、scarcely、nowhere、nobody 等），屬於**否定陳述句**，後面要用**肯定附加問句**。

昨晚派對上的披薩幾乎不夠每一個人吃，對嗎？

3 肯定句 → 肯定附加問句

如果附加問句只是對前面說過的話的反應，表達一種**感情色彩**（如：譏諷、同情、驚訝、憤怒、有趣、恭喜等），而**非提問**，肯定句後面可以用**肯定附加問句**。

Oh, I am a liar, **am I?**

- **Lulu,** you think **you're funny, do you?** 露露，你自以為很有趣，是嗎？（用**升調**表示譏諷。）
- **Oh,** I am **a liar, am I?** 哦，我是一個騙子，是嗎？（表示憤怒。）

2 have 的附加問句

1 **have** 作**行為動詞**，表示「做某事」（如：體驗、吃喝）時，附加問句要用**助動詞 do/does/did**。

- **Last night at the New Year's party,** Nancy had **a wonderful time, didn't she?**（had → 行為動詞）
  在昨晚的新年派對上，南西玩得很開心，不是嗎？

2 **have** 作**狀態動詞**，表示「擁有」時，附加問句既可用 **do/does/did**，也可用 **have/has/had**。

- Dee has **a master's degree in English,** doesn't she / hasn't she?（has → 狀態動詞）
  蒂擁有英語碩士學位，不是嗎？

3 let 的附加問句

1 在 **let's / let us** 後面，附加問句通常用「**shall we?**」。

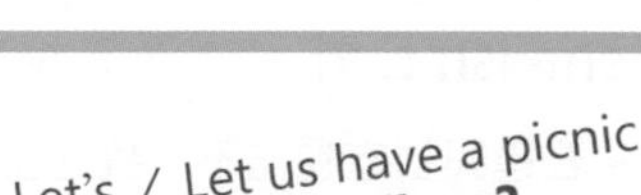

- **Dee,** let's / let us **have a picnic by the lake,** shall we?
  蒂，我們去湖邊野餐，好嗎？

2 如果 **let us** 的意思是 **you let us** 時，才用「**will you?**」。

- **Mom, please** let us **go to visit Sue, will you?** 媽媽，請讓我們去看望蘇，好嗎？
  （這句的 us 不包括聽者（Mom），這種情境要用 let us，不用 let's，附加問句用「will you」。
  ➡ 參見〈Chapter 90 祈使語氣：(2) let 引導的祈使句〉）

3 「**let + 第三人稱**」的附加問句用「**will you?**」。

- Let Amy **go, will you?** 讓艾咪走，好嗎？

4 祈使句的附加問句

祈使句也可以加上**附加問句**，但不具有疑問含意，只是使祈使句變得更加**客氣**、**委婉**。

1 **肯定祈使句**若表**邀請**、**客氣的請求**，則附加問句用「**won't you?**」。

- **Lulu, stay with us for another day, won't you?**（表示**邀請**的祈使句常用 **won't you** 作為附加問句。）
  露露，跟我們在一起再待一天，好不好？

❷ 肯定祈使句若表命令、要求，則附加問句用「**will you / won't you / would you / can you / can't you / could you?**」。（美式英語常用 **please** 代替附加問句。）

表**命令**、**要求**時，will you 和 won't you 只有細微的區別。期待**肯定**的回答，用「**will you?**」；期待的回答也許會是**否定**的，用「**won't you?**」。

• **Sue, open the window, will you / won't you?**
蘇，把窗戶打開，好嗎？

表**命令**。這是手術室裡的對話。在手術室裡，醫生絕對不會期待否定的回答，所以這句只能用肯定附加問句。

• **Hand me the smallest needle, will you / would you / could you?**
請把最小的針遞給我。

❸ 否定祈使句後面用「**will you?**」。

• Don't **tell Sue about it, will you?**
不要把這事告訴蘇，好嗎？

5 附加問句的回答

回答附加問句，如果回答本身是**否定**，要用 **No**。如果回答本身是**肯定**，要用 **Yes**。

注意：附加問句前面的陳述部分是**否定**時（isn't），回答 yes 和 no 的英文和中文意思剛好相反。

• **Annie Tree** isn't **very experienced, is she?**
安妮・崔沒有什麼經驗，對嗎？

表達與對方看法**一致**的回答：**對**，她**沒有**經驗。
No, she isn't. 對，她沒有經驗。

表達與對方看法**不一致**的回答：**不**，她**有**經驗。
Yes, she is. 不，她有經驗。

PRACTICE

1 判斷下列句子是否正確。正確打 ✓，不正確打 ×，並訂正錯誤。

1 [ ] Dee, let's go out to eat tonight, shall we?

______

2 [ ] Those roses are for Kay, isn't she?

______

3 [ ] I'm still a member of the Mumbai Literary Club, am not I?

______

4 [ ] Dee needs to take English 103, does not she?

____

5 [ ] Nothing happened while I was in the meeting with Mr. Pitt, didn't it?

____

6 [ ] Ann | I only paid $5,980 for this old jeep; it was pretty cheap.
Dan | Oh, $5,980 to sit in a moving pile of rust is cheap, is it?

____

7 [ ] Ann | Davy is not going to marry Annie, isn't he?
Dan | No, he isn't. Last month he married Dee.

____

8 [ ] Ann | You're going to have two weeks off, aren't you?
Dan | No, dear. Actually, I have only one week off this year.

____

2 寫出附加問句，完成下列句子。

1 Dee can speak Japanese and Chinese, ______________?

2 Let's watch three movies tonight, ______________?

3 Claire, there isn't anything wrong, ______________?

4 Every afternoon Uncle Lee has a nap, ______________?

5 Sue and Lulu King should quit drinking and smoking, ______________?

6 Uncle Lee has a new sports car, ______________?

7 Sue, you like your new hairstyle, ______________?

8 Don't forget Sue and me, ______________?

9 Brigitte, shoveling snow is good exercise, ______________?

10 Andrew, you're in love again, ______________? I think that's great for you and Lulu!（恭喜對方）

Chapter
89 祈使語氣：(1) 祈使句的主詞和祈使句的種類

祈使語氣（imperative mood）用來表示**命令**、**指示**、**建議**、**勸誡**、**祝賀**。**祈使句**（imperative sentence）的動詞要用**原形動詞**。祈使句的語序與**陳述句**一樣，通常以**句號**（.）結尾。但如果是一個強烈命令，也可用**驚嘆號**（!）結尾，在這種情況下，這個命令句既是**祈使句**也是**感嘆句**。

1 祈使句的主詞

❶ **祈使句**中**省略了主詞**（**you**）。

- (You) Don't ask Joe; he doesn't know. 不要問喬；他不知道。

❷ 在**祈使句**的句首或句尾，可以用一個**名詞**或**代名詞**點出主詞，清楚表明我們在對誰說話，但實際主詞依然是 **you**。

- Nobody move. = All of you, don't move. 誰也不許動。
- Be quiet, Dee. = Dee, be quiet. 蒂，安靜點。
  → 祈使句的句首或句尾加上名詞，要用**逗號**與祈使句分開。

❸ 保留主詞 **you**，可以加強勸說或氣憤的語氣。

- You get out! 你出去！
- Max, you sit down and relax. 邁克斯，你坐下，放輕鬆。

2 祈使句的種類

❶ **肯定祈使句**：用**原形動詞**開頭。

- Do your homework with Dirk. 跟德克一起做功課。
  → 祈使句的**句首**或**句尾**加上 please 會更禮貌。
- Please come over and take a look at my new cookbook.
  = Come over and take a look at my new cookbook, please. 請過來看看我的新食譜。
  → please 放在**句尾**時，前面要用**逗號**與句子分開。
  → 祈使句裡的 always 要置於**原形動詞之前**。
- Always remember that you are special, just like everybody else.
  永遠記住，就像其他任何人一樣，你也很特別。

❷ **否定祈使句**：以 **do not**、**don't** 或 **never** 開頭。

- Never speak to Ben like that again! 絕對不要再用那樣的口氣跟班講話！
  → 否定祈使句也可以加上 please。
- Please don't ask me to take a bath or to study math. 請不要要求我洗澡或學數學。
  → 否定祈使句也可以在**句首**或**句尾**加上名詞或代名詞，點明主詞，加以**強調**。
- Don't take so much time, Jake.
  = Jake, don't take so much time. 傑克，不要花那麼多時間。

❸ **強調祈使句**：用以表達**客氣的請求**、**抱怨**、**道歉**等，句型為「**do + 原形動詞**」，表示「務必要……」。

- Do forgive me; I didn't mean to hurt you. 務必要原諒我；我並沒有想要傷害你。

❹ **被動祈使句**：表示「使某事得以完成」，句型為「**get + 受詞 + 過去分詞**」。

- Get your hair cut before you go out with Claire. 剪一剪頭髮，再跟克萊兒出門。

❺ **與 and/or 連用的祈使句**：祈使句後面若接 **and** 或 **or** 引導的**獨立子句**，意思相當於 **if 引導的條件副詞句**。

1 **肯定祈使句**接 **or** 表示**否定條件**。

(or → 否定條件（if you are not . . .）)

- Steve, be quiet or I'll ask you to leave.
  = Steve, if you are not quiet, I'll ask you to leave. 史蒂夫，安靜，否則我就要你離開。

2 **肯定祈使句**接 **and** 表示**肯定條件**。

(and → 肯定條件（if your drive . . .）)

- Drive like that and sooner or later you'll have an accident.
  = If you drive like that, sooner or later you'll have an accident.
  像你那樣開車，遲早要出事的。

提示 **and** 和 **or** 連接一個**祈使句**和一個**獨立子句**時，一般要用**逗號**分開。但如果祈使句很短，可以省略逗號。

PRACTICE

1 **根據括弧裡提供的文字，完成下列句子。**

1 ______________________, or you'll be in trouble.（不要再遲到）

2 Annie, come here and ______________________ where you are.（〔你們〕其他人留在……）

3 ______________, please relax and I'll see what I can do.（大家）

4 ______________ at Pat like that!（絕對不要對……吼叫）

5 "______________________," shouted Joan.（請誰去接電話啊）

6 ______________________ to keep on smiling and not to get grumpy when your path in life gets bumpy.（總是記住）

7 ______________（不要與……為伍；用動詞 join）the book burners. ______________（不要以為）you're going to conceal faults by concealing evidence that they ever existed. —President Dwight David Eisenhower

8 Please begin your email with "Dear Friend," and ______________ sincere.（始終都要）

9 ______________________, Sue.（務必保持安靜；用強調句型）

10 "______________________ off me, or I'll call the police!" Amy shouted angrily.（把你的手拿開；保留主詞 you，用動詞 take）

Chapter 90 祈使語氣：(2) let 引導的祈使句

let 用在祈使句中表達命令、要求、提議。

1 let 與第一人稱的肯定祈使句

❶ **Let us = Let's** let's 是 let us 的縮寫，通常可以互換。句型「let's / let us + 原形動詞」用來為包括講話者自己和聽者的一組人提出建議或下達命令，表示「讓我們去做某事」。

→ us 包括講話者（speaker）以及聽者（listener/listeners）。

- Let's / Let us go for a swim in Lake Kim. 我們去金姆湖游泳吧。

❷ **Let us ≠ Let's** 有些情況下，let's 和 let us 不能互換。如果 let us 中的 us 只包括說話者的群體（the speaker's group），不包括對方（the listener / the listeners），這種情境就不用 let's。

- Aunt Sue and Uncle Lee had already decided to give a gift to Jane. Aunt Sue said to Jane, "Let us give you a round trip ticket to Spain."

→ us 不包括聽者（Jane），只包括說話者的一組人（Aunt Sue 和 Uncle Lee）。

蘇姑媽和李姑丈決定要送珍一個禮物。蘇姑媽對珍說：「讓我們給你一張西班牙的來回機票。」

❸ **Let me** 句型「let me + 原形動詞」用來給自己提出指示，意思是「讓我做某事」。

- Let me help you and Sue. 讓我來幫你和蘇。

→ 片語 let me see 和 let me think 表示需要一點時間來思考某件事情。

- Let me see / Let me think, where can I buy my morning coffee?
讓我想一想，在哪裡能買到早上要喝的咖啡？

2 let 與第一人稱的否定祈使句

❶ let 與第一人稱的否定祈使句，如果 us 包括講話者和聽者，可以有四種形式：

非縮寫形式	縮寫形式
let us not + 原形動詞	let's not + 原形動詞
do not let us + 原形動詞	don't let us + 原形動詞

→ 這四種形式裡，最常用 let us not 和 let's not。

- Let us not / Do not let us fight, because fighting is not right.
= Let's not / Don't let us fight, because fighting is not right. 我們不要打架吧，打架不好。

❷ 若主詞不屬於 us 所指的一部分，即 us 不包括聽者，最好用 do not let us / don't let us。

- "Do not let us fail in feeding and teaching the poor," prayed Lulu.
露露祈禱：「讓我們成功為窮人提供食物和教育。」
- "Don't let us fail in rescuing that panda," prayed Sue.
蘇祈禱：「讓我們成功營救那隻熊貓。」

→ 這兩句隱含一個主詞（有可能是 God）。主詞（God）不屬於 us 的一部分，因此用 do not let us 或 don't let us。

3 let 與第三人稱的祈使句

let 可以跟第三人稱名詞或代名詞搭配，表示**建議**、**警告**或**威脅**。

❶ **肯定句** let him/her, etc. + 原形動詞

- After they wake up, let them have some milk and chocolate cake.
  他們醒來後，讓他們喝點牛奶、吃巧克力蛋糕。
- "Just let her be," said Uncle Lee. 李叔叔說：「不要打擾她。」

❷ **否定句** do not / don't + let him/her, etc. + 原形動詞

- Don't let / Do not let Gus stay with us. 不要讓加斯跟我們住在一起。
- Do not let your daughter Joan ride the subway alone.

  ┌→ 否定詞 never 的語氣更重一些，置於否定祈使句的句首。

  = Never let your daughter Joan ride the subway alone. 絕對不要讓你女兒瓊恩獨自搭地鐵。

PRACTICE

1 根據括弧裡提供的文字，用 let 引導的祈使句完成下列句子。

1. ______________________—Ann is not an honest woman.（讓我們面對現實吧）
2. My sister Margo and I wanted to go to Tokyo. Margo asked, "Mom, please ______________________ to visit Aunt Coco."（讓我們飛往東京）
3. " ______________ stay here for very long," I whispered to Sue.（我們不要）
4. My big sister Lynne warned me, " ______________________."（不要讓那條狗進來）
5. Let us tenderly and kindly cherish, therefore, the means of knowledge. ______________ to read, think, speak, and write. —President John Adams（讓我們敢於）

2 判斷下列句子是否正確。正確打 ✓，不正確打 ×，並訂正錯誤。

1. [ ] Please let Joan finish her math homework on her own.
   ____
2. [ ] Let Margo not go out tonight, because it is going to snow.
   ____
3. [ ] Do not let's forget about it.
   ____
4. [ ] Let the terrorists, wherever they may be, understand that people everywhere will defend world peace.
   ____
5. [ ] Let's teaching a volleyball class at Flamingo Beach.
   ____

Chapter

91 假設語氣：(1) wish 和 if only

假設語氣是一種**動詞形式**，不用來陳述事實，而是用來表達**許願**、**描述與事實相反的條件**、**命令**、**建議**。

假設語氣常用於 wish 後面的子句中以及 if only 引導的子句中

時間	wish / if only 後面的動詞形式
與現在事實不符（present time）	**動詞過去式**（如：did、worked）；be 動詞一律用 **were**
與未來事實不符（future time）	**could/would + 原形動詞**
與過去事實不符（past time）	**動詞過去完成式**（had + 過去分詞）

1 與現在事實不符 wish / if only + 過去式（did/were/could）

wish / if only + 過去式 表達**願望**與**嚮往**。**過去式**在這裡並不指過去時間，而是指**與現在事實相反**的事或**不可能實現**的事。

注意：wish 後面可以接 that。
be 動詞一律用過去式 **were**，不用 was。

- Claire wishes (that) she **were** a millionaire.
  克萊兒希望自己是百萬富翁。 ▶ 與現實不同：Claire **is not** a millionaire.

注意：if only 後面不能接 that。

- If only Ben **were** young again.
  要是班重新變年輕就好了。 ▶ 現實不可能實現的事：Ben **is no longer** young.

- I wish I **could** give you an answer now, but I can't.
  我好希望現在能給你一個答案，可是我不能啊。

  ≈ If only I **could** give you an answer now, but I can't.
  要是我現在能給你一個答案就好了，可是我不能啊。 ▶ 現實不可能實現的事：I **can't** give you an answer now.

2 希望未來情況有所改變 wish / if only + would/could + 原形動詞

wish / if only + would/could + 原形動詞

表示**與未來事實不符**、**未來不可能實現**的事，或**希望未來情況有所變化**。

❶ 希望他人改變行為

1. wish 後面的從屬子句動詞用「**would + 原形動詞**」。即，在 wish 句子裡，wish 的主詞和從屬子句主詞**不相同**時，要用 **would**，不用 **could**，尤其 wish 後面的從屬子句是**否定句**時。
2. if only 後面的動詞也常用 **would**。

「wish . . . wouldn't」可以用來抱怨某個情況反覆發生。
- I wish Mr. King **wouldn't complain** all the time. 真希望金恩先生不要牢騷滿腹。

希望他人改變行為（I don't like it, and I want Mr. King to change it.）時，wish 的主詞和子句的主詞是不一樣的（I, Mr. King），從屬子句要用 would，不用 could。

希望他人改變行為，if only 後面的動詞常用 would。
- **You are always late. If only you would turn up on time for a change.**
你老是遲到。要是你能有所改變，準時出現就好了。

❷ 希望自己能改變行為

在 wish 和 if only 句子裡，主要子句主詞和從屬子句主詞**相同**時（即，希望自己能改變未來行為），要用「**could + 原形動詞**」，不用 **would**。

主詞是同一人（Midge, she），表示希望自己能改變未來行為。
- Midge **wishes** she **could go back to college.**
米姬希望她能重返大學讀書。
➡ 未來不可能實現的事：Midge **will not be able** to go back to college.

- If only I **could be with Margo tomorrow.**
要是明天我能跟瑪歌在一起就好了。
➡ 未來不可能實現的事：I'**ll not be able** to be with Margo tomorrow.

3 對過去的事感到後悔或失望 wish / if only + 過去完成式（had + 過去分詞）

wish / if only + 過去完成式（had + 過去分詞）

表示**與過去事實相反**（past time），表達對自己過去做過或沒做過的事感到**後悔**或**失望**。

- I wish I **had never told** that lie. 真希望我沒撒過那個謊。
➡ 過去事實：I **told** that lie.

- If only I **had gone** with Sue to Vancouver. 要是我跟蘇去了溫哥華就好了。
➡ 過去事實：I **did not go** with Sue to Vancouver.

4 wish / if only + 無生命的主詞 + would + 原形動詞

❶「**wish / if only + 無生命的主詞 + would + 原形動詞**」的句型，可以給無生物**賦予人的特徵**。

所渴望的變化是有可能的。
- I wish the snowstorm **would stop** so that I could go to visit Trish.
但願暴風雪會停，那樣我就能去看望翠西了。

❷「**wish / if only + 無生命的主詞 + would + 原形動詞**」的句型，**不用來表示主詞無法控制的變化**。

汽車不能控制自身的價格，因此，不能用「wish / if only + 無生命的主詞 + would + 原形動詞」的句型。
- ✗ I wish electric cars **wouldn't be** so expensive.
- ✓ I wish electric cars **weren't** so expensive. 真希望電動車不要那麼貴。

提示

不能用「**wish / if only + 無生命的主詞 + would + 現在完成式**」的句型來表示**主詞無法控制的變化、對過去的改變**。

過去的事實已經無法改變。因此，不能用「wish / if only + 無生命的主詞 + would + 現在完成式」的句型。

ⓧ **If only the sun would have been out, the hike would have been more fun.**

與過去事實相反（事實：The sun was not out.），if only 要與過去完成式連用。

✓ **If only the sun had been out, the hike would have been more fun.**

如果當時有出太陽，那次的健行就會更有樂趣。

PRACTICE

1 將正確答案劃上底線。

1. If only Jim knows | knew how much I miss him.
2. I wish I had not said | did not say that to Trish.
3. I wish Mr. King could | would stop drinking and smoking.
4. If only Gwen met | had met him then.
5. If only that you had told | you had told me the truth about Lulu.
6. Margo and I wish we could | would go back to two years ago.

2 選出正確答案。

_____ 1 Aunt Gwen said with a sigh, "I __________ in love again."

Ⓐ wish I am　Ⓑ wish I was
Ⓒ wish I were　Ⓓ wished I was

_____ 2 I wish I __________ so I could change what I said to Kay on her last birthday.

Ⓐ could turn back time　Ⓑ would turn back time
Ⓒ would have turned back time　Ⓓ A and B are both correct.

_____ 3 If only I __________ as brave as Liz is!

Ⓐ was　Ⓑ am
Ⓒ were　Ⓓ Both B and C are correct.

_____ 4 I wish I ____________ before she gets a deadly disease.

Ⓐ could get Louise to quit smoking

Ⓑ would get Louise to quit smoking

Ⓒ can get Louise to quit smoking

Ⓓ A and B are both correct.

_____ 5 I wish I ____________ wealthy and healthy.

Ⓐ could be　Ⓑ were

Ⓒ would be　Ⓓ Both A and B are correct.

_____ 6 "If only nuclear bombs ____________," sighed Scot.

Ⓐ would not have been invented　Ⓑ had not been invented

Ⓒ could not have been invented　Ⓓ were not invented

_____ 7 Joe wishes he ____________ to Chicago.（提示：he 指 Joe。）

Ⓐ never went　Ⓑ had never been

Ⓒ would go　Ⓓ Both B and C are correct.

_____ 8 I wish I ____________ more free time.

Ⓐ have　Ⓑ had

Ⓒ would have　Ⓓ Both B and C are correct.

3 根據括弧裡提供的文字，完成下列句子。

1 I wish ____ about my brother.
（我從未告訴過她的母親）

2 If only ____.（太陽很快升起來）

3 I wish Pat ____.
（停止像那樣瞪著我看）

4 Claire wishes her dad ______________________________.
（是一個百萬富翁）

5 I wish Kay ______________________________.（離開；用動詞片語 go away）

6 ____ at my wedding!
（如果 Bing 能在場，該有多好啊！與過去事實相反；過去事實：Bing was not at my wedding.）

Chapter 92 假設語氣：(2) if 和 as if / as though（與事實相反的假設）

1 if（與事實相反的假設）

if 可引導一種**與客觀現實不符**或**根本不可能存在**的**條件句**，主要子句會產生一種不可能的結果。

時間	動詞形式	
	if 條件句	主要子句
與現在事實相反	過去式（如：worked）； be 動詞用 were	would/might/could/should + 原形動詞
與未來事實相反	1 過去式（如：worked）； be 動詞用 were 2 were to + 原形動詞	would/might/could/should + 原形動詞
與過去事實相反	過去完成式（had + 過去分詞）	would/might/could/should + have + 過去分詞

❶ if 子句：與現在事實相反的假設

if I were you, I would + 原形動詞：「如果我是你，我會……」。我永遠不可能變成你，所以這是一種典型的假設句型（即根本不存在的條件），用來為他人提供建議。

- If I were you, I would start a home business with Sue.
  如果我是你，我就會跟蘇共同創辦一個家庭企業。

❷ if 子句：與未來事實相反的假設

- If you caught the eight o'clock train tomorrow morning, you could be in London by noon.
  假如你能坐上明天早上八點的火車，中午時分你就可以到達倫敦。
  ⇛ 未來事實：You **will not catch** the eight o'clock train tomorrow morning.
- If Mabel were to become my boss, this job would be intolerable.
  假如美博要成為我的上司，這份工作就會變得無法忍受。
  ⇛ 未來事實：Mabel **will not become** my boss.

❸ if 子句：與過去事實相反的假設

- If Lincoln had lived in a time of peace, no one would have known his name.
  如果林肯生活在和平年代，就不會有人知道他的名字。
  ——President Theodore Roosevelt 美國總統西奧多・羅斯福
  ⇛ 過去事實：Lincoln **did not live** in a time of peace.

❹ 省略 if 的倒裝假設語氣：if 條件句中有助動詞 **were**、**had**、**should** 時，可以省略 if，將這些助動詞置於句首，構成**倒裝假設語氣**。（注意：若條件句中的動詞是**否定形式**時，不能用倒裝假設語氣的句型。）

未來不可能發生的事

- Were Margo given a chance to go to the Moon, would she go?
  = If Margo were given a chance to go to the Moon, would she go?
  假如瑪歌獲得一個去月球的機會，她會去嗎？

與過去事實相反

- Had I known about the problem with the airplane's engine, I could have prevented the accident.

= If I had known about the problem with the airplane's engine, I could have prevented the accident. 如果當時我知道飛機引擎有問題，我就可以阻止那場事故。

2 as if / as though（與事實相反的假設）

假設語氣可用於 **as if / as though**（好像；彷彿）引導的方式從屬子句。

發生時間	動詞形式 as if / as though 從屬子句
與主要子句動作**同時**發生	過去式（如：worked）；be 動詞用 were
發生在主要子句動作**之後**	were going to、were about to
發生在主要子句動作**之前**	過去完成式（had + 過去分詞）

❶ 從屬子句的動作與主要子句動作同時發生

從屬子句動作 owned 與主要子句動作 behaves 同時發生。

- Grace behaves as if she owned the whole place.

葛蕾絲表現得好像她擁有這整個地方。 ⟹ 現在事實：Grace **doesn't own** the whole place.

從屬子句動作 were 與主要子句動作 talked 同時發生。

- Jerry often talked as if he were rich.

傑瑞常常說起話來好像他很富有一樣。 ⟹ 過去事實：Jerry **was not** rich.

❷ 從屬子句的動作發生在主要子句動作之後

從屬子句動作 were about to cry 發生在主要子句動作 looked **之後**。

- Mom looked as if she were about to cry, but she didn't shed any tears.

媽媽看起來好像要哭了，但她一滴眼淚也沒有流。 ⟹ 過去的未來事實：She **was not about to** cry.

❸ 從屬子句的動作發生在主要子句動作之前

從屬子句動作 had happened 發生在主要子句動作 is acting **之前**。

- She is acting as though nothing had happened between her and Brad.

她表現得好像在她和布萊德之間什麼事也沒有發生過。 ⟹ 過去事實：Something **happened** between her and Brad.

3 if 和 as if / as though 的非假設用法

如果 **if** 和 **as if / as though** 子句所表達的條件**很可能是事實**，那麼動詞就要用**陳述語氣**。

陳述語氣 If Kay came here yesterday, she will not come today.
如果凱昨天來過這裡，她今天就不會來。 ⟹ 過去事實：Kay probably **came** here yesterday.

假設語氣 If Kay had come here yesterday, she would not come today.
假如凱昨天來過這裡，她今天就不會來。 ⟹ 過去事實：Kay **did not come** here yesterday.

陳述語氣 Teddy is smiling as though he knows the answer already.
泰迪在微笑，好像他已經知道了答案。 ⟹ 現在事實：Teddy probably **knows** the answer.

假設語氣 Sue acts as if she already had a clue.
蘇表現得好像她已經有線索了。 ⟹ 現在事實：Sue **doesn't have** a clue.

4 假設和非假設的混合句及混合時間假設句

❶ 假設和非假設混合句：一個句子可以一部分為假設，另一部分為非假設。

→ but 前面是**過去假設**，表示與過去事實不符（過去事實：**I did not go** to visit Bess.）。

→ but 後面是非假設，陳述過去事實。

- **While in India I would have gone to visit Bess, but I didn't have her telephone number or address.**

在印度時，我本來要去看望貝絲，但我沒有她的電話號碼，也沒有她的地址。

❷ 混合時間假設句：在假設句中，**if** 子句的動作和主要子句的動作所發生的**時間不一致**時，就要用**混合時間假設句**，動詞的形式要根據其所表示的時間做出相應的調整。

→ 這是一個混合時間假設句，if 子句與**現在**事實相反（現在事實：I **am** nearsighted.），用過去式（were）。

與現在事實相反

→ 主要子句與**過去事實**相反（過去事實：I **mistook** you for your brother Tom yesterday.），用「**would not + have + 過去分詞**」。

與過去事實相反

- **If I were not so nearsighted, I would not have mistaken you for your brother Tom yesterday.** 如果我近視沒那麼深，昨天就不會誤把你當成你的弟弟湯姆了。

PRACTICE

1 判斷下列句子是否正確。正確打 ✓，不正確打 ×，並訂正錯誤。

1 [ ] Megan looks as if she had seen a ghost or dragon!

____

2 [ ] If Joe can travel back in time, where would he go?

____

3 [ ] If I had received four more votes in the last election, I would be the mayor now.

____

4 [ ] If it is sunny tomorrow, I would go to the beach with Coco and Margo.

____

5 [ ] If Pam had studied hard, she would pass last week's Spanish exam.

____

6 [ ] Uncle Lee would not have lung cancer had he quit smoking and drinking.

____

2 選出正確答案。

____ 1 If my mom ____________ rich, we wouldn't be in such a financial mess.
Ⓐ was Ⓑ is Ⓒ were Ⓓ be

____ 2 Jim ____________ his way if he had taken a map of New York City with him.
Ⓐ would lose Ⓑ will lose Ⓒ lost Ⓓ would not have lost

____ 3 If I ____________ next year, I ____________ know some Japanese or travel with my sister Ann.
Ⓐ go to Japan; would have to Ⓑ go to Japan; will have to
Ⓒ went to Japan; will have to Ⓓ went to Japan; have to

____ 4 We should live our lives as though Christ ____________ this afternoon.
—President James Earl Carter
Ⓐ was coming Ⓑ is coming Ⓒ will come Ⓓ were coming

____ 5 ____________ to decide whether we should have a government without newspapers or newspapers without a government, ____________ a moment to prefer the latter. —President Thomas Jefferson
Ⓐ Were it left to me; I should not hesitate
Ⓑ Was it left to me; I won't hesitate
Ⓒ Were it left to me; I won't hesitate
Ⓓ Is it left to me; I should not hesitate

____ 6 If I ____________ my failures, or what seemed to me at the time a lack of success, to discourage me, I cannot see any way in which I would ever have made progress. —President John Calvin Coolidge
Ⓐ had permitted Ⓑ permitted Ⓒ have permitted Ⓓ permit

3 根據括弧裡提供的文字，完成下列句子，並回答問題。

1 If you could use your last magic wish to travel to another planet, ______________________________?（你會選擇哪一個）

2 ______________________________ you had a fatal disease and two months to live, what would you do?（假如你被告知）

3 ______________________________, would you want to be born into a different family?（如果給你一個重新誕生的機會）

4 ______________________________ for one day, what would you do?（如果你是美國總統）

5 ______________________________ (which) the whole world could hear and understand, what would you say?（假如你今天可以說出一句話來）

Chapter 93 假設語氣：(3) if it were not for / but for（要不是……）、suppose/supposing（假如）、what if（假使……呢？）

1 if it were not for / if it had not been for（要不是）

❶ 與現在或未來事實相反的假設，用 if it were not for。

if it were not for + 名詞／代名詞（條件子句） + 主詞 + would/could + 原形動詞（主要子句）

- If it were not for Margo, Dwight would not go to the party tonight.
  要不是因為瑪歌，杜威特今晚就不會去參加聚會。
  ⇒ 未來事實：Because of Margo, Dwight **will go** to the party tonight.

❷ 與過去事實相反的假設，用 if it had not been for。

if it had not been for + 名詞／代名詞（條件子句） + 主詞 + would/could have + 過去分詞（主要子句）

- If it had not been for the earthquake rescue team, Ed Ride would have died / could have died. 要不是因為地震救援小組，艾德·萊德早就沒命了。
  ⇒ 過去事實：Because of the earthquake rescue team, Ed Ride **did not die**.

2 but for（要不是）

片語 but for 可取代 if it were not for / if it had not been for，表示與事實相反的假設。

❶ 與現在或未來事實相反

but for + 名詞／代名詞 + 主詞 + would/could + 原形動詞

- But for Lee, I would be studying for my Ph.D. at Harvard University.
  要不是因為李，我就會在哈佛大學讀博士了。
  ⇒ 現在事實：Because of Lee, I **am not studying** for my Ph.D. at Harvard University.
- But for Erica, I would not go to work and live in South Africa.
  要不是因為艾芮卡，我就不會去南非居住和工作。
  ⇒ 未來事實：Because of Erica, I **will go** to work and live in South Africa.

❷ 與過去事實相反

but for + 名詞／代名詞 + 主詞 + would/could have + 過去分詞

- But for your help, Brooke could not have finished writing her storybook.
  （without 引導的介系詞片語也可以用在假設語氣中。）
  = Without your help, Brooke could not have finished writing her storybook.
  要不是因為你的幫助，布露可就不可能寫完她的故事書。
  ⇒ 過去事實：**With** your help, Brooke **finished** writing her storybook.

3 suppose/supposing（假如）、what if（假使……呢？）

❶ **suppose/supposing** 以及 **what if** 引導的子句，相當於 **if** 引導的子句，如果與**現在**或**未來**事實相反，子句動詞用**過去式**；如果與**過去事實相反**，子句動詞用**過去完成式**。

- Suppose Ray asked you to marry him, what would you say?
  = If Ray asked you to marry him, what would you say? 假如雷向你求婚，你會說什麼呢？
  ➡ 未來事實：Ray **will not ask** you.
- (what if 句型中的主要子句常省略。)
  What if Midge had not quit college? 要是當時米姬沒有從大學退學，會怎樣呢？
  ➡ 過去事實：Midge **quit** college.

❷ **suppose/supposing** 以及 **what if** 引導的子句與 **if** 子句一樣，也可以用**現在式**，表示**可能發生**的現在或未來情況。

- (supposing 引導的子句用**現在式**（get caught）表示未來**可能**會發生的事。) (主要子句用 will 表示未來，不用 would。)
  Supposing I get caught chewing bubble gum in class, will I be in trouble?
  如果我被逮到在課堂上嚼泡泡糖，會有麻煩嗎？
- Kirk, what if your business plan doesn't work? (what if 引導的子句用**現在式**（doesn't work）表示未來**可能**會發生的事。)
  柯克，要是你的業務計畫沒有成功怎麼辦？

PRACTICE

1 將正確答案劃上底線。

1. Supposing Sue is right and I am wrong, what should I do | should have I done?
2. What if you were | are told that you were | are to move to Mars tomorrow? What would you do?
3. Suppose you have | had no need to eat or sleep, how are you going to | would you spend all your extra time?
4. Supposing I had lent | lent Mr. Door the money he had asked for!
5. Supposing you suddenly wake | woke up to find your house on fire, which one thing would you save as you run | ran outside?
6. What if you woke | wake up one morning to discover you had changed | changed bodies with a kangaroo living in a zoo?

2 用 if it were not for 或 if it had not been for 改寫下列句子。

1. But for your help, Scot Pool could not have finished high school.
   ____
2. But for losers, there would be no winners.
   ____
3. But for his bubble gum, the hole in his spaceship would have gotten him into trouble.
   ____
4. But for Sue and her sisters and brothers, Andrew would not have known what to do.
   ____

Chapter 94 假設語氣：(4) it is (about/high) time that（是……的時候了）、would rather（寧願）、慣用原形動詞的受詞子句

1 it is (about/high) time + (that) 子句（子句動詞用過去式）

❶ it is (about/high) time + 子句主詞 + 過去式 （假設語氣）

表示「是……的時候了」。連接子句的 **that** 常被省略。注意：這裡的**動詞過去式**不表示過去時間，而是指**現在**或**未來**。

- It is time Emma visited her grandma.
  = It is time for Emma to visit her grandma.
  艾瑪該去看望她奶奶了。

❷ **It is (about/high) time** 後面**不用否定式**。

✗ It is about time we didn't stay.

✓ It is about time we left. 我們該離開了。

2 would rather + 子句（子句動詞用過去式）

主詞 A + would rather + 主詞 B + 過去式 （假設語氣）

（主詞 A + would rather：主要子句；主詞 B + 過去式：從屬子句）

表示**優先選擇**，或表示**禮貌的拒絕**、**許可**或**建議**。注意：主要子句和從屬子句各自要有**不同的主詞**。這裡的**動詞過去式**不表示過去時間，而是指**現在**或**未來**。

- She'd rather I went to South Africa than America.
  她希望我去南非而不是美國。
- I'd rather you did not smoke in here or over there or anywhere.
  = Please don't smoke in here or over there or anywhere.
  我希望你不要在這裡面抽菸，也不要在那邊抽菸，在任何地方都不要抽菸。

3 慣用原形動詞的受詞子句或固定用語

❶ 表「**要求；建議**」的動詞後面接**原形動詞的受詞子句**。

下列動詞用來提出**要求**、**建議**等，動詞後面的 that 受詞子句，無論主要子句的動詞是何種時態，無論受詞子句的主詞是單數還是複數，受詞子句的動詞要用**原形動詞**的**假設語氣**。**英式英語**常用「**should + 原形動詞**」。注意：主要子句和受詞子句各自要有**不同的主詞**。

advise 建議	demand 要求	move 提議	propose 提議	require 要求
ask 要求	desire 要求	order 命令	recommend 推薦	suggest 建議
command 命令	insist 堅決要求	prefer 寧願	request 要求	

主要子句和受詞子句各自有不同的主詞（I, Lily）。

• I prefer that Lily (should) talk to me personally. 我寧願莉莉私下跟我談。

動詞 prefer 表示「寧願」，其後的子句要用**原形動詞的假設語氣**（**美式英語**），也可以用「**should + 原形動詞**」（**英式英語**）。

✗ Doctor Bush strongly suggested that my husband Bert do not smoke near our baby Kurt.

✓ Doctor Bush strongly suggested that my husband Bert (should) not smoke near our baby Kurt.

布希醫生強烈建議我丈夫伯特不要在我們的寶寶克特附近抽菸。

在這類受詞子句用原形動詞的假設語氣中，否定式不用助動詞 do。應當將 **not** 放在原形動詞前面（not smoke）。英式英語可以用「should not + 原形動詞（smoke）」。

比較

insist 意為「**堅決要求；堅決主張**」時，後面的受詞子句要用**原形動詞的假設語氣**。

• I insisted that you leave the country immediately.
我堅決要求你立刻離開這個國家。

insist 意為「**堅決認為**」，受詞子句就不能用假設語氣，要用**陳述語氣**。

• Mike insisted that I was wrong.
邁克堅決認為是我錯了。

❷ 表「**要求；建議**」的**名詞**後面也要接**原形動詞**的從屬子句。

源自於這類表**要求**、**建議**等動詞的名詞，後面的 that 子句也要用**原形動詞**的**假設語氣**。**英式常用「should + 原形動詞」。**

advice 建議	order 命令	recommendation 推薦
demand 要求	preference 選擇；偏愛	requirement 要求
insistence 堅決要求	proposal 提議	suggestion 建議

• Pat ignored the doctor's advice that she (should) eat less fat.
派特無視醫生要她少吃脂肪的建議。

雖然主要子句主詞和 that 子句主詞是同一個人（Pat = she），但這句表示的是「醫生建議 Pat 做某事」，而非「Pat 建議自己做某事」，所以 advice 後面的子句要用原形動詞的假設語氣。

雖然主要子句動詞是過去式（ignored），that 引導的同位語子句的主詞是第三人稱單數（she），但 that 子句動詞要用**原形動詞 eat**，不用 ate 或 eats。

❸ 某些**形容詞**後面要接**原形動詞**的從屬子句。
下列**形容詞**接 that 子句時，**美式**常用**原形動詞**的**假設語氣**；**英式**常用「**should + 原形動詞**」。

advisable 明智的	necessary 必要的	required 必須的
desirable 可取的	proposed 被提議的	suggested 被建議的（過去分詞）
essential 必要的	recommended 被推薦的（過去分詞）	urgent 緊急的
important 重要的		vital 重要的

- **Kay thought it was urgent that these files (should) be printed right away.**
  凱認為這些檔案應該要馬上列印出來。

❹ 某些**固定用語**要用**原形動詞**的**假設語氣**。

- **if need be (= should the necessity arise)** 如果需要的話
- **God bless you!** 上帝保佑你！
- **Be that as it may, I still want to talk to her.** 即使如此，我還是想跟她談談。
- **If Brigitte doesn't want to see me, then so be it.** 如果布麗姬不想見我，就由她去吧。

PRACTICE

1 將正確答案劃上底線。

1. Mr. Sun would rather I called | call 911.
2. Lee followed his adviser's recommendation that he dropped | drop World Literature 203.
3. It is high time Jill should pay | paid that bill.
4. I'll talk to the president herself, if need be | if it needs be.
5. June said it was important that you came | come to the meeting soon.
6. I had recommended that Anna read | reads more Chinese storybooks before she had gone | went to China.

2 選出正確答案。

____ 1 It is about time that Pearl ____________ trying to be a little girl.

Ⓐ give up　Ⓑ gives up
Ⓒ should give up　Ⓓ gave up

_____ 2 June ___________ at the court hearing this Tuesday afternoon.

Ⓐ requested that I was present　Ⓑ requested that I were present

Ⓒ requests that I be present　Ⓓ requests that I would be present

_____ 3 I would rather you ___________.

Ⓐ work in Honolulu　Ⓑ worked in Honolulu

Ⓒ should work in Honolulu　Ⓓ Both B and C are correct.

_____ 4 Don't you think it is time Bob ___________?

Ⓐ looks for a job　Ⓑ should look for a job

Ⓒ looked for a job　Ⓓ will look for a job

_____ 5 It is vital that Kit ___________ the form in triplicate.

Ⓐ fill in　Ⓑ filled in

Ⓒ would fill in　Ⓓ fills in

_____ 6 It is important that he ___________ and come to the meeting on time.

Ⓐ should clean off his grime　Ⓑ would clean off his grime

Ⓒ cleaned off his grime　Ⓓ Both A and B are correct.

3 根據括弧裡提供的文字，完成下列句子。

1 I insisted that _________________________ my house immediately.
（Lily 離開）

2 I prefer that my brother ____.
（與我們的母親一起去旅行）

3 My mom heard there is a requirement that _________________________
_________________________.
（每一個學生都要在六月三號之前註冊）

4 I'd rather ____.
（你不要在芝加哥市中心開車開得那麼快）

5 We demand that ____.
（Bing 不要出席這次會議）

6 It is about time that ____.
（Bing 戒酒戒菸）

Chapter 95 被動語態的動詞形式以及各種時態

1 被動語態的動詞形式 be 動詞 + 過去分詞

❶ **被動語態**（passive voice）由**助動詞 be** 的一種時態形式（is、was、were、will be、has been 等）加上主要動詞的**過去分詞**所構成。**被動語態**的人稱、數和時態的變化，都是透過助動詞 be 的變化來表示。

→ be 動詞的現在式 is + 過去分詞 influenced

- Tom is greatly influenced by his tough Mom. 湯姆深受他堅強母親的影響。

❷ **情態助動詞**、**動名詞**（動詞 -ing 形式）、**不定詞**、**使役動詞**的**主動**和**被動**形式比較：

	主動語態 Active	被動語態 Passive
情態助動詞的現在式（以 must 為例）	You must answer all the questions on the form. 你必須回答表格上的所有問題。 → 句型：情態助動詞 + 原形動詞	All the questions on the form must be answered. 表格上的所有問題都必須得到回答。 → 句型：情態助動詞 + be + 過去分詞
情態助動詞表過去的可能性或假設語氣（以 might 為例）	Someone might have taken it by mistake. 也許有人誤拿走了它。 → 句型：情態助動詞 + have + 過去分詞	It might have been taken by mistake. 它也許被誤拿走了。 → 句型：情態助動詞 + have been + 過去分詞
動名詞	The boss likes criticizing Ross. 老闆喜歡批評蘿絲。	Ross doesn't like being criticized by the boss. 蘿絲不喜歡被老闆批評。
不定詞	I hope they will accept me into Rice University. 我希望他們錄取我進入萊斯大學。	I hope to be accepted into Rice University. 我希望被萊斯大學錄取。
使役動詞 have	Ray had the electronics technician fix his TV yesterday. 昨天雷請電子設備技師修理了他的電視機。 → 句型：have + 人 + 不定詞（不帶 to）	Ray had his TV fixed yesterday. 昨天雷請人把他的電視機修好了。 → 句型：have + 物 + 過去分詞
使役動詞 make	The boss made Dwight work late last night. 昨晚老闆讓杜威特工作到很晚。 → 句型：make + 人／物 + 不定詞（不帶 to）	Dwight was made to work late last night. 昨晚杜威特被迫工作到很晚。 → 句型：人／物 + be made + 不定詞（帶 to）

	主動語態 Active	被動語態 Passive
使役動詞 get	Yesterday Claire got Tom to perm her hair. 昨天克萊兒讓湯姆替她燙頭髮。 → 句型：get + 人 + 不定詞（帶 to）	Yesterday Claire got her hair permed. 昨天克萊兒燙頭髮了。 → 句型：get + 物 + 過去分詞

➡ 請參看 p.196〈Chapter 62 使役動詞（make, let, have, get, help）〉

提示 使役動詞 let 無被動語態，要用 allow、permit、give permission 的被動語態代替。

2 被動語態的各種時態

❶ 現在簡單式	am is are		+ 過去分詞	I am paid twice a week. 我一週領兩次薪水。
❷ 過去簡單式	was were		+ 過去分詞	Yesterday his android soldier was destroyed. 昨天他的機器人士兵被毀掉了。
❸ 未來簡單式	will	be	+ 過去分詞	"Will a cake be made for me today?" asked Kay. 凱問：「今天會為我做一個蛋糕嗎？」
❹ 過去未來式	would	be	+ 過去分詞	Kay asked whether a cake would be made for her today. 凱問今天是否會為她做一個蛋糕。
❺ 現在進行式	am is are	being	+ 過去分詞	Liz is being questioned about copying from Pam on the English exam. 莉茲因為在英語考試中抄襲潘姆，正在接受詢問。
❻ 過去進行式	was were	being	+ 過去分詞	The murder was being investigated. 那件謀殺案正在接受調查。
❼ 現在完成式	has have	been	+ 過去分詞	Have Sue and Lulu been offered a free trip to Disneyland? 蘇和露露獲得了一次免費遊迪士尼樂園的機會嗎？
❽ 過去完成式	had	been	+ 過去分詞	Before you arrived, my android soldier had already been destroyed. 在你到達之前，我的機器人士兵就已經被毀掉了。
❾ 未來完成式	will have	been	+ 過去分詞	By next week the Sun Rays Solar Power Plant will have been built. 陽光太陽能發電廠將於下週前修建完成。

提示 未來進行式和完成進行式的被動語態極為罕見。

PRACTICE

1 判斷下列句子是否正確。正確打 ✓，不正確打 ×，並訂正錯誤。

1 [ ] "When was the Internet built?" asked Gwen.

2 [ ] Last Sunday I was finally let to go out with Tom.

3 [ ] When is the first communication satellite launched into space?

4 [ ] The marriage certificate must be signed and dated by Sue and Andrew.

5 [ ] Jim Wu doesn't like being lied to.

6 [ ] The inside of my car really needs to vacuum and clean.

7 [ ] To be elected president of our company is a great honor.

8 [ ] Little Kay asked, "What was the Internet used for in the modern world?"

9 [ ] Lenore said, "You might have killed in that stupid war."

10 [ ] By tomorrow the Sun Rays Solar Power Plant will have been being built for 90 days.

2 選出正確答案。

____ 1 Kay will ______ before Thursday.

Ⓐ have her car fix Ⓑ have her car fixed
Ⓒ have her car fixing Ⓓ have her car to fix

____ 2 Kay ______ at that beauty shop yesterday.

Ⓐ had her hair done Ⓑ was her hair done
Ⓒ had her hair do Ⓓ had her hair to do

____ 3 It ______ that a merry man has only one wife in his whole life.

Ⓐ says Ⓑ was said
Ⓒ is saying Ⓓ is said

____ 4 Right at this moment Trish ______ for a college position to teach English.

Ⓐ has interviewed Ⓑ is interviewed
Ⓒ is being interviewed Ⓓ was interviewed

____ 5 How ______ by the door?

Ⓐ did Lenore get her hand smashed
Ⓑ was Lenore get her hand smashed
Ⓒ did Lenore get her hand smash
Ⓓ Both A and B are correct.

____ 6 Rob ______ choose between getting his MBA and keeping his job. Actually, he ______ leave the company by his insecure boss, Eve Penny.

Ⓐ was made; was forced Ⓑ was made; was forced to
Ⓒ was made to; was forced to Ⓓ was made to; was forced

____ 7 Last night two people ______ in a car accident.

Ⓐ injured Ⓑ was injured Ⓒ were injured Ⓓ had injured

____ 8 That distant star can sometimes ______ at night if the moon isn't bright.

Ⓐ be observed Ⓑ have observed Ⓒ observed Ⓓ being observed

Chapter 96 被動語態的用法 (1)

1 動作的執行者和動作的承受者

❶ 在**被動語態**裡，主詞不是動作的**執行者**，而是動作的**承受者**。我們感興趣的是**行為**、**動作**本身，而動作的執行者（agent/doer）通常是未知的或不重要的，因此常被省略。

- "English **is taught in almost every school in the world,"** explained Trish.
  翠西解釋：「全世界幾乎所有學校都教英語。」

❷ 在**被動語態**中，如果要指明動作的**執行者**，就要用介系詞 **by**。

- **This comprehensive grammar book** was written by **Brooke**.（book → 動作的承受者；Brooke → 動作的執行者）
  這本綜合英文文法書是布露可寫的。

2 及物動詞才有被動形式

只有**及物動詞**才有**被動**形式。**不及物動詞**和**連綴動詞**（be、appear、become 等）沒有被動形式。

- **Lily** sings **beautifully.**（不及物動詞 sing 沒有被動形式。）
  莉莉歌唱得很好聽。
- **My mom** is **192 centimeters tall, and so** is **my sister Sue.**（連綴動詞 be 沒有被動形式。）
  我媽媽身高 192 公分，我的姐姐蘇也是。
- **We** have sold our camp by Bold Lake.
  我們已經賣了勇敢湖旁的營地。

  = Our camp by Bold Lake **has been sold.**
  我們在勇敢湖旁的營地已經賣了。（sell 是表示動作的及物動詞，可以用被動形式。）

> **提示**
> ❶ 並非所有的及物動詞都可以用被動語態（參見下面第 3 條）。
> ❷ 即使及物動詞後面接有受詞，許多句子還是使用主動語態比較自然。
> ➡ 見 p. 308〈3 不自然的被動結構〉

3 不用於被動語態的及物動詞

❶ 有些動詞雖然是及物動詞，但表示的是**狀態**而不是**動作**，含有這類狀態動詞和一些片語動詞的主動結構不能改寫為被動結構，如：

agree with 與……一致	**lack** 缺乏	**walk into** 走進
cost 花費	**look like** 看起來像	**weigh** 有……重量；重量為
fit（衣服）合身	**resemble** 像	
have 擁有；吃／喝	**suit** 相配；相稱	

have 表示「擁有」，是及物動詞，但表示的是狀態而不是動作，不用於被動語態。

✗ A fast jet is had by Bret.

✓ Bret has a fast jet. 布瑞特擁有一架速度很快的噴射機。

have 即使用來描述動作（吃／喝），也不用於被動語態。

✗ Lunch is being had by Ms. Bunch.

✓ Ms. Bunch is having lunch. 邦齊女士正在吃午餐。

fit 表「合身」時，雖是及物動詞，但表示的是狀態，不能用被動語態。

- This dress doesn't fit Bess.
  這件洋裝貝絲穿不合身。

fit 表「安裝；配備」時，指為某人測量，然後提供合身的衣服或合適的設備，通常用於被動語態（be fitted with）。

- Wade was fitted with a hearing aid.
  韋德裝了助聽器。

❷ 表示「**想要；喜歡**」意義的動詞，如「want/love/hate + 受詞 + 不定詞」的句型，不用於**被動語態**。

✗ She is wanted to leave Shanghai.

✓ I want her to leave Shanghai. 我想要她離開上海。

❸ 「**動詞 + 不定詞**」（如：refuse to answer）的句型不用於**被動語態**。

✗ I want to know why my question about ocean pollution was refused to answer.

✓ I want to know why you refused to answer my question about ocean pollution.
我想知道你為什麼拒絕回答我關於海洋汙染的問題。

比較

「**動詞 + 受詞 + 不定詞**」可用於**被動語態**。

主動 If the eel has made you sick, they shouldn't ask you to pay for the meal.
如果是那條鰻魚害你反胃，他們就不應該要你付這頓飯的錢。

被動 If the eel has made you sick, you shouldn't be asked to pay for the meal.
如果是那條鰻魚害你反胃，你就不應該被要求付這頓飯的錢。

4 總結：只能用主動語態的句子結構

含有以下結構的句子只能用**主動語態**，不能改寫為**被動語態**。

1 含有**不及物動詞**的句子。

2 含有**連綴動詞**（appear、seem、taste、become 等）的句子。

3 含有「**be 動詞 + 形容詞／副詞／名詞**」的句子。

4 含有**特定狀態動詞**或一些**片語動詞**的句子（如：fit、have、suit、agree with、walk into 等）。

PRACTICE

1 判斷下列句子是否正確。正確打 ✓，不正確打 ×，並訂正錯誤。

1 [ ] Kay Stoner believes that the owner is often resembled by his or her dog.

2 [ ] "These grapes are tasted sour," complained Ms. Flower.

3 [ ] Kate was finally told what had happened to her alcoholic classmate.

4 [ ] Your ability to listen and speak will be judged by the English competition in Taipei.

5 [ ] We were cost dearly by building that steel bridge.

6 [ ] She lacked the courage to cross that shaky bridge.

2 把下列主動語態的句子改成被動語態。但有些句子卻不能改成被動語態，請在不能改寫的句子前面寫上 N。

1 [ ] That cottage next to Blue Lake belongs to Sue Ridge.

2 [ ] Those two physicists from Chicago tasted the wine.

3 [ ] Does this dress fit Bess?

4 [ ] People say that money gives you power but may make your children dull and sour.

5 [ ] That jacket suits Dell well.

6 [ ] Do you want Margo to live in Tokyo or Chicago?

____

7 [ ] Does your new baby really weigh more than nine pounds?

____

8 [ ] Jane said this robotic soldier collapsed in the rain.

____

3 選出正確答案。

____ 1 Ann: Dan, where's your van?
Dan: It's ______ Brigitte's.

Ⓐ being cleaned by Ⓑ cleaned at
Ⓒ being cleaned at Ⓓ cleaned by

____ 2 " ______," said the nurse.

Ⓐ Only twenty dollars is had in my purse
Ⓑ I have only twenty dollars in my purse
Ⓒ Only twenty dollars are had in my purse
Ⓓ Both A and B are correct.

____ 3 She had her baggage ______ the airport.

Ⓐ to weigh Ⓑ weighed by Ⓒ to weigh at Ⓓ weighed at

____ 4 I saw ______.

Ⓐ the shopping mall was walked into by Paul
Ⓑ Paul walking into the shopping mall
Ⓒ Paul walking the shopping mall into
Ⓓ Both A and B are correct.

____ 5 ______ to take a look at my Sun Power System and figure out if I need a bigger one.

Ⓐ You would be liked to drop by Ⓑ I would like you dropping by
Ⓒ I like you to drop by Ⓓ I would like you to drop by

Chapter 97 被動語態的用法 (2)

1 只能用於被動語態的句型

有些句子只能用於**被動語態**。含有下列動詞片語的句子**不能用於主動語態**。

be born 出生	**be situated** 坐落於
be made of 由……材料製成	**be supposed to** 應該

- **I've heard that she was born on January 1, 2005.** 我聽說她是 2005 年 1 月 1 號出生的。

  過去分詞 born 和 situated 相當於形容詞。

- **My cottage is situated near the huge wind power farm on Oak Ridge.**
  我的別墅位於橡樹山脊上的大型風力發電場附近。

- **These old bracelets are made of gold.** 這些舊手鐲是金子做的。

- **I was strongly opposed to going home, but Mom said, "It is late, and Ed is supposed to be in bed."** 我強烈反對回家，但媽媽說：「天色已晚，艾德應該上床睡覺了。」

2 間接或直接受詞都可作被動語態動詞的主詞

有些動詞（give、lend、promise、send、show 等）可以同時接兩個受詞：**間接受詞**（人或物）和**直接受詞**（物）（如：lend me some money、give the car a wash）。其中兩個受詞都可分別作為**被動語態**動詞的**主詞**，主詞是**動作的承受者**，而非行為者。

主 動 **The manager gave that hardworking employee (人) a big bonus (物).**
經理給了那位勤奮工作的職員一份豐厚的獎金。

如果主動語態的間接受詞（人）沒有當被動語態的主詞，通常要用介系詞 to 連接（**to** that hardworking employee）。

被 動 **A big bonus was given to that hardworking employee.**
一份豐厚的獎金給了那位勤奮工作的職員。

有兩個受詞的主動句型要改為被動句型時，最好把間接受詞（人）作為主詞，這種句型更自然。

被 動 **That hardworking employee was given a big bonus.**
那位勤奮工作的職員得到了一份豐厚的獎金。

3 避免主動和被動語態混用

當兩個或更多的動作是由**同一個行為者**完成時，或兩個動作的承受者都指**同一人**或**同一物**時，不要在同一個句子裡混用**主動語態**和**被動語態**。

✗ **I agreed to your new plan, and then my own schedule was revised so that it matched yours.**

agreed to 是主動，revised 也是主動；兩個動作是由同一個行為者（I）完成，而兩個動詞都是主動語態，保持了句子結構平衡。

✓ **I agreed to your new plan and then revised my own schedule so that it matched yours.**
我贊成你的新計畫，所以就修改了我自己的時程表，以便配合你的計畫。

Ⓧ This administration is going to be cursed and people are going to discuss it for years to come.

兩個動作（cursed, discussed）的承受者都是 this administration，應該都用被動語態，保持句子結構平衡。

✓ This administration is going to be cursed and discussed for years to come.

本屆政府在未來的歲月裡，都將成為人們詛咒和談論的對象。

——President Harry S. Truman 美國總統哈瑞・S・杜魯門

PRACTICE

1 選出正確答案。

____ 1 I don't like being ____________ around by Mike.
Ⓐ bossing Ⓑ boss Ⓒ bossed Ⓓ bosses

____ 2 Did the Romans understand that farming was the most important thing _____?
Ⓐ ever inventing by humans Ⓑ ever invented by humans
Ⓒ ever invented in humans Ⓓ ever invented with humans

____ 3 ____________ next to Merry Village and has beautiful mountain scenery.
Ⓐ Our college situates Ⓑ Our college is situating
Ⓒ Our college is situated Ⓓ Our college situated

____ 4 That wooden horse ____________ a certain child actress in Hollywood.
Ⓐ was made for Ⓑ made for Ⓒ was made with Ⓓ was made

____ 5 The old sheepherder said, "In the past, a person _______ committing murder."
Ⓐ could be hung for Ⓑ could be hanged by
Ⓒ could be hung by Ⓓ could be hanged for

____ 6 I expect this analysis of the deer population _________ by the end of the year.
Ⓐ to be completed Ⓑ being completed
Ⓒ has completed Ⓓ be completed

2 把下列被動語態的句子改成主動語態。但有些句子卻不能改成主動語態，請在不能改寫的句子前面寫上 N。

1 [ ] French is also spoken in the Canadian province of Quebec.

____

2 [ ] That huge snake was killed by a falling tree during the earthquake.

____

3 [ ] Emma knows that her student loan has been paid off by Grandma.

____

4 [ ] Email is supposed to be fast and private.

____

5 [ ] Ken was born at dawn on September 1, 2010.

____

6 [ ] Kim was offered a free one-year membership at the Slim Gym by Tim.

____

Chapter

98 主動語態與被動語態的區別

1 主動語態和被動語態強調的重點不同

❶ **主動語態**表示「主詞做某事」，主詞為動作的**執行者**；**被動語態**表示「主詞被……」，主詞為動作的**承受者**。

❷ 選用主動還是被動語態可以視需要強調的重點而定，若要強調動作的**執行者**，就用**主動語態**；強調動作的**承受者**，就用**被動語態**。也可以根據修飾的需要，選用適當的成分做主詞，以保持句子結構的平衡。

強調執行者

- Through my telescope, I can easily see the Great Red Spot on Jupiter.
透過我的望遠鏡，我很容易看見木星上的大紅斑。

強調承受者

= The Great Red Spot on Jupiter can be easily seen through my telescope.
透過我的望遠鏡，木星上的大紅斑很容易被看見。

2 簡潔的主動語態

因為被動結構需要另加詞語，相較而言，被動結構不如主動結構簡潔。同樣的意思如果能用**主動語態**表達，應優先用**主動語態**。

被 動 A sky diving certificate was awarded to Brigitte. ➡ 八個字，比主動語態多兩個字。
跳傘證被授給了布麗姬。

主 動 Brigitte received a sky diving certificate. ➡ 六個字，比被動語態簡潔。
布麗姬獲得了跳傘證。

3 不自然的被動結構

有的**被動結構**從文法上來看沒有錯誤，但現實生活中很少使用，應避免不自然的被動結構。

雖然文法正確，但不簡潔也不自然。

不自然的被動語態 An egg was just eaten by Peg. 一個雞蛋剛被佩格吃了。

文法正確，且簡潔、自然。

自然的主動語態 Peg just ate an egg. 佩格剛吃了一個雞蛋。

4 適合用被動語態的情況

雖然主動語態更簡潔，但下列情況常用**被動語態**：

❶ 強調動作的承受者。

強調的是 Jerry，而不是邀請 Jerry 的人。（這句是假設語氣。）

- If Jerry were invited to the party, he would want to bring his girlfriend Sherry.
如果傑瑞受邀參加聚會，他可能會想帶女友雪莉一起去。

強調動作的承受者（freedom）。

- In the truest sense, freedom cannot be bestowed; it must be achieved.
自由不能贈予，只能爭取，這是千真萬確。
—President Franklin Delano Roosevelt 美國總統富蘭克林．德拉諾．羅斯福

❷ 動作的行為者未知或無關緊要，或從語境明顯可以知道行為者是誰。

只強調事件，動作的行為者（誰偷了車）未知，用被動語態很恰當。

- **The van filled with flowers was stolen during the early morning hours.**
  那輛載滿鮮花的廂型車在凌晨時被盜了。

只強調事件，顯而易見，動作的行為者是老闆，因此沒有必要提及，用被動語態很恰當。

- **Kay was fired yesterday.** 昨天凱被解雇了。

❸ 當使用被動語態更委婉時。

為求措辭得體、委婉，要使用**被動語態**。當描述**規則**、**要求**等時，也常用**被動語態**。

主動句子聽起來好像在責備 Alice 沒有和 Sid 或 Wade 商量，就做出了決定。

主動 **Alice made the decision without consulting either Sid or Wade.**
愛麗絲既沒有跟席德也沒有跟韋德商量，就做出了決定。

這兩個被動句涉及「決定是如何做出的」，有意回避提及該承擔責任的人，因此顯得更委婉。

被動 **The decision was made without either Sid or Wade being consulted.**
做出這個決定，既沒有跟席德也沒有跟韋德商量。

被動 **Neither Sid nor Wade was consulted before the decision was made.**
做出這個決定之前，既沒有跟席德也沒有跟韋德商量。

PRACTICE

1 判斷下列句子是否自然。自然打 ✓，不自然打 ×，並改寫成自然的句子。

1. [ ] Oh, dear! The window is broken.
2. [ ] Ruth asked, "Who was the telephone booth invented by?"
3. [ ] "When was the printing press invented?" asked Bess.
4. [ ] A small bed is being carried by Ed and me.
5. [ ] On May 12, 2008 a terrible earthquake hit China.

2 改寫下列句子，使其簡潔、自然，並在措辭上委婉得體。

1. Jerry is thought to be hairy and scary by me.
2. That girl's email was replied to by Gail.
3. A box of cheese was received by each of her employees.
4. Lily, you did not number the pages correctly.
5. You did not clean Room 22 and set the tables in Dining Room 2.

Chapter

99 需要倒裝的句型

1 何謂倒裝句？

英文句子的基本結構是**主詞和動詞**結構（subject–verb），倒裝就是將**主詞和動詞**的結構顛倒。如果主詞和動詞的語序完全顛倒，就是**完全倒裝**（complete inversion）；如果只將 be 動詞、助動詞或情態助動詞移到主詞前面，叫做**部分倒裝**（partial inversion）。

完全倒裝句	部分倒裝句
主詞和動詞結構完全倒裝 （動詞必須是不及物動詞，主詞必須是名詞）	be 動詞、助動詞或情態助動詞置於主詞之前
Here comes our school bus. 我們的校車來了。 → 地方副詞 + 不及物動詞（comes）+ 主詞	Not a single word did I say. 我一句話也沒說。 → 助動詞（did）+ 主詞 + 主要動詞（say）
Out of the car window jumped my dog. 我的狗兒從車窗跳了出去。 → 副詞片語 + 不及物動詞（jumped）+ 主詞	Where should we meet tomorrow? 明天我們在哪見面？ → 情態助動詞（should）+ 主詞 + 主要動詞（meet）
Great is the guilt of an unnecessary war. 無端發動戰爭，罪大惡極。 ——President John Adams 美國總統約翰．亞當斯 → 形容詞（為了強調 great）+ 連綴動詞（is）+ 主詞	Scarcely had I gotten out of the jeep when my cellphone began to beep. 我剛下吉普車，手機就開始嘟嘟響起來。 → 助動詞（had）+ 主詞 + 主要動詞（gotten）

2 需要倒裝的句型

❶ **疑問句**：**一般問句**和**疑問詞問句**都需要**部分倒裝**。

- Are you ready? 你準備好了沒有？
- Where did Joe go? 喬去了哪裡？

❷ **there + be 句型**：there 不是句子的主詞，主詞置於 be 動詞之後。

- There was a huge fire in our town last year. 去年我們鎮上發生了一場大火。
- There are eight things Kay and Ray need to do today.
  今天凱和雷要有八件事需要做。

❸ **so**（也一樣）、**neither**（也不）、**nor**（也不）置於**句首**時，需要**部分倒裝**。

[1] 在**複合句**（即**並列句**）中，第一個獨立子句是**肯定句**，第二個獨立子句要用副詞 **so**，表示「也如此；也一樣」（不能用 neither，也不能用 nor）。

部分倒裝：副詞（so）+ 連綴動詞（were）+ 主詞（my friends）

• I was tired, and so were my friends. 我累了，我的朋友們也都累了。

副詞 so 前面要有連接詞 and。

2 在複合句中，第一個獨立子句是否定句，第二個獨立子句要用 **neither** 或 **nor**，意思是「也不」。

部分倒裝：副詞（neither）+ 助動詞（was）+ 主詞（my wife）（+ 主要動詞 invited）

• I was not invited, and neither was my wife. 我沒有被邀請，我的太太也沒有被邀請。

neither 是副詞，需要和連接詞 and 搭配使用。

部分倒裝：連接詞（nor）+ 助動詞（is）+ 主詞（Coco）（+ 主要動詞 going）

• I am not going to Chicago, nor is Coco. 我不去芝加哥，可可也不會去。

nor 是連接詞，不能和另一個連接詞（如：and）一起使用。

3 在**複雜句**中，以 **neither**、**nor**、**so** 置於句首的**主要子句**也要**部分倒裝**。以 **neither**、**nor**、**so** 置於句首的**簡單句**（**簡答句**）也要**倒裝**。

if 從屬子句 + 主要子句（neither 引導的**部分倒裝**句）

• If you don't want to fly there, neither do I. 如果你不想搭飛機去那裡，我也不想。

neither 用於否定陳述（don't want）後面，強調要引出另一個否定陳述。

Mary Bing is ready to go skydiving. 賓已經準備好要去跳傘了。

簡答句

Jerry So am I. 我也準備好了。

第一句用 be 動詞，簡答句也用 be 動詞。第一句是肯定句，簡答句要用副詞 so。

比較

倒裝句（主要子句）：副詞 + 助動詞 + 主詞（+ 主要動詞 swim）；「so + 倒裝句」的意思是「某人也」。

• If Eli can swim across this river, so can I. 如果伊萊能泳渡這條河，我也能。

Ann Did you forget to bring your cellphone to the beach?
你忘記把你的手機帶到海灘來了嗎？

Dan Oh, so I did. 啊，我真忘記了。

非倒裝句：副詞 + 主詞 + 動詞；英式句型「so + 主詞 + 動詞」的意思為「的確如此；正是那樣」，表示同意上文別人所說的話，美式英語則用「Yes, I did (forget).」。本句意為「我的確忘記帶手機了」。如果這句用倒裝句，與上下文意思不符。

4 **直接引語**位於句首時，句子可以**全部倒裝**，也可以**不倒裝**。

倒裝（動詞 + 主詞）　非倒裝（主詞 + 動詞）

• "You lied to me!" cried Clyde. = "You lied to me!" Clyde cried.
克萊德喊道：「你對我撒了謊！」

注意：主詞是**人稱代名詞**，就不能用倒裝結構。

• "It's time to go to bed," he said. 他說：「睡覺時間到了。」

5 地方副詞 **there**、**here** 位於句首，主詞是**名詞**、動詞為**不及物動詞**時，要**全部倒裝**。

倒裝

• There goes the doorbell. 門鈴響了。

非倒裝

• Here she comes. 她來了。

注意：主詞是**人稱代名詞**，就不能用倒裝結構。

❻ 某些表示**條件**和**讓步**的子句，為了使行文更具文采，可以**部分倒裝**。

1 如果 **if 引導的條件副詞子句**中含有 **were**、**had** 或 **should**，可以省略 if，把 were、had 或 should 置於主詞之前。

- If Jim had gone **abroad, he would not have married sweet Kim.**
  = Had Jim gone **abroad, he would not have married sweet Kim.**
  假如當時吉姆出國了，他就不能跟可愛的金姆結婚。

2 **as 引導的讓步副詞子句**可以把連綴動詞後面的**形容詞**、動詞後面的**副詞**置於句首，甚至把**主要動詞**置於句首。

(讓步副詞子句的倒裝，是把副詞（hard）置於句首。子句相當於「Although I had worked hard」。)
- Hard as I **had worked, I failed yesterday's English exam.**
  儘管我非常努力，昨天的英語考試還是考不及格。

(讓步副詞子句的倒裝，是把主要動詞（try）置於主詞前面，情態助動詞（might）置於主詞後面。)
- Try as she **might, Coco simply could not open her bedroom window.**
  無論可可如何使勁，就是打不開臥室的窗戶。

PRACTICE

1 用倒裝結構重組句子。

1. go there, | neither | I can't | and | Joe. | can

   ____

2. Jerome | is | home? | at

   ____

3. are | in | lots of | America. | good libraries | there

   ____

4. will | they | us, | invite | should | Mary and I | attend | their golden wedding anniversary.

   ____

5. my friends are going | if | to join the Army, | I. | then | so | am

   ____

6. what you said, | believe | nor | I don't | Ted. | does

   ____

7. the wall. | as he was, | tall | touch | Paul could not | the top of

   ____

8 to Ireland. | are | 120 wind generators | on this island that provide electric power | there

____

2 選出正確答案。

____ 1 Joe never watches TV during weekdays, and ________.

Ⓐ so does Coco Ⓑ Coco doesn't too
Ⓒ neither does Coco Ⓓ Coco does too

____ 2 More than ten years ago I left Ben, and ________ want to see him again.

Ⓐ never do I Ⓑ neither do I Ⓒ never I Ⓓ nor do I

____ 3 Ann | Those sea monsters were so scary! I'll never watch that movie again.
Dan | ________.

Ⓐ I will neither Ⓑ Neither will I Ⓒ I will too Ⓓ Neither I will

____ 4 My mom is a teacher, ________ is my Uncle Tom.

Ⓐ and neither Ⓑ nor Ⓒ and so Ⓓ so

____ 5 ________, Kit continued working on his computer presentation until he finished it.

Ⓐ Tired he was Ⓑ As tired he was
Ⓒ He was as tired Ⓓ Tired as he was

____ 6 ________ in the office yesterday, I would have seen him.

Ⓐ Had Jim been Ⓑ Jim had been
Ⓒ Had been Jim Ⓓ If had Jim been

____ 7 Bob did not have a job, and ________ did his brother Sid.

Ⓐ neither Ⓑ nor Ⓒ so Ⓓ either

____ 8 President John Kennedy said: "All this will not be finished in the first hundred days. ________ in the first thousand days, nor in the life of this administration, nor even perhaps in our lifetime on this planet. But let us begin."

Ⓐ Nor it will be finished Ⓑ Nor will it be finished
Ⓒ It will nor be finished Ⓓ Nor will be it finished

Chapter 100 為了強調而倒裝

❶ 為了強調，可把一些單字或片語置於句首，句子要**全部倒裝**（連綴動詞置於主詞前）。

- Gone are the days when I was free of worry.
  = The days when I was free of worry are gone.
  我無憂無慮的日子一去不復返了。
- Even more interesting is the video about wind power in Chicago.
  = The video about wind power in Chicago is even more interesting.
  關於芝加哥風力發電的那個影片更加有趣。

❷ 下列具有**否定含義**的副詞或副詞片語位於句首時，具有強調作用，句子要**部分倒裝**（助動詞置於主詞前）。

at no time 絕不	not（+副詞）不	on no account 絕不	seldom 很少地；罕見
little 不多	not until 直到……才	rarely 很少地	under no circumstances 無論如何……都不
never 從不	nowhere 無處	scarcely 幾乎不	

- Seldom have I seen Dad look so sad. 我很少見到爸爸如此傷心。

  「not + 副詞（once）」置於句首，句子要倒裝。
- Not once did Jim smile at Kim. 吉姆從未對金姆微笑過一次。

❶ 並不是所有以 not 開頭的句子都必須倒裝。

這句不倒裝，因為 a cloud 是句子的主詞，不是副詞。
- Not a cloud can be seen. 一朵雲彩都看不見。

❷ 儘管含有否定詞 no，**no doubt** 開頭的句子不用倒裝。
- No doubt Susan will succeed in the end. 蘇珊最後絕對會成功。

❸ **「only +副詞子句／時間副詞／介系詞片語」**（only if, only when, only after, only later, only then, only in this way）位於句首時，句子要**部分倒裝**，通常用**過去簡單式**。

only after 引導的時間副詞子句不倒裝，不用逗號與倒裝的主要子句分開。
- Only after Coco graduated from college did she return to Chicago.
  可可直到大學畢業後才回到芝加哥。
  主要子句是部分倒裝句（助動詞 did 置於主詞前）。

  after 引導的時間副詞子句置於主要子句前，要用逗號與主要子句分開，主要子句不倒裝。
  = After she graduated from college, Coco returned to Chicago.
  大學畢業後，可可回到了芝加哥。

- Ms. Sun gave me a low grade on my first English essay, and only then did I realize the importance of extensive reading for fun.
  我寫的第一篇英文作文，孫老師給了我很低的分數，那時我才意識到大量趣味閱讀的重要性。
  「only + 時間副詞（then）」位於第二個獨立子句的句首，這個獨立子句的主詞和動詞要部分倒裝（助動詞 did 置於主詞前）。

提示

並不是以 only 開頭的句子都要倒裝。「only + 副詞子句／時間副詞／介系詞片語」位於句首時才用倒裝結構。比較下列句子：

「only + 名詞」作句子主詞，句子不能倒裝。
- Only Lynn was allowed to come in. 只有琳恩被允許進來。

「only + when/after 副詞子句」位於句首時，主要子句要倒裝。
- Only when/after you have shown your passport will you be allowed to go into the airport. 只有當你出示護照之後，才會允許你進入機場。

❹ 在「**hardly . . . when**」、「**no sooner . . . than**」的句型中，**hardly**、**no sooner** 若置於**句首**，主要子句要**部分倒裝**，通常用**過去完成式**。

- Hardly had Jane arrived home when her husband began to complain.
  珍才剛到家，她的丈夫就開始抱怨起來。
- No sooner had Coco completed one business deal than she started to invest her profits in the next. 可可剛完成一筆生意，就馬上開始把利潤投入進另一筆生意裡。

❺ 在「**not only . . ., but also . . .**」的句型中，**not only** 引導的獨立子句置於句首時，要**部分倒裝**，**but also** 引導的獨立子句**不倒裝**。兩個獨立子句通常要用**逗號**分開。

- Not only can Eli make people laugh, but he can also make them cry.
  伊萊不僅可以逗人笑，還可以讓人哭。

❻ 在「**so . . . that**」的強調句型中，如果把「**so + 形容詞／副詞**」放在句首，則 **so** 引導的主要子句要**部分倒裝**。

- So fast did Ted speak that I failed to understand anything he said.
  泰德講得太快了，我都聽不懂他在說什麼。

❼ 表示**地點**或**方位**的片語位於句首，主詞為**名詞**，而動詞為**不及物動詞**（如：come、go、fly、run）時，句子要**全部倒裝**。注意：若主詞是**代名詞**，句子**不能倒裝**；動詞為**及物動詞**，句子也**不能倒裝**。

倒裝：主詞為名詞（Jim）。
- Directly in front of me ran Jim, and I could not pass him.
  跑在我前面的是吉姆，我無法超過他。

非倒裝：主詞為代名詞（he）。
- Directly in front of me he ran, and I could not pass him. 他跑在我前面，我無法超過他。

倒裝：主詞為名詞（Titanic）。
- Beneath the cold waves sank the *Titanic*. 鐵達尼號沉沒到冰冷的波浪下。

非倒裝：主詞為代名詞（she，指船隻）。
- Beneath the cold waves she sank. = She sank beneath the cold waves.
  它沉沒到冰冷的波浪下。

PRACTICE

1 判斷下列句子裡的劃線部分是否正確。正確打 ✓，不正確打 ×，並訂正錯誤。

1 [ ] At no time I said I would marry Eli.

2 [ ] Little did Kim realize that it would be the last time for her to see Jim.

3 [ ] So much I disliked Tim that I could not bear to look at him.

4 [ ] Never in my life have I watched such an exciting basketball game.

5 [ ] On no account should be you and Ming absent from tomorrow's meeting.

6 [ ] Nowhere else I had seen such a lovely scene.

7 [ ] Not only is Ms. Sun crazy about reading, but her students are also reading extensively for fun.

8 [ ] Only after had she read the first page Coco remembered that she had read the story a long time ago.

9 [ ] Way over in the corner sits the famous movie director Amy Day.

2 用倒裝結構改寫句子，加強語氣。只可加上助動詞，不要增加其他字。

1. My cat Rainbow jumped out of the window.

2. I rarely criticize Eli.

3. I have never seen Jerry so angry before.

4. An old church stands on top of Mount Perch.

5. Ann, Jan, and Nan were among the winners of our High School Fashion Competition.

6. Kit left his village 10 years ago, and he has never gone back once for a visit.

7. The computer game was so exciting that Kirk forgot to do his homework.

8. Rick's English is excellent, but he knows little about business and economics.

9. I had hardly finished fixing my car when Kit showed up and asked to borrow it.

10. I began to feel happy only after I received a text message from my friend Eli.

Chapter 101 主詞和動詞一致的基本原則；複合主詞的動詞搭配

1 主詞和動詞一致的基本原則

❶ **單數主詞**（單數名詞、單數代名詞）要用**單數動詞**，而**複數主詞**（複數名詞、複數代名詞）要用**複數動詞**。

→ 複數主詞 all these stories 要用複數動詞 are。
→ 單數主詞 the one 要用單數動詞 is。

• **All these stories are very good, but the one written by Paul West is the best.**
這些故事都寫得很好，不過，保羅・韋斯特寫的那個故事是最好的。

❷ **the** 和某些形容詞（不加名詞）的結合，具有**複數名詞**的意義，用來指所有具有那種特性的人或某個國家的民族。「**the + 形容詞**」作主詞時，要用**複數動詞**。

→ the foolish = the foolish people

• **The foolish tell lies to the wise.** 愚者對智者說謊。

2 由 and 連接的複合主詞

❶ 一般來說，用 **and** 或 **both . . . and** 連接的**複合主詞**（即**並列主詞**）要用**複數動詞**。

• **Tomorrow (both) Coco and I are flying to Tokyo.** 明天可可和我要飛往東京。

❷ 如果由 **and** 連接的**複合主詞**指**同一個人或事物**，就要用**單數動詞**。

• **Our secretary and camp registrar is Mary Flower.**
瑪麗・弗勞爾兼任我們的祕書和野營註冊主任。

❸ **and** 連接的**複合主詞**前面若有 **each**、**every**、**many a / many an** 這些修飾語，要用**單數動詞**。

• **Every apartment and house has been searched.** 每一間公寓和房子都被搜索過了。

3 連接詞 or 等連接的複合主詞

❶ 如果主詞是由連接詞 **or**、**either . . . or**、**neither . . . nor**、**not only . . . but also** 連接兩個或兩個以上的**單數名詞／代名詞**，要用**單數動詞**。

• **(Either) Brooke or her mom has my cookbook.** 布露可或她媽媽其中一人有我的食譜。

❷ 如果上述連接詞連接兩個或兩個以上的**複數名詞／代名詞**，要用**複數動詞**。

→ 主詞包含兩個由 and 連接的複合主詞（複合主詞是複數主詞），因此動詞用複數。

• **Neither Mom and Dad nor Aunt Ann and Uncle Dan are able to convince Nan not to marry Tom.** 爸爸媽媽和安姑姑、丹姑丈都無法說服南不要嫁給湯姆。

❸ 如果這些連接詞連接一個**單數字**（名詞／代名詞）和一個**複數字**，動詞的單複數則與**最靠近動詞的主詞**一致，即「**就近原則**」。最好的用法是把**複數字**靠近動詞，用**複數動詞**，這樣聽起來也比較自然。

- **Either the sailors or the captain was correct about where the treasure had been buried.**
  關於寶藏埋在哪裡，不是水手們的猜測就是船長的猜測是正確的。

  ┌→ 把複數名詞置於 or 後面，靠近動詞，用複數動詞，這樣聽起來更自然。

  = Either the captain or the sailors were correct about where the treasure had been buried. 關於寶藏埋在哪裡，不是船長的猜測就是水手們的猜測是正確的。

  ┌→ 動詞要與最靠近動詞的字一致，無論這個字在動詞前面（the sailors were）還是後面（were the sailors）。
- **Were the sailors or the captain correct about where the treasure had been buried?**
  關於寶藏埋在哪裡，究竟是水手們的猜測還是船長的猜測是正確的？

PRACTICE

1 將正確答案劃上底線。

1. Are | Is ham and eggs a popular dish in America?
2. Many a man and woman has | have given money to New York City University.
3. The cause of Jane Luck's airplane crash was | were the wild ducks.
4. "Are | Is ham and eggs popular American foods?" asked Sam.
5. Was | Were either the team members or coach Bill Knight responsible for the fight?
6. Mr. Gold asked why every car, truck, and motorcycle at the electric vehicle exhibition was | were marked "Sold."

2 選出正確答案。

_____ 1. Neither your dog nor your cat __________ to the party for Mr. Door.
Ⓐ are invited Ⓑ invites Ⓒ is invited Ⓓ is inviting

_____ 2. People ask the difference between a leader and a boss. The leader ________, and the boss __________. —President Theodore Roosevelt
Ⓐ lead; drive Ⓑ leads; drive Ⓒ leads; drives Ⓓ lead; drives

_____ 3. Order without liberty and liberty without order __________ equally destructive. —President Theodore Roosevelt
Ⓐ are Ⓑ is Ⓒ was Ⓓ has been

_____ 4. Most of the problems a president has to face __________ their roots in the past. —President Harry S. Truman
Ⓐ have Ⓑ had Ⓒ has Ⓓ is

Chapter 102 主詞與修飾語；形容詞子句的動詞與先行詞

1 主詞與修飾語

❶ 當主詞和動詞之間插入了修飾語或子句，**動詞**要與**主詞**的單複數一致，不與插入成分（intervening phrases and clauses）一致。

單數主詞（Margo）+ 單數動詞（is）；**插入成分**把主詞和動詞分開。

- **Tomorrow Margo, together with her parents, is flying to Chicago.**
  明天瑪歌跟她的父母要一起搭飛機去芝加哥。

單數主詞（danger）+ 單數動詞（does）；**介系詞片語**把主詞和動詞分開。

- **The danger of eating too many French fries does not worry Scot.**
  史考特並不擔心吃太多炸薯條的危險。

單數主詞（blog）+ 單數動詞（was）；形容詞子句把主詞和動詞分開。

- **The blog that claimed to have done an investigation and thus caused the resignation of the school principal, Ms. Wise, was full of evil lies.**
  那個部落格聲稱做過一番調查，還因此導致懷斯校長辭職，卻是通篇的邪惡謊言。

❷ 用於附加說明的插入成分有：

accompanied by 偕同	**besides** 除……之外（還有）	**not even** 甚至……也不
along with 和……一起	**except** 除……之外	**rather than** 而不是
and not 而不是	**in addition to** 除……之外（還）	**together with** 和……一同
as well as 也	**including** 包括	**with** 和；隨著

單數主詞（Erica）+ 單數動詞（is visiting）

- **Erica, accompanied by her aunt and uncle, is visiting South America.**
  艾芮卡偕同她的姨媽和姨丈正在南美洲旅遊。

複合主詞（Erica and her aunt and uncle）+ 複數動詞（are visiting）

= Erica and her aunt and uncle are visiting South America.
艾芮卡和她的姨媽、姨丈正在南美洲旅遊。

2 形容詞子句的動詞與先行詞

❶ **形容詞子句**（即**關係子句**）的動詞要與**先行詞**的單複數一致。**先行詞**指**形容詞子句**所修飾的字，或**關係代名詞**所指代的字。

形容詞子句的複數動詞 are 與複數先行詞 dresses 一致。

- **Gail is looking at the dresses that are on sale.**
  蓋兒正在看那些促銷的洋裝。

形容詞子句的單數動詞 asks 與單數先行詞 anyone 一致。

- **Bridget explains her divorce in detail to anyone who asks about it.**
  任何人問及布麗姬離婚一事，她都會詳細地解釋給他聽。

❷ 通常 (only) one of those who/that 要接**複數動詞**；the only one of those who/that 要接**單數動詞**。

指「其中之一」 先行詞是複數名詞 teachers。

- **Bing is one of those teachers who believe in the power of reading.**
  賓是相信閱讀有力量的老師之一。

強調「不止一個」 先行詞是複數名詞 teachers。

= Bing is only one of those teachers who believe in the power of reading.
賓僅僅是相信閱讀有力量的老師之一而已。

指「唯一的一個」 先行詞是單數代名詞 one。

- **Bing is the only one of the teachers in his school who believes in the power of reading.**
  在賓的學校裡，賓是唯一一個相信閱讀有影響力的老師。

PRACTICE

1 將正確答案劃上底線。

1. Photographer Jeannie Wu, as well as her two models, are | is not impressed with either bikini.
2. This blue gown is the only one of all these dresses that were | was designed by Sue.
3. Statistics is the only course which give | gives Jake a headache.
4. The investment tour of Spain and Bahrain, we were led to believe, were | was organized by Mr. Rain.
5. Each student who have | has read a thousand easy books this past year will be given a free ticket to the zoo.

2 選出正確答案。

_____ 1. My package of magazines, which Kay mailed from Norway a week ago, _____.
Ⓐ has arrived today Ⓑ had arrived today
Ⓒ have arrived today Ⓓ are arrived today

_____ 2. She is one of those business managers who _____ in corporate social responsibility.
Ⓐ believed Ⓑ believes Ⓒ believe Ⓓ are believing

_____ 3. Ann Flower, distracted by her daydreams, _____ out the window for an hour.
Ⓐ stare Ⓑ are staring
Ⓒ have been staring Ⓓ has been staring

_____ 4. The governor, along with his wife Gail, _____ to spend many months in jail.
Ⓐ are going Ⓑ is going Ⓒ were going Ⓓ go

_____ 5. It _____ Kate's sisters who _____ going with me to Bali, not my college classmates.
Ⓐ is; is Ⓑ are; are Ⓒ is; are Ⓓ are; is

Chapter 103 肯定主詞和否定主詞；片語、子句作主詞

1 肯定主詞和否定主詞

如果句子有一個**肯定主詞**和一個**否定主詞**（是……而不是……），動詞的數應該與**肯定主詞**一致；如果**否定主詞**前面沒有連接詞 and 或 but，就要用**雙逗號**把**否定主詞**分開。

複數動詞（have decided）與複數肯定主詞（the English department members）一致。

- **The English department members, not the director, have decided to have a summer camp.**

用雙逗號把否定主詞分開。

用了連接詞 and 連接肯定主詞和否定主詞，就不需要逗號。

= The English department members and not the director have decided to have a summer camp. 決定要舉辦夏令營的是英語系的員工而不是系主任。

實際上第一句用雙逗號的「not the director」和第二句用連接詞的「and not the director」是插入成分，與動詞的單複數沒有關聯。

單數動詞（has decided）與單數肯定主詞（the director）一致。

- **The director, not the history department members, has decided to go to Egypt during this summer vacation.**

= The director and not the history department members has decided to go to Egypt during this summer vacation. 決定今年暑假去埃及的是系主任而不是歷史系的員工。

2 片語、子句作主詞

❶ **片語**或**子句**在句中作主詞時，動詞要用**單數**。

動名詞片語作主詞。

- **Writing these three term papers has already taken lots of my time and energy.**
寫這三篇學期報告已經花了我很多時間和精力。

不定詞片語作主詞。

- **To dance with Lily always makes me happy.**

動名詞片語作主詞。

= Dancing with Lily always makes me happy. 與莉莉跳舞總是讓我很開心。

whether 引導的子句作主詞，主要子句要用單數動詞。

- **Whether your decisions were right or not is no longer important to Ms. Knight.**
你的決定正確與否，對奈特女士來說已經不重要了。

❷ **以 what 引導的主詞子句：**一般來說，**從屬子句**作主詞，主要子句動詞要用**單數**。但當 what 引導主詞子句，而 what 是子句動詞的**受詞**時，主要子句動詞用單數還是複數主要取決於**補語是單數還是複數**。**補語**是**單數**，主要子句動詞一定是用**單數**；補語是**複數**，主要子句動詞常用**複數**。

這句 what 是子句裡動詞 want 的受詞，引導一個主詞子句，子句指的是單數名詞片語 a piece of pineapple pie（補語），主要子句動詞用單數（is）。

- **What I want is a piece of pineapple pie.** 我想要的是一片鳳梨派。

what 引導的主詞子句指的是複數名詞 pictures（補語），主要子句用複數動詞（are）。

- **What June wants are some magnificent pictures of the crescent moon.**
茱恩想要的是幾張壯麗的眉月照片。

PRACTICE

1 改正劃線部分的錯誤。

1. The colorful action in a comic book not the price seems to determine the reader's initial reaction.

____

2. Riding in a horse and carriage are a wonderful way to start a happy marriage.

____

3. That a peasant may become king do not render the kingdom democratic.

____

4. It is the members of the Executive Committee and not President Penny Winn who has the real power in the company.

____

2 根據括弧裡提供的文字，完成下列句子。

1. What my daughter Gwen ______________ some movies starring Ann Glenn.
（想要的是）

2. You know that being an American ________ more than a matter of where your parents came from. It ________ a belief that all men ________ created free and equal and that everyone deserves an even break. —President Harry S. Truman
（用 be 動詞）

3. The arrogance of the manager Ann Bees, not her plans, ______________ all her employees.
（使……憤怒；用動詞 anger 的現在完成簡單式）

4. What I want on Valentine's Day ________ just some red roses from my husband Ray.（用 be 動詞）

Chapter 104 字尾 -s 的名詞、字尾 -ics 的名詞

1 以 -s 結尾的名詞

❶ **形式是複數、意義是單數的單數名詞（不可數名詞）**：一些以 -s 結尾的字看起來像複數名詞，意思卻是**單數**，要用**單數動詞**。

- Is no news good news or bad news? 沒有消息究竟是好消息還是壞消息？

❷ **形式是複數、意義是單數的複數名詞**：有些名詞在形式上是複數，在意義上卻是**單數**，但因都含有「**一對**」的意思，被看成**複數名詞**，要用**複數動詞**。

glasses 眼鏡　pants 褲子　scissors 剪刀　blue jeans 藍色牛仔褲

- "Where are my sunglasses?" asked Claire. 克萊兒問：「我的太陽眼鏡在哪？」

比較
- Look, your new blue jeans are hanging on the door.

當用 a/this/your pair of（pants、glasses、jeans 等）時，動詞要用**單數**，因為主詞是**單數名詞** pair。

= Look, your new pair of blue jeans is hanging on the door.
瞧，你那條新的藍色牛仔褲掛在門上。

❸ **形式是複數，但表示單一物品的複數名詞**：有些名詞表示單一物品或抽象概念，意義是**單數**，卻永遠用**複數形式**，作主詞時，要用**複數動詞**。

belongings 財產　goods 商品；貨物　outskirts 郊區　savings 存款；積蓄
earnings 收入；工資　odds 機會；可能性　riches 財富　thanks 感謝

riches 意為「財富」，是單一物品，但永遠是複數名詞，用複數動詞。

- The couple's riches were revealed in a court case.
那對夫妻的財富在一宗訴訟案中曝光。

❹ **單複數同形的可數名詞**：**單數名詞**作主詞時，雖然以 -s 結尾，但要用**單數動詞**。**複數名詞**作主詞時，用**複數動詞**。

a crossroads 一個十字路口	two crossroads 兩個十字路口
a means 一個方法	two means 兩個方式
a series 一套；一系列	two series 兩套；兩個系列

- This species is doing very well. 這個物種發展得很不錯。
- These two species are on the verge of extinction. 這兩個物種已經瀕臨絕種。

2 以 -ics 結尾的名詞

許多以 **-ics** 結尾的名詞如果指的是**一門學科**，就是**單數**，用**單數動詞**；如果指的是**特性**或**行為活動**，就是**複數**，用**複數動詞**。

	單數	複數
economics	經濟學	經濟情況
ethics	倫理學	道德標準
politics	政治學	政治活動
statistics	統計學	統計資料

- **Do you think economics is the right major for Sue?** (economics → 經濟學)
  你認為蘇適合主修經濟學嗎？
- **The economics of national and international growth are discussed in the blog "A Healthy Planet."** (economics → 經濟狀況)
  「健康星球」部落格探討了國家和國際的經濟成長狀況。

PRACTICE

1 將正確答案劃上底線。

1. The bad news about the famine are | is very sad.
2. Ann What did you lose today?
   Nan My new pants I bought last Friday.
   Ann Your new pants were | was washed yesterday.
   Nan Where are they?
   Ann Don't ask me; ask Kay.
3. Special thanks go | goes to my husband Jim who was always there when I needed him.
4. Are | Is ethics a branch of philosophy, dealing with proper conduct and good living?
5. Kate understood that her company's earnings were | was okay, but not great.
6. The odds are | is that Brent will soon be cancer free because of this new treatment.
7. Politics are | is just like show business. —President Ronald Wilson Reagan
8. Most of her assets were | was wiped out when the tsunami hit the coast.

2 根據括弧裡提供的文字，完成下列句子。

1. The ______________ that those who are wise rarely tell or believe lies. （統計數據顯示；用動詞 show）
2. This pair of scissors ______________ dull.（變得；用 get 的現在進行式）
3. ______________ in your car's glove compartment, not in your apartment.（你的新剪刀在）
4. ______________ such a torment that I advise everyone I love not to mix with it.（政治是） —President Thomas Jefferson

Chapter 105 倒裝句的動詞要與其後的主詞一致

在**倒裝句**中，**動詞置於主詞之前**，動詞要與主詞一致，與修飾語無關。

1 介系詞片語或地方副詞置前的倒裝句

一些**介系詞片語**或**地方副詞**（here、there）置於句首，句子要**倒裝**，動詞要與其後的主詞一致。

倒裝句：動詞後面的主詞是由 and 連接的複合主詞（Lenore and Kate），動詞要用複數。

- **In front of the school gate wait Lenore and Kate.**
  蕾諾兒和凱特在學校大門前等待。

倒裝句：動詞後面的主詞是單數名詞（Lenore），動詞要用單數。

- **In front of the school gate waits Lenore.**
  蕾諾兒在學校大門前等待。

倒裝句：動詞後面的主詞是單數名詞（Sue Green），動詞要用單數。

- **Here comes Sue Green, our class's prom queen!**
  我們班的舞會女王蘇．格林來了！

2 there be 句型的倒裝句

❶ **there be 句型**也是**倒裝句**，主詞是位於 **be 動詞**（is/are, was/were）**後面**的名詞或代名詞，因此 there be 句型中的動詞要與其後**作主詞的第一個名詞**或**代名詞**的數量一致。

雖然 there be 句型後面的第一個名詞是 people，但 people 是插入成分的一部分，動詞不與修飾語或插入成分一致，而要與主詞一致。下一個名詞是 longing，這個名詞才是主詞。

- There is **now, especially among young people, a longing to explore space.**
  現在尤其是在年輕人之間，有一種想要探索太空的渴望。

❷ 在 **there be 句型**中，當主詞包括一系列單數名詞，或單複數名詞混合而**第一個名詞是單數**時，儘管整體主詞是複數，習慣上用**單數動詞 there is**。

這句由 and 連接的複合主詞（一個單數名詞和一個複數名詞：an apple and three peaches），雖然是複數主詞，但因為單數名詞 an apple 靠近動詞，習慣上要用單數動詞 there is。即，**第一個名詞是單數，習慣上用單數動詞。**

習 慣 There is **an apple and three peaches on the kitchen table for you and Sue.**
廚房的桌上有一個蘋果和三個水蜜桃，是給你和蘇的。

當主詞有單數名詞又有複數名詞時，最好把複數名詞放在前面，靠近動詞，動詞用複數 are，這樣聽起來更自然。

更 佳 There are **three peaches and an apple on the kitchen table for you and Sue.**
廚房的桌上有三個水蜜桃和一個蘋果，是給你和蘇的。

單數動詞（is）+ 單數主詞（an apple）

介系詞片語 plus three peaches 是插入成分，只作為補充說明之用，不影響動詞的單複數。

更 佳 There is an apple plus three peaches on the kitchen table for you and Sue.
廚房的桌上有一個蘋果還有三個水蜜桃，是給你和蘇的。

也可以不用 there be 句型，直接把 an apple and three peaches 或 three peaches and an apple 作為複合主詞，動詞用複數。

更 佳 An apple and three peaches are on the kitchen table for you and Sue.
= Three peaches and an apple are on the kitchen table for you and Sue.

PRACTICE

1 將正確答案劃上底線。

1. Here come | comes our school bus.
2. There are | is no doubt that during a financial crisis, old people worry about their retirement income and medical care.
3. There are | is a pear and a watermelon on the table for Don.
4. In the great mass of our people there are | is plenty of individuals of intelligence from among whom leadership can be recruited. —President Herbert Clark Hoover
5. Kay, on the table are | is the money you lost yesterday.

2 根據括弧裡提供的文字，用現在簡單式完成下列句子。

1. There ____________ Jenny, the president of our company.（用動詞 stand）
2. There ____________ blessed intervals when I forget by one means or another that I am President of the United States. —President Thomas Woodrow Wilson
（用 be 動詞）
3. If there ____________ anything that a man can do well, I say let him do it. Give him a chance. —President Abraham Lincoln
（用 be 動詞）
4. I am persuaded there ____________ among the mass of our people a fund of wisdom, integrity, and humanity which will preserve their happiness in a tolerable measure. —President John Adams
（用 be 動詞）
5. At the end of Mouse Street ____________ the haunted house.（用動詞 sit）

Chapter 106 表示分數的片語、表「時間、錢、數量」的片語、集合名詞、地理名稱、出版物名稱

1 表示分數的片語

表示**分數**的片語，如果介系詞 **of** 後面是**單數名詞**，動詞就用**單數**；如果是**複數名詞**，動詞就用**複數**。

one-half of 一半	the majority of 大多數	a percentage of . . . 百分比；部分
two-thirds of 三分之二	a part of 一部分	the rest of 其餘

- **One-fifth of our soldiers were killed by friendly fire.** 我們五分之一的士兵是被友軍誤殺的。
- **One-fifth of the manuscript for the movie *Kitten* has to be rewritten.**
  電影《小貓》的手稿有五分之一需要重寫。

2 表「時間、錢、數量」的片語

表示**時間**、**錢**、**數量**的片語，如果指一個**整體單位**（一段時間、一筆錢、一段距離），用**單數動詞**；如果指一些**個體單位**、一些**分開的數目**，用**複數動詞**。

→ 這裡的 one and a half hours 被看成是一個**整體**（即一段時間），要用單數動詞。
- **One and a half hours is long enough for me to finish preparing supper.**
  一個半小時足夠我準備好晚餐。

→ 這裡的 one and a half years 是一些**個體**單位（一年過去了、半年過去了），要用複數動詞。
- **One and a half years have passed since I last saw Vince.**
  自從我上次看見文斯後，已經過了一年半了。

3 集合名詞

❶ **集合名詞**所代表的團體視為一個**整體**，動詞用**單數**。 ➡ 參見 Chapter 3
常見的集合名詞有：

board 董事會	class 班級	committee 委員會
company 公司	family 家庭	team 團隊

- **Her family was gathering for the wedding.** 她家正聚在一起舉行婚禮。

❷ 強調團體中的**成員**，**英式**用**複數動詞**搭配集合名詞，而**美式**常用 **members** 作主詞。

美式 **My family members are all coming for the wedding anniversary.**
英式 **My family are all coming for the wedding anniversary.**
我全家都要來慶祝結婚週年紀念日。

❸ 集合名詞 **people**（人）、**cattle**（牛隻；牲口）、**police**（警察）、**clergy**（教士）是**複數**，動詞要用**複數**。

- **The police have arrested sixteen demonstrators.** 警方逮捕了十六名示威遊行者。

4 地理名稱、出版物名稱

地理名稱、**書報雜誌等出版物名稱**在句中作主詞時，動詞要用**單數**。

地理名稱作主詞。

- **The Netherlands is planning to send some robotic cars to Mars.**
  荷蘭計畫要送一些機器車去火星。 ➡ 形式是**複數**的地理名詞（the United States、the Netherlands、the Philippines、the U.S. Virgin Islands 等），被看成是一個**整體**單位（一個國家的名稱），動詞用**單數**。

書名作主詞。

- ***Good Manners* is the funniest book Ted has ever read.**
  《講禮貌》是泰德讀過最有趣的一本書。

PRACTICE

1 判斷下列句子裡的劃線部分是否正確。正確打 ✓，不正確打 ×，並訂正錯誤。

1 [ ] The Demeanor Committee has chosen to honor Penny for her contributions to the company.

______

2 [ ] Kay told me, "The Board of Directors meet on Friday."

______

3 [ ] Two-fifths of our village have been covered by a flood of mud.

______

4 [ ] The U.S. Virgin Islands consists of the three large islands of Saint Croix, Saint John, and Saint Thomas, along with many other surrounding smaller islands.

______

5 [ ] Forty percent of the teachers is against changing the cellphone use policy.

______

2 根據括弧裡提供的文字，完成下列句子。

1 Our investment company ______ one of the oldest and best.（用 be 動詞）

2 A large percentage of the student body ______ for Sue Ridge.（在選舉；用動詞 vote 的現在進行式）

3 I'm sure a high percentage of college students ______ part time.（工作）

4 Mel, I hope your family ______ well.（用 be 動詞；強調整體）

5 The United Nations ______ designed to make possible lasting freedom and independence for all its members.（用 be 動詞） —President Harry S. Truman

Chapter 107 算術的運算、外來語複數名詞、不定代名詞

1 算術的運算

表達**加**、**減**、**乘**、**除**的運算時，主詞通常要搭配**單數動詞**。

加法用介系詞 plus 或連接詞 and

- "I know four plus three is/equals seven," declared Margo.

  在談論加法時，主詞如果由 and 連接兩個數字（four, three），動詞既可以用**複數**（are 或 equal），也可以用**單數**（is 或 equals），但用**單數**更正式。

  = "I know four and three is/equals seven," declared Margo.

  = "I know four and three are/equal seven," declared Margo.

  瑪歌宣稱：「我知道四加三等於七。」

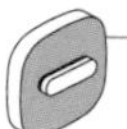

減法用介系詞 minus 或 from

- Ten minus three equals seven.

  = Three from ten leaves seven.

  十減三等於七。

乘法用「過去分詞 multiplied + by」或介系詞 times（= multiplied by）

- Three multiplied by four is twelve.

  = Three times four is twelve. 三乘以四等於十二。

除法用「過去分詞 divided + by」或介系詞 into

- Twenty divided by two equals ten. = Two goes into twenty ten times.

  = Two into twenty goes ten times. 二十除以二等於十。

2 外來語複數名詞

一些名詞由於是**外來語**，複數字尾與英語不同。這些名詞如果是**複數**（criteria, parentheses, data），作主詞時要接**複數動詞**。

criteria 是 criterion 的複數形式，接複數動詞（have）。

- No criteria have been set in advance for judging a student's dance.

  還未制定出評審學生舞蹈的標準。

進行比較和分析（now being compared and analyzed）的「資料、數據」（individual facts, statistics, or items of information），用複數名詞 data，接複數動詞（are）。

- The data being gathered by the nine robotic explorers of Mars are now being compared and analyzed online.

  由那九個探索火星的機器人收集的資料正在網上進行比較和分析。

這句 data 指「資訊」（information, a body of facts），是單數名詞，接單數動詞（is）。

- Additional data is available from the president of our company.

  額外的資訊可以從我們公司的總裁那裡獲得。

3 不定代名詞

❶ **單數不定代名詞**要與**單數動詞**搭配。

- She asked, "Is everybody happy?" 她問：「大家都開心嗎？」

❷ **複數不定代名詞**要與**複數動詞**搭配。

- Several of the students were present when Gwen started screaming at Ben.
  葛雯開始對班吼叫時，有好幾個學生在場。

❸ 有些不定代名詞可與**單數動詞**或**複數動詞**搭配，它們的數要根據**所指名詞**的數而定。

- Some of the characters in the book *Dave and the Big Wave* are very brave.
  《戴夫和驚濤大浪》這本書裡的一些人物非常勇敢。

➡ 不定代名詞作主詞，應搭配單數動詞還是複數動詞，請參見 Chapter 19 之說明與練習。

PRACTICE

1 用英文表達下列加、減、乘、除的式子。

1. 8 + 20 = 28 ______
2. 24 − 2 = 22 ______
3. 11 × 2 = 22 ______
4. 36 ÷ 6 = 6 ______

2 選出正確答案。

____ 1. Eight divided by four ______ two.
Ⓐ equal Ⓑ equaled Ⓒ equals Ⓓ Both A and C are correct.

____ 2. The level two exercise identifies where ______.
Ⓐ parentheses are needed Ⓑ parenthesis are needed
Ⓒ parenthesis is needed Ⓓ parentheses is needed

____ 3. ______ the true criterion of the attachment of friends.
—President George Washington
Ⓐ Actions and not words, are Ⓑ Actions, and not words, are
Ⓒ Actions, not words, is Ⓓ Actions, not words, are

____ 4. Five multiplied by four ______ twenty.
Ⓐ are Ⓑ is Ⓒ were Ⓓ was

____ 5. These ______ the ______ for selecting new astronauts.
Ⓐ is; criteria Ⓑ are; criterion
Ⓒ are; criteria Ⓓ Both B and C are correct.

____ 6. Much of the work ______ to be done under the hot sun.
Ⓐ remain Ⓑ is remaining Ⓒ are remaining Ⓓ remains

Chapter

108 關係代名詞引導形容詞子句：(1) 關係代名詞的定義和使用規則

關係詞（relative）分為**關係代名詞**（relative pronoun）、**關係形容詞**（relative adjective）和**關係副詞**（relative adverb）。主要的關係詞有：

who	whom	whose	which	what	as	where	why
whoever	whomever	that	whichever	whatever	than	when	

1 關係代名詞的定義

❶ 引導一個**形容詞子句**（adjective clause），並與主要子句裡的一個名詞或代名詞有關聯的代名詞，稱作**關係代名詞**。**關係代名詞**所指代的名詞或代名詞稱作**先行詞**（antecedent）。**形容詞子句**也被稱為**關係子句**（relative clause）。

❷ **關係代名詞**包括： who whom that which as than

在形容詞子句中，who 作動詞 answered 的主詞。

• The woman who answered the phone was not polite. 接電話的那位女子沒有禮貌。

關係代名詞 who 引導形容詞子句，子句修飾先行詞 woman。

2 關係代名詞的使用規則

❶ **關係代名詞**在形容詞子句中的作用：

	指代	主詞	受詞	限定性	非限定性
who	人／動物	✓	✓（口語）	✓	✓
whom	人／動物	×	✓	✓	✓
which	物／地方／動物	✓	✓	✓	✓
that	人／物／地方／動物	✓	✓	✓	×
無代名詞（省略關係代名詞）	人／動物／物	×（不可省略）	✓	✓	×（不可省略）

❷ **關係代名詞**作**限定性子句**的**受詞**時，常被省略，若作**主詞**，則不可省略。在**非限定性子句**中，無論關係代名詞作主詞還是受詞，都不能省略。

在子句中，that 作片語動詞 was looking for 的**受詞**，**可以省略**。

• The diamond ring (that) Mabel was looking for a while ago is right there under the table.

關係代名詞 that 引導的限定性子句修飾先行詞 diamond ring。

美博剛才在找的那枚鑽戒就在那邊的桌子下面。

在形容詞子句中，that 作**主詞**，**不能省略**。

• Nothing that is worth knowing can be taught. 值得知道的事情常常是沒有辦法教的。

關係代名詞 that 引導的限定性子句修飾先行詞 nothing。 —Oscar Wilde 奥斯卡．王爾德

- I am engaged to someone (whom/who) everyone in my family really likes. ← 關係代名詞 who/whom 在**限定性子句**中作動詞 likes 的**受詞**，**可以省略**。
我與一個我全家都喜歡的人訂了婚。

✗ Two years ago at a conference in Chicago, Coco met Reed, she later married.

這是一個**非限定性子句**，只對主要子句進行補充說明。關係代名詞無論是作子句動詞的主詞還是受詞，在**非限定性子句**中都**不能省略**。

✓ Two years ago at a conference in Chicago, Coco met Reed, whom/who she later married.
兩年前在芝加哥的一次會議上，可可認識了里德，她後來嫁給了他。

whom 是子句動詞 married 的受詞。在**口語**中，也可以用 who 作受詞。

❸ 「**介系詞＋關係代名詞**」引導的形容詞子句，介系詞後面只能用 **whom** 和 **which**。

- I would like to introduce you to Ms. Wu, with whom I am working on this new project. ← **介系詞**後面只能用受格 whom，不用 who。

= I would like to introduce you to Ms. Wu, whom/who I am working with on this new project. 我想把你介紹給吳女士，我與她一起在做這項新專案。

介系詞 with 置於動詞後，作受詞的關係代名詞可以用 whom，也可以用 who。在**非限定性子句**中，即使是作受詞的 whom/who 也**不能省略**。

PRACTICE

1 選出正確答案。（符號「/」表示省略了代名詞）

____ 1 Is this the key ____________?
Ⓐ whom you were looking for Ⓑ who you were looking for
Ⓒ you were looking for Ⓓ what you were looking for

____ 2 The people ____________ bought my car are Aunt Lily's friends.
Ⓐ which Ⓑ who Ⓒ whom Ⓓ /

____ 3 The beef ____________ Dad bought last week has gone bad.
Ⓐ that Ⓑ who Ⓒ what Ⓓ whom

____ 4 Dan: Why does Sue often ask you for help?
Ann: There is no one else ____________.
Ⓐ for who to turn to Ⓑ for her to turn
Ⓒ for whom to turn Ⓓ she can turn to

____ 5 The movie ____________ I watched last night was about the American Civil War.
Ⓐ who Ⓑ / Ⓒ what Ⓓ whom

____ 6 In my class, Lily is the only one ____________ can speak English fluently.
Ⓐ / Ⓑ whom Ⓒ which Ⓓ who

____ 7 My dream is to have my own language school ____________ I will emphasize that reading for fun is the key to fluency.
Ⓐ that Ⓑ in that Ⓒ which Ⓓ in which

____ 8 Where's the piece of paper ____________ I wrote Joe's email address?
Ⓐ on which Ⓑ on that Ⓒ / Ⓓ which

Chapter

109 關係代名詞引導形容詞子句：(2) which/that, who/that

1 which/that（指「物、動物、地點」）

❶ **限定性子句**（restrictive clause / essential clause）較常用關係代名詞 **that**，但也可以用 **which**。

that/which 是子句動詞 bought 的**受詞，可以省略**。
限定性子句用 **that** 比 which 更常見。

• **The laptop** computer **(that/which) I just bought last week was stolen today.**

that/which 引導的子句修飾先行詞 computer（物）。

我上週才買的那臺筆記型電腦今天被偷了。

❷ 在**限定性子句**中，用 **that** 不用 which 的情況：

1 當先行詞是**不定代名詞**（all, much, little, few, some, everything, something, nothing, anything, none, the one）時，用 **that**，不用 which。

• **Is there** anything **that still needs to be done?**
還有什麼需要做的事嗎？

2 強調句型「**it is/was . . . that**」，用 **that**，不用 which。

• It was my dog **that won the first prize.**
贏得第一名的是我的狗。

3 當先行詞有**形容詞最高級**修飾時，用 **that**，不用 which。

• **Thank you for** the most delicious dinner **(that) I've ever had.**
謝謝你，這頓晚餐是我吃過最美味的一餐。

4 當先行詞被 **the only**、**the last**、**the very**、**the first**（序數詞）等修飾時，用 **that**。

• **New York City is** the very place **(that) I would like to visit next summer.**
紐約市正是我明年夏天想去參觀的地方。

❸ 雖然**限定性子句**較常用 **that** 指代「物、動物、地點」，但在下列情況中要用 **which**。

1 在**非限定性子句**（nonrestrictive clause / nonessential clause）中必須用 **which**。

➡ 參見 Chapter 115

which 在**非限定性子句**中作**主詞，不能省略**。
非限定性子句不能用 that。
指「動物」

• **The** dog**, which is a popular house pet, is quite a smart animal.**
狗——很受歡迎的居家寵物——是一種非常聰明的動物。

➡ who 也可以指寵物，見下一頁提示。

2 介系詞後面必須用 which。

指「地點」 介系詞放在關係代名詞的前面（介系詞 + 關係代名詞），這時關係代名詞必須用 which，而且不能省略，用於非常正式的文體中。

- This is the cave in which I was born.

介系詞 in 放在形容詞子句動詞 was born 的後面（關係代名詞 + 主詞 + 動詞 + 介系詞），這時可用 that/which，或省略 that/which。

= This is the cave (that/which) I was born in. 我就是在這個洞穴裡出生的。

3 當句中已經用過 that 時，用 which。

- That is a TV show which you should not miss. 那是一部你不應該錯過的電視劇。

4 當先行詞前面有 this/that/these/those 修飾時，用 which。

- I'll explain to you only those medical terms which I have already taught your classmates. 我將只對你解說我已經教過你同學的那些醫學術語。

2 who/that（指「人」）

❶ 在限定性子句中，若先行詞不是一個具體的人名（如：the couple、the doctors），美式英語常用 that 指「人」，也可以用 who。

這是一個限定性子句，that 和 who 都可以指 couple（人），作形容詞子句的主詞。

- Have you ever talked to the couple that/who lives next door?
  你跟住在隔壁的那對夫妻說過話嗎？

❷ 在非限定性子句中，若先行詞是一個具體的人名（如：Nell、Mary），只能用 who 指代「人」。即，that 不能用於非限定性子句中。

這是一個非限定性子句，先行詞是一個具體的人名 Nell。非限定性子句只能用 who 引導。

- My daughter Nell, who joined the navy last month, is doing well.
  我的女兒奈兒上個月加入了海軍，她過得很好。

❸ 先行詞為 one、ones、the only one、anyone 或 those 時，通常用 who。

- Is there anyone who can stop Kim from marrying Jim? 有沒有人能阻止金姆嫁給吉姆？
- God helps those who help themselves. 天助自助者。

提示 who/whom 也可以指寵物，但通常你知道寵物的名字或者你知道寵物的性別時，才可用 who。

知道名字。

- Lars, the cat who lives on the Moon, is going to move to Mars.
  拉斯——居住在月球上的那隻貓——要搬去火星了。

知道性別。

- That's the dog who doesn't like her owner Pat. 就是那隻狗不喜歡她的主人派特。

關係代名詞 who 也可以指寵物（cat, dog）。這兩句的 who 是形容詞子句動詞 lives、doesn't like 的主詞。

PRACTICE

1 選擇最常用的關係代名詞填空。（符號「/」表示省略了代名詞）

_____ **1** Students ___________ love to read do great on language tests.

Ⓐ which　　Ⓑ who
Ⓒ whom　　Ⓓ /

_____ **2** He loves clothes ___________ are flashy.

Ⓐ that　　Ⓑ they
Ⓒ who　　Ⓓ /

_____ **3** I love all the fairy tales ___________ she has read to me.

Ⓐ whom　　Ⓑ to which
Ⓒ who　　Ⓓ /

_____ **4** I prefer movies ___________ won't scare me.

Ⓐ who　　Ⓑ those
Ⓒ that　　Ⓓ /

_____ **5** That is the earring ___________ Lenore has been looking for.

Ⓐ that　　Ⓑ which
Ⓒ whom　　Ⓓ who

_____ **6** Erika, ___________ is my best friend, wants to emigrate from Canada to South Africa.

Ⓐ that　　Ⓑ /
Ⓒ whom　　Ⓓ who

_____ **7** Could you show me that video of the Annual Peach Flower Festival ___________ you made last Sunday?

Ⓐ those　　Ⓑ /
Ⓒ whom　　Ⓓ who

_____ **8** Is there anyone in our company ___________ would like to work and live in Hawaii?

Ⓐ he　　Ⓑ which
Ⓒ who　　Ⓓ /

______ 9 Mom has bought a new car ____________ goes like a bomb.

Ⓐ that Ⓑ whom Ⓒ who Ⓓ /

______ 10 Was she the teacher ____________ explained why the sky is blue?

Ⓐ whom Ⓑ which Ⓒ who Ⓓ /

2 根據括弧裡的提示，用最常用的關係代名詞完成下列對話。

1 Dan What do you like to do in the evening?

Ann I love to sing with my sister Liz.

Dan What types of songs do you like to sing?

Ann I enjoy singing songs written by those song writers ____________________ ____________________.（是我的朋友）

2 Dan What kinds of videos do you like to buy?

Ann I like videos ____.

（可以逗我笑或讓我哭的影片）

3 Dan What type of clothes do you buy for Bruce?

Ann Bruce loves clothes ______________________________.

（寬鬆的衣服）

4 Dan What kind of apple are you going to buy for Liz?

Ann I'm not sure yet, but she likes large apples ____________________ ____________________.（甜又多汁的水果）

3 將正確答案劃上底線。

1 Lou Cherokee, who | that was from Earth & Mars Computers, interviewed Elaine and I | me.

2 She was the only Chinese which | whom I met in the Cheese Room.

3 The two students who | whom scored 100% on the test were given tickets to the zoo.

4 This is the new Renee doll whom | which you ordered yesterday.

Chapter 110 關係代名詞引導形容詞子句：(3) as, than

as 和 **than** 可作**關係代名詞**，與 who、whom、which、that 一樣，在**形容詞子句**中作主詞、受詞或主詞補語。

1 as 作關係代名詞的用法

❶ **as 引導限定性子句：as** 引導**限定性子句**要用「**such . . . as**、**such as**、**the same . . . as**、**as . . . as**」的句型，表示「與……相同的事物或人」。

as 在子句中作動詞 occurred 的主詞。

- The world sometimes witnesses extreme nationalism such as occurred just before World War Two.
  世界有時會出現極端民族主義，就像在二戰前發生的那樣。
  as 引導的形容詞子句修飾先行詞 nationalism。

as 的先行詞是 money。 as 作形容詞子句動詞 am (making) 的受詞。

- Pam is making as much money as I am. 潘姆賺的錢和我一樣多。

as 的先行詞是 person。 as 作形容詞子句的主詞補語。

- Lily is not the same person as she once was. 莉莉已經不再是從前那個莉莉了。

❷ **as 引導非限定性子句：as** 引導的**非限定性子句**意思是「正如；像」，常置於**句首**，也可以置於**句中**或**句尾**。

as 引導的形容詞子句修飾後面的整個主要子句，as 在子句中作被動語態的動詞片語 is pointed out 的主詞。

- As is often pointed out by language experts, reading interesting books while listening to their MP3 recordings can help you to achieve fluency.
  正如語言專家經常指出的那樣，一邊閱讀趣味書籍一邊聽書籍的 MP3 錄音，可以幫助你達到語言流暢。

2 than 作關係代名詞的用法

❶ **than** 也可以作**關係代名詞**，引導**形容詞子句**，在子句中主要作**主詞**（有時也作**受詞**）。

❷ **than** 作關係代名詞須具備以下條件：[1] **than** 的前面必須是「**形容詞比較級 + 名詞**」結構。
[2] 比較級所修飾的名詞即為 **than** 的**先行詞**。

than 的前面是「比較級 more + 名詞（fat）」。

- Don't eat more fat than is good for your health. 為了你的身體健康，不要吃過多的脂肪。
  than 引導的形容詞子句修飾先行詞 fat。在子句中 than 是主詞。

than 的前面是「比較級 more + 名詞（money）」。

- Last year Ms. Ridge made more money by investing in stocks than she did by teaching English at our college.
  去年瑞吉女士靠投資股票所賺的錢，比她在我們學院教英語賺的錢多。
  than 引導的形容詞子句修飾先行詞 money。在子句中 than 是動詞 did（= made）的受詞。

PRACTICE

1 選出正確答案。

_____ 1 ____________ is reported on the Internet, talks between those two countries have ended in failure.
Ⓐ That Ⓑ It Ⓒ Than Ⓓ As

_____ 2 I don't want to borrow more money ____________ is needed.
Ⓐ as Ⓑ that Ⓒ which Ⓓ than

_____ 3 I don't think she is such a person ____________ would steal.
Ⓐ as Ⓑ that Ⓒ which Ⓓ than

_____ 4 Sid played a bigger role in the movie ____________ had been expected.
Ⓐ as Ⓑ what Ⓒ than Ⓓ which

_____ 5 ____________ was announced by Captain Lee King, our ship would soon be docking.
Ⓐ As Ⓑ Than Ⓒ It Ⓓ That

_____ 6 Sue is no longer the same honest person ____________ I once knew.
Ⓐ such Ⓑ as Ⓒ than Ⓓ what

2 訂正錯誤。

1 What is known to everyone in my class, we will have many difficult tests this year.

____

2 I have the same opinion about Sue than you do.

____

3 That's the dog as swallowed my wedding ring.

____

4 *A Nun Can Have Fun*, as is my favorite novel, was written by Liz Sun.

____

5 It is noted above, HPV is a sexually transmitted virus that can cause many kinds of cancer.

____

6 Collecting more taxes as is absolutely necessary is legalized robbery.

____

Chapter 111 關係形容詞引導形容詞子句、名詞子句

關係形容詞包括 **whose**、**what**、**whatever**、**which**、**whichever**。這些字的後面要接名詞（如：whose mother、whatever books），故稱為關係形容詞。**whose** 引導**形容詞子句**，**what**、**whatever**、**which**、**whichever** 引導**名詞子句**。

1 whose（指「人、動物、事物、地點」；引導形容詞子句）

whose 作關係詞表示所屬關係，後面必須接**名詞**，不能單獨使用。「**whose + 名詞**」在**形容詞子句**中作**主詞**或**受詞**。

- Have you met our new dance teacher, whose hometown is Hong Kong?
  你見過我們的新舞蹈老師沒有？這位老師的家鄉在香港。
  - whose 接名詞 hometown。「whose + 名詞（hometown）」在子句中作**主詞**。
  - whose 引導的形容詞子句修飾先行詞 teacher（人）。
- Last month our village was struck by a flood, from whose effects we are still suffering.
  上個月我們村裡淹大水，現在我們還飽受洪水帶來的災害之苦。
  - whose effects（= the effects of the flood）在子句中作介系詞 from 的**受詞**。
  - whose 引導的形容詞子句修飾先行詞 flood（事物）。

2 what/whatever（指「物」；引導名詞子句）

❶ **what/whatever** 可作**關係形容詞**，意思為「任何的；無論怎樣的」。

❷「**what/whatever + 可數名詞／不可數名詞**」引導**名詞子句**。whatever 比 what 語氣更強。

➡ 名詞子句的定義請參見 Chapter 126

❸ 關係詞 **what/whatever** 也可引導**讓步副詞子句**。 ➡ 參見 Chapter 123

- I will share with you what/whatever information I learn about that criminal gang.
  - 在子句中，「what/whatever + 名詞（information）」是動詞 learn 的受詞。
  - 關係形容詞 what/whatever 引導的名詞子句作動詞 share 的受詞。

  = I will share with you all the information (that) I learn about that criminal gang.
  關於那個犯罪集團，我會把我所知道的資訊都告訴你。
  - that 在形容詞子句中作動詞 learn 的受詞。
  - 關係代名詞 that 引導的形容詞子句修飾先行詞 information。

3 which/whichever（指「物；地點」；引導名詞子句）

❶ **which/whichever** 可作**關係形容詞**，意思為「無論哪個／哪些」。

❷「**which/whichever + 可數名詞**」引導**名詞子句**。whichever 比 which 語氣更強。

❸ **which/whichever** 也可引導**讓步副詞子句**。 ➡ 參見 Chapter 123

- Let Sue choose which/whichever restaurant she likes best in our small town.
  讓蘇來選擇我們小鎮上她最喜歡的餐館。
  - 在子句中，「which/whichever + 名詞（restaurant）」是子句動詞 likes 的受詞。
  - which/whichever 引導的名詞子句作動詞 choose 的受詞。

4 whichever 和 whatever 的區別

❶ **whichever** 和 **whatever** 修飾**可數名詞**時，有時可以互換，有時不能互換；兩者的區別與 **what** 和 **which** 之間的區別一樣，通常 **whichever** 涉及的東西比 **whatever** 更具體。

- You may take whatever/whichever measures you think are necessary. （這句 whatever 和 whichever 可以互換。）
  你可以採取任何你認為有必要的措施。
- You may use whichever phone you want, this one or one of those over there. （在具體的範圍內進行選擇，用 whichever。）
  這臺電話或那邊的其中一臺電話，你想用哪一臺都可以。

❷ **不可數名詞**前只能用 **whatever**。

- His second wife spent whatever money he had saved, and then she left him.
  他的第二任妻子把他的存款都花光了，然後離開了他。

PRACTICE

1 選出正確答案。

_____ 1 I like to go shopping for clothes with my friend Coco, __________ sister is a fashion designer.
Ⓐ whichever Ⓑ whose Ⓒ which Ⓓ whatever

_____ 2 My friend Ted lives in a house __________ roof is covered with a lovely garden.
Ⓐ that Ⓑ whose Ⓒ what Ⓓ which

_____ 3 __________ debate team wins on Sunday will go on to the national competition.
Ⓐ Whatever Ⓑ Whose Ⓒ Whichever Ⓓ What

_____ 4 Coco told her dad all the tourist information __________ he needed to know about Tokyo.
Ⓐ that Ⓑ what Ⓒ whichever Ⓓ whatever

2 根據括弧裡的提示，用關係形容詞完成下列句子。

1 The toy robotic dinosaur __________ are broken is behind Roy.（它的雙腿）

2 I used __________ I had left to pull myself onto the big wet rock.（所有力氣）

3 I have a student named Arthur Wang, __________ is a well-known writer.（他的母親）

4 My friend Coco, __________ was broken in a motorcycle accident, will be discharged from the hospital tomorrow.（她的左臂）

5 Desperate, Annette was ready to accept __________ she could get.（任何幫助）

6 My sister has a cute dog, __________ is Sky.（它的名字）

Chapter 112 關係副詞引導形容詞子句

關係副詞 where、**when**、**why** 的先行詞分別是表示**地點**、**時間**、**理由**的名詞。
這三個關係副詞在形容詞子句中作**副詞**之用。

1 關係副詞 where

❶ **where** 引導**形容詞子句**，並在子句中作**地方副詞**（at that place）修飾動詞，其先行詞通常是表示**地點**的名詞（如：house、place、town 等）或含有**地點**意義的名詞（如：case、point、situation 等）。

where 在子句中作副詞，修飾片語動詞 grew up。

- **The village where she grew up is very poor.** 她成長的那個村子很貧窮。

where 引導的形容詞子句修飾先行詞 village。

where 在子句中作副詞，修飾動詞 disagree。

- **That's the point where Lily and I disagree.**

where 引導的形容詞子句修飾含有地點意義的先行詞 point（要點；觀點；論點）。

= That's the point on which Lily and I disagree.

就是在那個觀點上，莉莉和我意見不一致。

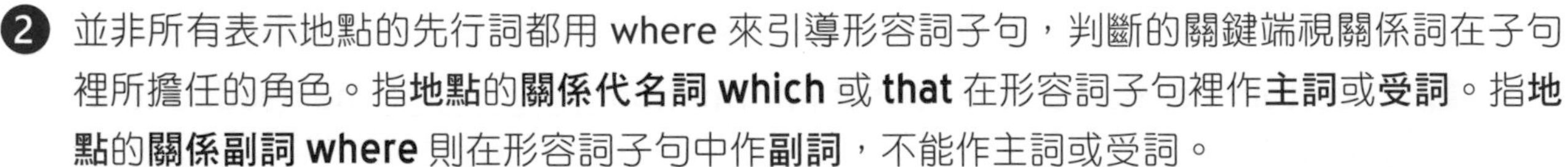

❷ 並非所有表示地點的先行詞都用 where 來引導形容詞子句，判斷的關鍵端視關係詞在子句裡所擔任的角色。指**地點**的**關係代名詞 which** 或 **that** 在形容詞子句裡作**主詞**或**受詞**。指**地點**的**關係副詞 where** 則在形容詞子句中作**副詞**，不能作主詞或受詞。

- **Nancy has never been to London, but it is the city (that/which) she most wants to see.**

此句關係代名詞 that 或 which 作形容詞子句動詞 see 的受詞，不能用關係副詞 where。

南西沒去過倫敦，不過那是她最想去看一看的城市。

❸ 注意：**where** 也可以作**連接詞**，引導**地方副詞子句**，**連接詞 where** 前面**沒有先行詞**。➡ 參見 Chapter 121

- **Do not move. Stay where you are.**

不要動。待在原地。

這句的 where 是連接詞，引導副詞子句，整個子句修飾動詞 stay，句中沒有作名詞的先行詞。

2 關係副詞 when

❶ **when** 引導**形容詞子句**，並在子句中作**時間副詞**（at that time）修飾動詞，其先行詞必須是表示**時間**的名詞（如：day、time、year、spring 等）。

- **My favorite season is spring, when flowers blossom.**
  我最喜歡的季節是春天，那時鮮花盛開。
  - when 在子句中作副詞，修飾動詞 blossom。
  - when 引導的非限定性子句修飾先行詞 spring。

❷ 在**限定性子句**中可以用 **that** 來代替 when，先行詞通常是 **day**。這種情況下的 **that** 並非關係代名詞，相當於 on which。在**限定性子句**中可以省略 **when/that**。

- **June looks forward to the day (when/that) she can go to the Moon.**
  茱恩盼望著她能去月球的那一天早日到來。
  - when 引導的限定性子句修飾先行詞 day，這裡可以用 that（= on which），that/when 皆可省略。

❸ 表示時間的先行詞，不一定都用 when 引導形容詞子句。用 **when** 引導形容詞子句，**必須**具備兩個條件：

1. 先行詞必須是表示**時間**的名詞。
2. **when** 在形容詞子句中作**時間副詞**，不作主詞或受詞。

- **Mom will never forget her happy years (that) she spent on the beautiful island of Guam.**
  媽媽永遠不會忘記她在美麗的關島度過的那些快樂歲月。
  - 這句的形容詞子句動詞 spent 需要**受詞**，因此，要用關係代名詞 that 作其受詞。

3 關係副詞 why

❶ **why** 引導**限定性子句**，並在子句中作**原因副詞**，其先行詞是名詞 **reason**。

❷ 也可以用 **that** 代替 why 來指代先行詞 reason。**口語**中較常用 **why**，還可以省略 why 或 that。

- **Do you know the reason (why/that) Kay is absent today?**
  - why 是關係副詞，可以用 that 取代 why 引導形容詞子句，修飾先行詞 reason。why/that 皆可省略。

  = Do you know why Kay is absent today?
  你知道凱今天為什麼沒來嗎？
  - 這句刪除了先行詞 reason，由從屬連接詞 why（= the reason for which）引導一個名詞子句，整個子句作動詞 know 的受詞。why 不可省略，也不可用 that 取代。

- **The reason (why) she told that lie is still not clear to me.**
  - why 修飾先行詞 reason，並引導一個形容詞子句。這句因後面已經有 that（that lie），為了避免重複，最好用 why，或省略關係詞。

  = Why she told that lie is still not clear to me.
  我還是不清楚她為何要撒那個謊。
  - 這句刪除了先行詞 reason，由從屬連接詞 why 引導一個名詞子句，整個子句作主詞。
  - ➡ 從屬連接詞引導名詞子句，請參見 Chapters 126 and 127

PRACTICE

1 選出正確答案。

_____ 1 This is the house __________ I live.

Ⓐ when Ⓑ where Ⓒ why Ⓓ in where

_____ 2 We are living in a fantastic age, __________ the whole world has become a village.

Ⓐ from which Ⓑ when Ⓒ why Ⓓ where

_____ 3 Is that the reason __________ you do not want to talk to Sue?

Ⓐ how Ⓑ when Ⓒ why Ⓓ where

_____ 4 This is the church __________ my grandmother used to be the minister.

Ⓐ when Ⓑ that Ⓒ why Ⓓ where

_____ 5 I know the reason __________ Trish wants to learn Spanish.

Ⓐ how Ⓑ when Ⓒ why Ⓓ where

_____ 6 This crowd of Olympic athletes will only go to a restaurant __________ smoking is not allowed.

Ⓐ when Ⓑ where Ⓒ that Ⓓ what

_____ 7 Did Sam understand the reason __________ he failed yesterday's English exam?

Ⓐ why Ⓑ where Ⓒ when Ⓓ in which

_____ 8 We have postponed our picnic until Sunday, __________ it is supposed to be a fine day.

Ⓐ when Ⓑ that Ⓒ why Ⓓ where

_____ 9 Gwen has been to Paris three times, and it is a city __________ again and again.

Ⓐ where she wants to visit

Ⓑ she wants to visit

Ⓒ in which she'd like to visit

Ⓓ that she'd like to visit it

_____ **10** Do you remember the huge wind farm __________ we visited when you were four years old?

Ⓐ when　Ⓑ where　Ⓒ that　Ⓓ what

_____ **11** __________ Iris chose to dye her hair pink was not clear to Kris.

Ⓐ Why　Ⓑ The reason why
Ⓒ The reason　Ⓓ A, B, and C are all correct.

_____ **12** __________ Mary said made me angry.

Ⓐ When　Ⓑ What
Ⓒ Where　Ⓓ A, B, and C are all correct.

2 根據括弧裡的提示，用適當的關係詞完成下列句子。

1 Kate refused to give me the reason ______________________________.
（她為何遲到）

2 I will move to a place ______________________________.
（氣候溫暖的地方）

3 That's the art museum ______________________________.
（Lily 和我上週參觀的美術館）

4 I will never forget the day ______________________________.
（在倫敦第一次見到你的那天）

5 The movie reminds me of the four years ______________________________.
（我在部隊的那四年）

Chapter 113 不定關係代名詞引導名詞子句：(1) what

1 what 可作不定關係代名詞（指「人、事物」）

❶ **what** 可作**不定關係代名詞**，引導**名詞子句**，整個子句用作**名詞**，當句子的**主詞**、**受詞**或**主詞補語**。**what** 不能省略。 ➡ 參見 Chapters 126 and 127

❷ **what** 的用法很特殊，可以看作是**先行詞**和**關係代名詞**的結合體：

what = the thing(s) which/that / anything that / that/those which / the exact person or thing that

[1] **what 子句作主詞**

what 在名詞子句中是動詞 was cooking 的**受詞**。

- What Louise was cooking made me sneeze.

what 引導的名詞子句作句子的**主詞**。

= The food that Louise was cooking made me sneeze. 露易絲煮的食物使我打了個噴嚏。

[2] **what 子句作受詞**

what 在名詞子句中是動詞 said 的**受詞**。

- Are you still thinking about what Coco said a while ago? 你還在想可可剛才說的話嗎？

what 引導的名詞子句作介系詞 about 的**受詞**。

[3] **what 子句作主詞補語**

what 在名詞子句中是**主詞補語**。

- I am not what I used to be, because I have learned how to forgive.

what 引導的名詞子句作句子（I am not）的**主詞補語**。

= I am not the exact same person that I used to be, because I have learned how to forgive. 我不再是從前的我了，因為我學會了寬恕。

2 不能用 what 的情況

在 anything、something、nothing、everything、all、the only thing 等字後面，關係代名詞要用 **that**，不用 what。記住：**what 前面沒有先行詞**，如果句中有先行詞，就不能用 what 引導。

✗ All what matters is to be happy and healthy.

all 是先行詞，所以後面要用關係代名詞 that 引導形容詞子句，不能用 what。

✓ All that matters is to be happy and healthy. that 在子句裡作動詞 matters 的主詞。

如果沒有先行詞 all，就要用 what 引導名詞子句，整個子句作句子的主詞。what 在名詞子句裡也作主詞。

✓ What matters is to be happy and healthy.

快樂和健康才是最重要的。

✗ I can't give you everything what you want.

✓ I can't give you everything (that) you want.

everything 是先行詞，所以後面要用關係代名詞 that 引導形容詞子句，不能用 what。that 在形容詞子句裡作動詞 want 的受詞，可以省略。

✓ I can't give you what you want.

我不能給你想要的一切。

如果沒有先行詞 everything，就要用 what 引導名詞子句，整個名詞子句作動詞 give 的受詞。what 在名詞子句裡作動詞 want 的受詞。

PRACTICE

1 根據括弧裡的提示，用不定關係代名詞 what 完成以下句子。

1. I don't care ____________________.
（你是如何看我的；用 think about）
2. They still haven't found out ____________________.
（事故是由什麼造成的）
3. ____________________ is boring to others.（對一些人有趣的事）
4. I have already told Sue ____________________.（她應該做什麼）
5. What made me angry was not ____________________ but the way she said it.（Bridget 所說的話）

2 用 what 引導的名詞子句改寫下列句子。

1. Are you still thinking about the things Kay said yesterday?
____
2. Can you tell me the things that I should do to solve this problem?
____
3. Do not trouble other people for the things that you can do for yourself.
____
4. It was the thing(s) that Lee did that disappointed me.
____

3 將正確答案劃上底線。

1. Joe will only tell you that | what you need to know.
2. All that | what Lars talks about is cars.
3. It was the fame that | what Lily wanted, not the money.
4. That | What I am interested in finding out is how I can get to the other side of Snake Lake.
5. Why don't you tell Dwight the story that | what you told me last night?
6. My life as a college student five years ago was quite different from that | what it is today.
7. My classmate Honey is strange, because everything that | what she talks about concerns money.
8. A lot of good changes have taken place in my hometown. It is no longer that | what it used to be twenty years ago.

Chapter 114 不定關係代名詞引導名詞子句：(2) whoever, whomever, whatever, whichever

1 不定關係代名詞 whoever、whomever、whatever、whichever

❶ 除了 what，不定關係代名詞還包括：

whoever = any person that / anyone who	**whatever** = anything that
whomever（為 whoever 的受格）	**whichever** = any one of the two or more

- Grandmother Yard gives lots of smiles to whoever has been working hard.
  = Grandmother Yard gives lots of smiles to anyone who has been working hard.
  凡是工作勤奮的人，亞德奶奶就會常對他滿面微笑。

- You will please Lulu if you give her whatever she wants.
  = You will please Lulu if you give her anything (that) she wants.
  如果露露想要什麼你都給，你就會討她喜歡。

❷ 與不定關係代名詞 what 一樣，這些不定關係代名詞也引導**名詞子句**，整個子句用作**名詞**，當句子的**主詞**、**受詞**或**主詞補語**。這些不定關係代名詞不可省略。

1 名詞子句作主詞

whoever 在名詞子句中作主詞。
- Whoever wins the English speech contest will be awarded a free 10-day trip to Hawaii.
  whoever 引導的名詞子句作句子的**主詞**。
  無論誰在英語演講比賽中獲勝，都會得到免費夏威夷十日遊的獎勵。

whichever 在名詞子句中是動詞 like 的受詞。
- Whichever you like will be yours. 不管你喜歡什麼，都歸你了。
  whichever 引導的名詞子句作句子的**主詞**。

2 名詞子句作受詞

whomever 在名詞子句中是介系詞 with 的受詞。
- Nancy is always polite to whomever she talks with.
  南西無論跟誰講話都很有禮貌。
  whomever 引導的名詞子句作介系詞 to 的**受詞**。

whatever 在名詞子句中是主詞。
- She is very straightforward and tends to say whatever comes to her mind.
  她很直率，常常想到什麼就說什麼。
  whatever 引導的名詞子句作不定詞動詞 to say 的**受詞**。

3 名詞子句作主詞補語

whoever 在名詞子句中是主詞。
- Will the president of our company be whoever marries Jill?
  誰娶了吉兒就會成為我們公司的總裁嗎？
  whoever 引導的名詞子句在 be 動詞後面作句子的**主詞補語**。

2 用主格 who/whoever 還是受格 whom/whomever？

❶ 當整個名詞子句作**動詞的受詞**或**介系詞的受詞**時，學生們常傾向使用受格形式的 whom 或 whomever，但這樣選擇有時會出錯。

❷ 究竟該用主格（who/whoever）還是受格（whom/whomever），應取決於這個關係代名詞**在名詞子句中**是主詞還是受詞。

名詞子句「whoever breaks a traffic law」是介系詞 to 的受詞。但關係代名詞在名詞子句中是動詞 breaks 的**主詞**，應該用**主格** whoever。

- **Mom is a police officer, and she gives a ticket to whoever breaks a traffic law.**
  = Mom is a police officer, and she gives a ticket to anyone who breaks a traffic law.
  媽媽是一名警察，誰違反交通規則她就給誰開罰單。

名詞子句「whomever she trusts and likes」是動詞 hire 的受詞。關係代名詞在名詞子句中是動詞 trusts 和 likes 的**受詞**，應該用**受格** whomever。

- **The manager will hire whomever she trusts and likes.**
  = The manager will hire anyone (whom) she trusts and likes.
  凡是經理信任和喜歡的人，她就會聘用。

PRACTICE

1 選出正確答案。

____ 1 Give a map of our city to ________ asks for one.
Ⓐ whomever Ⓑ whoever Ⓒ whatever Ⓓ anyone

____ 2 ________ you and Amy decide to do is fine with me.
Ⓐ Whomever Ⓑ Whoever Ⓒ Whatever Ⓓ Whichever

____ 3 Bridget tells that story to ________ is willing to listen to it.
Ⓐ whomever Ⓑ whoever Ⓒ whatever Ⓓ whichever

____ 4 Sue did ________ she could to help you.
Ⓐ whomever Ⓑ whoever Ⓒ whatever Ⓓ whichever

____ 5 Bridget explains her new business to ________ asks about it.
Ⓐ whomever Ⓑ whoever Ⓒ whatever Ⓓ whichever

____ 6 There is no disagreement as to ________ is the best student in our class.
Ⓐ whom Ⓑ who Ⓒ what Ⓓ anyone

2 根據括弧裡提供的文字，用不定關係代名詞完成下列句子。

1 ________________________ will serve a four-year term.
（大多數選民選舉無論誰；用 majority、voters、elect）

2 Choose ________________________.（你認為無論誰將是一位好領導）

3 Give this email address to ________________________ in helping Tess.
（無論誰感興趣）

4 You cannot do ________________________.（無論你想做什麼）

5 ________________________ was wrong.（無論是誰說了那種話）

6 ________________________ needs to spend a very long time in prison.
（無論是誰做了那件事）

Chapter 115 關係詞在限定性與非限定性子句中的用法

限定性形容詞子句與非限定性形容詞子句的區別

名稱	限定性形容詞子句	非限定性形容詞子句
作用	對句子的意義是不可缺少的。不可省略，否則主要子句的意思就不完整或不明確。	對句子的意義並不是必不可缺的。即使省略，主要子句的意義仍然完整。
結構	不用逗號與主要子句分開。	用逗號與主要子句分開。
功能	是先行詞不可缺少的修飾語。	對先行詞或主要子句做補充說明。
引導詞	1 作受詞時可以省略。 2 可用 that。 3 口語中可用 who 代替 whom 作受詞。	1 作受詞時不可省略。 2 不用 that。 3 口語中可用 who 代替 whom 作受詞，但少見。
翻譯	通常譯成先行詞的修飾語：「……的」。	通常譯成並列句。

1 限定性形容詞子句（Restrictive Clauses / Essential Clauses）

❶ **限定性形容詞子句**（簡稱**限定性子句**）對句子的意義是**不可缺少**的，如果從句子裡刪除，句子的意思就會不清楚或不完整。限定性子句**不用逗號**與主要子句分開。

❷ **限定性子句**用關係詞 who、which、that、whose、where、when、whose。（在美式英語中，that 在限定性子句裡比 which、who 都更常用。）

where 是關係副詞（the park where = the park in which）。

- **I will always remember the park where I first saw Mark.**
  我會永遠記得我第一次見到馬克的那個公園。

如果刪除了子句「where I first saw Mark」，就不清楚究竟指哪一個公園。因此，這個形容詞子句是限定性的，不能刪除。

這句因前面已經用了 that，關係代名詞最好用 who，以避免重複。

- **That's the police officer who helped us find Sue.** 那位就是幫助我們找到蘇的員警。

如果刪除了子句「who helped us find Sue」，句子意為「那是那個員警」，意思不完整。因此，這個形容詞子句是限定性的，不能刪除。

指「物」（music）用 that，也可用 which（美式較常用 that）。that/which 在子句中作介系詞 to 的受詞，可以省略。

- **Sue prefers the music (that) she can dance to.** 蘇比較喜歡能伴著跳舞的音樂。

這是限定性子句，對先行詞（music）產生限定作用，不用逗號與主要子句分開。

2 非限定性形容詞子句（Nonrestrictive Clauses / Nonessential Clauses）

❶ **非限定性形容詞子句**（簡稱**非限定性子句**）對句子的意思**不是必不可缺**的，可以從句子裡刪除，不會改變句子的基本意思。

❷ **非限定性子句**常被**一個逗號**或**一對逗號**（如果子句在句子中間）與句子的其餘部分分開。記住，**非限定性子句不可用 that**。

- **This is my friend Ann, who teaches in Japan.** 這是我的朋友安，她在日本教書。
  └→ 如果刪除形容詞子句「who teaches in Japan」，剩下的句子仍然是一個完整、清楚的句子：This is my friend Ann.（這是我的朋友安。）
- **My new gray car, which Mom bought for me last week, was stolen today.**
  我的灰色新車今天被偷了，那是我媽媽上週買給我的。
  └→ 如果刪除形容詞子句「which Mom bought for me last week」，剩下的句子仍然是一個完整、清楚的句子：My new gray car was stolen today.（我的灰色新車今天被偷了。）

專有名詞（如：Ann、Chicago）以及其他**特定的**物品或地點（如：my new gray car、his mother's company）具有「獨一無二」的含義，作先行詞時，通常由**非限定性子句**修飾。

PRACTICE

1 選出正確答案，並判斷是限定性或非限定性子句。限定性子句請在括弧中標 R，非限定性子句標 N。

____ 1 [ ] That's the man ____________ Kay had lunch with in the Sunshine Cafe.
Ⓐ with who Ⓑ whom Ⓒ where Ⓓ with whom

____ 2 [ ] His ex-wife Liz, for ____________ money is no longer a problem, still lives a simple life.
Ⓐ who Ⓑ that Ⓒ whom Ⓓ which

____ 3 [ ] Have you seen the little box ____________ I keep my jewelry?
Ⓐ in that Ⓑ which Ⓒ that Ⓓ in which

____ 4 [ ] The young Japanese woman at ____________ I was smiling said sweetly, "Hi, I'm Eloise."
Ⓐ that Ⓑ whom Ⓒ who Ⓓ which

____ 5 [ ] The point in history at ____________ we stand is full of promise and danger.
—President Franklin Delano Roosevelt
Ⓐ that Ⓑ whom Ⓒ where Ⓓ which

2 用關係詞重組句子。

1 The guy is my old friend Lee. Nancy married the guy.

____

2 Ms. Bolen helped the man. The man's car was stolen.

____

3 Do you still remember the day? You met Sue on that day.

____

4 Last week I visited Chicago. I lived there ten years ago.

____

5 We were all mad at Tom. He kept talking on his cellphone during the class.

____

Chapter 116 對等連接詞（兼論複合句）：(1) and, but

連接詞用來連接單字、片語或獨立子句。**連接詞**分為**對等連接詞**（即**並列連接詞**）、**相關連接詞**（即**成對連接詞**）和**從屬連接詞**。

1 對等連接詞的定義

1. **對等連接詞**又稱**並列連接詞**（coordinating conjunction），用以把文法上各自獨立的兩個或多個單字、片語和句子連接起來。**對等連接詞**包括下列幾個字：

   and 和　**but** 但是　**or** 或　**nor** 也不　**for** 由於　**so** 因此　**yet** 可是

2. **對等連接詞**連接的單字或片語必須具有相同的文法作用，即連接**對等詞類**，如：「名詞與名詞（或代名詞）」、「形容詞與形容詞」、「片語與片語」等。
3. 用**對等連接詞**連接兩個或兩個以上的**獨立子句**，就構成**複合句**（也稱**並列句**）。**對等連接詞**引導的獨立子句只能位於另一個獨立子句之後。

2 and（和；又；並且）：表示「補充；附加」

- **Jake and his wife love strawberry cake.** 傑克和他太太都喜歡草莓蛋糕。
  （and 連接兩個並列主詞，構成複合主詞，動詞要用複數（love）。）
- **Lorelei emailed her job application and waited at home for a reply.**
  蘿芮萊用電子郵件寄出她的求職信，然後在家等待回音。
  （and 連接兩個動詞片語，表時間順序。）
- **She is intelligent, hardworking, and friendly.**
  她聰明、勤奮又友善。
  （and 連接三個並列形容詞，置於最後一個形容詞前面，美式英語在 and 前通常要加逗號，其餘形容詞之間用逗號分開。）
- **I am satisfied with my wife, and I am very happy with my life.**
  我很滿意我的妻子，我的生活非常幸福。
  （and 連接兩個獨立子句，通常要加逗號，構成複合句。）

3 but（但是）：表示「轉折；對立」

- **Today the weather is sunny and warm.** 今天陽光燦爛，溫暖宜人。
  （sunny and warm（陽光燦爛，溫暖宜人）：表示意義的**疊加**。）
- **Today the weather is sunny but cold.** 今天雖然有陽光，卻很寒冷。
  （sunny but cold（陽光燦爛，卻很寒冷）：表示意義的**轉折**、**對立**。）
- **I am a slow walker, but I never walk backwards.** 我走得很慢，但我絕不倒退。
  （與 and 一樣，如果 but 連接兩個獨立子句，前面通常要加逗號，構成複合句。）

  ——President Abraham Lincoln 美國總統亞伯拉罕·林肯

提示

and、**but** 連接兩個很短的獨立子句時，可以省略逗號。

- **It never rains but it pours.** 不雨則已，雨則傾盆。

PRACTICE

1 用 and 或 but 填空，完成句子。

1 I paid a lot of money for the meal, _______ I only liked the cherry pie.

2 A man may die, nations may rise and fall, _______ an idea lives on.
—President John Fitzgerald Kennedy

3 Ben Stout came home early, took a quick shower, had trout for dinner, _______ went out again.

4 You can fool all the people some of the time, _______ some of the people all the time, _______ you cannot fool all of the people all of the time.
—President Abraham Lincoln

5 Every day Kay _______ Fay come to school early to practice ballet.

2 用 and 或 but 組合句子。

1 Jim likes Kim. She doesn't care for him.

____

2 Coco is making great progress in learning English. She still has a long way to go.

____

3 I have a sweet wife. She has done many good things in her life.

____

4 Jim often says he is my friend. I have never received any real help or wise advice from him.

____

3 訂正錯誤。

1 I've always disliked working with numbers, and I have never failed a math test.

____

2 In the advancing parade, everyone was singing and danced.

____

3 Bruce loves coffee tea and apple juice.

____

4 My resignation wasn't a bad thing but I was released from stress and depression.

____

Chapter 117 對等連接詞（兼論複合句）：(2) or, nor

1 or（或；否則）：表示「選擇」

❶ or 表示「或者」。

or 連接兩個單數名詞（並列主詞），構成複合主詞，要用**單數動詞**（is coming）。

- Sue or Andrew is coming to pick you up at two.
  兩點鐘時，蘇或安德魯會來接你。

and 連接兩個並列主詞，構成複合主詞，動詞要用**複數**（are coming）。

比較 Sue and Andrew are coming to pick you up at two.
兩點鐘時，蘇和安德魯會來接你。

- Kay and I have had nothing to eat or drink all day.
  凱和我整天都沒有吃東西，也沒有喝東西。

否定句中，or 表示「也不」（and not）。and 通常不用在否定句中。

or 連接兩個不定詞（to eat or drink），第二個不定詞省略了 to。

❷ or 也可表示「否則；要不然」，連接一個**獨立子句**和一個**祈使句**，需要用**逗號**分開。

- Kate, please deal with this problem now, or it will be too late.
  凱特，請你現在就處理這個問題，否則會來不及。
  = Kate, if you don't deal with this problem now, it will be too late.
  凱特，如果你現在不處理這個問題，就會來不及。

2 nor（也不）

❶ nor 用在一個**否定**的陳述後面，連接一個名詞、動詞或形容詞，但要用逗號分開。

- I won't marry Mary, nor Lenore. = I won't marry Mary or Lenore.
  我不會娶瑪麗，也不會娶蕾諾兒。

❷ nor 可連接一個**獨立子句**，前面的子句是**否定句**。

nor 連接獨立子句，不可用 or 代替。

- Eli won't steal, nor will he lie. 伊萊絕不偷東西，也絕不撒謊。

與其他對等連接詞一樣，nor 連接兩個獨立子句時，前面要加逗號。

nor 放在獨立子句的句首，需要倒裝，用疑問句的句型，將助動詞 will 放在主詞前面（will he）。

❸ nor 常用於成對連接詞「**neither . . . nor**」中。

- Dwight could neither read nor write. = Dwight could not read or write.
  杜威特既不能閱讀也不能寫字。

PRACTICE

1 用 or 或 nor 填空，完成句子。

1. Which color does Lulu want—red, green, yellow, purple, pink, _______ blue?
2. You don't like Eli, _______ do I.
3. Dan: Would you like a cup of tea _______ coffee?
   Ann: Coffee, please.
4. Lily Sun doesn't want to get married, _______ does she want to date anyone.
5. Was Ann dancing with Dan _______ Dwight at the ballroom around nine last Saturday night?
6. Suppose you were the Queen _______ King of Britain for a day, what would you do?

2 用 or 或 nor 組合句子。

1. Hurry up, Jane. You'll miss today's last train to Spain.

   ____

   ____

2. Kay didn't visit me that day. Kay didn't visit me the next day.

   ____

   ____

3. Is Coco going to fly to Morocco? Is Coco going to fly to Tokyo? Is Coco going to fly to Chicago?

   ____

   ____

4. I divorced Kit and I have never seen him again. I do not regret it.

   ____

   ____

5. Please be here on time. I will have to leave without you.

   ____

   ____

Chapter 118 對等連接詞（兼論複合句）：(3) for, so, yet

1 for（因為；既然；由於）

❶ for 作連接詞時，只能用在兩個**獨立子句**之間，構成一個**複合句**，需要**逗號**把兩個子句分開。

❷ for 表示**推斷的理由**，引導的子句對前面子句的內容加以解釋或說明，因此 for 引導的子句**不置於句首**。（注意：對等連接詞引導的獨立子句都不能位於另一個獨立子句之前。）

- **Jane and I needed a nap, for it had been a long, tiring journey on the train.**
  經過了一段漫長而疲勞的火車旅程，珍和我都需要小睡一下。

  for 表示推斷的理由，解釋 Jenny 相信自己能得到那份工作的原因。
- **Jenny thought she had a good chance to get the job, for her mother was the president of the company.** 珍妮認為她得到那份工作的機會很大，因為她的母親就是公司總裁。

2 so（因此；於是）

對等連接詞 **so** 和 for 一樣，也只用於連接兩個**獨立子句**，需要**逗號**把兩個子句分開。

so 的意思是「因此；所以」。
- **I don't want you here, so you need to leave now.**
  我不想要你待在這裡，因此你需要現在就離開。

so 的意思是「於是」。
- **The road was blocked by a landslide, so Mack had to turn around and come back.**
  公路因山崩被堵住了，於是麥克不得不掉頭回來。

比較

so 也可以作**副詞**，表示「也一樣」（as well）。

so 不是連接詞，因此句子需要有 and 連接兩個獨立子句。
so 是副詞，後面用倒裝結構（動詞 is + 主詞 Lulu）。
- **You are tired, and so is Lulu. = You are tired; so is Lulu.** 你累了，露露也累了。

也可以不用連接詞 and，用分號分開兩個獨立子句。

提示

在**非正式用語**中，副詞 **so** 可以放在**句首**，具有總結或過渡的作用。在這種情況下，**so** 後面常用一個**逗號**與句子的其他部分分開。

3 yet（可是；然而）

❶ 連接詞 **yet** 的意思相當於 but，但比 but 更為正式。

❷ **yet** 連接兩個**獨立子句**，需要**逗號**把兩個子句分開。

- **Your English is good, yet/but for a management job it needs to be excellent.**
  你的英文是不錯，不過，要擔任管理工作，英文要很棒才行。
- **Lee seemed happy, yet/but he was worried.** 李看起來很高興，但他實際上很焦慮。

PRACTICE

1 用 for、so、yet 填空，完成句子。

1. Dwight had no money, _______ he had to sleep at the train station that night.
2. Jerome began to worry, _______ it was late and his daughter had not come home.
3. Paul complained about the heat, _______ he continued to play basketball.
4. Please comfort him, _______ he looks sad about his divorce from Louise.
5. Ann: Should we leave for the airport at 4 p.m.?
   Dan: Claire said we should leave at 3, _______ it might take two hours to get there.
6. Jim is nasty today, _______ I have been trying to avoid him.
7. Grace is sick today, _______ I'm taking her place.
8. Kate said she would be on time for our date, _______ she arrived late.

2 判斷下列句子是否正確。正確打 ✓，不正確打 ×，並訂正錯誤。

1. [ ] Paul plays ping-pong well, yet his favorite sport is volleyball.

   ____

2. [ ] Ann's mom has always been nervous in large gatherings, for she tries to avoid crowds.

   ____

3. [ ] Lily is short, so are her sister Liz and brother Mort.

   ____

4. [ ] Mort and I must leave now, so it will take us three hours to drive to the airport.

   ____

5. [ ] So, Claire is glad that she has broken up with Brad.

   ____

6. [ ] But we can build our youth for the future, we cannot always build the future for our youth.

   ____

Chapter 119 相關連接詞：(1) both . . . and, as well as, not . . . but

1 相關連接詞的定義

❶ **相關連接詞**（correlative conjunction）不能單獨使用，必須成對使用，因此，**相關連接詞**也稱為**成對連接詞**（double conjunction），被當作一個整體看待。**相關連接詞**包括下列詞彙：

both . . . and 既……又	**whether . . . or** 是……抑或
as well as 既……又；除……之外還	**neither . . . nor** 既不……也不
not . . . but 不是……而是	**not only . . . but also** 不僅……而且
either . . . or 不是……就是	

❷ **相關連接詞**連接兩個在文法上**平行的結構**，如：兩個名詞、兩個代名詞（或一個代名詞和名詞）、兩個形容詞、兩個動詞、兩個介系詞片語、兩個獨立子句等。

2 both . . . and / as well as（既……又；不但……而且）

❶ **both** 必須與 **and** 搭配，不能與 as well as 搭配。
❷ **both . . . and** 只用以連接**兩個**平行結構。
❸ **as well as** 必須按先後次序，可連接**兩個**或**三個**平行結構。

兩個平行結構：both + 名詞（Portuguese）+ and + 名詞（Japanese）

- **Louise Wu speaks both Portuguese and Japanese.**

兩個平行結構：名詞（Portuguese）+ as well as + 名詞（Japanese）

= Louise Wu speaks Portuguese as well as Japanese. 露易絲．吳講葡萄牙文，也講日文。

兩個平行結構：介系詞片語（under our feet）+ as well as + 介系詞片語（over our heads）

- **Heaven is under our feet as well as over our heads.**

天堂既在足下，又在頭頂之上。 ——Henry David Thoreau (1817–1862) 亨利．大衛．梭羅

「both . . . and」只連接兩個平行結構，如果是三個平行結構，就不要用「both . . . and」，而要用「and . . . as well as」（如第一句）或「both . . . and . . . as well as」（如第二句）。

- **Bing is handsome and intelligent as well as hardworking.**

= Bing is both handsome and intelligent as well as hardworking.

= Bing is handsome, intelligent, and hardworking. 賓既英俊又聰明，而且還很勤奮。

3 not . . . but（不是……而是）

not . . . but 也是相關連接詞（成對連接詞），須成對使用。not 和 but 後面的成分必須**平行**。

⊗ **It was not her pretty face only her friendly personality that attracted me.**

not . . . but 不可誤用成 not . . . only 或 not . . . but only。

⊗ **It was not her pretty face but only her friendly personality that attracted me.**

平行結構：not + 名詞片語（her pretty face）；but + 名詞片語（her friendly personality）

✓ **It was not her pretty face but her friendly personality that attracted me.**
吸引我的不是她漂亮的臉蛋，而是她和藹可親的性格。

平行結構：not + because of . . .; but + because of . . .

• **We must always remember that America is a great nation today not because of what government did for people but because of what people did for themselves and for one another.** 我們必須時刻牢記：今天美國之所以是一個偉大的國家，不是因為政府為人民做了什麼，而是因為人民為他們自己及為他們彼此做了什麼。

——President Richard Milhous Nixon 美國總統理查・米爾豪斯・尼克森

PRACTICE

1 判斷下列句子是否正確。正確打 ✓，不正確打 ×，並訂正錯誤。

1 [ ] I am happy today not because it is Sunday but it is my birthday.

____

2 [ ] Trish speaks both Chinese and Japanese as well as English.

____

3 [ ] It was not the salary but only the job itself that attracted Bob.

____

4 [ ] Lily is both considerate as well as friendly.

____

2 用括弧裡提供的字彙或片語，以及相關連接詞 both . . . and、as well as、not . . . but 填空，完成下列對話。

1 Ann: When you found out that she had lied to you about her exam results, how did you feel?
Dan: I felt ______________ (angry/disappointed).

2 Ann: Should I believe what Ted says?
Dan: No, you should ______________
______________ (listen to what Ted says / observe what he does).

3 Ann: Did Ruth tell an odd joke?
Dan: No, Ruth did ______________
(tell a joke / spoke the bitter truth).

4 Ann: What should I do if I want to be successful?
Dan: To be successful, you should ______________
______________ (dream, plan, work hard).

Chapter 120 相關連接詞：(2) not only . . . but also, either . . . or, neither . . . nor, whether . . . or

❶ 這四對相關連接詞連接**複合主詞**時，動詞的數要與**第二個連接詞**（but also, or, nor）後面的主詞一致。

❷ 如果連接的是兩個**獨立子句**，通常**不用逗號**把子句分開。（not only . . . but also 連接獨立子句，有時需要逗號。）

1 not only . . . but also（不僅……而且）

not only 和 **but also** 後面的結構必須**平行**。

平行結構，強調語言：not only + 名詞（Russian）；but also + 名詞（Italian）

- **Coco is learning not only Russian but also Italian.**

平行結構，強調行為動作（learning）：not only + 現在分詞片語（learning Russian）；but also + 現在分詞片語（learning Italian）

= Coco is not only learning Russian but also learning Italian.

可可不僅在學俄文，也在學義大利文。

not only 置於句首，子句要倒裝（does Tom play）。

- **Not only does Tom play the piano, but he also writes his songs.** 湯姆不只彈鋼琴，還會寫歌。

要用逗號把兩個獨立子句分開。 在 but also 之間插入主詞（but he also）。

2 either . . . or（不是……就是）

either 和 **or** 後面的結構必須**平行**。

相關連接詞 either 和 or 連接兩個並列主詞（代名詞 you 和名詞 Midge），構成複合主詞。

- **Either you or Midge will get that teaching job at the college.**

不是你就是米姬將得到那份大學的教書工作。

相關連接詞 either 和 or 連接兩個獨立子句，不用逗號分開兩個子句。

- **Either you get out of my house or I will call the police.**

看是你滾出我家，還是我打電話報警。

3 neither . . . nor（既不……也不）

neither 和 **nor** 後面的結構必須**平行**。

相關連接詞 neither 和 nor 連接兩個動詞 smokes 和 drinks。

- **I will marry a guy who neither smokes nor drinks.** 我要嫁給一個既不抽菸也不喝酒的男子。

相關連接詞 neither 和 nor 連接兩個並列主詞，構成複合主詞。

- **Neither Claire nor I want to go there.** 無論是克萊兒還是我都不想去那裡。

動詞 want 與 nor 後面的主詞 I 一致。

➡ 參見 p. 318〈3 連接詞 or 等連接的複合主詞〉

4 whether . . . or（是……抑或）

相關連接詞 **whether . . . or** 表示兩種可能性不管哪一種成立，結果都是相同的。

相關連接詞 whether . . . or 連接兩個獨立子句：you believe it 和 you don't (believe it)。

- Whether you believe it or you don't, Sue likes you.
  = Whether you believe it or not, Sue likes you.
  = Whether or not you believe it, Sue likes you. 無論你相信與否，蘇喜歡你。

當 or 後面的部分是否定式時，可以有如上三種不同句型。

PRACTICE

1 用括弧裡提供的字彙或片語，以及相關連接詞 either . . . or、neither . . . nor、whether . . . or、not only . . . but also 填空，完成下列對話。

1. Ann: Is Coco coming to visit you?
   Dan: Yes, Coco is coming to see me ____________________ (today/tomorrow).
2. Ann: Does Annie like cake and candy?
   Dan: No, she likes ____________________ (cake/candy).
3. Ann: Can you run fast?
   Dan: Yes, I can ____________________ (run fast / jump high).
4. Ann: Do you think I will win this race?
   Dan: It doesn't matter ____________________ (you win this race / you lose it) as long as you try your best.
5. Ann: Would you like some pork or beef?
   Dan: Sorry, I don't eat meat, and Rose doesn't eat meat either.
   Ann: OK. Since ____________________ (you/Rose) eats meat, I will offer you some soup made from cheese, tomatoes, and potatoes.

2 訂正錯誤。

1. Both Lulu and Sue did not want to go to the zoo.
   ____
2. That neither was what I said nor what I meant to say.
   ____
3. Lynne not only found some Easter eggs under her bed but also in her wardrobe.
   ____
4. She not only is a fast runner but also an excellent basketball player.
   ____
5. Ted is either telling the truth or he has already dropped out of high school.
   ____

Chapter 121 從屬連接詞引導副詞子句：(1) 時間、地方、原因副詞子句

1 從屬連接詞和副詞子句的定義

❶ **從屬連接詞**（subordinating conjunction）用來引導**從屬子句**（dependent/subordinate clause）。從屬子句不能獨立存在，必須依賴主要子句才能表達完整的意義。

❷ 當從屬連接詞引導的子句用來修飾整個主要子句時，這個從屬子句就稱為**副詞子句**。副詞子句為主要子句提供更多的資訊，說明時間、地點、原因、條件、目的、方式、讓步、比較等。

❸ 下列是常見的**從屬連接詞**：

after 在……之後	before 在……以前	in order that 為了	than 比……更（用於比較級）	where 在……處
although 雖然	even if 即使	now that 既然	that 引導名詞子句	whereas 反之；然而；卻
as if 好像	even though 即使；雖然	once 一旦	though 雖然	wherever 無論何地
as long as 只要	ever since 自從	provided (that) 假如	till 直到	whether 是否（引導名詞子句，用於間接問句）
as though 好像	except 要不是；除了	rather than 而不是	unless 除非	
as 依照；隨著；因為；雖然	how 如何（用於間接問句）	since 自從……以來；既然	until 直到	while 當……的時候；但是；儘管
as soon as 一……就	if only 只要；但願	so that 以便；為了	whenever 每當；無論何時	
because 因為	if 假如	so/such . . . that 如此……以至於	when 當……的時候	why 為何（用於間接問句）

▸ 上表的從屬連接詞中，**after**、**before**、**since**、**as**、**until**、**till** 也可以作**介系詞**。如果後面接**名詞**或**代名詞**便是**介系詞**（如：before dinner 晚餐前），如果接**從屬子句**就是**連接詞**（如：before she got married to Dan 她嫁給丹之前）。

2 從屬連接詞引導時間副詞子句

[1] 從屬連接詞 before、after、when、while、as、since、till、until、as soon as 等引導**時間副詞子句**。

[2] 在**時間副詞子句**中，通常用**現在簡單式**代替未來簡單式，用**過去簡單式**代替過去未來式。

❶ after

表示「在……之後」，引導的副詞子句可以置於主要子句**之前**或主要子句**之後**。

- After I had already left, Mary arrived at the party.
  = Mary arrived at the party after I had already left. 我已經離開後，瑪麗才抵達派對。

2 before

1 **before** 表示「在……之前」，引導的副詞子句可以置於主要子句**之前**或主要子句**之後**。

→ 從屬子句中用現在簡單式（hits）表示未來。

- Before the hurricane hits Florida, I will fly to Shanghai.
  = I will fly to Shanghai before the hurricane hits Florida.
  在颶風襲擊佛羅里達之前，我就要飛往上海。

2 **before** 也可表示「否則；要不然」，這時，before 引導的副詞子句通常置於主要子句**之後**。

→ before 前面不要逗號。

- Get out of my office before I call the security guard.

→ or 前面要逗號。

  = Get out of my office, or I will call the security guard.
  離開我的辦公室，否則我要叫警衛來了。

3 「**it will be / it was / it took + 一段時間 + before**」表示「多久之後……才」。

- It took a week before I got the reply from Brooke. 一週後我才收到布露可的回信。

3 since

表示「自從……以來」，引導的時間副詞子句，動詞要用**過去簡單式**；主要子句的動詞要用**完成式**。since 引導的時間副詞子句可放在主要子句**之前**或主要子句**之後**。

→ 主要子句（完成式：have not seen）+ since 時間副詞子句（過去式：moved）

- I have not seen my best friend, Erica, since she moved with her family to America.
  自從我最要好的朋友艾芮卡和她的家人一起搬去美國以後，我就再也沒有見到她了。

→ 這句 since 前面有逗號是因為有插入成分 Erica。

4 while when as

延續性動詞（was walking）用於 **while**（during that time）引導的副詞子句中，while 表示某一**時間段**，可以搭配**過去進行式**（while I was walking），也可以搭配**過去簡單式**（while I walked）。**when** 也可以搭配延續性動詞，但通常用於**過去進行式**（不能說：when I walked）。

- While/When I was walking along Tenth Street, suddenly someone from behind touched my shoulder.

非延續性動詞（touched）只能用於 **when**（at that time）引導的副詞子句中，when 表示某個**時間點**。

  = I was walking along Tenth Street when suddenly someone from behind touched my shoulder. 我正沿著第十街走，突然有人從後面摸我的肩膀。

→ as 表示主要子句和副詞子句的動作**同時發生**，意思是「一邊……一邊……」。

- We sang loudly as we walked happily along the beach.
  = As we walked happily along the beach, we sang loudly.
  我們一邊快樂地沿著海灘散步，一邊高聲唱歌。

5 till until not . . . until

1 **till/until** 用於**肯定句**，表示主要子句的動作**一直持續**到副詞子句的動作發生或出現**為止**，主要子句的動詞是**延續性動詞**（如：walk）。

- Turn right on Hall Street, and walk straight forward until/till you see the Holiday Inn.
  到了霍爾街右轉，然後一直往前走直到看見假日酒店。

2 **until** 用於**否定句**，表示主要子句的動作在副詞子句的動作發生**之後**才開始。「**not . . . until**」意思是「直到……才」。注意：**not** 後面的動詞要用**非延續性動詞**（如：quit）。

動作 quit 發生在 was exhausted 之後。

- Anna did not quit working until she was quite exhausted.

這句也可以用強調句型「it is/was not until . . . that」。

= It was not until she was quite exhausted that Anna quit working.

還可以把 not until 置於句首，後面的主要子句需要用倒裝句型（did Anna quit）。

= Not until she was quite exhausted did Anna quit working.

安娜不停地工作，直到她累得精疲力盡。／安娜累到精疲力盡後才停止了工作。

> 提示
> ❶ until 和 till 常可以互換，但 until 引導的子句可以置於句首，而 till 不可以。
> ❷ 在「not . . . until」和「it was not until . . . that」的句型中，不可以用 till 來替換 until。

❻ as soon as　the moment　表示「一……就」。

- Please send me a text message as soon as / the moment you arrive.

= As soon as / The moment you arrive, please send me a text message.

請你一到達就傳簡訊給我。

3 從屬連接詞引導地方副詞子句

地方副詞子句由從屬連接詞 **where** 和 **wherever** 引導。

- I will go wherever you want me to go.

= Wherever you want me to go, I will go. 無論你要我去哪裡，我都去。

表示抽象含義時，where 引導的從屬子句要放在主要子句**之前**。

- Where there is a will, there is a way. 有志者，事竟成。

4 從屬連接詞引導原因副詞子句

引導**原因副詞子句**的從屬連接詞有 **because**（因為）、**as**（既然；由於）、**since**（既然；因為）、**now that**（既然）等。

because 表示**原因**。

- Anna is often sick because for years she has lived in a polluted city.

從屬連接詞 because 引導的副詞子句可以置於主要子句之前或主要子句之後。

= Because for years she has lived in a polluted city, Anna is often sick.

so 表示**結果**。

= For years Anna has lived in a polluted city, so she is often sick.

安娜經常生病是因為她數年來一直生活在一個汙染嚴重的城市裡。

對等連接詞 so 引導的獨立子句只能置於另一個獨立子句的後面，需要用逗號分開兩個獨立子句。

▸ 從屬連接詞 because 和對等連接詞 so 不能同時使用。

since/as 引導的原因副詞子句常置於**句首**。

- Since/As you insist, I will go with you to visit Lulu. 既然你堅持，我就跟你一起去看望露露吧。

now that 的意思相當於 since/as，引導的原因副詞子句常置於**句首**。

- Now that you are here, let's get right to work at our math homework.

既然你到了，那我們馬上開始做數學作業吧。

PRACTICE

1 選出正確答案。

_____ 1 It was not ___________ I was in bed that I remembered my math assignment.

Ⓐ since Ⓑ where Ⓒ until Ⓓ when

_____ 2 After I became a mother, I often felt depressed ___________ I could never get enough rest.

Ⓐ while Ⓑ until Ⓒ before Ⓓ because

_____ 3 My advice to you is to live ___________ the weather is warm all year round.

Ⓐ after Ⓑ where Ⓒ when Ⓓ until

_____ 4 Daisy lost her job ___________ she was lazy.

Ⓐ before Ⓑ until Ⓒ when Ⓓ because

_____ 5 ___________ she is an eloquent speaker, Lenore should attend the English conference in Singapore.

Ⓐ Before Ⓑ Since Ⓒ Where Ⓓ Until

_____ 6 Joan didn't go to bed ___________ she finished watching the movie on her cellphone.

Ⓐ after Ⓑ where Ⓒ when Ⓓ until

_____ 7 Kay felt much better ___________ she had slept the whole day.

Ⓐ after Ⓑ where Ⓒ as soon as Ⓓ until

_____ 8 My cellphone began to vibrate ___________ Alice walked into my office.

Ⓐ until Ⓑ while Ⓒ when Ⓓ where

2 根據括弧裡的提示，用從屬連接詞完成下列句子。

1 It took Kay three months ___________ she got used to her new life in Taipei.（三個月後才……）

2 ___________ I came home last night, your dog was in my garden again.（當……時）

3 ___________ he felt tired, Ted went to bed.（因為）

4 Jill did not plan on going to college ___________ she met Bill Ridge.（直到……才）

5 ___________ Jim Pool dropped out of high school, I have never seen him.（自從）

6 ___________ Jane came into the house, it started to rain.（一……就）

Chapter 122 從屬連接詞引導副詞子句：(2) 條件副詞子句

❶ 當**條件子句**用來表示**可能發生**的未來事件時，**條件子句**要用**現在式**（現在簡單式、現在完成式、現在進行式）來表示未來的含意，不用未來式。如果指「過去」，**條件子句**要用**過去簡單式**代替過去未來式。

❷ 引導**條件副詞子句**的**從屬連接詞**有：

if	only if	so/as long as	unless
on (the) condition that	provided/providing that	supposing (that)	

1 if（如果）

❶ 如果某件事**總是事實**，if 條件子句和主要子句都用**現在式**。這類條件句可用 **when** 代替 **if**。

- If/When Lynn drinks milk, she gets red spots on her skin.
  琳恩只要喝牛奶，她的皮膚就會長紅斑。

❷ 條件子句指**可能的未來事件**時，主要子句用**未來式**，條件子句用**現在式**。

- If tomorrow there is a typhoon, Coco will not be able to fly to Tokyo.
  如果明天有颱風，可可就不能飛往東京。

❸ 如果 **will** 指「**意願；義務**」，而不是表示單純的未來，就可以用在條件子句中。

- If you let me talk to Sue on the phone for half an hour, I will do whatever you want me to do.
  = If you will let me talk to Sue on the phone for half an hour, I will do whatever you want me to do.
  如果你（願意）讓我跟蘇講半小時的電話，你要我做什麼我都願意。

❹ 當 **if** 具有與 **whether** 大致相同的意思時，**if** 之後可以用 **will**，表示**未來**。

- Sue will let me know soon if/whether she will be able to come to New York.
  蘇很快就會讓我知道她是否能夠來紐約。

❺ 如果條件子句表示**與現在事實相反**的情況，條件子句要用**過去式**（**were**、**did** 等），主要子句要用「**would/could + 原形動詞**」。 ➡ 參見 Chapter 92

- If I were you, I would feel satisfied with the test results.
  如果我是你，我就會對考試結果感到滿意。

2 unless（如果不；除非）：否定條件

❶ unless 常用來表示**否定條件**，意思是「如果不；除非」，相當於「if . . . not」。

- I won't talk to her unless she apologizes.
  除非她道歉，否則我絕不跟她說話。
  = If she does not apologize, I won't talk to her.
  如果她不道歉，我就絕不跟她說話。

❷ unless 不是一定可以代替「if . . . not」。在**疑問句**以及表示**假設語氣**的條件句中，unless 不可代替「if . . . not」。

疑問句中不能用 unless 代替「if . . . not」。

- Should I take a taxi to the bus station if she does not show up by noon?
  如果她中午還沒有出現，我是否應該搭計程車去公車站？

假設語氣中不能用 unless 代替「if . . . not」。

- My wife might be happier if she did not have such high expectations in her life.
  假如我太太對生活的期望不要那麼高，她也許會快樂一些。

3 so/as long as、on (the) condition that、provided/providing that、only if（以……為條件）：必要條件

- I will help you as long as / so long as you work hard.
  = I will help you on the condition that you work hard.
  = I will help you provided that / providing that you work hard.
  = I will help you only if you work hard.
  只要你努力工作，我就會幫助你。

4 supposing (that)（假如）：想像條件

這句是假設語氣，表示與未來事實相反（未來事實：Jim won't ask you . . .）。條件子句用過去式（asked），主要子句用「would + 原形動詞」。

- Supposing (that) Jim asked you to go to a movie tonight, would you go out with him?
  = If Jim asked you to go to a movie tonight, would you go out with him?
  假如吉姆邀你今晚去看電影，你會跟他去嗎？

PRACTICE

1 選出正確答案。

_____ 1 You won't be able to get into college __________ you do not work hard.

Ⓐ if　Ⓑ unless　Ⓒ when　Ⓓ as long as

_____ 2 Sue won't pass the exams __________ she starts to work hard.

Ⓐ if　Ⓑ unless　Ⓒ when　Ⓓ as long as

_____ 3 Never smoke __________ you want to be healthy and wealthy.

Ⓐ unless　Ⓑ on the condition that

Ⓒ if　Ⓓ Both A and C are correct.

_____ 4 Shall we go to visit Coco __________ the weather is good tomorrow?

Ⓐ if　Ⓑ unless　Ⓒ when　Ⓓ as long as

_____ 5 I will finish the work on time __________ me do it my way.

Ⓐ unless you will let

Ⓑ as long as you let

Ⓒ if you will not let

Ⓓ when you would let

_____ 6 I will do it __________ for all the expenses.

Ⓐ unless you will pay

Ⓑ if you would be able to pay

Ⓒ on the condition that you pay

Ⓓ on the condition that you would pay

_____ 7 Tom, you will get into trouble if you __________ listen to your mom.

Ⓐ will not　Ⓑ did not

Ⓒ do not　Ⓓ Both A and C are correct.

_____ 8 Jill thinks she would live a happy life if she __________ Bill.

Ⓐ will marry　Ⓑ is marrying

Ⓒ could marry　Ⓓ marries

______ **9** __________ you had to choose between a life of poverty with true love and a life of wealth without true love, which would you prefer?

Ⓐ Supposing Ⓑ When

Ⓒ Unless Ⓓ As long as

______ **10** __________ Maggie had gone on to attend a university, she would have studied biology.

Ⓐ Unless Ⓑ Only if

Ⓒ If Ⓓ When

2 辨識錯誤的字彙和片語，並訂正錯誤。

1 As long as (Ⓐ) you boys get (Ⓑ) home late, please do not (Ⓒ) make any noise (Ⓓ).

[ ] ______________________________

2 She can (Ⓐ) go to America for (Ⓑ) her Ph.D. only if (Ⓒ) she will get (Ⓓ) a scholarship.

[ ] ______________________________

3 If (Ⓐ) you have a doctor's note that says (Ⓑ) you are (Ⓒ) sick, you must attend (Ⓓ) the meeting.

[ ] ______________________________

4 Ms. Poke would (Ⓐ) look much (Ⓑ) younger if (Ⓒ) she does not (Ⓓ) smoke.

[ ] ______________________________

5 If (Ⓐ) Jane will be (Ⓑ) busy tomorrow, I'll make (Ⓒ) the arrangements (Ⓓ) for her trip to Spain.

[ ] ______________________________

6 Your expenses (Ⓐ) will be paid by the company unless (Ⓑ) you submit (Ⓒ) all of your receipts (Ⓓ).

[ ] ______________________________

Chapter 123 從屬連接詞引導副詞子句：(3) 讓步副詞子句

引導**讓步副詞子句**的從屬連接詞：

as	though	even though	while	whenever
although	even if	wherever	however	

1 although, though, even though, even if, while（雖然；儘管）

❶ **although** 與 **though** 兩者意思相同，一般可以互換。**while** 也可以引導**讓步副詞子句**，表示「雖然」。

- Although/Though/While I like the color of the dress, I don't like the style.
  雖然我喜歡這件洋裝的顏色，但我不喜歡它的樣式。

比較

though 還可以作**副詞**，相當於 however，意為「然而」，常位於句尾。這時，不能用 although 替換 though。

- Snow is not predicted; we expect some rain, though.
  天氣預報不會下雪；不過，我們預料會下雨。

❷ **不要重複使用連接詞**：如果已經用了 **even though**、**although** 等，就不能用對等連接詞 **but** 或 **yet**。

✗ Although Daisy is a smart woman, but she's lazy.
✓ Although Daisy is a smart woman, she's lazy. 雖然黛絲是個聰明的女人，她卻很懶惰。
= Daisy is a smart woman, but she's lazy. 黛絲是個聰明的女人，但是她很懶惰。

❸ 從屬連接詞 **although** 等引導的副詞子句可以出現在主要子句**之前或之後**。**but**、**yet** 引導的獨立子句只能放在另一個獨立子句之後。

- Even though / Even if / Although / Though I feel very tired right now, I will still help you and Dwight.
  = I will still help you and Dwight even though / even if / although / though I feel very tired right now.
  = I feel very tired right now, but/yet I will still help you and Dwight.
  雖然我現在感覺很累，但我還是會幫助你和杜威特。

❹ 連接詞 **although** 等可以與**副詞** yet（還沒有）、nevertheless、nonetheless（仍然；不過）連用。副詞 yet、nevertheless 通常放在**句尾**。

- Although Tess was sick, she went to school nevertheless.

  = Tess was sick, but she went to school nevertheless.

  在兩個獨立子句之間插入轉折詞（如：nevertheless、moreover、therefore 等），要用**分號**，轉折詞**小寫**，後面加**逗號**。

  = Tess was sick; nevertheless, she went to school.

  兩個簡單句。

  = Tess was sick. Nevertheless, she went to school. 雖然泰絲生病了，她仍然去上學。

2 whatever, whenever, wherever, whichever, whoever, however（無論）

whatever、**whenever**、**wherever**、**whichever**、**whoever**、**however** 可以引導**讓步副詞子句**，其中 whatever、whichever、whoever 是**關係詞**，其餘是**連接詞**。

➡ 關係詞 whatever、whichever、whoever 也可以引導名詞子句，請參見 Chapter 114

whatever = no matter what 無論什麼	whichever = no matter which 無論哪個
whenever = no matter when 無論何時	whoever = no matter who 無論誰
wherever = no matter where 無論何地	however = no matter how 無論如何

however（= no matter how）是**從屬連接詞**，引導一個**讓步副詞子句**。however 後面通常要接**形容詞**或**副詞**。

- However cold and dark it was, Mark always wanted to play in the park.

  無論天有多冷、有多黑，馬克總是想在公園裡玩耍。

whatever（= no matter what）是**關係代名詞**，引導一個**讓步副詞子句**。在副詞子句中 whatever 是動詞 happens 的主詞。

- Whatever happens, she always supports me. 無論發生什麼事，她總是支持我。

3 as 引導倒裝讓步副詞子句（雖然）

❶ 倒裝讓步副詞子句句型一： 形容詞（副詞／分詞／名詞）+ as + 主詞 + 動詞
（這是傳統句型，主要用於書面語。）

形容詞 young 置於句首。

- Young as she is, Midge is a big reader and ready for college.

  雖然米姬年紀還小，她卻酷愛讀書，已經為上大學做好了準備。

副詞 much 置於句首。

- Much as I respect Kim, I don't think she is a good marriage partner for Jim.

  雖然我非常尊重金姆，但我認為她不會成為吉姆的好伴侶。

名詞 child（省略冠詞）置於句首。（名詞置於句首的句型，現代英語不常用。）

- Child as she is, she has a lot of wisdom. 儘管她還是個孩子，卻很有智慧。

❷ 倒裝讓步副詞子句句型二： as + 形容詞／副詞 + as + 主詞 + 動詞

- As pretty as she is, Ms. Rice is not very nice.

  = Pretty as she is, Ms. Rice is not very nice. 雖然萊斯小姐長得很漂亮，但她並不友善。

- As much as Kirk hates English, he still has to finish his reading homework.

  = Much as Kirk hates English, he still has to finish his reading homework.

  雖然柯克很討厭英語，他還是得完成閱讀作業。

PRACTICE

1 選出正確答案。（符號「/」表示「無字」。）

_____ **1** __________ Tom decided to join the Army, he never talked about that decision with his mom.

Ⓐ As Ⓑ Although

Ⓒ As much Ⓓ Whatever

_____ **2** __________ I am studying economics in college, __________ I am actually more interested in politics.

Ⓐ Although; / Ⓑ Although; but

Ⓒ Though; yet Ⓓ As; though

_____ **3** Much __________ Ann likes Dwight, she does not have time to go out with him tonight.

Ⓐ as Ⓑ though

Ⓒ even though Ⓓ even if

_____ **4** As important __________ skills are, managers are also looking for applicants with good personalities and integrity.

Ⓐ as Ⓑ though

Ⓒ whatever Ⓓ whichever

_____ **5** Annie was angry; __________, she appeared as calm as a flat sea.

Ⓐ although Ⓑ but

Ⓒ nevertheless Ⓓ as

_____ **6** Highly respected __________ she is, Beth Wall made a small mistake last week and it almost caused my death.

Ⓐ although Ⓑ but

Ⓒ nevertheless Ⓓ as

2 用適當的關係代名詞或關係形容詞替換下列句子裡劃線的片語，改寫句子。

1. No matter what his friends may say, Davy is going to join the Navy.

______

2. It will be a difficult trip to Snow Lake no matter which route you take.

______

3. No matter who you are, do not interrupt your teacher by talking on a cellphone.

______

4. No matter which electric car you buy from our company, I guarantee it will make you happy.

______

5. No matter what you are, be a good one.

______

3 判斷下列句子是否正確。正確打 ✓，不正確打 ×，並訂正錯誤。

1. [ ] No matter how hard he tried, Lee could never make Lily happy.

______

2. [ ] As he had little experience, Bob did a good job.

______

3. [ ] I may not succeed in getting my Ph.D.; I will try my best, though.

______

4. [ ] My ex-wife is not living a happy life, since she is quite rich.

______

5. [ ] Whatever Eve is ready, we can leave.

______

6. [ ] I enjoy living in Michigan, even the winters are cold and snowy.

______

Chapter 124 從屬連接詞引導副詞子句：(4) 目的、結果副詞子句

1 目的副詞子句

❶ 目的副詞子句常由 so（用於口語）、in order that、so that 所引導，意思是「以便」，其中的 that 是連接詞。

❷ in order that 引導的子句可以置於主要子句之前或之後，而 so 和 so that 引導的子句只能置於主要子句之後。

❸ 目的副詞子句中常含有情態助動詞 may/might、can/could、will/would 等。

口語 Dale got a loan of $30,000 from the bank so he could attend Yale.

常用 Dale got a loan of $30,000 from the bank so that he could attend Yale.

正式 Dale got a loan of $30,000 from the bank in order that he could attend Yale.

正式 In order that he could attend Yale, Dale got a loan of $30,000 from the bank.

為了進耶魯大學，戴爾從銀行那裡貸款了三萬美元。

比較

❶ 引導目的副詞子句的從屬連接詞 so 前面不要逗號，而表「因此；所以」的對等連接詞 so 前面要逗號。

so 是對等連接詞，連接兩個獨立子句，要用逗號與前面的獨立子句分開。

• Bob could not get along with his boss, so he quit his job.
鮑勃跟老闆合不來，所以他辭職了。

❷ 表目的可以用「in order that + 子句」、「in order to + 原形動詞」，還可以只用「to + 原形動詞」（即不定詞）。

• She has to work full time (in order) to support herself and her three children.
= She has to work full time in order that she can support herself and her three children. 為了養活自己和三個孩子，她不得不做全職工作。

2 結果副詞子句

❶ 結果副詞子句常由 so . . . that 和 such . . . that 所引導，意思是「如此……以至於」，其中的 that 是連接詞。句型分別為：

so + 形容詞／副詞 + that　　such + 名詞 + that

• Pete was so involved with the computer game that he forgot to eat.
彼特太過沉迷於電腦遊戲，竟然忘記了吃飯。

• She is such a hardworking student that we all respect her.
她是一個非常用功的學生，我們大家都很尊敬她。

❷ 如果名詞前有表示「很多」、「很少」的形容詞 many、much、few、little 修飾，要用 **so . . . that** 引導結果副詞子句。但如果 little 的意思是「小的」而不是「很少」，仍然要用 **such . . . that**。

little 意味「很少的」，修飾不可數名詞 food，只能用「so . . . that」的句型，so 修飾形容詞 little，不是修飾名詞 food。

- **There is so little food in the fridge that I will have to go to the store.**
冰箱裡的食物太少了，我得去商店一趟。

little 的意思是「小的」時，要用「such . . . that」，such 修飾名詞 girl。

- **Lily is such a little girl that she still carries her teddy bear wherever she goes.**
莉莉還是一個小女孩，無論她走到哪裡都要帶著她的泰迪熊。

PRACTICE

1 選出正確答案。

_____ 1 Joyce was ____________ angry that she yelled at the top of her voice.
Ⓐ as Ⓑ in order that Ⓒ so Ⓓ so that

_____ 2 Amy is so shy ____________ she seldom speaks in class.
Ⓐ that Ⓑ such Ⓒ as Ⓓ so that

_____ 3 After Pete died, she was _____ sad that she did not eat anything for two days.
Ⓐ as Ⓑ such Ⓒ so that Ⓓ so

_____ 4 Mom expects me to study hard ____________ I can get into a good university.
Ⓐ so that Ⓑ as Ⓒ in order to Ⓓ such that

_____ 5 Jim is ____________ that you should never trust him.
Ⓐ so a liar Ⓑ as a liar Ⓒ such a liar Ⓓ such liar

_____ 6 Last night I had ____________ I had some of the guests sleeping on the floor.
Ⓐ so many guests at my house that Ⓑ so many guests at my house as
Ⓒ many guests at my house that Ⓓ such many guests at my house that

2 訂正錯誤。

1 Peg's son was such hungry that he ate four eggs.

____

2 Listen to Jeanne carefully such that you will learn how to drive this armored limousine.

____

3 Clement's two older sisters are so helpful siblings that he seems to have adjusted well to the divorce of his biological parents.

____

4 I will drive my van in order to I can take more luggage.

____

5 Jim is so a dishonest guy that you can't trust him.

____

Chapter 125 從屬連接詞引導副詞子句：(5) 情狀、比較副詞子句

1 情狀副詞子句（即方式副詞子句）

情狀副詞子句常由 **as**、**just as**、**as if**、**as though**、**the way** 所引導。

表示「依照；正如」，要用連接詞 as，不用介系詞 like。

- As I told you before, Scot Sky is not an honest guy.
  = Just as I told you before, Scot Sky is not an honest guy.
  正如我之前告訴你的那樣，史考特・斯蓋不是一個誠實的人。

as if / as though（好像）引導情狀副詞子句，子句因表達的意思與現在事實相反（現在事實：She **is not** superior.），用假設語氣的過去式動詞 were。

- She acts as if / as though she were superior to everyone else.
  她表現得好像自己比其他人優越。

從屬子句 the way she wanted to be treated 是情狀副詞子句。

- Lily decided to treat other people the way she wanted to be treated.
  莉莉決定對待他人就像她希望別人如何對待她一樣。

2 比較副詞子句

❶ **比較副詞子句**常由 **than** 或 **as . . . as** 所引導。

1 比較級首先要可以比較：人與人比較，物與物比較。

2 連接詞 **than** 引導比較副詞子句，表示「比……更」，主要子句中必須要有比較級形式（如：younger、louder）出現。

- Liz looks much younger than she is. 莉茲看起來比實際年齡小得多。

3 「**as + 形容詞／副詞 + as**」引導同級比較，第一個 as 是**副詞**，修飾其後的形容詞或副詞；第二個 as 是**連接詞**，引導比較副詞子句，表示「像……一樣……」。

- Fixing that computer problem was not as easy as I had imagined.
  解決那個電腦問題並不如我之前想像的那樣容易。

❷ 比較**連接詞 as** 和**關係代名詞 as**：

- It is not as hot and humid today as it was yesterday.
  今天不像昨天那樣炎熱和潮濕。

第二個 as 是連接詞，引導比較副詞子句，子句裡一定要有主詞（it）和動詞（was）。

- Dad has the same problem as I had.
  爸爸碰到的難題跟我曾經碰到的一樣。

這句的 as 是關係代名詞，引導一個形容詞子句修飾先行詞 problem。as 在子句裡作動詞 had 的受詞。➡ 參見 Chapter 110

PRACTICE

1 選出正確答案。

_____ 1 Alice behaves __________ she were a princess.

Ⓐ as if　Ⓑ so　Ⓒ so that　Ⓓ in the way

_____ 2 Lily West acts __________ she could easily win this reading contest.

Ⓐ so that　Ⓑ as　Ⓒ than　Ⓓ as if

_____ 3 Please just do __________ you are told, and quit trying to be so bold.

Ⓐ so that　Ⓑ as　Ⓒ than　Ⓓ as if

_____ 4 Every day Millie runs for an hour on her jogging machine, because she thinks being healthy is __________ being wealthy.

Ⓐ much more important than　Ⓑ much important than

Ⓒ more important as　Ⓓ much important as

_____ 5 Paul is not __________ his brother Saul.

Ⓐ as tall　Ⓑ as tall than　Ⓒ as tall as　Ⓓ tall than

2 訂正錯誤。

1 Ann is younger as Liz.

____

2 The rainstorm ended soon than I had expected.

____

3 Jim kept looking out the window like as if he had someone waiting for him.

____

4 Whenever you do a thing, act so that all the world were watching.

____

5 Liz is not as smart such you think she is.

____

6 Do like I do, and you will succeed.

____

Chapter 126 從屬連接詞和關係詞引導名詞子句：(1) 受詞子句

1 名詞子句的定義（Noun Clauses）

❶ 當**從屬連接詞**（包括疑問連接詞）或**關係詞**引導的子句在句中作**受詞**、**主詞**、**主詞補語**、**同位語**時，這個子句就是**名詞子句**。

❷ **名詞子句**可分為**受詞子句**、**主詞子句**、**主詞補語子句**、**同位語子句**。

表 1

從屬連接詞／疑問連接詞	句子類型	在名詞子句中的作用
that	直述句	×
whether, if	間接一般問句	×
when, where, why, how	間接疑問詞問句	副詞

表 2

關係代名詞／關係形容詞	句子類型	在名詞子句中的作用
who/whoever, whom/whomever, what/whatever	間接疑問詞問句	主詞、受詞、主詞補語
which/whichever, whose	間接疑問詞問句	形容詞

❸ whether、if、when、where、why、how、who、what、whose 等引導的名詞子句是**間接問句**，但語序要用**直述句**的語序，不用疑問句的語序，即不用助動詞 do/does/did，be 動詞、情態助動詞 can、may 等以及助動詞 have、had 等不能放在名詞子句的主詞前面。

➡ 不定關係代名詞引導名詞子句請參考 Chapters 113, 114

❹ 從屬連接詞 as if / as though 和 because 也可以引導名詞子句作**主詞補語**。

2 受詞子句（Object Clauses）

從屬連接詞或**關係代名詞**引導的名詞子句若在句中作**受詞**，則稱為**受詞子句**。

❶ **從屬連接詞 that** 只具有引導受詞子句的作用，在受詞子句中**不作為任何成分**。

→ that 引導受詞子句時可以省略。

• **Trish says (that) she loves English.**
翠西說她愛英語。

→ 受詞子句接在間接受詞（you）後面時，不要省略連接詞 that。

• **Who told you that Claire lost her teddy bear?**
是誰告訴你克萊兒弄丟了她的泰迪熊？

受詞子句前面有插入成分時，不要省略 that。

- You promised again and again that you would not yell at me. Now you are yelling at me again. I'm getting a divorce!
  你一再保證你不會對我吼叫。現在你又在對我吼叫。我要離婚！

❷ **從屬連接詞 whether/if** 只具有引導受詞子句的作用，在受詞子句中**不作為任何成分**。

whether 和 if 意思相同，都指「是否」。

- Ask Artie whether/if he can come to the party.
  問問亞提是否能來參加聚會。

名詞子句作介系詞的受詞時，只能用 whether，不用 if。

- I have doubts about whether Lily really loves me.
  我懷疑莉莉是否真的愛我。

與 or not 連用，只能用 whether，不用 if。

- I still don't know whether or not Mary is coming to my birthday party.
  我依然不知道瑪麗是否要來參加我的生日派對。

在不定詞前面只能用 whether，不用 if。

- I haven't decided whether to accept his marriage proposal.
  我還沒有決定是否接受他的求婚。

❸ **從屬連接詞 where、why、when、how** 引導的受詞子句雖有疑問詞，但要用**直述句**的句型（主詞 + 動詞）。這些疑問連接詞在受詞子句中作**副詞**。

where 在受詞子句中作副詞。

- Could you tell me where I can buy this kind of shampoo?
  情態助動詞 can 不放在主詞前（⊗ where can I buy）。
  請告訴我這種洗髮精要在哪裡買，好嗎？

how much 在受詞子句中作副詞。

- Do you know how much it costs?
  你知道它的價格是多少嗎？
  不要用助動詞 does 構成疑問句形式（⊗ how much does it cost）。

❹ **關係代名詞 what、whatever、who、whom** 等引導的受詞子句雖有疑問詞，但要用**直述**句的句型（主詞 + 動詞）。這些疑問關係代名詞在受詞子句中作**主詞**、**受詞**或**主詞補語**。

whom 不能作受詞子句的主詞，主詞只能用主格關係代名詞 who。

⊗ Will you tell me whom has been dating Lulu?

✓ Will you tell me who has been dating Lulu?

請告訴我誰在跟露露約會，好嗎？

---

what 在受詞子句中作動詞 did 的受詞。

- Could you tell me what Monique did last week? 請告訴我莫妮可上週做了些什麼，好嗎？
  不要用助動詞 did 構成疑問句形式（⊗ what did Monique do）。

who 在受詞子句中作主詞補語。

- I don't care who you are. 我才不在乎你是誰。

PRACTICE

1 選出正確答案。（符號「/」表示省略了連接詞或關係詞。）

_____ 1 Do you know ____________ that house belongs to?

Ⓐ that Ⓑ whom Ⓒ where Ⓓ which

_____ 2 Do you know ____________ Mr. Smith is going and ____________ he's going with?

Ⓐ where; whom Ⓑ where; when

Ⓒ whether; where Ⓓ what; whom

_____ 3 Could you tell me ____________ Eve wants from Steve?

Ⓐ where Ⓑ whether Ⓒ that Ⓓ what

_____ 4 I'll tell Ann ____________ I parked her van.

Ⓐ where Ⓑ who Ⓒ whose Ⓓ what

_____ 5 Mom said ____________ this morning she saw Ted.

Ⓐ what Ⓑ when Ⓒ where Ⓓ /

_____ 6 Jane will find out ____________ is piloting that plane.

Ⓐ what Ⓑ who Ⓒ whom Ⓓ /

_____ 7 Do ____________ you want to do, as long as it is legal and proper.

Ⓐ however Ⓑ whenever

Ⓒ whatever Ⓓ whomever

_____ 8 Liz doesn't know ____________.

Ⓐ what is it Ⓑ what it is

Ⓒ that is it Ⓓ that it is

_____ 9 He suggested ____________ she wear her new dress to the party.

Ⓐ where Ⓑ who

Ⓒ whether Ⓓ that

_____ 10 We are interested in ____________ Lee Gears has done over the last ten years.

Ⓐ who Ⓑ that Ⓒ what Ⓓ when

2 判斷下列句子是否正確。正確打 ✓，不正確打 ×，並訂正錯誤。

1 [ ] I cannot understand why men should be so eager after money.

______

2 [ ] Ted didn't understand what did she say.

______

3 [ ] Could you please tell Bart's brother what time the race starts?

______

4 [ ] Coco told me that she was leaving for Chicago.

______

5 [ ] Kate told me that love lasts much longer than hate.

______

6 [ ] Mom always knows what I need to do.

______

7 [ ] Liz is wondering when is your birthday.

______

8 [ ] I don't think it proper that you cut your fingernails in the classroom.

______

3 選出正確答案。

____ 1 The new teacher from Australia, whose name is Earl Harrison, thinks Merle is quite a bright girl.

Ⓐ 畫線部分是獨立子句。 Ⓑ 畫線部分不是獨立子句。

Ⓒ 這個句子有兩個獨立子句。

____ 2 The dying elf told us that love would outlast evil and conquer even death itself.

Ⓐ 畫線部分是名詞子句。 Ⓑ 畫線部分是副詞子句。

Ⓒ 畫線部分是形容詞子句。

Chapter 127 從屬連接詞和關係詞引導名詞子句：(2) 主詞子句、主詞補語子句、同位語子句

1 主詞子句（Subject Clauses）

從屬連接詞或**關係詞**引導的名詞子句若在句中作**主詞**，則稱為**主詞子句**。

❶ 從屬連接詞 that 在主詞子句中只具有連接作用，在子句中**不作為任何成分**。

1 **that** 引導主詞子句置於**句首**時，不能省略。

- That she is tricky and crazy is obvious to me.
  = It is obvious to me that she is tricky and crazy.
  在我看來很明顯，她既狡猾又瘋狂。

  當 it 作虛主詞、that 引導的實際主詞置於後面時，正式用語中要保留 that。口語中可以省略，雖然不標準。

2 常見的句型是用 **it** 作**虛主詞**置於句首。句型為：

It is + 形容詞 + that 子句 ：It is quite clear that . . .
It is + 過去分詞 + that 子句 ：It is predicted that . . .
It is + 名詞 + that 子句 ：It is common knowledge that . . .

It was + 名詞片語（a miracle）+ that 子句：it 為虛主詞，真正的主詞是 that 引導的名詞子句。

- It was a miracle that you were not hurt in that accident.
  你在那次事故中沒有受傷，簡直是一個奇蹟。

❷ 從屬連接詞 whether/if 意思相同，都指「是否」，在主詞子句中只具有連接作用，在子句中**不作為任何成分**。

1 主詞子句位於**句首**時，只能用 **whether**，不用 if。

- Whether Joan is going to be in the bicycle race is not known.
  瓊恩是否要參加自行車比賽還不知道。

2 也可以把 **whether** 引導的主詞子句置於句尾，用 **it** 作**虛主詞**置於句首，這時就可以用 **if** 替換 whether。

- It is not known whether/if Joan is going to be in the bicycle race.
  不知道瓊恩是否要參加自行車比賽。

3 與 **or not** 連用時，只能用 **whether**，不能用 if。

- It is not known whether or not Joan is going to be in the bicycle race.
  不知道瓊恩是要參加自行車比賽還是不參加。

❸ **從屬連接詞 when、where、why、how** 在主詞子句中作**副詞**。主詞子句雖有疑問詞，但要用**直述句**的語序。

✗ Why does Amy love her noisy parrot puzzles me.

why 在主詞子句中作副詞。不要用助動詞 does 構成疑問句形式。

✓ Why Amy loves her noisy parrot puzzles me.

名詞子句 why Amy loves her noisy parrot 是動詞 puzzles 的**主詞**。

我百思不解，艾咪為什麼喜愛她那隻吵鬧的鸚鵡。

❹ **關係代名詞 whatever、what、who、whoever** 等在主詞子句中作**主詞**或**受詞**。

whatever 在主詞子句中作動詞 say 和 do 的受詞。

- Whatever you say or do might be used against you。

無論你說什麼或做什麼，都可能被用來對你不利。

what 是主詞子句裡的動詞 counts 的主詞。

- What counts is not necessarily the size of the dog in the fight—it's the size of the fight in the dog.

狗的體型大小在格鬥中不一定很重要——關鍵在於狗的鬥志高低。

——President Dwight David Eisenhower 美國總統德懷特．大衛．艾森豪

2 主詞補語子句（Subject Complement Clauses）

從屬連接詞或**關係代名詞**引導的名詞子句若在句中作**主詞補語**，則稱為**主詞補語子句**。

❶ **從屬連接詞 that** 只具有連接作用，在主詞補語子句中**不作為任何成分，可以省略**。

- The problem is (that) I don't trust Liz. 問題是，我不信任莉茲。

如果句子的主詞是 **advice、suggestion、demand** 等，主詞補語子句要用**假設語氣**，即，動詞要用**原形動詞**，或用「**should + 原形動詞**」。➡ 參見 Chapter 94

- My advice is (that) you (should) quit smoking and drinking if you want to live a long life.

我的建議是，如果你想活得長久，就得戒菸戒酒。

❷ **從屬連接詞 whether** 只具有連接作用，在主詞補語子句中**不作為任何成分**，不能用 if 替換。

- The question is whether any government or company has the right to spy on everyone in the world.

問題是，任何政府或公司是否有權暗中監視世界上的每一個人。

❸ **從屬連接詞 as if / as though** 引導的主詞補語子句，置於連綴動詞 seem、appear、look、taste、sound、feel 之後。比較「**as if / as though + 子句**」和「**like + 名詞**」：

[1] **as if / as though**（好像）是**連接詞**，引導**主詞補語子句**；**like**（好像）是**介系詞**，後面接**名詞**。

✗ This new high school looks as if the community college Sue goes to.

名詞（the community college）前面要用介系詞 like。

✓ This new high school looks like the community college Sue goes to.

這所新高中看起來就像蘇上的那所社區學院。

2 在口語中，**like** 也可以作連接詞，引導主詞補語子句。但在考試中，要用 **as if** 作連接詞，不用 like。

口語 It looks like it's going to snow tomorrow.

正式 It looks as if it's going to snow tomorrow. 看起來明天好像會下雪。

❹ **連接詞 because** 引導的名詞子句作主詞補語時，句子主詞不能用 reason。

Ann Pam looks exhausted since the English exam.
自從英語考試後，潘姆看起來就精疲力竭的樣子。

主詞（it）+ 連綴動詞（is）+ because 補語子句；不能說「the reason is because . . .」。

Dan I think it is because she works too hard on all of her subjects.
我認為那是因為她太用功念所有的科目了。

❺ **wh-** 引導的子句作主詞補語時，通常不帶有疑問的意義，而是表示「地點、時間、原因、方式」等。補語子句要用**直述句**的語序。

從屬連接詞 when 在主詞補語子句中是副詞。

- The time to repair the roof is when the sun is shining.
  要趁陽光燦爛之時修理屋頂。
  ——President John Fitzgerald Kennedy
  美國總統約翰・菲茨傑拉德・甘迺迪

when 引導的主詞補語子句用直述句的語序：主詞（the sun）+ 動詞（is shining）。

關係代名詞 who 在主詞補語子句中是主詞。

- My question was who told that lie.
  我提出的問題是：誰撒了那個謊。

3 同位語子句（Appositive Clauses）

❶ **連接詞 that** 引導的子句若對前面的名詞內容做補充說明，這種名詞子句就是**同位語子句**。

that 引導一個同位語子句，補充名詞 saying 的內容。

- There is an old saying that it is better to be friendly than it is to be pretty.
  俗話說：友善勝過漂亮。

❷ 比較 **that** 引導的**同位語子句**和**形容詞子句**：

1 **從屬連接詞 that** 在同位語子句中**不作為任何成分**。不要省略引導同位語子句的 **that**。

that 不作子句中的任何成分，是連接詞，引導同位語子句，補充 reality 的內容。引導同位語子句的 that 不能省略。

- The reality that she did not like to read turned out to be a serious issue.
  她不喜歡閱讀的這個現實，結果變成了一個嚴重的問題。

2 **關係代名詞 that** 在形容詞子句／關係子句中作**主詞**、**受詞**或**補語**。 ➡ 參見 Chapter 108

that 作子句動詞 are discussing 的受詞（that 作受詞時可以省略），因此，that 是關係代名詞，引導形容詞子句，修飾先行詞 reality。

- The reality (that) we are discussing right now is very important.
  我們此刻正在討論的現實是非常重要的。

PRACTICE

1 選出正確答案。

_____ 1 How __________ is still a mystery.
Ⓐ did Mr. History die Ⓑ Mr. History died
Ⓒ does Mr. History die Ⓓ Mr. History dies

_____ 2 __________ Alice and I did in Paris is none of your business.
Ⓐ Whoever Ⓑ Whomever Ⓒ Whichever Ⓓ Whatever

_____ 3 Where __________ is not my business.
Ⓐ is Alice going Ⓑ did Alice go Ⓒ Alice is going Ⓓ Alice go

_____ 4 It is possible __________ a computer could do this job better than me.
Ⓐ that Ⓑ what Ⓒ why Ⓓ whatever

_____ 5 It is not __________ Mr. Wise isn't friendly but __________ he often tells lies.
Ⓐ that; that Ⓑ what; that Ⓒ why; that Ⓓ whether; that

_____ 6 I don't know __________ I am going to do after I graduate from high school.
Ⓐ that Ⓑ what Ⓒ who Ⓓ when

_____ 7 I read several news articles about __________ Mr. Sun had done.
Ⓐ who Ⓑ what Ⓒ whether Ⓓ that

_____ 8 This morning Skip received the great news __________ Northern Michigan University has offered him a $20,000 scholarship.
Ⓐ when Ⓑ that Ⓒ what Ⓓ why

2 判斷劃線部分是同位語子句還是形容詞子句。

1 The fact that smokers are much more likely to get lung cancer is well known.
➡ __________

2 The fact that he had been hiding from the police appeared in the Internet news story. ➡ __________

3 分析下列句子，判斷 **whether** 引導的子句和 **who** 引導的子句是什麼子句。

The test of our progress is not **whether** we add more to the abundance of those
➡ __________
who have much; it is **whether** we provide enough for those **who** have little.
➡ __________ ➡ __________ ➡ __________

—President Franklin Delano Roosevelt

Chapter

128 直接引述與間接引述的句法 (1)

直接引述是某人直接說出的話，**間接引述**是轉述他人說過的話。直接引述變為間接引述時，要刪除引號。直接引述轉換成間接引述時，可能需要改變**人稱代名詞**、**時態**、**地點和時間副詞**及**其他詞彙**。

1 改變人稱代名詞和代名詞所有格

❶ 把**直接引述**轉換成**間接引述**時，直接引述中的**第一人稱**和**第二人稱**代名詞以及代名詞所有格，到了間接引述中**可能需要改變**。

直接引述 → 間接引述			
I →	he/she	you（有可能變成）	→ we/I/us/me
my →	his/her	your（有可能變成）	→ my/our
me →	him/her	we/our（有可能變成）	→ they/their

❷ **第三人稱**（he, his, she, her, they, their）**不變化**。

直接引述 **Trish added, "I do not understand his English."**
翠西補充說：「我聽不懂他的英文。」

間接引述 **Trish added that she did not understand his English.**
翠西補充說，她聽不懂他的英文。

→ 直接引述的第一人稱 I，在間接引述中變成第三人稱 she，與句子的主詞 Trish 一致。

→ 直接引述中的第三人稱 his，在間接引述中不變化，即「第三人稱不變化」。

2 改變時態

❶ 常用的**轉述動詞**有 **said**、**stated**、**reported**、**told** 等，這些動詞後面使用間接引述時，一般要改變原直接引述中的**動詞時態**（即：**時態後移**）。比如：

直接引述	間接引述
現在簡單式	**過去簡單式**
過去簡單式	**過去完成式** （有時直接引述中的「過去簡單式」在間接引述中不變）
after、when 副詞子句裡的**過去簡單式**	**過去簡單式**（直接轉間接不變時態）
since（自從）副詞子句裡的**過去簡單式**	**過去簡單式**（直接轉間接不變時態）
未來簡單式	**過去未來式**
現在進行式	**過去進行式**
現在完成式	**過去完成式**
現在完成進行式	**過去完成進行式**
過去完成進行式	**過去完成進行式**（直接轉間接不變時態）

	直接引述	間接引述
情態助動詞	will/can/may	would/could/might
	could/would/should/might	could/would/should/might（直接轉間接不變時態）
	must 表「必須」	had to 或 must
	must 表「推測」 must not（否定）	must; must not（直接轉間接不變時態）

直接引述 Kay said, "We have lost our way." 凱說：「我們迷路了。」

直接引述中的現在完成式，轉成間接引述時要變成過去完成式，代名詞 we、our 變成 they、their。

間接引述 Kay said (that) they had lost their way. 凱說他們迷路了。

連接詞 that 引導受詞子句，在哪種情況下可以省略 that，參見 p. 378〈2 受詞子句（Object Clauses）〉。

❷ 轉述的事件若在**被轉述時仍是事實**，則**時態可變可不變**。

直接引述 "My daughter Kim does not often come to visit me," complained Jim.
吉姆抱怨道：「我女兒金姆不常來看我。」

為了與過去式動詞 complained 時態保持一致，用過去式 did not；為了強調被轉述時仍是事實（Kim 不常去看他），用現在式 does not。

間接引述 Jim complained that his daughter Kim does not / did not often go to visit him.
吉姆抱怨他女兒金姆不常去看他。

轉述這句話時，轉述者已經不在 Jim 家，所以 come 改成 go。➡ 參見 p. 390〈1 改變副詞及其他詞彙〉

3 不改變時態

❶ 轉述動詞若是**現在簡單式**（如：say/says）或**現在完成式**（如：have/has said），則間接引述的**時態不變化**。

直接引述 My wife often says, "That's life."
我太太常說：「生活就是那樣的。」

轉述動詞為現在簡單式 says，直接引述句中的動詞 is 在間接引述中時態不變化。

間接引述 My wife often says that's life.
我太太常說，生活就是那樣的。

❷ 轉述的內容是**客觀真理**或**不變的事實**，則**時態不變化**。

直接引述 Mom explained to me, "Water boils at 100° centigrade."
媽媽對我解釋：「水在攝氏 100 度時沸騰。」

轉述內容為不變的事實，直接引述句中的動詞 boils 在間接引述中時態不變化。

間接引述 Mom explained to me that water boils at 100° centigrade.
媽媽對我解釋，水在攝氏 100 度時沸騰。

❸ 直接引述中有明確表示**過去時間**的副詞時，則間接引述的**時態不變化**。

直接引述 **Dee said, "I was born in 2002, not in 2003."**

蒂說：「我是 2002 年出生的，不是 2003 年。」

直接引述句中有過去時間副詞片語（in 2002），過去式動詞 was born 在間接引述中時態不變化。

間接引述 **Dee said (that) she was born in 2002, not in 2003.**

蒂說她是 2002 年出生的，不是 2003 年。

❹ 表示「非真實」的**假設語氣**，在間接引述句中**不改變動詞時態**。

直接引述 **Lisa Fisher said, "I wish I were younger."**

麗莎．費雪說：「我真希望我再年輕一些。」

間接引述 **Lisa Fisher said she wished she were younger.**

直接引述句是假設語氣，動詞 were 在間接引述中時態不變化。

麗莎．費雪說她希望自己再年輕一些。

PRACTICE

1 **將下列句子改寫為間接引述句。注意改變人稱和時態。**

1. Doctor Pounds warned me, "You should lose at least ten pounds."

   ____

2. Mr. Clem said, "You must hand in your paper by 4 p.m."

   ____

3. She said, "You must have gone out of your mind!"

   ____

4. He warned, "You must not drink and drive."

   ____

5. Lily said, "I am going to wear my new pink dress to the party."

   ____

6. "The publication of your book may be delayed," explained the editor.

   ____

7. Mary said, "I am looking for my *Webster's New World Dictionary*."

   ____

8 Sue said, "I am from Israel."

9 Bridget often says, "The more you read, the more places you will visit." (you 泛指 people)

10 Doctor Hams warned me, "You must gain at least fifteen kilograms."

11 "I couldn't endure being defeated by that elf," Eli said with a sigh.

12 Dee said to me, "I would like to have a cup of tea."

13 Lily said, "The living conditions in that ancient village have become quite modern since the wind farm began to provide it with electricity."

14 Midge said, "I started working here soon after I graduated from college."

2 下列間接引述句中有錯誤，請訂正錯誤。

1 The other day Rick told me that he is sick.

2 Yesterday little Bing said his mom knows everything.

3 Trish added that she does not understand my Spanish.

4 Dee told Gwen that when she had been five years old, her family had moved to Tibet.

5 Two years ago the police chief told us that crime in our city will decrease.

Chapter 129 直接引述與間接引述的句法 (2)

1 改變副詞及其他詞彙

在轉述動詞 **said**、**reported**、**told** 等後面，有時需要改變原直接引述句的**副詞**及**其他詞彙**，因為在轉述時，時間、地點都變了。例如：

直接引述 → 間接引述

直接引述	間接引述
here 這裡	→ there 那裡
come 來	→ go 去
bring 帶來	→ take 帶去
this 這	→ that 那
these 這些	→ those 那些
now 現在	→ then 那時
today 今天	→ that day 那天
tonight 今晚	→ that night 那晚

直接引述	間接引述
this evening 今天傍晚	→ that evening 那天傍晚
yesterday 昨天	→ the day before 前一天 → the previous day 前一天
three days ago 三天前	→ three days before 三天前
last Monday 上週一	→ the previous Monday 上週一
tomorrow 明天	→ the next day 隔天；次日 → the following day 隔天；次日
next week 下週	→ the next week 下週 → the following week 下週

2 同一天、同一地點，不改變副詞及其他詞彙

1. 轉述**同一天**所說的話，時間副詞 today、yesterday、tomorrow 等不變。
2. 在**同一地點**轉述，come 和 here 不改為 go 和 there。

直接引述 **Lynn said, "Kay is in Taipei today."** 琳恩說：「凱今天在臺北。」

間接引述 **Lynn said (that) Kay is/was in Taipei today.** 琳恩說凱今天在臺北。

└ 轉述這句話時，時間沒有變化（在同一天，還在今天），時間副詞不變化。動詞時態可變可不變。用 was 是為了與轉述動詞過去式 said 一致；用 is 是為了強調轉述時，「Kay 今天在臺北」的事實還沒有變化。

直接引述 **"The school bus will be here soon," June said to Gus.**
茱恩對加斯說：「校車馬上就要到這裡了。」

注意：轉述動詞 say 後面可以接間接受詞（said to us/me/him/Gus 等），或省略間接受詞（如下面最後一句）；而 tell 之後必須要接間接受詞（told us/me/him/Gus 等）。

間接引述 **June told Gus that the school bus would be there soon.**
= June said to Gus that the school bus would be there soon.
茱恩告訴加斯，校車馬上就要到那裡了。
= June said (that) the school bus would be there soon.
茱恩說校車馬上就要到那裡了。

轉述這句話時，地點已經變化（不在同一個地方），地方副詞要變化（here → there），動詞時態向後移（未來簡單式 will be → 過去未來式 would be）。

間接引述 **June told Gus that the school bus would be / will be here soon.**
茱恩告訴加斯，校車馬上就要到這裡了。

轉述這句話時，時間和地點都沒有變（還在同一個地方等候車子），地方副詞不變化。在同一時間，動詞時態可變化也可不變化。用 would be 是為了與轉述動詞過去式 told 一致；用 will be 是為了強調轉述時，「等候車子」這一事實還沒有變。

PRACTICE

1 用間接引述改寫下列句子。注意改變人稱、時態、時間和地方副詞；若有提示，請按照提示判斷是否改變時態等。

1. Sam declared, "I got an A on yesterday's English exam."（在同一天轉述）

____

2. Kay said, "It snowed yesterday."（在同一天轉述）

____

3. Lee said, "I'll meet you here tomorrow at 3:00."（轉述時，時間和地點已經變化）

____

4. "My boyfriend will be here soon," said June.
（轉述時，時間和地點沒有變，June 還在等候男友）

____

5. Sue tells me many times, "I love you."

____

6. Kay said, "Ray is visiting London today."（不是同一天）

____

2 下列間接引述句中有錯誤，請訂正錯誤。

1. Bing announced that he is going on a trip to London the next morning.

____

2. I cried and told Mom that Paul has yelled at me for nothing at all.

____

3. Trish told that she did not understand my Irish or my English.

____

4. He said he will be back next month, but I have never seen him again.

____

Chapter

130 間接直述句和間接命令句

1 直述句的間接引述（Indirect Declarative Sentences）

直接引述變間接引述時，轉述的句子如果是**直述句**，要用連接詞 **that** 連接，that 常可省略。

直接引述 Dee said, "I will never forgive you." 蒂說：「我永遠都不會原諒你。」

間接引述 Dee said (that) she would never forgive me. 蒂說她永遠都不會原諒我。

直接引述 He has said many times, "I will quit drinking and smoking."
他說過很多次：「我要戒酒戒菸。」

→ that 引導的受詞子句前面有插入成分（many times）時，不要省略 that。➡ 參見 p. 378〈2 受詞子句（Object Clauses）〉

間接引述 He has said many times that he will quit drinking and smoking.
他說過很多次，他要戒酒戒菸。

→ 轉述動詞是現在完成式（has said），則間接引述的時態不變化（will quit）。

2 間接命令句（Indirect Commands）

❶ **間接引述句**可用來表達（轉述）某人要我們（或別人）做什麼，這類引述句稱為**間接命令句**，句型為：「**ask/tell/order/beg/warn 等動詞 + 受詞 + 不定詞（帶 to）**」。間接命令句的否定句，要在 **to** 的前面加 **not**。

直接引述 I shouted at him, "Get out!" 我對他喊著：「出去！」

間接引述 I told/ordered him to get out. 我命令他出去。

直接引述 "Don't tell Mom about what I did," I begged Tom.
我懇求湯姆：「不要把我做的事告訴媽媽。」

間接引述 I begged Tom not to tell Mom about what I had done.
我懇求湯姆，不要把我做的事告訴媽媽。

→ 需要把直接引述中的動詞時態向後移（過去簡單式 did → 過去完成式 had done）。

❷ 動詞 **say** 或 **suggest** 的後面不用「受詞 + 不定詞」的句型。

直接引述 Dr. Wise said, "Do more exercise."

間接引述 ✗ Dr. Wise said me to do more exercise.

→ 需要把直接引述中的 said 改成 asked，句型為：「asked + 受詞 + 不定詞」。

✓ Dr. Wise asked me to do more exercise. 懷斯醫生要我多運動。

直接引述 "Take a day off," suggested Sue. 蘇建議：「休假一天吧。」

→ suggested 後面要接名詞子句，子句裡美式英語用原形動詞，英式英語常用「should + 原形動詞」。

間接引述 Sue suggested that I (should) take a day off. 蘇建議我休假一天。

❸ 以 **let's** 開頭的祈使句表示建議時，通常用「**suggest + 名詞子句**」加以轉述。

直接引述 **Dwight said, "Let's go out to eat tonight."**
杜威特說：「我們今晚出去吃飯吧。」

間接引述 **Dwight suggested that we (should) go out to eat tonight.**
杜威特建議我們今晚出去吃飯。

PRACTICE

1 將下列句子改寫為間接直述句或間接命令句。注意改變人稱、時態、時間和地方副詞；若有提示，請按照提示判斷是否改變時態和副詞。

1. "Don't cry," Sue said to Eli.
   ▸ Sue told/asked Eli ______________________.
2. "Kit, you'd better not mention anything about it," said Bing.
   ▸ Bing advised Kit ______________________.
3. "Please let me stay," Kay said to us.
   ▸ Kay begged us ______________________.
4. "Kay, read and listen to English every day," said Ms. Day.
   ▸ Ms. Day asked Kay ______________________.
5. Mary said, "Bing, quit drinking and smoking!"
   ▸ Mary asked Bing ______________________.
6. Doctor Pounds suggested, "Try to lose at least thirty pounds."
   ▸ Doctor Pounds suggested ______________________.
7. Mom said, "Kay is working today."（轉述這句話時還在同一天）
   ▸ Mom said ______________________.
8. Ted said, "Ray is in Paris today."（轉述這句話時不在同一天）
   ▸ Ted said ______________________.

2 下列間接引述句中有錯誤，請訂正錯誤。

1. Lily asked me to not pass on any of the information to anybody.
   ____
2. My girlfriend said me to stop smoking.
   ____
3. They were disturbing the peace, so Sue suggested me to call the police.
   ____
4. Brigitte told Janet that she sit down and be quiet.
   ____

Chapter

131 間接問句

1 間接問句要用直述句的語序

間接問句（indirect question）用動詞 **ask/inquire** 等來轉述問句。間接問句的語序和**直述句**一樣。間接問句**不用問號**。若直接引述的原動詞是 **said**，間接問句要改為 **asked**。

直接問句 Eddy asked, "Mom, is breakfast ready?"
艾迪問：「媽媽，早餐好了嗎？」

間接問句 Eddy asked his mother if/whether breakfast was ready.
艾迪問他媽媽早餐好了沒。

間接問句裡的 be 動詞要放在主詞之後，即，主詞和動詞不倒裝（直述句語序）。

2 間接問句的句型

❶ 轉述 yes/no 一般問句：

ask/inquire ＋ if/whether 引導的受詞子句

直接問句 Mom asked, "Did you go out with Dwight last night?"
媽媽問：「昨晚你跟杜威特出去了嗎？」

間接問句 Mom asked (me) if/whether I went out with Dwight last night.
媽媽問我昨晚是否跟杜威特出去了。

直接問句裡若沒有間接受詞，間接問句可加一個間接受詞（me、him 等）。

間接問句要用直述句句型，不需要加助動詞 did 構成疑問句句型。

句中有明確表示過去時間的副詞（last night），因此過去簡單式不變。

轉述時仍在同一天，副詞 last night 不變。

❷ 轉述 wh- 疑問詞問句：

ask/inquire ＋ wh- 疑問詞（when/where/what/who 等）引導的受詞子句

直接問句 "When can you come home tonight?" Dad asked me.
爸爸問我：「今晚你什麼時候能回家？」

間接問句 Dad asked me when I could/can go home tonight. 爸爸問我今晚什麼時候能回家。

間接問句裡的主詞 I 和情態助動詞 could 不倒裝。

用過去式 could 是為了與 asked 時態保持一致；也可以用現在式 can，表示轉述時還是事實，我還沒有回家。

地點變了，動詞 come 變成 go。

轉述時仍在同一天，時間副詞 tonight 不變。

直接問句 Merle asked Buzz, "Who is that girl?" 梅兒問巴斯：「那個女孩是誰？」

間接問句 Merle asked Buzz who that girl was. 梅兒問巴斯那個女孩是誰。

間接問句裡的主詞 that girl 和連綴動詞 was 不倒裝。

❸ 轉述 wh- 疑問詞問句：

ask/inquire + wh- 疑問詞（how/when/where/what 等）+ 不定詞（帶 to）

直接問句 Ann asked, "Where should I park my van?" 安問：「我該把我的廂型車停在哪裡？」

間接問句 Ann asked where to park her van. 安問她的廂型車應該停在哪裡。

直接問句 She asked, "How do I use the video chat feature on my new cellphone?"
她問：「我的新手機的視訊聊天功能要怎麼用？」

間接問句 She asked how to use the video chat feature on her new cellphone.
她問要怎麼用她的新手機的視訊聊天功能。

PRACTICE

1 將下列問句改寫為間接問句。注意改變人稱、時態、時間和地方副詞；若有提示，請按照提示判斷是否改變時態和副詞等。

1. Sue asked Dwight, "Are you all right?"
   ▶ Sue asked Dwight ______________________.
2. "Have you talked to Sue recently?" asked Lily.
   ▶ Lily asked ______________________.
3. "Shall we go bowling tonight?" asked Dwight.
   ▶ ① Dwight suggested ______________________.（轉述時已不在同一天）
   ▶ ② Dwight suggested ______________________.（轉述時仍在同一天）
4. "When are you going to Chicago?" asked Coco.
   ▶ Coco asked me ______________________.
5. "Would you like to try a smaller size?" asked Eli.
   ▶ Eli asked me ______________________.
6. Bing asked, "Are you going to the mall tomorrow morning?"（轉述時仍在同一天）
   ▶ Bing asked me ______________________.

2 下列間接引述句中有錯誤，請訂正錯誤。

1. She asked me who was that guy.
   ____
2. Coco asked me whether could I come home for supper.
   ____
3. Doctor Long asked when did my back pain start.
   ____
4. Eli asked why does a caterpillar change into a butterfly?
   ____
5. Gertrude asked the doctor that her baby could now eat solid food.
   ____

Chapter

132 分詞：(1) 分詞的形式及用法

1 分詞的形式

❶ **現在分詞**（present participle）的形式為動詞 **-ing** 結尾。現在分詞有**簡單式**（V-ing）和**完成式**（having V-ed），有**主動**分詞和**被動**分詞。以動詞 design 為例：

	時態	語態：主動分詞（主動語態）	語態：被動分詞（被動語態）
現在分詞	簡單式	(not) designing	(not) being designed
	完成式	(not) having designed	(not) having been designed

1 **現在分詞簡單式**表示動作**正在發生**，或表示動作與主要動詞的動作**同時發生**。

looking 是現在分詞的主動簡單式，分詞動作與主要動詞 saw 的動作同時發生。

- **Looking east on the busy street, Paul saw the two suspects going into the mall.**
  保羅朝東望著繁忙的大街，看見那兩個嫌犯正走進購物中心。

2 **現在分詞完成式**表示動作發生在主要動詞的動作**之前**。

having asked、having received 是現在分詞的主動完成式。分詞動作發生在主要動詞 began 的動作之前。

- **Having asked the question "Do you need my help?" and having received a nod, Ann began to aid the injured man.**
  問過「你需要我的幫助嗎？」並得到點頭同意後，安開始幫助那位受傷的男子。

❷ **過去分詞**（past participle）的形式為動詞 **-ed** 或 **-en** 結尾（也有許多不規則動詞）。過去分詞只有**簡單式**，具有**被動**意義，表示動作**已經完成**，或動作發生在主要動詞的動作**之前**。

	時態	語態
		被動語態
過去分詞	簡單式（動作已完成）	(not) designed

過去分詞 chosen 表示該動作已經完成，並發生在句子動詞 will begin 的動作之前。

- **Those chosen will begin training on Monday.**
  = Those who were chosen will begin training on Monday.
  那些被選中的人將於週一開始訓練。

2 分詞的用法

❶ **現在分詞**與 **be 動詞**連用，構成**進行式**。**過去分詞**與**助動詞 have/has/had** 連用，構成**完成式**，或與 **be 動詞**連用，構成**被動語態**。

be + 現在分詞（進行式）
- Margo is reading Dr. Seuss's *Go Dog, Go!*
  瑪歌正在閱讀蘇斯博士的《走，狗兒，走！》一書。

have + 過去分詞（完成式）
- Lee said, "I'll never forget those who have helped me."
  李說：「我永遠不會忘記那些幫助過我的人。」

be + 過去分詞（被動語態）
- The name of the new bridge was misspelled in that message.
  在那則訊息中，那座新橋的名字拼錯了。

❷ 分詞作**形容詞**用的**語態**：

1 **現在分詞**具有**主動**意義，或「**主詞和動詞**」關係（表示其修飾的名詞是動作的執行者）。

現在分詞 sitting 與所修飾的名詞 lady 有「主詞和動詞」關係（即主動關係）。lady 是動作 sit 的執行者。
- the lady **sitting** in the corner
  = the lady **who** is sitting **in the corner** 坐在角落的那位女士

2 **及物動詞**的**過去分詞**通常表示**被動**意義，與所修飾的名詞之間有「**動詞和受詞**」關係（表示其修飾的名詞是動作的承受者）。

過去分詞 broken 與所修飾的名詞 window 之間有「動詞和受詞」關係（即被動關係）。window 是動作 break 的承受者。
- the **broken** window 破碎的窗戶
  ➡ The window **was broken**. 窗戶被打破了。
  = Someone **broke** the window. 有人打破了窗戶。

3 有些**不及物動詞**的**過去分詞**也可作形容詞，用在名詞前，具有**主動**和**完成**的意義。

- an **escaped** prisoner
  = a prisoner **that** has escaped 一個逃犯

❸ 分詞作**形容詞**用的**時態**：**現在分詞**一般表示動作**正在進行**，**過去分詞**則表示動作**已經完成**。

正在飄落
- **falling leaves = leaves that** are falling 落葉

已經掉落
- **fallen leaves = leaves that** have fallen 落葉

❹ 描述**引起某種感覺**的人、事物、情形、事件，要用**現在分詞**；描述**某人的感覺**是什麼，用**過去分詞**。

- **a tiring trip = a trip that** is/was tiring 一次令人疲倦的旅行
- **a** tired **professor = a professor that** feels/is tired 一位疲倦的教授

PRACTICE

1 用分詞以及形容詞子句翻譯下列片語。

1 一名退休教授

分詞 ______

形容詞子句 ______

2 一顆破碎的心

分詞 ______

形容詞子句 ______

3 我長大成人的女兒

分詞 ______

形容詞子句 ______

4 一隻振翅飛翔（flutter）的蝴蝶

分詞 ______

形容詞子句 ______

5 最近剛修建的一棟木房

分詞 ______

形容詞子句 ______

6 一個已開發國家

分詞 ______

形容詞子句 ______

7 一個開發中國家

分詞 ______

形容詞子句 ______

8 一位讀萬卷書、行萬里路的女子（用動詞 read、travel 以及副詞 well、much）

分詞 ______

形容詞子句 ______

9 一位令人困惑的老師（主動）

分詞 ______

形容詞子句 ______

10 一位感到困惑的老師（被動）

分詞 ______________________________

形容詞子句 ______________________________

2 選出正確答案。

_____ **1** Is the video __________?

Ⓐ amusing Ⓑ amused

Ⓒ amuse Ⓓ amuses

_____ **2** After I survived being kidnapped, I have lived quietly and alone, __________.

Ⓐ forgetting by everyone Ⓑ forgot everyone

Ⓒ forgotten by everyone Ⓓ forget by everyone

_____ **3** I __________ the white cotton shirts made by the Penny Sky Company.

Ⓐ was satisfying with Ⓑ was satisfied with

Ⓒ satisfied with Ⓓ satisfied by

_____ **4** Those __________ babies are your __________ twin daughters, Kay and May, aren't they?

Ⓐ smiling; newly bearing Ⓑ smiled; newly born

Ⓒ smiled; newly bearing Ⓓ smiling; newly born

_____ **5** Erica was __________ from her __________ trip to South America.

Ⓐ exhausted; exciting Ⓑ exhausting; exciting

Ⓒ exhausted; excited Ⓓ exhausting; excited

_____ **6** Ann is __________ with the doll and __________ at Paul.

Ⓐ playing; smiled Ⓑ playing; smiling

Ⓒ played; smiled Ⓓ played; smiling

_____ **7** Is that your daughter Pat __________ with the __________ cat?

Ⓐ playing; purred Ⓑ played; purred

Ⓒ played; purring Ⓓ playing; purring

_____ **8** "I am terribly sorry I can't find your file," she said with __________.

Ⓐ an embarrassed smile Ⓑ an embarrassing smile

Ⓒ an embarrass smile Ⓓ an embarrasses smile

Chapter 133 分詞：(2) 分詞片語（分詞子句）

1 分詞片語的構成

分詞片語（participial phrase）包含一個**分詞**和這個分詞的**受詞**或**修飾語**（副詞、形容詞、介系詞片語）。英式稱**分詞子句**（participle construction）。

→ 現在分詞完成式（having lost）+ 受詞（all my money）
- **having lost** all my money 失去了我所有的金錢

→ 現在分詞簡單式（arising）+ 介系詞片語
- **problems arising** from mass migration movements 因大規模的人口遷移而引起的問題

2 分詞片語作形容詞

單個分詞作形容詞，置於被修飾的名詞**之前**；**分詞片語**作形容詞，要置於被修飾的名詞**之後**，相當於一個**形容詞子句**。

→ 現在分詞
- a **crying** baby 一個正在哭泣的嬰兒

→ 過去分詞
- the **beaten** path 許多人踩過的小道

→ 現在分詞片語 → 現在分詞片語用來表示**正在進行**的動作，不可表示已完成的動作。
- The young man **dancing with my sister Mary is Jerry.**

→ 形容詞子句
= The young man who is dancing with my sister Mary **is Jerry.**

正在跟我妹妹瑪麗跳舞的那個年輕男子是傑瑞。

→ 過去分詞片語 → 過去分詞片語表示動作**已經完成**，或動作（paint）發生在主要動詞（is）的所表示的動作或狀態**之前**。
- Mom's portrait, **painted by my sister Lily, is very lovely.**

→ 形容詞子句
= Mom's portrait, which was painted by my sister Lily, **is very lovely.**

媽媽的畫像很可愛，那是我妹妹莉莉畫的。

3 分詞片語作副詞

❶ **分詞片語**作副詞，相當於一個**副詞子句**，表原因、條件、結果、時間等。

→ 原因：Because she was exhausted . . .
- **Exhausted after all the swimming and surfing, Ann took a long nap in her van.**

游泳和衝浪過後，安感覺疲倦不堪，便在廂型車裡睡了很長一覺。

❷ 分詞的邏輯主詞和句子主詞一致：分詞片語通常不含主詞，句子主詞就是分詞的主詞。

兩個主詞不一致，分詞的邏輯主詞應該是「人」（Dot），而句子的主詞是 Dot's English，成了錯句。這類錯句稱為分詞片語的**垂懸結構**（dangling construction）。

✗ **Having read extensively last year, Dot's English improved a lot.**

句子主詞和分詞片語的邏輯主詞一致（**Dot** having read extensively; **Dot** improved）。

✓ **Having read extensively last year, Dot improved her English a lot.**

妲特的英語進步很多，因為她去年讀了很多書。

句子主詞和分詞片語的邏輯主詞一致（**Midge** stayed awake all night; **Midge** thinking about going to college）。

- **Midge stayed awake all night, thinking about going to college.**

米姬整夜沒睡，思考著上大學的事。

❸ 獨立分詞構句（absolute participle construction）：當分詞片語是獨立的，與句子主詞無關聯，或分詞片語有自己的邏輯主詞，與句子主詞不一致時，常稱為**獨立分詞構句**。獨立分詞構句又分為以下三種：

1 **獨立分詞片語**：一般來說，分詞片語和句子共用一個主詞，不過，有些慣用的分詞片語並不遵守這條規則，它們是獨立的，與句子主詞無關聯，這些慣用語稱為**獨立分詞片語**。

assuming the worst 假設最壞的情況發生
broadly speaking 大體來說
concerning 就……而論
considering everything 考慮到一切
judging from 從……判斷
strictly speaking 嚴格來說

分詞片語judging from不需要與句子主詞Grace有關聯。

- **Judging from her facial expression, Grace must have won the 15,000 meter race.**

從葛蕾絲的臉部表情判斷，她肯定已經贏了 15000 公尺賽跑。

2 **分詞獨立主詞**：在正式用語中（通常為書面），分詞片語還可以有自己的主詞，與句子主詞沒有關聯。

分詞 straining 有自己獨立的主詞（her eyes）。

- **Her eyes straining to see the killer, Detective Nancy Clark stood motionless in the dark.**

偵探南西．克拉克一動也不動地站在黑暗中，睜大眼睛想看清楚兇手。

3 **允許分詞主詞與句子主詞不一致的句型**：當句子主詞為 **it**，或句子是 **there is/are** 的句型時，可以允許分詞的主詞和句子主詞不一致。

分詞的邏輯主詞是 Sue。　句子主詞是 not much。

- **Having so little time, there was not much that Sue could do to help her boyfriend Andrew.**

蘇的時間實在很少，她幾乎做不了什麼來幫她的男友安德魯。

分詞的邏輯主詞是 Louise。

- **Having grown up in Mexico, it's not surprising that Louise loves to eat red peppers.**

句子的虛主詞是 it（實際主詞是 that 引導的子句）。

露易絲在墨西哥長大，所以她喜歡吃紅辣椒一點也不意外。

PRACTICE

1 把下面劃線的形容詞子句改成分詞片語。注意：有些子句不能用分詞片語替換，在不能改寫的句子前面打 O。

1 [ ] In came the first runner Ann, who was closely followed by the second, Nan.

______

2 [ ] The robber who robbed the Moose Bank last week is still on the loose.

______

3 [ ] The house which Mr. Gold lives in is over two hundred years old.

______

4 [ ] The police haven't identified the body which was found in the well of the temple.

______

2 把下面副詞子句改成分詞片語。

1 If you treat it carefully, this Sun MP4 player should last even longer than your last one.

______

______

2 As Bing hadn't been formally invited, he decided not to go to the wedding.

______

______

3 Because she felt encouraged by her initial success, Trish Best entered another beauty contest.

______

______

4 Benjamin had tried to quit smoking, but he couldn't and died as he fought for oxygen.

______

______

3 選出正確答案。

_____ 1 All flights __________ because of the snowstorm, Jane decided to take the train to Spain.

Ⓐ were canceled Ⓑ had been canceled
Ⓒ having canceled Ⓓ having been canceled

_____ 2 __________ dishonest by the electorate, Anna Wit may not be elected mayor.

Ⓐ Being considered Ⓑ Considering
Ⓒ Having considered Ⓓ Both A and B are correct.

_____ 3 Rob's solar power company has opened a new office in Mexico, __________.

Ⓐ created nine new jobs Ⓑ creating nine new jobs
Ⓒ nine new jobs are created Ⓓ Both B and C are correct.

_____ 4 __________, Jim doesn't like Michigan because the winters there are too cold for him.

Ⓐ Jim generally speaking Ⓑ Jim's generally speaking
Ⓒ Generally speaking Ⓓ Generally speak

_____ 5 Wondering whether it was time to go to bed, __________.

Ⓐ Dwight heard the big clock striking midnight
Ⓑ the big clock struck midnight
Ⓒ the big clock was heard to strike midnight
Ⓓ Both A and C are correct.

_____ 6 My brother Jerome is very rich, __________.

Ⓐ owning ten apartment buildings in Rome
Ⓑ having owned ten apartment buildings in Rome
Ⓒ ten apartment buildings in Rome are owned
Ⓓ owned ten apartment buildings in Rome.

Chapter 134 不定詞：(1) 不定詞的形式、時態和語態

1 不定詞的形式

❶ 帶 to 的不定詞（infinitives with "to"）

1 一般我們所說的不定詞通常為「**to + 原形動詞**」。

- My bother Bret loves to surf the Internet. 我哥哥布瑞特喜歡上網。

2 在動詞 **ask**、**know**、**learn**、**teach**、**tell**（表示「提問、知道、學習、教授、指示」等意義）之後，不定詞可以與 **how**、**what**、**which**、**where** 等疑問詞連用，作這些動詞的受詞。

- I taught Gus how to drive a school bus. 我教加斯學會了開校車。

how to drive、what to do 分別作動詞 taught 和 told 的直接受詞。

- It was Sue who told me what to do. 是蘇告訴我該做什麼事。

➡ 參見 p. 421〈2 動名詞和不定詞作動詞的直接受詞〉

3 **for ＋名詞／受格代名詞＋不定詞**：不定詞的邏輯主詞與句子主詞**不相同**時，不定詞的主詞要用 **for** 引導。

✗ Ruth Wall to lose the next presidential election, all we need to do is to report the truth.

✓ For Ruth Wall to lose the next presidential election, all we need to do is to report the truth.
要讓露絲．沃爾在下一屆總統選舉中落選，我們只需要報導事實。

❷ 不帶 to 的不定詞（infinitives without "to"）

1 下列動詞要接**不帶 to 的不定詞**（即**原形動詞**）：

make	let	help	see	feel	hear	watch

- Margo cried, "Please let me go!" 瑪歌喊道：「請讓我走！」

help 也可以接帶 to 的不定詞。

- Lulu, please help me (to) carry this snake back to the zoo.
露露，請幫我把這條蛇搬回動物園。

2 make、help、see 等動詞用於**被動語態**時，要接**帶 to 的不定詞**。（注意：let 不用於被動語態。）

主動 Last Friday night, Sue made Kate work until eight.
上週五晚上，蘇讓凱特一直工作到八點。

被動 Last Friday night, Kate was made to work until eight.
上週五晚上，凱特被要求一直工作到八點。

③ had better、would rather、cannot but、why not 等句型通常要接**不帶 to 的不定詞**。

- I would rather **go hiking this weekend than stay at home.**
  這個週末我寧可去健行，也不願待在家裡。

- Why not **come with me to a football game tonight?**
  今晚何不跟我一起去看美式足球賽呢？

2 不定詞的時態和語態

		語態	
時態		主動不定詞	被動不定詞
不定詞	簡單式	to repair	to be repaired
	進行式	to be repairing	—
	完成式	to have repaired	to have been repaired
	完成進行式	to have been repairing	—

❶ **不定詞簡單式**：表示**一般性動作**，或表示其動作與主要動詞（即句子動詞）的動作**同時發生**或在其**之後發生**。

表示一般性的動作（始終如一的事實）。
- **To sing with you** is **always a pleasure.** 跟你一起唱歌永遠是一件樂事。

不定詞 to rain 的動作與句子動詞 is beginning 的動作**同時**發生。
- **Look, Jane. It**'s beginning **to rain.** 珍，瞧，開始下雨了。

不定詞 not to call 的動作在句子動詞 told 的動作**之後**發生。
不定詞的否定形式為「**not + to + 原形動詞**」。
- I told **all of them not to call me after 10 p.m.**
  我告訴過他們所有的人，不要在晚上十點以後打電話給我。

❷ **不定詞進行式**：表示主要動詞的動作或狀態發生時，不定詞的動作**正在進行**。

不定詞進行式強調動作正在進行。
- **Margo, are you happy to be living in Chicago?**

這句也可以用不定詞簡單式，表示動作與主要動詞（are）同時發生。
= **Margo,** are **you happy to live in Chicago?**
瑪歌，住在芝加哥你快樂嗎？

❸ **不定詞完成式**：表示動作發生在主要動詞的動作或狀態**之前**，或者強調一個對**現在**有影響、**已經完成**的過去動作或狀態。

不定詞完成式 to have won 的動作發生在主要動詞（is）**之前**；
「贏」這個動作發生在**過去**，**已經完成**並對**現在**有影響。
- **Coco** is **happy to have won that 50 kilometer bicycle race in Tokyo.**
  可可很高興在東京 50 公里自行車賽中獲勝。

不定詞完成式 to have been scratched 表示「被抓」的動作發生在**過去**，
這個過去動作**已經完成**並對**現在**有影響。
- **To have been scratched like that, Pat must have been attacked by a mad cat.**
  派特被抓成那樣，一定是被一隻瘋貓攻擊了。

提示

在一些句型中，有時儘管句子的主詞是不定詞動作的承受者，不定詞在**意義上是被動**的，但**形式上卻是主動**的。

→ 不定詞 to find 的邏輯主詞 a good man 是不定詞動作的承受者，含有被動意義。

- A good man **is difficult to find.** 好男人很難找。

→ 不定詞 to understand 的邏輯主詞 this law 是不定詞動作的承受者，含有被動意義。

- This law **is easy to understand.** 這條法律很容易理解。

PRACTICE

1 判斷下列句子裡的劃線部分是否正確。正確打 ✓，不正確打 ×，並訂正錯誤。

1 [ ] Not all art is meant to be placed on some museum wall.

____

2 [ ] Brad, be careful to not wake up Dad.

____

3 [ ] To dance with you has been a great honor.

____

4 [ ] Bing, let us get rolling.

____

5 [ ] My geothermal energy report has to email to Kay by noon today.

____

6 [ ] Wisdom consists not so much in knowing what to do in the ultimate as knowing what to do next.

____

____

2 根據括弧裡提供的文字，用不定詞完成下列句子。

1 Kay, does your English teacher ______________ 25,000 English words a day?
（使你閱讀；用動詞 make）

2 Be careful ______________.
（不要從那面牆上摔下來；用動詞片語 fall off）

3 Erica and Trish are going to America ________________.
（學商務英文）

4 Kay often says, "It is important ________________ every day."
（做運動）

5 ________________ is the short-term political goal of Abby Cole.
（被選為市長）

3 選出正確答案。

____ 1 The Ballet Cafe was reported ________ in broad daylight yesterday.

Ⓐ to have been robbed
Ⓑ to be robbed
Ⓒ to have robbed
Ⓓ to have being robbed

____ 2 Jake said, " ________ was my big mistake."

Ⓐ To not have acted quickly against that snake
Ⓑ Not to have acted quickly against that snake
Ⓒ Not to act quickly against that snake
Ⓓ To not be acted quickly against that snake

____ 3 Pete watched me ________ the street.

Ⓐ to cross Ⓑ cross
Ⓒ crossed Ⓓ to be crossed

____ 4 My little brother likes ________.

Ⓐ to leap like a frog, to play computer games, and sleep
Ⓑ to leap like a frog, play computer games, and to sleep
Ⓒ leaping like a frog, to play computer games, and to sleep
Ⓓ to leap like a frog, play computer games, and sleep

____ 5 This grammar rule is difficult ________.

Ⓐ to be understood
Ⓑ to being understood
Ⓒ to understand
Ⓓ understand

Chapter 135 不定詞：(2) 不定詞表目的或結果、不定詞作形容詞補語

1 不定詞片語表目的或結果

❶ **不定詞片語**可置於句首或句尾，用來表示做某事的**目的**。

→ 不定詞片語的**邏輯主詞**要和**句子主詞**一致（**we** reach; **we** sail）。

- **To reach a port, we must sail—sail, not tie at anchor—sail, not drift.**
為了到達港口，我們必須航行——航行，不能拋錨停泊——要航行，不能隨波逐流。
——President Franklin Delano Roosevelt 美國總統富蘭克林．德拉諾．羅斯福

→ 不定詞片語的**邏輯主詞**要和**句子主詞**一致（**they** came; **they** conquer; **they** help）。

- **They came to conquer us, not to help us.**
→ 如果兩個不定詞片語表示對比關係，則要保留 to。
他們是來征服我們，而不是來幫助我們。

> 提示
> **獨立不定詞片語**（如：to be frank、to tell you the truth）的邏輯主詞不需要與句子主詞一致。
>
> → 獨立不定詞片語 to tell you the truth 的邏輯主詞（I）不需要與句子主詞（Trish）一致。
>
> - **To tell you the truth, Trish can't write song lyrics in English.**
> 老實說，翠西無法用英文寫歌詞。

❷ **不定詞片語**可表**結果**，表示「發現意外的事情」，常和 only 以及動詞 discover、find、realize 等連用。

- **Kris hurried home, only to find that her husband had already left for Paris.**
克麗絲匆忙趕回家，卻發現她的丈夫已經離開去巴黎了。

2 不定詞作形容詞補語

不定詞常用在一些形容詞後面作**形容詞補語**（**形容詞 + 不定詞**），即不定詞修飾、補充說明前面的形容詞，作用和**副詞**一樣。

❶「**帶有評論意味的形容詞 + 不定詞**」：不定詞接在**帶有評論意味的形容詞**後面，用來表達對某人行為的**評論**和**看法**。

silly **to cry** 哭泣真傻
smart **to tell the truth** 講實話是明智的
stupid **to believe** 蠢得居然相信
wrong **to tell a lie** 撒謊是錯誤的
wise **to join the club** 加入俱樂部是明智的
crazy **to go** 去……是不理智的

→ 不定詞片語是形容詞 rude 的補語。
- **You were rude to have laughed at Sue.** 你嘲笑蘇是無禮的。
- **It would be wrong for Brigitte to take the train without buying a ticket.**
布麗姬想逃票搭乘火車，那是錯誤的。

❷ 「**表示情感的形容詞 + 不定詞**」：不定詞接在**表示情感的形容詞**後面，用來表達做某事的**感覺**。

anxious **to leave** 迫不及待要離開
sorry **to hear** 很遺憾聽到
afraid **to know** 害怕知道
surprised **to discover** 吃驚地發現

- **Gus is pleased to have helped us.** 加斯很高興幫助了我們。
- **We must have strong minds, ready to accept facts as they are.**
我們必須要有很強的心理承受力，隨時接受事實的真相。
——President Harry S. Truman 美國總統哈瑞．S．杜魯門

❸ 「**too + 形容詞 + 不定詞**」：表**結果**，意思是「太……以至於不能」。

too hot **to fall asleep** 熱得睡不著
too informal **to wear to the wedding reception** 太休閒不適合穿去婚宴

- **Kim Bear's long hair is too pretty to trim.** 金姆．貝爾的長髮實在美得不能剪。

❹ 「**形容詞 + enough + 不定詞**」：表**結果**，意思是「夠……足以做」。

wise enough **not to believe his story** 夠聰明不會相信他的故事
old enough **to vote** 到了可以投票的年齡

- **Are you tough enough to say "No" to Joe?** 你能夠強硬到對喬說「不」嗎？

3 形容詞修飾不定詞

「**形容詞 + 不定詞**」的結構中，有時形容詞修飾的是後面的不定詞，而不是修飾前面的主詞。

difficult **to climb** 很難攀登
interesting **to hear** 聽到……很有趣
easy **to get along with** 容易相處
impossible **to fall asleep** 無法睡著
hard **to believe** 很難相信
nice **to meet you** 很高興見到你

→ difficult 修飾後面的不定詞 to learn，而不是修飾主詞 Spanish。
片語 difficult to learn 才是主詞 Spanish 的補語。
- **Is Spanish difficult to learn?**

→ it 作虛主詞，實際主詞不定詞片語放在後面。
= Is it difficult to learn Spanish?
西班牙文很難學嗎？

不定詞還可以作**名詞**使用，具有名詞的所有功能（作主詞、受詞、補語等）。 ➡ 參見 Chapters 137 and 138

PRACTICE

1 用「too + 形容詞 + 不定詞」的句型改寫下列句子。

1. I can't eat this fish, because it is too salty.

2. Last night I could not fall asleep, because I was too excited about my new electric jeep.

3. I can't walk to work today, because it's too cold.

4. I can't solve this puzzle, because it's too difficult.

2 訂正錯誤。

1. Nothing is so sweet for me to eat.

2. Is Dottie enough capable to deal with those four children when they are naughty?

3. Jake was lucky to have not been killed by the earthquake.

4. This mountain is very difficult to climb it.

5. To train her dog well, both Alice's patience and firmness are needed.

3 根據括弧裡提供的文字，用不定詞片語完成下列句子。

1 It was ______________________________ because of the noise.
（我很難睡著）

2 Is Ruth ____?
（害怕聽到真相）

3 Jerry is ____.
（到了可以投票和結婚的年紀）

4 A guy would have to be crazy ______________________________________.
（娶富有但懶惰的 Daisy）

5 Erika is ____.
（渴望去南美；用 anxious）

6 Harry left his hometown ____.
（為了忘記他的前妻 Mary）

7 Grace is ________________________________ that ad agency's competition for the most beautiful figure and face.
（決心要贏）

8 A man who is _____________________________ shed his blood for his country is good enough to be given a square deal afterwards. —President Theodore Roosevelt
（好到願意……）

9 June was very surprised _____________________ that there are lots of useful natural resources on the Moon.
（發現）

10 Standing alone on the island, Joan could only shout ____.
（來忘卻恐懼，不讓自己哭出來；用動詞 avoid、名詞 fears 和 tears）

Chapter
136 動名詞

1 動名詞的定義

動名詞以 **-ing** 結尾（如：asking、firing），因此也稱為 **V-ing**（或 **-ing 形式**），**是具有動詞性質的名詞**。動名詞經常與其他字彙連用，構成**動名詞片語**，例如：living in the city（住在城市裡）。

- Jerome is looking forward to his wife returning home.
  傑羅姆期盼著他的妻子回家。

整個動名詞片語（his wife returning home）具有名詞的性質，作介系詞 to 的受詞；動名詞 returning 又具有動詞的性質，接副詞 home。

2 No + V-ing

「**no + 動名詞**」的句型用來解釋某件事是**不可能**的或**不允許**的，常用於告示和招牌裡。

NO CAMPING 禁止露營
NO CYCLING 禁止騎自行車
NO DIVING 禁止跳水
NO DRINKING 禁止喝酒
NO FEEDING ANIMALS 禁止餵食動物
NO FISHING 禁止釣魚
NO PARKING 禁止停車
NO SMOKING 禁止吸菸
NO SWIMMING 禁止游泳

- Could you go outside, Joe? There is no smoking in this building.
  喬，到外面去，好嗎？這棟大樓裡禁止吸菸。

3 動名詞的時態和語態

動名詞具有**動詞**的性質，比如，跟主要動詞一樣，有**時態**和**語態**。**動名詞**的時態和語態的形式與**現在分詞**的時態和語態形式一樣。動名詞可使用下列動詞形式（以動詞 **design** 為例）：

	時態	語態	
		主動動名詞	被動動名詞
動名詞	簡單式	designing	being designed
	完成式	having designed	having been designed

❶ **動名詞的時態**：如果動名詞表示**一般性動作**，或與主要動詞的動作**同時**發生或在其**之後**發生，要用動名詞**簡單式**。如果動名詞的動作發生在主要動詞的動作**之前**，要用動名詞**完成式**。

動名詞 fighting 表示一般性動作（一件始終如一的事實）。

- Fighting a water balloon battle is tiring but exciting.
  打水球仗很累人，但也令人興奮。

注意：這句 be 動詞後面的 tiring 和 exciting 是現在分詞（不是動名詞），相當於形容詞，作主詞補語。

having eaten 是動名詞完成式，指發生在主要動詞 repent 之前的事。

- We never repent of having eaten too little. 我們絕不會因為吃得太少而懊悔。
  —President Thomas Jefferson 美國總統湯瑪斯．傑弗遜

❷ **動名詞的語態**：跟主要動詞一樣，動名詞也有**主動語態**和**被動語態**。

eating 是動名詞**主動簡單式**，指一件始終如一的事實，其邏輯主詞（I）是動作的**執行者**（I eat）。

- **Eating ice cream always makes me happy.** 吃冰淇淋總是讓我開心。

having been given 是動名詞**被動完成式**，指發生在主要動詞 appreciate **之前**的事，其邏輯主詞 Margo 是動作 give 的**承受者**（Margo was given the opportunity）。

- **Does Margo appreciate having been given the opportunity to study at Yale 8 years ago?**
瑪歌對於八年前得到去耶魯大學念書的機會表示感激嗎？

4 動名詞在複合名詞中的用法

❶ 就像名詞作形容詞一樣（如：a bus driver），**動名詞**也可以當**形容詞**用，與另外一個名詞連用，構成**複合名詞**，表示此名詞的**功能**或**用途**。

表示功能（shoes for running）。

- **Whose running shoes have rainbow hues?** 誰的跑鞋是五彩繽紛的顏色？

❷ **動名詞**作形容詞與**現在分詞**作形容詞的區別：**動名詞**作形容詞表**功能**或**用途**；**現在分詞**作形容詞表**動作**，與所修飾的名詞之間存在「**主詞和動詞**」的關係。

動名詞的複合名詞表功能（the room for waiting 等候室）。

- **Jerome is in the waiting room.** 傑羅姆在等候室裡。

現在分詞表動作（a train that was waiting 等候中的火車）。

- **Jane climbed onto the waiting train that would head to Spain.**
珍爬上正在等候前往西班牙的火車。

5 動名詞與邏輯主詞的搭配類型

❶ **動名詞**在句中作**主詞**時，其邏輯主詞必須用**所有格形式**（Mary's, her, his, my）。

- **Mary's leaving home was a big shock to Jerome.** 瑪麗離家出走使傑羅姆大為震驚。

❷ **動名詞**作**受詞**時，若句子主詞和動名詞的邏輯主詞**不一致**，其邏輯主詞在**正式用語**中要用**所有格形式**，**非正式用語**中可以用**名詞普通格**（John, student）或**代名詞受格**（him, me）。

名詞所有格

正 式 **Jill is annoyed about John's forgetting to pay the electric bill.**

名詞普通格

非正式 **Jill is annoyed about John forgetting to pay the electric bill.**

吉兒對約翰忘記繳電費一事非常生氣。

代名詞所有格

正 式 **Bing and I are tired of your complaining.**

代名詞受格

非正式 **Bing and I are tired of you complaining.** 我和賓對你的滿腹牢騷感到厭倦了。

❸ 在下列情況下，動名詞在句中無論作主詞還是受詞，邏輯主詞都**不能用名詞所有格**：

1 動名詞前的名詞為**複數名詞**、**集合名詞**、**抽象名詞**時，該名詞必須為**普通格**，而非所有格。

複數名詞

- **Paul was amazed by his dogs jumping over the wall.**
保羅大為吃驚，他的狗竟一躍跳過了這面牆。

- The whole family going to India for our summer vacation was my idea. （family → 集合名詞）
  暑假全家去印度度假是我的主意。
- This is another example of old age being better than youth. （old age → 抽象名詞）
  這又是老齡勝過青春的一個範例。

2 動名詞之前的名詞**被其他詞彙修飾**時，該名詞必須以**普通格**出現，而非所有格。

- Kay is thankful for the man next door often shoveling snow from her driveway.
  凱非常感激隔壁男子經常把她車道上的雪鏟走。

3 動名詞的邏輯主詞是**不定代名詞 someone、anyone** 等時，該不定代名詞**不用所有格形式**。

- Lenore was suddenly awakened by someone knocking on the door.
  蕾諾兒突然被敲門聲弄醒了。

4 **感官動詞**（see、hear 等）之後要用**名詞普通格／代名詞受格**，不用所有格。

dancing 是動名詞。（注意：部分文法家把感官動詞〔see、hear 等〕後面的 V-ing 看成是現在分詞。）

- Pete saw me dancing in the street. 彼特看見我在大街上跳舞。

PRACTICE

1 判斷下面藍色文字是動名詞還是現在分詞，並把片語翻譯成中文。

1 a sleeping baby ________ → ________
2 a sleeping pill ________ → ________
3 a sleeping bag ________ → ________
4 a jogging machine ________ → ________
5 a crying little boy ________ → ________
6 reading glasses ________ → ________

2 選出正確答案。

____ 1 ________ is a part of the Mission family's Christmas tradition.
Ⓐ Giving gifts Ⓑ Give gifts
Ⓒ Giving of gifts Ⓓ Both A and B are correct.

____ 2 ________ to look at any of the sketches Jim had drawn annoyed him.
Ⓐ I refusing Ⓑ My refusing
Ⓒ Refusing Ⓓ A and B and C are all correct.

____ 3 Dwight dislikes ________ late at night.
Ⓐ his wife's working Ⓑ his wife working
Ⓒ working Ⓓ A and B and C are all correct.

_____ **4** ___________ could make that person angrier or crazier.

Ⓐ Ignoring someone screaming at you
Ⓑ Ignoring someone's screaming at you
Ⓒ Ignore someone screaming at you
Ⓓ Both A and B are correct.

_____ **5** Could you please put out your cigarette, Coco? ______ on this college campus.

Ⓐ There is not smoking　Ⓑ There is no smoking
Ⓒ There is no smoke　Ⓓ Both A and C are correct.

_____ **6** ___________, we all go up or else we all go down. —President Franklin Delano Roosevelt

Ⓐ In our seeking for economic and political progress
Ⓑ In our seek for economic and political progress
Ⓒ In our seeking to economic and political progress
Ⓓ A and B and C are all correct.

_____ **7** ___________, Coco Wu held a big party at the Blue Hotel in San Francisco.

Ⓐ After having been elected governor of California
Ⓑ Having been elected governor of California
Ⓒ Being elected governor of California
Ⓓ Both A and B are correct.

_____ **8** ___________, Kay felt good despite ___________ 16 hours on the computer the previous day.

Ⓐ Having slept for 8 hours; worked
Ⓑ Having slept for 8 hours; having worked
Ⓒ Slept for 8 hours; having worked
Ⓓ Sleeping for 8 hours; working

3 根據括弧裡提供的文字，用動名詞完成下列句子。

1 The noise of car doors ________________________________ can often be heard in the crowded Lake Wood neighborhood.（被打開、被關上）

2 If you think too much about ___________________________, it is very difficult to be worth re-electing.（再度當選；用動詞 re-elect） —President Thomas Woodrow Wilson

3 Lulu objects to ____________________ Honolulu.（我搬去）

4 ________________________ can destroy your health and take away your wealth.（當州長）

5 I was pleased by __________, my ten-year-old son, ____________________ tonight.（Dwight；做晚飯；用 supper）

6 Do you remember ____ on New Year's Eve?（Steve 和他的父母看望我們；用 visit）

Chapter 137 不定詞和動名詞的名詞用法：(1) 不定詞或動名詞作主詞或主詞補語

1 不定詞或動名詞作主詞

❶ **不定詞**和**動名詞**都可以當作**名詞**使用，具有名詞的功能。比如，像名詞一樣，都可以作句子的**主詞**。

- Smoking cigarettes is not good for you or your family.
  = To smoke cigarettes is not good for you or your family. 吸菸對你和你的家人都不好。
- To be prepared for war is one of the most effective means of preserving peace.
  準備打仗是維護和平最有效的方法之一。 ——President George Washington 美國總統喬治・華盛頓

❷ 可用 **it** 作虛主詞，把實際主詞動名詞片語或不定詞片語放在後面。

句型 1：it + be 動詞 + 名詞／形容詞 + 動名詞／不定詞

- 動名詞主詞太長，用 it 作虛主詞更自然（如第一句），使句子保持平衡。
  實際主詞在後。
  It is no good pretending to know what you don't know.
  動名詞片語作主詞。
  = Pretending to know what you don't know is no good. 不懂裝懂毫無裨益。
- 實際主詞在後。
  It is my goal to swim in the Olympics.
  不定詞片語作主詞。
  = To swim in the Olympics is my goal. 在奧運會上游泳是我的目標。

句型 2：it + 行為動詞 + 受詞 + 不定詞（非動名詞）

- 實際主詞在後。
  It took me a whole week to finish writing this article.
  不定詞片語作主詞。
  = To finish writing this article took me a whole week. 我整整花了一週才寫完這篇文章。

2 不定詞或動名詞作主詞補語

不定詞和**動名詞**就像名詞一樣，都可以放在連綴動詞後面作**主詞補語**。主詞補語用來說明主詞，通常置於**連綴動詞 be** 後面。

- My favorite hobby is sailing my boat *The Blue Bobby*.
  = My favorite hobby is to sail my boat *The Blue Bobby*.
  我最大的嗜好就是駕駛我的帆船「藍色員警」。
- My first wish is to see this plague of mankind, war, banished from the earth.
  我的第一個心願就是看到戰爭這個人類的瘟疫從地球上被消滅。
  ——President George Washington 美國總統喬治・華盛頓

PRACTICE

1 依據範例，用四種句型改寫下列句子。（注意：有些題目僅可使用其中一種或兩種句型，請將其他不能改寫的句型標示 O ，代表不可用此句型改寫。）

Example: Reaching the top of that ridge before sunset is my plan.

1 *To reach the top of that ridge before sunset is my plan.* ➡ 不定詞作主詞

2 *It is my plan to reach the top of that ridge before sunset.* ➡ 實際主詞不定詞後置

3 *My plan is to reach the top of that ridge before sunset.* ➡ 不定詞作主詞補語

4 *My plan is reaching the top of that ridge before sunset.* ➡ 動名詞作主詞補語

1 "Playing basketball in the NBA is my favorite fantasy," said Paul.

1 ______

2 ______

3 ______

4 ______

2 Smoking and drinking will damage your lungs, brain, and heart.

1 ______

2 ______

3 ______

4 ______

3 Getting into Cambridge University was her biggest ambition.

1 ______

2 ______

3 ______

4 ______

4 Being a politician means you have to be active and look attractive.

1 ______

2 ______

3 ______

4 ______

5 Being elected mayor is not enough for Theodore, because he always wants more.

1 ______

2 ______

3 ______

4 ______

Chapter 138 不定詞和動名詞的名詞用法：(2) 不定詞作名詞補語或同位語

1 不定詞作名詞或不定代名詞補語

❶ 名詞 + 不定詞 不定詞用在**名詞**後面作**名詞補語**（noun complement）。因用來修飾名詞，功能類似於形容詞。

interesting stories to tell 有趣味故事要講 tons of homework to do 有很多功課要做
his decision to retire 他退休的決定 the right to remain silent 有權保持沉默

- Education is the key to unlock the golden door of freedom.
  教育是打開自由金門的鑰匙。——President George Washington 美國總統喬治・華盛頓

❷ 不定代名詞 + 不定詞 不定詞常放在下列**不定代名詞**後面作**不定代名詞補語**：

something nowhere somebody anything nothing anybody

- Joe has nowhere to go. 喬無處可去。
- Did Kay have anything interesting to say? 凱說了什麼有趣的事嗎？

❸ 名詞／不定代名詞 + 不定詞 + 介系詞 一些作名詞補語或不定代名詞補語的不定詞後面還常接有**介系詞**。

名詞 + 不定詞 + 介系詞（介系詞放在不定詞後面）
常用 Little Kay Smith needs a doll to play with.

名詞 + 介系詞 + whom/which + 不定詞（介系詞放在不定詞前面）
非常正式 Little Kay Smith needs a doll with which to play.
小凱・史密斯需要一個洋娃娃玩。

不定代名詞（nothing）+ 不定詞 + 介系詞；介系詞不放在不定詞前面。
- We have nothing to talk about. 我們沒有什麼好談的。

2 不定詞作名詞同位語

名詞 + 不定詞 不定詞用在名詞後面作**名詞同位語**（appositive），補充說明該名詞，需要用**逗號**把不定詞和名詞分開。

- Lulu told me that her long-cherished wishes, to travel around the world and write a book about Mars, had finally come true.
  露露告訴我，她神往已久的兩個夙願——環遊世界和寫一本關於火星的書——終於實現了。

  不定詞片語只是對名詞片語 her long-cherished wishes（神往已久的夙願）做補充說明，需要用逗號把不定詞和名詞分開，這類不定詞被看作是名詞的同位語。如果刪除不定詞片語，句子的意思依然是完整的。

比較

不定詞作名詞補語

不定詞 to move back to Paris 修飾或限定名詞 wish，作名詞補語。如果刪除不定詞片語，句子的意思就不完整。
- Iris has no wish to move back to Paris. 艾莉絲不想搬回巴黎。

PRACTICE

1 根據括弧裡提供的文字，用不定詞完成下面的句子。

1. Margo has ______________________ to Chicago.（不願搬回；用名詞 wish）
2. Kim would be a fool ______________________.（嫁給他）
3. Pete has nothing ______________________.（煮和吃）
4. One cool judgment is worth a thousand hasty counsels. ______________________ is to supply light and not heat.（該做的事）
—President Thomas Woodrow Wilson
5. Joe, don't be slow. You know we've got ______________________ and ______________________.（事要做；路〔miles〕要走）
6. Yesterday is not ours to recover, but tomorrow is ours ______________________.（贏或輸）
—President Lyndon Baines Johnson

2 判斷下列句子裡的劃線部分是否正確。正確打 ✓，不正確打 ×，並訂正錯誤。

1. [ ] "My little son, Dan, needs a friend <u>to play</u>," said Kay.
____
2. [ ] I can't go out with you tonight, because I've got <u>a report writing</u>.
____
3. [ ] Coco has finally made <u>a decision to leave</u> San Francisco.
____
4. [ ] Both San Francisco and Chicago are windy cities <u>to live</u>.
____
5. [ ] It is common sense <u>taking</u> a method and <u>trying</u> it. If it fails, admit it frankly, and try another. But above all, try something.
____
6. [ ] I believe I shall never be old enough to speak without embarrassment when I have <u>nothing to talk about</u>. —President Abraham Lincoln
____

Chapter 139 不定詞和動名詞的名詞用法：(3) 動名詞作介系詞的受詞、動名詞和不定詞作動詞的直接受詞

1 動名詞作介系詞的受詞

❶ 名詞／形容詞／動詞 + 介系詞 + 動名詞

某些名詞、形容詞、動詞後面常接有**介系詞**，如：the idea of（主意）、tired of（厭煩）、talk about（談論）等，這種情況下，介系詞後面應該用**動名詞**（V-ing）作**受詞**，不能用不定詞。

名詞（reason）+ 介系詞（for）+ 動名詞（telling）

- **Ruth has no reason for not telling the truth.**

「名詞 + 不定詞」的句型：不定詞作名詞（reason）補語。否定詞 not 要置於不定詞之前。

= **Ruth has no reason not to tell the truth.** 露絲沒有理由不講實話。

形容詞（good）+ 介系詞（at）+ 動名詞（dealing）

- **Pat is good at dealing with difficult people.** 派特善於對付難搞的人。

動詞（talked）+ 介系詞（about）+ 動名詞（moving）

- **Yesterday Amy talked about moving her family to Miami.**
  昨天艾咪談到她全家要搬去邁阿密。

> 比較 **不定詞片語**必須與**疑問詞**（who、how、what 等）連用，才可以作介系詞的受詞。
>
> - **Sue had no idea whom to ask about how to complete this task.**
>   如何才能完成這項任務，蘇不知道該向誰請教。

❷ 介系詞 to + 動名詞（非不定詞）

to 有時不是不定詞符號，而是**介系詞**（如：be opposed to），或者與某些動詞構成**片語動詞**（如：take to）。當 **to** 作**介系詞**用，或是**及物的片語動詞**的一部分時，後面要接**動名詞**。

➡ 片語動詞接動名詞請參看 p. 423〈6 片語動詞 + 動名詞〉

be accustomed to 習慣於	**get/be used to** 習慣於	**object to** 反對
be devoted to 致力於	**get around to** 抽空做	**take to** 開始從事
be dedicated to 奉獻給	**look forward to** 盼望	

✕ **Are you used to drive on the left side?**

✓ **Are you used to driving on the left side?** 你習慣靠左行駛嗎？

- **I'm not accustomed to dancing with strangers.** 我不習慣跟陌生人跳舞。

❸ before/after/since + 動名詞 & before/after/since + 子句

在 **before**、**after**、**since** 等字的後面，既可以用**動名詞**（V-ing），也可以用「**主詞 + 動詞**」（即**副詞子句**）的句型。用**動名詞**時，這些字為**介系詞**；用子句「**主詞 + 動詞**」時，這些字則為**連接詞**。

• Ted had some yogurt before going to bed. (before → 介系詞)

= Ted had some yogurt before he went to bed. 泰德上床之前吃了一些優格。 (before → 連接詞)

2 動名詞和不定詞作動詞的直接受詞

❶ 動詞後面的**直接受詞**可以用**名詞**、**不定詞**和**動名詞**（V-ing）。

• Do you like coffee and tea? = Do you like to drink coffee and tea? (coffee and tea → 複合名詞作受詞。；to drink coffee and tea → 不定詞片語作受詞。)

= Do you like drinking coffee and tea? 你喜歡喝咖啡和茶嗎？ (drinking coffee and tea → 動名詞片語作受詞。)

❷ 「**疑問詞 + 不定詞**」作動詞的**直接受詞**。注意：疑問詞後面不可以用 -ing 形式。

• Could you tell Margo which way to go? 告訴瑪歌該走哪條路，好嗎？ (which way to go 作動詞 tell 的直接受詞，Margo 是間接受詞。)

PRACTICE

1 判斷下列句子是否正確。正確打 ✓，不正確打 ×，並訂正錯誤。

1 [ ] Has Clint already told Jenny how many copies printing?

____

2 [ ] Margo took to study both English and Spanish ten years ago.

____

3 [ ] The demand that I make of my reader is that he should devote his whole life to reading my works.

____

4 [ ] My forty-year-old daughter sighed, "I don't like the idea to get old."

____

2 根據括弧裡提供的文字，完成下面句子。

1 Margo did not know ____________________. （該去哪裡）

2 Coco wrote a funny book about ____________________.
（在新墨西哥州當廚師；用 be 動詞）

3 Ivy finally got around to ____________________ *The Return of King Kong.*
（看電影）

4 No man is justified in ____________________ on the ground of expediency.
（作惡；用動詞片語 do evil）
—President Theodore Roosevelt

Chapter 140 不定詞和動名詞的名詞用法：(4) 動詞接不定詞或動名詞 1

1 動詞 + 不定詞

有些動詞要接**不定詞**作**直接受詞**。

ask 詢問　　choose 選擇　　decide 決定　　promise 答應

- Kay has decided to apply for that hotel management position in Norway.
凱已經決定應徵挪威那家飯店的管理職位。
- Dwight promised to be home before midnight. 杜威特答應在半夜之前回家。

2 動詞 + 間接受詞（人）+ 不定詞

一些動詞要先接「人」作**間接受詞**，再接**不定詞**作**直接受詞**。

advise 勸告　　allow 允許　　permit 允許　　persuade 說服

在「主詞 + 動詞 + 間接受詞 + 不定詞」的句型中，間接受詞（me）是不定詞片語（to move）的邏輯主詞。

- She persuaded me to move to Washington, D.C. 她說服我搬到華盛頓特區。

3 動詞 + 動名詞

❶ 一些動詞後常接**動名詞**作受詞。

avoid 避免	complete 完成	finish 完成	practice 練習	resist 抗拒
consider 考慮	dislike 不喜歡	mind 介意	quit 放棄；戒掉	suggest 建議

- Sue often resists being told what to do and what not to do.
蘇常抗拒別人告訴她什麼該做和什麼不該做。

go climbing

❷ **go + V-ing**：動詞 **go** 後面常接一些表示**運動**、**娛樂**的**動名詞**。

go fishing 去釣魚　　go climbing 去爬山
go swimming 去游泳　　go bowling 去打保齡球

- Tomorrow morning I'll go window-shopping with Mary.
明天上午我要跟瑪麗一起去逛街。

❸ **do + the + V-ing**：動詞 **do** 經常搭配**動名詞**，表示**工作**。
句型是「**do + the/some + 動名詞**」。

- I'll do the cleaning, and you can do the painting.
我來打掃，你可以上油漆。

4 動詞 + 間接受詞（人）+ 動名詞

❶ 要接動名詞的動詞當中，有些可以先接**間接受詞（人）**，再接**動名詞**作為**直接受詞**，比如動詞 dislike。

動詞（dislikes）+ 動名詞（getting）
- **Lily dislikes getting up early.** 莉莉不喜歡早起。

動詞（dislike）+ 間接受詞（people）+ 動名詞（telling）
- **I dislike people telling me what to do and what to think.**
  我不喜歡別人告訴我該做什麼、該想什麼。

❷ 一些動詞以及**感官動詞**（feel、hear 等）**必須接間接受詞**後，才接**動名詞**。

catch 撞見；逮到	**discover** 發現	**find** 發現
leave 留下……繼續做	**feel** 感覺到	**hear** 聽到

- **A nurse caught him stealing a patient's purse.** 一名護理師逮到他偷竊病人的錢包。
- **At the meeting, Scot felt his cellphone vibrating and did not know whether to answer it or not.** 開會時，史考特感覺到他的手機在震動，不知道該接還是不接。

5 「動詞 + 動名詞」和「動詞 + 受詞 + 不定詞」

下列動詞用於**主動語態**時，要接**動名詞**作受詞（如：allow doing），如果後面有「人」作間接受詞，則要用**不定詞**作直接受詞（如：allow you to do）。

advise 勸告	**encourage** 鼓勵	**permit** 允許
allow 允許	**forbid** 禁止	**recommend** 建議；勸告

動詞 forbids 用於主動語態，後面接動名詞 smoking 作受詞。
- **The new regulation forbids smoking on any school bus or campus.**
  新規定禁止在任何校車或校園裡抽菸。

動詞 forbade 用於主動語態，後面有 Jake 作間接受詞，用不定詞 to have 作直接受詞。
- **Mom forbade Jake to have another piece of birthday cake.** 媽媽不許傑克再吃一塊生日蛋糕。

> **提示**
> **suggest**（建議）後面要接**動名詞**，不能用「動詞 + 受詞 + 不定詞」句型。
> ⊗ **Erica suggested me to get a Ph.D. in America.**
> ✓ **Erica suggested my getting a Ph.D. in America.**
> 在 suggest 的句子裡，句子主詞和動名詞的主詞不同時，動名詞前面要用所有格（my），不用受格（如：me、him）。
> 美式英語更常用接原形動詞的受詞子句。
> = **Erica suggested that I get a Ph.D. in America.** 艾芮卡建議我去美國攻讀博士學位。

6 片語動詞 + 動名詞

許多**片語動詞**後面要接**動名詞**作為受詞。下面列舉的這些片語動詞裡，有些是以介系詞結尾（think of），有些是以副詞結尾（put off），但後面都要接**名詞**、**代名詞**或**動名詞**。

look forward to 期待	**put off** 延遲	**think of** 想到；考慮	**take up** 開始從事

- **I look forward to seeing you in Yellowknife, Canada.** 我期待在加拿大黃刀鎮見到你。

PRACTICE

1 選出正確答案。

_____ **1** It's late, but Ted still does not want __________ to bed.

Ⓐ going Ⓑ to go Ⓒ go Ⓓ Both A and B are correct.

_____ **2** Bing has taken up __________.

Ⓐ cycling Ⓑ to cycle Ⓒ cycle Ⓓ Both A and B are correct.

_____ **3** Amy did __________ on our trip to Miami.

Ⓐ driving Ⓑ to drive Ⓒ the driving Ⓓ Both A and C are correct.

_____ **4** Did you mention __________ Kris last summer in Paris?

Ⓐ to meet Ⓑ meeting Ⓒ meet Ⓓ Both A and B are correct.

_____ **5** Kay recommended __________.

Ⓐ going by subway Ⓑ that we go by subway

Ⓒ that we went by subway Ⓓ Both A and B are correct.

_____ **6** I can't help __________ she is hiding something.

Ⓐ thinking Ⓑ think Ⓒ to think Ⓓ Both A and C are correct.

_____ **7** I can't imagine Dirk __________ late at night, trying to finish his English homework.

Ⓐ work Ⓑ working Ⓒ to work Ⓓ Both A and C are correct.

_____ **8** I __________ last night with Dwight.

Ⓐ played bowling Ⓑ went to play bowling

Ⓒ went bowling Ⓓ Both A and C are correct.

_____ **9** Kay suggested __________ on Sunday.

Ⓐ going to hike Ⓑ that we should go hiking

Ⓒ us to go hiking Ⓓ Both A and B are correct.

_____ **10** Does Margo appreciate __________ to study at Cambridge 4 years ago?

Ⓐ to have been given the opportunity Ⓑ having been given the opportunity

Ⓒ being given the opportunity Ⓓ Both B and C are correct.

____ 11 I wouldn't ____________ to the movie theater, because it's difficult to find a place to park.

Ⓐ advise you to take your huge RV Ⓑ advise taking your huge RV

Ⓒ advise you taking your huge RV Ⓓ Both A and B are correct.

____ 12 I like to believe that people in the long run are going ____________ than our governments. —President Dwight David Eisenhower

Ⓐ to do more to promote peace Ⓑ to do more promoting peace

Ⓒ doing more to promote peace Ⓓ Both A and B are correct.

2 根據括弧裡提供的文字，用不定詞或動名詞完成下面句子。

1 Bing enjoys ______________________________.（吃、笑）

2 Last year I ________________________ almost every morning with Bing.（去游泳）

3 Kay __________________________________ 25,000 English words every day.（鼓勵我閱讀）

4 Bing, quit ______________.（打架）

5 Can Sue afford ____ in Bolivia?（看望她的朋友 Olivia）

6 Dr. Pool proposed a new rule that would _______________________ in the school.（禁止親吻；用 forbid）

7 She doesn't care much about _______________, and she just wants ____________________________________.（富有；愉快和健康；用 be 動詞）

8 Sue | Paul, would you mind ______________________________ any alcohol?（不要給任何人供應；用 serve）

Paul | OK, I won't serve any alcohol at all.

9 Do you want _______________ who you are? Don't ask. Act! Action will delineate and define you.（知道） —President Thomas Jefferson

10 "I just can't see ____________________ this volleyball game," I said with a sigh.（他們會贏）

Chapter 141 不定詞和動名詞的名詞用法：(5) 動詞接不定詞或動名詞 2

1 接「動名詞的主動式」或「不定詞的被動式」表示被動意義的動詞

在一些動詞後面，表示**被動意義**要接**動名詞的主動式**或**不定詞的被動式**。

demand 要求　　deserve 應得；應受
need 需要　　require 需要；要求

→ 句型：something needs doing = something needs to be done

- June, your bill needs paying by noon.
  = June, your bill needs to be paid by noon.
  → 在英式英語裡，want 後面可以接動名詞，表示「需要」。
  = June, your bill wants paying by noon.
  茱恩，你的帳單需要在中午之前支付。

比較
句型「**somebody needs to do something**」表主動意義：
- To learn English well, Scot needs to read a lot.
  為了學好英文，史考特需要大量閱讀。

2 接動名詞和不定詞意義相同的動詞

❶ 下列動詞既可以接**不定詞**，也可以接**動名詞**（V-ing），兩者在**意思上幾乎沒有區別**。

attempt 試圖
begin 開始
bother 打擾
can't bear / can't stand 不能忍受
cease 停止
continue 繼續
fear 害怕
hate 討厭；不喜歡
intend 打算；計畫
like 喜歡（= enjoy）
love 熱愛
prefer 更喜歡；偏好；寧願
start 開始

- On Sunday mornings Ed prefers to stay in bed.
  = On Sunday mornings Ed prefers staying in bed.
  星期天早上艾德寧可待在床上。

❷ 上表中的一些動詞在某些情況下只能接**動名詞**，而在另一些情況下只能接**不定詞**。

1 **兩個不定詞**或**兩個動詞 -ing 形式**（現在分詞和動名詞）通常不會連在一起使用。

兩個不定詞不可連在一起使用。

✗ Kay wants to start to learn Spanish on Monday.

✓ Kay wants to start learning Spanish on Monday.

凱打算週一開始學西班牙語。

✗ Look, Coco, it's starting snowing.

✓ Look, Coco, it's starting to snow.

兩個動詞 -ing 形式不可連在一起使用。即現在分詞（starting）後面不可以接動名詞（snowing）。

可可，瞧，開始下雪了。

2 begin/start 後面如果接**狀態動詞**（如：believe、understand、realize、know），要用**不定詞**。

✗ I have finally begun understanding why Jerome decided to live in Rome.

✓ I have finally begun to understand why Jerome decided to live in Rome.

我終於開始明白了傑羅姆為什麼決定在羅馬居住。

3 like/love 若表示**樂趣**、**愛好**（enjoyment），指「喜歡做某事」，後面接**不定詞或動名詞**都可以，兩者沒有區別。但如果談論**選擇和習慣**（choices and habits），通常用**不定詞**。

樂趣

- Paul likes to play volleyball.
  = Paul likes playing volleyball. 保羅喜歡打排球。

習慣

- When Dee is making milk tea, she likes to add a little bit of chocolate.
  蒂煮奶茶時，喜歡加一點巧克力。

4 would like / would prefer / would hate / would love 後面要接**不定詞**，不接動名詞。

- I'd like to have a cup of coffee.
  = I want to have a cup of coffee.
  我想喝一杯咖啡。

- She'd love to become a beautician, not a politician.
  她想成為一名美容師，而不是政治家。

5 like（喜歡）後面既可以接**動名詞**，也可以接**不定詞**，意義相同，但其反義詞 dislike 後面只能接**動名詞**。

- I really dislike my daughter going to the mall with that lazy guy.
  我實在不喜歡我女兒跟那個懶惰的傢伙去購物中心。

PRACTICE

1 選出正確答案。

_____ **1** Margo began __________ Spanish five years ago.

Ⓐ to study Ⓑ studying

Ⓒ Both A and B are correct.

_____ **2** Mitch likes __________ rich.

Ⓐ to be Ⓑ being

Ⓒ Both A and B are correct.

_____ **3** I dislike __________ in the winter.

Ⓐ to climb mountains Ⓑ climbing mountains

Ⓒ Both A and B are correct.

_____ **4** Does Bing like __________ early in the morning?

Ⓐ to jog Ⓑ jogging

Ⓒ Both A and B are correct.

_____ **5** Kay and I would like __________ the Moon someday.

Ⓐ to visit Ⓑ visiting

Ⓒ Both A and B are correct.

_____ **6** I am sixteen years old, and I'd like __________ how to drive and scuba dive.

Ⓐ to start to learn

Ⓑ to start learning

Ⓒ starting to learn

_____ **7** Amy began __________ how deeply her lies had hurt me.

Ⓐ to realize Ⓑ realizing

Ⓒ Both A and B are correct.

_____ **8** What language do I need __________ if I go to Togo?

Ⓐ to know Ⓑ knowing

Ⓒ Both A and B are correct.

_____ 9 Your electric car needs __________, Lenore.

Ⓐ to be repaired Ⓑ repairing

Ⓒ Both A and B are correct.

_____ 10 Because of her weight problem, Kay likes __________ to the gym at least every other day.

Ⓐ to go Ⓑ going

Ⓒ Both A and B are correct.

_____ 11 I am beginning __________ traveling with Pam.

Ⓐ to enjoy Ⓑ enjoying

Ⓒ Both A and B are correct.

_____ 12 On Sunday afternoons Kay prefers __________ in the church and pray.

Ⓐ to stay Ⓑ staying

Ⓒ Both A and B are correct.

2 根據括弧裡提供的文字，完成下面句子。

1 Bing and Kim love ______________________________.
（游泳和水肺潛水；用 swim 和 scuba dive）

2 "I'd love ______________ rich!" exclaimed Mitch.（變成）

3 Though he was tired, Dwight continued ______________ on his report until midnight.（工作）

4 Do you intend ______________ Sue about your plan to move to Honolulu?
（告訴）

5 Pat can't bear ______________________ from her dog and cat.
（離別；用 separate）

6 "I hate ______________ on Sundays," complained Kate.（工作）

7 Dee suggested, "Let's watch a movie." June replied, "I worked very hard last night, so I'd prefer ______________________ this afternoon."（睡午覺）

8 Look, Jane. It's beginning ______________.（下雨）

Chapter 142 不定詞和動名詞的名詞用法：(6) 動詞接不定詞或動名詞 3

1 接不定詞和動名詞意義稍有區別的動詞

① remember & forget

remember/forget + 不定詞	朝未來看，意思是「記得／忘記**要做**某件事」。
remember/forget + 動名詞	朝過去看，意思是「記得／（不會）忘記**已經做過**某件事」。

朝未來看（Lenore **needs to lock** the back door.）。

- Lenore, don't forget to lock the back door. 蕾諾兒，別忘了鎖後門。
  = Lenore, remember to lock the back door. 蕾諾兒，記得鎖後門。

朝過去看（Kris **already visited** Paris.）。

- Kris will always remember visiting Paris.
  = Kris will always remember having visited Paris.
  克麗絲將永遠記得去巴黎旅遊的經歷。

在 forget、remember、regret 等動詞後面，可以用**動名詞完成式**（having + 過去分詞）代替**動名詞簡單式**（V-ing），意思沒有區別。用動名詞完成式更清楚表達**動作發生在過去**，點出時間層次。

提示

forget 表示「朝過去看」的用法

① 「**forget + 動名詞**」通常用於**否定句**，表示「不會忘記已經做過的事」。

- I will never forget visiting (= having visited) New York City!
  我永遠不會忘記造訪紐約市的經歷！

② forget 用於**肯定句**時，要用「**forget about + having done**」表達動作發生在過去。

- I forgot about having told her about your visit.
- I forgot (that) I had told her about your visit.
  我忘記我早就把你來過的事告訴她了。

② regret

regret + to tell/inform/say + that 子句	用於**宣布壞消息**（通常只接 tell、inform、say 這類動詞）。
regret + 動名詞	為**過去**做過的某件事感到後悔。

遺憾地通知對方一個壞消息。

- We regret to inform you that your cottage was destroyed in a windstorm.
  我們很遺憾地通知你，你的別墅在一場風暴中被毀了。

為做過的事感到後悔。

- Coco regrets getting that tattoo on her leg two years ago.
  可可後悔兩年前在腿上刺了那個刺青。

3 mean

mean + 不定詞	打算；意圖（= intend）。
mean + 動名詞	意味著；涉及某件事或產生結果（= involve）。

- I didn't mean to hurt you or Sue. 我並沒有想要傷害你或蘇。（to hurt → 意圖）
- This new job means moving to Honolulu. 這項新工作意味著要搬去檀香山。（moving → 意味著）

4 go on

go on + 不定詞	完成某件事後，接著做**另一件**事情。
go on + 動名詞	**繼續**做某件事（原本就在做的事）。

完成某件事（跟學生談話）後，接著做另一件事（見教職員工），要用不定詞。
- After talking to about half of the students, the new principal went on to meet the staff.
跟大約一半的學生談過話後，新校長接著去見教職員工。

繼續做某件事（原本就在公園玩耍，然後繼續留在公園玩），要接動名詞。
- Despite the snowflakes that began to fall, Mark and I went on playing in the park.
儘管天空開始飄起了雪花，馬克和我繼續在公園玩耍。

5 stop

stop + 不定詞	結束一個行為以開始**另一個**行為。
stop + 動名詞	**停止**做某件事。

不定詞表示停下來的目的。
- On the way to San Francisco, Coco stopped to get her electric car's battery recharged in Sacramento.
在去舊金山的路上，可可在沙加緬度（加州首府）停下來為電動車的電池充電。
- Joe stopped selling computers about two years ago.
大約兩年前，喬就沒在賣電腦了。

6 try

try + 不定詞	**努力**做某件事（也可以用**動名詞**）。
try + 動名詞	**嘗試**做某件事以觀察結果。

表示「努力」也可以用動名詞，但更常用不定詞。
- Kay tries hard to improve her English by reading a simple storybook every day.
凱每天閱讀一本簡單的故事書，努力地改進自己的英語。

表示「嘗試」，只能接動名詞。
- Try using a crock pot for energy-efficient cooking. 試試用慢燉鍋做飯來節省能源。

7 感官動詞

感官動詞＋受詞（人）＋原形動詞（不帶 to 的不定詞）	強調整個動作或事件。
感官動詞＋受詞（人）＋V-ing（動名詞）	強調動作或事件正在進行。

下列動詞既可以接**原形動詞**（不帶 to 的不定詞），也可以接「**-ing 形式／V-ing**」，**但意義稍有不同**，用**原形動詞**時，通常強調聽到、看見動作或事件的**整個完成過程**（從頭到尾）；接 **V-ing** 時，暗示動作或事件**正在進行**。

feel 感覺	look at 看	overhear 無意中聽到
hear 聽見	notice 注意	see 看見
listen to 聽	observe 看到；觀察	watch 觀看

→ 強調整個完成過程（從頭到尾聽完了兩首）。
- **Yesterday I heard Rose play two of Beethoven's concertos.**
  昨天我聽蘿絲彈奏了兩首貝多芬的協奏曲。

→ 強調動作正在進行（非全過程）。
- **As she walked past the church, Annie heard someone playing Beethoven's Fifth Symphony.** 安妮路過教堂時，聽到有人在彈奏貝多芬的《第五號交響曲》。

→ 強調整個完成過程（看見從頭到尾跳了一支探戈）。
- **We saw Margo dance a tango with Mark in Central Park.**
  我們看見瑪歌與馬克在中央公園跳了一支探戈。

→ 強調動作正在進行（非全過程）。
- **We saw Margo dancing a tango with Mark in Central Park.**
  我們看見瑪歌與馬克正在中央公園跳探戈。

提示

1. **hear、see、watch** 這類感官動詞，只有在**主動語態**裡才用**不帶 to 的不定詞**（即**原形動詞**）；如果用**被動語態**，就要接**帶 to 的不定詞**或 **V-ing**。
2. **被動語態**更常用 **V-ing**（如：was seen dancing），比較少用不定詞（如：was seen to dance），因為感官動詞的被動不定詞顯得不太自然。

   → 強調整個完成過程（看見從頭到尾跳了一支探戈）。
   - **Mark was seen to dance a tango with Margo in Central Park.**
     有人看見馬克與瑪歌在中央公園跳了一支探戈。

   → 強調動作正在進行（正在跳探戈）。
   - **Mark was seen dancing a tango with Margo in Central Park.**
     有人看見馬克與瑪歌正在中央公園跳探戈。

   → was seen driving 強調「看見駕駛」的動作正在進行中；was seen to drive 強調「看見他把卡車開進湖中」的整個完成過程。
   - **Yesterday Jake was seen driving / to drive a green truck into Lake Jean.**
     昨天有人看見傑克駕駛著一輛綠色卡車開進琴湖。
3. 部分文法家把感官動詞（see、hear 等）後的 **-ing 形式**看成是**現在分詞**，作受詞補語。無論把感官動詞後面的 **-ing 形式**看成是動名詞還是現在分詞，並不重要，只需記住，這些感官動詞後面常接 **-ing 形式**，表示動作或事件正在進行。

1 選出正確答案。

____ 1 Tom forgot ____________ his mom.
Ⓐ to call Ⓑ about having called Ⓒ Both A and B are correct.

____ 2 Do you mean ____ to South Africa to visit Sue with only a little money on you?
Ⓐ to go Ⓑ going Ⓒ Both A and B are correct.

____ 3 Do you regret ____________ him the truth about Ruth?
Ⓐ to tell Ⓑ telling Ⓒ Both A and B are correct.

____ 4 If I want to be on the basketball team, I'll have to watch my weight and stop ____________ ice cream.
Ⓐ eating Ⓑ to eat Ⓒ Both A and B are correct.

____ 5 Kay, try ____________ twenty-five new words every day.
Ⓐ to learn Ⓑ learning Ⓒ Both A and B are correct.

____ 6 I regret ____________ you that neither you nor Pam passed the English exam.
Ⓐ to tell Ⓑ telling Ⓒ Both A and B are correct.

____ 7 I saw Paul ____________ the street and walk into the mall.
Ⓐ cross Ⓑ crossing Ⓒ Both A and B are correct.

____ 8 Having bought some shoes and shirts, Paul went on ____________ in the mall.
Ⓐ to shop Ⓑ shopping Ⓒ Both A and B are correct.

2 根據括弧裡提供的文字，完成下面句子。

1 Quit being crabby, and stop ____________ at Abby!（吼叫；用 yell）

2 Dawn carefully explained the features of the old electric car and went on ____________ how she had rebuilt it.（談論）

3 I ____________ Sam that he got a D on last week's Spanish exam.（忘記告訴）

4 Lily thinks raising wages might mean ____________ the purchasing power of the elderly.（減少；用 decrease）

5 I really loved Kay and tried ____________ her a bouquet of red roses, but she ran away.（給；用 offer）

6 Brad bitterly regrets ____________ his girlfriend, Lily, how much money he had.（告訴過）

7 While jogging in the morning, I saw a big brown toad ____________.（橫穿馬路；強調正在進行的動作）

8 I regret ____________ that the position for a ballet teacher was filled yesterday.（通知你；表示宣布一個壞消息）

9 I went on ____________ why I needed a new jeep until my wife fell asleep.（談論）

不規則動詞表

❶ 以下字序由左至右為：原形 → 過去式 → 過去分詞
❷ 藍色字表示三態同形。
❸ 具有兩種變化形且意義不同者，以編號標示。

原形		過去式	過去分詞	中文
(be) am		→ was	→ been	be 動詞 am
(be) are		→ were	→ been	be 動詞 are
arise		→ arose	→ arisen	升起；產生
awake		→ awoke/awaked	→ awoken/awaked	喚醒；醒來
babysit		→ babysat	→ babysat	當臨時保母
bear	①	→ bore	→ borne	承受；生孩子
	②	→ bore	→ born	生孩子；誕生（bear 表「生孩子」時，後面若無 by，被動式過去分詞用 born。）
beat		→ beat	→ beaten	打；擊
become		→ became	→ become	變成；成為
begin		→ began	→ begun	開始
bend		→ bent	→ bent	彎曲；轉彎
bet		→ bet	→ bet	打賭
bid	①	→ bid	→ bid	喊價；投標
	②	→ bade/bid	→ bidden/bid	【正式】致意 【古】吩咐
bind		→ bound	→ bound	捆；綁
bite		→ bit	→ bitten	咬；啃
bleed		→ bled	→ bled	流血
blow		→ blew	→ blown	吹；刮
break		→ broke	→ broken	打破；折斷
breastfeed		→ breastfed	→ breastfed	餵母奶
breed		→ bred	→ bred	使繁殖；產生
bring		→ brought	→ brought	帶來；拿來
broadcast		→ broadcast	→ broadcast	廣播；播放
build		→ built	→ built	建築；建造
burn		→ burned/burnt	→ burned/burnt	燃燒；著火
burst		→ burst	→ burst	爆炸；突發
buy		→ bought	→ bought	買
cast		→ cast	→ cast	投；扔
catch		→ caught	→ caught	接住；抓住；捕獲
choose		→ chose	→ chosen	選擇；挑選
come		→ came	→ come	來

cost	1 → cost	→ cost	花費；使付出（時間、勞力、代價）
	2 → costed	→ costed	【商】估計成本
creep	→ crept	→ crept	躡手躡腳地走
cut	→ cut	→ cut	切；縮短
deal	→ dealt	→ dealt	處理；談論
dig	→ dug	→ dug	掘（土）；挖（洞）
dive	美 → dived/dove	→ dived	跳水；潛水
	英 → dived	→ dived	
do	→ did	→ done	做
draw	→ drew	→ drawn	畫；拉
dream	→ dreamed/dreamt	→ dreamed/dreamt	做夢（過去式和過去分詞 dreamt 主要為英式用法）
drink	→ drank	→ drunk	飲；喝
drive	→ drove	→ driven	駕駛（汽車等）
dwell	→ dwelled/dwelt	→ dwelled/dwelt	居住（過去式和過去分詞 dwelt 主要為英式用法）
eat	→ ate	→ eaten	吃；喝
fall	→ fell	→ fallen	跌倒；降落；落下
feed	→ fed	→ fed	餵養；吃
feel	→ felt	→ felt	摸；感覺；認為
fight	→ fought	→ fought	打架；打仗
find	→ found	→ found	找到；發現
fit	→ fit/fitted	→ fit/fitted	（衣服）合身；適合於；安裝，配備（此意可用於被動）（美式英語過去式和過去分詞通常用 fit，被動語態用 fitted）
flee	→ fled	→ fled	逃
fly	1 → flew	→ flown	飛
	2 → flied	→ flied	【美】（棒球）打高飛球
forbid	→ forbade/forbad	→ forbidden	禁止
forecast	→ forecast/forecasted	→ forecast/forecasted	預測；預報
foresee	→ foresaw	→ foreseen	預見；預知
forget	→ forgot	→ forgotten	忘記（美式英語過去分詞有時用 forgot）
forgive	→ forgave	→ forgiven	原諒
freeze	→ froze	→ frozen	結冰；感到極冷
get	美 → got	→ gotten	獲得；得到
	英 → got	→ got/gotten	
give	→ gave	→ given	給
go	→ went	→ gone	走；離去

grind	→ ground	→ ground	磨；咬（牙）
grow	→ grew	→ grown	成長；發展
hang	① → hanged	→ hanged	絞死；吊死
	② → hung	→ hung	懸掛
have (has)	→ had	→ had	擁有
hear	→ heard	→ heard	聽見
hide	→ hid	→ hidden	躲藏；隱藏
hit	→ hit	→ hit	打擊；碰撞
hold	→ held	→ held	握著；持續；舉行
hurt	→ hurt	→ hurt	使受傷；疼痛
input	→ input/inputted	→ input/inputted	輸入（過去式與過去分詞 inputted 較不常見）
(be) is	→ was	→ been	be 動詞 is（第三人稱單數現在式）
keep	→ kept	→ kept	持有；保存
kneel	→ knelt/kneeled	→ knelt/kneeled	跪著（英式更常用 knelt）
knit	① → knitted	→ knitted	編織
	② → knit	→ knit	使接合；使聯合
know	→ knew	→ known	知道；認識
lay	→ laid	→ laid	放；擱
lead	→ led	→ led	引導；領先
lean	美 → leaned	→ leaned	傾斜
	英 → leaned/leant	→ leaned/leant	
leap	→ leaped/leapt	→ leaped/leapt	跳躍（過去式和過去分詞 leapt 主要為英式用法）
learn	→ learned/learnt	→ learned/learnt	學習；獲悉（過去式和過去分詞 learnt 主要為英式用法）
leave	→ left	→ left	離開
lend	→ lent	→ lent	借給
let	→ let	→ let	允許；讓
lie	→ lay	→ lain	躺；位於
light	→ lit/lighted	→ lit/lighted	照亮；點燃（lighted 常用在名詞前，如：a lighted match）
lose	→ lost	→ lost	遺失；輸掉
make	→ made	→ made	製造
mean	→ meant	→ meant	意指；意圖
meet	→ met	→ met	遇見；碰上
mistake	→ mistook	→ mistaken	弄錯；誤解
misunderstand	→ misunderstood	→ misunderstood	誤會；曲解
mow	→ mowed	→ mowed/mown	割草
outbid	→ outbid	→ outbid	出價高於（他人）

outdo	→ outdid	→ outdone	勝過；超越
outgrow	→ outgrew	→ outgrown	長得比……快
output	→ output	→ output	生產；輸出
outrun	→ outran	→ outrun	超過；跑得比較快
outsell	→ outsold	→ outsold	賣得較多
overcast	→ overcast	→ overcast	使天空變陰；變得沮喪
overcome	→ overcame	→ overcome	戰勝；克服
overeat	→ overate	→ overeaten	吃得過飽
overhear	→ overheard	→ overheard	無意中聽到
overpay	→ overpaid	→ overpaid	支付過多
overrun	→ overran	→ overrun	跑得較快；蔓延於
oversee	→ oversaw	→ overseen	無意中看到；監督
oversell	→ oversold	→ oversold	銷售過多
oversleep	→ overslept	→ overslept	睡過頭
overspend	→ overspent	→ overspent	花錢過多
overtake	→ overtook	→ overtaken	超過；追上
overthrow	→ overthrew	→ overthrown	推翻；投球過遠
partake	→ partook	→ partaken	參加；分享
pay	→ paid	→ paid	支付
pee	→ peed	→ peed	小便
plead	美 → pleaded/pled	→ pleaded/pled	辯護；抗辯
	英 → pleaded	→ pleaded	
proofread [ˋpruf,rid]	→ proofread [ˋpruf,rɛd]	→ proofread [ˋpruf,rɛd]	校對
prove	→ proved	→ proved/proven	證明（proven 主要為美式用法）
put	→ put	→ put	放
quit	美 → quit	→ quit	離開；放棄；辭職
	英 → quit/quitted	→ quit/quitted	
read [rid]	→ read [rɛd]	→ read [rɛd]	閱讀
rebuild	→ rebuilt	→ rebuilt	重建
redo	→ redid	→ redone	再做；改裝
remake	→ remade	→ remade	再製；改造
repay	→ repaid	→ repaid	償還；回報
resell	→ resold	→ resold	轉售；再賣
retell	→ retold	→ retold	再講；重述
rethink	→ rethought	→ rethought	重新考慮
rewind	→ rewound	→ rewound	轉回；重繞
rewrite	→ rewrote	→ rewritten	重寫
rid	→ rid	→ rid	使免除；使擺脫
ride	→ rode	→ ridden	乘坐

ring	→ rang	→ rung	成環形；包圍；鳴響；按鈴
rise	→ rose	→ risen	上升
run	→ ran	→ run	跑
saw	美 → sawed	→ sawed/sawn	鋸開
	英 → sawed	→ sawn	
say	→ said	→ said	説
see	→ saw	→ seen	看見
seek	→ sought	→ sought	尋找；追求
sell	→ sold	→ sold	銷售
send	→ sent	→ sent	發送；派遣
set	→ set	→ set	放置
sew	→ sewed	→ sewed/sewn	縫合
shake	→ shook	→ shaken	搖動；握（手）
shine	1 → shone	→ shone	發光
	2 → shined	→ shined	擦亮
shit	美 → shit/shat	→ shit/shat	拉屎
	英 → shit/shat/shitted	→ shit/shat/shitted	
shoe	→ shod/shoed	→ shod/shoed/shodden	給馬釘蹄鐵；給……穿鞋
shoot	→ shot	→ shot	發射
show	→ showed	→ shown/showed	顯示（過去分詞偶爾用 showed）
shrink	→ shrank/shrunk	→ shrunk/shrunken	收縮；縮小
shut	→ shut	→ shut	關上
sing	→ sang	→ sung	唱
sink	→ sank/sunk	→ sunk	下沉（過去式偶爾用 sunk）
sit	→ sat	→ sat	坐
sleep	→ slept	→ slept	睡覺
slide	→ slid	→ slid	滑動
smell	→ smelled/smelt	→ smelled/smelt	嗅；聞（過去式和過去分詞 smelt 主要為英式用法）
sow	→ sowed	→ sowed/sown	播種
speak	→ spoke	→ spoken	說話
speed	→ speeded/sped	→ speeded/sped	迅速前進；超速
spell	→ spelled/spelt	→ spelled/spelt	拼字（過去式和過去分詞 spelt 主要為英式用法）
spend	→ spent	→ spent	花錢；花時間、精力
spill	→ spilled/spilt	→ spilled/spilt	溢出（過去式和過去分詞 spilt 主要為英式用法）
spin	→ spun	→ spun	紡紗；旋轉

spit	→ spit/spat	→ spit/spat	吐（唾液等）（過去式和過去分詞 spat 主要為英式用法）
split	→ split	→ split	劈開；劃分
spoil	→ spoiled/spoilt	→ spoiled/spoilt	寵壞；搞砸（過去式和過去分詞 spoilt 主要為英式用法）
spoon-feed	→ spoon-fed	→ spoon-fed	用湯匙餵食；溺愛
spotlight	① → spotlit	→ spotlit	聚光照明
	② → spotlit/ spotlighted	→ spotlit/ spotlighted	聚集目光焦點；使公眾注意
spread	→ spread	→ spread	展開；散布
spring	美 → sprang/sprung	→ sprung	跳；躍
	英 → sprang	→ sprung	
stand	→ stood	→ stood	站立
steal	→ stole	→ stolen	竊取；偷
stick	→ stuck	→ stuck	釘住；黏住；刺入
sting	→ stung	→ stung	刺；叮
stink	→ stank/stunk	→ stunk	發惡臭
stride	→ strode	→ stridden	邁大步走
strike	→ struck	→ struck/stricken	攻擊
strive	→ strove/strived	→ striven/strived	努力（過去式和過去分詞 strived 不太常用）
swear	→ swore	→ sworn	發誓；詛咒
sweat	→ sweat/sweated	→ sweat/sweated	出汗
sweep	→ swept	→ swept	清掃；清除
swell	→ swelled	→ swollen/swelled	腫起；使膨脹
swim	→ swam	→ swum	游泳
swing	→ swung	→ swung	搖擺
take	→ took	→ taken	拿走；帶去
teach	→ taught	→ taught	講授；教導
tear	→ tore	→ torn	撕開
telecast	→ telecast	→ telecast	電視廣播
tell	→ told	→ told	告訴
think	→ thought	→ thought	思索；認為
throw	→ threw	→ thrown	投；擲
thrust	→ thrust	→ thrust	用力推；刺
unbend	→ unbent	→ unbent	弄直
unbind	→ unbound	→ unbound	解開；鬆開
underbid	→ underbid	→ underbid	出價低於
undergo	→ underwent	→ undergone	經歷
underpay	→ underpaid	→ underpaid	少付工資

undersell	→ undersold	→ undersold	拋售；廉售
understand	→ understood	→ understood	理解
undertake	→ undertook	→ undertaken	從事
undo	→ undid	→ undone	解開；取消；破壞
unwind	→ unwound	→ unwound	解開；捲回
uphold	→ upheld	→ upheld	舉起
upset	→ upset	→ upset	弄翻；使心煩意亂
wake	→ woke/waked	→ woken/waked	醒來（過去式和過去分詞 waked 主要用於口語）
wear	→ wore	→ worn	穿著
weave	① → wove	→ woven	編織；使交織
	② → weaved	→ weaved	使迂迴前進
wed	→ wedded/wed	→ wedded/wed	結婚
weep	→ wept	→ wept	哭泣
wet	→ wet/wetted	→ wet/wetted	淋濕
win	→ won	→ won	獲勝
wind	→ wound	→ wound	轉動；蜿蜒；上發條
withdraw	→ withdrew	→ withdrawn	收回；提取；取消；撤退
withhold	→ withheld	→ withheld	克制；阻擋
withstand	→ withstood	→ withstood	抵擋；反抗
write	→ wrote	→ written	寫

解答

Unit 1 名詞

Chapter 1 p. 9

1
1. His home is in **Rome**.
2. Jean, is tonight **Halloween**?
3. Andy loved the movie called ***Chocolate Candy***.
4. Buckingham **Palace** in London was where I met Claire.

2 1. F 2. E 3. A 4. B 5. C 6. D

Chapter 2 p. 13

1
1. ✗ Are May Dove and Ray Glove in **love**?
2. ✓
3. ✓
4. ✗ **Honesty** is the first chapter in the book of **wisdom**.
   ➡ 中譯：誠實是智慧之書的第一章。
   ——President Thomas Jefferson
   美國總統湯瑪斯・傑弗遜
5. ✗ Amy and Lily are **business** students at Saint Leo University.

2
1. C（表人物的可數名詞）
2. A（可數的抽象名詞）
3. E（表地點的可數名詞）
4. B（不可數的抽象名詞）
5. D（物質名詞）

3
1. Cotton shirts 2. Silk blouses
3. Leather jackets 4. A silver fork
5. toothbrush

Chapter 3 p. 15

1 1. are/were 2. Is/Was 3. is/was
4. have been 5. is（中譯：十分之九的智慧是聰明得及時。——美國總統西奧多・羅斯福）

2
1. Ann's family is having
2. Ann's family members are having
3. Our soccer team is
4. Our soccer team members are
5. is a lot of money
6. our women's basketball team is winning / is going to win
7. belongs to the Space Club
8. Eight years have passed
9. is a long time
10. is lowering

Chapter 4 p. 17

1
1. ✗ A smoker often **doesn't** smell good or feel healthy.
2. ✓
3. ✗ Yesterday she gave **a** long talk about not driving a motorcycle on a sidewalk.
4. ✗ Snow White, with her dwarf friends, **was** at the dance last night.
5. ✓

2 1. is 2. a 3. a talk show
4. attract 5. the

Chapter 5 p. 21

1 1. U 2. C 3. U 4. U 5. C 6. U
7. C 8. U 9. C 10. U 11. U 12. U

2 1. Blood 2. glass and leather
3. any 4. some / a piece of advice
5. travels

3 1. 一杯檸檬汁 2. 一隻鴨子 3. 一幅畫
4. 一份論文 5. 一個柳丁 6. 檸檬汁
7. 鴨肉 8. 繪畫（的活動） 9. 紙 10. 橘色

Chapter 6 p. 25

1 1. donkeys 2. cities 3. wishes
4. birthdays 5. leaves 6. doors
7. classes 8. roofs 9. echoes 10. bases
11. kilos 12. heroes 13. geese
14. housewives 15. analyses 16. guys
17. teeth 18. lookers-on/onlookers
19. dresses 20. lunches 21. women
22. libraries 23. displays 24. galleries
25. wolves 26. hellos
27. mosquitos/mosquitoes 28. cargoes
29. videos 30. mice 31. deer 32. species

2 1. potatoes and tomatoes 2. stories
3. lives; knives 4. oxen 5. sheep 6. fish
7. Marys; Charleses 8. teeth 9. kisses
10. bank robbers; passersby

Chapter 7 p. 29

1 1. were 2. is/was 3. are/were 4. are
5. is 6. were 7. is（中譯：沒有消息就是好消息。） 8. is（中譯：誠實為上策。）

9. are 10. is; are（中譯：從政是個不錯的職業。如果功成名就，會有很多回報；如果身敗名裂，你總還可以寫一本書。——美國總統羅納德・威爾遜・雷根）

2
1. were made in France
2. are important to everyone in the world
3. Though/Although her looks are
4. an effective means
5. were your earnings

Chapter 8
p. 33

1
1. neighbor's 2. Dan's 3. bus's
4. Dickens's 5. chicken's 6. Ulysses'
7. princess's 8. Mary's 9. Congress's
10. witness's

2
1. birds; birds' 2. heroes; heroes'
3. heroines; heroines' 4. parents; parents'
5. children; children's 6. women; women's
7. bosses; bosses'
8. wheeler-dealers; wheeler-dealers'
9. the Foxes; the Foxes'
10. salesclerks; salesclerks'

3
1. Roy's 2. Nat and Pat's
3. Joy's children's 4. nurses' 5. Masons'

Chapter 9
p. 37

1
1. Paul's door
2. The tax system of the country / The country's tax system
3. Ann's pockets
4. Amy's window
5. earthquake of May 12, 2008
6. The President of the United States
7. An old friend of Sue's / One of Sue's old friends
8. the baker's
9. the top of the page
10. To Sue's delight

2
1. The monkey is climbing to the top of the tree.
2. Nancy set up a summer camp at the bottom of Mount Amy.
3. Are there any toy rockets in the pockets of Jean's jeans?
4. She said the story was in yesterday's *New York Times*.
5. Gary opened the door of the city library.

Unit 2 代名詞

Chapter 10
p. 40

1
1. This is her baby Alice.
2. Who is that?
3. What are you and Kay doing this Saturday?
= What are you and Kay going to do this Saturday?
4. those days
5. She left with June about three this afternoon.
= She and June left about three this afternoon.

2
1. X Now watch this!
2. X She needs to paint these windows.
3. ✓
4. X That vacation with Kate was great!
5. ✓
6. X There is so much terrorism these days that many people don't feel safe anywhere.
7. X Louise, could you please bring me that plate of cheese?
8. ✓ 9. ✓ 10. ✓

Chapter 11
p. 44

1
1. I need some help from Eli.
2. Will Kim support him?
3. Sue and I work in Zurich.
4. She and I both cheated on the math exam.
5. Kay's mom asked Kay to remind her to cook some vegetarian food for Tom.

2
1. D 2. B 3. D 4. C 5. B
6. B 7. A 8. A 9. A 10. B（中譯：我請你根據我的敵人來評價我。——美國總統富蘭克林・德拉諾・羅斯福）

3
1. her 2. they 3. them 4. they
5. Their 6. them

Chapter 12
p. 47

1
1. A 2. D 3. A 4. B 5. A

2
1. X These cheese sandwiches are for Amy and me.
2. ✓

3. × Was it **she** who helped Kirk to do his English homework?
4. × Tell your brother Jim I really miss **him**.
5. ✓

Chapter 13 p. 49

❶ 1. D 2. C 3. C 4. A 5. A

❷ 1. It is Mom / It's Mom
2. It was nice
3. but it is worse (= but it's worse)
➡ 中譯：失敗是難以忍受的，但更糟的是從未嘗試取得成功。
——美國總統西奥多·羅斯福
4. it be possible
5. It has been two years / It's been two years

Chapter 14 p. 52

❶ 1. B 2. D 3. B 4. B 5. D
6. C（中譯：任何一個國家，無論有多麼富裕，都浪費不起人力資源。——美國總統富蘭克林·德拉諾·羅斯福）

❷ 1. Is that sports car **his**?
= Is that **his sports car**?
2. It's **your fault**, not **hers**.
3. Are those pears **theirs**?
= Are those **their pears**?
4. Is that iron mine really **hers**?
5. These teddy bears are **mine**, not **theirs**.
= These are **my teddy bears**, not **theirs**.
6. Look at that cute cat of **ours**!（加強語氣）
= Look at **our cute cat**!
7. A friend of **mine** is coming from Hawaii to visit me.
= One of **my friends** is coming from Hawaii to visit me.
8. It is not **their armchair**. It is **ours**.
9. Dee loves/likes tea, and **her sisters** love/like coffee.
10. That puppy called Einstein is **mine**.

Chapter 15 p. 55

❶ 1. × Jim closed the door behind **him**.
2. × I dried **myself** with my big pink towel after I came out of Lake Owl.
3. ✓
4. × You, Sue, and Andrew have deceived not only the teacher but also **yourselves**.
5. × A nation that destroys **its** soils destroys **itself**. Forests are the lungs of our land, purifying the air and giving fresh strength to our people.
—President Franklin Delano Roosevelt
➡ 中譯：破壞自己土地的國家就是自毀前途。森林是我們大地的肺，能淨化空氣，賦予我們的人民以新鮮活力。
——美國總統富蘭克林·德拉諾·羅斯福

❷ 1. for Amy and me 2. the president herself
3. like you 4. talking to herself
5. get ourselves into trouble

Chapter 16 p. 57

❶ 1. B 2. A 3. C 4. C 5. B

❷ 1. I want to put this cheese on a bun. Please pass me **one**.
2. Would you prefer plain tea or **tea** with milk and honey?
3. The two vans bumped into **each other** on the icy road.
4. I want to keep these two small trees. **The ones** I am giving to Clair are over there, next to that lawn chair.

Chapter 17 p. 59

❶ 1. whom 2. Who 3. Who/Whom
4. whose 5. Who's 6. Whose

❷ 1. **Who will** help Dee and me?
2. **Who told** you that story about Andrew?
3. **Who** saw Sue and Andrew at the zoo?
4. **For whom** did Mr. Powers buy those flowers?
5. **Whose** pieces of cheese are these?
6. **Whom/Who did you see** riding in Lulu's car?
7. **Who's** going to lose the sailboat race, Dee or Lee?
8. **Whose** blue canoe is it, and **who's** going to show Oliver how to paddle it across the river?

Chapter 18 p. 61

❶ 1. What 2. Who 3. Which
4. What 5. Which 6. Who; Which

2 1. What are these objects?
2. At which station should she change trains?
3. What are the duties of a teacher?
4. Which color do you prefer—red, pink, green, or blue?
5. What else does Lulu like to do?

Chapter 19
p. 64

1 1. ✓
2. x I hope all is well with Del.
3. x Few of my friends have ever asked me to cut their hair.
4. x Everyone is looking forward to having lots of fun during his or her vacation in the sun.
= We are all looking forward to having lots of fun during our vacation in the sun.
= All of us are looking forward to having lots of fun during our vacation in the sun.
5. x Each of the girls has done her best in answering the questions asked by Ms. Pearls and Mr. Earls.
6. ✓
7. ✓

2 1. has gone 2. much; None
3. have quit their jobs
4. Many of the soldiers did their best
5. place 6. is going 7. knows

3 1. B 2. A 3. A 4. C 5. B 6. C 7. B

Chapter 20
p. 69

1 1. any 2. One (= You/We) 3. some
4. any 5. One 6. some 7. One
8. any; any; any; any; any
➡ 中譯：讓每一個國家——無論是友邦還是敵國——知道，我們將不惜付出任何代價，承受任何重負，迎戰任何艱難，支持一切朋友，反對一切敵人，以確保自由的生存與勝利。
——美國總統約翰．菲茨傑拉德．甘迺迪

2 1. Can one read this story without having one's / his or her emotions stirred?
2. Bing said softly, "One of my friends is dying."
3. Brook will read almost any English storybook.
4. Sue made hardly any errors in her long text message to Andrew.
5. Come to visit me any day you like.

Chapter 21
p. 72

1 1. x Is everything OK with Kay?
2. ✓
3. x Did Kay have anything interesting to say?
4. x Ⓐ There is something wrong with Kay today.
Ⓑ There is nothing wrong with Kay today. = There isn't anything wrong with Kay today.
5. x If Claire continues to be irresponsible, she will never get anywhere.
6. x "I don't want to play the piano for anybody right now," explained Kay.

2 1. C 2. B 3. D 4. A 5. B 6. D 7. C
8. B 9. B 10. A 11. D（中譯：我的國家對我仁至義盡。它給了我機會，如同它給了每一個孩子機會一樣。它讓我接受教育，讓我獨立行動，給了我為國效力、獲得榮譽的機會。——美國總統赫伯特．克拉克．胡佛）

Unit 3 冠詞

Chapter 22
p. 75

1 1. x "That is wonderful news!" exclaimed Pat.
= "That is a piece of wonderful news!" exclaimed Pat.
2. ✓ = Bud saw a truck, a jeep, and a car stuck in the deep mud.
3. x Knowledge is happiness.
—President Thomas Jefferson
➡ 中譯：知識就是幸福。
——美國總統湯瑪斯．傑弗遜
4. x My friend Sue Nation works at a/the/that/this gas station.
5. ✓

2 1. meat 2. wonderful/great/nice weather
3. a word 4. Children are（中譯：美國總統赫伯特．胡佛說：「兒童是我們最寶貴的自然資源。」）

5. a piece of important information / an important piece of information

Chapter 23 p. 77

❶ 1. a; an 2. an 3. an 4. a 5. a
6. an 7. an 8. a

❷ 1. a 2. a 3. an 4. an 5. a 6. an
7. a 8. an 9. an 10. an 11. an 12. an
13. a 14. an 15. an 16. a 17. an 18. a
19. a 20. an

Chapter 24 p. 80

❶ 1. the airport to pick up
2. a lot of / lots of / many red leaves; the/those red leaves
3. the front door of our house; The/That dead mouse
4. a glass of milk; a big glass of milk
5. the story (that) Andrew told us

❷ 1. a 2. the; the 3. the 4. The Moon
5. by the end of 6. people 7. the gate
8. the cutest puppy 9. the U.S. President
10. the people (= those people)
11. the beauty 12. the only person

Chapter 25 p. 85

❶ 1. A 2. The 3. the 4. the 5. The 6. the

❷ 1. the Netherlands / Holland
2. play the guitar
3. in the morning
4. the wounded were being carried into
5. The two new students
6. the Ministry of Education
7. the Browns
8. the 22nd century
9. *The Times* / The Times
10. the Chicago Zoo（美式）

Chapter 26 p. 89

❶ 1. / 2. / 3. a 4. / 5. / 6. the
7. (1) / (2) / (3) the (4) / (5) /
(6) the (7) the
➡ 中譯：生長和變化是一切生命的法則。昨天的答案無法解決今天的問題，正如今天的解決方法不能滿足明天的需求。
——美國總統富蘭克林．德拉諾．羅斯福
8. the; the; the
➡ 中譯：幸福不在於僅僅擁有金錢；幸福在於取得成就時的喜悅，在於做出創造性努力時的激動。
——美國總統富蘭克林．德拉諾．羅斯福

❷ 1. orange juice
2. read and write in Chinese
3. The apple juice
4. Christmas Eve
5. all the ham / all of the ham
6. a Shakespearean play / a Shakespeare play / a play by Shakespeare
7. the main characters
8. Those Singaporean tourists / The Singaporean tourists; the Great Wall
9. the first week in January; the third week in February

Chapter 27 p. 92

❶ 1. / 2. / 3. / 4. / 或 the 5. a
6. / 7. /; /; / 8. a; the; the

❷ 1. soccer 2. hand in hand
3. around/about midnight 4. In the fall
5. by accident（中譯：在政壇上，任何事情的發生絕非偶然。一旦發生了什麼事，可以斷定其為事先策畫的。——美國總統富蘭克林．德拉諾．羅斯福） 6. in office

❸ 1. C 2. B 3. A 4. B 5. A 6. D

Unit 4 形容詞

Chapter 28 p. 96

❶ 1. ✓
2. ✗ Trish has five **live fish**.
3. ✗ She is three years **older** than me.
4. ✓
5. ✓
6. ✗ Joy: I would love to, Rick, but I need to stay at home to take care of my **sick cat**.
7. ✗ Claire was one of **the people concerned** in that corrupt affair.
8. ✗ Bing stared at me with **a concerned look**, as if I were **a terrorist involved** in drug smuggling and gunrunning.

❷ 1. uneasy peace
2. very much ashamed
3. live mice (= mice that are alive)
4. look very much alike
5. My elder/older brother
6. a frightened little boy
7. old-fashioned dress
8. a sleeping dog
➡ 中譯：也許你應該讓正在熟睡的狗繼續睡覺。（〔喻〕別惹麻煩。）
9. the present economic situation
10. the students involved

Chapter 29 p. 99

❶ 1. ✓
2. ✓
3. x Let's go for a walk and look for **somewhere quiet**, where we can sit and talk.
= Let's go for a walk and look for **a quiet place**, where we can sit and talk.
4. ✓
5. ✓
6. x Margo thought of the well-hidden UFO and considered doing **something forbidden**. She asked Amos, "Why shouldn't we do **something a little different** or even **something a little bit dangerous**?"

❷ 1. something elegant
2. the limousine ready
3. anything interesting
4. interesting news
5. three hundred meters long
6. the only possible path
= the only path possible

Chapter 30 p. 102

❶ 1. two fat hippos and one thin kangaroo
2. the last two applicants
3. Volume Two = the second volume
4. excellent Chinese translator/interpreter
5. old stone wall

❷ 1. x The **brave young** woman crawled into the small dark cave.
2. x Pete sat down on the **soft brown leather** seat.
3. ✓
4. ✓

❸ 1. B 2. A 3. C 4. D 5. C

❹ 1. Ⓐ a **colorful stylish cotton** shirt
= a **stylish colorful cotton** shirt
Ⓑ a **colorful and stylish cotton** shirt
= a **stylish and colorful cotton** shirt
Ⓒ a **colorful, stylish cotton** shirt
= a **stylish, colorful cotton** shirt
2. **black Scottish leather** boots
3. a **busy clothing** shop
4. a **beautiful** woman with **long black** hair
5. Ⓐ Alice has a **valuable beautiful** necklace.
= Alice has a **beautiful valuable** necklace.
Ⓑ Alice has a **valuable and beautiful** necklace. = Alice has a **beautiful and valuable** necklace.
Ⓒ Alice has a **valuable, beautiful** necklace.
= Alice has a **beautiful, valuable** necklace.
6. Marilyn lives in that **lovely white hunting** cabin.

Chapter 31 p. 106

❶ 1. Chinese (B) glass (F) vase
2. over / more than two hundred (E) valuable (A) antique (A) cars
3. pretty/lovely/beautiful (A) little (A) German (B) girl
4. round (A) wooden (F) table
5. in that (D) movie

❷ 1. ten foreign language teachers
2. three women/female generals
3. a beautiful shop
4. a beauty shop
5. a fire-resistant door

❸ 1. telephone number
2. third-rate; first rate 3. bookstores
4. life jacket 5. Which language

4 [1] 1. B 2. A 3. C 4. C 5. A 6. C
[2] 1. summer vacation
2. Peach Island Beach 3. beach towel
4. suntan lotion 5. Amazon warrior
6. war paint 7. sand castles

Chapter 32
p. 109

1 1. worrying 2. bored
3. common-looking（中譯：上帝喜歡相貌平凡之人，因此他創造了許多這樣的人。——美國總統亞伯拉罕．林肯）
4. The mayor questioned
5. death-defying 6. romantic-looking
7. confusing; amusing 8. living

2 1. satisfied 2. amused 3. interested
4. interesting 5. uninteresting（中譯：人太完美就容易索然無味。——美國總統哈瑞．S．杜魯門） 6. tired 7. dedicated
8. exciting

Chapter 33
p. 112

1 1. cheaper, cheapest 2. funnier, funniest
3. slimmer, slimmest 4. ruder, rudest
5. more/less foolish, most/least foolish
6. more/less comfortable, most/least comfortable
7. fatter, fattest 8. dimmer, dimmest
9. busier, busiest 10. thinner, thinnest

2 1. more like 2. unhappy 3. bigger
4. more interested 5. funny
6. more tired 7. brighter
8. more sensible and responsible

3 1. deepest; magnificent; highest
➡ 中譯：唯有到過最深的山谷，才可能知道站在最高的山峰上是多麼輝煌。
——美國總統理查．尼克森
2. best
➡ 中譯：散步是最可行的健身活動。務必養成長距離散步的習慣。
——美國總統湯瑪斯．傑弗遜
3. better
➡ 中譯：信心十足地走向前去迎接即將到來的未來，是否比拚命抓住行將結束的過去要好得多？
4. wisest
➡ 中譯：實現全人類的和平與友誼是我們最明智的政策，我希望我們得以為之奮鬥。
——美國總統湯瑪斯．傑弗遜
5. the poorest; the most knowledgeable
➡ 中譯：我不害怕成為最窮的人，但我希望成為最博學的人。
6. basic; defenseless; complex
➡ 中譯：教育不是賦予你高人一等的奢侈，而是一種必需品，在我們這個複雜的工業化文明世界中，一個人不受教育就會忍饑挨餓，就沒有自衛能力。

Chapter 34
p. 115

1 1. oldest 2. further 3. less 4. further

2 1. D 2. C 3. C 4. B

Chapter 35
p. 117

1 1. C 2. B 3. C 4. B 5. A
6. A 7. A 8. B 9. C 10. B

2 1. less knowledge 2. less than 25 years old
3. fewer rockets 4. less skilled workers
5. fewer skilled workers
6. Less than 20 people attended Sue's Christmas party.

Chapter 36
p. 120

1 1. A 2. C 3. C 4. B 5. A
6. D 7. B 8. A

2 1. a little less expensive / a little cheaper
2. better than your Spanish
3. twice as big as
4. happier
5. much / far / a lot more difficult than
6. older than her daughter Yoko
7. a foot taller than Pam
8. as cheerful as possible

Chapter 37
p. 124

1 1. B 2. C 3. A 4. B 5. D
6. C 7. C 8. D 9. D 10. A

2 1. better and better
2. higher and higher
3. more and more like
4. The older; the less self-centered
5. The sooner the better
6. than any other student

Chapter 38 p. 128

1
1. Kitty is the prettiest of all the girls in her city.
2. Is Ray Majors the tallest of all the basketball players in the NBA?
   = Is Ray Majors the tallest of all the NBA basketball players?
3. Liz Glass is the smartest of all the students in my class.
4. Lynn Brown is the best of all the singers in our town.
5. Midge Mayors is the fastest of all the female basketball players in our college.
   = Midge Mayors is the fastest of our college's female basketball players.

2 1. C 2. A 3. D 4. D 5. A

3
1. X That was the most horrible movie Jean had ever seen.
2. X Mrs. Brown thinks she is the happiest wife in our town.
3. ✓
4. X This computer for the blind is the best I could find.
5. ✓
6. X John Beam is the shortest football player on our team.

Unit 5 副詞

Chapter 39 p. 132

1
1. X Lily danced beautifully with Lee.
2. X Rick felt terribly sick.
3. X Do you know Mel very well?
4. ✓
5. X Yesterday after school, Jerome and I did not go home.
6. ✓

2
1. easily
2. bad grades; badly
3. quick at learning; quickly learned
4. fast; unusually/extremely/very/pretty fast
5. very expensive
6. on Sundays / on Sunday

3 1. A 2. C 3. A 4. B 5. C 6. A

Chapter 40 p. 135

1
1. for a minute 2. once a year
3. to deliver a present/gift
4. Why 5. Every winter; in sunny Hawaii

2 1. A 2. C 3. C 4. A 5. C

Chapter 41 p. 137

1
1. angrily 2. lonely 3. economically
4. Happily; quickly

2 1. A 2. D 3. C 4. C 5. A 6. C

Chapter 42 p. 139

1
1. step lively 2. a lively tune
3. report the fashion news weekly
4. weekly news 5. an early bird
6. often get up early
7. a fast car 8. drive fast
9. take 20 percent off the marked price
10. call off the basketball game

Chapter 43 p. 142

1
1. D 2. B 3. A 4. B 5. A 6. D
7. B 8. C 9. D 10. B 11. A 12. C
13. C 14. B

2
1. go slow 2. slowly
3. feel deeply ashamed
4. deep 5. right

Chapter 44 p. 146

1
1. I certainly don't want to see Ben again.
   = Certainly I don't want to see Ben again.
2. Amy and Lily rarely go camping with me.
3. Bob probably won't accept your offer of a carpentry job.
   = Probably Bob won't accept your offer of a carpentry job.
4. I don't remember Del very well.
5. Kate often eats ice cream and doesn't care about her weight.
   Kate eats ice cream quite often and doesn't care about her weight.
6. Ms. Ridge taught English by hardly ever speaking to us in any other language.

2
1. Kim never has trusted Jim.
2. Harry rarely has visited his Aunt Mary.
   = Rarely has Harry visited his Aunt Mary.

3. The Moon Cake Cafe always is full at noon on Sunday.
4. Yes, it is odd indeed, and I often have wondered about that.
5. No, I really don't know.

3 1. You absolutely didn't have a clue what I was talking about, did you?
2. Does Kate often work so late?
3. Amy is really reliable, isn't she?
= Amy really is reliable, isn't she?
4. Frankly, I don't think Daisy is lazy.
= I don't think Daisy is lazy, frankly.
5. Sue has never been to Honolulu.
= Sue never has been to Honolulu.

Chapter 45

p. 149

1 1. C 2. D 3. D 4. D

2 1. All of us silently and slowly left the huge dining hall.
= All of us left the huge dining hall silently and slowly.
= Silently and slowly, all of us left the huge dining hall.
2. Dawn Brown walks fast to town every morning after trimming her lawn.
= Every morning after trimming her lawn, Dawn Brown walks fast to town.
3. Every afternoon our winner Larry does his math homework in the Neptune Library.
= Our winner Larry does his math homework every afternoon in the Neptune Library.
4. Yesterday Mr. Qing, the schoolmaster, asked me not to talk publicly about the new policy before the annual meeting.
= Yesterday Mr. Qing, the schoolmaster, asked me not to talk about the new policy publicly before the annual meeting.
= Yesterday Mr. Qing, the schoolmaster, asked me not to publicly talk about the new policy before the annual meeting.
（非正式）
5. Carefully taken, the amazingly effective new drug can greatly reduce uric acid within days.
= Carefully taken, the amazingly effective new drug can reduce uric acid greatly within days.
= Carefully taken, the greatly effective new drug can amazingly reduce uric acid within days.
= Carefully taken, the greatly effective new drug can reduce uric acid amazingly within days.

Chapter 46

p. 152

1 1. Ann always arrives at work later than Dan.
2. Nancy and I want to see each other more frequently but can't, because we are both very busy.
3. Why is Kay speaking louder than me today?
4. Of all my family members, Aunt Jill talked the most and walked the most slowly up the hill.
5. Today I arrived in Taipei two hours earlier than Kay.
6. Scot Brown walked the most slowly of all the hikers, because he did not want to fall down.
7. Lee wanted to put as much distance as possible between himself and me.
8. Short Nate stood straight and asked shy, tall Amy, "Will you marry me?"

2 1. as fast as possible / as fast as I could
2. beautifully
3. as beautifully as Billy
4. less beautifully than Lily
5. the most beautifully
6. a lot more seriously / much more seriously
7. how much farther

Unit 6 介系詞

Chapter 47

p. 156

1 1. ✓
2. x That neat little baby with a sweet smile is Pete.
3. x "Where are you going?" asked Claire.

4. × The words on the brass sign were "Please **stay off** the grass."
5. × The dark wine was really hot from **sitting** in the sunshine.
6. × Vince Dune has been shoveling snow **since** noon.
7. × After **shaking** his sleepy head, the knight Sir Ted White continued to ride his big horse Lady Red.
8. × We were unable to offer Margo Brown the editing position which she **applied for** two weeks ago.

2 1. D 2. C 3. B 4. B 5. D
6. B 7. D 8. A 9. D 10. A

Chapter 48
p. 159

1 1. × I met Gwen **last year** when she did surgery on my ear.
2. × Jean moved to the United States **around** late 2018 or early 2019.
3. ✓
4. × Dean immigrated to Australia **in 2016**.
5. × Last year Dwight had a part-time job **at night**.

2 1. D 2. C 3. B 4. A

Chapter 49
p. 163

1 1. C 2. B 3. D 4. D 5. B 6. C

2 1. until/till midnight
2. by March 3
3. 美 from July 10 through August 3
英 from July 10 to August 3
4. until/till
5. (all) through the night / throughout the night / all night
6. during

Chapter 50
p. 166

1 1. B 2. C 3. C 4. C 5. A
6. B 7. A 8. B 9. D 10. B

2 1. lives on 2. arrived at
3. in the street / on the street
4. arrived in 5. on Kangaroo Street
6. get to 7. lives at
8. in Central Park (inside Central Park) / at Central Park (inside or outside Central Park)

Chapter 51
p. 170

1 1. D 2. D 3. A 4. B 5. A
6. D 7. D 8. B

2 1. adv. 2. adv. 3. prep. 4. adv.; adv.; prep.

3 1. on the moon
2. The old wooden bridge over the river
3. underneath/under your clothes
4. above
➡ 中譯：一個將特權凌駕於原則之上的民族，要不了多久就會兩者皆失。
——美國總統德懷特．大衛．艾森豪

Chapter 52
p. 173

1 1. D 2. D 3. A 4. C（中譯：除書本外，一個自由人還可以從許多別的來源獲取知識。
——美國總統湯瑪斯．傑弗遜）

2 1. against the wall
2. around the table
3. between Elaine and me
4. Around and around the house
5. Besides eating the whole cake

Chapter 53
p. 175

1 1. A 2. D 3. A 4. B

2 1. across the street
2. in front of us
3. behind my bicycle
4. at the back of the dining room

Chapter 54
p. 178

1 1. A 2. D 3. D 4. A 5. D
6. B 7. D 8. D 9. C 10. C

2 1. lead to 2. walking down the street
3. jumped onto 4. ran around

Chapter 55
p. 181

1 1. B 2. D 3. B 4. D

2 1. felt sorry for 2. for me 3. from sitting
4. suffering from 5. famous for

Chapter 56
p. 184

1 1. B 2. B 3. C 4. A 5. A
6. C 7. A 8. D

2 1. at the Play Cafe 2. in the Play Cafe
3. in chalk 4. in a yellow taxi

5. in that UFO story
6. between Iran, Pakistan, and Afghanistan

3 1. at 100 km per hour 2. at peace
3. in this/the picture taken last year
4. the choice between good and evil
5. among my friends 6. in a soft voice
7. in the shade 8. at the dentist's

Chapter 57 p. 187

1 1. B 2. D 3. C 4. B 5. A 6. A（中譯：以時間長短來衡量的演講，會隨著時間的流逝而被遺忘。──美國總統湯瑪斯・傑弗遜）
7. A 8. B（中譯：如果房子失火，不要問起火處是屋內還是屋外，必須先設法將火撲滅。──美國總統湯瑪斯・傑弗遜）

2 1. by land
2. a hotel by the sea（主美）
= a hotel on the sea（主英）
3. on the phone 4. on the Internet
5. one by one 6. by modern standards
7. by using the Internet 8. by the door
9. by this weekend / by the weekend
10. travel by train / travel on the train / travel on a train
11. on a snowy day in December
12. a/the cookbook (written) by Brook

Unit 7 動詞

Chapter 58 p. 189

1 1. Is Nelly Answer a belly dancer?
No, she isn't.
(= No, she's not. = No, she is not.)
2. Is Lily a big gorilla? Yes, she is.
3. Are Ann's mom and dad soccer fans?
Yes, they are.
4. Are Saul and his brothers tall?
No, they aren't.
(= No, they're not. = No, they are not.)

2 1. D 2. C 3. A 4. D 5. C

Chapter 59 p. 191

1 1. bad 2. fine 3. went 4. turn
5. go 6. feels

2 1. C 2. C 3. D 4. D

Chapter 60 p. 193

1 1. Soon this baby baboon will be playing on the moon.
2. She does not know anything about it.
3. Our cooking contest winner is making dinner.
4. Where did you hide my bunny bank filled with money?
5. According to Mr. Blare, high quality avocado oil is often used in preparing healthy food.

2 1. ✓ 2. ✓ 3. ✓; ✓
4. × Mike said he would retire in two years, and then he would move to Miami.

Chapter 61 p. 195

1 1. loves coffee; loves tea
2. give me the money
= give the money to me
3. bought Kay some roses
4. is flying a kite
5. is flying high
6. is walking
7. is walking her dog
8. to my little brother

Chapter 62 p. 198

1 1. A 2. A 3. B 4. D 5. B
6. D 7. D 8. B

2 1. do 2. do 3. study 4. changed
5. started 6. washed and fixed

3 1. help me (to) deal with
2. make you and Lee happy
3. let me fly
4. have you make

Chapter 63 p. 203

1 1. up 2. away 3. off 4. on 5. up
6. up 7. with 8. come up with
9. with 10. on

2 1. C 2. D 3. B 4. A 5. C
6. D 7. B 8. C

Unit 8 情態助動詞

Chapter 64 p. 206

1
1. x Can Jane fly this airplane?
2. x Trish can help you learn English.
3. ✓
4. x Jim can't dive and I can't swim, but we both can lift weights in a gym.
5. ✓
6. x Sorry, Mary, but you can't make a lot of noise in this library.
= Sorry, Mary, but you must not make a lot of noise in this library.
= Sorry, Mary, but you are not allowed to make a lot of noise in this library.

2 1. D 2. A 3. A 4. B 5. A 6. C

3 1. can't/cannot 2. can 3. could
4. could 5. can/could

Chapter 65 p. 209

1 1. could/can 2. could/can 3. could
4. can 5. can 6. could/can 7. could
8. Ⓐ couldn't; couldn't Ⓑ can't; can't

Chapter 66 p. 211

1 1. A 2. A 3. D 4. C 5. B
6. D 7. D 8. A

Chapter 67 p. 214

1 1. C 2. D 3. D 4. D 5. D

2
1. x We'd better phone Lulu's parents; they might/may not have heard the news.
2. ✓
3. x Lenore told me that she might stop to see me on her way to Singapore.
4. x May all your Christmases be joyful and white, and may all your days be cheerful and bright!
5. ✓

3
1. may you
2. might become
3. may not / can't / cannot leave
4. might/may/could have been caused
5. might (need)
6. can't be
7. may/might not be
8. might/could have paid

Chapter 68 p. 217

1 1. would 2. will 3. would 4. Will

2 1. would leave tomorrow 2. Shall
3. will/should/shall leave 4. shall/should

Chapter 69 p. 219

1 1. shouldn't 2. will you please
3. should 4. should have taken

2 1. D 2. A 3. D 4. D 5. B

Chapter 70 p. 222

1
1. x When Kay was a toddler, she would cling to her doll all day.
2. x Tim asked Mike and Mark to stop fighting, but they would not listen to him.
3. x I would rather not talk about my divorce from Eli.
4. x I wish Lee would lend his sailboat to me.
5. x Marty and I would love to come to your twentieth wedding anniversary party.
6. ✓
7. ✓
8. x Claire would have come to visit me at All Saints Hospital if she had known I was hospitalized there.
9. ✓
10. x My passport was stolen in Italy, and Nancy, our tour guide, helped me to get a new one at the American Embassy.

2 1. B 2. D 3. B 4. A 5. D
6. D 7. D 8. A

Chapter 71 p. 225

1
1. x Ms. Ring still has her classroom lights on, so she must still be in the building.
2. x Mitch cannot even afford an apartment, so he can't be rich.
3. ✓
4. x Omar can't find his cellphone and thinks he must have left it in my car.

❷ 1. D 2. B 3. D 4. B 5. D

Chapter 72

p. 228

❶ 1. D 2. A 3. D 4. B 5. D
6. D 7. D 8. B

❷ 1. won't have to / needn't / doesn't need to / doesn't have to (will not have to / need not / does not need to / does not have to)
2. will have to / has to / must
3. dare not / does not dare to / doesn't dare to
4. Do I have to（主美式）
= Do I need to（美式／英式）
= Need I（非常正式）
5. don't have to / do not have to
6. mustn't / must not
7. will have to / must
8. mustn't / must not
9. Did you have to
10. will have to / have to / must

Unit 9 時態

Chapter 73

p. 232

❶ 1. applies 2. annoys 3. buzzes 4. copies
5. does 6. eats 7. finishes 8. fixes
9. hurries 10. marries 11. misses
12. mixes 13. obeys 14. passes 15. prays
16. satisfies 17. switches 18. taxis
19. wins 20. worries

❷ 1. B 2. A 3. D 4. B 5. B 6. A

❸ 1. sing; fly; bring 2. gets 3. goes
4. does; play 5. Does; ride 6. takes

❹ 1. ✓
2. ✗ If there **is** a typhoon in Taiwan on Monday, Claire and I **will** not fly there.
3. ✗ She **will** light two candles **before** he **arrives** for dinner tonight.
4. ✓
5. ✗ Ann: Liz **has** the flu.

Chapter 74

p. 237

❶ 1. studying 2. shaking
3. vying 4. nodding
5. sleeping 6. helping
7. robbing 8. unplugging
9. happening 10. arriving
11. cutting 12. patrolling
13. rising 14. waiting
15. watering 16. unpinning

❷ 1. B 2. D 3. A 4. A

❸ 1. ✗ "**Does** the air **get** cleaner when it snows?" asked Claire.
2. ✓
3. ✗ The old temple **stands** on the top of that mountain.
4. ✗ "For almost two years I**'ve been waiting** for you to return from the Army," complained Lulu.

Chapter 75

p. 239

❶ 1. thinks 2. is tasting
3. tastes 4. Are you seeing
5. I don't see 6. needs

❷ 1. ✗ Mr. Monk is blind, and right now he **is feeling** the elephant's trunk.
2. ✗ Trish seldom thinks about others; she **is** selfish.
3. ✓
4. ✓

Chapter 76

p. 243

❶ 1. ✗ June, look at the sky—it**'s going** to rain cats and dogs soon.
2. ✗ Joe, it**'s going to snow** tomorrow.
= Joe, it **will snow** tomorrow.
3. ✓
4. ✓
5. ✗ Sam **doesn't think** he **will** pass the math exam.
6. ✗ I**'m going to take** a few days off and go to Japan as soon as I can.

❷ 1. D 2. A 3. D 4. D 5. B
6. C（中譯：人類必須結束戰爭，否則戰爭就會結束人類。——美國總統約翰．菲茨傑拉德．甘迺迪）

Chapter 77

p. 245

❶ 1. won't see 2.won't be seeing
3. Will you visit 4. Will you be visiting

5. will you attend / won't you attend
6. will you be attending
7. won't be coming
8. will be giving

2 1. D 2. B 3. D 4. A 5. A 6. D

Chapter 78

p. 248

1 1. wondered 2. stayed 3. regretted
4. brought 5. betrayed 6. grabbed
7. referred 8. included 9. waited
10. wanted 11. bought 12. baked
13. came 14. skied 15. swam
16. tried 17. shut 18. slept
19. broke 20. sat

2 1. Where **were** you in 2002?
2. Did Pam **pass** yesterday's geography exam?
3. Kay didn't **cook** dinner today.
4. I **noticed** that my nose **grew** longer and bigger every time I **told** a lie.
5. Bing **hung** the blue ribbon from a branch of the big tree in front of our apartment building.
6. Ann **envied** my good luck in finding a great job in Japan.
7. The court **hanged** that vile dictator at noon, and soon after that his wife began to smile.
8. This morning Joe was angry, and he **hit** the ball so hard that it flew high in the air and through an open upstairs apartment window.

3 1. C 2. D 3. B 4. B 5. B 6. A

Chapter 79

p. 252

1 1. ✗ Last year Lulu **visited** me twice in Honolulu.
2. ✗ Peg Hall was playing volleyball **when** she **hurt** her leg.
= Peg Hall hurt her leg **while** she was **playing** volleyball.
= Peg Hall hurt her leg **when** she **was playing** volleyball.
3. ✗ The last time I **saw** Iris she **was going to** open a fashion shop in Paris.
4. ✗ When I was young, I **lived** in Chicago **for five years**.
5. ✓
6. ✗ When my wife Grace came home last night, I **was reading** a novel by the fireplace.
7. ✗ Sam ate a piece of the cinnamon bread to see how it **tasted** before he added some jam.
8. ✓
9. ✗ Beth **was about to** be put to death when the governor's pardon **came**.
10. ✓

2 1. A 2. A 3. B 4. D 5. C 6. D

Chapter 80

p. 256

1 1. gave, given 2. rose, risen
3. preferred, preferred 4. led, led
5. meant, meant 6. thundered, thundered
7. shut, shut 8. shook, shaken
9. nodded, nodded 10. sang, sung

2 1. B 2. D 3. D 4. D 5. C 6. A
7. D 8. C 9. D 10. B 11. A 12. B

3 1. ✓ = It **was** a long time **ago** that I talked to Vince.
2. ✗ Shakespeare **wrote** several tragedies.
3. ✓
4. ✗ Brad Washington is the best boss I **have ever had**.
5. ✗ Pat, who **gave** you that?
6. ✓

Chapter 81

p. 260

1 1. ✗ Dan: No, she **still** hasn't made up her mind about whether she wants to marry Joe.
= Dan: No, she hasn't made up her mind **yet** about whether she wants to marry Joe.
2. ✓
3. ✓
4. ✗ I'm sure we **met** a year ago.
5. ✓

2 1. Has; been to 2. has gone to
3. has gone to 4. went to
5. have been to 6. has; been to

❸ 1. D 2. B 3. B 4. C 5. D

Chapter 82
p. 263

❶ 1. Has Nancy read 2. has been traveling
3. has traveled 4. was watching
5. have been eating / have eaten

❷ 1. C 2. B 3. D 4. B 5. C 6. D

Chapter 83
p. 265

❶ 1. C 2. B 3. D 4. A

❷ 1. ✓ = Sue's tears of sadness started running down her cheeks before I **had had** time to tell her the good news.（主英）
2. ✓
3. X Dan **hadn't known** Nan for very long before they got married and moved to Japan.
4. X Figuring out where Sid hid the cookies was easier than I **had expected**.

❸ 1. I had hoped 2. I didn't call; I had lost
3. had told 4. had learned

Chapter 84
p. 267

❶ 1. X Bing found his house was almost empty; his ex-wife **had moved** everything.
2. X We **were visiting** Bob in Chicago when he lost his job.
3. ✓
4. X When Bing entered Ann's house, he could see that her eyes were red and obviously she **had been crying**.
5. ✓

❷ 1. had been waiting
2. will have been working
3. had been working
4. visited
5. will have forgotten
6. had been watching
7. would have written
8. will have been

Unit 10 語氣

Chapter 85
p. 269

❶ 1. ✓
2. X I have **never** met Jim, and I **do not have** any desire to meet him.
= I have **never** met Jim, and I **have no** desire to meet him.
3. ✓ ➡ 中譯：悲觀失望只能屢戰屢敗。
——美國總統德懷特・大衛・艾森豪
4. X **There's nowhere** for Jane to go during the hurricane.
= **There isn't anywhere** for Jane to go during the hurricane.
5. X Ⓐ Trish has a heavy Russian accent, and I can **hardly** understand her English.
Ⓑ Trish has a heavy Russian accent, and I **cannot** understand her English.
6. X When even one American, who **has done nothing** wrong, is forced by fear to shut his mind and close his mouth, then all Americans are in peril. —President Harry S. Truman
➡ 中譯：哪怕只有一個美國人，在沒有做錯任何事的時候，卻因恐懼而被迫禁閉思想，緘口不語，那麼，這種現象一旦出現，全體美國人都會處於危險之中。——美國總統哈瑞・S・杜魯門

❷ 1. D 2. A 3. C 4. B

Chapter 86
p. 271

❶ 1. X What a fool **Eli is** if he believes a lie is his best tool!
2. X **How beautifully** Bing's daughter sings!
3. ✓
4. X **What** a great day to play!
5. X Today is **so** cold, wet, and miserable!
= Today is **such a** cold, wet, and miserable day!

❷ 1. What heavy traffic!
2. such an intelligent lady
3. What a pretty skirt!
4. Chad has toward
5. How I want to become a movie star!
6. how fast he is reading

Chapter 87 p. 274

1
1. x What happened to Levi?
2. ✓
3. x Olive, when are you going to get wise and hire a detective?
4. x Ann wanted to know where the president and her family were staying in Japan.
5. x How many English words do you think Kay should read in a day?
6. x How many English words have you listened to today?
7. ✓
8. x How Mr. Pitt solved that problem is his secret.
9. ✓
10. ✓

2 1. B 2. A 3. D 4. C 5. A

3
1. How many people work for Penny?
2. Where are President Wu and her family staying tonight?
3. Who also loves chocolate cake besides you?
4. When will Bob start to look for a better paying job?
5. What are you and Pat looking at?
6. Whom/Who does little Brad also talk to besides his toy robot sitting on the shelf and himself?

Chapter 88 p. 278

1
1. ✓ = Dee, let us go out to eat tonight, shall we?
2. x Those roses are for Kay, aren't they?
3. x I'm still a member of the Mumbai Literary Club, aren't I?
4. x Dee needs to take English 103, doesn't she?
5. x Nothing happened while I was in the meeting with Mr. Pitt, did it?
6. ✓
7. x Ann: Davy is not going to marry Annie, is he?
8. ✓

2 1. can't she 2. shall we 3. is there
4. doesn't he 5. shouldn't they
6. hasn't he / doesn't he 7. don't you
8. will you 9. isn't it 10. are you

Chapter 89 p. 281

1
1. Don't be late again
   = If you are late again, you'll be in trouble.
2. everybody else, stay / the rest of you, stay
3. Everybody / All of you
4. Never yell / Don't yell
5. Somebody please answer the phone
6. Always remember / Never forget
7. Don't join; Don't think
   ➡ 中譯：不要與焚書者為伍。不要以為藉由隱瞞確鑿的證據你就可以隱瞞過失。
   ——美國總統德懷特・大衛・艾森豪
8. always be
9. Do be quiet
10. You take your hands

Chapter 90 p. 283

1
1. Let's face it / Let's face the fact
   = Let us face it / Let us face the fact
2. let us fly to Tokyo
3. Let us not / Let's not
4. Don't let that dog come in
   = Don't let that dog in
5. Let us dare
   ➡ 中譯：因此，讓我們溫柔而誠摯地珍視獲取知識的途徑。讓我們敢於讀、想、說和寫。——美國總統約翰・亞當斯

2
1. ✓
2. x Do not let Margo go out tonight, because it is going to snow.
   = Don't let Margo go out tonight, because it is going to snow.
3. x Do not let us forget about it.
   （非常正式）
   = Don't let us forget about it.（正式）
   = Let us not forget about it.（常用）
   = Let's not forget about it.（常用）
4. ✓
5. x Let's teach a volleyball class at Flamingo Beach.

Chapter 91 p. 286

1 1. knew 2. had not said 3. would
4. had met 5. you had told 6. could

2 1. C 2. A 3. C 4. A 5. D
6. B 7. B 8. B

3 1. I had never told her mother
2. the sun would rise soon
3. would stop staring at me like that
4. were a millionaire
5. would go away
6. If only Bing had been

Chapter 92 p. 290

1 1. ✓
2. x If Joe could travel back in time, where would he go?
3. ✓
4. x Ⓐ If it is sunny tomorrow, I will go to the beach with Coco and Margo.
Ⓑ If it were sunny tomorrow, I would go to the beach with Coco and Margo.
5. x If Pam had studied hard, she would have passed last week's Spanish exam.
6. ✓

2 1. C 2. D 3. B
4. D ➡ 中譯：我們應該這樣過日子，彷彿救世主今天下午就要到來。
——美國總統詹姆斯・厄爾・卡特
5. A ➡ 中譯：假如由我來決定，我們應該有一個政府而不要報紙，還是應該有報紙而不要政府，我會毫不猶豫地選擇後者。——美國總統湯瑪斯・傑弗遜
6. A ➡ 中譯：假如我當時因失敗或就我而言是成功無望而洩氣，我現在就不可能明白我當時有什麼辦法取得成功。
——美國總統約翰・卡爾文・柯立芝

3 1. which one would you choose
2. If you were told
3. If you were given the chance to be born again
4. If you were the President of America
5. If today you could say a sentence / make a statement / say something

Chapter 93 p. 293

1 1. should I do 2. were; were
3. had; would you 4. had lent
5. woke; ran 6. woke; had changed

2 1. If it had not been for your help, Scot Pool could not have finished high school.
2. If it were not for losers, there would be no winners.
3. If it had not been for his bubble gum, the hole in his spaceship would have gotten him into trouble.
4. If it had not been for Sue and her sisters and brothers, Andrew would not have known what to do.

Chapter 94 p. 296

1 1. called 2. drop 3. paid 4. if need be
5. come 6. read; went

2 1. D 2. C 3. B 4. C 5. A 6. A

3 1. Lily (should) leave
2. (should) travel with our mother
3. every student (should) register before June 3
4. you didn't drive so fast in downtown Chicago
5. Bing not be at the meeting / Bing not attend the meeting
= Bing should not be at the meeting / should not attend the meeting
6. Bing quit drinking and smoking

Unit 11 主動與被動

Chapter 95 p. 300

1 1. ✓
2. x Ⓐ Last Sunday I was finally allowed / permitted / given permission to go out with Tom.
Ⓑ Last Sunday Mom (Dad, my parents, etc.) finally let me go out with Tom.
3. x When was the first communication satellite launched into space?
4. ✓
5. ✓
6. x The inside of my car really needs to be vacuumed and cleaned.
= The inside of my car really needs vacuuming and cleaning.

7. ✓
8. × Little Kay asked, "What **is** the Internet used for in the modern world?"
9. × Lenore said, "You **might have been killed** in that stupid war."
= Lenore said, "You **could have been killed** in that stupid war."
10. × By tomorrow we **will have been building** the Sun Rays Solar Power Plant for 90 days.

2 1. B 2. A 3. D 4. C 5. A
6. C 7. C 8. A

Chapter 96 p. 304

1 1. × Kay Stoner believes that **a dog** often **resembles** its owner.
2. × "These grapes **taste** sour," complained Ms. Flower.
3. ✓
4. × Your ability to listen and speak will be judged **at** the English competition in Taipei.
5. × Building that steel bridge **cost** us dearly.
6. ✓

2 1. N
2. The wine **was tasted** by those two physicists from Chicago.
3. N
4. **It is said** that money gives you power but may make your children dull and sour.
5. N 6. N 7. N 8. N

3 1. C 2. B 3. D 4. B 5. D

Chapter 97 p. 307

1 1. C 2. B 3. C 4. A 5. D 6. A

2 1. People in the Canadian province of Quebec also **speak** French.
2. A falling tree **killed** that huge snake during the earthquake.
3. Emma knows that Grandma **has paid off** her student loan.
4. N
5. N
6. Tim **offered** Kim a free one-year membership at the Slim Gym.

Chapter 98 p. 309

1 1. ✓
2. × Ruth asked, "Who **invented** the telephone booth?"
3. ✓
4. × Ed and I **are carrying** a small bed.
5. ✓

2 1. I **think** Jerry is hairy and scary.
2. Gail **replied** to that girl's email.
3. Each of her employees **received** a box of cheese.
4. Lily, the pages **were not numbered** correctly.
5. Room 22 **needs to be cleaned**, and the tables **need to be set** in Dining Room 2.

Unit 12 倒裝句

Chapter 99 p. 312

1 1. I can't go there, and neither **can** Joe.
2. **Is** Jerome at home?
3. **There are** lots of good libraries in America.
4. **Should** they **invite** us, Mary and I will attend their golden wedding anniversary. (= If they invite us, Mary and I will attend their golden wedding anniversary.)
5. If my friends are going to join the Army, then so **am** I.
6. I don't believe what you said, nor **does** Ted.
7. **Tall** as he was, Paul could not touch the top of the wall.
8. **There are** 120 wind generators on this island that provide electric power to Ireland.

2 1. C 2. A 3. B 4. C 5. D 6. A
7. A 8. B（中譯：約翰．甘迺迪總統說：「所有這一切不會在頭一百天之內完成，不會在頭一千天內完成，也不會在本屆政府任期內完成，也許甚至終我們一生都不會在地球上完成。但是，讓我們開始吧。」）

Chapter 100 p. 316

1
1. × At no time did I say I would marry Eli.
2. ✓
3. × So much did I dislike Tim that I could not bear to look at him.
4. ✓
5. × On no account should you and Ming be absent from tomorrow's meeting.
6. × Nowhere else had I seen such a lovely scene.
7. ✓
8. × Only after she had read the first page did Coco remember that she had read the story a long time ago.
9. ✓

2
1. Out of the window jumped my cat Rainbow.
2. Rarely do I criticize Eli.
3. Never before have I seen Jerry so angry.
4. On top of Mount Perch stands an old church.
5. Among the winners of our High School Fashion Competition were Ann, Jan, and Nan.
6. Kit left his village 10 years ago, and never once has he gone back for a visit.
7. So exciting was the computer game that Kirk forgot to do his homework.
8. Rick's English is excellent, but little does he know about business and economics.
9. Hardly had I finished fixing my car when Kit showed up and asked to borrow it.
10. Only after I received a text message from my friend Eli did I begin to feel happy.

Unit 13 主詞與動詞一致

Chapter 101 p. 319

1 1. Is 2. has 3. was 4. Are 5. Were 6. was

2
1. C
2. C ➡ 中譯：有人問領導者與老闆之間有何區別。領導者率領人們工作，老闆則驅使人們幹活。
——美國總統西奧多．羅斯福
3. A ➡ 中譯：沒有自由的秩序和沒有秩序的自由具有同樣的破壞性。
——美國總統西奧多．羅斯福
4. A ➡ 中譯：總統不得不面對的大多數問題，其根源都在過去。
——美國總統哈瑞．S．杜魯門

Chapter 102 p. 321

1 1. is 2. was 3. gives 4. was 5. has

2 1. A 2. C 3. D 4. B 5. C

Chapter 103 p. 323

1
1. The colorful action in a comic book and not the price seems to determine the reader's initial reaction.
= The colorful action in a comic book, not the price, seems to determine the reader's initial reaction.
2. Riding in a horse and carriage is a wonderful way to start a happy marriage.
3. That a peasant may become king does not render the kingdom democratic.
—President Thomas Woodrow Wilson
➡ 中譯：一位農夫也許會成為國王，但那並不能使王國變得民主起來。
——美國總統湯瑪斯．伍德羅．威爾遜
4. It is the members of the Executive Committee and not President Penny Winn who have the real power in the company

2 1. wants are 2. is; is; are（中譯：你知道美國人不在乎出身。大家信奉人人生而自由平等，人人應該享有均等的機會。——美國總統哈瑞．S．杜魯門） 3. has angered 4. are

Chapter 104 p. 325

1 1. is 2. were 3. go 4. Is 5. were 6. are 7. is（中譯：政治就像娛樂業。——美國總統羅納德．威爾遜．雷根） 8. were

2
1. statistics show
2. is getting
3. Your new scissors are / Your new pair of scissors is
4. Politics is ➡ 中譯：政治是一種折磨，所以我奉勸每一個我愛的人不要捲入其中。
——美國總統湯瑪斯．傑弗遜

Chapter 105
p. 327

1 1. comes 2. is 3. is 4. are（中譯：在芸芸眾生中有大量的智者，從他們之中可以招募領導人才。——美國總統赫伯特．克拉克．胡佛）
5. is

2 1. stands
2. are ➡ 中譯：只有當我設法忘記自己是美國總統時，才感到片刻的幸福。
——美國總統湯瑪斯．伍德羅．威爾遜
3. is ➡ 中譯：人若有一技之長，我說就讓他去做。給他一次機會。
——美國總統亞伯拉罕．林肯
4. is ➡ 中譯：我相信，我們的人民大眾富於智慧、誠實和博愛，這些特質將在一定程度上維護他們的幸福。
——美國總統約翰．亞當斯
5. sits

Chapter 106
p. 329

1 1. ✓
2. x Kay told me, "The Board of Directors **meets** on Friday."
3. x Two-fifths of our village **has** been covered by a flood of mud.
4. ✓
5. x Forty percent of the teachers **are against** changing the cellphone use policy.

2 1. is 2. is voting 3. work 4. is
5. is（中譯：建立聯合國旨在使全體成員國之永久自由與獨立成為可能。——美國總統哈瑞．S．杜魯門）

Chapter 107
p. 331

1 1. Eight **and** twenty **is/are** twenty-eight.
= Eight **and** twenty **equals/equal** twenty-eight.
= Eight **plus** twenty **is** twenty-eight.
= Eight **plus** twenty **equals** twenty-eight.
2. Twenty-four **minus** two **is** twenty-two.
= Twenty-four **minus** two **equals** twenty-two.
= Two **from** twenty-four **is** twenty-two.
= Two **from** twenty-four **leaves** twenty-two.
3. Eleven **multiplied by** two **is** twenty-two.
= Eleven **multiplied by** two **equals** twenty-two.
= Eleven **times** two **is** twenty-two.
4. Thirty-six **divided by** six **is** six.
= Thirty-six **divided by** six **equals** six.
= Six **goes into** thirty-six six times.
= Six **into** thirty-six **goes** six times.

2 1. C 2. A 3. D（中譯：朋友情深的真正標準是行動而不是言辭。——美國總統喬治．華盛頓） 4. B 5. C 6. D

Unit 14 關係詞與形容詞子句和名詞子句

Chapter 108
p. 333

1 1. C 2. B 3. A 4. D 5. B
6. D 7. D 8. A

Chapter 109
p. 336

1 1. B 2. A 3. D 4. C 5. B
6. D 7. B 8. C 9. A 10. C

2 1. **who** are my friends
2. **that** can make me laugh or cry
3. **that** are loose
4. **that** are sweet and full of juice / **that** are sweet and juicy

3 1. who; me 2. whom 3. who 4. which

Chapter 110
p. 339

1 1. D 2. D 3. A 4. C 5. A 6. B

2 1. **As** is known to everyone in my class, we will have many difficult tests this year.
2. I have the same opinion about Sue **as** you do.
3. That's the dog **which** swallowed my wedding ring.
4. *A Nun Can Have Fun*, **which** is my favorite novel, was written by Liz Sun.
5. **As** is noted above, HPV is a sexually transmitted virus that can cause many kinds of cancer.
6. Collecting more taxes **than** is absolutely necessary is legalized robbery.
—President John Calvin Coolidge
➡ 中譯：徵收比實際需要更多的稅是合法化的搶劫。——美國總統約翰．卡爾文．柯立芝

Chapter 111 p. 341

❶ 1. B 2. B 3. C 4. A

❷ 1. whose legs 2. whatever strength
3. whose mother 4. whose left arm
5. whatever help 6. whose name

Chapter 112 p. 344

❶ 1. B 2. B 3. C 4. D 5. C 6. B
7. A 8. A 9. B 10. C 11. D 12. B

❷ 1. why/that she was late
2. where the climate is warm
3. which Lily and I visited last week
4. when/that I first met you in London
5. when I was in the Army

Chapter 113 p. 347

❶ 1. what you think about me
2. what caused the accident
3. What is interesting to some people
4. what she should do
5. what Bridget said

❷ 1. Are you still thinking about what Kay said yesterday?
2. Can you tell me what I should do to solve this problem?
3. Do not trouble other people for what you can do for yourself.
4. It was what Lee did that disappointed me.

❸ 1. what 2. that 3. that 4. What
5. that 6. what 7. that 8. what

Chapter 114 p. 349

❶ 1. B 2. C 3. B 4. C 5. B 6. B

❷ 1. Whomever the majority of the voters elect
2. whoever you think will be a good leader
3. whoever shows an interest / is interested
4. whatever you want (to do)
5. Whoever said that
6. Whoever did that

Chapter 115 p. 351

❶ 1. B 2. C 3. D 4. B 5. D（中譯：我們所處的這個歷史時刻，充滿希望和危險。——美國總統富蘭克林・德拉諾・羅斯福）

❷ 1. The guy whom/that Nancy married is my old friend Lee.
2. Ms. Bolen helped the man whose car was stolen.
3. Do you still remember the day when/that you met Sue?
4. Last week I visited Chicago, where I lived ten years ago.
5. We were all mad at Tom, who kept talking on his cellphone during the class.

Unit 15 連接詞、複合句、副詞子句和名詞子句

Chapter 116 p. 353

❶ 1. but 2. but（中譯：人固有一死，國皆有興亡，唯思想永恆。——美國總統約翰・菲茨傑拉德・甘迺迪） 3. and 4. and; but（中譯：你可以在某些時候愚弄所有的人，也可以永久愚弄一些人，但是你不可能永遠愚弄所有的人。——美國總統亞伯拉罕・林肯） 5. and

❷ 1. Jim likes Kim, but she doesn't care for him.
2. Coco is making great progress in learning English, but she still has a long way to go.
3. I have a sweet wife, and she has done many good things in her life.
4. Jim often says he is my friend, but I have never received any real help or wise advice from him.

❸ 1. I've always disliked working with numbers, but I have never failed a math test.
2. In the advancing parade, everyone was singing and dancing.
3. 美 Bruce loves coffee, tea, and apple juice.
英 Bruce loves coffee, tea and apple juice.
= Bruce loves coffee and tea and apple juice.
4. My resignation wasn't a bad thing but a release from stress and depression.

Chapter 117 p. 355

❶ 1. or 2. nor 3. or 4. nor 5. or 6. or

❷ 1. Hurry up, Jane, or you'll miss today's last train to Spain.

2. Kay **didn't** visit me that day, **nor** the next day.
   = Kay **didn't** visit me that day **or** the next day.
3. Is Coco going to fly to Morocco, Tokyo, **or** Chicago?
   = Is Coco going to fly to Morocco **or** Tokyo **or** Chicago?
4. I divorced Kit and I have never seen him again, **nor** do I regret it.
5. Please be here on time, **or** I will have to leave without you.

Chapter 118 p. 357

1 1. so 2. for 3. yet 4. for 5. for
6. so 7. so 8. yet

2 1. ✓
2. x Ann's mom has always been nervous in large gatherings, **so** she tries to avoid crowds.
   = Ann's mom tries to avoid crowds, **for** she has always been nervous in large gatherings.
3. x Lily is short; **so** are her sister Liz and brother Mort.
   = Lily is short, **and so** are her sister Liz and brother Mort.
4. x Mort and I must leave now, **for** it will take us three hours to drive to the airport.
5. ✓
6. x We cannot always build the future for our youth, **but** we can build our youth for the future.
   —President Franklin Delano Roosevelt
   ➡ 中譯：我們不能總是為我們的年輕人造就未來，但我們可以為未來造就我們的年輕人。
   ——美國總統富蘭克林・德拉諾・羅斯福

Chapter 119 p. 359

1 1. x I am happy today **not because** it is Sunday **but because** it is my birthday.
2. ✓
3. x It was **not** the salary **but** the job itself that attracted Bob.
4. x Lily is **both** considerate **and** friendly.
   = Lily is considerate **as well as** friendly.

2 1. **both** angry **and** disappointed / angry **as well as** disappointed
2. **not** listen to what Ted says **but** observe what he does
3. **not** tell a joke **but** spoke the bitter truth
4. dream **and** plan **as well as** work hard / **both** dream **and** plan as well as work hard

Chapter 120 p. 361

1 1. either today or tomorrow
2. neither cake nor candy
3. not only run fast but also jump high
4. whether you win this race or (you) lose it
5. neither you nor Rose

2 1. **Neither** Lulu **nor** Sue **wanted** to go to the zoo.
2. That was **neither** what I said **nor** what I meant to say.
3. Lynne found some Easter eggs **not only** under her bed **but also** in her wardrobe.
4. She is **not only** a fast runner **but also** an excellent basketball player.
5. **Either** Ted is telling the truth **or** he has already dropped out of high school.

Chapter 121 p. 365

1 1. C 2. D 3. B 4. D 5. B
6. D 7. A 8. C

2 1. before 2. When 3. Because
4. until 5. Since 6. As soon as

Chapter 122 p. 368

1 1. A 2. B 3. C 4. A 5. B
6. C 7. D 8. C 9. A 10. C

2 1. A：**If** you boys get home late, please do not make any noise.
2. D：She can go to America for her Ph.D. only if she **gets** a scholarship.
3. A：**Unless** you have a doctor's note that says you are sick, you must attend the meeting.
   = **If** you **don't have** a doctor's note that says you are sick, you must attend the meeting.

4. D：Ms. Poke **would** look much younger if she **did not** smoke.
5. B：If Jane **is** busy tomorrow, I'll make the arrangements for her trip to Spain.
6. B：Your expenses will be paid by the company **on the condition that** / **as long as** / **providing that** / **only if** you submit all of your receipts.
   = Your expenses **will not be** paid by the company **unless** you submit all of your receipts.

Chapter 123 p. 372

1 1. B 2. A 3. A 4. A 5. C 6. D

2 1. **Whatever** his friends may say, Davy is going to join the Navy.
2. It will be a difficult trip to Snow Lake **whichever** route you take.
3. **Whoever** you are, do not interrupt your teacher by talking on a cellphone.
4. **Whichever** electric car you buy from our company, I guarantee it will make you happy.
5. **Whatever** you are, be a good one.
   — President Abraham Lincoln
   ➡ 中譯：無論你做什麼，請做個好人。
   ——美國總統亞伯拉罕・林肯

3 1. ✓
2. ✕ **Little experience as** he had, Bob did a good job.
   = **As little experience as** he had, Bob did a good job.
   = **Though/Although** he had little experience, Bob did a good job.
   = Bob did a good job, **though/although** he had little experience.
   = Bob had little experience, **but** he did a good job.
3. ✓
4. ✕ My ex-wife is not living a happy life, **though/although** she is quite rich.
   = My ex-wife is quite rich, **but** she is not living a happy life.
   = **Rich as** she is, my ex-wife is not living a happy life.
   = **As rich as** she is, my ex-wife is not living a happy life.
5. ✕ **Whenever** Eve is ready, we can leave.
6. ✕ I enjoy living in Michigan, **even though** / **even if** / **though** / **although** the winters are cold and snowy.

Chapter 124 p. 375

1 1. C 2. A 3. D 4. A 5. C 6. A

2 1. Peg's son was **so hungry** that he ate four eggs.
2. Listen to Jeanne carefully **so that** you will learn how to drive this armored limousine.
3. Clement's two older sisters are **such helpful siblings** that he seems to have adjusted well to the divorce of his biological parents.
   = Clement's two older sisters are **so helpful** that he seems to have adjusted well to the divorce of his biological parents.
4. I will drive my van **so** / **so that** / **in order that** I can take more luggage.
   = I will drive my van **in order to take** more luggage.
5. Jim is **such a dishonest guy** that you can't trust him.
   = Jim is **so dishonest** that you can't trust him.

Chapter 125 p. 377

1 1. A 2. D 3. B 4. A 5. C

2 1. Ann is younger **than** Liz.
2. The rainstorm ended **sooner** than I had expected.
3. Jim kept looking out the window **as if** he had someone waiting for him.
4. Whenever you do a thing, act **as if** all the world were watching.
   —President Thomas Jefferson
   ➡ 中譯：無論何時做一件事，都要表現得好像全世界的人都在看著你一樣。
   ——美國總統湯瑪斯・傑弗遜
5. Liz is not **as** smart **as** you think she is.
6. Do **as** I do, and you will succeed.

Chapter 126 p. 380

1 1. B 2. A 3. D 4. A 5. D
6. B 7. C 8. B 9. D 10. C

2 1. ✓ ➡ 中譯：我不明白為何人們會如此渴望金錢。——美國總統亞伯拉罕・林肯
2. × Ted didn't understand what she said.
3. ✓ 4. ✓ 5. ✓ 6. ✓
7. × Liz is wondering when your birthday is.
8. ✓

3 1. B 2. A

Chapter 127
p. 385

1 1. B 2. D 3. C 4. A 5. A
6. B 7. B 8. B

2 1. 同位語子句 2. 形容詞子句

3 兩個 whether 引導的子句：主詞補語子句
兩個 who 引導的子句：形容詞子句
➡ 中譯：對我們進步的檢驗，不在於我們是否為富人錦上添花，而在於我們是否為窮人解決衣食之憂。
——美國總統富蘭克林・德拉諾・羅斯福

Unit 16 直接引述與間接引述

Chapter 128
p. 388

1 1. Doctor Pounds warned me that I should lose at least ten pounds.
2. Mr. Clem said (that) I must / had to hand in my paper by 4 p.m.
3. She said (that) I must have gone out of my mind.
4. He warned me that I must not drink and drive.
5. Lily said (that) she was going to wear her new pink dress to the party.
6. The editor explained that the publication of my book might be delayed.
7. Mary said (that) she was looking for her *Webster's New World Dictionary*.
8. Sue said (that) she was/is from Israel.
9. Bridget often says (that) the more you read, the more places you will visit.
10. Doctor Hams warned me that I must / had to gain at least fifteen kilograms.
11. Eli said with a sigh that he couldn't endure being defeated by that elf.
12. Dee said to me that she would like to have a cup of tea.
13. Lily said (that) the living conditions in that ancient village had become quite modern since the wind farm began to provide it with electricity.
14. Midge said that she started working there/here soon after she (had) graduated from college.

2 1. The other day Rick told me that he was sick.
2. Yesterday little Bing said his mom knew everything.
3. Trish added that she did not understand my Spanish.
4. Dee told Gwen that when she was five years old, her family moved to Tibet.
5. Two years ago the police chief told us that crime in our city would decrease.

Chapter 129
p. 391

1 1. Sam declared (that) he got an A on yesterday's English exam.
2. Kay said (that) it snowed yesterday.
3. Lee said (that) he would meet us/me there the next day at 3:00.
4. June said (that) her boyfriend would/will be here soon.
5. Sue tells me many times that she loves me.
6. Kay said (that) Ray was visiting London that day.

2 1. Bing announced that he was going on a trip to London the next morning.
2. I cried and told Mom that Paul had yelled at me for nothing at all.
3. Trish told me that she did not understand my Irish or my English.
4. He said (that) he would be back the following month, but I have never seen him again.

Chapter 130
p. 393

1 1. not to cry
2. not to mention anything about it
3. to let her stay
4. to read and listen to English every day
5. to quit drinking and smoking
6. that I (should) try to lose at least thirty pounds

7. (that) Kay is/was working today
8. (that) Ray was in Paris that day

2 1. Lily asked me **not to** pass on any of the information to anybody.
2. My girlfriend **asked** me to stop smoking.
3. They were disturbing the peace, so Sue suggested **that I (should) call** the police.
4. Brigitte told Janet **to sit** down and be quiet.

Chapter 131 p. 395

1 1. if/whether he was all right
2. if/whether I had talked to Sue recently
3. (1) that we (should) go bowling **that night**
(2) that we (should) go bowling **tonight**
4. when I was going to Chicago
5. if/whether I would like to try a smaller size
6. if/whether I **am going** to the mall **tomorrow morning**
= if/whether I **was going** to the mall **tomorrow morning**

2 1. She asked me who **that guy was**.
2. Coco asked me whether **I could come** home for supper.
3. Doctor Long asked when **my back pain started**.
4. Eli asked why **a caterpillar changes** into a butterfly.
5. Gertrude asked the doctor **if/whether** her baby could now eat solid food.

Unit 17 分詞、不定詞與動名詞

Chapter 132 p. 398

1 1. a **retired** professor
= a professor that **has retired**
2. a **broken** heart
= a heart that **has been broken**
3. my **grown-up** daughter
= my daughter that **has grown up**
4. a **fluttering** butterfly
= a butterfly that **is fluttering**
5. a recently-**built** wooden house
= a wooden house that **has** recently **been built**
6. a **developed** country
= a country that **has developed** / **is developed**
7. a **developing** country
= a country that **is developing**
8. a well-**read** and much-**traveled** woman
= a woman who **has read** and **traveled** a lot
9. a **confusing** teacher
= a teacher who **confuses** students
10. a **confused** teacher
= a teacher who **is confused**

2 1. A 2. C 3. B 4. D 5. A
6. B 7. D 8. A

Chapter 133 p. 402

1 1. In came the first runner Ann, **closely followed by the second, Nan.**
2. O
3. O
4. The police haven't identified the body **found in the well of the temple.**

2 1. **Treated carefully**, this Sun MP4 player should last even longer than your last one.
2. **Not having been formally invited**, Bing decided not to go to the wedding.
3. **Encouraged by her initial success**, Trish Best entered another beauty contest.
4. Benjamin had tried to quit smoking, but he couldn't and died **fighting for oxygen.**

3 1. D 2. A 3. B 4. C 5. A 6. A

Chapter 134 p. 406

1 1. ✓
2. ✗ Brad, be careful **not to** wake up Dad.
3. ✗ **To have danced** with you **has been** a great honor.
4. ✓
5. ✗ My geothermal energy report **has to be emailed** to Kay by noon today.
6. ✓ ➡ 中譯：智慧與其說是在於知道最後該做什麼，不如說是知道下一步該做什麼。——美國總統赫伯特．克拉克．胡佛

2 1. make you read
2. not to fall off that wall

3. to study business English
4. to do exercise
5. To be elected mayor

3 1. A 2. B 3. B 4. D
5. C（中譯：這條文法規則很難理解。）

Chapter 135

p. 410

1 1. This fish is **too salty** (for me) **to eat.**
2. Last night I was **too excited** about my new electric jeep **to fall asleep.**
3. It's **too cold** (for me) **to walk** to work today.
4. This puzzle is **too difficult** (for me) **to solve.**

2 1. Nothing is **too** sweet for me to eat.
2. Is Dottie **capable enough** to deal with those four children when they are naughty?
3. Jake was lucky **not to have been** killed by the earthquake.
4. This mountain is very difficult **to climb.**
5. To train her dog well, **Alice needs both patience and firmness.**

3 1. difficult for me to fall asleep
2. afraid to hear the truth
3. old enough to vote and marry
4. to marry rich but lazy Daisy
5. anxious to go to South America
6. to forget his ex-wife Mary
7. determined to win
8. good enough to
➡ 中譯：一個為國甘灑熱血的人，應該會得到公正的待遇。
——美國總統西奧多・羅斯福
9. to discover
10. to avoid her fears and tears

Chapter 136

p. 414

1 1. 現在分詞（作形容詞）；一個熟睡的嬰兒
2. 動名詞（構成複合名詞）；一粒安眠藥
3. 動名詞（構成複合名詞）；一個睡袋
4. 動名詞（構成複合名詞）；一臺跑步機
5. 現在分詞（作形容詞）；一個正在哭泣的小男孩
6. 動名詞（構成複合名詞）；閱讀用的眼鏡

2 1. A 2. B 3. D 4. A 5. B
6. A ➡ 中譯：在追求經濟和政治進步時，我們一榮俱榮，一損俱損。
——美國總統富蘭克林・德拉諾・羅斯福
7. D 8. B

3 1. being opened and closed
2. being re-elected
➡ 中譯：如果你過於考慮再度當選，就不要勉為其難了。
——美國總統湯瑪斯・伍德羅・威爾遜
3. my moving to / me moving to
4. Being a governor
5. Dwight; making supper
6. Steve and his parents visiting us

Chapter 137

p. 417

1 1. (1) "**To play basketball in the NBA** is my favorite fantasy," said Paul.
(2) "It is my favorite fantasy **to play basketball in the NBA,**" said Paul.
(3) "My favorite fantasy is **to play basketball in the NBA,**" said Paul.
(4) "My favorite fantasy is **playing basketball in the NBA,**" said Paul.
2. (1) **To smoke and drink** will damage your lungs, brain, and heart.
(2) O (3) O (4) O
3. (1) **To get into Cambridge University** was her biggest ambition.
(2) It was her biggest ambition **to get into Cambridge University.**
(3) Her biggest ambition was **to get into Cambridge University.**
(4) Her biggest ambition was **getting into Cambridge University.**
4. (1) **To be a politician** means you have to be active and look attractive.
(2) O (3) O (4) O
5. (1) **To be elected mayor** is not enough for Theodore, because he always wants more.
(2) It is not enough for Theodore **to be elected mayor,** because he always wants more.
(3) O
(4) O

Chapter 138 p. 419

1
1. no wish to move back
2. to marry him
3. to cook and eat
4. The thing to do
   ➡ 中譯：一個冷靜的判斷抵得上一千個草率的勸告。該做的是提供光線看清問題而非火上加油。
   ——美國總統湯瑪斯・伍德羅・威爾遜
5. things to do; miles to go
6. to win or lose
   ➡ 中譯：我們無法重拾昨天，但我們可以去拚明天的輸贏。
   ——美國總統林登・貝恩斯・詹森

2
1. x "My little son, Dan, needs a friend to play with," said Kay.
   = "My little son, Dan, needs a friend with whom to play," said Kay.
   （非常正式）
2. x I can't go out with you tonight, because I've got a report to write.
3. ✓
4. x Both San Francisco and Chicago are windy cities to live in.
   = Both San Francisco and Chicago are windy cities in which to live.
   （非常正式）
5. x It is common sense to take a method and try it. If it fails, admit it frankly, and try another. But above all, try something.
   —President Franklin Delano Roosevelt
   ➡ 中譯：採用一種方法去試一試，這是常識。如果失敗了，坦白承認這個方法不行，再試其他方法。重要的是，要去嘗試。
   ——美國總統富蘭克林・德拉諾・羅斯福
6. ✓ ➡ 中譯：當我無話可說時，講起話來就無法從容自如。我相信這種情形一輩子都會如此。
   ——美國總統亞伯拉罕・林肯

Chapter 139 p. 421

1
1. x Has Clint already told Jenny how many copies to print?
2. x Margo took to studying both English and Spanish ten years ago.
3. ✓ ➡ 中譯：我對我的讀者的要求是，他應該把他的一生都奉獻給閱讀我的作品。——詹姆斯・喬伊斯（James Joyce, 1882–1941）
4. x My forty-year-old daughter sighed, "I don't like the idea of getting old."

2
1. where to go
2. being a cook in New Mexico
3. watching the movie / seeing the movie
4. doing evil

Chapter 140 p. 424

1 1. B 2. A 3. C 4. B 5. D 6. A 7. B 8. C 9. B 10. B 11. D 12. A

2
1. eating and laughing
2. went swimming
3. encouraged/encourages me to read
4. fighting
5. to visit her friend Olivia
6. forbid kissing / forbid people to kiss
7. being wealthy/rich; to be happy and healthy
8. not serving anyone
9. to know
10. them winning

Chapter 141 p. 428

1 1. C 2. C 3. B 4. C 5. A 6. B 7. A 8. A 9. C 10. A 11. A 12. A

2
1. to swim and scuba dive / swimming and scuba diving
2. to be / to become
3. to work / working
4. to tell / telling
5. to be separated / being separated
6. to work / working
7. to take a nap
8. to rain

Chapter 142 p. 433

1 1. C 2. A 3. B 4. A 5. C 6. A 7. A 8. B

2 1. yelling 2. to talk about 3. forgot to tell 4. decreasing 5. offering 6. telling / having told 7. crossing the road 8. to inform you 9. talking about

FUN學中級英文文法

Dennis Le Boeuf / 景黎明 著

English Grammar & Practice

FUN

作者 _ Dennis Le Boeuf & 景黎明
編輯 _ 丁宥榆
校對 _ 黃詩韻／劉育如／張盛傑
主編 _ 丁宥暄
內頁排版 _ 丁宥榆
封面設計 _ 林書玉
製程管理 _ 洪巧玲
發行人 _ 黃朝萍
出版者 _ 寂天文化事業股份有限公司
電話 _ +886-2-2365-9739
傳真 _ +886-2-2365-9835
網址 _ www.icosmos.com.tw
讀者服務 _ onlineservice@icosmos.com.tw
出版日期 _ 2021年8月 初版一刷（080101）

郵撥帳號 _ 1998620-0 寂天文化事業股份有限公司
訂購金額 600（含）元以上郵資免費
訂購金額 600 元以下者，請外加郵資 65 元
若有破損，請寄回更換

國家圖書館出版品預行編目資料

Fun學中級英文文法/Dennis Le Boeuf, 景黎明著.
-- 初版. -- 臺北市：寂天文化事業股份有限公司,
2021.08

面；　公分

ISBN 978-626-300-007-0(平裝)

1.英語　　2.語法

805.16　　　　110004976